LA GOUVERNANTE ROYALE

WENDY HOLDEN

LA GOUVERNANTE ROYALE

roman

Traduit de l'anglais
par Valérie Bourgeois

ALBIN MICHEL

Édition originale anglaise parue sous le titre :
THE GOVERNESS
chez Wellbeck Fiction Ltd

PROLOGUE

Aberdeen, Écosse
Juillet 1987

Tout était prêt. Une nappe en dentelle blanche recouvrait la table en acajou dans la salle à manger. Le soleil qui se déversait par la grande fenêtre en saillie faisait flamboyer le liseré doré des tasses en porcelaine. De petites serviettes en lin blanc étaient disposées près des assiettes et les fourchettes à gâteau en argent avaient été sorties de leur coffret et parfaitement astiquées. S'y ajoutaient une pince à sucre, un pot à crème et des cuillères, tous en argent, tous étincelants eux aussi.

Dans la fraîcheur de la cuisine, des sandwichs au pain de mie débarrassés de leur croûte attendaient sur les plus beaux plats de service. Il y en avait au saumon fumé, au poulet, au jambon et au concombre. Sans oublier ceux à la confiture, les « pennies », comme on les appelait en raison de leur forme ronde – ses préférés depuis toujours. Sans oublier non plus les scones, les muffins et un magnifique gâteau au chocolat.

Des fleurs achetées spécialement pour l'occasion avaient été disposées un peu partout dans des vases et des pots récupérés au fond des placards. Des pétales aux teintes pastel estivales tapissaient toutes les surfaces, et le riche parfum des roses se mêlait à celui de la cire d'abeille.

De l'autre côté du vestibule, dans le petit salon haut de

plafond, une vieille dame en robe rose pâle s'était postée à la fenêtre, le dos bien droit. Des perles brillaient à son cou et sur la broche épinglée à son corsage. Ses grands yeux aux paupières tombantes brûlaient d'impatience. Le souffle court, elle s'accrochait au rebord de la fenêtre. Tout son être était tendu vers le croisement au bout de la rue. C'était par là qu'arriveraient ses visiteuses.

Elles n'étaient encore jamais venues chez elle, dans sa jolie villa en pierres de granite gris située sur l'une des avenues les plus chics de la ville. Sous un ciel couvert, elle semblait plus austère, mais pour peu qu'il fasse un temps radieux, elle scintillait littéralement – comme à cet instant, en cette belle journée de la fin du mois de juillet.

Les rayons du soleil tombaient sur l'élégant manteau de la cheminée et sa rangée de photos aux cadres argentés. Sur la première, deux petites filles souriantes, habillées à l'identique de kilts en tartan rouge et de tricots, posaient devant un parterre de tulipes. La plus âgée serrait dans ses bras un chien marron aux oreilles dressées que l'autre caressait. À l'arrière-plan se détachaient les tours d'un château.

Le portrait suivant montrait les mêmes fillettes coiffées de couronnes, la mine très sérieuse dans leurs longues robes blanches et leurs capes bordées de fourrure qui les enveloppaient comme une rivière de velours. Un homme et une femme portant eux aussi des capes et des couronnes chargées de pierres précieuses se tenaient derrière elles. Lui paraissait plein d'appréhension, mais son regard à elle trahissait une redoutable force de caractère.

Dans le silence du petit salon, la vieille dame continua à attendre. De temps à autre, elle poussait un soupir impatient, comme si elle guettait la réalisation d'un rêve nourri depuis longtemps. Peut-être allait-il enfin se concrétiser. Elle n'avait jamais cessé d'espérer, et c'était bien ça qui, tous les ans, l'incitait à polir son argenterie, à choisir des fleurs avec soin et à préparer des sandwichs.

On n'entendait rien d'autre que le tic-tac de l'horloge. Des flammes dansaient dans la cheminée, entre les deux niches aménagées dans le mur. C'était peut-être l'été, mais il pouvait faire frais dans les grandes maisons écossaises – et plus encore dans les châteaux écossais. Peu de gens étaient mieux placés qu'elle pour le savoir.

Elle retint soudain sa respiration. Le moment était arrivé. Au bout de la rue, une limousine venait de faire son apparition en provenance de l'aéroport. Ce devait être l'escorte policière. Ses invitées se trouvaient dans celle située juste derrière. Les vieilles mains agrippèrent plus fort le rebord de la fenêtre. Elle aurait juré entrevoir un visage familier.

Sur le siège passager de la seconde voiture, un jeune homme en costume à rayures, l'air prématurément fossilisé, ouvrit un attaché-case pour en sortir une feuille. Il était nouveau à ce poste, et ses gestes trahirent sa nervosité lorsqu'il se tourna en se contorsionnant vers les deux femmes d'âge mûr assises sur la banquette arrière – deux sœurs à en juger par leur ressemblance.

L'une était lourdement maquillée, très bronzée et vêtue d'une robe corail rouge vif, avec de gros bijoux blancs. L'autre, au style plus conservateur et aux cheveux châtains bien mis en plis, portait un twin-set de couleur fauve, un kilt et une double rangée de perles.

Le nouvel écuyer se racla respectueusement la gorge.

– Si je puis me permettre, ma'am, nous allons passer devant la rue où vit une ancienne employée de la Maison Royale.

La femme au twin-set détacha son regard de la route pour le poser sur lui.

– Elle s'appelle Marion Crawford et dit avoir été la gouvernante de Votre Majesté pendant quinze ans. Apparemment, elle vous écrit chaque année pour vous proposer de vous arrêter sur le chemin de Balmoral et de venir prendre le thé chez elle.

L'homme marqua une pause.

– Je pensais que, peut-être…

– Les lettres de Marion Crawford ne devraient être manipulées qu'à l'aide de *très* longs forceps ! déclara la femme au teint bronzé d'un ton véhément. Lilibet ?

Pas de réponse. Le chauffeur freina doucement à l'approche du panneau bleu indiquant l'extrémité de l'avenue où habitait la vieille dame.

Dans la maison, derrière la fenêtre du petit salon baigné de soleil, la main ridée leur fit signe avec frénésie. Les voitures avaient ralenti ! Enfin, après toutes ces années, elles allaient bifurquer dans sa rue et s'engager dans son allée ! Comme toujours, elle avait veillé à ouvrir le portail.

– *Lilibet !* tonna la femme à la robe rouge.

PREMIÈRE PARTIE

Édimbourg, 1932

1

La salle de classe était sinistre. Le marron l'emportait sur toute autre couleur – des pupitres d'écoliers jusqu'aux lames du plancher en passant par les bancs en bois, la grosse horloge en bakélite et le cadre autour du portrait d'un roi George V aux yeux globuleux et d'une reine Mary inflexible. Sans compter le martinet en cuir bien usé qui pendait dans la main osseuse de l'instituteur.

Marion grimaça. De son point de vue, les châtiments corporels n'avaient pas leur place dans l'enseignement moderne. Pas plus d'ailleurs que le Dr Stone, l'homme émacié en blouse noire dont elle était venue écouter le cours.

– Je m'attendais à quelqu'un de plus âgé, avait-il bougonné en l'accueillant. Et pas à une *femme*.

Marion ne comprenait pas pourquoi Mlle Golspie, la directrice de son centre de formation, l'avait envoyée observer le fonctionnement d'un tel établissement. École privée la plus chère d'Édimbourg, Glenlorne était fréquentée par les fils des riches citoyens de la ville – des élèves destinés ensuite aux meilleurs lycées du pays. Miss Golspie savait très bien que ce monde-là ne l'attirait pas du tout. C'était l'autre bout de l'échelle sociale qui l'intéressait.

Pour ne rien arranger, le Dr Stone ne cessait de fixer ses

cheveux, et c'était à eux qu'il adressait toutes ses remarques, comme pour se moquer d'elle. Cette coupe à la garçonne censée lui donner un air chic, émancipé et à la mode était-elle en fait ridicule ?

– Allez vous asseoir au fond, ordonna-t-il à sa tête.

Marion se ressaisit. Il dépassait les bornes. Au moins avait-elle des cheveux, si courts soient-ils. Lui, de son côté, ne pouvait se prévaloir que de quelques mèches grasses plaquées en travers de son crâne d'un jaune cadavérique.

– Si cela ne vous ennuie pas, dit-elle sèchement, je préférerais m'installer au premier rang.

Elle chercha un pupitre inoccupé et en repéra un dans l'angle sombre de la pièce. Sa chaise était tournée vers le mur, et un grand cône blanc se devinait à travers les lamelles du dossier. En s'approchant, elle vit le mot « âne » inscrit dessus. Elle resta d'abord interdite. Était-ce possible ? À leur époque ?

– Vous voulez vous asseoir à la place du *cancre* ? demanda l'instituteur d'une voix dégoulinante de sarcasme.

Marion ne répondit pas et se contenta de prendre l'humiliant couvre-chef du bout des doigts et de le laisser tomber négligemment par terre. Puis elle s'assit et sourit à la classe. Deux rangées de garçons la fixaient avec des yeux ronds.

Un claquement retentit – le Dr Stone avait abattu son martinet sur sa paume. Les élèves sursautèrent.

– Voici Mlle Crawley, leur annonça-t-il avec une réticence évidente.

– Bonjour, mademoiselle Crawley, dirent-ils tous en chœur.

– Crawford, les corrigea-t-elle gentiment.

Elle s'était attendue à les détester, ces petits lords Fauntleroy écossais, mais elle se découvrit pleine de compassion à leur égard. Ils étaient si attendrissants dans leurs blazers gris. Ils méritaient mieux que ce vieux sadique.

Nouveau claquement du martinet. Nouveau sursaut des élèves.

– Mlle Crawley étudie pour devenir enseignante et elle assistera à notre cours de géographie dans le cadre de sa formation, dit le Dr Stone en accentuant avec mépris les mots « enseignante » et « formation ».

Curieux, les garçons continuèrent à la dévisager sous leurs casquettes. Marion leur décocha un grand sourire. *Ne faites pas attention à ce vieux schnock*, aurait-elle voulu leur dire. *Les femmes peuvent décrocher des diplômes aujourd'hui, elles peuvent suivre des formations et exercer un métier. Dites-le à vos sœurs ! Dites-le à vos mères !*

Pendant ce temps, l'instituteur avait abandonné son martinet pour se tourner vers le tableau. La craie crissa sous ses doigts maigres à la peau cireuse, et ce fut d'une écriture brouillonne qu'il nota ces mots : « L'Empire britannique ». Puis il sortit une longue baguette de son bureau. La classe retint son souffle, signe que cet objet-là aussi avait déjà dispensé plus d'une punition douloureuse.

Le Dr Stone tapota le verre qui recouvrait un grand planisphère.

– Remarquez-vous une couleur présente partout ?

Plusieurs mains se levèrent.

– Le rose, monsieur ?

Une lueur de triomphe brilla derrière les lunettes aux montures d'acier.

– En effet ! Le rose est la couleur de l'Empire britannique ! Il n'existe pas de continent sur lequel notre grande et glorieuse nation ne possède pas de territoires !

Marion s'agita sur sa chaise. Ce chauvinisme d'un autre temps la mettait mal à l'aise.

– Même les gens qui vivent *ici*, poursuivit l'instituteur en posant le bout de sa baguette sur la corne ouest de l'Afrique, sont des sujets britanniques.

– Ça veut dire qu'ils sont comme nous, monsieur ? hasarda un petit garçon, qui cilla lorsque le Dr Stone le fusilla du regard.

– Absolument pas ! Ce sont des *sujets coloniaux* !

– Mais quelle est la différence, monsieur ?

– Ils ne sont *pas* civilisés, cracha-t-il.

De retour au Centre de formation des enseignants de Moray House, elle s'empressa d'aller trouver la directrice. Ses talons claquèrent vivement sur le parquet ciré tandis qu'elle longeait une série de couloirs, le cœur battant d'indignation.

– Entrez.

Mlle Golspie occupait un bureau lumineux et moderne aux murs lambrissés de chêne clair, aux étagères bien garnies et à l'ambiance égayée par des tapis chamarrés, des photos et des vases. Elle-même affichait un style tout aussi contemporain dans sa robe vaporeuse à l'imprimé abstrait et coloré. Sous ses cheveux gris coupés au carré, son beau visage respirait l'intelligence – et, à cet instant précis, la surprise aussi.

– Ma chère Marion, vous êtes toute pâle ! Voulez-vous du thé ? dit-elle en levant une tasse dont les motifs ne juraient pas avec sa robe.

– Oui, volontiers.

Mlle Golspie la servit et lui fit signe de s'asseoir sur le grand canapé orange installé devant la fenêtre en saillie.

– Racontez-moi tout.

Marion ne se fit pas prier. Elle avait été consternée par tout ce qu'elle avait vu, et plus encore par la remarque sur les sujets « non civilisés ».

– C'est odieux de parler des gens comme ça ! Nous sommes tous égaux – ou plutôt, nous devrions l'être. Combien de professeurs transmettent aux enfants ce genre de préjugés d'un autre âge ?

– Plus d'un, j'en ai peur, répondit sèchement Mlle Golspie. Dans ce type d'école, en tout cas.

– Je n'irai jamais travailler dans un tel établissement ! tonna Marion, les yeux brillants de colère.

La directrice reposa sa tasse dans sa soucoupe.

– Ma chère, vous ne pouvez pas faire abstraction de certains comportements sous prétexte que vous ne les appréciez pas. Ils s'imposent comme étant la norme, sinon. Si vous voulez changer les choses, vous devez vous dresser contre eux et défendre ce qui est juste et bon.

– À vous entendre, on dirait une guerre, marmonna Marion.

– Comment appeler autrement la lutte contre l'ignorance ?

Dans le silence qui suivit, Marion sirota son thé. Il avait un parfum fumé inhabituel.

– C'est du Lapsang Souchong, l'informa Mlle Golspie en souriant devant sa mine interrogatrice. J'y ai pris goût quand j'enseignais en Chine.

À l'évidence, elle avait eu une vie antérieure riche d'aventures qui avait nourri son attrait pour l'exotisme et son tempérament militant. Elle était la personne la plus passionnée et la plus passionnante que connût Marion. Une femme pleine d'énergie et d'idées, et une source d'inspiration constante pour ses étudiants. Elle avait probablement le même âge que le Dr Stone, mais la ressemblance entre eux s'arrêtait là, et Marion n'en revenait pas que tous deux puissent habiter la même planète, *a fortiori* vivre dans la même ville et exercer le même métier.

– Pourquoi m'avez-vous envoyée à Glenlorne ? demanda-t-elle à présent qu'elle avait suffisamment recouvré son calme. Ce n'est pas un endroit fait pour moi.

La directrice la fixa de ses grands yeux noirs par-dessus le rebord de sa tasse.

– Non, vous êtes faite pour les bas quartiers, vous.

Marion haussa un sourcil. Mlle Golspie avait toujours soutenu son ambition de travailler auprès des défavorisés.

– En effet, dit-elle d'un ton ferme. Il faut bien que quelqu'un y aille.

Trois ans après le krach boursier de 1929 et la crise économique qui en avait découlé, beaucoup persistaient à croire que les pauvres étaient en grande partie responsables de leur sort. Mais quand bien même cela aurait été vrai – ce dont Marion doutait –, ce n'était pas la faute de leur progéniture. D'abord attirée par une curiosité purement professionnelle dans les ruelles puantes du quartier de Grassmarket, l'un des plus miséreux de la ville, elle y était ensuite retournée tous les samedis, poussée là par la pitié et l'indignation. Les conditions de vie sordides des gens l'avaient horrifiée, mais ce n'était rien à ses yeux comparé aux effets de la pauvreté sur leur esprit. Les enfants des bas-fonds d'Édimbourg avaient des problèmes de concentration et de compréhension, et beaucoup souffraient de troubles de la vue et de l'audition en raison de leur état de malnutrition avancé. Il leur fallait une éternité pour venir à bout d'un simple livre. Le taux d'alphabétisation parmi eux était proche de zéro, si bien que leurs chances de sortir un jour de ce quartier, de trouver un travail et d'avoir une vie un tant soit peu gratifiante n'étaient pas plus élevées. À moins que quelqu'un tente d'y remédier.

Mlle Golspie la dévisagea d'un air pensif.

– Je conçois votre réaction, mais que faites-vous de l'autre bout de l'échelle sociale ?

– Les riches ? s'étonna Marion. Mais ils n'ont pas besoin de moi.

– Vous en êtes sûre ?

– Évidemment. Ils forment l'élite. Ils ont tous les avantages.

– Ils ont le Dr Stone. Et vous dites avoir eu de la peine pour ses élèves.

– C'est vrai. Beaucoup, même.

– Alors quel genre d'avantage est-ce là ?

Marion médita sa question.

– Je ne vois pas très bien où vous voulez en venir, avoua-t-elle au bout d'un moment.

Isabel Golspie s'appuya contre le dossier de son siège en souriant.

– Je tente de vous exposer un point de vue assez radical. Même si je vous trouve admirable d'aspirer à aider les plus pauvres, il me semble que les classes supérieures elles aussi ont besoin de vous. Et que si vous les aidiez, elles pourraient à leur tour aider les autres.

Marion se sentait perdue. Mais si Mlle Golspie espérait la convaincre d'aller travailler à Glenlorne, elle allait être déçue.

La directrice continua à boire son thé tranquillement.

– Vous avez vu à quoi ressemble l'enseignement dans une école réservée à l'élite. Ces petits garçons deviendront un jour des hommes de pouvoir. Et l'une de leurs principales influences durant leur enfance aura été le Dr Stone. Comment peut-on construire une société juste en partant de là ?

Marion baissa les yeux sur le liquide brun dans sa tasse. Elle avait oublié son nom, mais pas le martinet, ni le bonnet d'âne, ni la peur dans le regard des élèves du Dr Stone.

– Je veux travailler dans les quartiers pauvres, s'entêta-t-elle.

– Et c'est précisément la raison pour laquelle vous devriez enseigner aux privilégiés. Qui d'autre leur dira comment vivent les gens dans ces quartiers ? Qui les sensibilisera au féminisme, à l'égalité des chances, à la justice sociale et à tous ces sujets si importants pour vous ? Certainement pas le Dr Stone, croyez-moi.

2

Le lendemain était un samedi, jour où Marion se rendait dans le quartier de Grassmarket. À son habitude, elle s'habilla avec soin. Les enfants là-bas voyaient bien assez de haillons sales au quotidien. Elle voulait faire naître en eux de plus grandes ambitions et leur redonner le sourire en portant ses tenues les plus élégantes et les plus colorées.

Elle aimait particulièrement la manière dont sa nouvelle robe rose tournait autour de ses genoux. Personne n'aurait pu deviner qu'elle avait été cousue à partir d'un patron gratuit dans un magazine. Il n'y avait pas à dire, sa mère savait manier l'aiguille. La taille basse tombait à la perfection et l'ourlet était pile à la bonne hauteur pour souligner ses fines jambes.

Elle pressa le pas, comme pour mieux mettre à distance les paroles de Mlle Golspie, qui avaient résonné toute la nuit dans ses rêves. L'argument de la directrice se défendait, bien sûr, et s'avérait même fort habile, mais c'était aux pauvres d'Édimbourg qu'elle voulait se consacrer.

Elle s'apprêtait à traverser la rue quand elle recula soudain, juste à temps pour éviter une voiture rutilante frappée des armoiries royales – mais pas la gerbe d'eau boueuse que ses roues soulevèrent en passant dans les flaques laissées par une grosse averse.

Elle jura à voix basse et suivit des yeux le véhicule qui s'éloignait en direction du palais de Holyrood. Des deux côtés de la rue, les passants s'étaient retournés pour faire de même. La famille royale était-elle là en visite, comme elle le faisait périodiquement ? Marion se rappela le portrait de George V dans la classe du Dr Stone. Était-ce lui qui venait de salir sa robe et ses bas ? À cette idée, elle fut prise d'une profonde aversion à l'égard de la monarchie.

– Si ça peut servir…

Derrière elle, quelqu'un lui tendait un mouchoir froissé.

– Merci.

Elle le saisit vivement sans regarder le jeune homme qui cherchait ainsi à l'aider – pour l'heure, seule comptait sa robe. Mais alors qu'elle tapotait les taches, son attention dévia vers les chaussures voisines des siennes sur le trottoir. Malgré leur cuir brun éraflé et l'un de leurs lacets défait, c'était une bonne paire de chaussures. Une paire coûteuse.

– Je devrais me présenter, dit leur propriétaire. Je m'appelle Valentin.

– Valentin ?

Elle se figea, puis leva la tête vers les yeux sombres et brillants qui l'observaient.

– Comme le saint patron des amoureux ?

– C'est ce qu'on me dit toujours, répondit-il d'un ton placide. Ou comme l'un des deux gentilshommes de Vérone.

– Je n'ai jamais vu la pièce.

– C'est ce qu'on me dit toujours aussi. Et toi, comment t'appelles-tu ?

– Marion, répondit-elle, un peu surprise d'être tutoyée par cet inconnu, mais aussi charmée par son naturel.

– Le petit nom de Dame Marianne.

– C'est ce qu'on me dit toujours.

Ce n'était pas vrai, mais il n'avait pas à le savoir.

Il sourit. Il émanait de lui une sorte de vitalité qui le rendait très séduisant. Un peu moins grand qu'elle – de même que la plupart des hommes –, mais robuste, il avait d'épais cheveux bruns qui lui retombaient sur un œil en le faisant paraître très jeune, bien qu'elle lui donnât à peu près son âge, vingt-deux ans. Elle nota sa veste en tweed élimée, son pantalon en flanelle, son foulard rouge semblable à un fanion. Et son sac en toile vert fermé par un rabat, dans lequel il avait fourré quelque chose de volumineux et lourd. Des livres ?

– Tu es étudiant ?

L'université grouillait de ces blancs-becs qui arpentaient les rues en se croyant les maîtres du monde.

– Oui, je plaide coupable.

– Anglais, je suppose ?

– En fait, non. J'étudie l'histoire.

– Je voulais parler de toi, dit-elle en levant les yeux au ciel. Tu es anglais.

Son accent l'était, ça ne faisait aucun doute, même s'il n'avait pas le phrasé froid et haché qui allait avec. Au contraire, il s'exprimait d'une voix basse et chaleureuse, légèrement rauque, qu'elle trouvait très agréable.

Il eut l'air déçu.

– C'est si évident que ça ?

– Tu n'es pas d'ici, en tout cas. Ça s'entend.

– L'accent d'Édimbourg est très dur à assimiler, déclara-t-il, faussement sérieux. Y compris pour les Écossais. Il donne beaucoup de fil à retordre aux gens de Glasgow, par exemple.

Cela la fit rire – ce qui enchanta visiblement Valentin.

– Je viens de Londres. Tu es déjà allée là-bas ?

Elle secoua la tête. Elle qui n'avait jamais quitté l'Écosse se fit soudain l'effet d'une provinciale qui aurait toujours vécu en vase clos.

– Je dois te laisser, dit-elle.

– Je peux marcher avec toi ?

Elle marqua un temps d'arrêt.

– Pourquoi ?

– Parce que tu es belle ?

Cela la fit de nouveau rire. Quel flatteur. Elle n'était pas belle, elle le savait – tout juste avait-elle de grands yeux pas vilains et des cheveux châtains qui passaient pour jolis avant qu'elle les fasse couper presque à ras. Ce satané carré court. Il avait pour seul effet d'attirer l'attention sur son nez un peu trop large et sur sa silhouette à la fois trop grande et trop maigre. « Une planche à pain », disait sa mère.

Oh, tant pis. Elle ne misait pas sur son physique pour gagner sa vie, de toute façon. Les femmes avaient d'autres moyens d'y arriver désormais.

– J'aime bien tes cheveux, déclara Valentin.

Un énorme soulagement l'envahit à son corps défendant. Elle le remercia d'un sourire et commença à s'éloigner.

Il la suivit en se calant sur son pas – un geste inattendu, mais pas importun.

– Où vas-tu ?

– À Grassmarket.

– Tu… tu habites *là* ? demanda-t-il, manifestement stupéfait.

Elle fut tentée de le taquiner, mais se surprit à lui avouer la vérité.

– Non, j'y enseigne pendant mon temps libre.

Après ça, il allait sûrement la laisser tranquille. L'intérêt qu'elle portait aux quartiers pauvres de la ville choquait la plupart des gens.

Il continua pourtant à marcher à ses côtés et se contenta de transférer le poids de son sac sur son autre épaule.

– Je suis rudement impressionné.

Ce compliment excessif la mit sur la défensive.

– Il n'y a pas de quoi l'être, répliqua-t-elle avec raideur. Je suis une formation d'enseignante et je me passionne tout particulièrement pour les enfants défavorisés.

Il ne pouvait manquer de fuir, cette fois.

– Ah oui ? C'est fascinant.

– Ça, tu peux le dire.

Ils avaient presque atteint l'extrémité la plus haute du Royal Mile, l'artère principale de la ville. Le ciel s'était éclairci, et au nord, l'estuaire du fleuve Forth étincelait tel un tapis de saphir. Au sud se dressait la masse nue et imposante de l'Arthur's Seat, la colline qui dominait Édimbourg. Et devant eux, surplombant le pont en pierres noires qui marquait l'entrée du château, la devise de l'ordre du Chardon brillait au soleil sur un blason : « *Nemo Me Impune Lacessit.* »

– « Nul ne m'offense impunément », traduisit Valentin.

– Ou comme diraient les Écossais, « Ne venez pas me chercher des noises ».

– Sauf que c'est ce qu'on leur a fait. Mary Stuart et Charles Ier ont été décapités. Quant à Jacques II et son petit-fils, Bonnie Prince Charlie, ils ont perdu leur royaume. La bande de têtes couronnées là-bas ferait bien de se méfier, ajouta-t-il en montrant le palais de Holyrood, à l'autre extrémité du Royal Mile.

Marion jeta un coup d'œil à sa robe. L'ourlet mouillé et taché d'eau boueuse collait à ses genoux osseux.

– En effet. Regarde de quoi j'ai l'air à cause d'eux.

– Je ne voulais pas parler de ça, répondit Valentin d'un ton légèrement impatient où toute trace de badinage avait disparu.

Sous ses cheveux bruns, sa mine était devenue grave. Avec ses traits finement ciselés, ses lèvres pleines et ses pommettes saillantes, il avait un beau visage, s'aperçut-elle.

– De quoi, alors ? De quoi la famille royale ferait-elle bien de se méfier ?

– De la révolution prolétaire internationale.

Un frisson la parcourut.

– Tu es républicain ?

– Tu brûles, dit-il. La monarchie est une institution démodée. Comment un système où les privilèges, le pouvoir et le statut social sont réservés à ceux qui ont la chance d'être bien nés pourrait-il se justifier ? Il n'a aucune place dans le monde moderne.

Valentin s'interrompit un instant avant de poursuivre d'une voix vibrante de conviction :

– De même que le printemps succède à l'hiver, le triomphe des travailleurs sur les classes dirigeantes est historiquement inévitable.

Elle en resta bouche bée.

– Tu es communiste !

– Admettons que je le sois. Admettons que je sois le monstre communiste caché sous ton lit. Et alors ?

Son regard amusé était rivé au sien. Une brève vision de lui sous son lit, et même *dans* son lit, s'imposa à elle. Elle tenta de la repousser, en vain.

Valentin souleva le rabat de son sac. À l'intérieur se trouvaient non pas des livres, mais un tas d'exemplaires du *Daily Worker*, tous frappés d'un marteau et d'une faucille rouges.

– Vous en voulez un, madame ? dit-il avec un grand sourire. Ça vous fera un peu de lecture sensationnelle dans le train.

– Tu vends ça *ici* ?

Édimbourg la respectable ne prisait pas franchement les idées de gauche.

– Tous les membres du parti sont tenus de le faire. C'est notre devoir de socialistes de diffuser son message.

– Et quel est-il au juste ?

Marion était curieuse. Elle s'intéressait à la politique, mais ne savait pas grand-chose sur le communisme – un mouvement qu'elle associait davantage à des Russes barbus et féroces, à des soulèvements violents et à des tsars assassinés qu'à de jeunes Anglais bien élevés.

– Eh bien… Crois-tu à l'égalité entre les sexes ?

– Absolument.

– Es-tu d'accord pour dire que tout le monde devrait jouir du même statut social et économique ?

Elle acquiesça avec énergie.

– Crois-tu en l'amour plus qu'en l'argent ?

– Euh…

Elle le dévisagea. Il souriait, et elle sentit le rouge lui monter aux joues. Il y avait comme une tension électrique autour de lui, une énergie contagieuse. Sa simple présence était excitante, et elle se fit la réflexion qu'elle n'avait encore jamais rencontré quelqu'un de pareil. Elle se creusa la tête en quête d'une réponse spirituelle à sa question. Faute d'y arriver, elle décida qu'elle avait assez parlé à ce déconcertant personnage.

– Il faut que je file, marmonna-t-elle.

Tournant les talons, elle descendit les marches qui partaient du château. Elle s'attendait plus ou moins à entendre ses pas derrière elle et fut à la fois soulagée et déçue de constater qu'il n'en était rien. Une bosse dans sa poche lui fit alors prendre conscience qu'elle avait gardé son mouchoir.

Au pied de la butte rocheuse s'étirait une rue pavée et sale. Les demeures délabrées aux toits à pignons et aux portes pourries qui la bordaient avaient autrefois accueilli l'aristocratie de la ville. Désormais, c'était le bas peuple que Grassmarket abritait – si tant est que le mot « abriter » fût approprié. Marion prit une inspiration et s'engagea dans un dédale de passages obscurs.

L'appartement des McGinty se trouvait au premier étage d'une maison et était desservi par un escalier cassé et dépourvu de rampe.

La porte menaça de s'effondrer lorsqu'elle frappa, puis laissa apparaître dans son embrasure un petit visage tout pâlot dont l'expression pleine de méfiance fit place au ravissement à sa vue.

– Mademoiselle Crawford !

C'était Annie qui avait attiré Marion dans ce quartier pour la première fois l'hiver précédent. À huit ans, elle en faisait trois de moins. Son père était un joueur d'orgue de Barbarie qui sillonnait les rues d'Édimbourg en l'emmenant avec lui. Le temps était glacial et humide ce jour-là. Pieds nus sur le trottoir luisant, la fillette avait l'air frigorifiée et vulnérable, et pourtant elle avait chanté *Loch Lomond* avec une ferveur attendrissante.

Marion portait un vieux manteau et des chaussures plus toutes neuves, mais en allant se mettre à couvert sous l'auvent d'une boutique voisine, elle s'était réjouie de les avoir. Elle avait ensuite fait mine d'examiner l'argenterie exposée dans la vitrine jusqu'à ce que l'orgue cesse de jouer. Constatant à ce moment-là que le père avait disparu, elle s'était approchée de la petite.

– Pourquoi n'es-tu pas à l'école ? lui avait-elle demandé doucement.

Les bras maigres de l'enfant étaient couverts de bleus, et ses cheveux sales cachaient ce qui ressemblait à une balafre pas tout à fait cicatrisée encore.

L'air apeurée, Annie lui avait expliqué qu'elle aurait bien aimé aller à l'école, mais qu'elle devait accompagner son père chaque fois qu'il sortait avec son orgue. À ce stade, l'homme avait émergé d'un pub miteux en s'essuyant la bouche du revers de la main. Il avait les petits yeux méchants d'un chien de combat, et c'était presque en aboyant qu'il s'était adressé à sa fille, avant de l'entraîner plus loin dans la rue et de lui arracher la pièce de six pence que Marion lui avait donnée. Elle les avait suivis à distance. Voilà comment elle avait découvert non seulement Grassmarket, mais aussi ce qu'elle pensait être sa vocation.

Par chance, McGinty n'était pas là ce matin-là. La mère d'Annie, une créature anémique qui travaillait comme couturière, était alitée, les yeux clos, un linge sale enroulé autour de la tête.

– M'man a mal au crâne, dit Annie.

Marion la regarda en regrettant de ne pouvoir l'aider. Mais elle n'était pas médecin, encore moins plombier, vitrier, menuisier ou électricien. Elle n'exerçait aucun de ces métiers qui, tous réunis, auraient pu rendre ce taudis vaguement habitable. Elle n'était qu'une enseignante – et encore, pas tout à fait qualifiée.

Mais c'était déjà ça. À condition d'apprendre à lire, à écrire et à faire un peu de calcul, Annie pourrait trouver un vrai travail. Échapper à cette misère. Et peut-être même emmener sa mère avec elle.

La fillette la poussa du coude.

– On va lire, mademoiselle Crawford ?

– Excuse-moi, Annie. Bien sûr que oui, dit-elle en se hâtant de sortir *La Princesse au petit pois* de son sac.

Un choix malencontreux, comprit-elle à cet instant seulement. Mais Annie ne semblait pas comparer ses conditions de vie à celles des gens plus fortunés qu'elle, et elle prit plaisir à regarder les images du lit à baldaquin joliment sculpté, avec tous ces matelas empilés les uns sur les autres.

– … Elle était une *vraie* princesse !

Le cœur de Marion se serra tandis que la petite déchiffrait ces mots simples. C'était ce qu'elle voulait faire – aider des enfants comme Annie à s'élever et à s'extraire de la pauvreté. Pas ceux des riches, qui étaient capables de se débrouiller seuls. Du moins, jusqu'à la révolution, bien sûr. Elle sourit en repensant à Valentin et à sa philosophie incendiaire.

Elle convenait qu'une révolution s'imposait, mais pas celle à laquelle il aspirait. Pas cette façon d'opposer une partie de la nation à une autre. Sa révolution à elle rétablirait les crédits supprimés au conseil municipal afin que les écoles puissent acheter les livres qui leur faisaient cruellement défaut. Elle avait passé des soirées entières à réparer de vieux ouvrages en recollant des pages et en essayant de les rendre de nouveau lisibles. Mais elle ne pouvait rien contre les toits percés, les chaudières déglinguées et le manque consternant de crayons et de stylos, ou même de tableaux noirs. Durant sa formation, elle avait à plusieurs reprises dessiné des cartes sur les murs de briques des cours de récréation pour expliquer la géographie à des gamins transis de froid. Le budget alloué à l'éducation était une honte nationale – et encore n'était-ce rien comparé à celui consacré au logement. Les taudis auraient dû être détruits. Il était révoltant de voir des enfants vivre en 1932 dans des conditions qui auraient choqué Dickens. Quelle chance avaient-ils de s'en sortir si elle ne les aidait pas ?

Mlle Golspie avait tort. Son avenir n'était pas auprès des riches et des puissants, mais ici, avec les plus pauvres d'entre les pauvres.

3

Elle resta plus longtemps que prévu, et la lumière dorée du soir collait aux toits de la vieille ville lorsqu'elle repartit. C'était là, à l'endroit où battait autrefois le cœur de la cité, que le charme mystérieux d'Édimbourg se faisait le plus sentir.

– Marion Crawford ?

Une jeune femme très élégante aux joues rouges et aux cheveux bruns ramenés en chignon la fixait avec curiosité.

– Marion Crawford ? C'est bien toi ?

– Ethel.

Marion venait enfin de retrouver trace de ce visage quelconque dans sa mémoire. Plus précisément au dernier rang d'une salle de classe, bien des années plus tôt. Ethel McKinley et elle avaient le même âge, mais *a priori* rien d'autre en commun. Son ancienne camarade portait une alliance et un bébé endormi bavait sur son beau manteau.

Ethel, elle, contemplait ses cheveux. Ou plutôt ce qu'il en restait.

– Tu as tout fait couper ?

Marion rougit et souleva son chapeau cloche blanc afin de dévoiler son carré court et sa raie sur le côté.

– C'est la mode, se défendit-elle devant la mine stupéfaite d'Ethel. On appelle ça la coupe Eton.

– Eton ? répéta Ethel d'un ton sarcastique. Éton… nant !

Cette pique à peine drôle agaça Marion. Qui était cette fille pour se moquer d'elle ? À part se caser et accoucher d'un bébé, qu'avait-elle accompli dans la vie ? N'importe qui pouvait en faire autant.

– Eton. C'est une école privée de garçons, près de Londres. Je vois que tu es devenue mère, ajouta-t-elle en se disant qu'il valait mieux changer de sujet.

Ethel était trop jeune pour être déjà mariée et mère de famille, surtout à une époque qui leur offrait tant d'autres choix. Certaines femmes faisaient carrière désormais. Ne le savait-elle pas ?

– Je te présente Elizabeth, annonça son ancienne camarade d'un ton grandiloquent en bougeant l'énorme bébé dans ses bras.

– Elle est charmante, répondit Marion poliment.

– J'ai choisi ce prénom en hommage à la petite princesse.

– Oh… d'accord.

La princesse Elizabeth et sa sœur Margaret Rose étaient les filles du duc et de la duchesse d'York. Comme tout le pays, Marion avait vu des photos d'elles dans les journaux, avec leurs socquettes blanches, leurs yeux bleus, leurs cheveux blonds et leurs robes à froufrous. Mais elle ne suivait pas l'actualité de la famille royale. C'était bon pour la vieille génération, ça, pas la sienne. Ethel était vraiment pitoyable.

Chose énervante, celle-ci semblait avoir la même opinion d'elle.

– Tu n'es pas mariée, on dirait, observa-t-elle en montrant son annulaire.

Marion se retint de crier. « Je veux un métier, pas un homme et une bague ! » aurait-elle aimé répliquer. Mais elle se força à rester patiente.

– Je suis étudiante, dit-elle. À Moray House, à Édimbourg. C'est un institut qui forme des professeurs.

– Tu comptes enseigner, alors ? en conclut brillamment Ethel.

– Oui.

– Dans une école privée pareille à celle que tu viens de mentionner ?

– Eton ? fit Marion en réprimant un rire méprisant. Tu n'y es pas, non. Je veux travailler dans les quartiers pauvres.

– Les quartiers pauvres ?

Comme il fallait s'y attendre, Ethel eut l'air horrifiée. Elle prit congé en s'excusant et s'éloigna rapidement.

Amusée, Marion reprit son chemin et passa bientôt devant une ruelle où de jeunes hommes s'étaient regroupés. Ils criaient, ricanaient. Et frappaient quelque chose à terre, s'aperçut-elle. Ou quelqu'un. N'était-ce pas un homme au milieu de toutes ces jambes de pantalon noires et ces bottes lustrées ? Oui, ils lui donnaient des coups de pied en y mettant toutes leurs forces. Ils allaient le tuer.

Sans réfléchir, elle s'élança dans la ruelle jonchée de journaux. C'était bien un homme qu'elle avait vu. Recroquevillé sur lui-même, il paraissait déjà mort.

Le voyou le plus proche d'elle se retourna soudain. Il avait des cheveux gominés plaqués sur le crâne, un beau visage cruel et des yeux perçants qui brillaient d'un éclat métallique.

– C'est pas la police, dit-il avec dédain. Juste une femme.

Tout désir de camper sur ses positions féministes abandonna Marion lorsqu'elle se retrouva encerclée par ces hommes vêtus de noir aux mines patibulaires. Elle avait beau être grande, ils lui semblaient l'être encore plus.

– Visez-moi ça, dit l'un d'eux.

Alors qu'elle tentait de reculer, une main jaillit et l'attrapa par le bras. Une main gantée de noir qui se détachait, malveillante, sur le tissu rose innocent de sa manche.

– Pourquoi t'es si pressée, ma chérie ?

– Ça te dit d'aller boire un verre ?

– Allez, viens !

La terreur fit battre le sang à ses tempes.

– Lâchez-moi ! cria-t-elle en essayant de se libérer.

Mais le gant se posa ensuite sur sa poitrine.

– Tu veux rentrer chez toi auprès de ton petit copain ?

L'homme avait tout d'une brute épaisse. Elle sentit sa mauvaise haleine et distingua les pores et les boutons de son nez, presque collé au sien. L'instant d'après, il lui tordit le sein. La douleur fusa en elle.

– Ce sera moi, ton petit copain. Embrasse-moi !

Révoltée, mais aussi terrifiée, elle examina rapidement les alentours. Elle s'était trop avancée dans la partie la plus sombre de la ruelle. Aucun passant ne la verrait jamais ici. Ces ordures pouvaient la plaquer à terre et lui faire tout ce qui leur plairait. Au prix d'un effort de volonté colossal, elle parvint à répondre d'une voix ferme.

– Lâchez-moi !

Cela les fit rire, et quelques-uns s'amusèrent même à l'imiter. Le type à l'haleine chargée la relâcha et céda la place à un autre.

– Viens là, toi, dit le deuxième en effleurant sa bouche, puis sa mâchoire du bout de son doigt ganté. Choisis l'un d'entre nous. Sinon…

Son regard brilla d'une lueur mauvaise.

– … on choisira pour toi.

N'obéissant qu'à son instinct, Marion lui envoya son genou dans l'entrejambe et vit ses yeux se dessiller sous l'effet de la douleur et de la colère. Il recula en poussant une bordée de jurons. La brute épaisse se jeta aussitôt sur elle, le bras levé. Un coup-de-poing américain étincela dans la pénombre. Elle ferma les yeux en se raidissant.

Mais il ne se passa rien. Des cris résonnèrent brusquement à l'autre extrémité de la ruelle, suivis par les coups de sifflet stridents de policiers. La bande se dispersa sur-le-champ.

Marion entendit comme à distance des bottes aux embouts ferrés marteler ce qui devait être des escaliers de secours. Sur les pavés sales de la rue, le jeune homme gisait toujours immobile, sa chemise blanche tachée de sang. Elle lui trouva un air vaguement familier.

– Vous êtes courageuse, Dame Marion, dit Valentin.

– Stupide, oui !

Une demi-heure après cette grosse frayeur, ils étaient assis dans le pub le plus proche de la ruelle – un bouge, en réalité, mais au moins présentait-il un avantage : personne ne broncha lorsqu'elle traîna à moitié Valentin à l'intérieur et qu'elle lui commanda un whisky afin de l'aider à se remettre de ses émotions – et un autre pour elle.

Il était en bien meilleur état qu'elle ne l'avait imaginé. Elle était apparemment arrivée pile au bon moment, juste avant que ses agresseurs se déchaînent pour de bon sur lui. Et le sang sur sa chemise n'était que son foulard rouge.

– Le truc, c'est de faire le hérisson, dit-il. Il faut se rouler en boule pour qu'ils ne puissent pas atteindre la tête.

La sienne s'en était très bien sortie, jugea-t-elle. Il avait un œil au beurre noir, une lèvre fendue et une joue enflée, mais ses dents avaient survécu, et il avait toujours le même grand sourire chaleureux.

– On croirait que tu as l'habitude.

– Ce sont les risques du métier, dit-il en pointant du menton ses journaux.

Elle suivit son regard. Elle avait ramassé les exemplaires propres en laissant les autres de côté et avait fourré le tout dans son sac, qu'elle avait retrouvé au pied du mur.

– Tout le monde ne soutient pas le communisme, en particulier les partisans de Mussolini. Tu sais qui c'est ?

Son ton légèrement condescendant la vexa, surtout après ce qu'elle avait fait pour lui.

– Je lis la presse, figure-toi. C'est le chef des fascistes italiens.

– Bien. Il est aussi une source d'inspiration pour notre cher M. Mosley, qui vient de fonder l'Union britannique des fascistes en son honneur. Tu m'as arraché à l'étreinte amicale de ses admirateurs, en fait.

– Pourquoi les fascistes n'aiment-ils pas les communistes ?

Elle s'attendait à une longue explication volubile, mais Valentin hésita.

– Ils n'ont *grosso modo* pas la même conception de l'État, dit-il après un silence.

– L'État ?

– Avec le communisme, l'État dirige tout.

– Je vois. Et avec le fascisme ?

– Eh bien, le fascisme fait passer l'État en premier. C'est ça la différence, au fond.

– Parce qu'il y a une différence ?

Valentin tira fort sur sa cigarette et souffla la fumée par la bouche. L'effet fut curieusement érotique. Puis il se massa le front.

– Écoute, en temps normal, je serais intarissable sur le sujet, mais ma tête… Tu comprends ?

Elle s'en voulut aussitôt. Il avait été blessé, et l'embarquer dans un débat idéologique n'était probablement pas très fair-play.

Il contempla son verre vide.

– Un autre ? Ça soulage bien la douleur, quand même. Non, non, ça va, je t'assure. C'est moi qui vais les chercher, cette fois. Euh… si tu pouvais juste me prêter quelques shillings…

Il alla au bar, et elle feuilleta un exemplaire du *Daily Worker* jusqu'à ce qu'il revienne avec deux verres de whisky dans chaque main.

– J'ai préféré m'épargner la peine d'y retourner, dit-il en les posant sans ménagement sur la table.

Marion s'empressa de les stabiliser et essaya de ne pas s'appesantir sur le fait qu'il avait dépensé tout l'argent qu'il lui restait – et dont elle avait besoin.

– Tu vends beaucoup de ces journaux ? demanda-t-elle alors qu'il vidait d'un trait son premier verre.

– Ha, ça va mieux ! Désolé, tu disais ?

Elle répéta sa question.

– Ils n'ont pas l'air très intéressants, ajouta-t-elle.

– Si tu entends par là qu'ils ne contiennent aucun de ces articles qui amusent et corrompent les lecteurs dans la presse populaire, c'est voulu.

– Ah oui ? Pourquoi ?

– Pour ne pas distraire l'attention des masses de la lutte finale, bien sûr.

– Mais si elles ont envie qu'on les distraie ? objecta Marion en tournant les pages, perplexe. Il n'y a aucun dessin humoristique là-dedans. Aucun article de mode. Pas même de tuyaux sur les courses hippiques.

– Ce ne sont pas eux qui feront tomber les citadelles de la bourgeoisie, répliqua-t-il sévèrement. Ni la mode.

Elle referma son journal.

– Ma foi, je ne la trouve pas très engageante, cette révolution, moi.

Il haussa les épaules et leva son deuxième verre de whisky.

– Prolétaires du monde entier, unissez-vous !

Elle porta le sien à ses lèvres, mais n'en prit qu'une infime gorgée qui traça un sillon de feu dans son œsophage – à l'évidence, Valentin avait privilégié la quantité à la qualité.

– Tu as un métier en dehors de tes études ?

– Non, répondit-il, un peu gêné.

– Donc tu n'as encore jamais vraiment travaillé ? dit-elle sans pouvoir réprimer un petit sourire. Tu n'as jamais occupé le moindre emploi ?

– À chacun selon ses capacités, à chacun selon ses besoins.

– En clair ?

Il tendit la main vers son whisky.

– En clair, je boirai ton deuxième verre si tu n'en veux pas. À bas la bourgeoisie !

4

Elle s'attendait à ce que sa mère soit couchée, mais en remontant leur rue d'un pas rapide, elle vit une lueur filtrer entre les rideaux du salon. Elle inséra sa clé dans la serrure et entra dans l'étroit vestibule.

– Marion ?

Elle s'avança jusqu'au seuil de la toute petite pièce. La lumière vive d'une lampe soulignait les contours d'une silhouette gironde occupée à coudre sur un fauteuil près du feu. Marion éprouva une bouffée de profonde affection devant cette scène familière.

– Bonsoir, mère. Excusez-moi, je suis en retard.

Contrairement à son habitude, Mme Crawford ne souriait pas. Son visage rond et quelconque était rongé par l'inquiétude et l'indignation.

– Tu es *horriblement* en retard ! Nous n'avions aucune idée de l'endroit où tu étais !

– Nous ?

– Peter est passé. Tu avais oublié qu'il devait venir ?

Peter ! Son ami du centre de formation, celui du niveau au-dessus du sien. Ils avaient prévu d'aller écouter une opérette ensemble ce soir-là. *Le Mikado.* Marion s'affaissa sur le fauteuil en face de sa mère en laissant échapper un grognement.

– Il a attendu jusqu'à la dernière minute, poursuivit Mme Crawford. Il n'est parti que parce qu'il pensait que tu t'étais peut-être rendue directement sur place.

Marion imagina l'anxiété de Peter au moment où il avait scruté les gens dans le foyer de l'opéra, ses yeux clairs et myopes plissés derrière ses lunettes.

– Franchement, Marion, comment peux-tu le traiter comme ça ? C'est un si gentil garçon. Et il est fou de toi.

– Non, ce n'est pas vrai. Nous sommes amis, rien de plus.

Elle aimait bien Peter, mais cela n'allait pas plus loin. C'était sa mère qui l'adorait. Sérieux, poli, travailleur et digne de confiance, il avait tout du gendre idéal. Mais de là à l'épouser et partager son lit ? Jamais de la vie !

Mme Crawford poussa soudain un cri horrifié.

– Qu'est-il arrivé à ta robe ? Je viens juste de la terminer. C'est du *sang* ?

– Eh bien, oui. Il y a eu une bagarre et…

– Une *bagarre* ?

– Pas avec moi. J'ai aidé quelqu'un qui était blessé. Considérez ça comme un geste de charité, mère, ajouta Marion en se penchant pour la serrer dans ses bras. Votre fille est une bonne Samaritaine.

– Tu es incorrigible, répondit Mme Crawford avec tendresse.

Marion en fut soulagée. Sa mère ne s'énervait pour ainsi dire jamais. Depuis la mort de son père, elles étaient tout l'une pour l'autre, mais elle l'avait échappé belle ce soir-là, et peut-être était-ce le signe qu'elle n'avait guère intérêt à revoir Valentin. Elle venait à peine de le rencontrer et, déjà, il ne lui avait attiré que des ennuis.

Le lendemain, le monde lui apparut curieusement plus lumineux et plus net. Elle se sentait le cœur léger, presque grisée même – du moins jusqu'à ce qu'elle prenne conscience qu'elle devait s'excuser auprès de Peter.

Il se montrerait adorable, cela ne faisait aucun doute, et qu'il soit à ce point bon et gentil rendait les choses encore plus difficiles. Si seulement elle avait pu l'aimer autant qu'il l'aimait. Comme sa mère ne se lassait jamais de le répéter, il était rare de croiser deux personnes aussi faites pour être ensemble.

Ils s'étaient rencontrés au cours de son premier semestre à Moray House, deux ans plus tôt. Outre un intérêt pour leur futur métier, ils partageaient un amour de la marche, de la musique, de la littérature et des arts. Tous deux venaient également d'un milieu modeste. Son père à elle avait travaillé pour les chemins de fer, celui de Peter pour la poste. Il était déterminé à devenir le premier fils de facteur à aller à Eton – même si ce n'était qu'en tant que professeur – et à enseigner dans les Grandes Écoles Privées, comme il les appelait, dont il avait été exclu par sa pauvreté. Marion admirait son tempérament ambitieux, mais pas son objectif. Certainement pas après ce qu'elle avait vu à Glenlorne.

Elle prit la direction du centre de formation et traversa rapidement une série de couloirs parquetés aux murs recouverts de carrelage vert. Peter était à la bibliothèque. L'air tout innocent dans son pull-over bleu pâle, il compulsait des ouvrages avec le plus grand sérieux. Sa joie lorsqu'il l'aperçut accrut encore plus le sentiment de culpabilité de Marion.

– Je suis désolée pour hier soir…

– Chhh ! lança le bibliothécaire.

– Oui, c'est dommage, murmura Peter, très magnanime. Tu as raté un fabuleux Nanki-Poo.

– *Chhh !*

– Ce sera pour une autre fois.

Marion ne souhaitait pas s'attarder. Le cours de Mlle Golspie sur le Dr Fröbel allait débuter.

– Tu seras libre plus tard ? J'ai quelque chose à te dire.

Derrière ses lunettes rondes aux verres parfaitement propres, les yeux clairs de Peter brillaient d'une excitation inhabituelle chez lui.

– Allons prendre un thé chez *Jenner's*, ajouta-t-il sous le coup d'une impulsion tout aussi rare.

Jenner's était le grand magasin le plus chic d'Édimbourg, et les tarifs de son restaurant s'avéraient à l'avenant. Peter devait avoir une nouvelle importante à lui annoncer.

La silhouette du bibliothécaire se profila à l'angle de la réserve.

– Un peu de *silence* !

Marion rangeait ses affaires à la fin du cours sur le Dr Fröbel lorsque Mlle Golspie s'approcha d'elle.

– Ça vous a plu, on dirait ? Vous n'avez pas arrêté de prendre des notes.

– Quel personnage étonnant, ce Dr Fröbel ! répondit Marion avec un enthousiasme qui la fit presque bafouiller. J'ignorais qu'il était à l'origine des jardins d'enfants et que chaque petit avait selon lui une vie intérieure susceptible de se révéler grâce à une éducation attentive à ses besoins. J'aime particulièrement sa conviction que nos premières années sont un état à part entière et précieux, pas seulement une étape préparatoire avant l'âge adulte.

L'image d'Annie lui avait traversé l'esprit durant cette partie du cours, et cela l'avait emplie d'indignation et de pitié. L'enfance de la petite était déjà terminée – à supposer qu'elle eût jamais commencé.

– Je dois avouer que Fröbel est mon pédagogue préféré, dit Mlle Golspie en jetant sur son épaule un foulard bleu-vert qui trancha avec sa robe chasuble en velours rouge. C'est si improbable de voir un Allemand du début du XIXe siècle nourrir toutes ces idées sur l'importance du jeu et de l'apprentissage à travers la nature. Cent ans se sont écoulés depuis, et pourtant il y a encore aujourd'hui des hommes qui ignorent tout ça.

Leurs regards se croisèrent. La directrice pensait à quelqu'un de bien précis, mais si évidente que fût l'allusion, Marion choisit prudemment de ne pas la relever. Elle ne voulait plus se laisser entraîner sur ce terrain-là.

– Pourriez-vous passer tout à l'heure dans mon bureau ? enchaîna Mlle Golspie d'un ton désinvolte. Il y a quelque chose dont je souhaite vous parler.

Puis elle quitta la salle de cours. Tout en suivant des yeux sa silhouette colorée, Marion s'interrogea. Peter aussi souhaitait lui parler. Deux personnes le même jour, c'était une drôle de coïncidence.

Plus tard, elle entra dans le royaume lambrissé de chêne de la directrice. Un parfum de Lapsang Souchong flottait dans la pièce.

– Asseyez-vous, Marion, je vous en prie. Je vous sers une tasse ?

– Non, merci. Il se trouve que je dois aller prendre le thé chez *Jenner's* en sortant.

– Chez *Jenner's* ! Je ferais bien d'aller droit au but, alors.

Mlle Golspie la dévisagea derrière ses grosses lunettes vert citron. Elle comptait beaucoup d'amis artistes, et sans doute était-ce l'un d'entre eux qui avait réalisé ses montures – voire aussi le nouveau coussin en forme de bouche rouge que Marion aperçut en s'enfonçant dans le siège moelleux du canapé orange.

– Lady Rose Leveson-Gower m'a écrit, annonça la directrice. Son mari est le Commandant Amiral de Rosyth.

C'est-à-dire la base de la Marine royale à Édimbourg. Marion hocha la tête pour montrer qu'elle comprenait l'importance du personnage. Mais en quoi cela la concernait-il ?

– Elle voulait que je lui recommande quelqu'un qui puisse

donner des cours à sa fille, lady Mary, cet été. J'ai pensé à vous.

– À moi ? Mais vous savez ce que m'inspire l'idée d'enseigner à des aristocrates !

Alors qu'elle redoutait une réaction de colère ou d'impatience de la part de Mlle Golspie, celle-ci se contenta de répondre d'un ton sec.

– Oui, vous avez été très claire à ce sujet. Et vous êtes bien sûr libre de refuser ce poste. Je ne fais que transmettre le message. Lady Rose souhaite engager ma meilleure étudiante, ce que vous êtes incontestablement, et je me suis dit que cet argent pourrait vous être utile.

Marion rougit en prenant conscience de son ingratitude. C'était un énorme compliment que lui faisait la directrice. La désigner comme sa meilleure étudiante, alors qu'elle n'était même pas en dernière année ! Et c'était peu de dire que ce travail serait le bienvenu d'un point de vue financier, en effet. Pour autant, elle n'avait pas envie d'accepter.

Mlle Golspie la fixait toujours calmement.

– Vous y réfléchirez ?

Sur le point de lui opposer un non catégorique, Marion acquiesça malgré elle.

– Je vais y réfléchir, oui.

Peu après, elle prit place avec Peter parmi les théières en argent, les dessertes chargées de gâteaux et les palmiers en pot de chez *Jenner's*. Un petit orchestre jouait des valses. Il faisait chaud ce soir-là, et les ventilateurs en tek au plafond brassaient l'air dense dans lequel résonnaient le tintement des couverts contre la porcelaine et le brouhaha des conversations. Il ne manquait plus que des éléphants, songea Marion en s'éventant avec sa serviette – avant de sourire lorsque, comme sur un signal, deux matrones aux larges hanches passèrent devant eux du pas lent et majestueux des pachydermes.

Peter avait les joues rosies par la chaleur et ses cheveux blond clair collaient à son front.

– On m'a proposé un poste, annonça-t-il en prenant un club-sandwich aux œufs. Un poste de titulaire.

– Peter, c'est *formidable* !

Il mordit dans son sandwich et l'observa.

– C'est plutôt une bonne nouvelle, en effet.

– Où ça ? À Eton ?

Il fit signe que non. Il serait professeur de lettres classiques quelque part près d'Inverness.

– Enfin, c'est un début.

– Félicitations !

Marion était ravie pour lui, mais ne saisissait pas pourquoi il la fixait ainsi, d'un air curieusement anxieux.

– Je me demandais… c'est-à-dire que… j'avais une question à te soumettre…

– Oui ?

Il s'était décalé sur sa chaise, si bien que la fougère derrière lui semblait à présent sortir de son crâne. L'effet était si comique qu'elle avait du mal à ne pas rire.

– Crache le morceau, Peter ! Tu me rends nerveuse.

– Veux-tu m'épouser ?

Elle reposa violemment sa tasse et s'agrippa à ses accoudoirs.

La tête lui tournait, comme si elle avait bu du gin et non de l'Earl Grey. Épouser Peter ? Elle n'avait que vingt-deux ans, et tout l'avenir devant elle. Un avenir riche de mille possibilités.

– Mais… tu vas partir, dit-elle bêtement.

– Encore un peu de thé, madame ?

Une serveuse qui avait manifestement surpris leur conversation s'attarda près d'eux avec une théière.

– Oui ! Et tu viendrais avec moi, dit Peter quand elle se fut éloignée.

L'air soulagé, presque délesté d'un fardeau, il continua à manger son club-sandwich avec appétit.

– On logerait au sein de l'école, précisa-t-il.

Marion, à qui le fardeau avait été transféré, se représenta sa vie stoppée net dans l'allée d'un établissement compassé, cerné par les montagnes et les lochs, où, selon toute probabilité, elle n'aurait pour seule compagnie que des gens comme le Dr Stone. Et Peter, qu'elle appréciait beaucoup, mais qu'elle ne pourrait jamais aimer. Elle n'avait aucun désir pour lui.

– Qu'est-ce que tu en dis ?

Il lui décocha un sourire engageant qui dévoila le morceau de cresson coincé entre ses dents.

L'espoir qui brilla dans ses yeux clairs la mit au supplice, et elle dut prendre son courage à deux mains pour lui répondre.

– Je suis très flattée, Peter, mais à vrai dire, je n'envisage pas d'épouser qui que ce soit en ce moment. Mes études sont ma priorité et j'ai encore une année à faire.

– Je comprends, répondit-il en baissant la tête. Ton travail compte beaucoup pour toi, et tu es une si bonne enseignante, Marion. Tu es l'élève la plus brillante de Mlle Golspie, tout le monde le sait.

Elle en eut le cœur serré. Même blessé, il continuait à se montrer généreux. C'était quelqu'un de bien. Si seulement elle avait pu l'aimer... Mais l'amour ne marchait pas ainsi et l'homme censé être le meilleur parti possible n'était pas toujours le plus désirable. Elle rougit tandis que le souvenir de deux grands yeux noirs s'imposait à son esprit.

Ils se séparèrent devant le magasin. Elle le laissa partir le long de Princes Street, lui donna quelques minutes, puis rentra chez elle en empruntant un chemin détourné. Là au moins, elle ne risquait pas de le croiser, et les petites ruelles avaient l'avantage d'être à l'ombre.

Alors qu'elle passait devant un pub, une silhouette familière en sortit.

– Dame Marion !

Il avait surgi trop vite pour qu'elle puisse masquer sa joie de le voir.

Il ne s'était pas rasé et portait encore son foulard rouge, sa chemise tachée de sang et sa veste maculée de boue. Mais il émanait de lui la même énergie que dans son souvenir – cette étincelle, cette électricité dans l'air autour de lui, cette flamme noire dans le regard. Elle eut une fois de plus le sentiment d'avoir en face d'elle quelqu'un d'exaltant, d'imprévisible, de passionnant.

– Comment vas-tu ? dit-elle.

Mieux, à en juger par son pas plein d'allant. En réponse à sa question, pourtant, il agrippa son bras et grimaça.

– La douleur va et vient. Ce serait génial si tu pouvais m'aider à regagner ma chambre d'étudiant.

Elle eut envie de rire. Son culot frisait le ridicule. Nullement déconcerté, il tourna vers elle un visage implorant.

– S'il te plaît, la supplia-t-il, tel un petit garçon perdu.

Toute résistance était inutile. Elle grogna, mais céda.

– Que faisais-tu dans ce pub ? demanda-t-elle en le soutenant.

Le souvenir des shillings qu'elle lui avait donnés restait cuisant. Elle avait été gênée de laisser Peter payer l'addition chez *Jenner's* au lieu de la partager avec lui – surtout après ce qu'elle lui avait dit.

– Quel pub ? dit Valentin, qui lui avait pris le bras et s'appuyait sur elle en gémissant de temps à autre, comme s'il souffrait le martyre.

Marion le lui montra.

– Je t'ai vu en sortir à l'instant.

Il passa une main dans ses cheveux emmêlés.

– Oh, *celui-là*. On n'était pas au bar, mais à l'étage. En réunion.

– On ?

Elle l'observa attentivement, pas tout à fait convaincue.

– Le Parti communiste de l'université, répondit-il en soutenant son regard sans ciller.

– Tu veux me faire croire que le pub vous laisse organiser des réunions du Parti communiste ?

Il hocha si vigoureusement la tête que ses cheveux retombèrent sur son front.

– Oui. C'est là qu'on prépare la mort de l'impérialisme et l'avènement de la révolution prolétaire internationale. L'avènement d'une nouvelle ère, où les hommes et les femmes qui se battent sur leur lieu de travail et au sein de leurs communautés pour vaincre le capitalisme parviendront enfin à faire naître une société plus juste et plus égalitaire.

La théâtralité et la force de ce discours, ajoutées au sourire éblouissant qui le ponctua, hypnotisèrent Marion au point de l'empêcher de penser. Le temps qu'elle retrouve ses esprits et qu'elle songe à l'interroger plus avant, Valentin s'était mis à fredonner. Elle ne reconnut pas la chanson, mais l'air était entraînant, et les paroles, qui évoquaient des travailleurs émergeant de leur sommeil, étaient pour le moins frappantes. Elle se demanda à quelle heure lui-même s'était réveillé. Il semblait avoir dormi tout habillé.

Valentin enchaîna les couplets – si nombreux qu'ils avaient atteint le quartier de l'université lorsqu'il entonna le dernier. Les rues autour d'eux étaient devenues plus imposantes, plus néoclassiques. Tout ici n'était que dômes et portiques, colonnes cannelées et larges perrons élégants.

– « C'est la lutte finale / Groupons-nous, et demain / L'Internationale / Sera le genre humain » ! conclut Valentin.

Il agita un poing serré, puis dut se rappeler brusquement qu'il était censé être blessé parce qu'il se mit à gémir.

– Aïe !

Au moment où ils passaient devant la loge du portier, un homme portant un chapeau melon et un costume sombre se leva et s'avança vers eux. Valentin lui donna une tape amicale sur l'épaule.

– Mackenzie ! Comment allez-vous ce soir ?

– J'irais mieux si vous pouviez payer vos amendes, monsieur, répondit l'employé sans se laisser émouvoir par son charme. Et je ne veux plus voir de jeunes dames rester toute la nuit ici, ajouta-t-il en posant sur Marion un regard désapprobateur.

Avec un sourire gêné, Valentin se hâta de traverser la pelouse de l'université. Il avait miraculeusement cessé de boiter, et Marion fut obligée de presser le pas pour le suivre.

– Qu'est-ce qu'il voulait dire ? De quelles jeunes dames parlait-il ?

– Je n'en ai pas la moindre idée. Il doit me confondre avec quelqu'un d'autre, jeta-t-il par-dessus son épaule.

Il s'engouffra presque en courant dans l'un des grands bâtiments gris qui entouraient la pelouse – une résidence universitaire, supposa Marion devant les casiers qui s'alignaient dans l'entrée. L'un d'eux semblait déborder de cartes et d'invitations. Valentin s'arrêta le temps de fourrer le tout dans sa poche, puis gravit une volée de marches en bois.

Sa chambre était répugnante. Laissée béante, une des portes de l'armoire dévoilait un amas de papiers, tandis que les vêtements, eux, gisaient par terre, tous plus sales et froissés que ceux qu'il avait sur le dos. Il y avait des journaux partout, des bouteilles vides couchées le long des plinthes, des tas de livres et des cendriers remplis à ras bord. Sans compter une odeur pestilentielle de tabac rance.

– Tu ne peux pas aérer un peu ? demanda-t-elle pour masquer sa gêne.

Que faisait-elle là ? Elle avait eu la vague intention de

prendre congé de lui au niveau de la loge du portier, mais sans qu'elle sache pourquoi, elle avait continué à le suivre.

Il tira les rideaux et se débattit avec la fenêtre à guillotine – à croire que c'était la première fois qu'il tentait de l'ouvrir. Elle s'approcha pour l'aider.

– Il faut repousser ça, dit-elle en actionnant le taquet qui maintenait le battant inférieur fermé. Tu n'y arriveras pas sinon.

Il parut aussi peu gêné par son inexpérience que par l'état général de sa chambre et l'absence de tout confort.

– Je n'ai pas de thé, dit-il en fourrageant dans un tiroir. Mais je peux te proposer ça.

Il sortit une bouteille de whisky et l'agita devant elle.

– Tu n'as pas de verres ? Ou des tasses ?

– C'est une construction bourgeoise, ça, dit-il joyeusement. On va boire direct au goulot.

Elle prit la bouteille et la porta à ses lèvres en se préparant à la brûlure de l'alcool. Le whisky était plus mauvais encore que celui du pub, mais passé la première gorgée, une onde de chaleur la traversa et elle se détendit – assez pour ne plus se sentir mal à l'aise et examiner les lieux attentivement.

Derrière le désordre, l'esthétique dominante était d'inspiration soviétique. En témoignaient les affiches collées pêle-mêle sur les murs, qui montraient des paysans musclés maniant des bêches ou conduisant des tracteurs.

– Assieds-toi, dit Valentin.

Elle jeta un coup d'œil autour d'elle et éclata de rire.

– Où ça ? Tu n'as pas de chaise.

Elles aussi devaient être une construction bourgeoise.

– Il y a plein de place ici. Viens.

Assis sur le lit défait dont la couverture disparaissait à moitié sous les draps enchevêtrés, il tapota le matelas à côté de lui.

Le sentiment d'outrage de Marion ne fut rien comparé

au violent désir qui l'accompagna. Elle recula contre le mur et croisa les bras en s'efforçant d'afficher un air insouciant.

– Le portier ne veut pas que des jeunes dames passent la nuit ici, rappelle-toi.

– Il m'a confondu avec quelqu'un d'autre, je te dis, s'énerva-t-il en se levant.

– Peu importe, je m'en vais.

Valentin était près d'elle à présent. Sans prévenir, il l'embrassa. Aucun homme ne lui avait jamais donné un tel baiser, d'abord si tendre, puis plus pressant. Elle s'accrocha à lui. À la fin, elle eut l'impression que ses lèvres avaient doublé de volume. C'était déjà le cas pour lui, bien sûr – conséquence de son passage à tabac.

– Ça ne t'a pas fait mal ? demanda-t-elle lorsqu'elle retrouva l'usage de la parole.

– Pas du tout. Le désir agit comme un anesthésiant. Tu n'es pas d'accord avec moi ?

– Je… je ne sais pas.

Une lueur carnassière brillait dans les yeux noirs de Valentin.

– Tu n'as pas envie de le découvrir ?

Il l'entraîna vers le lit. Avant qu'elle comprenne ce qu'il lui arrivait, il l'allongea dessus et lui écarta les genoux.

– Arrête !

Elle se redressa non sans mal, les joues brûlantes et le cœur sur le point d'exploser. Son regard farouche le fit sourire.

– Désolé, dit-il, la tête sur l'oreiller et les mains croisées derrière la nuque. Je me suis trompé. Je t'ai prise pour une femme indépendante et capable de décider elle-même de sa vie.

– Je le suis ! protesta-t-elle avec colère. Et l'une de mes décisions de femme indépendante est de ne pas te laisser faire ça.

Elle ajusta ses vêtements et enjamba les détritus qui jonchaient le sol. Parvenue près de la porte, elle remarqua sur le manteau de la cheminée un petit buste de pierre représentant un homme barbu à la mine sévère.

– Vladimir Ilitch, l'informa Valentin, toujours étendu sur le lit.

– Qui ça ?

– Lénine. Le plus grand chef révolutionnaire que le monde ait jamais connu.

– Vraiment ? En quoi était-il si grand ?

Lénine était au pouvoir quand le tsar et sa famille avaient été fusillés dans une cave. Elle se rappela les détails horrifiants, les diamants cousus dans les corsets des filles, leurs cheveux rasés, le petit garçon terrifié.

– Ça prendrait trop de temps à expliquer.

Cette réponse pompeuse éveilla ses soupçons. Elle n'avait pas oublié leur discussion sur le fascisme et le communisme, et elle en vint à se demander ce qu'il savait au juste de l'idéologie révolutionnaire.

– Qu'y avait-il de si noble dans l'assassinat des Romanov ?

– Ils étaient des ennemis du peuple.

– Mais pourquoi ?

Les filles étaient presque toutes adolescentes, et cette seule idée lui donnait la nausée.

– Parce que.

Elle commençait à perdre patience, mais alors qu'elle s'apprêtait à lui reprocher son dogmatisme et son ignorance, elle repensa à Mlle Golspie et à la conversation qu'elles avaient eue dans l'après-midi, durant laquelle elle avait déclaré ne pas vouloir enseigner à des aristocrates. Valentin n'avait pas forcément de leçon à recevoir d'elle en matière de dogmatisme.

Elle contempla les petits yeux vifs de Lénine. Peut-être devrait-elle accepter le poste auprès des Leveson-Gower. Les raisons de le faire ne manquaient pas : l'argent, le compliment que constituait la recommandation de Mlle Golspie et ses arguments habiles sur l'intérêt qu'il y avait, pour la société en général, à instruire les enfants des classes aisées sur la situation des pauvres. Si les Russes s'étaient donné cette peine, médita-t-elle face à la mine dure et intransigeante du chef bolchevique, peut-être que cet homme ne serait pas devenu le plus grand révolutionnaire que le monde ait jamais connu. À supposer qu'il l'ait été.

5

Elle accepta le poste chez les Leveson-Gower. Tous les jours, elle longeait l'estuaire à pied pour se rendre à Rosyth – une marche agréable à travers bois, égayée par les reflets argentés et scintillants du Forth derrière les arbres. Au bord du sentier poussaient des géraniums bleus, des silènes, des stellaires, des herbes à Robert et autres fleurs sauvages que Marion adorait voir tournés vers elle lorsqu'elle passait, comme s'ils l'attendaient, et qu'elle cueillait pour les coincer dans son chapeau.

Bien évidemment, Valentin accueillit sa décision avec mépris.

– Tu travailles pour des oppresseurs ! Des aristocrates ! Des suppôts du capitalisme !

– Tu te trompes sur eux, je t'assure.

Car les Leveson-Gower menaient une vie simple. Chez eux, les bonnes manières primaient sur tout le reste, et elle ne les avait jamais entendus jurer ou faire une seule remarque hautaine – chose qu'elle était loin de pouvoir dire de Valentin.

– Ils n'ont aucune idée de ce qu'est le quotidien de la plupart des gens ! s'emporta-t-il.

– Pas du tout.

Conformément aux recommandations pressantes de Mlle Golspie, elle prit ses nouvelles responsabilités très au sérieux. Son élève, lady Mary Leveson-Gower, fut par conséquent tenue informée de toute l'actualité scientifique, politique et sociale.

– Tu n'as pas l'impression d'être une domestique ? se moqua Valentin la fois suivante.

Elle éclata de rire.

– Les domestiques là-bas ne se considèrent pas comme tels.

– Qu'est-ce que tu veux dire ?

– Ils sont bien plus snobs que les membres de la famille.

C'était étrange, et pourtant les employés des Leveson-Gower semblaient bel et bien s'approprier le statut de ces derniers. La cuisinière en particulier ne ratait pas une occasion de vanter les relations prestigieuses de l'Amiral.

Chaque fois qu'elle passait devant ses fourneaux pour entrer dans la maison ou en sortir, Marion avait droit à de nouveaux petits ragots. Savait-elle que la sœur de lady Rose Leveson-Gower était la duchesse d'York ? Non. Savait-elle que lady Rose appelait cette dernière Buffy[1] ? Elle s'en moquait complètement. Savait-elle que le mari de lady Rose, l'Honorable William Spencer Leveson-Gower, était surnommé « Wisp », le fétu de paille, par ses amis ? Ça, en revanche, c'était drôle. Un fétu de paille suggérait quelqu'un de menu, et l'Amiral pesait au moins cent kilos.

Toujours d'après cette employée, lady Rose aurait pu trouver un bien meilleur parti qu'un amiral. Marion le croyait sans peine. L'aristocrate avait tout d'une beauté romantique avec son visage ovale au teint de lait qu'encadraient de superbes cheveux blonds, ses sourcils sombres à la courbe élégante, son nez droit et fin, et surtout ses yeux améthyste.

– Oh, oui ! Il paraît que madame a reçu plus de vingt demandes en mariage ! Et que le *prince de Galles lui-même* l'admirait !

1. « Buffy » est le surnom du prénom Elizabeth, parfois prononcé « Elizabuff » par les enfants.

– Nom de nom, dit Marion, tout en ayant conscience que l'ironie de sa réponse échapperait à la cuisinière.

Contrairement à elle, cependant, Mme Crawford était friande de détails sur les faits et gestes de l'aristocratie. Marion lui racontait donc tout ce dont elle se souvenait. Et puis, sa mère avait été désespérée par le départ de Peter, et même si – fort heureusement – elle n'était pas au courant de leur conversation chez *Jenner's*, c'était un soulagement de la voir savourer l'aura de gloire que faisaient rejaillir sur elle ses liens avec une famille quasi royale. Nul parmi ses amis, ses voisins et les clients de la boucherie n'ignorait la proximité nouvelle de sa fille avec les grands de ce monde.

Sa proximité nouvelle avec Valentin la réjouissait moins, en revanche. En plus d'être insensible à son charme, Mme Crawford n'appréciait pas du tout ses manières trop familières. Peter, lui, n'aurait jamais osé passer en coup de vent à l'improviste, l'appeler « Madame C » ou se servir sans façon dans le garde-manger. Marion l'écoutait se plaindre tout en songeant que Valentin faisait bien d'autres choses que Peter ne se serait jamais autorisées – toutes plus agréables les unes que les autres.

Elle n'avait toujours pas cédé à ses avances, mais ce n'était presque plus qu'un détail technique à ce stade. Lorsqu'ils s'embrassaient, la main de Valentin s'insinuait sous son chemisier et remontait sous sa jupe presque à son insu. Elle n'avait jamais vraiment cru à l'amour jusqu'alors, en tout cas pas à celui des romans roses, censé vous foudroyer et vous faire tourner la tête, mais elle se demandait à présent si ce genre de passion n'existait pas réellement, au fond. Elle déambulait chez elle, rêveuse, et les récriminations de sa mère n'avaient aucun effet sur elle.

– Il parle sans arrêt des masses laborieuses, mais il n'a jamais trimé une seule journée dans sa vie.

Bien qu'elle fût d'accord avec elle, Marion se sentait obligée de le défendre.

– Il étudie, mère.

– Mais quelles sont ses intentions, au juste ?

La défaite du capitalisme ne serait pas une réponse satisfaisante à ses yeux, c'était évident. À la place, Marion avait recours à l'indignation.

– Mère ! On est en 1932. Les filles n'ont pas besoin d'un homme avec des intentions. Elles ont déjà les leurs.

De toute façon, Mme Crawford n'aurait pas approuvé celles de Valentin. Son antipathie à l'égard du jeune homme les poussait à prendre le chemin des collines par tous les temps. Là, les intentions du jeune homme se révélaient sur des tapis de bruyères, ou dans des grottes lorsqu'il se mettait à pleuvoir. Marion se refusait à lui, mais de plus en plus à contrecœur, il fallait bien l'avouer.

Un après-midi, ils prirent un pique-nique et suivirent un sentier sablonneux qui serpentait à travers la bruyère, les rochers réchauffés par le soleil, les bouleaux argentés et les ajoncs d'un jaune flamboyant. Lorsqu'ils s'arrêtèrent pour déjeuner, des oiseaux tournoyaient dans le ciel d'un bleu céruléen et à leurs pieds s'étirait l'estuaire du Forth, dont la surface se plissait et frissonnait comme de la soie sous la caresse du vent.

– J'ai un cadeau pour toi, dit Valentin.

Marion en fut surprise. C'était elle qui lui en faisait, d'habitude. Des chemises. Un pantalon. Deux chaises d'occasion pour sa chambre d'étudiant.

Il sortit de la poche de sa veste un sachet en papier qui enveloppait un objet dur et rectangulaire.

– J'espère que ça te servira.

Sa mine était sérieuse, mais il se retenait visiblement de rire.

Marion découvrit un petit livre gris pâle. *The Complete Book of Etiquette*. Le parfait manuel de l'étiquette.

– Maintenant que tu évolues dans les hautes sphères de la société, il faut que tu saches quel couteau à beurre utiliser en présence de tel ou tel évêque.

Ses critiques avaient fait place aux plaisanteries – ce qui en soi était une victoire –, et celle-là était bonne. Amusée, Marion tourna quelques pages.

– « Un gentleman ne devrait *jamais* porter un costume-cravate sur la plage. »

– Uniquement un smoking, se moqua Valentin. Avec des demi-guêtres et un haut-de-forme.

– « Et les bijoux ne sont pas de mise dans les dunes. »

– Grands dieux, non ! Tu as déjà vu une tiare sur la plage de Blackwool, toi ?

Ils éclatèrent de rire.

– Seul un snob pourrait te reprocher d'avoir utilisé la mauvaise fourchette à table sans le faire exprès, dit Marion.

– J'en suis soulagé. À moi maintenant. Oh, écoute celle-là : « L'emploi du mot "type" pour désigner quelqu'un est très mal élevé. Il convient d'éviter autant que possible l'usage récurrent de termes trop familiers et de saillies stériles. » Des *saillies stériles* ! répéta Valentin, hilare.

Marion lui reprit le livre. Elle riait tant qu'elle en pleurait presque.

– Tout le monde connaît l'histoire de ces deux naufragés qui ont passé vingt ans sur une île déserte sans s'adresser la parole parce qu'ils n'avaient pas été présentés, non ?

– Oh, oui ! répondit Valentin en déballant leur pique-nique.

Il disposa sur un rocher des œufs durs, de la limonade et des parts de gâteau qu'il avait subtilisées dans le garde-manger de Mme Crawford en profitant d'un moment d'inattention de sa part. Celle-ci avait régulièrement servi ses pâtisseries à Peter, mais jamais elle n'aurait laissé Valentin goûter à son fameux gâteau Victoria, une génoise fourrée à la confiture.

– « Lorsque plusieurs personnes se rendent au restaurant, c'est à l'homme le plus âgé d'entrer en premier et de demander une table », poursuivit Marion, avant de caler un club-sandwich en équilibre sur son crâne. « Une allure respectable passe par un dos bien droit et un maintien digne. »

– Si madame veut bien s'asseoir…, dit Valentin en montrant le rocher.

– Je vous remercie, vous êtes fort aimable, monsieur !

Le repas terminé, ils s'allongèrent par terre. L'air chaud embaumait les fleurs et leur montait à la tête. Valentin embrassa Marion jusqu'à ce qu'elle s'écarte de lui. Elle observa ses traits s'affaisser sous l'effet de la déception, puis se raidir de surprise lorsqu'elle déboutonna sa robe et ôta ses sous-vêtements. Debout devant lui, elle s'étira au soleil.

– Tu es sûre ? dit-il.

Elle acquiesça. Elle n'avait jamais été aussi sûre de quoi que ce soit.

À la fin, alors qu'ils reposaient immobiles parmi les bruyères, une pointe de curiosité la poussa à interroger Valentin sur son enfance. Il lui raconta qu'il avait fréquenté toute une série de pensionnats dont il s'était souvent fait expulser.

– Ta mère n'était pas trop contrariée ? s'étonna-t-elle – de son côté, elle n'osait imaginer ce que la sienne aurait dit.

– Elle s'en apercevait à peine, expliqua-t-il, la voix chargée de mépris. Elle était trop occupée à se pavaner à Monte-Carlo avec son deuxième mari.

En clair, elle vivait dans un autre monde. Marion revint au sujet qui l'intéressait :

– Pourquoi est-ce que tu te faisais renvoyer ?

– Voyons voir, dit-il en agitant sa cigarette en l'air. On a d'abord refusé de rejoindre le Corps d'entraînement des officiers. Ensuite on a peint en rouge une statue du roi.

– On ?

– Esmond et moi, dit-il comme si ce nom avait dû tout de suite l'éclairer.

– Esmond ?

– Mon cousin. On était à l'école ensemble. Enfin, dans

l'une d'entre elles. C'est lui qui m'a fait découvrir le communisme, expliqua-t-il d'un ton dans lequel transparaissait une grande vénération. Le jour de l'Armistice, on a glissé des brochures pacifistes dans tous les livres de prières. Elles en sont tombées pendant les deux minutes de silence. Tu n'imagines pas le scandale !

– Oh si. Mais pourquoi faire ça ? C'est un peu extrême, quand même.

– Parce que les écoles privées perpétuent un système de classe malfaisant et dépassé.

Sa désinvolture l'exaspéra. Il semblait n'avoir pas du tout conscience de ses privilèges.

– Les quartiers pauvres le perpétuent tout autant, cracha-t-elle. Mais malheureusement, il n'est pas aussi facile d'en sortir.

Valentin se redressa sur un coude.

– Tu es mal placée pour me faire la morale. Tu es employée par la sœur de la duchesse d'York, je te rappelle.

– Seulement cet été. Certains d'entre nous ont besoin de gagner leur vie, tu sais. Les gens n'ont pas tous la chance de naître avec une cuillère d'argent dans la bouche.

– Certains d'entre nous se servent de cette chance pour éveiller la conscience des travailleurs. Ils ne prétendent pas être féministes tout en léchant les bottes de l'aristocratie.

– Comment *oses*-tu ?

Il éclata d'un rire bas et triomphant.

– Tu es belle quand tu es en colère.

Elle le foudroya du regard, mais se sentit fondre en même temps. Il était si absurdement séduisant, et ces disputes les excitaient tous les deux. Elle roula sur le dos et fit tout juste mine de le repousser lorsqu'il se jeta sur elle.

– Et comment vous entendez-vous avec Mary ? s'enquit gracieusement la très vénérée lady Rose au bout de quelques semaines.

La journée tirait à sa fin et elle avait fait appeler Marion dans le salon. L'air autour d'elle vibrait du parfum des bouquets disposés sur toutes les surfaces. La femme du Commandant Amiral adorait les fleurs, et il y avait là des roses de toutes les tailles et de toutes les nuances.

– Très bien, répondit Marion. C'est une fillette intelligente.

Elle ne mentait pas. Mary était une enfant blonde et délicate qui compensait son manque de force physique par le grand intérêt qu'elle portait à ses cours.

– Elle m'a dit que vous lui avez parlé des suffragettes, déclara lady Rose en jouant avec son long collier de grosses perles.

Marion hésita. Lady Rose était-elle choquée ?

– Les femmes d'aujourd'hui doivent être informées de ce qu'est le monde d'aujourd'hui, dit-elle fermement. Nous évoquions le droit de vote et j'ai trouvé important de lui faire savoir que c'était en grande partie grâce aux suffragettes que nous l'avions obtenu.

Les yeux améthyste en face d'elle pétillèrent de malice.

– En effet. Elle est d'ailleurs bien remontée sur le sujet maintenant. Elle a fait la leçon à son père sur les différences de salaire entre hommes et femmes et le principe de l'égalité des droits, dit lady Rose avec un petit rire cristallin. Et elle a été emballée par le spectre qui hante l'Europe. Elle en a fait quelques dessins tout simplement terrifiants.

Mary avait été frappée par les premiers mots du *Manifeste du Parti communiste*, c'était vrai, mais ses questions avaient moins porté sur le matérialisme dialectique que sur l'apparence du spectre lui-même. Était-ce un squelette ?

– Elle a mentionné aussi les travaux de ces savants à Cambridge qui cassent des atomes.

– Cockcroft et Walton, oui.

Mary, qui avait un penchant pour les sciences, avait été fascinée par l'accélérateur de particules que les deux hommes avaient récemment mis au point – une expérience sensationnelle du fait de la tension électrique générée.

– Avez-vous songé à envoyer votre fille à l'école ? demanda Marion.

Cela lui paraissait logique, une fois qu'elle-même serait retournée à Moray House à l'automne. Mais elle semblait avoir dit cette fois quelque chose de vraiment choquant. Lady Rose ouvrit de grands yeux interloqués. L'espace d'un instant, son beau visage ovale exprima une incompréhension totale. Puis elle se ressaisit et retrouva sa mine avenante habituelle.

– Seigneur, mademoiselle Crawford, je ne pense pas que ce soit nécessaire, si ? Mes sœurs et moi n'avons eu qu'une gouvernante quand nous étions jeunes, et nous avons toutes fait un bon mariage.

Elle marqua une pause.

– Un *très* bon mariage, même, pour l'une d'entre nous, ajouta-t-elle d'un air qui en disait long.

Marion resta muette. Personne ne lui avait-il donc expliqué qu'un bon mariage n'était plus la seule voie d'accès à une vie intéressante ? En admettant qu'il l'ait jamais été, d'ailleurs. Les femmes pouvaient décrocher des diplômes et faire carrière désormais. Lady Rose vivait encore au Moyen Âge.

Une semaine plus tard environ, Mary l'accueillit avec animation.

– J'ai une grande nouvelle ! Tante Peter passera nous voir demain.

Ce nom étrange suggérait une sorte de virago en costume et monocle.

– Formidable, dit Marion avant de prendre un petit ouvrage posé sur la table de la salle d'études. En attendant, êtes-vous bien installée ? Si on se penchait sur la suite des aventures d'Alan Breck et David Balfour ?

Elles furent bientôt absorbées par la lecture du roman de

Stevenson, *Enlevé !*. Mary demanda à Marion si elle aurait été jacobite.

– Oh non ! Ils se sont trop laissé berner.

– Moi, je me serais ralliée au prince Charles !

– Il a abandonné ses partisans, lui fit remarquer Marion. Ils lui ont apporté tout leur soutien, mais il les a trahis et s'est enfui à l'étranger. Pour ne jamais revenir.

Mary médita gravement cet exemple d'un piètre comportement royal.

– Je suis contente que les princes ne se conduisent plus comme ça, dit-elle.

Plus tard ce jour-là, alors qu'elle se préparait à rentrer chez elle, Marion fut rejointe par lady Rose. Visiblement prête à aller se promener, l'aristocrate portait un chapeau cloche gris perle orné d'une plume assortie – un modèle de perfection très éloigné de son couvre-chef à elle, sur les bords duquel reposaient mollement les fleurs qu'elle avait cueillies ce matin-là.

– Mademoiselle Crawford ! Vous tombez bien.

Marion se figea, un peu méfiante. Lady Rose avait-elle eu vent de son point de vue très tranché sur Charles Édouard Stuart ? Certains Écossais ne pouvaient manquer d'y trouver à redire.

– Nous aurons de la visite demain.

Elle hocha la tête, imitée par les décorations flétries de son chapeau.

– Mary m'a parlé d'une certaine tante Peter.

À sa grande surprise, lady Rose éclata de rire.

– Son vrai nom est Elizabeth, mais comme les enfants n'arrivaient pas à le prononcer, ils ont choisi de dire Peter à la place.

Tante Elizabeth. Il n'y avait qu'une seule tante Elizabeth possible. La plus célèbre tante Elizabeth de la planète.

– Maintenant, bien sûr, nous devons tous l'appeler Son

Altesse Royale la duchesse d'York, précisa lady Rose avec malice.

Marion attendit la suite. À coup sûr, on allait lui dire que sa présence n'était pas requise devant des membres de la famille royale. Ma foi, tant mieux. Elle pourrait mettre ce temps libre à profit pour étudier en prévision de sa rentrée scolaire à l'automne.

– J'aimerais que vous fassiez sa connaissance, conclut lady Rose.

6

Le lendemain, Mary était surexcitée – un état inhabituel chez la fillette, mais avec lequel Marion composa de bonne grâce en jouant avec elle dans le jardin. Elles regagnaient la maison pour leur pause de 11 heures quand l'une des servantes les arrêta au passage.

– On vous demande dans le petit salon.

Au souvenir des visiteurs royaux attendus ce jour-là, Marion contempla sa robe mouillée au niveau de l'ourlet et couverte de magnifiques taches d'herbes. Elle leva le menton. Tant pis, ils devraient l'accepter telle qu'elle était.

Le petit salon s'étirait tout en longueur jusqu'à des fenêtres en saillie donnant sur la mer. Accrochés à une cimaise, des portraits aux cadres dorés ornaient les murs.

Lady Rose s'avança vers Marion en souriant et lui prit le bras.

– Mademoiselle Crawford ! Venez faire la connaissance de ma sœur. Il faudra dire Votre Altesse Royale quand vous lui serez présentée, mais après ça, « ma'am » suffira. Ma'am avec un « a » court surtout, comme dans « gamme ». Pas un « a » long comme dans « âme ».

La duchesse d'York était assise sur la banquette de la fenêtre. Elle ressemblait beaucoup à sa sœur, à ceci près qu'elle avait le visage plus large et les cheveux et les sourcils plus foncés. Marion nota le bleu perçant de ses yeux, son teint de porcelaine et la petitesse de ses mains et de ses pieds chaussés d'escarpins de couleur pâle. Des diamants étincelaient à ses doigts et plusieurs rangs de perles rehaussaient de leur doux éclat sa robe en mousseline bleue.

Elle eut soudain une conscience très nette de sa jupe tachée et de ses gros godillots.

– La fameuse Mlle Crawford ! s'exclama la duchesse d'une voix aiguë débordante d'allégresse et d'espièglerie. Rose m'a raconté tout le chemin que vous faisiez *à pied* tous les jours pour venir ici ! Ça représente des *kilomètres* et des *kilomètres* ! Vous êtes aussi robuste qu'un *cheval*, d'après elle.

Il était difficile de savoir comment réagir devant tant d'exubérance.

– J'aime marcher, répondit simplement Marion, avant de se hâter d'ajouter : Votre Altesse Royale.

La duchesse lui fit comprendre d'un geste de la main que ce titre était le cadet de ses soucis.

– Et la campagne ici est *très* jolie. « Ô Calédonie, fière et sauvage ! » déclama-t-elle en récitant les vers de Walter Scott. Nous autres Écossais, nous devons nous serrer les coudes !

Marion tenta de masquer sa surprise. Elle ne s'était même pas aperçue que la duchesse était écossaise. Cela ne s'entendait pas, en tout cas.

– J'imagine que vous avez réussi tout un tas d'effroyables examens, mademoiselle Crawford ?

– Quelques-uns, madame. *Ma'am*.

– Je n'en ai passé qu'un, moi. À Hackney – un endroit *horrible*. On m'a obligée à manger du tapioca et ça me rend *folle* de songer que je me suis forcée à avaler cette bouillie infâme pour rien ! J'ai raté l'épreuve, voyez-vous. Ne le répétez pas, mais je ne suis pas une grande intellectuelle.

Marion lui trouvait tout l'air d'un personnage de P. G. Wodehouse.

– Bertie ! cria justement la duchesse (c'était le nom du héros récurrent du romancier).

Marion se retourna. Coupant court à sa conversation avec l'amiral Leveson-Gower, un homme mince et brun accourut sur-le-champ. Habillé avec goût d'un costume en tweed taillé sur mesure, il serrait entre ses doigts fins une cigarette dont la fumée s'élevait en volutes.

– Oui, ma chère ? dit-il en regardant sa femme avec adoration.

– Voici l'incroyable Mlle Crawford ! Elle parcourt des *centaines* de kilomètres à pied par jour et a passé des *milliers* d'examens diaboliques.

Cela ne parut pas émouvoir le prince Albert, de toute évidence habitué aux exagérations de son épouse.

– Bon-bon-bon-bonjour, mademoiselle Crawford, parvint-il à articuler après plusieurs tentatives infructueuses.

– Je lui expliquais combien nous étions terriblement *bêtes* tous les deux.

– Oh, désespérément b-b-bêtes, approuva-t-il. Je suis sorti soixante-septième sur soixante-huit de ma promotion au Naval College d'Osborne.

– Mais ce n'était pas sa faute, mademoiselle Crawford. La jeunesse de mon mari a été gâchée par une série de précepteurs et de gouvernantes décrépits. N'est-ce pas, Bertie ?

Il acquiesça en tirant fort sur sa cigarette.

– Mme Bricka a été la p-p-première. Elle avait déjà eu ma m-m-mère pour élève, et elle était très v-v-v…

Il se mit à toussoter.

– Vieille, Bertie, compléta la duchesse. Rappelez-vous ce qu'a dit M. Logue : « Un gradé dragon dégrade un dragon gradé. »

Marion observa le duc s'efforcer de venir à bout de cet exercice de diction.

– … dégrade un d-d-d… oh, *zut !*

– *Respirez*, lui conseilla sa femme sans se départir de son sourire.

Il obtempéra, et cela sembla faire effet.

– Elle était très grosse aussi et ne se déplaçait jamais sans ses fichus manuels d'ang-g-glais et d'allemand.

– Ha, ha ! Et ce précepteur qui avait une *énorme* moustache !

Le duc tira encore sur sa cigarette. Ses joues se creusèrent, accentuant le côté osseux de son visage.

– C'était H-Hansell. Il portait des vêtements en tweed, fumait la pipe et c'était un c-c-con… oh, *zut, zut et zut !*

– Un conservateur ? Respirez *profondément*, Bertie !

Il jeta un regard plein de gratitude à son épouse, puis réessaya.

– Non, un con… con… *connaisseur* en matière d'a-a-ar… *mince, à la fin !*

Les mots « architecture ecclésiastique » mirent un moment à sortir, mais tout cela ne sembla pas du tout contrarier la duchesse.

– Parlez donc à Mlle Crawford de celui qui a mangé des têtards !

– Oh, oui ! M. H-H-H…

– Hua !

– Voilà. Mes frères et moi étions p-p-partis pêcher dans l'étang de Sandringham. On a attrapé beaucoup de t-têtards et en rentrant, on a demandé au cuisinier de les lui servir après le dîner sur des t-t-toasts, en guise de p-petits canapés digestifs.

– *Bertie !* s'exclama la duchesse, hilare à présent. Que doit *penser* Mlle Crawford ?

Dès son retour, Marion fut assaillie de questions par sa mère.

– Que portait Son Altesse Royale ?

– Du bleu.

Marion était épuisée. La visite du couple princier l'avait obligée à faire une plus longue journée que d'habitude, et elle était heureuse d'en voir la fin.

– *Du bleu* ? C'est tout ?

Docile, elle lui fournit plus de détails. Une fois passée sa fébrilité initiale, elle avait remarqué que, pour une jeune femme, la duchesse s'habillait dans un style très vieillot. Bien que coupée dans un tissu luxueux, sa robe n'était pas à la mode – sans doute parce que les modèles à taille basse qui aplatissaient la poitrine n'auraient pas flatté sa silhouette un peu ronde.

Mme Crawford buvait toutes ses paroles.

– Sa coiffure ? demanda-t-elle quand Marion eut terminé son rapport vestimentaire.

Elle aussi était un peu désuète : une frange et un chignon. Raté, de l'avis de Marion. La duchesse devait pourtant avoir les moyens de s'offrir les services des meilleurs coiffeurs.

– Est-ce que les petites princesses étaient là ? s'enquit ensuite sa mère.

Marion réprima un bâillement.

– Elles étaient à Balmoral avec le roi.

– À Balmoral ! répéta Mme Crawford, éblouie. Et le duc ? Comment était-il ?

– Il a une raie sur le côté qu'on dirait tracée à la règle. Des chaussures polies comme un miroir. Oh, et un défaut d'élocution, aussi.

– Seigneur ! Il bégaie ?

Marion s'en voulut d'avoir ouvert la porte à une nouvelle série de questions.

– C'est tout ce dont je me souviens, malheureusement, dit-elle en quittant la pièce. Notre relation avec la royauté est terminée.

La maison Leveson-Gower se remit peu à peu de cette

journée d'effervescence, qui alimenta les conversations des servantes durant quelque temps encore. Quant à la cuisinière, elle rapporta son bref échange avec la duchesse à qui voulait l'entendre.

– Je lui ai demandé quel âge avaient les princesses maintenant, répétait-elle à l'envi, tel un disque rayé. Son Altesse Royale m'a regardée comme je vous regarde là et elle m'a dit : « Cinq et deux ans. » Cinq et deux ans !

Ses joues flasques tremblotaient tandis qu'elle secouait la tête avec l'air de ne pas en revenir.

– Cinq et deux ans !

Un après-midi, lady Rose intercepta Marion au moment où elle s'apprêtait à partir.

– Puis-je vous dire un mot, mademoiselle Crawford ?

Elles passèrent dans le petit salon, où le parfum doux et entêtant des roses se mêlait à l'odeur de cèdre dégagée par le feu de cheminée, toujours allumé même les jours de grande chaleur.

Lady Rose s'installa gracieusement sur un canapé tapissé de soie rayée et ramena une mèche de cheveux blond foncé derrière son oreille.

– Je crois que vous avez fait forte impression, mademoiselle Crawford, dit-elle d'une voix suave.

– Comment cela ?

– Ma sœur aimerait que vous preniez en charge l'éducation de ses filles.

Marion resta d'abord pétrifiée, sans plus pouvoir réfléchir. Voyant cela, lady Rose se laissa aller contre le dossier du canapé et éclata de rire.

– Mademoiselle Crawford, cette tête que vous faites !

La chaleur et le parfum des roses oppressèrent soudain Marion.

– Vous voulez dire… votre sœur, la duchesse d'York ?

– Tout à fait.

– Ses filles la princesse Elizabeth et la princesse Margaret ?

– La princesse Margaret *Rose*, oui. Ma sœur pense que vous seriez parfaite.

Les diamants aux oreilles de lady Rose scintillèrent dans le soleil qui entrait par les fenêtres.

– Qu'en dites-vous, mademoiselle Crawford ?

7

Marion prit une profonde inspiration et s'efforça de remettre de l'ordre dans le chaos de ses pensées. Sa réponse allait de soi. Elle avait d'autres projets, des projets totalement différents.

– Je suis très honorée par cette proposition…

– Évidemment !

– … mais je suis obligée de la décliner.

– Quoi ? s'exclama lady Rose en blêmissant. Vous… vous refusez ?

– J'ai d'autres engagements. Je dois terminer ma formation et je compte ensuite travailler auprès des pauvres.

Ce fut au tour de l'aristocrate de rester interdite.

– Les… ?

Le mot ne voulait pas franchir ses lèvres, et ce fut en vain qu'elle tenta une seconde fois de le prononcer.

– Dans les quartiers défavorisés, ajouta Marion pour faire bonne mesure.

Le silence retomba entre elles, interrompu seulement par le crépitement du feu de cheminée. Le regard de lady Rose se perdit un instant dans les flammes. Le temps qu'il revienne se poser sur Marion, la stupéfaction s'y lisait encore, mais elle-même avait recouvré son calme.

– Mademoiselle Crawford, vous croyez manifestement avoir

trouvé votre vocation, mais en existe-t-il une plus noble que de servir votre roi et sa famille ? Existe-t-il un plus grand honneur ou une tâche plus importante que de façonner les jeunes esprits de la prochaine génération de dirigeants impériaux ?

Marion ne s'attendait pas à une réaction aussi habile. Elle avait joué la carte de la vocation, et lady Rose avait retourné son argument contre elle en l'accompagnant d'une dose de flatterie. Ses paroles faisaient de plus écho à celles de Mlle Golspie. « Vous devriez enseigner aux privilégiés. » Mais c'était justement ce qu'elle avait fait durant tout l'été. Elle avait accompli son devoir.

– Vous vous plairiez à Londres, continua lady Rose en enfonçant le clou. Une jolie fille comme vous passerait de très bons moments là-bas.

Marion réprima une pointe d'envie. Savoir que Valentin était originaire de la capitale lui faisait regretter de ne pas connaître cette ville. Mais elle aurait le temps de voyager plus tard, dans un avenir encore vague. Dans l'intervalle, la voie qu'elle avait choisi de suivre n'incluait pas de travailler pour la famille royale. C'était l'autre bout de l'échelle sociale qui l'appelait.

– J'ai peur de ne pas pouvoir, déclara-t-elle.

Lady Rose se leva, l'air résignée.

– Très bien, mademoiselle Crawford. Je ferai part de votre réponse à ma sœur.

En marchant à travers bois sur le chemin du retour, Marion se repassa cette incroyable conversation dans sa tête. Avait-elle eu raison de décliner la proposition ? De son point de vue, cela ne faisait aucun doute. Et puis, il n'y avait pas une gouvernante au monde qui ne sauterait sur une telle offre – de quoi sûrement tempérer le désagrément occasionné à lady Rose et aux York.

Sa mère, en revanche, serait effondrée, et cette idée lui donna des sueurs froides.

L'intérêt de Mme Crawford pour la famille royale virait depuis peu à l'obsession. Elle avait accroché des portraits de ses membres dans le salon et découpé dans les journaux des photos dont elle avait rempli plusieurs grands carnets – en réalité des feuilles de papier kraft reliées avec de la ficelle. Les Petites Princesses en avaient un rien que pour elles.

Non, impossible de rentrer tout de suite à la maison. Sa mère sentirait sa culpabilité et ne manquerait pas de lui faire subir un interrogatoire digne d'un tribunal. Il fallait d'abord qu'elle se ressaisisse.

Parvenue à l'orée du bois, Marion hésita. Il faisait lourd ce jour-là. Dans l'air flottait un parfum d'orage et une lumière jaune sale filtrait entre les feuilles tremblotantes des arbres.

Autant aller voir Valentin, décida-t-elle. Il n'attendait pas sa visite, mais ce serait une surprise. Elle ne comptait pas lui parler de la proposition des York – pas dans l'immédiat, en tout cas. À quoi bon ? Il ne ferait que jubiler et triompher. Et à l'inverse de sa mère, dont il n'avait pas la finesse de perception, il ne risquait guère de soupçonner quoi que ce soit.

Le temps qu'elle atteigne la ville, de grands nuages noirs s'étaient amoncelés dans le ciel. Un gros orage n'allait pas tarder à éclater. Elle se hâta le long de Princes Street – il fallait qu'elle s'abrite, et vite. Les gens jetaient eux aussi des regards dubitatifs au-dessus de leur tête avant de presser le pas.

La pluie se mit à tomber. En un rien de temps, un épais rideau gris s'abattit sur les trottoirs et se déversa dans les caniveaux. Les fleurs que Marion avait cueillies ce matin-là pendouillaient à l'arrière de son chapeau détrempé, qui s'affaissait désormais autour de son visage. Les cheveux plaqués sur le front, les jupons collés à ses jambes, elle pataugeait dans ses chaussures et glissait sur les pavés.

Il n'y avait presque plus âme qui vive dans les rues sombres à présent. Les rares véhicules de passage avaient allumé leurs phares, qui brillaient comme des yeux jaunes sous le déluge. Le tonnerre grondait et claquait avec fracas.

Les contours gris et flous de l'université se profilèrent enfin devant Marion. Ses pieds firent un bruit de succion et ses talons s'enfoncèrent dans la boue lorsqu'elle traversa la pelouse en tenant fermement son chapeau. Les marches du bâtiment central s'étaient transformées en chute d'eau. Elle s'engouffra dans le vestibule de la résidence, monta quatre à quatre l'escalier en bois et ouvrit en grand la porte de Valentin.

Son bonjour joyeux mourut sur ses lèvres. Deux personnes étaient allongées sur le lit au milieu des draps enchevêtrés qu'elle connaissait si bien. Valentin, les yeux fermés, avait la mine extatique et les hanches nichées entre une paire de cuisses blanches.

Marion fixa la scène, pétrifiée. Mais quelque chose bougea sur son visage. Quelque chose de chaud. Une larme brûlante coulait lentement sur sa joue.

8

Elle eut d'abord l'impression de tomber dans le vide. De se noyer, encore et encore. Puis la noirceur du désespoir fit place à une douleur féroce et sans relâche. Mais c'était de la colère, en réalité. Une colère qui ne l'abandonnait qu'au moment où, la nuit, elle sombrait brièvement dans le sommeil, et qu'elle retrouvait le matin dès qu'elle ouvrait ses yeux lourds.

Elle s'accablait de reproches. Elle n'était qu'une idiote. Et Valentin, un imposteur bien plus soucieux de sa petite personne que du peuple. Elle ne voulait plus jamais entendre parler de lui. Qu'il aille au diable – et avec lui la clique des pseudo-socialistes prétentieux qui se croyaient tout permis. Il avait beau jeu de prétendre s'attaquer aux citadelles de la bourgeoisie. En réalité, il n'aspirait qu'à trousser leurs occupantes.

Sa mère, à qui elle avait livré une version expurgée des événements, ne faisait que remuer le couteau dans la plaie.

– Je t'avais prévenue ! répétait-elle. Je n'ai *jamais* eu confiance en lui, moi.

Son indignation s'accrut lorsqu'elle découvrit quelle proposition d'emploi sa fille avait refusée. Cela ne pouvait être que la faute de Valentin, bien sûr. N'ayant aucune raison de la détromper, Marion se plongea à la place dans ses livres en prévision de la rentrée scolaire. Mais elle avait du mal à se concentrer. Les critiques de sa mère et la trahison de Valentin faisaient d'Édimbourg un cadre de vie difficile à supporter. En ville, toutes les rues lui rappelaient sa honte et son humiliation. Quant à sa maison – autrefois un refuge –, elle ne lui offrait plus que des silences glaciaux et des soupirs de martyres. Les portraits de la famille royale n'arrangeaient rien, avec tous ces yeux bleus qui la toisaient avec réprobation. Elle se sentait brisée, au point de ne pouvoir même envisager de rendre visite à Annie. C'était tout simplement au-dessus de ses forces.

Un besoin de s'échapper, ne serait-ce que quelque temps, monta bientôt en elle. En désespoir de cause, elle pensa à se tourner vers Peter. Peut-être sa demande en mariage tenait-elle toujours. Mais, toute considération romantique mise à part, un pensionnat dans les Highlands était-il vraiment la solution à son problème ?

Le poste de gouvernante qu'elle avait si vite refusé lui apparaissait désormais paré de bien des avantages. Elle aurait pu aller à Londres, au moins un moment. Elle aurait ainsi fait ce que Mlle Golspie lui avait conseillé au début de l'été. « Vous devriez enseigner aux privilégiés. » De son côté, lady Rose n'avait pas dit autre chose. « Existe-t-il un plus grand honneur ou une tâche plus importante que de façonner les jeunes esprits de la prochaine génération de dirigeants impériaux ? »

Elle avait raté le coche et ne pouvait plus revenir en arrière. Quelqu'un d'autre avait dû être engagé. Comme sa mère ne se lassait pas de le lui seriner, le monde entier rêvait de prendre soin des célèbres « Petites Princesses ».

Elle ressassait une fois de plus ses idées noires quand, à sa très grande surprise, Valentin entra chez elle un après-midi, comme si de rien n'était. Il avait très bien calculé son coup, ou plus probablement eu de la chance, parce que Mme Crawford était alors absente.

Assise à une petite table pliante sur laquelle elle avait étalé ses manuels pédagogiques – et qu'elle rangeait quand elle avait fini d'étudier, faute de place dans le salon –, Marion le regarda se laisser tomber sur le fauteuil de sa mère près de la cheminée et allumer une cigarette.

– Je ne veux pas te perdre, déclara-t-il avec le plus grand sérieux.

Une folle envie de rire s'empara d'elle, mêlée à celle de lui briser un vase sur le crâne.

– C'est un peu tard pour ça, non ? dit-elle aussi calmement que possible. Je t'ai surpris au lit avec une autre.

– Oui, mais ça ne change rien.

– *Ça ne change rien ?*

– On peut aimer deux personnes en même temps.

– Quoi ?

– J'appelle ça « repenser les relations conventionnelles », dit-il avec un sourire enthousiaste. C'est une nouvelle forme d'amour, appropriée à notre époque moderne.

Marion n'en croyait pas ses oreilles.

– Je peux vous aimer toutes les deux, insista-t-il comme si c'était la chose la plus naturelle au monde. Pourquoi pas ?

Si Marion ne trouva pas les mots pour lui répondre, quelqu'un d'autre en revanche n'en manqua pas.

– Sortez !

C'était sa mère. Aucun d'eux ne l'avait entendue entrer. Plantée sur le seuil de la pièce, Mme Crawford exsudait une rage sans nom, pareille à une créature vengeresse légendaire.

– Vous avez fait assez de dégâts comme ça, cracha-t-elle.

Valentin ne se le fit pas répéter et s'enfuit en emportant ses nouvelles formes d'amour avec lui.

– Bon débarras ! cria Mme Cawford sans se soucier de ce que penseraient les voisins pour une fois.

La porte d'entrée claqua, et un portrait de la reine qui comptait parmi les derniers à avoir rejoint sa collection glissa de travers sur le mur. Mme Crawford se tourna ensuite vers sa fille et lui fourra une enveloppe dans les mains.

– Au fait, il y avait ça sur le paillasson. Le facteur vient sans doute de le déposer. On dirait un courrier important – enfin, si on fait abstraction de la boue. Ton ami a réussi à le piétiner au passage.

– Ce n'est pas mon ami, répliqua Marion, contrariée.

En plus d'une empreinte de chaussure, l'enveloppe s'ornait d'une couronne imprimée en relief. Marion l'ouvrit et en sortit deux feuillets épais recouverts d'une large écriture arrondie. L'adresse aussi figurait en lettres gaufrées sur le papier : La Loge Royale, Grand Parc de Windsor.

Elle lut le message, en proie à un sentiment d'irréalité de plus en plus grand.

– C'est la duchesse d'York, dit-elle lentement.

La colère de sa mère s'évanouit sur-le-champ.

– Que veut-elle ? Que dit-elle ?

Pourquoi ne pas venir passer un mois avec nous pour voir si vous appréciez notre compagnie, et nous la vôtre ? proposait Son Altesse Royale.

On lui offrait une seconde chance, finalement.

DEUXIÈME PARTIE

145, Piccadilly

9

La campagne écossaise défilait derrière la vitre du train qui fonçait vers le sud dans un bruit de tonnerre. De gros arbres et des haies sombres et touffues bordaient les champs vallonnés et dorés de cette fin d'été, tandis que sous les traînées de vapeur de la locomotive, des séneçons jaunes et des buissons pourpres égayaient les côtés de la voie ferrée. Les yeux rivés sur le paysage, Marion se demanda si elle aurait conscience du moment où ils franchiraient la frontière. Sentirait-elle quelque chose la tirailler ? L'Écossaise en elle percevrait-elle un signe lui indiquant qu'elle avait quitté sa terre natale et pénétré en territoire étranger, au pays des Anglais ?

Sa valise était rangée au-dessus d'elle sur le porte-bagages. Elle ne contenait pour ainsi dire que de vieilles affaires. Son manteau bleu pâle était usé lui aussi, mais elle n'avait pas de quoi s'offrir de nouveaux vêtements, et la famille royale ne se montrait guère généreuse avec ses employés.

– Je vais là-bas pour travailler, avait-elle dit à sa mère lorsque celle-ci avait voulu lui acheter des patrons de robes de bal. Pas pour danser. Et je ne pars qu'un mois, ce n'est donc pas la peine de faire des frais. S'ils tenaient à ce que je sois bien habillée, ils n'avaient qu'à bien me payer.

Parce qu'elle serait nourrie et logée, elle toucherait un

salaire inférieur à celui que lui avait versé lady Rose. Elle disposerait d'une chambre à Windsor, où les York passaient leurs week-ends, et d'une autre dans leur résidence principale, à Piccadilly, durant la semaine.

– Ils ont deux maisons ! s'était-elle exclamée.

– Ce sont des membres de la famille royale, avait répondu sa mère, comme si cela expliquait tout.

– Ce sont des membres de la famille royale, avait répété Mlle Golspie un peu plus tard.

Assise sous un portrait d'elle au Girton College, la directrice la fixait avec malice derrière ses lunettes colorées.

– Vous ne m'en voudrez pas de différer ma rentrée à Moray House ?

Marion l'avait presque espéré, pourtant. À présent que presque tous les détails pratiques étaient réglés, elle doutait d'avoir pris la bonne décision.

– Pas du tout. Au contraire, je considère ça comme un détachement administratif. Une extension de votre devoir, qui consiste à faire connaître la vie des gens ordinaires à ceux qui en sont, disons, un peu éloignés.

Marion avait hoché la tête sans conviction. « Un peu éloignés », quel euphémisme ! Il suffisait de parcourir rapidement les carnets de Mme Crawford pour comprendre que la distance séparant la princesse Elizabeth du commun des mortels équivalait à celle entre la Terre et la planète la plus lointaine de la galaxie. Elle n'avait même pas l'air d'une enfant, mais plutôt d'une poupée blanche et dorée, toujours parfaitement peignée et vêtue d'invraisemblables robes à fanfreluches.

Elle s'appelait Elizabeth Alexandra Mary. Née à Londres en avril 1926, elle occupait la troisième place dans l'ordre de succession au trône, et sa venue au monde avait été saluée par vingt et un coups de canon tirés depuis la tour de Londres. Neuf rois, une reine et un empereur s'étaient également fendus d'un télégramme de félicitations. À l'âge d'un an, elle avait reçu trois tonnes de jouets offerts par l'Australie et la Nouvelle-Zélande. Pour ne pas être en reste, les Français lui avaient fait cadeau de deux poupées accompagnées de cent cinquante accessoires, parmi lesquels des paires de gants, des coffrets à bijoux, des sacs brodés de perles, des éventails, des ombrelles, des brosses à cheveux en écaille de tortue et du papier à lettres frappé de leur monogramme. Dans tout l'Empire, son effigie apparaissait sur des timbres et des boîtes de bonbons. Elle avait sa statue de cire au musée Madame Tussauds, des services de pédiatrie portaient son nom dans certains hôpitaux et un drapeau avait récemment été hissé au-dessus de la Terre de la Princesse-Elizabeth, en Antarctique. Rien de tout ça ne pouvait encourager une vision mesurée de soi-même et des autres.

– Mais que ferai-je avec elle ? avait demandé Marion, paniquée. Comment montrer à une enfant comme elle ce qui est normal ?

Mlle Golspie avait balayé ses craintes d'un geste de sa main ornée d'une grosse bague en bakélite bleue. Plusieurs bracelets en bois s'étaient entrechoqués à son poignet.

– Utilisez votre imagination, ma chère !

– Mais…

– Sortez vous promener ensemble ! Londres est une grande salle de classe à ciel ouvert. Faites-lui prendre le bus ! Emmenez-la dans les parcs ou chez *Woolworths* !

– *Woolworths ?*

– Et pourquoi pas ? Il y a fort à parier qu'elle n'y a jamais mis les pieds. Ce serait une première royale !

Marion avait médité ce conseil. Une fois sa surprise et sa panique estompées, elle avait saisi ce qu'on attendait d'elle. Une formation tout sauf classique. Des leçons comme aucun enfant royal n'en avait jamais reçu.

Même avec de telles intentions, dire au revoir à Annie n'avait pas été facile. Cela faisait quelques semaines qu'elle n'était pas allée à Grassmarket, et le quartier lui semblait s'être encore dégradé – si tant est que cela fût possible.

– Asseyez-vous, mademoiselle Crawford, avait dit la mère de la fillette en esquissant un sourire grimaçant et édenté.

Elle portait toujours un linge enroulé autour de la tête. Installée sur l'unique lit du logement, qui faisait aussi office de canapé, Marion avait cherché des yeux le mannequin de Mme McGinty. Il se trouvait d'habitude près de la fenêtre sur cour, là où la couturière pouvait profiter d'une lumière ténue, mais elle avait découvert ce jour-là que la famille l'avait vendu.

– Maman n'y voit plus assez bien, avait expliqué Annie tristement. Et comme elle arrive plus à coudre de belles toilettes, elle a perdu son emploi.

Cela avait inquiété Marion. Comment les McGinty allaient-ils s'en sortir ?

– Je me débrouille quand même avec les petits travaux d'aiguille, l'avait rassurée la brave femme. Je raccommode des robes pour mes voisines.

– Et moi, je fais des ménages, avait ajouté sa fille avec fierté. Je ramène du linge que je lave dans mon baquet.

Une enfant de huit ans qui faisait le ménage et la lessive ! Rongée par la culpabilité et le doute, Marion avait eu du mal à garder son sang-froid, mais elle s'était rappelé ensuite les paroles de Mlle Golspie. Elle allait attaquer le problème à la racine.

En attendant, elle avait jugé préférable de taire l'endroit où elle allait. Le contraste était trop cruel, et les explications à fournir trop compliquées. Du reste, cette séparation ne serait que temporaire.

– Je ne serai pas absente très longtemps, avait-elle promis.

Annie s'était penchée vers elle en lui donnant à respirer l'odeur de son petit corps crasseux.

– Mademoiselle Crawford, je peux venir avec vous ?

– Oh, Annie, avait murmuré Marion, le front appuyé contre les cheveux sales de l'enfant. J'aimerais tant que ce soit possible.

Le train traversa le pays en multipliant les arrêts – toujours dans les pires quartiers de chaque ville. Durham. York. Leeds. Doncaster. Les cheminées des usines et les rangées de maisons mitoyennes noircies par la suie se ressemblaient toutes. Tant de misère, rumina Marion. Et elle, elle s'en allait servir les plus riches. C'était insensé, vraiment.

Mais elle serra les dents en pensant à Mlle Golspie et se força à réfléchir à son programme scolaire alternatif. Ce dernier inclurait un trajet en bus et une sortie chez *Woolworths*, comme son mentor l'avait suggéré. Et pour éclairer la princesse sur la manière dont la nation était administrée et protégée, peut-être iraient-elles aussi visiter le Parlement – mais juste la galerie accessible au public – et un poste de police. Sans oublier les docks de Londres, pour le commerce. Et la Banque d'Angleterre, afin qu'Elizabeth comprenne le fonctionnement de cette instance et mesure combien sa famille était riche par rapport à la plupart des gens.

Une fois son programme bien en tête, Marion prit l'exemplaire du *Teacher's World* qu'elle avait acheté à la gare. Ce magazine était son préféré parmi ceux dédiés à l'enseignement en raison de la rubrique qu'y tenait la chroniqueuse Enid Blyton, « Letter from Bobs ». Cette « Lettre de Bobs », censée être rédigée chaque semaine par le fox-terrier de l'auteur, visait à éveiller l'intérêt des jeunes lecteurs pour les animaux et faisait partie des petits plaisirs coupables de Marion. Cette semaine-là, Bobs avait pourchassé le facteur en retournant tous les parterres de fleurs de sa maîtresse. Malgré elle, Marion sourit. Cette femme avait du talent. Elle pourrait écrire de formidables livres pour enfants si elle le voulait.

La princesse Elizabeth aimerait-elle la « Lettre de Bobs » ?

Les York avaient-ils seulement des chiens ? Elle savait si peu de choses sur l'endroit où elle allait.

Les heures défilèrent. Elle somnola, lut un peu, somnola encore. Des voyageurs montèrent et descendirent du train. Au bout d'un moment, elle rouvrit les yeux en sursaut et découvrit le panneau « King's Cross » derrière la vitre. Ils arrivaient à Londres.

Elle était impatiente de découvrir la ville, mais la nécessité de porter ses bagages, de se repérer parmi les lignes de métro et d'effectuer les bons changements l'emporta sur tout le reste. Elle attrapa de justesse son train à destination de Windsor. Une heure plus tard environ, au détour d'un virage, elle aperçut au loin une masse imposante de tours et de murailles. Sur la toile criarde du soleil couchant, les créneaux des remparts se détachaient comme des dents noires. Un drapeau claquait doucement au vent. Après avoir traversé toute l'Angleterre du nord au sud, elle avait presque atteint sa destination.

La gare de Windsor & Eton était silencieuse et plongée dans l'obscurité. Alors qu'elle posait sa valise sur le quai, un homme en uniforme vert sombre surgit à ses côtés.

– Mademoiselle Crawford ? dit-il avec un fort accent londonien peu familier à ses oreilles. Ben ça alors, vous êtes toute jeune, non ? Je m'attendais à quelqu'un de plus vieux moi. C'est votre valise ?

– Oui, oui et oui, répondit Marion, amusée.

Elle n'avait encore jamais roulé en voiture jusque-là, et l'expérience fut grisante, malgré le bruit et l'odeur de cigarette dans l'habitacle. Ils ne tardèrent pas à sortir de la ville. Dans le noir, Marion distinguait à peine les contours des arbres.

– Nous y sommes, dit son chauffeur en franchissant un portail peint en blanc.

Devant eux se dressait un grand bâtiment tout illuminé.

Une silhouette solennelle aux cheveux argentés et en queue-de-pie apparut sur le seuil.

– Mademoiselle Crawford ? Je suis M. Ainslie, le major-dome. Leurs Altesses Royales le duc et la duchesse d'York sont à Londres ce soir.

Marion en fut soulagée – elle pourrait aller se coucher directement. Elle était si fatiguée qu'elle se sentait capable de dormir à même le sol.

– Cependant, continua M. Ainslie d'un ton grave, Son Altesse Royale la princesse Elizabeth a souhaité attendre votre arrivée. Si vous voulez bien me suivre à l'étage…

Privée de tout espoir de repos – du moins dans l'immédiat –, Marion lui emboîta le pas à contrecœur et traversa dans son sillage une grande pièce richement décorée où d'énormes fenêtres cintrées donnaient sur une nuit impénétrable. Elle commençait à avoir l'impression d'évoluer dans un rêve – une impression renforcée par les visages qui semblaient se détacher des tableaux suspendus au mur à mesure qu'elle avançait.

Après avoir emprunté plusieurs couloirs et escaliers, Ainslie frappa un petit coup à une porte. Elle s'ouvrit aussitôt sur une imposante femme aux mâchoires carrées, toute vêtue de noir, qui détailla froidement Marion de la tête aux pieds.

– Mademoiselle Crawford, madame Knight. La nourrice de la princesse Elizabeth.

Les présentations faites, Ainslie décampa aussi vite que si sa vie en dépendait.

Marion sentit l'œil étincelant de l'employée prendre note de son manteau élimé. L'instant d'après, Mme Knight lui tournait le dos et s'éloignait d'un pas assuré dans ses chaussures plus confortables qu'élégantes. Marion la suivit dans une nurserie peinte en rose et meublée d'une table, de chaises, d'étagères et de commodes. Était-ce là qu'étaient rangées les trois tonnes de jouets et les poupées françaises avec leur papier à lettres ?

Le décor était cependant plus dépouillé que ce qu'elle

avait imaginé. Elle aurait pu se croire à Rosyth, en fait, et la chambre elle-même ne fit que confirmer cette impression avec ses tons bruns chaleureux et sa cheminée devant laquelle avaient été disposés un séchoir à linge, un tapis et un fauteuil. En face, une silhouette à la tignasse toute bouclée se tenait assise dans un petit lit au cadre métallique.

Marion la dévisagea avec surprise. La fillette la plus célèbre du monde ne ressemblait guère à la poupée à fanfreluches des photos. Elle portait une chemise de nuit toute simple à fleurs roses et secouait avec énergie les deux cordons de robe de chambre qu'elle avait attachés aux extrémités du lit.

– Au trot ! ordonna-t-elle d'une petite voix haut perchée.

C'était un spectacle comique pour le moins inattendu.

– Vous conduisez souvent votre attelage ici ? demanda Marion.

Les boucles blondes acquiescèrent.

– Oh, oui ! Toujours. Je fais faire une ou deux fois le tour du parc à mes chevaux avant de me coucher. Ils ont besoin d'exercice.

À ce moment-là, Mme Knight jugea opportun de s'interposer.

– Je vous présente Mlle Crawford, dit-elle du même ton qu'elle aurait annoncé une sinistre nouvelle.

La princesse laissa tomber ses cordons et examina plus attentivement Marion de ses yeux bleus vifs et perçants – les mêmes que sa mère.

– Pourquoi vous n'avez pas de cheveux ?

Ignorant le grognement méprisant de Mme Knight, Marion ôta son chapeau.

– Ceux que j'ai me suffisent bien. On appelle ça « la coupe Eton ».

Cette explication parut satisfaire la fillette, qui hocha la tête et reprit ses rênes pour négocier un virage manifestement dangereux.

– Vous allez rester avec nous ? demanda-t-elle, toujours aussi directe.

Marion hésita.

– Durant quelque temps, au moins.

– Il est l'heure de dormir maintenant, les interrompit Mme Knight avec autorité.

La princesse se laissa border, avant de se redresser et de fixer Marion bien en face.

– Vous jouerez avec moi demain ?

– Euh… oui. Volontiers.

Un grand sourire éclaira le visage jusqu'alors si sérieux de la fillette. Le changement fut impressionnant, et Marion ne s'en était pas encore remise lorsque la princesse ajouta joyeusement :

– Bonne nuit. À demain.

10

Marion dormit d'un sommeil lourd dont elle émergea lentement au matin, comme quelqu'un qui serait remonté à l'air libre depuis les profondeurs de l'océan. Allongée dans un lit inconnu, elle contempla un plafond blanc qui ne lui disait rien du tout. Où était-elle ?

Puis tout lui revint en mémoire. La Loge Royale. Le cerbère dans la nurserie. Le tour du parc avant le coucher.

Elle repoussa les couvertures et s'approcha de la fenêtre. Derrière les rideaux à motifs fleuris, le soleil brillait entre les feuilles des arbres et des oiseaux sautillaient sur une pelouse qui s'étirait jusqu'à un ensemble de plates-bandes.

Un bruit léger, mais distinct, attira alors son attention. Un cri d'enfant peut-être. Alarmée, elle enfila sa vieille robe de chambre et sortit sur le palier désert. Le bruit lui parvint plus nettement. Aucun doute, c'étaient bien des cris. Des cris et des coups.

Elle pensa à la petite fille au sourire fripon qui dirigeait son attelage de chevaux depuis son lit. Était-elle en danger ? N'y avait-il aucun employé dans les parages ? Sans réfléchir, elle s'élança pieds nus vers l'étage inférieur, où une porte ouverte à l'angle d'un couloir lui dévoila une vaste chambre.

Plantée au milieu de la moquette bleue, une enfant en

chemise de nuit lui tournait le dos en agrippant un oreiller bordé de dentelle.

– Elizabeth ?

La princesse fit volte-face, le teint rosi et les yeux brillants.

– Mademoiselle Crawford ! s'exclama-t-elle.

Au même instant, une autre fillette plus jeune et plus potelée surgit de derrière la porte et abattit son oreiller sur elle avec un rugissement triomphant.

– Margaret, espèce de brute ! Je ne regardais pas !

Pendant qu'Elizabeth se lançait à la poursuite de sa benjamine en criant vengeance, Marion avisa un grand lit recouvert d'une courtepointe en satin bleu sous laquelle se devinait un couple. Deux visages rouges de protestation en émergèrent lorsque les petites commencèrent à les attaquer à coups d'oreiller.

Elle avait devant elle le duc et la duchesse d'York.

– Rendez-vous ! exigea la plus jeune des princesses, l'air menaçante.

– Jamais ! répliqua sa mère en portant une main à son front à la manière des héroïnes de films mélodramatiques – une image accentuée par ses cheveux qui tombaient en cascade sur ses épaules.

– Demandez grâce ! ordonna Elizabeth à son père.

Il s'abrita derrière ses fines mains pendant qu'elle s'acharnait sur lui.

– J-j-j-jamais ! bégaya-t-il avant d'être pris d'une quinte de toux.

Un nouvel oreiller jeté par Margaret envoya par terre tous les accessoires d'une coiffeuse. Un flacon de parfum en cristal se brisa sur une brosse argentée. Un pot de talc perdit son couvercle et répandit son contenu à leurs pieds. Pour autant, seuls des glapissements ravis accueillirent ce désastre.

Marion inspira la fragrance entêtante dégagée par la tache

qui s'était formée sur le tapis. Elle ne savait plus du tout quoi dire.

– Mademoiselle Crawford ! lança la duchesse en l'apercevant enfin. Que devez-vous penser de nous ?

Son Altesse Royale portait un pyjama en soie épaisse, et Marion se demanda ce qu'elle, elle devait penser d'elle, avec sa robe de chambre élimée et ses grands pieds nus à la peau toute pâle.

– J'aurais dû vous prévenir que nous faisions toujours une bataille d'oreillers le matin, ajouta la duchesse en éclatant de rire. Nous voulons que nos filles aient une enfance aussi normale que possible !

Marion regagna son étage en écoutant leurs cris résonner dans le couloir derrière elle. Tout cela était à peine croyable, à commencer par l'explication de la duchesse. Débuter la journée en essayant d'assommer ses parents à coups d'oreiller était-il vraiment le signe d'une enfance normale ? Et qui nettoyait tout après ces bagarres ? Elle était heureuse que ce ne soit pas elle.

Sa confusion s'accentua lorsqu'elle découvrit qu'un grand plateau marron l'attendait devant sa porte. Une théière en argent, une tasse et une soucoupe en porcelaine, deux œufs durs, un porte-toasts lui aussi en argent et une plaquette de beurre frappée des armoiries royales y avaient été disposés avec un soin exquis à côté d'une serviette d'un blanc immaculé et d'un journal qui semblait avoir été repassé.

Elle étala ce dernier sur le bureau de sa chambre, très pratique malgré ses modestes dimensions, et prit son petit déjeuner en le lisant. Les nouvelles n'étaient pas bonnes. Le chômage avait encore augmenté, près de trois millions de personnes étaient à présent concernées. Le nord de l'Angleterre, son Écosse natale et les vallées du sud du pays de Galles étaient les zones les plus touchées, celles où la crise économique et la pauvreté sévissaient plus durement qu'ailleurs. La réduction des aides sociales n'arrangeait rien, et des habitants de ces régions avaient entamé des marches contre la faim jusqu'à Londres afin d'attirer l'attention sur leur sort et exiger l'abolition des Means Tests, ces enquêtes tant honnies sur leurs revenus. Depuis 1931, un vaste plan d'austérité générale conditionnait en effet le versement d'une allocation chômage minimale à un examen intrusif et humiliant des revenus de tous les membres du foyer. Les retraites, les économies, et même les possessions familiales étaient prises en compte. Marion lut un article sur les manifestants, dont beaucoup n'avaient pu se vêtir que grâce aux efforts collectifs de leurs proches – le pantalon du père, le manteau d'un frère, les bottes d'un oncle. Une vague de colère monta en elle. Comment les gens pouvaient-ils encore vivre ainsi en 1932 ?

Elle contempla le couteau en argent dans sa main et la plaquette de beurre frappée des armoiries royales en sentant s'envoler son bel appétit.

Elle venait de finir de s'habiller lorsque la porte de sa chambre s'ouvrit brusquement.

– Mademoiselle Crawford ! Je vais vous emmener visiter ma Maison Miniature !

La princesse Elizabeth portait une robe rose lacée sur le devant avec de petits mancherons blancs – une tenue très chargée qui évoquait vaguement les costumes traditionnels tyroliens. Ses cheveux avaient été brossés avec soin, ses souliers bien astiqués et ses chaussettes blanches remontées jusqu'à ses genoux – lesquels étaient dépourvus de la moindre égratignure.

Elle n'avait plus grand-chose à voir avec l'enfant qui s'était livrée à une bataille d'oreillers dans la chambre de ses parents.

– La Maison Miniature ?

– Un cadeau des habitants du pays de Galles, expliqua la princesse avec désinvolture. C'est gentil de leur part, vous ne trouvez pas ?

Marion jeta un coup d'œil aux mines pincées des chômeurs gallois dont le journal avait publié la photo.

– Très gentil, oui.

– Venez !

Dans le jardin, elle découvrit que les fleurs en Angleterre étaient toutes épanouies, et non pas encore au stade de bourgeons, comme en Écosse. La Loge Royale, qu'elle croyait blanche, s'avéra quant à elle peinte en rose pâle. Ses rangées de portes-fenêtres cintrées et les fleurons ornant sa balustrade lui donnaient un côté exotique inattendu, surtout au regard des rhododendrons colorés qui l'entouraient et des arbres au feuillage vert tendre en arrière-plan.

– Je parie que vous adorez grimper tout en haut, fit remarquer Marion alors qu'elles passaient devant un magnifique cèdre du Liban.

– Je ne suis jamais montée à un arbre.

– Jamais ?

– Alah n'aimerait pas ça. Je dois rester sur les sentiers et éviter de me salir.

– Allah ?

Qu'est-ce que le dieu de l'islam venait faire là-dedans ?

– Mme Knight, expliqua la princesse. Regardez ! On est arrivées.

La Maison Miniature était en réalité très grande, bien plus que Marion ne l'avait imaginé. Il s'agissait même d'une véritable maison, simplement réduite à l'échelle d'une enfant de six ans, avec une cheminée carrée et une façade d'un bleu très pâle sur laquelle se détachaient deux larges fenêtres en saillie au rez-de-chaussée et trois autres à l'étage surmontées d'un toit en chaume ondulé. Un muret en briques bordait l'avant, non loin d'un cadran solaire posé au milieu d'un cercle de gazon.

– « Y Bwthyn Bach », dit Elizabeth en désignant des mots peints en lettres gothiques noires au-dessus de la jolie porte d'entrée. Ça signifie « La petite maison », en gallois. Venez, mais faites attention à votre tête !

Marion se baissa pour franchir le seuil et observa les lieux avec étonnement. Rien ne manquait. Il y avait là des petites chaises, une horloge, des rideaux de chintz bleus aux fenêtres – lesquelles s'ouvraient comme de vraies fenêtres.

Elizabeth s'amusa à allumer et éteindre les lumières.

– On a l'électricité, dit-elle.

Marion se rappela le journal du matin. Les marches de la faim.

– Savez-vous que la plupart des gens au pays de Galles ne l'ont pas ? demanda-t-elle prudemment.

L'enfant posa sur elle un regard très sérieux.

– Mais ils ont plein de *charbon*, mademoiselle Crawford. Grand-mère me l'a dit. Elle a visité des tas de mines.

Sa réponse sidéra Marion. Cette enfant n'avait pas la moindre idée des conditions de vie de certaines personnes. Il était temps que quelqu'un l'éclaire.

– La plupart des mines ont fermé, déclara-t-elle.

– Oh, c'est formidable ! s'écria Elizabeth en battant des mains. Les mineurs doivent être très contents.

– Euh… non, pas exactement.

Les grands yeux bleus de la fillette se firent accusateurs.

– Mais d'après grand-mère, ils faisaient un travail très, très sale. N'est-ce pas vrai ?

– Eh bien, si, mais…

– Là, vous voyez.

Très satisfaite, la princesse s'éloigna en sautillant vers la cuisine.

Marion hésita avant de la suivre. Elle était pour le moins estomaquée. Devant tant d'ignorance, par quoi allait-elle bien pouvoir commencer ?

Peut-être par l'égouttoir, décida-t-elle en passant un doigt sur l'épaisse couche de poussière qui le recouvrait.

– Parlant de choses très, très sales, pourquoi ne nettoyez-vous pas ça ?

– Nettoyer ça ? Mais je ne sais pas comment faire.

– Oh, mon Dieu…

– Qu'y a-t-il ? demanda Elizabeth, un peu anxieuse.

– Les Gallois seraient très contrariés s'ils apprenaient combien cette maison est sale. Ils pourraient même exiger de la récupérer.

– Mais alors, mademoiselle Crawford, qu'allons-nous faire ? paniqua la fillette en se dandinant d'un pied sur l'autre.

Marion ouvrit les placards de la cuisine et y trouva un assortiment de brosses, ainsi qu'un balai à franges et un seau.

– Le ménage, bien sûr.

La princesse se révéla une femme d'intérieur douée. Elle tapota les oreillers du lit à baldaquin de l'étage, saupoudra un peu d'Ajax dans la cuvette des toilettes et apprécia en particulier de faire couiner les vitres en les frottant avec du papier journal. Puis elle sortit la vaisselle collante du petit buffet en chêne et entreprit de la laver dans l'évier miniature.

– C'est vraiment très amusant ! s'exclama-t-elle avec le même grand sourire que la veille, les bras enfoncés jusqu'aux coudes dans une eau savonneuse.

– N'est-ce pas ? dit Marion en essayant de ne pas penser à Annie McGinty et à sa mère, contraintes de faire le ménage pour subsister, elles.

11

C'était l'heure du repas à la Loge Royale, et Marion patientait debout derrière une chaise dans une salle à manger offrant une jolie vue sur le jardin. Elle avait été surprise que les York l'invitent à déjeuner avec eux.

– Leurs Altesses Royales mènent une vie simple, lui avait dit Ainslie, sans paraître mesurer la contradiction contenue dans ses propos.

Une vie simple ! Marion examina le service de table parfaitement poli, les verres sur lesquels étaient gravés un lion et une licorne, ainsi que la grande assiette devant elle cerclée d'or et décorée d'une peinture exquise représentant un faisan. Elle la retourna. « Meissen, 1787. » L'assiette avait été disposée avec une précision toute militaire entre un ensemble complet de couverts qui se déployaient de chaque côté d'elle comme des ailes. Il y avait aussi deux valets de pied postés près d'un buffet sculpté chargé de pièces d'argenterie, l'un et l'autre vêtus d'une veste queue-de-pie noire, de hauts-de-chausses, d'un gilet rouge écarlate, d'une chemise d'un blanc éclatant, de bas et de chaussures à boucle. Elle s'efforça de ne pas les dévisager. Elle n'avait pas eu conscience jusqu'alors que ce genre de domestique pouvait exister en dehors des contes de fées. Ceux-là étaient très grands et se ressemblaient beaucoup, comme s'ils avaient été choisis pour former une paire identique. Et était-ce une impression ou leurs cheveux étaient-ils *poudrés* ? Elle les trouvait étrangement blancs et raides, en tout cas.

Elle tenta de se concentrer sur le dossier renfermant ses notes. Elle s'était donné beaucoup de mal pour établir un programme scolaire. Chaque matinée comprendrait trois demi-heures consacrées à différents sujets, suivies d'une récréation dans le jardin, puis d'une séance de lecture.

Mais les leçons les plus importantes auraient lieu l'après-midi. C'était là que débuterait l'éducation d'Elizabeth à la vraie vie. Maintenant qu'elle avait vu les valets de pied et les belles assiettes de la salle à manger, et surtout, maintenant qu'elle avait rencontré la princesse en personne, Marion jugeait cela plus indispensable que jamais. Elizabeth était une petite fille bien réelle qui évoluait dans le cadre le plus irréel qui soit.

Elle commença à feuilleter ses notes et, tombant sur l'exemplaire du *Teacher's World* qu'elle avait glissé dans son dossier, ne put s'empêcher de relire la « Lettre de Bobs ».

La princesse Elizabeth déboula soudain dans la pièce.

– Pourquoi riez-vous, mademoiselle Crawford ?

Marion le lui expliqua. La princesse ouvrit de grands yeux en parcourant la chronique.

– *J'adore* Bobs ! s'écria-t-elle avec une ferveur saisissante.

– Avez-vous un chien ?

Elle secoua tristement la tête.

– Vous devriez peut-être en adopter un. Il y a plein de place ici et nous pourrions l'emmener se promener.

Marion se rappela trop tard qu'elle serait partie avant qu'un chien ait le temps d'arriver à la Loge Royale. Par chance, leur conversation fut interrompue par des voix de plus en plus proches.

– Oui, mais vous connaissez p-p-papa, disait le duc. Cela fait cinquante ans qu'il utilise le même b-b-bouton de col et les mêmes brosses, dont il n'a fait ch-ch-changer les poils qu'une seule fois.

La duchesse apparut dans une robe d'un bleu brumeux qu'elle portait avec des chaussures blanches à bouts ouverts. Son visage s'illumina à la vue de sa fille.

Le duc en revanche affichait une petite mine au-dessus de son col blanc, de sa cravate en soie et de son costume en tweed immaculé. Peut-être payait-il la bataille d'oreillers de ce matin-là. Une cigarette fumante entre les doigts, il avait l'air plus fatigué que lorsque Marion l'avait rencontré à Rosyth, en tout cas.

– Bonjour, mademoiselle Crawford, lança sa femme. Ou devrais-je dire « *rebonjour* », comme les Français ?

Marion s'écarta de sa chaise et lui adressa un signe de tête accompagné d'un mouvement suffisamment vague pour couvrir tout l'éventail des révérences possibles.

– Votre Altesse Royale…

– Oh, « monsieur » et « ma'am » feront l'affaire. Et Lilibet pour ma fille, bien sûr. Nous devons vous trouver un surnom, mademoiselle Crawford. Nous sommes très forts pour ça tous les quatre.

« Tous les quatre. » Ces mots renvoyaient l'image d'une famille aimante et soudée. Une famille qui souhaitait l'inclure en son sein en lui donnant un surnom. Marion éprouva une bouffée de plaisir, avant de vite se ressaisir. Elle allait partir. Pas rester.

– Maman ! Papa ! cria la princesse en se précipitant vers eux. Mademoiselle Crawford pense qu'on devrait adopter un chien !

D'abord surprise, la duchesse sourit ensuite.

– Eh bien, il faut qu'on y réfléchisse, ma chérie.

Ainslie les rejoignit à ce moment-là. Le champagne fut servi, mais Marion refusa d'en prendre. Il ne lui paraissait pas sage de boire de l'alcool durant son premier repas avec ses nouveaux employeurs, quand bien même elle ne les côtoierait pas longtemps.

– Oh, juste une goutte, mademoiselle Crawford ! insista la duchesse.

Marion laissa donc Ainslie remplir sa coupe et avala une gorgée. Les petites bulles éclatèrent sur sa langue en libérant des arômes prononcés de levure. L'effet fut magique, et elle ne tarda pas à se détendre.

– Que pensez-vous de la Loge Royale, mademoiselle Crawford ? s'enquit le duc en s'adressant directement à elle pour la première fois – toujours avec l'élocution lente et prudente qui le caractérisait.

– C'est un très bel endroit, monsieur. Et j'ai beaucoup apprécié la découverte de la Maison Miniature, précisa Marion en souriant à Elizabeth.

L'enfant cessa aussitôt de manger sa soupe.

– Mlle Crawford était surprise qu'il y ait l'électricité, papa. Elle m'a dit que la plupart des gens au pays de Galles n'en ont pas !

Marion sentit ses joues s'enflammer.

Le silence s'abattit sur la table et se prolongea quelques secondes.

– Mlle C-Crawford a tout à fait raison, Lilibet, dit enfin le duc. Le pays de Galles connaît de t-t-très graves difficultés et nous devons tout faire pour aider ses habitants.

– Mon mari s'intéresse beaucoup aux conditions de vie des ouvriers, mademoiselle Crawford, renchérit la duchesse. Il est même le premier membre de la famille royale à avoir rendu visite à un syndicat.

– L'Amalgamated Engineering Union, à P-Peckham, pour être précis. Il compte mille huit cents branches et trois cent vingt mille adhérents.

À cet instant, la duchesse remarqua le dossier que Marion avait apporté avec elle.

– Qu'y a-t-il donc là-dedans, mademoiselle Crawford ?

Marion lui fut reconnaissante de sa question et s'empressa de lui tendre ses notes.

– Quelques idées pour occuper les heures de classe que nous passerons ensemble, la princesse Elizabeth et moi.

La duchesse observa la grosse chemise comme si elle craignait d'être mordue.

– Mademoiselle Crawford, vous ne devez pas faire trop travailler Lilibet. Nous voulons qu'elle prenne *plaisir* à s'instruire et qu'elle ait une enfance normale et *heureuse* !

Ses propos déconcertèrent Marion. Même lady Rose s'était davantage intéressée au contenu de ses cours.

– Nous allons beaucoup lire, dit-elle presque avec désespoir. Avez-vous des titres à me recommander ?

La duchesse lui décocha un sourire rayonnant.

– Eh bien oui, en fait ! Le plus grand écrivain de la langue anglaise !

Soulagée, Marion attendit la suite. Brontë ? Dickens ? Austen ? Elle projetait de tous les faire découvrir à Elizabeth à travers de courts extraits soigneusement choisis.

– P. G. Wodehouse ! Il n'y a pas mieux pour vous remonter le moral quand vous êtes un peu déprimé !

Marion n'était pas encore revenue de sa surprise quand le duc les interrompit en brandissant la revue *Teacher's World* ouverte à la page de la « Lettre de Bobs ».

– Je ne c-c-comprends pas très bien. On dirait qu'un chien est l'auteur de cette c-c-correspondance.

Pendant que sa fille tentait de réprimer un éclat de rire en plaquant une main sur sa bouche, Marion se hâta de lui expliquer qui était Enid Blyton.

Le majordome en profita pour s'approcher de la duchesse avec une bouteille de champagne enveloppée d'un linge et la resservir.

– Merci, Ainslie, murmura-t-elle.

Le repas se poursuivit. Le duc et la duchesse discutèrent entre eux, et Marion décida d'aborder de nouveau la question des livres avec la princesse en lui demandant si elle avait lu *Peter Pan* – de son point de vue l'une des meilleures histoires pour enfants jamais écrites.

– Non, mais mon grand-père connaît très bien l'auteur, M. Barrie. Il vient souvent à Glamis.

Grâce à la cuisinière de Rosyth, Marion savait qu'il s'agissait d'une forteresse médiévale nichée au cœur de l'Angus. C'était dans ce château appartenant au comte de Strathmore que la duchesse d'York – la plus jeune de ses filles – avait passé son enfance. Si imposant qu'il ne renfermait pas un banal fantôme, mais un véritable monstre qui se traînait dans ses couloirs en grognant et en entrechoquant ses chaînes.

Marion en était là de ses pensées lorsque son attention fut attirée par l'assiette de la princesse. Elle fut stupéfaite de voir qu'Elizabeth avait minutieusement découpé sa viande en petits rectangles et séparé tous ses légumes.

C'était de toute évidence un rituel très développé chez elle. Elle plaçait toujours ses couverts bien droits de chaque côté de son assiette le temps de compter cinq morceaux de gigot d'agneau. Puis elle prenait sa fourchette pour avaler cinq petits pois, coupait une carotte en cinq morceaux d'égale grosseur qu'elle mangeait à leur tour et revenait ensuite à la viande. Et chaque fois qu'elle buvait une gorgée de sa timbale de baptême en argent décorée d'une fleur gravée, elle la reposait exactement au même endroit, avec la fleur en face d'elle.

Quelques instants plus tard, la porte de la salle à manger s'ouvrit sur un petit visage de chérubin entouré d'un halo de cheveux dorés. Une grande silhouette lugubre poussa doucement l'enfant dans la pièce avant de disparaître.

– Margaret ! dit le duc en écrasant sa cigarette dans un cendrier en argent.

– Veux du sucre ! déclara la petite princesse en tendant

une main potelée vers lui et en avançant d'un pas encore mal assuré sur ses jambes dodues.

Le duc plongea une cuillère dans le sucrier – tel était visiblement son rôle –, et Margaret l'enfourna sans hésitation dans sa bouche.

Elizabeth, de son côté, continuait à trier par taille les morceaux dans son assiette, à les aligner en les espaçant bien régulièrement et à les manger sans hâte, un par un. Pour la première fois, Marion remarqua qu'elle avait les ongles rongés à vif.

– Le roi et la reine viendront prendre le thé cet après-midi, annonça la duchesse en tapotant ses lèvres rouges avec une serviette.

La mine d'Elizabeth s'éclaira.

– Ils veulent espionner Mlle Crawford ? demanda-t-elle avec intérêt.

Marion appréhendait cette visite. L'idée d'être examinée par George V (soit rien de moins qu'un roi-empereur) était gênante, et en même temps à peine concevable. Il n'était pour elle qu'un profil sur un timbre-poste, voire une affiche sur un mur. Pas un être humain. Sans compter qu'il n'avait pas l'air commode… Sa toute première allocution radiophonique, à Noël l'année précédente, leur avait fait découvrir sa voix presque hargneuse. « Ce truc-là n'a aucun avenir », avait commenté leur voisin.

L'après-midi, elle eut pour consigne d'attendre dans le jardin. Incapable de tenir en place, elle traversa la pelouse jusqu'à un petit bois où poussaient de vénérables chênes. C'était l'arbre national, et sur une impulsion, elle commença à répéter sa révérence devant leurs larges troncs.

Quelles contorsions stupides, songeait-elle, et qui plus est difficiles à exécuter dans l'herbe sans perdre l'équilibre. Par plaisanterie, elle courba la tête et articula en silence un « Votre Majesté » respectueux avant de s'incliner le plus bas possible.

Des oiseaux pépiaient en allant et venant dans les arbres, peut-être amusés par ces démonstrations ironiques de politesse. Mais Marion capta soudain un son qu'aucun d'eux n'aurait pu produire. Elle se retourna. Les silhouettes aisément identifiables du Défenseur de la Foi et de son épouse descendaient les marches de la maison. L'avaient-ils vue faire la révérence devant les chênes ? Inquiète, elle regarda la reine Mary et le roi George s'avancer dans sa direction, tels des personnages qui se seraient brusquement détachés d'une photo.

12

La reine Mary était très imposante et aussi grande que Marion elle-même. Elle s'arrêta, le dos bien droit, en exsudant une dignité glaciale. Elle n'avait rien d'une photographie qui aurait pris vie, comme Marion s'y attendait. Cette femme était plus étrange encore. Sur ses portraits monochromes, son goût pour la mode du siècle précédent ne sautait pas autant aux yeux, mais dans la réalité, sa robe couleur lavande était incongrue au possible avec son col haut, ses manches gigot impressionnantes dont l'extrémité solidement boutonnée enserrait ses poignets dans un fourreau et ses longues jupes qui lui arrivaient aux chevilles – lesquelles étaient soudées à des pieds positionnés à l'équerre. Sa forte poitrine formait un bloc uniforme, comme si un oreiller avait été fourré là, et son énorme toque croulait sous les fleurs mauves en lui donnant l'air d'avoir une jardinière sur la tête. Mais ce qui étonna le plus Marion fut les boucles argentées sur son front – en fait un postiche maintenu en place avec des épingles.

Vêtu de gris, le roi ressemblait plus à un homme de son époque, même s'il y avait quelque chose d'un autre âge dans le gardénia blanc à sa boutonnière et dans son pantalon repassé à plat, sans pli au milieu. Comparé à sa géante de femme, il paraissait petit et vulnérable. Il avait de gros yeux bleus larmoyants, comme son fils, mais, à l'inverse de ce dernier, des joues rubicondes encadrées par une barbe grise un peu jaunie – peut-être un effet du tabac.

La reine se pencha en avant en s'appuyant sur son ombrelle en soie mauve et observa la révérence vacillante de Marion d'un air critique. Elle avait un visage poudré et poilu au milieu duquel brillaient des yeux vifs.

– Fous êtes mademoiselle Crawford ? demanda-t-elle avec un fort accent germanique. Fous êtes la gouvernante ?

– Oui, Votre Majesté.

– Je me souffiens très bien de ma fieille gouvernante, dit-elle avec un sourire mélancolique. Mme Bricka.

Ce nom parlait à Marion. C'était celui de la dame dont les fichus manuels scolaires avaient traumatisé le duc d'York.

– Ch'étais une élève si curieuse de tout ! continua la reine, transfigurée à l'évocation de ces souvenirs. Si affide d'apprendre ! Che bombardais ma chère Bricka de questions sur tous les sujets possibles. Et che l'obligeais à faire des recherches aussi, *ja*, jusqu'à ce qu'elle trouve la réponse.

Marion imaginait sans peine la pauvre gouvernante exploitée et contrainte d'éplucher des ouvrages de référence dans la pénombre d'une grande bibliothèque.

Le roi, qui jusqu'alors n'avait émis que quelques grognements à côté de sa femme, donna un coup de canne dans le gazon.

– POUR L'AMOUR DE DIEU, FAITES EN SORTE QUE MARGARET ET LILIBET SACHENT ÉCRIRE LISIBLEMENT, C'EST TOUT CE QUE JE VOUS DEMANDE ! dit-il si fort que Marion sursauta.

Elle avait eu tort de le croire vulnérable. Il était terrifiant, et sa voix tonitruante résonnait dans tout le jardin comme l'écho d'une explosion. Il est vrai qu'il avait servi dans la marine, se rappela-t-elle.

– AUCUN DE MES ENFANTS NE SAIT ÉCRIRE CORRECTEMENT !

Il regrettait à coup sûr les interminables exercices d'écriture si à la mode dans les écoles de l'époque victorienne, où des générations de petites mains avaient dû s'échiner à former des lettres parfaites. Mais les professeurs considéraient maintenant que le temps de classe pouvait être mieux mis à profit. Au lieu d'encourager leurs élèves à soigner leur écriture ou à réciter passivement des tableaux de conjugaison, ils les poussaient à découvrir des choses par eux-mêmes. Ils les emmenaient dehors afin d'utiliser les ressources de la nature, leur expliquaient les courbes de niveau en gravissant des collines et visitaient des parcs avec eux pour y étudier les plantes et la vie dans les étangs.

Mais avait-elle intérêt à lui exposer tout ceci ? Et parviendrait-elle seulement à articuler un mot en sa présence ?

– ET VOUS LEUR ENSEIGNEREZ DES POÈMES ? enchaîna le roi. J'AI TOUJOURS AIMÉ CELUI SUR L'HIVER LONG ET MORNE. UN TRÈS BON POÈME, ÇA !

– Une belle vision dantesque, acquiesça-t-elle poliment.

L'oreille royale pivota vers elle.

– GROTESQUE ? VOUS TROUVEZ ?

C'était bien son avis, à vrai dire. Pas concernant Christina Rossetti, l'auteur du poème, mais les méthodes éducatives coercitives et démodées apparemment prisées par le roi. Une chance pour elle qu'il vive à bonne distance dans le palais de Buckingham – au moins ne risquait-il guère d'interférer avec son programme. La reine et lui venaient de tourner les talons quand le duc et la duchesse firent leur apparition sur la terrasse. C'était comme au théâtre. Un groupe d'acteurs quittait la scène et faisait place à un autre.

Les York s'étaient changés et semblaient jouer des rôles différents cette fois. Le duc portait un bleu de travail crasseux, tandis que la duchesse avait enfilé des bottes en caoutchouc et une vieille redingote en tweed fermée par une ficelle. On aurait dit un couple de vagabonds.

Marion attendit qu'ils lui demandent comment s'était passé

son entretien avec le roi et la reine, mais la duchesse avait d'autres priorités en tête.

– J'espère que vous avez la main verte ! lança-t-elle gaiement.

En comprenant qu'elle allait devoir jardiner, Marion éprouva un mélange d'indignation et d'abattement. Elle n'était pas venue à Londres remuer la terre dans des plates-bandes. Elle était venue voir ce que c'était de mener la belle vie, et aussi visiter des galeries et profiter des richesses culturelles de la capitale.

Une heure plus tard, les multiples accrocs sur sa seule tenue en bon état et ses bas irrécupérables témoignaient de son travail au milieu des ronces. Pour ne rien arranger, elle empestait la fumée dégagée par la pile de plus en plus haute de déchets végétaux que faisait brûler le duc. Elle repensa avec amertume aux grandes armoires dans la chambre du couple, comparées à la toute petite penderie de la sienne.

– C'est le parfum Feu de Joie ! s'écria la duchesse en passant près d'elle. Il n'a pas d'équivalent au monde.

Surtout quand on ne peut pas s'en débarrasser, rumina Marion en contemplant ses mains. Elle avait cassé tous ses ongles en arrachant des pissenlits, dont certains avaient des racines aussi grosses que des panais. Les York lui avaient donné l'impression au départ d'être excentriques, mais elle était désormais convaincue qu'ils étaient fous, ou tout du moins coupés de la réalité. Elle se rappela les articles de journal qu'elle avait lus ce matin-là seulement. Que cela lui semblait loin déjà. Dans tout le pays, les gens étaient sans emploi et affamés, mais le fils du roi, lui, vivait avec une armée de valets de pied à son service et paradait dans ses jardins avec ses bottes en caoutchouc en renvoyant l'image d'une version masculine contemporaine de Marie-Antoinette. C'était ridicule.

Il y eut un petit rire derrière elle – la duchesse, toujours elle.

– Robert Louis Stevenson a dit un jour qu'il n'y avait *rien* de plus intéressant que d'arracher les mauvaises herbes !

Il avait tort, se retint de répliquer Marion. À moins qu'il n'ait voulu plaisanter, ce qui était plus probable. Elle s'assit sur les talons boueux de ses escarpins, encore propres et bien cirés si peu de temps auparavant, et scruta ses collègues. Aucun n'avait l'air enchanté d'être obligé à jardiner.

Ainslie le majordome poussait une brouette avec toute la dignité dont il était capable pendant que le chauffeur ratissait des feuilles avec une bonne humeur très en demi-teinte ce jour-là. Non loin de lui, le duc maniait la scie comme un possédé. Le sol autour de lui était jonché d'énormes branches déjà coupées et d'outils si tranchants qu'on aurait presque pu se blesser rien qu'en les regardant. Marion eut de nouveau en tête une vision de Marie-Antoinette. Ces gens méritaient presque qu'une foule en colère fonde sur eux.

– Vous voulez jouer avec moi, mademoiselle Crawford ?

Debout derrière elle, la princesse Elizabeth la fixait avec espoir en tenant un ballon rouge. Contrairement à ses parents, elle ne s'était pas changée et paraissait encore plus apprêtée dans sa robe à fanfreluches, d'autant qu'un large ruban blanc y avait été ajouté, sans doute en l'honneur du couple royal. N'avait-elle pas de vêtements pour s'amuser dehors ? Puis Marion se rappela que la fillette n'avait jamais grimpé à un arbre et qu'elle avait pour consigne de rester toujours sur les chemins et de ne pas se salir. Ça aussi, c'était ridicule. Et triste. Les enfants devaient pouvoir se comporter comme des enfants, pas comme des adultes miniatures tout guindés.

Elle se redressa et essuya ses mains sur sa jupe – à ce stade, quelle importance ?

Le ballon rouge vola entre elles dans un sens et dans l'autre, mais la princesse n'arrêtait pas de le laisser tomber.

– C'est à croire que vous avez du beurre sur les doigts ! la taquina Marion.

Elizabeth inspecta soigneusement ces derniers.
– Je n'ai pas de beurre, mademoiselle Crawford.
Marion éclata de rire.
– Non, je voulais dire que vous n'êtes pas très douée pour rattraper la balle.
Elles recommencèrent à jouer, mais sans plus de succès, jusqu'à ce que Marion s'aperçoive qu'Elizabeth la dévisageait pensivement.
– Qu'y a-t-il ?
– J'essaie de vous trouver un surnom.
– Pourquoi ?
– Tout le monde en a un dans notre famille.
– Ne peut-on pas s'en tenir à Mlle Crawford ?
Les boucles blondes s'agitèrent en signe de désaccord.
– Il faut que vous en ayez un. On dit Alah pour Clara Knight, et Bouton pour ma sœur, comme un bouton de rose, parce qu'elle est trop petite pour être une vraie rose. Quel est votre prénom ?
– Marion.
– Je suppose que ça pourrait faire l'affaire. Après tout, j'appelle bien les dames de compagnie de ma grand-mère Cynthia et Helen.
Marion n'avait aucune envie d'être associée aux redoutables vieilles chouettes qui devaient assister la reine en permanence. Sans compter que tout cela était une perte de temps. Dans un mois, elle serait partie.
La princesse fit encore tomber le ballon.
– Oh, Crawfie ! se lamenta-t-elle.
L'instant d'après, son visage s'illuminait.
– *Crawfie !* Ça y est, j'ai trouvé. Pour vous, ce sera Crawfie !
La journée se termina comme elle avait commencé, par une gigantesque bataille. Il y eut d'abord des parties de cartes âprement disputées dans le salon, ce qui mit les deux fillettes, et en particulier Margaret, dans un état de surexcitation

insensé à l'heure même où elles auraient dû se calmer et aller se coucher. Suivit un grand chahut dans la salle de bains. Depuis sa chambre, où elle écrivait à sa mère, Marion écouta les York et leurs filles s'amuser à s'asperger d'eau en criant.

J'ai une chambre avec un lit simple et une courtepointe blanche. Le sol est recouvert de lino, mais il y a un tapis et une petite armoire. J'ai eu la surprise en l'ouvrant de voir que toutes mes affaires y avaient été suspendues, et mes sous-vêtements rangés dans les tiroirs ! Étant donné l'état de certains d'entre eux, j'aurais préféré le faire moi-même, mais il est apparemment normal d'avoir quelqu'un qui s'occupe de déballer vos valises quand vous séjournez chez des membres de la famille royale.

Je dispose également d'un petit fauteuil, d'une cheminée avec un appareil de chauffage électrique à l'intérieur et d'un bureau contre le mur du fond, sur lequel je vous écris à cet instant. Parce que je n'aurai pas beaucoup d'autres occasions d'utiliser du papier à lettres à l'en-tête de la Loge Royale, j'en profite au maximum.

Elle marqua une pause en s'apercevant que les cris avaient cessé. Par sa porte entrebâillée, elle vit passer le duc et la duchesse, bras dessus bras dessous. Des femmes de chambre toutes trempées se succédèrent dans leur sillage, toutes chargées de serviettes dégoulinantes d'eau. Elle se demanda comment ces filles séchaient leurs vêtements et leurs chaussures – et même, dans la mesure où elles étaient de service, si elles le pouvaient vraiment.

Elle tenta d'accrocher leurs regards, mais aucune ne lui accorda le moindre coup d'œil ni ne lui retourna son sourire. Elles ne semblaient pas vouloir de sa compassion, encore moins de son amitié. Elle avait déjà vécu ça à Rosyth. À l'exception de la cuisinière très bavarde, les autres domestiques l'avaient évitée.

Elle décida de ne pas s'en inquiéter. Elle ne resterait pas

longtemps dans cette maison, de toute façon. Dans l'intervalle, les salles de bains qui donnaient tant de travail aux femmes de chambre étaient de son point de vue une bénédiction. Pour la première fois de sa vie, elle en avait une réservée à son seul usage sur le palier.

Une petite salle de bains personnelle carrelée de blanc, avec l'électricité, l'eau chaude et aussi – vous ne devinerez jamais, mère – mes propres toilettes ! Je n'ai plus à sortir par tous les temps, à frissonner avec les araignées et à arracher des bandes de papier journal accrochées à un clou ! Enfin, plus pendant quatre semaines !

13

Deux énormes limousines rutilantes furent nécessaires pour effectuer le trajet de la Loge Royale à la maison des York sur Piccadilly. Le duc et la duchesse partirent dans la première, et Marion dans la seconde avec les princesses et Mme Knight. Elle avait jusque-là évité la nourrice autant que possible, mais celle-ci s'arrogea le siège arrière positionné dans le sens de la marche comme si c'était son droit et cala jalousement sur ses genoux la princesse Margaret, vêtue pour l'occasion d'une robe blanche plus froufroutante que la papillote d'un manchon d'agneau. Bien qu'elle fût la plus petite et la plus jeune de la famille, l'enfant ne l'était plus assez pour accepter un tel traitement, ce qu'elle leur fit comprendre en s'agitant et se débattant de toutes ses forces.

Assise quant à elle sur un strapontin, le dos tourné au chauffeur, Marion lutta contre la nausée en interrogeant Elizabeth sur ses lectures.

– Connaissez-vous *Alice au pays des merveilles* ?

– Oui. C'est une histoire bête.

Mme Knight, qui lui avait peut-être inspiré ce jugement sur le chef-d'œuvre de Carroll, ricana avec mépris.

– Vous aimez les contes de fées ? continua Marion en l'ignorant.

Deux yeux bleus très sérieux se posèrent sur elle.

– Eux aussi, ils sont bêtes, Crawfie. Ils ne parlent que de princesses. J'en suis une, et elles ne me ressemblent pas du tout.

Sa remarque amusa Marion.

– Vous marquez un point.

Il pleuvait lorsqu'ils atteignirent la capitale. Bien à l'abri et au chaud dans leur grande voiture, ils passèrent devant des Londoniens trempés qui dévalaient les marches du métro pour se réfugier à l'intérieur. Elizabeth avait le nez collé à la vitre. Notant sa mine envieuse, Marion eut une idée.

– Avez-vous déjà pris le métro ?

– Non, Crawfie. Et vous ?

– Oui. Quand je suis arrivée d'Écosse et que j'ai dû changer de gare. C'était amusant.

– J'en doute, dit Mme Knight.

Marion se demanda ce que la sinistre nourrice considérait amusant au juste. Ou était-elle jalouse ? L'usage immodéré que la princesse faisait de son surnom, Crawfie, semblait avoir accentué le pincement de ses lèvres et fait briller une lueur plus dure encore dans ses yeux perçants.

Elle ouvrit son sac à main et chercha le plan du métro qu'elle s'était procuré à la gare de King's Cross. C'était un document ingénieux, presque une œuvre d'art, qui montrait toutes les stations ainsi que l'ensemble des lignes, identifiées chacune par une couleur différente. La dame qui le lui avait remis au guichet en avait été très fière.

– Regardez, dit Marion en le tendant à la princesse. C'est si intelligent. Vous avez là toutes les stations du métro londonien. Il y en a un peu partout, réparties à intervalles réguliers sur de jolies lignes bien droites.

Il était difficile d'imaginer quelque chose qui puisse flatter davantage le goût de l'ordre très prononcé d'Elizabeth.

– C'est un plan clair, rigoureux et facile à utiliser, conclut Marion.

Elizabeth se pencha tout de suite dessus. Après quelques instants de concentration, elle laissa échapper un petit cri.

– Je vois ! Si je suis à Hyde Park Corner et que je veux aller à Elephant & Castle… quel drôle de nom pour une station, commenta-t-elle avec un grand sourire.

Comme si elle avait été effleurée par une allumette, Marion sentit quelque chose en elle s'enflammer et se mettre à brûler doucement.

– Oui ? Comment feriez-vous ?

La fillette baissa de nouveau la tête sur le plan.

– J'irais à Piccadilly Circus et je prendrais ensuite la ligne Bakerloo.

– Ne lisez pas dans la voiture, vous allez vomir, la sermonna Mme Knight.

Mais la princesse continua à passer son doigt sur la carte en prononçant avec ravissement tous ces noms si peu familiers pour elle.

– Tooting ! Barking !

Marion s'étonna qu'elle ait grandi au cœur de la capitale impériale de ses grands-parents sans en connaître aucun quartier ou presque, mais elle comprit aussi qu'elle tenait sa première occasion de lui montrer le vrai monde.

– On pourrait peut-être prendre le métro ensemble, lui proposa-t-elle.

Elle-même avait assez envie de retourner l'explorer, tant sa première expérience avait été brève – tout juste le temps d'aller d'une gare à une autre.

Mme Knight ne laissa pas le temps à Elizabeth de répondre.

– Emmener une petite enfant si précieuse dans un tel endroit, au milieu de Dieu sait quels dangers ? Quelle idée ridicule !

– Des dangers ! souffla la princesse, visiblement emballée.

Marion fut tentée de protester, mais le regard furieux que lui jeta la nourrice lui rappela que la prudence est mère de sûreté.

Ils arrivèrent peu après à destination. Le 145, Piccadilly était situé au milieu d'une rangée de belles demeures en pierres grises de style classique qui s'élevaient sur quatre étages devant un large trottoir. En consultant sa carte de la ville, Marion avait noté la proximité de quelques musées nationaux, ainsi que de plusieurs parcs et, bien sûr, des grands magasins. Une pointe d'excitation l'envahit. Voilà qui se rapprochait un peu plus de ce qu'elle avait espéré.

La maison avait un ascenseur électrique et des fenêtres à double vitrage agrémentées de jardinières avec des hortensias bleus – une touche décorative qu'elle n'avait encore jamais observée nulle part. La nurserie se trouvait au dernier étage, sous un dôme de verre entouré d'une galerie circulaire. Des chevaux de bois avaient été disposés là, le dos tourné au mur, et le soin avec lequel ils avaient été sellés, brossés et placés à intervalles parfaitement réguliers lui parut à la fois familier et vaguement inquiétant.

Elle fut ravie d'avoir une chambre donnant sur la rue – cela lui permettrait de voir tout ce qui se passait dehors. Elle ouvrit la fenêtre à guillotine pour se pencher à l'extérieur. C'était Londres qui s'étalait devant elle, avec tous ses bruits et toute son agitation ! Malgré les étranges circonstances et la brièveté de son séjour, au moins était-elle au centre de l'Empire, dans la plus grande ville du monde. Fascinée et grisée, elle contempla l'avenue à ses pieds.

Le quartier était si plein de vie. Des bus à impériale bondés aux flancs couverts de publicités colorées allaient et venaient avec fracas en faisant tinter leur cloche au milieu des voitures, des lourdes charrettes tirées par des chevaux et des gens à bicyclette.

Un parc ceinturé d'élégantes grilles noires faisait face à la maison. La pluie avait cessé en laissant poindre un soleil tardif, comme si cette journée avait tenu à s'achever en beauté. L'herbe étincelait et les arbres luisaient sous ses rayons. Tout en écoutant les merles qui s'en donnaient à cœur joie dans les branches, Marion distingua au loin le toit doré d'un monument familier et une longue façade à colonnes. Son cœur fit un bond. Était-ce Buckingham Palace si près d'elle ?

Et dire qu'elle avait vu le roi et la reine en personne ! Comme il était étrange de pouvoir se rappeler de quoi ils avaient eu l'air ! Le commun des mortels l'ignorait, lui, mais il est vrai qu'il n'était pas souvent amené à rencontrer la famille royale. Peut-être était-ce tout aussi bien. La révolution annoncée par Valentin n'aurait sans doute pas tardé, sinon.

Un grondement parvint à ses oreilles – on aurait dit des chants. Était-ce une procession qui remontait Piccadilly ? Elle se pencha un peu plus.

Une foule importante s'avançait rapidement, telle une marée noire, en occupant toute la largeur de la rue. De grandes taches rouges flottaient au-dessus. Des banderoles. Cela ressemblait à une manifestation quelconque. On sentait dans l'air une forme de tension, d'agitation, et des hommes en uniforme bleu sombre encadraient le mouvement au pas de course – des policiers. Des passants se pressaient dans leur sillage, bouche bée devant ces personnes qui battaient le pavé et qui étaient manifestement pour eux un objet de curiosité.

Que se passait-il ? Un flot de casquettes déferlait sur Piccadilly. Des cris résonnèrent et des voix scandèrent des slogans qu'elle ne parvint pas à distinguer. Ils chantaient un refrain familier, que Valentin lui avait appris lors de leur première rencontre. Celui de *L'Internationale*, l'hymne des socialistes.

« C'est la lutte finale
Groupons-nous, et demain
L'Internationale
Sera le genre humain. »

Elle plaqua une main sur sa bouche. Elle assistait à l'une des marches de la faim évoquées dans le journal. L'une de ces délégations désespérées de chômeurs originaires de villes où l'industrie avait périclité. Les battements de son cœur s'accélérèrent lorsqu'elle aperçut la faucille et le marteau qui se détachaient en blanc sur le fond rouge de l'une des banderoles.

« CONTINGENT DES JEUNES DU LANCASHIRE »

« CONTINGENT DE MANCHESTER.
À BAS LES AFFAMEURS. »

Elle eut soudain la gorge sèche. Ces marcheurs, qu'elle voyait très bien à présent, lui inspiraient une pitié teintée de désespoir. C'étaient des hommes de tous âges en haillons, au visage osseux et affamé. Les jeunes l'émurent particulièrement, avec leur posture plus droite et la fierté bravache qui émanait d'eux. Leurs yeux se posaient ici et là, s'arrêtant sur les demeures du quartier avec un mélange de dérision et de stupeur. Un grand type large d'épaules muni d'un appareil photo attira son attention. Il ne semblait pas faire partie des manifestants, mais plutôt suivre leur défilé pour le documenter.

La foule était juste sous sa fenêtre à présent. Les policiers postés de chaque côté de la rue repoussaient les marcheurs en les insultant. Armés de matraques, ils n'hésitaient pas à les frapper, comme s'ils cherchaient à provoquer une réaction – sans doute afin de pouvoir les accuser de n'être que de violents fauteurs de troubles.

C'était scandaleux, songea Marion. Ces gens avaient le droit de protester pacifiquement. Leurs familles et eux souffraient de la crise. Pourquoi sinon auraient-ils parcouru à pied des centaines de kilomètres en dormant sous des haies et en se nourrissant de ce qu'on voulait bien leur donner dans les villes qu'ils traversaient ?

Elle scruta la fin du défilé. Encore quelques banderoles,

les derniers drapeaux, et toujours ces vêtements pauvres et élimés. Les hommes s'obstinaient bravement à chanter – assez fort pour que leurs clameurs restent audibles par-dessus les coups de klaxon des automobilistes contraints de rouler au pas derrière eux. Puis ils tournèrent à l'angle de la rue et disparurent.

Effondrée, Marion s'assit sur son lit. Sa joie s'était envolée, cédant la place à la colère, la pitié et la culpabilité. Elle soutenait totalement les manifestants, mais ceux qui l'avaient aperçue à sa fenêtre avaient dû s'imaginer le contraire. Que faisait-elle là, dans la maison d'un duc membre de la famille royale ?

Une petite voix flûtée l'arracha au chaos de ses pensées. La princesse Elizabeth se trouvait sur le palier devant sa chambre. En entendant la voix grave de Mme Knight lui répondre, Marion s'approcha sans bruit de sa porte et l'entrebâilla en veillant à ne pas se montrer tant elle était encore ébranlée par ce qu'elle venait de voir.

Dans la lumière dorée du soir qui se déversait par le dôme de verre, la princesse renvoyait l'image d'une enfance parfaite et protégée avec ses cheveux bien peignés, sa chemise de nuit rose et ses chaussons assortis.

Agenouillée devant l'un de ses chevaux de bois, elle s'employait à le brosser selon un rituel propre à elle seule. Puis elle s'attaqua à sa crinière et à sa queue avec tout autant de cérémonie, avant de glisser l'anse d'un petit panier sur sa tête.

– Ta musette, Blitzen, dit-elle en le tapotant. Bon appétit.

Elle passa alors au suivant, dont elle ôta la selle et le harnais avec soin pour le brosser à son tour. Elle n'allait quand même pas faire ça avec tous ses chevaux ? Il y en avait trente au moins dans la nurserie. Cela lui prendrait *des heures*.

– Venez, Lilibet, dit doucement Mme Knight, qui avait dû

se faire la même réflexion. C'est l'heure de saluer Grand-père Angleterre par-delà le parc.

– Mais, Alah, je dois m'occuper de *tous* mes chevaux ! protesta Elizabeth avec une pointe de panique dans la voix.

– Au risque de rater Sa Majesté ? Vous savez qu'il vous guette toujours depuis le palais avec ses jumelles.

La princesse enleva la selle et le harnais d'un autre cheval avec des mouvements plus rapides et plus nerveux cette fois.

– Tous les hommes dehors sont partis ?

– Tous jusqu'au dernier, répondit la nourrice avec assurance. Les gentils policiers les ont chassés.

– Que faisaient-ils, Alah ?

– Ils cherchaient à semer la pagaille.

– Pourquoi ?

– Parce que des gens très méchants le leur avaient demandé.

Marion en eut le souffle coupé. Son instinct la poussait à sortir de sa chambre, mais au fond d'elle, elle sentait que faire une scène ne servirait à rien. Elle allait devoir trouver d'autres façons d'instruire la princesse.

14

Les leçons débutèrent le lendemain matin, dans une pièce aménagée quelque peu à la hâte au rez-de-chaussée. Rien, découvrit Marion, n'avait été prévu pour lui permettre d'enseigner. La maison comportait des salles de réception, une bibliothèque, un jardin d'hiver, des réserves et des cuisines, mais l'idée qu'elle puisse avoir besoin d'une salle de classe ne semblait avoir effleuré personne jusqu'à ce qu'elle aborde le sujet la veille au soir.

– Son Altesse Royale dit que vous n'avez qu'à utiliser son boudoir, avait déclaré Ainslie d'un ton sentencieux lorsque, en désespoir de cause, elle l'avait envoyé poser la question.

Elle s'y rendit une demi-heure avant l'arrivée de son élève et inspecta les lieux avec dépit. Comment cette pièce qui croulait sous les sièges tapissés de soie, les miroirs et les horloges pourrait-elle être transformée en une salle de classe digne de ce nom ? Le seul meuble susceptible de passer pour un bureau était une table marquetée et décorée de multiples volutes dorées, assez comparable en fait à l'arrière-train d'un bouledogue avec sa forme trapue et ses pattes recourbées.

Les leçons étaient censées commencer à 9 heures, mais Elizabeth n'était toujours pas là lorsque l'horloge sur le manteau sculpté de la cheminée sonna le quart.

Marion contempla le ciel bleu entre les rideaux de soie drapés des hautes fenêtres, puis les peintures à l'huile aux énormes cadres dorés – essentiellement des paysages – en tapotant du pied. À 9 h 30, elle se leva et regagna le vestibule – un grand hall baigné de pénombre et dominé par deux gigantesques défenses d'éléphant et par la statue d'un servant africain vêtu d'une livrée raffinée. Aucun des deux ne lui paraissait très en phase avec le XXe siècle. Elle tendit l'oreille. Était-ce le rire d'Elizabeth qu'elle distinguait ?

Ses talons s'enfoncèrent dans la douce moquette couleur pêche des escaliers. La chambre des York était au premier étage, et le bruit se fit plus fort à mesure qu'elle s'en approchait. C'étaient bien des enfants qui criaient de joie. Elle s'arrêta net en comprenant ce qui se passait. Les batailles d'oreillers de la Loge Royale avaient cours ici aussi. Au mépris de l'agenda de travail de quelque gouvernante que ce soit.

Une bonne heure plus tard, Elizabeth fit son apparition, resplendissante dans sa robe blanche à dentelle.

– Bonjour, Crawfie.

Marion ravala une remarque acerbe. Ce n'était pas la faute de la princesse si elle était en retard, mais plutôt celle de ses parents ou, plus probablement, de la grande silhouette noire qui l'avait fait entrer dans la pièce avant de se retirer en refermant la porte d'un geste précis et triomphant. Mme Knight avait-elle seulement communiqué l'emploi du temps d'Elizabeth au duc et à la duchesse ?

La fillette avait pris place devant son bureau de fortune en forme de carlin. Pour qu'elle puisse être assise à la bonne hauteur, Marion avait empilé plusieurs coussins de soie roses au milieu d'un canapé recouvert du même tissu, et les petits chaussons en satin boutonnés d'Elizabeth pendaient dans le vide entre les pattes dorées et sculptées du meuble d'apparat. C'était le contraire de tout ce qu'elle avait jamais eu l'intention de faire. Comment croire dans ces conditions que Mlle Golspie ait pu avoir raison ? S'il était aussi compliqué d'organiser un simple cours, quel espoir avait-elle de mettre un jour en œuvre son programme scolaire alternatif ? Il était tentant de renoncer dès à présent.

Puis elle se rappela qu'elle n'était là que pour quelques semaines et que Mme Knight souhaitait clairement la décourager. Mais pourquoi ? Chacune avait en charge un aspect différent du même travail. Il aurait été tellement plus logique de coopérer.

Elle remarqua alors un détail sur la robe d'Elizabeth. Les volants semblaient avoir été tous repassés à la main, voire gaufrés avec des fers spéciaux. Cela avait dû prendre des heures à Mme Knight. En plus de cela, un nombre incalculable de boutons fermaient le dos du vêtement sur toute sa hauteur. Des boutons difficiles à atteindre et qui nécessitaient donc l'aide d'une nourrice. Avait-elle un but particulier en tête en faisant cela ? Cherchait-elle à prolonger la durée de son contrat ?

– Nous allons commencer par Shakespeare, annonça-t-elle gaiement.

Devant la mine déconfite de son élève, elle eut une vision de la reine Mary agitant un gros livre d'un air sévère et craignit que cette femme ait tué dans l'œuf le goût qu'Elizabeth aurait pu développer pour leur grand dramaturge national. Heureusement, il y avait plusieurs manières d'enseigner Shakespeare.

– C'est juste un tout petit poème, mais que je trouve très joli. Fermez les yeux et comptez toutes les belles images qu'il renferme.

Elle lui récita de mémoire quelques vers tirés de *Peines d'amour perdues*.

– « Quand tout haut le vent souffle… »

Lorsqu'elle parvint à celui sur le nez rouge de Marianne, elle s'interrompit et tapota le sien. Comme elle l'avait espéré, cela fit rire la princesse. La grasse Jeanne produisit le même effet.

Une demi-heure plus tard, elles passèrent à la leçon de science. Elizabeth n'avait pas la moindre idée de ce dont il s'agissait.

– La science, c'est ce qui permet de comprendre le fonctionnement de toute chose, expliqua Marion.

– Mais n'est-ce pas Dieu qui fait tout fonctionner ? s'étonna Elizabeth.

Marion hésita. Elle marchait sur des œufs.

– Il est un peu aidé, dit-elle en souriant. Sortez vos crayons de couleur.

Les crayons en question étaient les siens – elle dut batailler une journée de plus avant que Mme Knight accepte de lui en fournir. Elle remarqua que la princesse les disposait bien droit sur la table, en maintenant toujours le même espace entre eux. Cela lui rappela son manège avec la nourriture. Sa formation ayant inclus des cours sur la psychologie de l'enfant, elle reconnut là un exemple de trouble obsessionnel compulsif, ce comportement propre aux personnes qui cherchaient à contrôler l'incontrôlable. Ce cadre de vie si protégé et ordonné était le dernier endroit où elle se serait attendue à en être témoin.

– Pourquoi faites-vous ça ?

– Parce que je me sens plus en sécurité comme ça, dit la princesse en toute candeur.

– En sécurité ? De quoi avez-vous peur ?

Avant que l'enfant ait pu lui répondre, la porte s'ouvrit et deux yeux pétillants apparurent entre un chapeau à plumes et une étole de fourrure bleu clair.

– Ma'am…

Marion se leva pour faire la révérence, mais la duchesse ne vit que sa fille. Toujours assise à sa table, Elizabeth dessinait avec concentration une petite plante rapportée du jardin.

– Un cours d'éducation artistique. Que c'est charmant !

– En fait, madame, il s'agit d'un cours de science.

– Lilibet est en train de dessiner, objecta la duchesse en souriant.

– En effet, ma'am. Elle retiendra mieux les concepts fondamentaux de la botanique de la sorte.

Le sourire d'Elizabeth d'York vacilla presque imperceptiblement.

– Mais… les sciences… cela suppose un tableau noir, non ? Et des données factuelles. C'est ainsi qu'on me les a enseignées en tout cas.

– De nos jours, expliqua doucement Marion, on considère qu'un enfant apprend mieux par le biais de l'expérience.

– C'est extraordinaire. N'oubliez pas cependant que Lilibet a un cours de danse chez Mme Vacani ce matin.

– Quoi ?

Déjà, Elizabeth d'York franchissait la porte richement décorée de son boudoir.

– Lilibet aime *tant* danser, mademoiselle Crawford, lança-t-elle par-dessus son épaule. Et c'est un talent *si* important pour une jeune fille. Les bals joueront un *énorme* rôle dans sa vie.

Malgré son indignation, Marion éprouva une folle envie de rire à ces mots – du moins jusqu'à ce que la duchesse lui porte le coup de grâce :

– Et cette leçon sera pour vous une merveilleuse occasion de mieux faire connaissance avec Alah !

– Parce que Mme Knight viendra aussi ?

Pourquoi une petite fille avait-elle besoin de deux femmes adultes pour la chaperonner ?

Mais la duchesse était partie.

Elle passa l'heure suivante à attendre dans le vestibule en songeant avec fureur à son programme de la matinée. Elle avait prévu un cours de mathématiques durant lequel elle aurait utilisé des bonbons pour faire effectuer des additions et des soustractions simples à Elizabeth. Puis un cours d'histoire afin de l'informer sur l'actualité à l'aide d'un journal pour enfants, le *Children's Newspaper*.

Elle avait eu tout le loisir d'étudier la livrée du servant africain dans ses moindres détails lorsque la princesse la rejoignit enfin, une cape blanche en duvet de cygne sur les épaules. Derrière elle se dressait une sinistre silhouette noire désormais familière.

Mme Knight monta la première dans la voiture en tenant fermement Elizabeth par la main, comme pour bien montrer qu'elle était sa propriété.

La Daimler démarra en douceur, mais il ne s'écoula pas longtemps avant qu'elle ralentisse et bifurque vers un portail sur lequel le mot « Entrée » s'inscrivait en grandes lettres blanches. Ils débouchèrent dans une cour pavée où d'autres voitures noires avançaient au pas et déversaient des fillettes tout endimanchées au pied d'un large perron en pierre. À son sommet, des piliers encadraient la porte principale d'une maison gigantesque.

Marion la contempla derrière sa vitre. C'était donc là qu'Elizabeth aurait son cours de danse ? Cette pensée ravivait en elle le souvenir douloureux d'Annie McGinty, contrainte de sautiller pieds nus sur un trottoir glacé.

L'intérieur était une véritable débauche de moquette rouge et de lustres où résonnait un brouhaha assourdissant. Le vestibule grouillait d'enfants – avec, pour les filles, des robes blanches à froufrous, des sandales couleur bronze et des rubans dans les cheveux, et pour les garçons des chemises à col rond, des vestes et des culottes courtes. La première impression de Marion fut qu'ils étaient nombreux, mais un examen plus poussé lui fit voir que la moitié de cette foule, si ce n'est plus, se composait de nourrices habillées en noir, comme Mme Knight, et de femmes nerveuses aux chignons démodés et aux vêtements mal coupés. Peut-être des gouvernantes.

Elle détourna les yeux de ce reflet indésirable et reporta son attention sur les colonnes cannelées, les statues de marbre, les miroirs dorés, les tableaux et les grandes jarres en pierre d'où émergeaient des fleurs au parfum puissant. Le palais de Buckingham lui-même ne devait guère être plus grandiose.

Enfin, ici au moins, Elizabeth pouvait côtoyer des enfants de son âge, pensa-t-elle. Mais un détail sur la moquette l'interpella ensuite : près d'un mètre séparait les chaussures en satin blanc de la princesse de toutes les autres.

Les jeunes élèves la dévisageaient ouvertement, avec autant de curiosité que si elle avait été un animal dans un zoo. Quant aux adultes, ils auraient pu avoir une star de cinéma en face d'eux que cela n'aurait rien changé. Elizabeth, de son côté, les regardait timidement, mais ne semblait pas s'étonner de leur réaction.

Marion sentit la révolte le disputer en elle à la pitié. La princesse avait beau être la petite fille la plus célèbre du monde et figurer sur des timbres et des boîtes de bonbons aux quatre coins de l'Empire, elle restait une enfant de six ans. Et il s'agissait là d'une réunion privée entre gens du même milieu. Elle fixa d'un œil noir les nourrices, qui plus encore que les autres auraient dû avoir un peu plus de jugeote, mais toutes étaient trop occupées à observer Elizabeth pour se soucier d'elle. Et derrière la fillette, bien sûr, il y avait Mme Knight, qui savourait la gloire rejaillissant sur elle comme un phoque savoure les rayons du soleil.

Par chance, le cours allait enfin commencer. Les élèves et leurs chaperons gravirent lentement un grand escalier aux marches recouvertes d'un épais tapis rouge et bordé de balustrades dorées finement ouvragées. Un comité de réception les attendait au sommet : une femme brune portant un long collier de perles et une robe en lamé argent à taille basse, selon la mode du moment, ainsi qu'un garçon à l'air très hautain. Tous deux se ressemblaient beaucoup. Étaient-ce les professeurs de danse ? À en juger par leur tenue, ils auraient tout aussi bien pu être les propriétaires de la maison.

Elle ne se trompait pas. La femme fit une révérence si profonde devant Elizabeth que Marion crut qu'elle allait finir à genoux.

– Votre Altesse Royale, dit-elle d'un ton obséquieux. Nous sommes très honorés de votre visite dans notre humble demeure.

Il ne s'agit que d'un cours de danse, se retint de crier Marion. Quant à l'emploi de l'adjectif « humble », il était tout simplement ridicule. Tant de soumission la consternait.

Mais là encore, Elizabeth ne parut rien y voir d'inhabituel.

– Bonjour, dit-elle de sa voix claire, avant de se tourner vers le garçon. Bonjour.

Il inclina sa tête aux cheveux gominés et se pencha encore plus bas que sa mère – un geste que la nécessité pour lui de garder un doigt sur ses lunettes rendait comique.

Aucun des deux ne prêta la moindre attention à Marion. Tout juste murmurèrent-ils quelques mots à Mme Knight, qui les salua avec déférence, avant de passer dans une salle de danse digne d'un palais avec ses murs aux lambris bleu pâle rehaussés d'argent et jalonnés de miroirs. Des enfants gambadaient dans tous les sens, poursuivis par leurs nourrices, et Marion eut le sentiment qu'Elizabeth leur jetait un regard envieux, comme si elle rêvait de se joindre à eux, mais sans savoir comment faire.

Une dame enrobée aux cheveux blancs parfaitement ondulés patientait à l'avant de la pièce en serrant une longue canne en bois dans sa main. À quelques pas d'elle, une autre au nez crochu tournait les pages d'une partition, assise devant un magnifique piano à queue noir.

– Vous accompagnez la princesse Elizabeth ? demanda une voix essoufflée à côté de Marion.

Une des femmes mal fagotées qu'elle avait aperçues au rez-de-chaussée s'était approchée d'elle et la fixait avidement.

– Eh bien… oui. Je suis sa gouvernante, dit-elle afin d'éviter toute confusion avec Mme Knight.

– Moi aussi je suis gouvernante, se lamenta la femme.

Elle semblait épuisée, et les cernes sombres sous ses grands yeux étaient assortis à la couleur terne de sa tenue.

– Vous n'aimez pas enseigner ? s'étonna Marion.

– Si j'aime enseigner à lord Peregrine et lady Annabel ?

Une lueur féroce éclaira brièvement son regard las, comme si elle était sur le point d'éclater d'un rire hystérique – ou bien de crier. Elle se pencha vers Marion, qui fut soudain assaillie par une forte odeur de boules antimites.

– Autant enseigner à deux animaux, murmura-t-elle, les dents si en avant que c'en était alarmant.

– Oh, ma pauvre, compatit Marion en supposant que les enfants en question comptaient parmi ceux qui cabriolaient dans la salle de danse.

– Mais vous, vous êtes la gouvernante de la princesse Elizabeth ! Ce doit être merveilleux !

– C'est juste un travail. Et la princesse reste une petite fille de six ans.

Elle voulait lui faire comprendre que son élève n'était pas différente des autres et que les devoirs d'une gouvernante étaient les mêmes partout, mais ce ne fut manifestement pas le sens attribué à ses paroles.

– Oui ! s'exclama sa collègue, les yeux brillants malgré sa fatigue. Et quel travail ! Vous vivez avec la famille royale !

– Je ne suis pas des leurs, fit remarquer Marion en souriant.

– Non, mais vous êtes au courant de tout ce qui se passe chez eux ! Vous êtes dans la place, alors que les autres sont à l'extérieur !

– Je ne suis là que pour enseigner.

L'impatience la gagnait. Cette créature opprimée aux dents en avant la mettait mal à l'aise. De toute évidence esseulée, probablement célibataire, et sans nul doute méprisée, elle lui donnait l'impression d'être elle-même piégée et d'avoir en face d'elle une image de l'avenir qui l'attendait.

– Et ce n'est qu'un poste temporaire, de toute façon, ajouta-t-elle fermement.

À cet instant, la professeure de danse aux cheveux blancs abattit sa canne sur le parquet ciré. Le bruit se réverbéra sur les miroirs.

– Bonjour, les enfants, lança-t-elle de manière très théâtrale.

Le brouhaha des conversations s'interrompit, et les petits levèrent les yeux vers elle – poussés par leurs nourrices pour certains d'entre eux.

– Bonjour, madame.

– Choisissez votre partenaire, le cours va commencer, dit-elle avant de se tourner vers le souffre-douleur à ses côtés. Musique, s'il vous plaît, mademoiselle Bird.

Celle-ci attaqua les premières notes. Sur un signe de sa mère, l'hôte des lieux s'avança d'un pas décidé vers Elizabeth. Marion, qui avait pris place sur l'une des chaises disposées autour de la salle, observa bouche bée une vingtaine d'enfants entamer une valse au son de la canne de Mme Vacani, qui martelait le sol à chacun de leur mouvement.

– *Un*, deux, trois, *un*, deux, trois.

À quoi rimait tout ceci ? Et quelle préparation à la vie moderne était-ce là ?

Après la valse vint un quadrille qui lui évoqua celui du homard dans *Alice au pays des merveilles*. Le cours se poursuivit ainsi tant bien que mal, et pendant que Mme Vacani criait des encouragements ou corrigeait la posture des élèves (« Oui, Algernon ! Non, Celia ! »), plusieurs valets de pied vinrent déposer des plateaux chargés de verres et d'assiettes sur une table au fond de la pièce. Avec leurs costumes, leur parfait maintien et leurs mouvements fluides, ils avaient bien plus l'air de danseurs que les enfants.

Un menuet succéda au quadrille. Il fallait rendre justice à Mme Vacani : sous ses ordres, les élèves se montraient plutôt disciplinés et, à défaut d'enthousiastes, au moins précis dans leur exécution de chaque chorégraphie. Seule une petite fille n'écoutait rien et s'amusait à faire le pitre en grimaçant au dernier rang.

À la pause, les nourrices se levèrent d'un bond et se précipitèrent vers leurs protégés comme une foule qui aurait envahi un terrain de foot à la fin d'un match.

– Souhaitez-vous faire quelque chose ? Avez-vous besoin d'aller *là où vous savez* ? murmuraient-elles d'un ton pressant.

Elles voulaient parler des toilettes, pensa Marion avec mépris. Mais pourquoi ne pas le dire clairement ?

Elizabeth, qui ne semblait pas avoir d'envie pressante, s'approcha du buffet. Des sandwichs triangulaires aux œufs, aux sardines ou au miel s'empilaient sur les plats, à côté de pennies à la confiture de fraises et de mini-cakes en forme de cœur, d'étoile, de cercle ou de triangle, tous recouverts d'un glaçage au chocolat, au citron ou à l'orange, et tous copieusement décorés de dragées argentées. Il y avait aussi de grosses cruches en cristal remplies de limonade et d'orangeade, à l'évidence fraîchement préparées. Leurs hôtes déployaient un faste inattendu pour une simple pause au milieu d'un cours de danse, et Marion se demanda si tout cela ne visait pas à impressionner Elizabeth.

Si tel était le cas, la partie n'était pas gagnée. Alors que la princesse s'attardait devant une assiette de biscuits au chocolat, la silhouette massive de Mme Knight surgit derrière elle.

– Je peux ? l'implora la fillette.

– Non, nous devons nous en tenir au pain beurré.

– Pas même un petit penny à la confiture ?

Le visage carré de sa nourrice exprima un refus catégorique.

– N'oublions pas nos remontées acides.

La déception d'Elizabeth était si visible que Marion vola à son secours.

– Elle souffre de remontées acides, vous êtes sûre ?

Mais Mme Knight ignora sa question. Résignée, Elizabeth prit une assiette sur laquelle elle déposa un simple bout de pain beurré pendant que tout autour d'elle, les autres enfants piochaient gaiement dans les sandwichs aux sardines et les biscuits au chocolat.

Quelques minutes plus tard, Mme Knight disparut. Marion balaya la salle du regard et finit par l'apercevoir un peu plus loin, au centre d'un cercle de consœurs admiratives. Elle saisit l'occasion pour s'approcher d'Elizabeth, qui s'était sagement concentrée sur sa maigre collation.

– Je doute qu'un biscuit au chocolat puisse vous faire du mal, non ?

La princesse ouvrit de grands yeux émerveillés. Elle était sur le point de répondre lorsqu'une petite fille s'immisça entre elles.

– Lilibet !

L'enfant avait des cheveux châtain terne et emmêlés, un long nez, et la mine la plus méchante que Marion ait jamais vue. C'était elle qui s'était fait remarquer par son indiscipline durant le cours de danse.

– Oh, bonjour, Magdalene, dit Elizabeth.

– Bon sang, qu'est-ce que j'ai faim !

Magdalene prit une assiette et la chargea au maximum. Devant une Elizabeth impressionnée, elle se constitua une tour instable de petits sandwichs aux sardines et à la confiture.

– Montre-moi tes orteils, Lilibet, lança-t-elle ensuite en mâchant un penny.

– Pourquoi ?

– Parce que les filles de mon école disent que tu as les pieds palmés.

– Les filles parlent de moi *dans ton école* ? s'étonna Elizabeth en ôtant l'une de ses socquettes.

Marion chercha vivement Mme Knight du regard, mais ne la vit nulle part.

– Tout le monde parle sans arrêt de toi, banane. Et encore plus de ton oncle.

– Lequel ?

– Celui qui doit hériter du trône et qui refuse de se marier. J'ai entendu mes vieux. Mes parents, précisa-t-elle avant qu'Elizabeth puisse l'interroger. À ce qu'il paraît, Georgie et May se font beaucoup de souci.

Marion les interrompit.

– Magdalene, ce n'est pas très respectueux d'évoquer Leurs Majestés en ces termes…

La gamine la toisa avec mépris avant de refaire face à la princesse.

– Ils en sont malades, dit-elle. Et le reste de ta famille aussi, d'ailleurs.

Tout sourire, elle enfourna un autre penny dans sa bouche. Elizabeth, elle, contempla ses ongles rongés en fronçant les sourcils. Puis un coup de canne retentit sur le parquet, et le cours reprit.

Marion resta pensive. Cet échange n'apportait-il pas un début d'explication à l'obsession d'Elizabeth pour l'ordre ? « Je me sens plus en sécurité comme ça. » Son comportement se comprenait mieux si sa famille s'inquiétait pour l'un de ses membres.

Mais qui aurait imaginé que la source de cette inquiétude puisse être le prince de Galles, l'idole de tout un empire ? L'idée avait de quoi surprendre. Vu de l'extérieur, l'héritier de George V avait la beauté et le charisme d'une star de cinéma, ce qui en faisait l'incarnation même d'un parfait héritier de la Couronne. Entendre dire le contraire, surtout dans un tel endroit, suscita une étrange excitation en elle. Voilà donc ce que l'on ressentait quand on était « dans la place », comme l'avait dit la gouvernante avec qui elle avait discuté.

Elle se ressaisit et se rappela l'indifférence avec laquelle elle avait écouté la cuisinière de Rosyth évoquer les brefs espoirs d'union princière de lady Rose. Il ne fallait pas qu'elle se laisse éblouir par la famille royale. Elle-même l'avait affirmé avec force un peu plus tôt : elle n'était pas des leurs. Loin de là. Elle était juste venue faire son travail. Et puis Magdalene n'était qu'une enfant – qui plus est une enfant que la gentillesse n'étouffait guère. Elle racontait sans doute n'importe quoi.

Plus tard ce jour-là, une grande agitation au rez-de-chaussée de la maison la poussa à sortir de sa chambre et à s'approcher de la rampe d'escalier. Quelqu'un venait d'arriver. Quelqu'un avec des cheveux blonds séparés par une raie sur le côté et un costume à carreaux si voyant qu'il piquait les yeux même à quatre étages de distance.

Marion éprouva une bouffée d'adrénaline. Il était là, en chair et en os. Le célèbre prince de Galles ! Le chouchou de l'Empire ! La tête lui tourna, et elle mit quelques secondes à se rappeler qu'elle n'était pas censée être impressionnée.

– Ohé ! cria l'idole sur laquelle le soleil ne se couchait jamais. *Ohé !*

La duchesse apparut dans une robe de soirée scintillante de couleur claire. Elle tenait un cocktail à la main, et le lustre du vestibule jetait des reflets chatoyants sur ses bras et ses épaules nues. Elle embrassa son beau-frère chaleureusement. Longuement, même.

– Elizabeth ! dit-il en ôtant sa cigarette de sa bouche pour l'embrasser lui aussi. Comment va ma belle-sœur préférée ? Vous continuez à amuser la galerie ?

– Toujours ! répondit-elle en riant. Je dois prononcer un discours demain devant la Ligue des femmes bénévoles.

« Amuser la galerie » ? L'expression laissa Marion perplexe. Était-ce ainsi qu'ils parlaient de leurs devoirs officiels ?

Le fils du roi eut un rire amer.

– Ma foi, j'espère que vous en dénicherez quelques-unes prêtes à faire du bénévolat auprès de moi !

– Vous êtes incorrigible. Vous avez juste de soin de vous trouver une gentille princesse et de vous caser !

– Arrêtez, grogna-t-il. Papa m'a déjà dressé toute une liste allant d'Ingrid de Suède à Thyra de Mecklembourg-Schwerin, qui n'a que treize ans. Et je dois en choisir une parmi elles ! Bon sang, ce que je déteste être prince de Galles.

Marion n'en revenait pas. Elle saisissait à présent pourquoi les parents et la famille de cet homme s'inquiétaient. Magdalene n'avait rien inventé, finalement. Mais de là à lui soumettre une *liste* de princesses ?

La duchesse semblait moins surprise, elle, comme si ce n'était pas la première fois qu'elle l'entendait se plaindre.

– Vous ne pensez pas ce que vous dites.

– Oh, si ! Je passe mon temps à faire le clown. Plus je vieillis, plus on m'oblige à me ridiculiser – et Dieu sait que ce n'est pas trop difficile. Quelle importance, de toute façon ? Je ne vaux pas mieux que n'importe qui !

– Peut-être pas, répliqua négligemment sa belle-sœur, mais la monarchie ne tient que parce que les gens ont la conviction que ses membres valent mieux qu'eux. Qu'ils sont une meilleure version d'eux-mêmes.

Marion serra plus fort la rampe de l'escalier. « Terriblement bête », c'était ainsi que la duchesse s'était décrite dans la maison de l'amiral. Ben voyons. Elle comprenait bien mieux le rôle de la famille royale que l'héritier du trône lui-même.

Le prince ricana.

– Sauf que je ne suis pas une meilleure version de qui que

ce soit ! Certains hommes sont enchaînés à leur bureau, moi je le suis à une table de banquet. Rien que cette semaine, j'ai inspecté les Gardes gallois, remis des prix lors du Tournoi de boxe de la police, inauguré les nouveaux locaux de l'Institut des agents et professionnels de l'immobilier et décerné des diplômes à la Société des apothicaires.

– Et je suis sûre qu'ils ont tous étés enchantés.

– Mais c'est d'un ennui ! protesta-t-il, plein de rancœur et de frustration. C'est à *mourir* d'ennui, bon sang !

Sa belle-sœur éclata d'un rire cristallin.

– Ridicule. C'est facile, il suffit de faire semblant.

Elle se mit à arpenter le vestibule, la main tendue, en saluant une foule d'admirateurs invisibles.

– Vous venez de loin ? demanda-t-elle à l'horloge, avant de se tourner vers une console. Quel âge a votre charmant bambin ?

– Vous voyez ? Vous êtes tellement plus douée que moi.

– Quel joli manteau, continua la duchesse en s'adressant à la porte. Seigneur, comme il fait froid aujourd'hui, n'est-ce pas ? Et vous êtes *plombier* ? lança-t-elle ensuite à une fenêtre. C'est *fascinant*. J'ai toujours *rêvé* de comprendre comment fonctionnaient les tuyauteries.

Elle faisait ça très bien, reconnut Marion. Mais le prince refusait de se laisser amadouer.

– Demain, je dois inaugurer un service hospitalier. Je *déteste* les hôpitaux. Ce sont des endroits *infects*.

– Non, non, non, mon cher, le corrigea gaiement la duchesse. Vous avez tort. Nous sommes la famille royale britannique. Nous *adorons* les hôpitaux !

Le visage du prince s'éclaira soudain.

– Vous savez quoi ? Je viens d'avoir une idée géniale. C'est Bertie et vous qui devriez monter sur le trône. Pas moi et je ne sais quelle malheureuse archiduchesse européenne qu'on m'obligera à choisir dans la fichue liste de mon père.

– Même pas pour rire ! le tança-t-elle, sans plus une once d'humour cette fois.

Le duc les rejoignit alors, lui aussi avec un cocktail à la main et, comme toujours, une cigarette fumante entre les doigts. Son frère lui donna une tape dans le dos qui lui arracha une grosse quinte de toux.

– Bertie ! Comment va le contremaître ?

– C'est v-v-vache de ta part de m'appeler c-c-comme ça.

– Pas du tout. Papa n'arrêtait pas de déblatérer l'autre jour sur ce syndicat que tu es allé visiter.

– L'Amalgamated E-E-Engineering Union, oui. Il compte mille huit cents branches et plus de t-t-t… oh, flûte !

– Trois cent vingt mille membres, compléta vivement la duchesse.

Mais le prince ne l'écoutait plus.

– Vous savez, dit-il en examinant le vestibule, j'adore venir ici. C'est une si jolie petite propriété. J'aimerais bien en avoir une pareille. Tu es sacrément verni, Bertie.

Cette façon de s'apitoyer sur son sort était ridicule, pensa Marion, juste avant de reculer brusquement, paniquée, au moment où il leva la tête. L'avait-il repérée ?

Son attention rivée sur les étages supérieurs de la maison, il poursuivit en forçant son étrange voix haut perchée :

– Et où sont mes petites filles préférées ?

La tristesse qu'il affichait une minute plus tôt s'était envolée. Sans prévenir, il s'élança dans l'escalier à une telle vitesse que Marion n'eut pas le temps de bouger. Elle était toujours clouée sur place lorsqu'il l'aperçut. Il marqua une pause en la dévisageant, et croiser son regard fut comme fixer en face un soleil bleu.

– Tiens donc. Mais qui voilà ?

Elle se découvrit incapable de parler. Sa langue était comme pétrifiée, et malgré tout ce qu'elle venait de voir et d'entendre, l'émotion la submergeait.

La duchesse arriva à son tour, légèrement essoufflée, mais toujours avec son cocktail à la main.

– Oh, c'est Crawfie. La nouvelle gouvernante, dit-elle en jetant un coup d'œil interrogateur à son employée.

Le prince examina Marion de la tête aux pieds.

– La gouvernante ? Vous connaissez quelque chose aux livres ?

– Oui, monsieur.

À présent qu'elle commençait à se ressaisir, elle constata qu'il était petit. Très petit, en fait. La duchesse et lui faisaient presque la même taille.

Il farfouilla dans la poche de son costume.

– Lady Desborough m'a donné un drôle de livre aujourd'hui. Vous en avez déjà entendu parler ?

En découvrant le titre, *Jane Eyre*, Marion éclata de rire. C'était une blague inattendue, et elle sut gré au prince de vouloir ainsi la mettre à l'aise. Puis elle se rendit compte qu'il la regardait bizarrement. Loin de sourire, il paraissait ne pas comprendre ce qui l'amusait.

Des cris déchirèrent alors le calme du dernier étage. Deux petites filles sortirent de la nurserie – dont l'une à quatre pattes – et se précipitèrent vers eux, talonnées de près par Mme Knight.

15

Le lendemain, Marion évita le boudoir.

– Nous ferons cours dans le jardin, décida-t-elle.

On risquait moins de les déranger là-bas, et cela collait davantage avec les principes d'éducation en plein air du Dr Fröbel.

– Mais je vais me salir ! s'écria la princesse. Alah ne sera pas contente.

– Vous n'avez vraiment aucune tenue pour jouer dehors ?

Il faudrait qu'elle en touche un mot à la duchesse. Cette enfant ne pouvait pas passer toute sa vie dans des robes aussi empesées.

– Bien, dit-elle en prenant plusieurs petits sachets de papier blanc dans son sac à main. Leçon numéro un. Les mathématiques.

Elle était sortie tôt ce matin-là en quête d'une confiserie. La plus proche se trouvait dans la gare Victoria, à une demi-heure de marche de la maison. Le résultat de cette expédition devait lui permettre d'illustrer les principes d'addition et de soustraction, mais Lilibet s'intéressa davantage au contenu des sachets.

– Qu'est-ce que c'est ? demanda-t-elle en manipulant un bonbon à la réglisse avec curiosité.

Il s'avéra qu'elle n'en avait encore jamais vu. Ni ça, ni

de berlingot. Pas plus qu'elle n'avait la moindre idée de ce qu'était un casse-dent. L'image qu'elle se faisait des sucreries se résumait aux desserts victoriens préparés dans les cuisines royales : des crèmes à la violette, des pâtes d'amandes décorées de feuilles d'or et autres douceurs tout aussi élaborées.

– Si vous avez dix *Mozartkugeln*, commença Marion, et que vous en enlevez cinq. Combien vous en reste-t-il ?

– Des *Mozartkugeln* ? C'est comme ça qu'on les appelle ?

Marion répéta sa question.

– Et qu'y a-t-il à l'intérieur ? Je connais Mozart, mais on ne peut pas le manger.

– Je vous laisserai en goûter un si vous arrivez à faire ce calcul, lui promit Marion en souriant.

Au même moment, une ombre s'immisça entre elle et le soleil. Elle leva la tête et découvrit la duchesse tout apprêtée : rangées de perles autour du cou, bagues et bracelets en diamants, étole de fourrure bleu clair et chapeau assorti dont les rebords retroussés étaient parsemés de plumes. Ajouté à des talons, ce dernier visait sans doute à la faire paraître plus grande, mais curieusement, il produisait l'effet inverse.

– Vous mangez des bonbons ! Comme c'est mignon !

– En fait, madame, nous étudions les mathématiques.

Un silence interloqué accueillit sa réponse.

– Seigneur, ces méthodes modernes… Bien, il faut que vous emmeniez Lilibet chez M. Adams. Il vous attend.

– Personne ne m'a parlé de ce rendez-vous…

– J'imagine qu'on a oublié, répondit la duchesse avec un sourire rayonnant. Allez, Lilibet.

Marion comprit qu'elle était censée obéir, mais elle ne bougea pas d'un pouce.

– Qui est M. Adams ?

– Il prend des photos. Attention, le petit oiseau va sortir ! C'est un boute-en-train, vous verrez. Hop, hop, hop, Lilibet, on se dépêche !

– Mais nous venons tout juste de commencer notre leçon. Pourquoi était-il plus important d'être photographié que d'être instruit ?

– Vous pourrez manger vos bonbons plus tard, répondit la duchesse sans se départir de son sourire. Owen est parti chercher la voiture.

– Nous y sommes, annonça le chauffeur.

Déjà agacée d'avoir dû interrompre son cours, Marion se sentit à présent ridicule en descendant de la Daimler à peine deux minutes après y être montée. Devant elle se trouvait une imposante façade en pierre sculptée. « Le Studio des Enfants », était-il écrit sur une plaque en laiton à côté d'une porte pimpante. Elle la contempla froidement. Quelle perte de temps. La place d'Elizabeth était à l'école, pas dans un studio de photographie.

La réception aux tons jaunes et bleus, bien plus joyeuse que le lieu ultrasophistiqué et sinistre auquel elle s'attendait, fut une première surprise. La seconde fut l'homme de grande taille à la mine radieuse qui émergea d'une pièce adjacente. Vêtu d'une courte blouse blanche boutonnée sur son costume, il avait une épaisse tignasse de cheveux blancs et un profil aquilin dominé par une énorme moustache noire.

– Bonjour ! dit-il en lui serrant la main. Je suis Marcus Adams. Entrez, entrez donc.

Il émanait de lui quelque chose de fantastique et d'excentrique, mais aussi de rassurant et d'aimable. Sous ses grands sourcils noirs, ses yeux pétillaient de malice.

Il les précéda dans la pièce dont il venait de sortir – une vaste salle de jeux à en juger par les étagères remplies de jouets et le sol recouvert d'un tapis et de coussins. Lilibet alla aussitôt prendre un petit cheval pendant que Marion observait les lieux, intriguée.

– Vous cherchez un appareil photo ? s'amusa Adams. Vous

ne le verrez pas tout de suite. J'ai passé un an à aménager ce lieu de façon à ce qu'il ne soit pas encombré de matériel. Je ne voulais pas de lampes éblouissantes, ni de gros objectifs, et encore moins de cet horrible drap noir sous lequel disparaissent les photographes – ça terrifie les petits. Je tiens à ce que mes jeunes modèles se sentent à l'aise.

Marion n'en revint pas. Le studio d'un photographe de la famille royale était le dernier endroit où elle pensait voir mis en œuvre les principes éducatifs du Dr Fröbel.

– Vous comprenez très bien les enfants, on dirait.

L'étonnant M. Adams haussa les sourcils.

– La photographie, ma chère, c'est 95 % de psychologie et seulement 5 % de technique. Quand vos modèles sont heureux, le résultat l'est tout autant.

Il se tourna vers Elizabeth, qui s'amusait à faire galoper son cheval sur le tapis.

– Prête, ma chère ?

La princesse acquiesça en souriant. Adams se dirigea vers le fond de la pièce, où il fit pivoter une grosse boîte montée sur des roulettes. Elle servait de support à un cadre métallique à l'intérieur duquel une seconde boîte avait été fixée – un appareil photo, découvrit Marion lorsqu'il la retourna. Mais contrairement à tous ceux qu'elle avait vus auparavant, celui-là se présentait comme un dispositif bizarre avec un tube souple relié à une boule en caoutchouc.

– Je l'ai réalisé moi-même, dit Adams en le poussant sur le tapis. Il me permet de me déplacer, et parce qu'il ressemble à un jouet, les enfants considèrent que c'en est un.

Puis il sourit à Marion.

– Laissez-nous maintenant, ma chère.

Son plaisir en fut douché.

– Vous laisser ?

Adams lui montra le mur au fond de la salle – en réalité

une grande vitre derrière laquelle quelques chaises avaient été disposées.

– C'est la salle des parents. Enfin, des nourrices le plus souvent. Comment va cette brave Mme Knight, au fait ?

– Très bien, répondit Marion en veillant à rester inexpressive.

– À en juger par tous ces rubans et ces boutons, je vous crois volontiers. Mais je ferai de mon mieux pour donner à cette petite l'air d'une véritable enfant, et pas d'une poupée.

Elle l'observa ensuite depuis l'espace réservé aux parents. Alors qu'elle s'attendait à ce que la séance commence sur-le-champ, Adams laissa Lilibet continuer à jouer et s'appuya contre son appareil en bavardant avec elle.

– Voulez-vous une tasse de thé ? demanda poliment quelqu'un derrière Marion.

Elle se retourna et découvrit un jeune homme si séduisant que le rouge lui monta aux joues. Grand, blond et large d'épaules, il portait une chemise blanche dont les manches retroussées dévoilaient des avant-bras musclés et bronzés. Mais pourquoi sa tête lui était-elle familière ?

– Je suis Tom Parker, dit-il en lui tendant la main. L'assistant de M. Adams.

Son accent avait quelque chose de chaud et de roulant. Il était bien anglais, mais pas londonien. Et il ne fleurait pas la haute société, contrairement à celui des York.

– Drôle de poignée de main, commenta-t-il.

Dans son trouble, elle avait reproduit la manière de faire de la famille royale – la paume vers le haut, les doigts mous. « En aucun cas il ne faut presser ceux de votre interlocuteur ! » l'avait avertie Ainslie.

– Un sucre ou deux ?

– Deux, bafouilla-t-elle alors même qu'elle n'en prenait pas en général.

Elle se rappela brusquement où elle l'avait déjà vu. Durant

la marche contre la faim des chômeurs. C'était lui qui courait sur le côté en photographiant ces derniers.

– Il me semble vous avoir aperçu à côté des manifestants, avant-hier, à Piccadilly. Je me trompe ?

Il pâlit à ces mots.

– Vous étiez là ?

– Ma fenêtre donne sur la rue.

Le front plissé, il ne répondit pas, et elle eut la désagréable impression d'avoir déterré quelque chose censé rester enfoui. Face à la paroi vitrée, ils se concentrèrent sur M. Adams, qui déplaçait son curieux appareil dans la pièce sous le regard ravi de Lilibet. Il ne faisait aucun doute que les photos seraient superbes.

– Il est très doué, observa Marion.

– C'est un artiste.

– Parce que la photographie est un art, selon vous ?

– C'est l'une des plus grandes formes d'expression artistique du XXe siècle. Les photos de M. Adams sont l'équivalent moderne des œuvres exposées à la National Portrait Gallery.

– Je ne suis jamais allée là-bas, avoua-t-elle, un brin mélancolique. Je viens tout juste d'arriver à Londres.

– Dans ce cas, déclara Tom galamment, permettez-moi d'être le premier à vous y emmener.

L'occasion se présenta deux jours plus tard, lorsque Elizabeth partit un après-midi suivre un cours de chant auprès d'une certaine lady Cavan. Après le cours de danse, Marion n'imaginait que trop bien à quoi ressemblerait celui-là, et elle frémissait d'horreur rien que d'y penser. Ce fut un soulagement pour elle de ne pas être obligée d'accompagner la princesse.

La perspective de visiter un musée avec l'assistant de M. Adams l'intriguait. Un mystère entourait Tom. Pourquoi travailler pour un photographe accrédité par la famille royale et documenter en parallèle les marches contre la faim ? Et puis le musée lui aussi serait intéressant. Elle y apprendrait des choses qu'elle pourrait partager plus tard avec Elizabeth. Enfin, Tom était beau garçon, ce qui ne gâchait rien – même si elle n'avait aucune envie d'une nouvelle idylle après Valentin.

Mais ce fut plus fort qu'elle, elle ne put s'empêcher de les comparer. Valentin, par exemple, n'avait jamais été à l'heure à aucun rendez-vous, alors que Tom l'attendait sous le porche de pierre sculpté de la National Portrait Gallery, comme promis. Elle se dépêcha de le rejoindre, soudain timide derrière son sourire. Pour la première fois depuis son arrivée à Londres, elle regretta de ne pas être mieux habillée. Son unique tenue convenable n'avait pas seulement souffert de sa séance de jardinage à la Loge Royale, elle empestait aussi le parfum Feu de Joie.

Impeccable dans un pantalon de flanelle sans faux pli et une veste en tweed, Tom était plus séduisant encore que dans son souvenir, et *a priori* pas du tout nerveux, lui. Il l'accueillit chaleureusement, puis l'invita à franchir les portes à tambour – une différence de plus avec Valentin, qui passait toujours le premier.

– Quel endroit ! souffla-t-elle, impressionnée par le décor tout en marbre et mosaïques.

– Quoi de plus normal pour un lieu qui abrite les portraits des plus grands noms de la nation.

Cette collection, expliqua-t-il, était née de l'idée que le public, si on lui montrait des personnalités admirables, pourrait le devenir lui aussi.

– Même s'il faut reconnaître que toutes n'étaient pas moralement irréprochables.

Après avoir traversé plusieurs salles, ils parvinrent devant un tableau représentant une femme brune et un chat qui tentait d'attraper des poissons rouges dans un bocal.

– C'est une très célèbre courtisane. Elle s'appelait Kitty

Fisher, soit la « chatte pêcheuse ». En matière de symbolisme, le peintre n'a pas fait dans la subtilité.

Les yeux clairs de Tom croisèrent ceux de Marion. Un bref instant, l'image d'une courtisane, avec tout ce que cela comportait de sous-entendus érotiques, sembla flotter entre eux, et elle lui sut gré de poursuivre la visite.

– Voilà ce que je voulais vous montrer, dit Tom au bout d'un moment. Le Marcus Adams du XVIe siècle.

Ils avaient devant eux un dessin d'Henri VIII par Hans Holbein. Dubitative, Marion examina cette figure à la carrure si imposante, aux jambes puissantes, au torse massif et au regard provocateur. Cette virilité conquérante n'avait de son point de vue guère de points communs avec les clichés sirupeux d'une princesse Elizabeth riant aux éclats.

– Un maître incomparable de l'imagerie royale, continua Tom.

Ça, il pouvait le dire, pensa-t-elle, sans réussir à détacher son attention de l'énorme braguette d'Henri.

– Vous voulez parler d'Holbein ?

– Oui, et aussi de M. Adams. Ils font exactement la même chose.

– Mais le résultat est très différent, dit-elle, de plus en plus perplexe.

– Non. En matière de royauté, tout est affaire d'image. Et ça, les Tudors le savaient mieux que quiconque. Venez par ici.

Il la prit par le bras, faisant naître en elle une onde de plaisir qui la traversa tout entière.

Le temps de retrouver ses esprits, Tom l'avait entraînée vers un portrait qui s'apparentait à une explosion de dentelles, d'or, de satin, de perles et de broderies somptueuses. Le visage en son centre arborait un sourire calme et pincé.

– Elizabeth Ire, dit Tom. La championne royale toutes catégories dans l'art de se mettre en scène. Du moins jusqu'à Elizabeth d'York.

– Quoi ?

– La duchesse. Elle surpasse toutes les têtes couronnées dans ce domaine. C'est un génie des RP, d'après M. Adams.

– Des RP ?

– Des relations publiques. Le but est de contrôler la perception que les gens ont de vous. De s'assurer qu'ils voient et pensent de vous ce que vous voulez.

Il plaisantait, ce n'était pas possible autrement – et pourtant elle sentait bien que non.

– Mais qu'y gagnerait-elle ?

– Cela tient en un mot : le pouvoir, répondit-il, amusé. Les monarques ne mènent plus leur pays à la guerre de nos jours. Le temps des rois de droit divin est terminé. En revanche, ils sont devenus des célébrités, et ça votre duchesse l'a bien saisi. Pourquoi sinon ferait-elle photographier aussi souvent ses filles, et pourquoi fournirait-elle ces clichés aux journaux ?

Marion comprenait ce qu'il voulait dire et n'était pas loin de l'approuver, surtout au souvenir de la conversation que la duchesse avait eue avec le prince de Galles.

– J'ignorais tout ça.

– Ne vous inquiétez pas, dit Tom avec un sourire rassurant. Vous n'êtes pas censée en avoir conscience. Mais ce n'est que l'une des raisons qui font de la photographie la forme d'expression artistique la plus importante du XXe siècle.

Elle le dévisagea d'un air pensif.

– Vous le croyez vraiment, on dirait.

– Oui. Un jour, les photographes obtiendront la reconnaissance qu'ils méritent. Et qui sait si une princesse ne finira pas par épouser l'un d'entre eux au lieu de simplement poser pour lui.

Elle éclata de rire.

– Là, vous plaisantez.

– Peut-être. Enfin bref, avez-vous faim ? Il y a un bon salon de thé au rez-de-chaussée.

Sentir l'intérêt qu'il lui portait était comme se sentir réchauffée par les rayons du soleil. Devant un café et des petits pains sucrés, il l'interrogea longuement sur elle-même – plus en détail en une demi-heure que Valentin ne l'avait jamais fait de tout le temps qu'elle l'avait connu.

Elle lui parla de sa formation, et aussi d'Annie.

– Vous vouliez travailler dans les quartiers pauvres ? Mais dans ce cas, que fabriquez-vous chez les York ?

Elle prit une profonde inspiration et lui expliqua comment Mlle Golspie l'avait persuadée d'éclairer la princesse sur la vie des gens ordinaires. Elle craignait que le sens de sa démarche lui échappe, voire le fasse rire, mais il se montra très curieux, et même compatissant.

– Je suis dans une situation similaire, avoua-t-il en remplissant de nouveau leurs tasses. M. Adams m'apprend à photographier la famille royale, mais ce n'est pas ce qui m'attire.

Marion se rappela la marche contre la faim, et sa gêne lorsqu'elle avait abordé le sujet à l'intérieur du studio. Le plaisir que lui avait procuré sa visite du musée et tout ce qu'elle avait découvert ce jour-là lui avaient fait oublier les questions qu'elle se posait sur lui.

– Vous n'avez pas envie d'immortaliser des princesses ? le taquina-t-elle.

– Ne vous méprenez pas, dit-il gravement. M. Adams a été formidable avec moi. Tout ce que je sais sur les techniques et l'art de la photographie, c'est à lui que je le dois. Mais je compte suivre une autre voie que la sienne.

– Laquelle ?

– Le photojournalisme.

– Qu'est-ce que c'est ? Je n'en ai jamais entendu parler.

– Je l'ai inventé, reconnut-il en souriant. Le mot, je veux dire. C'est du journalisme, mais à travers des photos. On consigne des faits, comme les reporters, mais en utilisant des images à la place du texte.

– La manière dont la police malmenait et provoquait les manifestants, par exemple ?

– Exactement, dit-il, ravi qu'elle ait compris. L'idée est de dévoiler la vérité sur un événement donné, de trouver le détail révélateur. Une image peut en dire si long.

– Ou si peu au contraire, objecta Marion en repensant aux portraits royaux trop parfaits.

– En effet. Le truc avec le photojournalisme, c'est qu'il n'y a rien de planifié là-dedans. C'est un acte spontané, immédiat.

Elle réfléchit un instant.

– Et que font les photojournalistes de leurs clichés ?

– La même chose que les journalistes avec leurs textes. Ils les vendent à des quotidiens et des magazines.

– Mais qui pourrait vouloir de photos de la police frappant des manifestants ?

– Figurez-vous qu'il y a une demande de plus en plus forte. Certains rédacteurs en chef souhaitent informer les gens sur ce qui se passe dans le monde et pas juste participer à des opérations de relations publiques orchestrées par la famille royale.

– Vous ne seriez pas communiste, par hasard ?

Cette horrible hypothèse venait de lui traverser l'esprit. Après Valentin, elle n'était pas sûre de pouvoir le supporter.

Alors qu'il s'apprêtait à mordre dans un scone, Tom éclata d'un rire franc et sonore.

– Absolument pas ! Je me méfie des extrêmes.

– Tant mieux. Mais pour autant, vous ne tenez pas à ce que M. Adams découvre… vos autres centres d'intérêt.

C'était l'impression qu'il lui avait donnée, en tout cas.

– En effet. Vous ne direz rien ?

Elle sourit devant l'anxiété qui se lisait dans ses yeux gris et lui tapota le bras.

– Ne vous inquiétez pas, votre secret est bien gardé avec moi. De toute façon, vous l'avez fait remarquer vous-même, nous sommes dans des situations similaires. Vous travaillez avec le photographe de la famille royale, mais en faisant du photojournalisme à côté, et moi je travaille avec la famille royale, mais en essayant de leur donner un peu plus le sens des réalités.

Le visage de Tom s'éclaira.

– Bien dit. On forme une belle équipe.

Quelque chose s'embrasa en elle, qu'elle fit taire aussitôt. Elle ne cherchait pas l'amour. À quoi bon ? Elle rentrerait bientôt en Écosse.

16

L'invitation de la reine Mary tomba sans crier gare. Sa Majesté souhaitait que Marion vienne prendre le thé au palais. Elle espérait que cela ne la dérangerait pas, et Marion voulait-elle bien transmettre sa réponse au plus vite par téléphone à sa dame de compagnie, lady Cynthia Colville ?

Marion décrocha le lourd combiné noir avec appréhension. Elle avait déjà rencontré lady Cynthia – une horrible sorcière au nez démesurément grand, au regard féroce et à la bouche tordue en permanence par une moue de dégoût. Lorsqu'elle n'assistait pas la reine, elle présidait le tribunal pour enfants de Londres – où le sort qui guettait les délinquants soumis à son jugement devait être tout sauf enviable.

– L'invitation de Sa Majesté ne concerne que moi, pas la princesse ?

– Oui. Soyez à l'heure, je vous prie. Sa Majesté n'est jamais en retard, que ce soit pour un engagement public ou privé, et elle attend des autres la même ponctualité.

Sur ce, lady Cynthia raccrocha.

Marion alla consulter la duchesse, qui s'amusa de cette invitation.

– Ma belle-mère a des idées très strictes sur l'éducation

des enfants. Préparez-vous à recevoir des instructions *très* détaillées à la mode des Teutons !

Mais en quoi cela concernait-il la reine ? Elizabeth était la fille de la duchesse. S'il y avait une personne en droit de lui donner des instructions, c'était plutôt elle, non ? Marion se sentait légèrement offensée, mais aussi fascinée. Prendre le thé avec la reine-impératrice serait une expérience extraordinaire – sans parler de la découverte du palais de Buckingham.

Il ne fallait que dix minutes au maximum pour aller à pied de Piccadilly au palais en traversant Green Park, mais elle partit une bonne demi-heure avant son rendez-vous.

Green Park était agréable en été avec ses fleurs et ses touristes assis sur des transats ou étendus dans l'herbe chaude, apparemment contents d'être à proximité des grilles noires surmontées de dorures du palais de Buckingham. L'étendard royal claquait au vent au-dessus des piliers du balcon central, tandis qu'en face du palais, la figurine dorée au sommet du Victoria Memorial se détachait en flamboyant sur le ciel bleu. Marion aperçut les soldats, magnifiques avec leurs bonnets à poils et leurs vestes rouge et or sur lesquelles se reflétait le soleil. Son cœur fit un bond. Elle allait là où très peu de gens iraient jamais.

À 16 h 50 très exactement, elle franchit les grilles du palais sous les yeux de plusieurs curieux, puis se dirigea vers un policier qui paraissait l'attendre. Il lui fit signe d'avancer et l'orienta vers le côté droit de la façade, où une porte noire s'ouvrit comme par magie à son approche. Elle gravit ensuite une volée de larges marches peu élevées. Ça y est, elle y était.

Et elle aurait aussi bien pu être dans le plus grand des grands hôtels. Des couloirs au sol recouvert de longues bandes de moquette s'étiraient comme des rivières rouges entre des murs lambrissés de blanc et décorés de rinceaux dorés, tandis qu'au plafond, d'énormes lustres ruisselants de cristaux de verre taillé jetaient une lumière éblouissante sur ce décor silencieux.

– Puis-je vous débarrasser, madame ?

– Merci.

Marion tendit sa veste bleu pâle à un employé en queue-de-pie noire, gilet de costume rouge cramoisi et col blanc amidonné.

– Par ici, madame.

Il s'engagea dans l'un des couloirs en veillant à éviter la bande de moquette. Marion, elle, marcha dessus, mais après avoir croisé plusieurs autres servants et remarqué que tous la regardaient de travers, elle demanda quel impair elle avait commis.

– Seuls les membres de la famille royale ont-ils le droit de faire ça ? s'exclama-t-elle, partagée entre l'amusement et son contraire.

– Une moquette fraîchement brossée ne peut être foulée que par des pieds royaux.

Elle avait du mal à en croire ses oreilles. Était-il sérieux ? Il s'était exprimé sur un ton parfaitement détaché, mais sous ses cheveux poudrés, ses yeux noirs pétillaient.

– Par ici, madame.

Madame obéit. Le palais était si richement décoré que c'en était presque insensé – chose que l'on n'aurait jamais imaginée en voyant sa façade austère. Les pièces aux dimensions hors norme semblaient avoir été construites pour des géants, et il ne devait pas y avoir un centimètre carré de surface dépourvu d'ornement. Des tentures damassées chatoyaient sur les murs, les plafonds croulaient sous les dorures et plusieurs épaisseurs de rideaux festonnés retenus par de grosses cordelettes en soie pendaient de chaque côté des gigantesques fenêtres. Marion nota également de grands miroirs aux cadres dorés, des portraits imposants et des canapés rutilants dont les sièges en soie bien rembourrés menaçaient de sortir de leur armature – dorée elle aussi. Partout autour d'elle, elle découvrait de nouveaux médaillons peints, des moulures dorées et des statues inexpressives qui prenaient la pose dans des niches.

– Madame ! s'écria le valet de pied, qui s'arrêta soudain et pivota vivement vers le mur.

Une jeune femme en robe blanche s'avançait en face d'eux au beau milieu de la moquette. En passant, ses yeux d'un bleu familier toisèrent Marion avec dédain. Puis elle disparut à l'angle du couloir.

– Qui était-ce ?

– Son Altesse Royale la princesse royale.

La fille unique du roi George V, donc. La sœur du duc et du prince de Galles.

– Pourquoi vous êtes-vous mis face au mur ?

– Nous sommes censés détourner le regard, madame.

– *Quoi ?* Mais c'est *ridicule.*

Pour qui ces gens se prenaient-ils ? On était au XXe siècle, à la fin.

Ils atteignirent un large escalier recouvert d'un tapis rouge. À son sommet, pile au centre, un élégant gentilhomme portant une livrée encore plus sophistiquée que le valet de pied patientait devant une double porte blanche surchargée de dorures.

Marion pensa tout de suite à *Alice au pays des merveilles.* Cette fois, ce fut la scène avec le laquais-poisson et le laquais-grenouille dans *De l'autre côté du miroir* qui lui vint à l'esprit. En dehors de l'aspect humide de ses cheveux gominés, l'employé qu'elle avait suivi ne présentait aucun point commun avec un poisson, mais il y avait vraiment quelque chose de l'ordre du batracien dans les yeux exorbités de celui dont elle s'approchait à présent.

– Le valet de pied attitré de Sa Majesté, lui souffla son guide avant de s'en aller.

Pétri de dignité et resplendissant dans sa veste à queue-de-pie rouge et ses chaussures en cuir verni à boucle argentée, le laquais-grenouille lui adressa un sourire courtois à l'instant précis où une série de tintements légers émanant d'horloges invisibles sonnaient 17 heures.

– Sa Majesté vous attend, dit-il quand le dernier coup eut retenti.

Il lui tourna le dos et tira vers lui les boutons ronds de la double porte. Les battants s'ouvrirent sur un salon opulent, mais dans lequel Marion ne vit d'abord qu'une toile de fond floue et brillante. Toute son attention était rivée sur ce qui se trouvait au premier plan.

La reine Mary se tenait ostensiblement droite, les talons collés et les pieds à l'équerre. Marion sentit son regard la transpercer. Il régnait un silence absolu dans la pièce, et pourtant un fracas assourdissant résonnait à ses oreilles, comme une fanfare de trompettes. C'était un extraordinaire *coup de théâtre**[1].

– Mlle Marion Crawford, Votre Majesté, annonça le valet, avant de se retirer.

Les portes pivotèrent sans bruit sur leurs gonds bien huilés et se refermèrent. Il n'y avait pas d'échappatoire. À cette idée, la panique la gagna.

La reine Mary lui avait déjà paru imposante dans les jardins de la Loge Royale, mais elle l'était encore plus en ce lieu, où elle se dressait telle une gigantesque statue à la mine sévère et déterminée. Physiquement, elle n'était pas sans rappeler la façade du palais avec son large buste et sa robe gris pâle à col haut et manches gigot – un style victorien complété

1. En français dans le texte, comme tous les passages suivis d'un astérisque (toutes les notes sont de la traductrice).

par sa coiffure, toujours agrémentée sur le devant de cette étrange cantonnière de boucles grises.

Impressionnée, presque terrifiée, Marion effectua la révérence la plus profonde que ses genoux tremblotants lui permettaient de faire, puis saisit mollement, et sans la presser, la main hérissée de diamants tendue vers elle. La reine allait l'inviter à s'asseoir, pensa-t-elle, mais non, ses talons restèrent collés ensemble tandis que son expression sévère et impatiente suggérait qu'elle attendait quelque chose d'autre de sa part. Marion s'inclina de nouveau vers la moquette en vacillant.

Cette fois, la statue s'anima.

– Allons prendre le thé. Ensuite, nous aurons une petite confersation, dit-elle de sa voix gutturale.

À ce moment-là seulement, Marion observa l'endroit où elle se trouvait. Les tons rouges dominaient dans cette pièce dont les murs se paraient de reflets satinés et dont les fenêtres géantes étaient encadrées de grands rideaux retenus par des cordelettes en soie.

Accompagnée du léger grincement produit par les nombreuses baleines de son corset, la reine l'entraîna dans un autre salon, plus petit celui-là, et tapissé de soie gris-bleu. Malgré le soleil qui brillait derrière la fenêtre, un feu brûlait dans les profondeurs d'une cheminée en marbre. Non loin de là, sur une table recouverte d'une nappe blanche bordée de dentelle, des tasses et des soucoupes roses patientaient à côté d'un gros cake aux fruits et d'une assiette de muffins et de scones. La reine s'approcha d'une bouilloire en argent frappée du monogramme VR et suspendue au-dessus d'une lampe à alcool.

– Ceci appartenait à la reine Fictoria, fit-elle remarquer inutilement en versant de l'eau chaude dans une théière qui arborait les mêmes initiales royales. Cette théière aussi. Et fous foyez ce bracelet ?

Elle tendit vers Marion une main scintillante de bijoux. Des yeux semblaient avoir été peints sur son bracelet, mais le résultat s'avérait assez laid.

– Ce sont les yeux de tous ses enfants ! déclara-t-elle triomphalement.

La cérémonie du thé commença. La reine mangea avec gourmandise, sans cesser d'émettre des petits bruits de gorge approbateurs. Pendant que des raisins secs et des miettes dévalaient la façade palatiale et qu'une horloge en or égrenait les secondes sur le manteau de la cheminée, Marion picora nerveusement un scone en lorgnant son hôtesse et son menton parsemé de poils.

Après avoir englouti un muffin et une part de cake, la reine tapota sa grande bouche avec une serviette en lin, lâcha un grognement satisfait, puis regarda Marion droit dans les yeux.

– Nous allons maintenant afoir notre petite confersation.

Elle fourragea dans un panier posé par terre et en sortit ce qui ressemblait à un amas de ficelles sales.

– Il ne faut pas gaspiller, déclara-t-elle en déroulant un fil. Moi, che ne chette chamais rien. Chamais ! Les ficelles d'emballage, c'est touchours utile. Che garde tout. Et le papier et les enveloppes aussi. Nous ne defons pas cheter l'argent par les fenêtres.

Marion serra les dents de peur que sa mâchoire ne se décroche à la vue de cette femme entourée de dorures et de richesses qui s'employait à démêler des cordelettes pour les mettre en pelote. Celle-là même devant qui elle avait été conduite par deux valets de pied et à qui elle avait fait deux fois la révérence.

– Fous aimez instruire le *bambino* ?

J'aimerais surtout avoir l'occasion de le faire, rumina Marion.

– Nous n'avons pas encore eu beaucoup de leçons ensemble.

– *Ja*, elle me fait tant penser à moi ! dit la reine, qui ne l'avait manifestement pas entendue. Che lisais jusqu'à six heures par chour quand ch'étais petite !

– Je visais plutôt une heure pour la princesse Elizabeth, répondit Marion, peu convaincue par cette affirmation un brin excessive. Les enfants ont besoin d'activités variées et d'exercices physiques, surtout à son âge.

La reine détacha les yeux d'un nœud particulièrement retors.

– Ma bru me dit que fous afez des idées inhabituelles en matière d'éducation, mademoiselle Crawford.

– Pas inhabituelles, la corrigea Marion en souriant. Juste modernes.

– Moi aussi, ch'ai des idées sur le sujet. Fous defez enseigner l'histoire à Lilibet. Les enfants s'intéressent beaucoup à la chénéalogie. Surtout la chénéalogie royale. L'histoire est de loin la matière la plus importante, poursuivit la reine sans prêter attention à la mine consternée de Marion. Bien plus importante que l'arithmétique, par exemple.

Elle la fixa soudain durement.

– Fous enseignez l'arithmétique à Lilibet ?

– Oui.

Une moue sceptique tordit les coins de la bouche royale.

– Lilibet n'a pas besoin de ça. Elle n'aura chamais à gérer les finances d'un ménage !

– Mais…

– La chéographie, en revanche, cela mérite d'être enseigné. L'empire de Chorge couvre une très grande partie du globe. Fous defez demander à Mme Knight.

– *Mme Knight ?*

Que connaissait cette femme à la géographie ?

La reine lui expliqua ensuite qu'il y avait parmi les jouets de la nurserie des cubes de construction réalisés à partir de cinquante essences de bois différentes cultivées aux quatre coins de l'Empire. Ils avaient été offerts à Leurs Majestés durant le Durbar[1] de 1911.

– Quelles célébrations ! dit-elle, émue aux larmes, tout en continuant à dérouler des bouts de ficelle crasseux. Nous afons été traités comme des dieux ! Nous nous sommes déplacés à dos d'éléphant et ch'ai porté le plus gros diamant du monde !

Marion s'agita sur son siège. Il était temps de faire entendre sa voix.

– Votre Majesté, pour bénéficier d'une éducation véritablement complète, la princesse gagnerait peut-être aussi à avoir conscience des conditions de vie dans son pays et des difficultés rencontrées par un grand nombre de vos sujets, en particulier les pauvres.

La reine laissa échapper une sorte de petit couinement offusqué.

– Les pauvres !

Marion se prépara à affronter une colère royale. Le laquais-grenouille allait être appelé pour la jeter dehors. Eh bien soit. Au moins n'aurait-elle pas été vaincue sans résister.

– Mais moi aussi, che m'intéresse beaucoup à la manière dont les pauvres fifent et trafaillent. Che sais beaucoup de choses sur les classes laborieuses parce que ch'ai touchours été entourée de domestiques.

Marion garda le silence. Il ne semblait pas y avoir de réponse à opposer à une telle remarque et, du reste, la reine n'en attendait visiblement pas.

– Ch'ai pris le thé avec des femmes de mineurs, et un chour que nous étions dans le Yorkshire, il y a eu un terrible accident dans une fosse. Nous sommes allés tout de suite là-bas pour consoler les veuves !

---

1. Ensemble de célébrations organisées en Inde afin de fêter le couronnement d'un nouvel empereur ou d'une nouvelle impératrice des Indes. Celui de 1911 fut le dernier après ceux de 1877 et 1903.

Marion sortit de cet entretien avec un jeu de cartes des 7 familles centré sur les Plantagenêts, les Tudors et les Hanovre – entre autres dynasties. Elle avait la tête remplie des recommandations de lecture de la reine : les classiques de la littérature et la Bible, ainsi que des poèmes qu'Elizabeth devrait apprendre par cœur. « C'est merfeilleux pour travailler sa mémoire ! Et fous defez lui faire lire Harrison Ainsforth. »

Elle ne connaissait pas ce roman, mais à peine eut-elle regagné le 145, Piccadilly qu'une voiture arriva du palais avec un gros carton de livres. Par-dessus les œuvres entières de Shakespeare, Dickens et Jane Austen, elle trouva un petit volume relié en cuir dont le titre, *Windsor Castle*, figurait en lettres dorées sur la tranche en dessous du nom de l'auteur, Harrison Ainsworth.

Elle tomba en le feuilletant sur une foule de tournures très vieux jeu qui la firent grogner de dépit. Décidément, son combat se révélait de plus en plus ardu. Une chance pour elle qu'il ne soit pas appelé à trop durer.

Elizabeth n'arrête pas de me demander de l'appeler Lilibet, écrivit-elle à sa mère. *Elle me dit que tous les membres de sa famille font ça, mais je ne peux pas l'encourager à me considérer comme telle alors que je ferai bientôt mes valises.*

Les semaines passèrent pourtant et la fin du mois approcha sans que le sujet de son départ soit abordé.

Les York avaient-ils oublié ? Devait-elle leur en parler ? L'ennui était qu'elle n'avait pas rempli sa tâche, loin de là. Elizabeth adorait ses leçons en extérieur, son trouble obsessionnel compulsif s'était beaucoup atténué et elle avait presque des ongles dignes de ce nom désormais. Pour autant, le programme d'expériences « normales » que Marion s'était fixé dès le début n'avait pas commencé, lui.

Il était difficile d'obtenir la moindre permission. La duchesse, surtout à Londres, était toujours en train de filer vers sa voiture dans un tourbillon de fourrures, tandis que le duc restait enfermé dans son bureau – quand il n'était pas de sortie lui aussi. Marion se demandait souvent pourquoi elle se donnait autant de mal. Il était sûrement préférable de s'en aller. Les principes progressistes, les idées modernes – tout cela n'avait pas sa place chez les York. La leçon de danse d'Elizabeth, et plus encore sa conversation avec la reine Mary, lui avaient montré quels formidables obstacles se dressaient devant elle.

Mais à présent qu'elle connaissait mieux Elizabeth, rentrer en Écosse s'avérait plus difficile. Non seulement elle prenait plaisir à faire cours à cette enfant, mais elle découvrait en elle une petite fille aimante qu'il était impossible de ne pas aimer en retour. Si elle partait, les portes de sa prison dorée s'ouvriraient-elles jamais ? Ou serait-elle condamnée à vivre, jusqu'à la fin de ses jours, seule et privilégiée, comme une princesse dans sa tour d'ivoire ? Elle repensa au palais de Buckingham, à son atmosphère feutrée et compassée qui vous donnait le sentiment d'être coupé du monde, alors même que toute la ville de Londres s'affairait juste derrière les rideaux de brocart de ses fenêtres.

Si encore la princesse avait été une insupportable petite bêcheuse… Mais Elizabeth était généreuse et sensible. Marion était frappée en particulier par son amour des animaux. Lorsqu'elles contemplaient la rue ensemble depuis la maison, la fillette s'inquiétait du sort des chevaux de trait utilisés par les brasseurs pour livrer leur bière. Ils s'arrêtaient tous les soirs au feu rouge, et son angoisse dès qu'ils étaient en retard avait quelque chose de touchant, de même que son émoi devant les poneys fatigués qui ramenaient les occupants de telle ou telle calèche chez eux. Leurs propriétaires auraient été étonnés de savoir quel degré de sollicitude et de compassion royales ils faisaient naître derrière les murs du 145, Piccadilly.

– Oh, Crawfie ! s'exclama un jour Elizabeth, les yeux brûlants de larmes devant un petit cheval pitoyable qui s'éloignait en tirant une énorme charrette. Si jamais je deviens reine, je ferai une loi contre ça. Les chevaux aussi devraient pouvoir se reposer !

– Mais vous ne deviendrez pas reine. C'est votre oncle qui héritera du trône.

– Et j'interdirai à tout le monde de couper la queue des poneys, ajouta la princesse sans l'écouter.

Si elle partait, qui jouerait avec Elizabeth ? se demandait Marion. Elle l'avait incitée à faire le pitre en lui donnant elle-même l'exemple, mais cette enfant si sérieuse avait eu du mal au début à se croire vraiment autorisée à glisser des rênes rouges ornées de grelots sur les épaules de sa gouvernante et à l'emmener galoper autour de la maison.

– Alah n'accepterait jamais ça !

– Ah oui ? avait répondu Marion en réprimant un sourire. Vous m'étonnez.

Ainsi encouragée, Elizabeth n'avait pas tardé à mimer ce qu'elle attendait d'elle.

– Piaffez, Crawfie ! Avec votre sabot ! Comme ça !

Le jeu des livraisons comptait parmi ses préférés. Dans le joyeux tintement des grelots, Marion se laissait conduire à travers le jardin afin de « porter des commissions ». Elizabeth la tapotait, lui donnait sa musette et la freinait pour s'arrêter devant des maisons imaginaires et remettre des colis à leurs habitants, avec qui elle avait de longues conversations intimes. Elle semblait très bien saisir l'importance d'assurer un bon service à ses clients. Dans une autre vie, elle aurait fait une excellente commerçante. Ou peut-être aurait-elle dirigé une grande entreprise. Mais sans son aide, saurait-elle seulement que ces autres vies existaient ?

Dans celle qui était la sienne, en attendant, elle avait besoin de vêtements plus confortables pour jouer. Marion en avait touché un mot à la duchesse, qui lui avait répondu de s'adresser à Mme Knight. Et Mme Knight, elle, lui avait conseillé de s'adresser à la duchesse. Ce petit manège s'était poursuivi alors même que les buissons noirs de suie derrière la maison tachaient les belles robes en dentelle et mousseline d'Elizabeth.

Et puis il y avait Tom, qui ne voulait pas qu'elle parte.

– Tu vas me manquer, lui avoua-t-il un jour.

Il accompagna sa remarque d'une grimace comique qu'elle lui retourna pour ne pas lui montrer qu'elle pensait la même chose de lui.

Leur première sortie à la National Portrait Gallery avait débouché sur d'autres – une visite du British Museum et du Victoria and Albert Museum, des promenades dans les parcs et, ce jour-là, un thé chez Tom. À l'inverse de Valentin, qui occupait une chambre d'étudiant crasseuse au sein d'une magnifique résidence universitaire, il habitait un appartement d'une propreté irréprochable dans un petit immeuble miteux près de la gare de King's Cross. Le couvre-lit était si parfaitement tiré sur son lit qu'on aurait pu faire rebondir une pièce de monnaie dessus.

– Qu'est-ce que c'est que ce bruit ?

Un fracas venait de résonner à l'étage supérieur, comme si un piano désaccordé s'était écrasé sur le parquet, et des gens tapaient du pied en criant si fort que les fenêtres de Tom en tremblaient.

– Mes voisins, soupira-t-il.

Elle en fut choquée, elle qui n'avait jamais entendu un tel boucan à Piccadilly.

– Tu ne peux pas leur dire d'arrêter ?

Il lui jeta un sourire amer.

– Vas-y, je t'en prie. Mais je te le déconseille. À cette heure de la journée, ils ne sont en général pas tout à fait sobres.

– Mais comment arrives-tu à dormir ?

– Je suis habitué, répondit-il en haussant les épaules.

– Tu ne peux pas déménager ?

– Je pourrais, oui. Si j'avais l'argent pour ça.

Marion rougit et se demanda pourquoi elle avait supposé que tout le monde à Londres vivait comme les York, dans le calme ouaté d'une vaste demeure.

Sur une étagère près du lit se trouvait la photo d'une jolie jeune femme. Elle se raidit en l'apercevant.

– Qui est-ce ? s'enquit-elle d'un ton faussement insouciant.

– Ma sœur, Kate, dit Tom, dont le sourire indiqua qu'il n'était pas du tout dupe.

– Elle est à Londres, elle aussi ?

– Non, je viens de Cornouailles.

Voilà qui expliquait son accent.

– Comme c'est romantique, dit-elle, car elle avait en tête des images de rochers déchiquetés assaillis par des flots tumultueux et des villages pittoresques nichés dans le creux des collines.

– Pas pour Kate. Elle a la tuberculose.

Marion plaqua ses mains sur son visage, horrifiée.

– Je suis désolée. C'était affreux de ma part de faire une telle remarque.

– Tu ne pouvais pas savoir, dit-il, les yeux rivés sur le portrait de sa sœur. C'est son sort qui est affreux. Tout ce que je touche ici sert à financer son traitement. C'est l'une des raisons qui me poussent à faire du photojournalisme : gagner un peu plus pour l'aider, elle. Ça te dit de voir mes derniers tirages, au fait ? enchaîna-t-il en souriant.

Sa salle de bains, tout juste assez grande pour accueillir deux personnes, faisait aussi office de chambre noire. Une ampoule rouge éclairait les rangées de photos suspendues à des fils et mises à sécher en hauteur, près du plafond. Tom les décrocha et lui montra quelques-unes des plus récentes, consacrées à des enfants pauvres de l'East End, tous maigres à faire peur, les yeux caves et les pieds nus. Marion se tourna vers lui, au bord des larmes. Seuls quelques centimètres les séparaient.

– Ces photos sont bouleversantes.

Il l'attira dans ses bras pour l'embrasser. Elle s'accrocha à lui comme s'il était la réponse à tous ses dilemmes et toutes ses contradictions, puis se laissa entraîner vers sa petite chambre, où il la déshabilla et lui fit l'amour avec douceur. Il était aussi peu pressé que Valentin avait été expéditif. Aussi généreux que Valentin avait été égoïste. Le désir gronda en elle, assourdissant même les notes de piano qui leur parvenaient de l'étage supérieur. À la fin, elle resta étendue contre lui, envahie par un sentiment de calme, de plénitude, et par cette curieuse impression d'avoir enfin trouvé ce qu'elle cherchait depuis longtemps.

Tom lui caressa tendrement les cheveux.

– Ne pars pas, dit-il.

De plus en plus tiraillée et incapable de se décider, elle se résolut à établir une liste de pour et de contre. Dans la première colonne figuraient Elizabeth, Tom et l'« Opération Vie normale », ainsi qu'il avait surnommé son programme de sorties avec la princesse. La seconde regroupait quant à elle sa formation inachevée, Grassmarket et sa mère. Elle y ajouta la reine Mary, Alah et l'absence de consignes de la part de la duchesse. Sans soutien, que pouvait-elle faire ?

Elle contempla sa liste. Les pour et les contre s'équilibraient à peu près. Peut-être valait-il mieux ne rien changer et accepter que les choses suivent leur cours. Elles dérivaient, mais pas désagréablement.

Puis elle redressa la tête. Elle n'était pas là pour se laisser dériver. Elle était venue accomplir une mission, et si on ne lui permettait pas de le faire, autant rentrer chez elle.

Ce week-end-là, elle alla trouver la duchesse dans son bureau de la Loge Royale – une jolie pièce octogonale aux murs lambrissés et couverts de tableaux, où plusieurs tables croulaient sous les livres. Il y régnait une atmosphère confortable accentuée par le puissant parfum des roses qui flottait dans l'air et le doux crépitement du feu dans l'âtre d'une cheminée en marbre vert.

Au fond, près d'une grande fenêtre aux rideaux roses, se trouvait un secrétaire en acajou encombré de photos et d'effets personnels. C'était là que la duchesse s'était installée, sous la lumière d'un lampadaire à franges qui soulignait son teint d'ivoire.

– Crawfie ! Vous souhaitez me parler ?

Marion hésita. Les paroles claires et fortes qu'elle avait martelées dans sa chambre lui faisaient soudain défaut. À croire que tout le pouvoir dans la pièce s'était déplacé et reporté sur cette femme assise à son bureau. Mais sa décision n'appartenait qu'à elle, pensa-t-elle. C'était elle qui allait partir.

– C'est juste que…

– Oui ? dit la duchesse en inclinant la tête.

Marion se concentra sur ses mains nouées.

– Ma période d'essai est terminée, ma'am.

– *Vraiment ?*

– Oui, ma'am.

Mais tout ce qu'elle avait prévu de dire concernant son retour en Écosse et la carrière qu'elle entendait mener refusa de franchir ses lèvres. Les yeux bleus rivés sur elle avaient un effet hypnotisant.

– Vous devez rester, bien sûr, déclara la duchesse, comme si tout cela avait été réglé longtemps auparavant et ne pouvait pas être plus évident ou plus simple.

Marion fit un effort pour se ressaisir.

– Ma'am, je…

Le téléphone sonna à cet instant. La duchesse décrocha.

– Hello, vieille branche ! s'exclama-t-elle avec ravissement.

Le sujet semblait clos. Marion en venait presque à se demander en sortant si la duchesse n'avait pas un bouton caché sous son bureau pour déclencher des interruptions téléphoniques au gré de ses besoins.

Au bout du compte, elle retourna à Édimbourg – officiellement pour aller chercher le reste de ses affaires, mais en réalité pour prendre le temps de la réflexion.

– Je suis perdue, dit-elle à sa mère. J'ai toujours eu l'intention de partir au bout d'un mois.

Chez elle, en Écosse, avec presque toute l'Angleterre pour les séparer, les étranges yeux bleus de la duchesse n'avaient plus aucun pouvoir sur elle. Tom, en revanche, c'était une autre histoire. Elle le désirait autant qu'elle l'admirait. Ses photos avant-gardistes la fascinaient et elle trouvait émouvante sa dévotion envers sa sœur. Elle aurait aimé lui inspirer la même, d'ailleurs, mais il fallait être raisonnable. Si séduisant fût-il, elle le connaissait à peine. Elle ne pouvait pas fonder une décision aussi importante sur quelques rendez-vous – sa précédente expérience amoureuse l'avait bien prouvé.

C'était surtout Elizabeth qui pesait dans la balance. Mais ici, à Édimbourg, elle n'était pas de taille à lutter contre Annie McGinty. Devant tant de misère sociale et de pauvreté, comment un travail auprès des York aurait-il pu se justifier ? Même si elle obtenait la permission de sortir avec la fillette, quelle différence feraient quelques trajets en métro ? Comment, dans ces conditions, envisager de regagner Londres ?

Non, elle resterait en Écosse et ferait ce qu'elle voulait et avait toujours voulu faire : achever sa formation et enseigner aux enfants de Grassmarket. Reprendre les choses là où elle les avait laissées. Sa mère avait beau être royaliste, la solitude lui pesait sûrement à présent. Elle serait contente d'avoir de nouveau sa fille unique auprès d'elle.

– Tu devrais retourner auprès d'eux, lui dit-elle pourtant au grand étonnement de Marion.

Elles se trouvaient toutes les deux dans l'étroite cuisine

dallée de pierres où Mme Crawford faisait frire du bacon et des œufs pour le petit déjeuner. Deux assiettes blanches toutes simples attendaient sur la table en bois éraflée à côté du fourneau en émail vert. On était très loin de la porcelaine de Meissen et des valets de pied indissociables de la vie chez les York, sans parler des plats préparés par un chef professionnel, mais Marion chassa cette pensée de son esprit.

– Vous n'avez pas envie que je reste à la maison ?

– Bien sûr que si, soupira Mme Crawford, avant d'afficher un air déterminé.

– Mère, je ne vais pas repartir à Londres juste pour que vous puissiez dire aux autres clients chez le boucher que je suis employée par la famille royale.

– Ce n'est pas ça. Tu as dit toi-même que tu n'avais pas fini ton travail avec Elizabeth. Tu as à peine commencé, même.

– J'ai l'impression d'entendre Mlle Golspie, répliqua Marion, boudeuse, en regrettant de lui avoir rapporté les propos de la directrice.

– Il se trouve qu'elle est venue me voir.

– Elle est venue *chez nous* ?

– Elle passait par là, m'a-t-elle dit, et elle s'est arrêtée prendre un café.

Marion haussa un sourcil dubitatif. Moray House College et la petite maison mitoyenne des Crawford étaient situés aux extrémités opposées de la ville.

– Je lui ai dit que tu devais rentrer, et nous avons eu une assez longue conversation.

Mme Crawford avait les yeux brillants à ce souvenir – ce n'était pas rien de recevoir la visite d'une personne aussi importante.

– Et ? fit Marion en croisant les bras.

– Les York… ils ont besoin de toi. En particulier la princesse.

Un sifflement s'éleva de la poêle lorsque Mme Crawford

en retira le bacon. Elle prit les assiettes et les porta jusqu'à la table pliante dressée dans le petit salon.

Marion la suivit avec la théière, qu'elle posa à côté d'un exemplaire du *Times*. Sachant que la lecture préférée de sa mère était le *Picture Post*, elle fut surprise de le voir là.

La une évoquait une nouvelle marche de la faim dont les membres, après avoir atteint Londres, s'étaient fait confisquer la pétition qu'ils avaient eu l'intention de remettre au Parlement. Des échauffourées avaient été signalées. Une photo montrait des policiers à cheval armés de longues matraques, et une autre un groupe d'officiers traînant un jeune homme à terre. Elle se demanda si c'était Tom qui l'avait prise et ressentit un grand manque en pensant à lui.

– La situation est dangereuse, déclara Mme Crawford en pointant le *Times* du menton. Le pays se divise entre les riches et les pauvres.

Marion reconnut le discours d'Isabel Golspie derrière ces mots. La directrice avait de toute évidence usé de persuasion à l'égard de sa mère. Le journal était là à dessein, pour appuyer ses arguments.

– Mais comment voulez-vous que je m'y prenne ? J'ai fait tout mon possible.

– Essaie encore ! Fais sortir cette petite des murs de son palais, comme Mlle Golspie te l'a dit.

– Mais on ne me laisse pas faire !

– Force la main à ses parents ! Tu dois montrer à Elizabeth comment vivent les gens ordinaires. Elle est l'avenir de la famille royale, mais cette famille pourrait bien ne pas avoir d'avenir du tout si elle continue comme ça !

– Vous ne pensez quand même pas qu'il va y avoir une révolution ? dit Marion, qui eut presque envie de rire en se rappelant le mépris de sa mère pour Valentin.

– Regarde ce qui est arrivé au tsar. Et il était le cousin du roi !

Marion se figea en songeant à Elizabeth. Elle savait, pour avoir entendu les York se livrer à des batailles d'oreillers le matin, quel bruit des cris pouvaient faire dans les couloirs de la Loge Royale.

Elle se sentit manipulée. Acculée.

– Mais ma vocation est ici…

Elle s'interrompit aussitôt. Elle-même ne se trouvait pas convaincante.

– Je veux travailler à Grassmarket et faire sortir une autre petite de ces murs-là. Les murs d'un taudis, pas d'un palais.

Sa mère lui agrippa la main.

– Il est temps de porter ta vocation ailleurs. De changer les choses, mais différemment.

Le lendemain, Marion se rendit à Grassmarket en ressassant cet échange. Sa mère avait fait valoir des arguments imparables – avec l'appui de Mlle Golspie, elle en était certaine –, mais pouvait-elle vraiment avoir une action plus bénéfique à Londres qu'à Édimbourg ?

Plongée dans ses pensées, elle ne remarqua pas tout de suite la personne qui s'approchait d'elle dans la rue. Puis elle mit un moment à la resituer.

– Ethel ?

C'était à peine si elle reconnaissait son ancienne camarade de classe. Auparavant replète, le cheveu soyeux et le ton pète-sec, Ethel ressemblait désormais à un ballon qui se serait dégonflé. Elle avait maigri, son dos s'était voûté et des mèches hirsutes s'échappaient de son chignon. Le regard éteint, elle dégageait une sorte d'abattement las. Avait-elle été malade ?

– Comment va ta famille ?

– Jock s'occupe de Lizzie, répondit Ethel.

– C'est bien, ça.

De l'avis de Marion, les hommes auraient dû être plus

nombreux à partager le fardeau de l'éducation des enfants. Mais pourquoi Ethel la fixait-elle avec autant d'hostilité ?

– Non, ce n'est pas bien. Il a perdu son travail. Il était riveteur aux chantiers navals, et puis il y a eu des réductions d'effectif et…

Elle se mordit la lèvre.

– Ma foi, ce n'est pas de sa faute.

– Certes, mais beaucoup de gens s'imaginent le contraire et parlent des chômeurs comme de paresseux qui vivent des aides sociales…

Les yeux brillants, Ethel ne put aller plus loin.

Marion garda le silence. Elle ne voyait pas quel commentaire aurait pu être le bienvenu, et Ethel n'avait de toute façon pas l'air d'en attendre un.

– On a dû mettre ma mère à la porte, continua-t-elle d'une voix pleine de colère. Tout ça à cause de ce fichu Means Test.

– Comment ça ?

Marion n'ignorait pas que l'octroi d'indemnités chômage passait par un examen poussé et humiliant des revenus d'un foyer, mais pourquoi Ethel aurait-elle dû jeter sa mère dehors ?

– Ils ont diminué le montant de nos allocations sous prétexte qu'elle était notre locataire. Sauf qu'elle ne nous versait rien. Elle ne possède rien. Comme nous.

Marion baissa les yeux sans savoir quoi dire. Dans de telles circonstances, il était inenvisageable de révéler pour qui elle travaillait.

Mais Ethel était déjà au courant. Saisissant la main de Marion, elle posa sur elle un regard empli d'un violent espoir.

– Je suis sûre que le roi pourrait nous aider, dit-elle. Tu voudras bien lui glisser un mot en notre faveur ? S'il te plaît ?

Le cœur lourd, Marion poursuivit son chemin vers Grassmarket. C'était comme avancer dans un cauchemar – le cauchemar des autres, mais un cauchemar tout de même.

Chez les McGinty, la situation était pire encore que ce qu'elle avait anticipé. McGinty, qui avait un temps déserté le foyer, l'avait réintégré avec son orgue de Barbarie, sans pour autant lui apporter la moindre prospérité. À la place, il buvait le peu que sa fille et sa femme parvenaient à gagner.

– On dirait un démon quand il rentre après avoir picolé, expliqua Annie.

De maigre, elle était devenue squelettique. Les joues recouvertes d'une couche de crasse vieille de plusieurs semaines, les cheveux pointant en tous sens, elle portait une fine robe en coton usée jusqu'à la corde sous un châle élimé et marchait en traînant les pieds pour ne pas perdre ses grands chaussons pour homme, dénichés sur un tas d'ordures. Mme McGinty, autrefois une mère attentionnée, était à présent trop malade pour s'occuper d'elle. Presque aveugle et souffrant de névralgies, elle avait enroulé un linge sale autour de sa tête dans l'espoir de soulager ses douleurs – *a priori* sans grand résultat. Le froid de ce mois de décembre se faisait cruellement sentir dans la petite pièce, accentué par un vent cinglant qui s'engouffrait en sifflant à travers le châssis cassé de la fenêtre.

De retour chez elle, Marion se laissa tomber sur le canapé.

– C'est tellement injuste ! Je veux lutter contre ça !

Perchée sur le bras du canapé, Mme Crawford caressa le front plissé de sa fille.

– Mais tu ne peux rien faire. Pas ici.

Elle avait raison, Marion le savait. Elle ne pouvait pas rendre son travail à Jock, ni même recommencer à donner des cours à Annie à présent que la fillette faisait des ménages et que son père se dressait entre elles.

– J'irai les voir à ta place, dit Mme Crawford. Je garderai un œil sur Annie.

– Vraiment ?

Sa mère n'avait jamais mis les pieds à Grassmarket de toute sa vie. Marion était stupéfaite, et touchée aussi.

– Vous ferez ça pour moi ?

– Oui. Pour toi et pour la petite Elizabeth. Pour que tu puisses remplir la mission que tu t'es fixée. Marion, il *faut* que tu rentres à Londres.

17

Elle repartit vers le sud en traversant la campagne luxuriante de cette fin d'été. Sur le porte-bagages se trouvait une valise avec un nouvel ensemble. Elle-même aurait eu grand besoin de revoir sa garde-robe, mais ces vêtements ne lui étaient pas destinés. Ils étaient beaucoup trop petits pour elle.

Au moins avait-elle obtenu de ne pas regagner Londres sans une tenue de jeu pour Elizabeth. Sa mère ne s'était pas fait prier pour coudre une solide jupe en tartan avec sa Singer et tricoter un pull rouge bien chaud – très adroite de ses mains, elle s'était même mise au travail avec plaisir.

Évidemment, son retour présentait d'autres avantages, songea Marion en contemplant les champs ensoleillés. Elle n'aurait pas à abandonner la princesse, et elle retrouverait Tom.

Quant à sa formation et à Annie McGinty… Ma foi, elle rentrerait un jour chez elle. Pas tout de suite, voilà tout. Le sort, sous la forme très improbable de Mlle Golspie, Ethel McKinley, sa mère et la duchesse d'York réunies, en avait décidé autrement en lui ouvrant les yeux sur la mission qu'elle avait à accomplir, et elle entendait s'y atteler dès son arrivée à Piccadilly.

– *Crawfie !*

À peine eut-elle franchi la porte d'entrée que Lilibet, visiblement aux aguets, courut se jeter dans ses bras. Mais elle ne fut pas la seule à le faire – quelque chose de roux et court sur pattes l'avait suivie. L'instant d'après, la princesse se roulait sur la moquette du vestibule en criant de joie. Marion comprit que son absence avait coïncidé avec l'apparition du chien tant espéré par la petite.

– Je vous présente Rozavel Golden Eagle !

Lilibet n'avait encore jamais affiché un tel ravissement. À présent assise par terre, elle riait pendant que l'animal aux poils rêches lui léchait le visage.

– C'est très long, comme nom.

– Les responsables du chenil l'appelaient Dookie ! Parce qu'ils savaient qu'il irait vivre avec le duc d'York.

Tout le monde ne devait pas partager son enthousiasme, pensa Marion lorsque Ainslie rasa les murs du vestibule avec un sourire nerveux. Une femme de chambre passa à son tour en boitillant, le teint pâle sous l'effet de la douleur et de la contrariété. Elle jeta un regard haineux à l'animal, que la princesse avait laissé monter sur elle et dont elle caressait les grandes oreilles tout en lui chatouillant le ventre. Marion ne connaissait pas du tout cette race de chien.

– C'est un Corgi, dit joyeusement Elizabeth, avant de se tourner vers elle. Et ça, c'est un coffre de pirate, comme dans les livres ?

– Tout à fait. Un pirate me l'a donné.

La petite caisse vernie au couvercle arrondi était un cadeau d'adieu de sa mère. Son bois provenait d'un navire de guerre allemand abandonné par son équipage à Scapa Flow, et plus précisément des murs du carré des officiers. Cerclé de cuivre, il s'ornait d'un M en bois plus clair sur le dessus.

Marion observa Lilibet avec attendrissement. Que la fillette était belle avec ce large sourire qui illuminait son visage si sérieux. Elle semblait avoir grandi et perdu un peu de ses rondeurs enfantines durant la semaine passée. Voyant cela,

Marion espéra que les vêtements qu'elle avait apportés lui iraient.

Mais pour l'heure, la priorité était de les remettre à qui de droit. Impossible de faire autrement. Mme Knight se chargeait chaque jour d'habiller les princesses, et leur garde-robe était son royaume.

L'échange fut fait sur le seuil de la nurserie, qu'aucun représentant du monde scolaire n'était en droit de franchir. L'air tout sauf impressionnée, la nourrice prit le paquet et commença à l'ouvrir. Marion jeta un coup d'œil derrière elle à la pièce peinte en vert où, agrippée comme d'habitude aux barreaux de son lit d'enfant, Margaret regardait les perruches en cage près de la fenêtre. Peut-être sentait-elle obscurément une certaine similitude entre leurs conditions respectives.

Il fallait qu'elle en touche un mot à quelqu'un, mais pas tout de suite. Cette bataille-là attendrait un peu.

– Et qu'est-ce donc que ceci, mademoiselle Crawford ? demanda Mme Knight en attrapant la jupe en tartan et le pull avec ses gros doigts.

– Une tenue de jeu, répondit plaisamment Marion.

Le petit ensemble rouge se détachait presque avec optimisme sur l'uniforme noir de la nourrice.

– Vous seriez très aimable d'habiller Lilibet avec pour ses leçons.

Mme Knight leva le menton comme pour la défier. L'emploi de ce surnom, Lilibet, avait jusqu'alors été sa prérogative, mais Marion soutint son regard sans ciller. *Oui, madame Knight, les choses vont changer par ici.*

Plus tard ce jour-là, après avoir cherché en vain la duchesse, elle se résolut à aller frapper à la porte du bureau de son mari au rez-de-chaussée. Un éclat de rire inattendu lui parvint en retour. Elle passa la tête à l'intérieur de la pièce.

– Je peux ?

Le couple était assis de part et d'autre d'une cheminée

surmontée d'un grand tableau de vaches. Le soleil couchant jouait avec les bagues serties de diamants de la duchesse et faisait luire la double rangée de perles à son cou.

– Oh, c'est vous, Crawfie.

Comme si elle était juste partie faire un tour dans le quartier, au lieu de traverser toute la Grande-Bretagne pour repenser son avenir. Sans parler du leur.

– Oui, c'est moi, madame. Je suis rentrée d'Écosse.

Le duc avait un verre de whisky à la main et son épouse une flûte de champagne presque vide.

– Et comment va ma chère patrie ?

– Bien, me semble-t-il.

Marion se demanda depuis combien de temps ils buvaient. Les yeux embrumés, la duchesse avait entre-temps terminé sa coupe.

– Mon cher pays ! J'aimerais *tant* vivre dans une petite ferme isolée à côté d'un joli ruisseau !

La porte s'ouvrit alors sur un valet de pied portant une autre flûte de champagne sur un plateau. Les verres furent échangés.

– Merci, Fotheringay.

Pendant que ce dernier s'inclinait et se retirait, Marion se rappela qu'elle était revenue dans le but exprès de faire découvrir à cette famille le quotidien des gens ordinaires. Cela ne s'annonçait pas facile, mais autant s'y mettre dès à présent.

– Ma'am ?

La duchesse avala une grande gorgée de champagne.

– Quels beaux mollets, observa-t-elle d'un ton vague.

– Des mollets ?

– C'était très important avant chez un valet. Du temps de mon grand-père, le majordome les mesurait avec un compas pour s'assurer qu'ils étaient bien tous les deux identiques.

Marion prit son courage à deux mains.

– J'aimerais vous demander la permission d'emmener la princesse Elizabeth dans le métro.

La stupéfaction des York n'aurait pas été plus grande si elle s'était proposée d'emmener leur fille sur la lune.

– Je pense qu'il serait bon de lui montrer…

Marion s'interrompit. Elle s'apprêtait à dire « le monde normal », mais cela sous-entendait que celui dans lequel évoluait Lilibet ne l'était pas. De même, parler du « vrai monde » n'était pas très flatteur pour celui de la famille royale.

– Le monde ordinaire, dit-elle enfin. Pour qu'elle sache comment… comment vivent les *autres* gens.

Elle scruta le large visage au teint laiteux de la duchesse et celui, gris et fatigué, de son mari en attendant qu'ils assimilent le message. Qu'ils perçoivent qu'elle essayait de les aider, ainsi que leur fille.

– Ce p-p-pourrait être une b-bonne idée, ma chère, dit le duc à sa femme.

– Mais, Bertie ! Le *métro* !

– Elles ne sont pas ob-ob-obligées d'aller très loin. Elles n'auraient qu'à rendre visite à papa et maman.

Marion retint un mouvement d'impatience. Il y avait mieux comme exposition au monde réel que de rejoindre le palais de Buckingham depuis Piccadilly. Mais elle avait anticipé cette réponse et élaboré un plan.

– Ou pourquoi pas l'Association des jeunes chrétiennes ?

Elizabeth d'York la fixa sans comprendre.

– Vous avez inauguré leurs locaux l'année dernière, ma'am, n'est-ce pas ? Sur Tottenham Court Road.

– Oh, oui. Je crois bien. Un bâtiment dessiné par M. Lutyens ? Dans un style assez moderne ?

– Tout à fait, ma'am.

Ça aussi, cela faisait partie de son plan. Lilibet n'était sans doute jamais entrée dans aucun édifice construit après le milieu du XIXe siècle.

– Très moderne, même. Il y a une cafétéria où l'on se sert soi-même.

Fotheringay réapparut à point nommé avec une nouvelle flûte de champagne qu'il posa à côté de la duchesse.

– Où l'on se sert soi-même ? dit-elle en sirotant son verre, pensive. Comme ce doit être amusant !

18

Le matin de leur escapade dans le métro, Lilibet passa un long moment à se préparer. Ou plutôt, Mme Knight passa un long moment à la préparer – et ce, délibérément, supposa Marion en arpentant dans un sens et dans l'autre la galerie du dernier étage. Les yeux vitreux des petits chevaux ne faisaient qu'accroître sa nervosité, et ce fut un soulagement pour elle lorsque la porte de la nurserie s'ouvrit enfin. Mais la déception l'envahit presque aussitôt.

– Elle ne peut pas sortir comme ça, madame Knight !

Radieuse dans ses chaussures en satin et sa robe à froufrous, Lilibet sautillait impatiemment en agitant le plan du métro.

– Elle va emprunter les transports publics. Où sont les vêtements que je lui ai apportés ?

Elle ne les avait pas revus depuis le jour où elle les avait remis à la nourrice, presque une semaine plus tôt. Mme Knight avait toujours une excuse à offrir, mais aucune qui soit crédible. Convaincre Marion était de toute évidence le cadet de ses soucis, et elle se contenta de hausser ses larges épaules.

– Dans la lingerie, peut-être ?

– Mais ils ne sont pas sales, madame Knight.

Marion se força à rester calme. Elle ne voulait pas lui montrer combien elle était blessée pour sa mère, qui avait réalisé cette jupe et ce pull avec les meilleures intentions du monde, et sans ménager sa peine.

– Lilibet ne les a toujours pas portés.

Elle s'était attendue à une réaction de colère au sujet de cette tenue, voire à une scène. Mais elle n'avait pas envisagé que Mme Knight puisse tout simplement refuser de la mettre à Lilibet. Elle se demandait bien pourquoi à présent. Une telle opposition était pourtant courue d'avance. Avait-elle péché par optimisme ? Par naïveté ?

Tant pis, elle ne se laisserait pas marcher sur les pieds par cette vieille chouette. Elle avait une plus grande ambition en tête, et il en faudrait davantage pour l'en détourner.

– Vous pourriez peut-être chercher encore, madame Knight ? Ou préférez-vous que je le fasse moi-même ?

Les petits yeux perçants se plissèrent. Tant d'audace ne serait jamais tolérée.

Marion soupira. Pour gagner la guerre, elle devait accepter de s'avouer vaincue ce jour-là.

– Dans ce cas, voulez-vous bien lui donner au moins un manteau et un béret, madame Knight ?

L'essentiel était de masquer toutes ces fanfreluches et ces rubans en satin ridicules.

Enfin, après une longue perte de temps, Lilibet et elle s'engagèrent dans Piccadilly, suivies par Cameron, l'inspecteur attaché au service des York.

Cet Écossais à fine moustache et lunettes se révéla aussi désobligeant que sa collègue de la nurserie. Peut-être étaient-ils de mèche, tous les deux. En tant qu'inspecteur, en tout cas, il ne brillait pas par sa discrétion. Son imperméable, son chapeau mou et son comportement exagérément suspicieux annonçaient même de loin sa profession.

Était-il là pour saper leur journée ? Dans la station de métro de Hyde Park Corner, il marcha d'un pas lent, les mains nouées dans le dos, en jetant des regards inquisiteurs au plafond par-dessous son chapeau. Il attira ainsi l'attention de tous. Les gens le dévisageaient, et Marion craignit qu'ils ne tardent pas à remarquer aussi la présence de Lilibet – et ce d'autant plus qu'elle l'avait encouragée à acheter seule son ticket.

L'affaire prit un certain temps. Debout devant le guichet, la fillette farfouilla dans sa petite bourse brodée et compta les pièces si insolites à ses yeux, le front plissé sous l'effet de la concentration. Marion la surveilla nerveusement, pleine d'appréhension à l'idée de l'entendre s'exclamer : « Mais ça ne ressemble pas du tout à grand-père ! », comme elle l'avait fait plus tôt en se penchant sur une pièce de trois pence.

L'employée s'efforçait de l'aider et n'avait jusque-là pas reconnu sa cliente. Enfin, la princesse s'écarta du guichet avec un petit bout de papier cartonné et un sourire aussi triomphant que si elle avait conçu elle-même le métro au lieu de simplement l'emprunter.

Submergée de joie, Marion sentit s'évaporer ses soucis. Malgré tous les bâtons qu'on lui avait mis dans les roues, cela en valait la peine, vraiment.

Elle épia Cameron. L'inspecteur leur avait tourné le dos pour examiner des affiches vantant les mérites de la côte sud du pays. Elle fut tentée de s'éclipser et de le planter là, mais il pivota soudain vers elle et lui emboîta le pas, la mine si méfiante que c'en était comique.

Un cri strident échappa à Lilibet.

– Crawfie ! L'escalier bouge !

Marion essaya autant que possible de faire écran entre la fillette et les Londoniens amusés pour qui les escalators n'avaient plus rien de nouveau. Une main sur la rampe, Lilibet s'enfonça dans les profondeurs de la station en écarquillant les yeux, effrayée et ravie à la fois.

Parvenue sur le quai, elle scruta les autres passagers avec un vif intérêt.

– Ne les fixez pas comme ça, murmura Marion.

– Je ne les fixe pas, répliqua la princesse d'une voix claire et haut perchée. Qu'est-ce que c'est que cette *horrible* odeur ?

Marion l'éloigna du vagabond responsable de ce désagrément. Le métro arriva ensuite, et avec lui beaucoup de bruit et d'agitation.

– C'est magique ! s'écria Lilibet lorsque les portes de la rame s'ouvrirent toutes seules.

Une nouvelle vague de joie envahit Marion, jusqu'à ce qu'elle remarque l'attitude de Cameron. Les bras croisés, il dévisageait tous les occupants du wagon, l'air si belliqueux qu'il menaçait de tout gâcher. Elle serra les poings de frustration. Même elle qui n'habitait pas à Londres depuis longtemps savait qu'on gardait la tête baissée dans le métro. Ou bien plongée dans un journal.

Lilibet ne l'aidait pas beaucoup, elle non plus. Elle venait d'engager la conversation avec sa voisine, une grande femme au teint rougeaud qui semblait sous son charme.

– Oh, Crawfie, voici Mme Simmons. Elle est femme de ménage et vit à Muswell Hill. N'est-ce pas *merveilleux* ?

Le souvenir d'une scène dans la maison de Piccadilly s'imposa à Marion. Ce jour-là, la duchesse avait donné un cours de comédie au prince de Galles. Lilibet avait dû bénéficier du même enseignement que son oncle.

– Et vous utilisez réellement un seau ? demanda la princesse. J'*adore* les seaux. On peut faire de magnifiques châteaux de sable avec.

Marion fut soulagée de voir les mots magiques, « Tottenham Court Road », apparaître sur le mur carrelé d'une station. Elles étaient arrivées !

Tout dans le bâtiment abritant l'Association des jeunes chrétiennes emballa Lilibet, depuis le double escalier menant à l'entrée en briques rouges jusqu'à la grande salle à manger. Mais le clou de sa visite fut le thé qu'elle but sur place. Elle s'émerveilla devant les tasses épaisses et les grosses tartines de pain beurré, si différentes des tranches toutes fines auxquelles elle était habituée. Et surtout, il y eut ce moment où, persuadée que tout lui serait apporté, elle laissa sa théière à la caisse. L'employée se pencha vers elle en prenant appui sur ses avant-bras.

– C'est un self-service, ici ! tonna-t-elle. Si tu veux ton thé, il faut le porter toi-même à ta table !

– Qu'est-ce qu'elle a crié fort ! s'extasia la princesse après coup.

Mais cette parenthèse enchantée dura à peine dix minutes. Lilibet avait positionné sa tasse avec soin, coupé son pain beurré en huit morceaux rigoureusement identiques et tout juste commencé à les manger en alternance avec des gorgées de thé sucré lorsque, sans prévenir, Cameron les entraîna *manu militari* dans le bureau du directeur de l'Association. Et pendant qu'elles patientaient sur des chaises apportées à la hâte devant ce dernier, tout en émoi de les savoir là, un appel fut passé au 145, Piccadilly pour requérir une voiture.

– Qu'y a-t-il ? demanda Marion à l'inspecteur. À quoi jouez-vous ?

Les yeux de Cameron brillèrent derrière ses petites lunettes rondes.

– Mademoiselle Crawford, vous sous-estimez les dangers du républicanisme irlandais. Il y a des terroristes partout.

– Des terroristes ? répéta Lilibet, aux anges.

– Mais personne n'est au courant de cette visite ! s'agaça Marion. Elle s'est faite dans le secret le plus total.

– Si, quelqu'un l'était. Il y avait des photographes de presse à l'extérieur.

Marion le toisa avec colère. Elle ne le croyait pas du tout. Si leur couverture avait été éventée, le coupable était bien plutôt Cameron lui-même, qui n'avait cessé de parader dans le café en prenant ostensiblement des notes et en examinant le mobilier de la façon la plus ridicule qui soit.

Ses protestations ne servirent à rien, cependant. La voiture arriva bientôt, et elles furent conduites hors du bâtiment aussi vite que s'il avait été sur le point d'exploser. Il n'était plus question de faire le trajet retour en métro.

Elle n'avait fait sortir Lilibet de sa cage dorée que pour la voir y être ramenée et de nouveau enfermée. La rage bouillonnait en elle tandis qu'elles passaient devant les boutiques d'Oxford Street. Elle songea à l'hostilité de Mme Knight, à l'incompréhension de la duchesse, à l'incompétence de Cameron, et sa déception fit place au désespoir. Franchement, à quoi bon se donner tant de mal ?

Puis elle prit conscience d'une étrange pression autour de ses doigts. Une petite main dans un gant blanc taché de beurre serrait la sienne. Elle se tourna vers le visage enfantin levé vers elle.

– Ce n'est pas grave, Crawfie, la réconforta Lilibet. Vous n'y êtes pour rien.

Quelque chose de dur se logea dans la gorge de Marion.

– C'était si amusant, poursuivit la princesse, toute mélancolique, en contemplant le ticket de métro dans son autre main.

Elle se demandait sûrement quand elle aurait l'autorisation de retourner dans le monde ordinaire – à supposer qu'elle l'ait un jour.

À la voir ainsi, Marion se sentit galvanisée et emplie d'une détermination plus forte qu'avant. *Bientôt*, promit-elle en silence à la fillette. *Bientôt*. Et elle récupérerait sa tenue de jeu aussi.

19

Marion couva Tom du regard par-dessus la table poisseuse du café. C'était souvent là qu'ils se donnaient rendez-vous le soir, à mi-distance de leurs lieux de travail respectifs. Si petit, bas de gamme et miteux fût-il, l'endroit était féerique à ses yeux. Tom s'y trouvait, et cela lui suffisait.

Était-elle amoureuse ? Depuis la douloureuse trahison de Valentin, elle rechignait à se décrire comme telle. Elle n'avait pas été pressée d'offrir son cœur à un autre homme, même aussi séduisant et passionnant que Tom. Il n'y avait rien de mal à s'amuser et à avoir un peu de compagnie, évidemment, mais cela n'allait pas plus loin.

Sauf que Tom s'était insinué si vite dans sa vie. Elle le voyait presque tous les soirs à présent et en arrivait presque à dépendre de lui. Il la soutenait, s'intéressait à elle et l'encourageait à se délester de ses fardeaux sur lui – ce qui était un soulagement après une journée passée à gérer les caprices de la duchesse ou les petites mesquineries de Mme Knight.

Il ne se lassait pas de l'écouter. Au contraire, il se montrait compatissant et lui posait des questions en semblant comprendre ce que son travail avait de difficile et d'étrange, et combien toutes les personnalités auxquelles elle avait affaire pouvaient être exigeantes et fatigantes. Bien sûr, il en connaissait certaines, ce qui facilitait les choses. Aucun détail n'était trop dérisoire à son goût. Il lui donnait même l'impression de trouver tout ça fascinant – et elle aussi par extension. Elle adorait l'amuser et l'étonner. « Vraiment » ? disait-il. Ou encore : « Non, tu *plaisantes* ? » Se plaindre n'avait jamais été un tel plaisir.

Ce soir-là, elle lui parla de Mme Knight et des vêtements qu'elle avait rapportés d'Écosse à Lilibet. Mais alors qu'elle s'attendait à avoir toute son attention, comme d'habitude, il lui parut curieusement absent.

– Je t'ennuie ? dit-elle en le poussant du coude.

Il la regarda avec l'air de revenir de très, très loin.

– Désolé. Je suis un peu distrait, c'est tout.

– À cause de ton travail ?

– Non, sur ce plan-là, j'ai de la chance. M. Adams est généreux avec moi.

– Je faisais allusion à ton activité de photojournaliste.

Il baissa les yeux. Il avait de la concurrence, elle le savait. D'autres le talonnaient sur ce créneau – elle en voulait pour preuve la photo qu'elle avait vue en Écosse et dont il n'était pas l'auteur.

– C'est Kate ? s'enquit-elle doucement.

Mais Tom ne devait pas avoir envie d'évoquer sa sœur parce qu'il fit un effort manifeste pour recouvrer sa bonne humeur et se concentrer.

– Où en est l'Opération Vie normale ? la taquina-t-il.

– Ne m'en parle pas ! Nous sommes confinées dans le jardin jusqu'à nouvel ordre. Le moment de panique à l'Association des jeunes chrétiennes a mis un coup d'arrêt à tous mes projets. C'est tellement ridicule de la part de Cameron d'affirmer qu'il y avait des photographes, continua Marion en beurrant un scone avec rage. Personne ne savait qu'elle était là.

Devant le silence de Tom, elle repensa à sa sœur. Ses

propres soucis étaient si dérisoires comparés aux siens. Franchement, pourquoi aurait-il dû s'y intéresser ? Elle n'avait qu'à prendre le problème à bras-le-corps et affronter Mme Knight une bonne fois pour toutes. Cette sorcière comptait visiblement cacher la jupe et le pull d'Elizabeth jusqu'à ce que l'enfant soit trop grande pour les porter. Foi de Marion, elle n'y arriverait pas.

– Mademoiselle Crawford ?

Occupée à plier la longue robe de nuit blanche de Margaret, Mme Knight l'accueillit d'un ton hostile, ainsi qu'il fallait s'y attendre.

Marion opta pour une attitude aimable, mais directe.

– C'est au sujet de la tenue de jeu de Lilibet.

Mme Knight lui tourna le dos sans répondre et regagna la nurserie. Un léger son parvint aux oreilles de Marion. Un petit sourire aux lèvres, la nourrice fredonnait tout bas en s'affairant.

Elle s'interrompit toutefois et fit volte-face lorsque Marion franchit le seuil sacré de la pièce.

– Où sont ces vêtements ?

– Je ne les ai pas vus.

– Mais ils doivent être ici. Où voulez-vous qu'ils soient, sinon ?

Mme Knight garda le silence. Marion se savait impuissante. La nurserie était le domaine réservé de cette femme, et il était hors de question qu'elle se mette à fouiller tous les tiroirs. Furieuse, elle battit en retraite.

Même gênée par ses robes à fanfreluches, Lilibet faisait des progrès. Désormais, elle rattrapait bien les balles, jouait à la marelle avec la grâce d'un danseur des Highlands et parvenait à sauter très vite par-dessus une corde attachée à un arbre que Marion faisait tourner autour d'elle.

– Et maintenant, c'est l'heure des livraisons, Crawfie !

Une journée s'était écoulée depuis que Marion avait parlé à Mme Knight. Sortie passer la récréation dans le jardin avec Lilibet, elle scrutait avec inquiétude les grilles qui les séparaient du parc voisin. De ce côté-là aussi, la situation n'évoluait pas dans le bon sens.

Quelques jours plus tôt, une photo de Lilibet en train de s'amuser sur la pelouse avait été publiée dans une gazette, et de petits groupes de curieux commençaient depuis à se masser derrière les grilles.

Marion ne voyait pas du tout comment ce cliché avait pu être pris.

– Quelqu'un devait être caché dans les buissons, avait dit la duchesse, outragée.

– J'en doute, ma'am. Qui oserait faire ça ?

– Il vaudrait mieux que cela ne se reproduise pas, Crawfie. Vous savez ce que disent Alah et Cameron. Il y a des gens dangereux au-dehors.

Marion avait compris la mise en garde. Si d'autres photos volées venaient à paraître, c'en serait fini des pauses dans le jardin. Elle enrageait, mais que pouvait-elle faire ? Ce n'était pas sa faute, tout de même.

La règle des deux poids, deux mesures appliquée par la duchesse l'exaspérait plus encore. Selon Tom, Elizabeth d'York cherchait activement à vendre aux journaux les portraits que Marcus Adams avait réalisés de ses filles, mais tous ceux émanant d'un autre photographe constituaient pour elle une violation de son intimité.

– Allez, Crawfie ! Piaffez ! Comme ça !

Et Lilibet tapa du pied sur la pelouse avec sa chaussure en satin maculée de boue. Elle n'avait pas fait de commentaires sur les gens qui l'observaient tous les jours derrière les grilles du jardin. Soit elle ne les avait pas remarqués, soit elle faisait comme durant son cours de danse en acceptant que tel était son lot dans la vie.

Seulement, en tant qu'adulte – certes ridicule avec ses grelots et son harnais en cuir rouge –, Marion se sentait très protectrice envers la princesse. Lilibet avait si peu de liberté, et elle-même avait déjà bien assez de mal à essayer de lui en obtenir davantage. Elle examina les badauds, prête à intervenir si l'un d'eux avait un appareil photo.

Le petit groupe de personnes derrière les grilles lui paraissait cependant inoffensif. Elle le scruta plus attentivement. Toujours rien.

– Crawfie ! cria Lilibet en agitant les rênes. Au galop ! Plus vite !

Elle n'avait pas d'autre choix que d'obéir et de courir en hennissant et en piaffant. Mais n'était-ce pas un flash qui venait de crépiter à l'angle du jardin, tout au bord d'un massif ?

– Rentrez à la maison, murmura-t-elle à sa protégée.

– Mais, Crawfie !

– Dépêchez-vous !

Dès que Lilibet fut à l'abri, Marion fonça vers le massif. Ses grelots tintèrent furieusement lorsqu'elle écarta les branches. Elle ne s'était pas trompée : l'objectif d'un petit appareil était bien braqué sur elle.

– Comment osez-vous ! Vous êtes dans un jardin privé ! Vous violez l'intimité de la princesse ! Vous n'avez pas honte ?

L'idée que quelqu'un puisse se faire de l'argent sur le dos d'une enfant innocente et contribuer ainsi à l'enfermer encore plus dans sa cage dorée l'emplissait d'une colère sans nom.

– Vous êtes méprisable !

À ce moment-là, le photographe baissa son appareil. Découvrir son visage lui fit l'effet d'un coup de massue. Deux yeux gris la fixaient. Les yeux de Tom.

– Toi !

Sous le choc, elle recula en vacillant et dut s'accrocher à

une branche pour ne pas tomber. Le monde se figea, comme pétrifié devant une telle énormité, puis se remit en branle, de plus en plus vite à mesure que tout s'éclairait. Elle ne rêvait pas, comprit-elle. Et la duchesse avait vu juste. Tout était probablement de sa faute. Tom était au courant de ses moindres faits et gestes, non ? Un seul point demeurait inexplicable : pourquoi ? Qu'est-ce qui lui était passé par la tête ?

– Tu as perdu la raison ?

Il resta impassible, mais quelque chose dans ses yeux, quelque chose de dur et de provocant, fournit un indice à Marion. Un frisson glacé lui parcourut l'échine.

Cameron n'avait rien imaginé. Il y avait bien eu un photographe à l'extérieur de l'Association des jeunes chrétiennes. Tom. Il savait tout ce qu'elle avait prévu de faire ce jour-là. Il savait tout, et c'était pour cette raison qu'il avait cultivé sa relation avec elle. Jamais il ne l'avait aimée. Il s'était juste arrangé pour la séduire et glaner des renseignements en lui faisant croire qu'il compatissait à son sort. Il n'avait rien souhaité d'autre que ça, des renseignements. Une fois de plus, elle s'était bercée d'illusions.

Hébétée, elle ne put que le regarder faire demi-tour et s'éloigner rapidement avant de baisser les yeux sur l'herbe noire de suie, prise d'une soudaine envie de se jeter par terre et de pleurer. L'espace d'un instant, sa vision se brouilla, mais elle se rappela ensuite Lilibet. Elle devait d'abord penser à elle. Levant le menton, elle refoula ses larmes, se força à sourire, puis se dirigea vers la maison dans le tintement ridicule de ses grelots.

À l'intérieur, la fillette rayonnait de joie.

– Crawfie, vous avez été *féroce* ! s'émerveilla-t-elle. Il croit sûrement que toutes les Crawfie mordent maintenant !

Plus tard, Marion emprunta l'ascenseur pour regagner son étage. On était vendredi, les York devaient se rendre à la

Loge Royale et elle avait besoin de préparer ses affaires. Une autre personne était montée avec elle – une jeune femme au nez retroussé et à l'air mutin. Marion la connaissait de vue. Elle travaillait là en tant que femme de chambre et faisait partie des employés qui allaient et venaient entre Piccadilly et la Loge Royale. Elle s'appelait Ivy, lui semblait-il, mais comme ses collègues, elle ne lui avait pour ainsi dire jamais adressé un seul mot amical.

Elle évita donc de la regarder, ce qui lui fut d'autant plus facile que la fille faisait bien trente centimètres de moins qu'elle. Les yeux rivés sur les lambris de la cabine, elle s'abandonna à ses tristes pensées. Le choc initial avait fait place en elle à l'incrédulité. Tom lui avait paru si sincèrement amoureux. Et en plus d'être un photojournaliste attaché à défendre la vérité, il se montrait un frère dévoué envers sa sœur malade. Tout cela était incompréhensible.

Les larmes menaçaient de rouler sur ses joues. Elle ne pouvait pas se permettre d'avoir l'esprit aussi embrouillé. Il fallait qu'elle réfléchisse. Ce qui s'était passé risquait de lui valoir des ennuis. Elle était impliquée dans cette histoire. Elle avait eu une relation intime avec Tom et lui avait raconté beaucoup de choses. Si cela venait à se savoir, elle pourrait même être renvoyée. Qu'elle soit innocente et que son seul crime ait été d'accorder sa confiance à cet homme ne feraient ni chaud ni froid à la duchesse, parfois impitoyable sous sa douceur apparente.

– Ça va ?

Cette question inattendue émanait de quelque part en dessous d'elle. Marion baissa la tête. Deux yeux noirs la scrutaient avec acuité.

– Sans vouloir te fâcher, t'as l'air sacrément tribouillée.

– Pardon ? demanda-t-elle d'un ton sec.

À son arrivée chez les York, elle aurait été heureuse de recevoir une marque de sympathie de la part d'une collègue, mais elle n'en avait plus grand-chose à faire. Ni de ça, ni de rien d'autre.

La fille lui décocha un sourire qui dévoila ses petites dents de travers.

– Tribouillée. Carrément pas dans ton assiette, si tu préfères.

– On peut dire ça comme ça, oui.

– Qu'est-ce qu'il y a ? C'est Knight ? Cette vieille chouette t'a plombé le moral ?

Pour une surprise, c'était une surprise. Marion avait toujours cru jusqu'alors que tout le personnel était solidaire de la nourrice.

– Quelle vieille peau, celle-là, continua Ivy. Elle s'imagine péter plus haut que son cul et se donne de grands airs, comme si elle valait plus que la duchesse elle-même. Elle ne s'abaissera jamais à ramasser un truc par terre, ça non ! C'est toujours bibi qui doit courir derrière elle si elle fait tomber ne serait-ce que son mouchoir !

– Elle prétend ne pas savoir où est passée la tenue de jeu de Lilibet, dit Marion d'une voix morne.

Ivy pressa un bouton sur le panneau de commande en laiton de l'ascenseur. Une légère secousse agita la cabine, qui s'immobilisa sur-le-champ.

– Bien sûr que si, elle le sait. Je l'ai vue la fourrer dans l'armoire à linge. Elle l'a cachée, c'te raclure.

Marion plissa les yeux. Ses soupçons étaient donc bien fondés.

– Tu veux que je la récupère ?

– Tu pourrais ?

– Je pense bien, oui. Ça m'étonnerait qu'elle m'ait aperçue quand elle a fait ça. J'attendrai juste qu'elle aille au petit coin. Ça lui prend toujours trois plombes.

– Pourquoi m'aides-tu ? Personne ne m'a adressé la parole jusqu'ici.

– Je trouve ça un peu raide, moi. T'as pas la tête d'une mauvaise fille.

Dans l'état où elle était, ces mots avaient tout d'un vote de confiance, et Marion sourit avec gratitude à Ivy.

Mais le temps qu'ils partent à la Loge Royale, cet après-midi-là, elle n'avait toujours aucune nouvelle – ni des vêtements de Lilibet, ni des photos. Durant tout le trajet, elle écouta babiller la fillette en se rongeant les sangs et en s'accablant de reproches.

Comment avait-elle pu se méprendre à ce point sur Tom ? Et comment avait-il pu lui faire ça ? À cause de lui, sa carrière était probablement fichue. Les journaux du soir devaient être sortis. Et si l'un d'eux avait publié une photo de Lilibet ? Une photo sur laquelle elle-même figurait peut-être avec ses grelots et ses rênes. Et si la duchesse se persuadait que Tom et elle s'étaient associés par appât du gain ? Rien que d'y penser, elle en était malade.

La perte de Tom n'était rien à côté de la perte de son travail. À présent qu'une telle issue se profilait, elle voulait désespérément l'empêcher. Elle avait déjà envisagé de partir, bien sûr, mais pas dans des circonstances aussi déshonorantes. Que dirait sa mère ? Et Mlle Golspie ? Elles seraient si déçues. Sans compter que l'idée de ne jamais revoir Lilibet lui était insupportable. C'était ça le pire de tout.

Ce soir-là, une fois dans sa chambre, elle s'efforça de lire un peu, mais sans réussir à suivre une ligne jusqu'au bout. D'un instant à l'autre, pensait-elle, quelqu'un allait frapper à sa porte. Elle fit un bond lorsque cela arriva, puis tenta de se calmer et ouvrit en se préparant à accueillir sa sentence.

– Salut !

Ce n'était pas Ainslie, venu l'escorter hors de la Loge Royale, mais Ivy. Les joues rouges, la femme de chambre tenait un pull et une jupe en tartan dans ses mains.

Marion resta muette. Comparé à ce qu'elle redoutait, ce

geste avait autant de valeur que les vêtements eux-mêmes. Profondément émue, elle serra la jeune fille dans ses bras.

– Merci !

Ivy parut surprise, mais aussi ravie.

– Je ferais n'importe quoi pour me payer la tête de c'te harpie. Dans le genre pisse-vinaigre, elle se pose là.

– Tu y vas fort, quand même.

– Pas du tout. Comme on dit chez moi : emmerdeuse un jour, emmerdeuse toujours !

– Je n'avais jamais entendu cette expression, dit Marion, amusée.

– Ça m'étonne pas. T'es trop bien élevée pour ça.

Cela la fit rougir.

– Ça doit être ton côté écossais, enchaîna Ivy. Moi, je viens de l'est londonien, alors l'argot, ça me connaît. On était neuf morbaques à la maison.

– Des morbaques ?

– Des mômes.

– Ha.

Marion commençait à se faire à son langage. Encouragée par l'attitude amicale d'Ivy, elle ouvrit plus grand sa porte. Elle avait soudain l'impression de ne pas avoir discuté avec une personne de son âge depuis une éternité.

– Tu veux entrer ?

Ivy s'avança et s'assit sur le lit.

– Tu te plais, ici ?

– Je m'habitue.

– Ha ! Et tu n'as pas fini ! Tu as un amoureux ?

Cette franchise presque brutale était la bienvenue. Ivy aurait-elle été plus compatissante, elle se serait peut-être confiée à elle en s'abandonnant contre sa maigre poitrine. À la place, elle secoua la tête avec véhémence.

– Pas du tout.

Et elle était bien décidée à ce qu'il en soit toujours ainsi désormais.

Ivy, elle, fréquentait un valet de pied employé au palais de Buckingham.

– Tu l'as déjà rencontré. Quand tu es allée voir la reine Mary.

– Oh, oui, en effet, dit Marion en souriant à ce souvenir. On a dû se tourner face au mur quand la princesse est passée près de nous.

– Dingue, hein ? Alf raconte que même quand elle mange toute seule, la reine porte son diadème.

– C'est d'un ridicule…

– Un conseil, quand même. Si un jour tu en pinces pour un gars, assure-toi d'abord qu'il est du milieu.

Marion tenta en vain de décoder cette remarque.

– Quoi ?

– Tes petits copains. Assure-toi qu'ils travaillent pour la famille royale et qu'ils connaissent les règles. Ça t'évitera des ennuis.

Elle se composa une mine dûment reconnaissante et se garda de lui avouer qu'elle l'avait déjà appris à ses dépens.

Après le départ d'Ivy, elle contempla la petite jupe et le pull, un peu réconfortée. Elle avait ces vêtements. Elle avait une amie. Elle avait Lilibet. Elle oublierait Tom et essaierait d'aller de l'avant – à supposer qu'on le lui permette.

Cela s'annonçait plutôt bien. Le lendemain matin, alors que résonnaient les cris et les coups d'une nouvelle bataille d'oreillers, elle descendit parcourir la presse et constata avec soulagement qu'il n'y avait rien.

Cette journée à la Loge Royale se déroula comme d'habitude : des cours le matin, suivis d'une séance de jeu dans la Maison Miniature, à présent d'une propreté irréprochable. Pendant que Lilibet polissait ses petits couverts en argent frappés de son monogramme – un « E » surmonté d'une couronne –, Marion admira un portrait à l'huile de la duchesse accroché dans le salon au-dessus de la cheminée. L'artiste avait joliment rendu le teint éclatant de son sujet.

– Maman est belle, n'est-ce pas ? s'extasia Lilibet en posant sur le tableau un regard empli d'amour. Elle est parfaite. Tout le monde le dit d'ailleurs. D'après papa, c'est la personne la plus merveilleuse qui soit.

Marion se surprit à éprouver une grosse pointe de jalousie à ces mots.

L'après-midi, comme d'habitude aussi, chacun enfila sa tenue de jardinage et se munit d'une serpette. Marion en fut presque heureuse. Son soulagement semblait s'être accompagné d'une capacité inédite à apprécier cette activité, et elle savoura le grand air et la douce chaleur du jour. La fumée des détritus toujours plus nombreux que faisait brûler le duc s'élevait au-dessus des pelouses, des parterres de fleurs et des massifs, avant de se fondre dans le dôme bleu du ciel. Elle se gorgea de cette odeur, du crépitement et de l'éclat vif des flammes, des étincelles qui s'échappaient en tourbillonnant. La duchesse avait peut-être raison au sujet du parfum Feu de Joie.

Elle déterra un pissenlit doté d'une longue racine jaune.

– Regarde ! s'écria-t-elle, triomphante. Elle a la taille d'un panais.

Occupée à arracher le lierre accroché à un mur, Ivy cessa de grommeler le temps d'envoyer un coup de pied en direction de Dookie, qui reniflait ses chevilles d'un peu trop près.

– Saleté de bestiole ! Dégage !

Marion ne pouvait que la soutenir. Même dans l'état euphorique qui était le sien, elle se sentait incapable d'aimer ce chien. Bien sûr, l'idée d'adopter un animal venait d'elle, mais jamais elle n'aurait choisi celui-là. Dookie était un snob arrogant qui s'amusait à mordre les domestiques tout en rampant sans vergogne devant ses maîtres.

– Avec un peu de chance, ils se lasseront vite de lui, lança-t-elle à Ivy.

– Tu parles ! Ils disent la même chose du prince de Galles et de Mme Simpson.

– Qui ça ?

– Quoi, tu n'es pas au courant ?

– Au courant de quoi ? demanda Marion en s'asseyant sur ses talons.

Durant les minutes qui suivirent, elle écouta Ivy lui révéler l'existence d'un monde insoupçonné. La famille royale était un peu comme la lune : on n'en voyait que la partie éclairée et tout le reste baignait dans une insondable obscurité. Bien à l'abri des regards, le prince de Galles avait ainsi couché tous les après-midi pendant quinze ans avec Mme Dudley Ward, la femme d'un député travailliste. Plus récemment, il avait ajouté à son tableau de chasse lady Thelma Furness, l'aristocratique épouse d'un riche armateur. Mais toutes deux venaient d'être éconduites au profit de Mme Simpson.

Persuadée que la famille royale n'avait aucune idée de ce qui se tramait hors du palais, Marion découvrait que les gens de l'extérieur n'avaient aucune idée non plus de ce qui se passait entre ses murs.

– C'est incroyable, dit-elle – et par là, elle voulait dire qu'elle, personnellement, n'y croyait pas du tout.

La réponse d'Ivy la fit toutefois réfléchir.

– Ils sont tous verts de rage, et Sa Majesté encore plus que les autres. Ils lui ont filé une liste de princesses longue comme le bras pour qu'il fasse son choix, mais il ne veut même pas y jeter un coup d'œil.

Marion en resta bouche bée. Ivy disait-elle vrai ? Elle-même avait entendu le prince mentionner cette liste.

– Il pourrait épouser n'importe qui, mais non, il a fallu qu'il se dégote c'te femme-là. Une vieille planche à pain venue de l'étranger qui traîne deux maris derrière elle.

– *Deux maris* ? Impossible.
Impossible, et assurément faux.

Une période idyllique commença. Marion sollicita et obtint la permission de reprendre son Opération Vie normale. Le duc et la duchesse opposèrent peu de résistance, tant eux-mêmes semblaient plus occupés depuis quelque temps. Même la tenue de jeu avait été acceptée dans la nurserie. La chance était enfin de son côté.

Elle connut son premier triomphe en emmenant Lilibet chez *Woolworths*, d'où elles revinrent avec une foule de petits chevaux en céramique que la fillette s'empressa d'aller montrer à sa mère dans son boudoir.

– Maman, regardez ce qu'on a rapporté de chez *Woolies* !

– C'est très mignon, ma chérie, répondit la duchesse avec un frisson horrifié.

Bien décidée à ce que Lilibet comprenne la valeur de l'argent, Marion lui fit aussi visiter la Banque d'Angleterre.

– Où est la vieille dame ? demanda la princesse en sautant du bus qu'elles avaient emprunté.

– Quelle vieille dame ?

– Vous avez dit qu'on allait voir la vieille dame de Threadneedle Street.

– C'est juste le surnom de ce bâtiment, expliqua Marion, amusée, en lui montrant l'édifice à colonnes.

À l'intérieur, le directeur leur fit traverser une série de salles néoclassiques jusqu'aux chambres fortes du sous-sol. Après avoir franchi à sa suite une succession de grilles en fer – et observé son ahurissant trousseau de clés aux formes curieuses –, elles pénétrèrent dans la pièce où étaient entreposées les réserves d'or du pays. Sur les traits enfantins de Lilibet se refléta le halo de tous les lingots garantissant la solidité de l'économie britannique.

– Si vous arrivez à en soulever un, vous pourrez le garder, dit le directeur.

Marion éclata de rire en regardant Lilibet se démener sans succès – mais avec sa détermination habituelle – pour prendre l'un des lourds lingots.

Au retour, elles s'arrêtèrent dans le tout petit poste de police niché dans l'Arc de Wellington, juste au bout de Piccadilly.

– On a vu les soldats de grand-père passer en dessous sur leurs chevaux ! raconta Lilibet à la duchesse un peu plus tard. Et de là-haut, on dominait toute la ville, c'était génial !

L'ivresse de la liberté illuminait son visage, et elle poursuivit en sautillant d'excitation, un doigt tendu vers le monument blanc visible à travers les arbres.

– Et maman, le plus beau, c'est qu'il y avait un *chat* ! Un vrai chat. Il s'appelle Sherlock, il vit là-bas et il *résout des crimes* !

– Il résout des c-crimes ? s'étonna le duc.

– Absolument, monsieur. C'est ce que le responsable du poste de police nous a affirmé, dit Marion avec le plus grand sérieux.

Elle n'avait pas du tout l'intention d'abandonner ce petit jeu dans le seul but de préserver la dignité des adultes.

– Ma foi, tout ça m'a l'air charmant, roucoula la duchesse. Mais tu vas devoir dire au revoir à tes détectives sur pattes pour quelque temps, Lilibet. Balmoral nous attend !

20

Marion peinait à contenir sa frustration. Les cours de danse et de chant se faisant bien plus rares depuis quelque temps, elle avait cru que c'en était fini des interruptions dans son programme, mais celle-là les surpassait toutes. Elle n'aurait aucune possibilité de mener à bien son Opération Vie normale dans un château au fin fond de la campagne.

– Que veulent-ils que je fasse là-bas avec Lilibet ? se plaignit-elle à Ivy. À en juger par les photos que j'ai vues, il n'y a que des tours et des tartans.

– Et encore, ce n'est rien, ça, dit Ivy en souriant.

– Explique-toi, s'il te plaît !

Toutes deux étaient assises sur le lit de Marion au 145, Piccadilly. Ivy ramena ses genoux contre elle et noua ses mains autour en veillant à ne pas toucher le couvre-lit avec ses chaussures.

– Par où commencer ? La chaise préférée de la reine Victoria, sur laquelle personne n'a le droit de poser les fesses même si ça fait trente ans qu'elle a cassé sa pipe ?

– Tu plaisantes ?

– Les joueurs de cornemuse qui paradent autour de la table tous les soirs ? Ils font un boucan à réveiller les morts et il y en a toujours un de bourré.

– Non, je ne te crois pas.

– Ou le majordome en chef qui se déguise avec une cape au moment de servir le dîner, tout ça parce que celui de la reine Victoria avait fait pareil pour pouvoir poser à la place du prince Albert quand il s'est fait peindre dans la peau d'un berger ?

– Tu n'es pas sérieuse ?

– Ou les pique-niques au bord du lac pour lesquels on sort toute l'argenterie, sans oublier les nappes et les valets de pied ?

Marion s'arracha les cheveux.

– Non ! gémit-elle. Non !

– Oh, si ! répliqua Ivy, qui prenait un malin plaisir à l'épouvanter. Et la famille royale a son propre tartan, aussi, exclusivement réservé à ses membres. Sauf qu'il faut aimer le truc, si tu veux mon avis. Tu verrais comme il est moche ! Oh, et Sa Majesté emmène son perroquet avec elle.

Marion se laissa tomber sur son oreiller et contempla le plafond. Elle ignorait si tout cela était vrai, mais son expérience lui soufflait que c'était fort possible. Tant pis, elle trouverait des îlots de normalité même à Balmoral, décida-t-elle. Ce serait un défi.

Dans l'intervalle, il y avait bien des choses à préparer – en particulier d'ordre vestimentaire. Ivy la prévint que dans la résidence secondaire écossaise du roi les visiteurs devaient se changer trois fois par jour, et que si on n'attendait pas d'une gouvernante qu'elle porte des robes différentes pour le déjeuner, le thé et le dîner, il y avait tout de même une étiquette très stricte à respecter. Marion écrivit à sa mère pour s'enquérir discrètement des nouvelles tenues qui lui avaient été promises.

Au moins ce séjour à Balmoral serait-il une bonne occasion de sortir Margaret de son landau. Des rumeurs commençaient à circuler. Lilibet et elle avaient entendu des femmes dans le bus discuter du fait que « tout ne tournait pas rond » avec la plus jeune des York.

– Si seulement elles savaient ! avait plaisanté Lilibet. Bouton n'écoute rien !

Mais comme elle est intelligente, pensait Marion. À deux ans à peine, la petite princesse était déjà capable de reproduire des airs au piano rien qu'à l'oreille.

Margaret aussi gagnerait à avoir une tenue de jeu. On ne pouvait pas la laisser se promener dans la bruyère avec des chaussures en satin trempées par l'eau des marais et semer des rubans partout sur les ajoncs. Marion s'en ouvrit à la duchesse en se préparant à une nouvelle bataille.

– Franchement, Crawfie, c'est une décision qui appartient à Alah, vous ne trouvez pas ?

– Peut-être pourriez-vous lui en toucher un mot, ma'am, insista Marion, exaspérée. Margaret se sent étouffer, c'est flagrant.

– Mais pas du tout ! Elle ne manque pas de ressources pour parvenir à ses fins. Elle a de grands yeux bleus et une volonté de fer, et c'est tout ce dont une dame a besoin !

Marion ne répondit pas. Une dame avait besoin de bien plus que cela, selon elle, mais il était inutile d'en débattre avec Elizabeth d'York. La duchesse aux yeux bleus ne manquait pas de ressources, elle non plus, et quiconque dépassait les bornes en sa présence se heurtait à sa propre volonté de fer. Il n'était pas rare qu'elle affiche son pouvoir par simple caprice.

– Il suffit qu'elle masque sa volonté et se serve de ses yeux, et tout ira bien ! ajouta-t-elle avec un sourire complice.

Marion lui sourit en retour et fit une révérence, prête à repartir.

– Quelque chose a changé chez vous, dit la duchesse en l'observant avec attention. Est-ce vos cheveux ?

– Plutôt mes vêtements, ma'am.

Ses nouvelles tenues étaient arrivées, dont une fidèle copie d'un tailleur Jaeger bleu à l'imprimé résolument moderne qu'elle avait repéré dans un magazine de mode. Lilibet l'avait adoré. « Crawfie ! Quel joli motif ! » s'était-elle exclamée.

– Le résultat est saisissant, commenta la duchesse.

Marion lissa son tailleur en rougissant de fierté pour sa mère.

– Merci, ma'am.

– Mais je pense que le marron vous sied davantage, poursuivit gaiement la duchesse.

– Le *marron*, ma'am ?

Elle détestait le marron. Il lui faisait un teint cireux.

– Nous avons tous des couleurs qui nous vont mieux que d'autres. J'ai toujours considéré que la mienne était le bleu et je me demande si nous pouvons être deux à en porter dans la même maison, dit la duchesse en inclinant la tête sur le côté. Vous n'êtes pas de mon avis ?

La longue masse rutilante du train royal filait vers le nord en traversant sans se faire remarquer les faubourgs couverts de suie de villes industrielles aux canaux froids, aux immeubles sales et aux usines hérissées de cheminées. Dulings noirci était étendu dans l'intervalle étroit entre les maisons et de jeunes femmes décharnées qui poussaient des landaus, coiffées de casquettes d'homme pour se protéger de la pluie. Leur vue la mit horriblement mal à l'aise.

Elle avait fini par s'habituer à l'existence privilégiée des York, mais cela ne suffisait pas à la préparer à la pompe et au faste qui avaient accompagné le départ en vacances du roi. Un quai privé lui était réservé à la gare de King's Cross, et les luxueux wagons du train – un pour chaque membre de la famille royale – offraient à leurs passagers des lits à la structure en argent, des baignoires entourées d'acajou lustré et des salons agrémentés d'abat-jour, de tapis, de rideaux, de fauteuils et de tableaux aux cadres dorés. Il y avait même un chef à toque blanche épaulé par une brigade de cuisine.

Marion découvrit tout cela en cherchant sa propre cabine – beaucoup plus spartiate en comparaison –, et cela la démoralisa. Dans un tel environnement, ses efforts pour éclairer Lilibet sur les conditions de vie des gens ordinaires avaient autant d'espoir d'aboutir qu'une allumette plantée dans le sable pour stopper la marée.

– Allez, Marion, dit Ivy, qui occupait la couchette au-dessus de la sienne. Balmoral, ce n'est pas le bagne non plus.

– À en juger par le tableau que tu m'en as fait, si !

– Ha, mais il y a des compensations. Les domestiques sont logés assez près les uns des autres. Les hommes et les femmes, je veux dire. Du coup, on en a déjà vu marcher sur la pointe des pieds dans les couloirs pour se rejoindre.

– J'en déduis qu'Alf est du voyage ?

Un petit rire parvint à Marion.

– Veinarde, ajouta-t-elle.

Elle se tourna et se retourna encore sur son matelas. La couchette était dure et étroite, et il faisait froid dans cette cabine sans chauffage, mais sa plus grande source d'inconfort était intérieure, elle le savait. Sa culpabilité et son sentiment de futilité le disputaient à une douloureuse envie devant le bonheur simple d'Ivy. Si seulement elle avait pu avoir quelqu'un à rejoindre en douce elle aussi.

Les valets de pied, avec leurs culottes et leurs cheveux poudrés, ne l'attiraient pas du tout, mais Ivy avait raison : les hommes hors du cercle royal lui étaient désormais interdits. Tom et son appareil photo avaient failli signer sa perte. Ne pas tomber sur lui lors de ses dernières sorties avec Lilibet avait été un soulagement, et elle s'était réjouie d'apprendre qu'il avait quitté le studio de M. Adams. Avec un peu de chance, elle ne le reverrait jamais.

Elle soupira, puis se reprit et tenta de faire croire qu'elle bâillait. Ivy ne fut pas dupe, cependant.

– Le Ghillies Ball va te plaire aussi. C'est un bal durant lequel le roi et la reine dansent avec le personnel.

– Leurs Majestés sont vraiment trop bonnes, ironisa Marion, avant de rouler sur le dos et de fixer l'obscurité en respirant l'air rance de la cabine.

– C'est marrant, je t'assure. Les hommes ne portent rien sous leur kilt et le prince Henry s'assoit toujours avec les jambes grandes écartées, ce qui fait qu'on peut admirer ses bijoux de famille.

– Ivy, tu me vends du rêve, là.

Un silence s'ensuivit. Elle dormait presque lorsque son amie le rompit de nouveau.

– Tu connais la dernière au sujet de Mme Simpson ?

– Non.

Marion n'était pas sûre que cette personnalité fascinante existât bel et bien. Elle avait épluché les journaux en quête d'articles sur elle, mais l'Américaine n'était jamais mentionnée, pas même dans les rubriques mondaines.

– Il paraît qu'elle arrive à expulser des balles de ping-pong de son tu-sais-quoi.

– *Hein ?*

– C'est ce qu'on raconte.

Le prince de Galles était à bord du train. Si Mme Simpson le rejoignait, cela rendrait peut-être son séjour à Balmoral supportable, finalement.

À son réveil, Marion mit quelques secondes à se rappeler où elle était. Les ronflements sonores d'Ivy au-dessus d'elle se mêlaient aux notes de *Scotland the Brave* qui résonnaient à plein volume à l'extérieur.

Les paupières lourdes, elle tira le rideau de sa fenêtre. Un joueur de cornemuse portant un kilt allait et venait le long du train, le teint écarlate, les yeux exorbités et les joues démesurément gonflées. Plus loin, un panneau indiquait « Ballater », la ville la plus proche de Balmoral.

– Ivy ! On est arrivés !

Elle se leva et se hâta de descendre sur le quai. Il n'y avait encore aucun signe de la famille royale en dehors de ses nombreux bagages. Autour d'elle s'empilaient de grandes malles-armoires, des cartons à chapeau et des paires de chaussures attachées par les lacets, toutes si bien cirées qu'on pouvait se mirer dedans. À cela s'ajoutaient les malles contenant la vaisselle et l'argenterie. Mais pas de perroquet à première vue.

Sur ce point-là, au moins, Ivy avait plaisanté.

À moins que…

Deux valets de pied en uniforme rouge sortirent du train sous la bruine qui mouillait leurs cheveux poudrés. Marion reconnut Alf. Il avait les bras chargés d'une énorme cage en or à l'intérieur de laquelle une grosse masse grise alarmée par la cornemuse se mit à crier avec indignation.

Alf leva la cage et marmonna quelque chose *a priori* d'assez impoli.

– CHARLOTTE, MA CHÈRE ! rugit soudain quelqu'un.

Le roi venait d'émerger de son wagon.

– ALORS, ON A PASSÉ UNE BONNE NUIT ?

Il portait un kilt, une petite cape en tweed et un béret écossais orné d'un pompon et d'une plume. Ses genoux étonnamment noueux surmontaient une dague en argent sanglée autour de ses épaisses chaussettes et des brogues écossaises lacées sur toute la hauteur du mollet. L'ensemble était complété par un sporran dont les longs crins de cheval balayaient le sol.

Le duc d'York apparut ensuite, avec les mêmes genoux, le même kilt, les mêmes brogues et la même dague. Il précédait le prince de Galles, ainsi que le prince Henry et le prince George, les plus jeunes fils du roi. Tous attendirent nerveusement que leur père les ait examinés de la tête aux pieds comme il aurait inspecté des troupes un jour de parade.

– RIEN NE VAUT LA BONNE VIEILLE TENUE TRADITIONNELLE DES SOLDATS ÉCOSSAIS, PAS VRAI ? dit-il d'une voix aussi sonore que le cor d'un navire.

Le prince de Galles se donna une tape sur les genoux pour en chasser des petits moucherons.

– Bienvenue au pays des *midges*, l'entendit marmonner Marion.

La reine Mary sortit à son tour du wagon, une ombrelle en tissu écossais à la main et sa toque toujours bien vissée sur le crâne. Elle aussi portait une vieille tenue traditionnelle, mais sous la forme d'une longue jupe de l'époque édouardienne.

– *Ach*, ces bons et fidèles Highlanders ! dit-elle à la vue des employés de la gare qui chancelaient sous le poids de ses bagages.

– Quel bonheur ! s'exclama la duchesse d'York alors que le joueur de cornemuse repassait près d'eux avec ses joues semblables à des ballons de foot écarlates.

– Crawfie ! Crawfie !

Lilibet sauta sur le quai et attrapa la main de Marion. À son contact, ce monde irréel et ridicule retrouva tout son sens. Elle parviendrait à faire face. D'une façon ou d'une autre, elle y parviendrait.

Le cortège des voitures royales traversa une vallée luxuriante tapissée de fougères. Le prince de Galles avait pris place dans celle de Marion, à côté du chauffeur. Mme Knight s'était assise à l'arrière dans le sens de la marche, comme d'habitude. Et comme d'habitude aussi, Margaret se tortillait sur ses genoux.

Marion se tourna vers la vitre, mais il y avait peu de choses à voir au-dehors. La pluie s'était intensifiée et tambourinait sur le toit de la voiture.

– Ce cher Deeside, ironisa le prince de Galles. L'endroit le plus sec d'Écosse, paraît-il.

Le mur gris qui bordait la route s'effaça bientôt devant d'imposantes grilles noires et or sur lesquelles se détachaient les lettres « VR » en fer forgé. Marion s'étonna de voir une foule de femmes de chambre, de jardiniers, de cuisiniers et de valets de pied patienter derrière. Tous trempés jusqu'aux os. La pluie avait ramolli les cheveux bien peignés, rendu transparents les tabliers repassés avec soin et imbibé d'eau les chaussures cirées plantées vaillamment dans l'herbe boueuse.

L'ensemble du personnel s'inclina et fit la révérence devant les voitures. Marion jeta un coup d'œil à Lilibet, qui saluait ces gens d'un geste auguste de la main. Le découragement la gagna. Que pesaient ses récents triomphes face à une telle conviction que tout vous était dû ?

Puis le château surgit devant eux. On l'aurait dit tout droit sorti des contes de Grimm. Hérissé de pointes et de flèches, il possédait une tour imposante et tout un ensemble de tourelles pareilles à des poivrières. En arrière-plan, des montagnes disparaissaient dans les nuages, tandis qu'à l'avant s'étendait une immense pelouse grouillante de moucherons.

L'intérieur était à couper le souffle. Ivy n'avait pas menti, il y avait bien de la moquette en tartan partout, et chaque centimètre carré était décoré – souvent à l'excès. Soufflée, Marion suivit la famille royale dans des pièces où le gothique flamboyant des cathédrales alternait sans transition avec une esthétique baroque tout en dorures et moulures. Les initiales de la reine Victoria se répétaient à l'infini le long des couloirs et jusque sur les seaux d'eau disposés par précaution à côté des cheminées.

Le tartan n'était pas la seule référence appuyée à l'Écosse. Voir les paysages par les fenêtres n'avait manifestement pas suffi au mari de Victoria, Albert, qui avait décidé seul de tout l'aménagement intérieur du château. Des andouillers paraissaient jaillir des murs comme les branches d'un arbre invisible, et le papier peint bruissait presque de chardons.

Le prince Albert lui-même était un motif décoratif récurrent. Dans le vestibule, une statue de marbre blanc le représentait en kilt – une vision inédite pour Marion. Il figurait aussi sur d'innombrables tableaux, la plupart violents et sanglants : Albert à la montagne, juché sur un cerf tout juste tué. Albert et des piles d'animaux morts devant la petite dépendance où était entreposé le gibier, avec sur le côté sa femme en robe de bal, un diadème sur la tête.

Après s'être rassemblée quelques instants dans un vaste et sombre salon, la famille royale se dispersa. Un garde-chasse barbu et trempé s'éloigna avec le roi et ses fils pendant qu'une gouvernante qui, sans que l'on sache comment, semblait avoir réussi à esquiver le comité d'accueil sous la pluie entraînait Lilibet, la reine et la duchesse. Mme Knight, elle, partit ostensiblement renouer avec quelque vieille connaissance parmi le personnel en serrant Margaret Rose dans ses bras pour l'empêcher de se débattre. Quant à Ivy, elle avait bien sûr disparu depuis longtemps.

L'atmosphère lugubre de ce salon tourné vers les montagnes noires environnantes lui donnait des airs de mausolée. Quel triste lieu de vacances pour une enfant ! songea Marion.

Les yeux lourds de fatigue, elle avisa près d'elle un petit fauteuil recouvert d'un plaid. Elle allait s'asseoir dessus quand un cri transperça le silence comme une brique fracassant un carreau.

– Crawfie ! *Stop !*

Marion se redressa d'un bond. La duchesse d'York se tenait sur le seuil de la pièce.

– Que se passe-t-il ? demanda-t-elle, alarmée.

– Vous ne pouvez pas vous asseoir là ! C'est le fauteuil préféré de la reine Victoria. Personne n'a le droit de l'utiliser. *Jamais !*

Son séjour commençait mal, et les choses ne firent qu'empirer à partir de ce moment. Ivy n'avait rien inventé, en fait.

À l'heure du dîner, six joueurs de cornemuse, dont l'un était de toute évidence ivre, firent vraiment le tour de la table dans la grande salle à manger lambrissée. Et la créature rabougrie et enveloppée d'une sorte d'énorme tapis marron qui les précédait était bien le majordome en chef – celui-là même dont le prédécesseur avait posé à la place du prince Albert pour un tableau de Landseer qui le représentait en berger des Highlands.

Marion décida de ne plus s'étonner de rien. Ses voisins de table étaient un homme âgé du nom de Canon Dalton et une vieille femme à l'air sévère coiffée d'une perruque orange, sœur Agnes. Aucun des deux ne lui adressa la parole.

Du reste, peu de personnes parlaient autour d'elle. Le cercle royal paraissait très restreint – raison peut-être pour laquelle on l'avait conviée à ce repas. Tout le monde s'était regroupé au milieu de la longue table, mais après le bruit assourdissant des cornemuses, le silence était total, rompu seulement par le choc des fourchettes contre les assiettes. Sur le visage du prince de Galles se lisait un ennui incommensurable.

– LES DÎNERS À BALMORAL NE COÛTENT PAS CHER ! éructa soudain le roi en prenant une part de saumon sur le plateau en argent du majordome-berger. LE POISSON VIENT DE LA RIVIÈRE ! LE GIBIER DES COLLINES VOISINES ! LES FRAMBOISES DU JARDIN ! ON NE FAIT PAS PLUS ÉCONOMIQUE !

– Tout à fait, Votre Majesté, s'empressa d'approuver Canon Dalton.

Marion contempla son assiette qui, comme les couverts et les verres, portait le monogramme de la reine Victoria. Il fallait voir ce qu'on entendait par « économique ». À condition de ne pas compter les frais fixes astronomiques liés à l'entretien du domaine et aux domestiques, peut-être ce repas ne coûtait-il pas cher, en effet.

Le prince de Galles soupira bruyamment, ce qui lui valut de subir aussitôt la colère du roi.

– TU IRAS À LA CHASSE AVEC NOUS DEMAIN ?

La contrariété plissa ses traits délicats.

– Si cela ne vous ennuie pas, père, je préférerais rester ici et travailler mon point de croix.

– TON POINT DE CROIX ? TU NE VEUX PAS SORTIR CHASSER LA GROUSE, LE PLUS GRAND GIBIER À PLUMES DU MONDE ?

Manifestement las de cette conversation, le prince se leva en ignorant le regard noir de son père. Il avait troqué son kilt contre une veste à carreaux voyante, un pantalon large à revers – un style américain très à la mode –, un pull bleu canard et une cravate en soie colorée et rayée au nœud tout sauf discret. L'ensemble était aussi moderne que sa précédente tenue avait été désuète.

– EST-CE QU'IL PLEUT ICI ? cria le roi.

Occupé à allumer une cigarette, le prince sursauta et la laissa tomber.

– Pardon ?

– POURQUOI RETROUSSER TES BAS DE PANTALON SI CE N'EST PAS POUR ENJAMBER DES FLAQUES D'EAU ? ET IL N'Y A QUE LES CHASSEURS DE RATS POUR PORTER DES COSTUMES EN TWEED !

Marion se tourna vers l'épouse du roi. Elle allait bien dire quelque chose, non ? Mais la reine Mary resta impassible et immobile. Seuls ses diamants scintillaient par intermittence dans la lumière des bougies.

– TU ES L'HOMME LE PLUS MAL FAGOTÉ DE LONDRES ! continua le roi. ET TU NE COMPTES AUCUN GENTLEMAN PARMI TES AMIS !

Cette accusation résonnait encore lorsqu'il se pencha sur son assiette pour enfourner des feuilles de laitue dans sa bouche avec une force confinant à la violence.

– Père..., commença le prince de Galles.

Il avait trouvé une autre cigarette et s'employait à l'allumer d'une main tremblante.

– JE NE VEUX PLUS T'ENTENDRE !

Furieux, le roi avala un peu plus de salade.

Le prince tira sur sa cigarette et envoya un nuage de fumée dans l'air.

– Trop tard, dit-il.

– HA, ÇA, TU AS RAISON ! MALHEUREUSEMENT !

– Vous ne m'avez pas compris, père. J'essayais juste de vous dire qu'il y avait une chenille dans votre salade, mais vous l'avez mangée.

21

Au vu des relations tendues entre le roi et son héritier, il était peu probable que Mme Simpson se montre à Balmoral. Ils ne pourraient donc compter que sur eux-mêmes pour égayer leur séjour, et parce que l'atmosphère au château était plus pesante qu'une enclume, Marion jugea plus sage de l'éviter.

Elle écuma les environs dans l'espoir de trouver des distractions ordinaires pour Lilibet, mais si cela s'avérait déjà difficile dans le Londres de 1932, c'était presque mission impossible dans le domaine de Balmoral, où le temps semblait s'être arrêté en 1851. Pour commencer, il y avait des scènes macabres à éviter. Ivy l'avait mise en garde contre le retour quotidien des charrettes croulant sous les dépouilles du plus grand gibier à plumes du monde et des poneys portant d'énormes cerfs morts aux flancs ruisselants de sang et aux yeux révulsés. Dans ces moments-là, Marion prenait Lilibet par les épaules et l'entraînait vite à l'écart.

Le soir, dans sa chambre glaciale et triste située au bout du couloir desservant la nurserie, elle écoutait la pluie marteler le toit.

– Si on jouait à celle qui mange le plus de tartines au sirop de sucre ?

– À quoi ?

Marion feignit de ne pas en croire ses oreilles.

– Vous voulez dire que vous n'avez jamais essayé de manger des tartines au sirop de sucre jusqu'à n'en plus pouvoir ? Juste pour battre quelqu'un ?

La princesse secoua la tête.

– Vous pensez réussir à en avaler plus que moi ?

– Oui !

Un petit îlot au milieu d'un cours d'eau voisin leur offrit un cadre parfait, et Lilibet se révéla une championne avec un record inégalé de douze tartines.

– Je ne comprends pas pourquoi elle n'a pas d'appétit, ronchonna Mme Knight ce jour-là à l'heure du thé.

Un peu gênée, Marion évita de croiser le regard espiègle de la fillette. Mme Knight manifestait une docilité alarmante depuis peu. Contrairement à ce qu'elle avait craint, la nourrice avait accepté sans broncher la tenue de jeu de Lilibet. Peut-être était-elle juste fatiguée de tout ce linge à laver – à moins qu'elle n'eût oublié ses fers à gaufrer à Londres.

Marion emmena aussi Lilibet près de la ligne de chemin de fer, où elles guettèrent l'arrivée de l'Aberdeen Fish Express en retenant leur souffle. Lorsqu'il se fit entendre au loin, Lilibet se concentra sur les pièces de monnaie qu'elles avaient laissées sur les rails. Marion lui avait montré comment les positionner afin que le poids du train les aplatisse. Sitôt la locomotive passée avec son chargement de morues pêchées en mer du Nord, elles dévalèrent le talus.

– Ça a marché ! glapit Lilibet en tendant sa paume sur laquelle gisait un penny écrasé. Vous avez vu la tête de grand-père maintenant !

Elles se promenèrent dans les montagnes. La princesse était une bonne randonneuse prête à sortir par tous les temps – et il arrivait souvent qu'elles les affrontent tous en une journée. Ce fut en cherchant un abri qu'elles découvrirent les *bothies*

– des petites maisons de pierres cachées dans des clairières au fond des bois ou au bord de lochs secrets. Si certaines étaient restées comme à l'origine de simples cabanes destinées aux chasseurs et aux bergers, d'autres avaient été considérablement agrandies – sans doute pour les vacanciers du château. L'une d'elles, la plus en altitude et la plus éloignée de toutes, possédait même un piano et une chaise longue.

C'était leur préférée, et elles s'y rendaient régulièrement pour y faire griller des toasts. Lilibet approchait les tranches de pain des flammes avec sa fourchette jusqu'à ce qu'elles soient pratiquement calcinées, puis les laissait tomber sur leurs assiettes – encore et toujours frappées des initiales de la reine Victoria. Elles mangeaient ensuite sur le banc devant la cabane et observaient la vie sauvage, si magnifique depuis leur point de vue. De grands oiseaux descendaient en piqué au-dessus des lacs solitaires, tandis que les ptarmigans – des perdrix des neiges – s'élevaient sans bruit le long de la paroi sombre du Lochnagar.

Un jour, leur promenade les entraîna au-delà des cairns – onze amas de pierres grises spectaculaires dont les formes très variées allaient de la pyramide à la tour circulaire. Entourés de fougères géantes d'un vert éclatant, ils dégageaient un exotisme incongru, comme un village inca abandonné ou quelque autre vestige d'une glorieuse civilisation disparue. En fait, la civilisation qui les avait vus naître était celle, non moins glorieuse, du milieu du XIXᵉ siècle, et tous avaient pour fonction principale de commémorer les mariages des enfants de la reine Victoria, à l'exception notable du plus monumental parmi eux, construit suite à un décès.

C'était une haute pyramide grise dédiée « au tendre souvenir du Prince Albert, le grand et bon prince consort » par « sa veuve au cœur brisé, Victoria RI ». Marion et Lilibet restèrent un moment à son pied.

– Est-ce que les cœurs peuvent réellement *se briser* ? demanda la fillette. Ils se cassent en mille morceaux ?

– C'est une image qui traduit la douleur de la reine. Elle était bouleversée parce qu'elle aimait beaucoup son mari.

– Et quand les gens tombent amoureux, Crawfie, est-ce qu'ils tombent par terre pour de vrai ?

– Bien sûr que non. Cette expression veut juste dire que cela se produit tout d'un coup.

– Ça vous est déjà arrivé, Crawfie ?

– C'est une question très personnelle, ça, dit Marion, la voix étranglée, en se forçant à sourire.

– Et ça m'arrivera à moi aussi ?

– Probablement.

Le front de la fillette se plissa.

– Comment le saurai-je ?

À ces mots, Marion fut submergée par l'émotion.

– Oh, vous le comprendrez très vite.

Un autre jour, elle emmena Lilibet à Ballanter après ses cours. Pas loin d'une devanture sur deux affichait le lion et la licorne des armoiries royales ainsi que la mention « Fournisseur officiel de la Couronne », et la bourgade n'était pas faite pour lui donner le sens des réalités, mais il y avait là une confiserie, et ce n'était pas rien.

Lilibet ouvrit de grands yeux enchantés devant toutes les sucreries de la boutique. Sur les étagères du fond, des rangées de pots en verre formaient une farandole de couleurs – jaune pour les bonbons au citron, vert pour ceux au citron vert, rouge pour les billes parfumées à l'anis et noir et blanc pour les berlingots à la menthe poivrée. Le comptoir à l'avant accueillait pour sa part des piles de caramels emballés dans du papier brillant, des tablettes de chocolat, des rouleaux de réglisse, des sucettes et des casse-dents tout blancs à l'extérieur et multicolores à l'intérieur.

– Je ne sais pas quoi choisir, Crawfie ! s'écria Lilibet en serrant dans sa petite main brûlante le shilling que Marion lui avait donné.

Parce qu'une visite dans une telle boutique devait se faire dans les règles, elles avaient d'abord passé plusieurs minutes dehors à discuter des produits dans la vitrine.

– Vous croyez qu'ils feront le truc avec la balance, Crawfie ? avait demandé Lilibet.

Ses aventures londoniennes lui avaient appris qu'un marchand de bonbons digne de ce nom se reconnaissait notamment à la confiserie qu'il ajoutait en cadeau sur la balance après la pesée. Mais celui de Ballanter avait quelque chose de mieux encore en réserve.

– Son Altesse Royale aimerait-elle goûter d'abord quelques sucreries ? offrit-il.

– Ooooh ! Je peux ?

En s'écartant pour laisser la princesse gérer seule la transaction, Marion aperçut une silhouette qui feuilletait les journaux également en vente à l'arrière de la boutique. Un homme grand, large d'épaules, aux cheveux blonds ondulés.

Le choc fut tel qu'elle eut l'impression d'être heurtée par un train. L'ayant peut-être senti, il se retourna, sourit, puis s'approcha d'elle avec son appareil photo pendu autour du cou.

– Bonjour, Marion, dit-il comme si de rien n'était.

Elle le dévisagea avant de jeter un coup d'œil à Lilibet. Par chance, la princesse était concentrée sur la pesée de ses bonbons en gélatine. Marion attrapa Tom par le bras et l'entraîna plus loin.

– Qu'est-ce que tu fabriques ici ?

Comment avait-il fait pour les localiser alors qu'il ne disposait plus de sa source privée de renseignements ?

– La gazette royale, peut-être ? dit-il, laconique.

Évidemment. La nouvelle de l'exode de la famille royale en Écosse devait avoir été signalée dans ce document officiel adressé à tous les journaux. Il suffisait de consulter une carte pour deviner où ils avaient toutes les chances de se trouver. Et parce qu'il était au courant de ses habitudes avec Lilibet, Tom avait sûrement très vite flairé le potentiel de cette confiserie.

– Va-t'en. Va-t'en ou je préviens l'inspecteur.

Le cœur de Marion tambourinait dans sa poitrine. De là où elle était, elle voyait Cameron scruter la rue quasi déserte d'un air méfiant par-dessous le rebord de son chapeau. Il ne paraissait pas du tout avoir remarqué la présence d'un homme dans la boutique.

– Le Sherlock Holmes royal ?

Tom en savait déjà long sur lui, bien sûr. Son sourire déplut à Marion. Elle ne le connaissait pas sous ce jour-là et devinait que quelque chose avait changé en lui, mais l'heure n'était pas à ce genre d'interrogations.

– Il faut que tu t'en ailles !

Pendant ce temps, le commerçant ajoutait un bonbon en gélatine à la pile qu'il venait de peser – à la grande satisfaction de Lilibet.

– S'il te plaît ! supplia Marion.

Elle se sentait totalement impuissante, et l'appareil photo de Tom lui faisait l'effet d'un troisième œil malveillant braqué sur elle.

– S'il te plaît, ne me fais pas ça, Tom.

– Je suis désolé, soupira-t-il.

Son regard avait retrouvé une partie de son ancienne expression, ce qui redonna espoir à Marion.

– On peut discuter ? demanda-t-elle.

Son achat terminé, Lilibet farfouillait dans son porte-monnaie, mais elle n'allait pas tarder à se retourner. Tom devait partir. Tout de suite.

– De quoi veux-tu qu'on parle ? répondit-il amèrement. Je ne suis pas venu ici pour ça, mais pour prendre des photos.

– Tu vas me faire perdre mon travail, paniqua-t-elle.

– Tu m'as bien fait perdre le mien, toi.

– Quoi ?

– M. Adams m'a viré, dit-il, la mine dure et accusatrice.

Pour Marion, ce fut un choc. La duchesse avait donc été au courant de tout ?

– Pourquoi ? À cause des photos ?

– Il ne les a jamais évoquées. Pour lui, il était temps que j'aille de l'avant, c'est tout. Mais quelqu'un a dû vendre la mèche.

– Pas moi. Je n'ai rien dit.

– Comment veux-tu que je te croie ? ricana-t-il.

– Je te le *jure*, Tom.

Il la toisa un instant en effleurant son appareil photo.

– D'accord. Mais je me doute bien qu'on ne peut pas discuter ici. Alors où ?

Elle ne sut d'abord pas quoi répondre tant son soulagement l'emportait sur tout le reste, mais dès qu'elle se fut ressaisie, elle s'aperçut qu'elle connaissait l'endroit parfait et lui indiqua la direction à suivre.

C'était une soirée paisible qui résonnait du chant des oiseaux. Le sentier montait en zigzaguant au milieu de massifs de bruyère odorants et de gros blocs de pierre. Au-dessus des arbres noirs, une énorme lune jaune éclairait un paysage où le regard portait de plus en plus loin à mesure qu'elle avançait. Des formations rocheuses et des ravines apparurent, puis des vallons ponctués de lacs scintillants.

La cabane se profila bientôt au sommet de la petite montagne. Marion marqua une pause, le cœur battant. Elle n'était pas tout à fait sûre de ce qu'elle allait dire. Revoir Tom avait libéré en elle quelque chose qu'elle avait étouffé depuis leur dernière rencontre. Malgré tout ce qu'il avait fait, elle avait encore des sentiments pour lui, et cela ne l'aidait guère.

Elle atteignit la clairière devant la cabane. Bien que la

bâtisse fût plongée dans la pénombre, elle distingua la chaise longue ainsi que la cheminée peinte en blanc.

La porte s'ouvrit presque avant qu'elle eût frappé et Tom l'étreignit aussitôt. Le désir se ralluma en elle, l'embrasant tout entière, mais elle le repoussa.

– Pas maintenant. Il faut qu'on parle.

– Après, dit-il en l'attirant dans ses bras. Tu m'as manqué, Marion.

Toi aussi, faillit-elle avouer, à deux doigts de s'abandonner.

– Comment as-tu pu trahir ma confiance ? Comment as-tu pu photographier Lilibet à son insu ?

Devant son silence, elle laissa éclater sa colère :

– Et le photojournalisme ? Tu étais censé documenter tout ce qui n'allait pas dans le monde !

Il lui jeta un sourire désabusé.

– Les trois millions de chômeurs ? Mosley et sa bande de petites frappes racistes ? Les sept mille policiers, dont certains à cheval, qui s'en sont pris aux marcheurs de la faim à Hyde Park ?

– Exactement.

– Tu as lu tout ça à la table du petit déjeuner à Balmoral, n'est-ce pas ?

Il se trouvait que oui. Pendant que le perroquet du roi déambulait entre les couverts en argent, donnait des coups de bec sur l'œuf de Sa Majesté et déposait une grosse fiente grise à côté du beurre royal, Marion avait parcouru avec une rage contenue un article concernant la façon dont le gouvernement de Ramsay MacDonald avait usé de force contre son propre peuple. « Ce sont les mesures d'ordre public les plus importantes qui aient jamais été adoptées depuis 1848 », avait écrit le *Times*.

Tom eut un sourire triste.

– En fait, une photo de la princesse Elizabeth en train de

jouer vaut plus qu'une photo de policiers occupés à cogner sur des mineurs.

– Tu as vendu ton âme, cracha-t-elle avec mépris – ce qui le fit éclater de rire.

– Et toi alors ? Tu es mal placée pour me donner des leçons de morale ! Qu'as-tu fait des quartiers pauvres ? Et de Grassmarket ?

Son ton sarcastique la mit sur la défensive.

– Comment oses-tu ? J'irai enseigner à Grassmarket… un jour.

– Ah oui ? répliqua-t-il avec un sourire ironique, pour ne pas dire moqueur, qui emplit Marion d'un désir aussi bref que puissant.

Comment pouvait-elle le détester et avoir envie de lui en même temps ?

– Qui es-tu pour me juger ?

– Je serais en droit de te retourner la question. Quant à mes photos, elles ne sont qu'un aperçu de ce qui attend la famille royale, crois-moi. Le moment viendra où ils ne pourront plus faire un pas sans que des gens comme moi soient là pour tout enregistrer.

Cette idée horrifia Marion.

– Et ça te paraît justifié ?

– Et leur train de vie ? Il te paraît justifié ?

Il n'y avait pas de réponse facile, bien sûr, aussi esquiva-t-elle le sujet.

– Ce qui ne l'est pas, en tout cas, c'est la manière dont tu m'as traitée. Tu t'es servi de moi.

Il se laissa tomber sur la chaise longue. Il ne s'était pas seulement endurci. Quelque chose en lui s'était brisé. Pour la première fois, elle remarqua ses traits fatigués, ses yeux injectés de sang, ses cernes. Toute colère bien-pensante s'évapora. Inquiète, elle s'agenouilla à ses côtés. Il semblait au bord des larmes.

– Que se passe-t-il ? C'est Kate ? dit-elle au souvenir de sa sœur, prête à tout lui pardonner.

Il acquiesça en silence.

– Elle n'est pas…

– Non, mais elle est très malade. C'est pour ça que j'ai fait ça.

Il plongea son regard dans le sien, il fallait qu'elle comprenne.

– Je voulais lui payer des soins. Un bon hôpital où elle serait bien.

Marion baissa la tête. C'était une crapule pour elle et la duchesse, mais un héros pour sa famille. Tout dépendait du point de vue. La vie était compliquée, et les gens, loin d'être tout blancs ou tout noirs, se révélaient pétris de contradictions. Elle-même n'était-elle pas une féministe égalitariste qui travaillait pour la plus patriarcale et la plus conservatrice des institutions ?

– Il fallait que je trouve un moyen de rebondir après avoir été viré, insista-t-il en assimilant sans doute son silence à une critique.

Sa compassion pour lui dut finir par être visible parce qu'il lui pressa la main.

– Tu veux bien rester avec moi ? Juste cette nuit ? Je partirai demain matin, je te le promets. Et sans prendre une seule photo, ajouta-t-il, un sourire dans la voix.

Dehors, il faisait noir. Marion imagina le château, tout éclairé dans la vallée en contrebas. Le dîner avait dû commencer, avec les joueurs de cornemuse éméchés et tout le bazar. Lilibet était sûrement couchée. Personne ne remarquerait son absence si elle décidait de rester là ce soir.

Mais un frisson glacé la traversa au souvenir de M. Adams. Si elle l'avait échappé belle, rien ne garantissait qu'elle aurait autant de chance la prochaine fois. À compter de ce jour, toute relation amoureuse – dans l'hypothèse improbable où elle aurait envie d'en nouer une – ne pourrait plus être envisagée qu'avec un membre du sérail. Elle ne devait faire confiance à personne d'autre.

Ce fut comme un déclic. Une prise de conscience. Le monde était peut-être ambigu, nuancé et paradoxal, mais pas celui de la famille royale. Là, il n'y avait pas d'entre-deux, pas de multiples teintes de gris. On y entrait corps et âme, ou bien pas du tout. Il fallait choisir.

22

L'année 1932 s'acheva, et 1933 ne démarra pas sous de bons auspices. À cause de l'augmentation continue du chômage et du refus du gouvernement de revenir sur sa politique d'austérité – notamment la réduction des aides sociales introduites deux ans plus tôt –, même des personnes autrefois aisées pouvaient désormais se retrouver pris dans les filets impitoyables de la pauvreté. La situation à l'étranger n'était pas moins préoccupante. En Allemagne, un raz-de-marée électoral propulsa Adolf Hitler au poste de chancelier, avant qu'un nouveau vote lui accorde les pleins pouvoirs.

– Il paraît que c'est un ancien peintre en bâtiment, dit la duchesse avec dédain. Qu'il est ridicule avec cette moustache !

Marion, elle, jugeait Hitler bien plus sinistre que ridicule et s'inquiétait de la gravité des événements qui se déroulaient en Allemagne. Un grand incendie au Reichstag, le Parlement allemand, fut d'emblée attribué par le Führer à un complot communiste. La preuve en était selon lui qu'un communiste hollandais à moitié aveugle et mentalement déficient avait été interpellé à proximité avec quelques allume-feu domestiques – alors même que l'incendie était dû aux dires des experts à un mélange d'essence et de produits chimiques.

En découvrant dans la presse des photos du jeune homme

en tenue de prisonnier, la tête courbée et l'air perdu sur le banc des accusés, Marion avait eu profondément pitié de lui. Il avait été piégé, cela ne faisait aucun doute, et elle frémissait chaque fois qu'elle passait devant le Carlton House Terrace, siège de l'ambassade allemande, où flottait un drapeau rouge et blanc frappé d'une énorme croix gammée noire.

Son Opération Vie normale se poursuivait, mais sans qu'elle cesse jamais de jeter des coups d'œil par-dessus son épaule pour vérifier que Lilibet et elle n'étaient pas suivies par des photographes. Des torticolis et un cœur brisé furent tout ce qui lui resta de sa relation avec Tom.

Par chance, la compagnie de la fillette et sa capacité à savourer des bonheurs simples étaient un parfait antidote aux souffrances que les adultes s'infligeaient entre eux. Elle l'emmena voir les pélicans de St Jame's Park, étonnée que la princesse ait pu ignorer jusqu'alors la présence de ces gros volatiles exotiques si près du palais de ses grands-parents. Elles allèrent aussi dans un tout nouveau cinéma à côté de la gare Victoria qui ne programmait que des dessins animés. Le bâtiment possédait une belle façade moderne assez évocatrice de l'avant d'un paquebot, et Lilibet adora le petit intérieur caverneux avec son plafond incurvé et ses rangées de sièges. Sa place préférée était pile au milieu de la première.

Au début, les films d'actualité précédant la séance avaient failli griller leur couverture, Marion n'ayant pas anticipé l'effet que produiraient sur Lilibet des images des membres de sa famille dans l'exercice de leurs fonctions.

– Regardez ! cria-t-elle lorsqu'un court-métrage juste avant la diffusion des *Trois Petits Cochons* montra la reine Mary en train d'inaugurer un navire transatlantique. C'est…

Marion la bâillonna doucement. Autour d'elle, les spectateurs se mirent à rire en pensant avoir affaire à une enfant ultra-patriotique. Mais personne ne s'amusa de voir ensuite

Joseph Goebbels haranguer la jeunesse de Berlin devant une pile de livres en feu.

– Pourquoi font-ils brûler des livres ? s'interrogea Lilibet, perplexe.

Marion soupira. Comment lui expliquer ça simplement ?

– Les nazis se débarrassent de ceux qu'ils n'approuvent pas. Ceux avec lesquels ils ne sont pas d'accord, et ceux qui ne sont pas d'accord avec eux.

– Mais, Crawfie, vous dites toujours qu'il est important de prendre en considération d'autres points de vue que le nôtre.

– En effet. Seulement Hitler veut contrôler ce que pensent les gens.

Au grand soulagement de Marion, le générique du dessin animé commença au même instant, et le trio de petits cochons apparut à l'écran.

Malgré cet horizon menaçant, la vie à Piccadilly et à la Loge Royale était toujours la même. L'hiver scintillant fit place à un beau printemps, les soirées se réchauffèrent et s'allongèrent, et Marion prit l'habitude de se promener dans le parc de Windsor en fin de journée. Son étendue lui procurait un sentiment de liberté, tandis que le côté ancien et intemporel de ses paysages la rassurait. La nature y était encore étonnamment sauvage, avec une grande diversité de fleurs aux couleurs intenses : des silènes roses et blancs, des bleuets, des scabieuses d'un jaune crémeux, quelques véroniques bleu ciel et des coquelicots d'un rouge profond.

Elle aimait en particulier aller au bord du lac de Virginia Water pour y admirer un petit fort très intrigant dont les tourelles romantiques dignes d'un roman de chevalerie pointaient au-dessus des arbres sur la rive d'en face. À qui pouvait-il appartenir ?

Un soir, elle tomba sur une harde de daims rassemblés sous un chêne. Avec leurs dos d'un brun clair moucheté de blanc et leurs pattes pâles presque invisibles dans la lumière du jour, ils avaient l'air de ces créatures représentées dans les manuscrits enluminés du Moyen Âge. Son regard s'attarda sur eux, puis sur les tours de l'autre côté du lac, et elle retint son souffle, dans l'espoir peut-être qu'un bras fin et blanc sorte de l'eau en brandissant une épée ornée de pierres précieuses.

Quiconque parviendra à extraire cette épée de ce rocher deviendra le roi de toute l'Angleterre.

On aurait vraiment dit le château d'un prince dans un conte de fées : petit, joli à voir et croulant joyeusement sous les remparts et les murs à créneaux. Un drapeau se détachait sur le ciel bleu. C'était le moment ou jamais. Il *fallait* qu'elle sache qui vivait là.

Arrivée au bout de l'allée menant au fort, elle entendit de la musique, des rires et des éclats de voix. Une fête !

Elle reconnut la chanson et se mit à fredonner. C'était comme une invitation. Le jardin planté de rhododendrons, d'azalées et de cèdres lui rappelait celui de la Loge Royale, à ceci près que des fortifications en demi-cercle aux créneaux identiques à ceux du château encadraient la pelouse. Il y avait de vrais petits canons à l'intérieur, et des boulets parfaitement empilés à côté. L'endroit ressemblait à un jouet pour adultes – il ne manquait plus qu'un régiment de soldats en costume rouge pour compléter le tableau.

Une porte cintrée peinte en blanc avait été laissée ouverte au milieu du fort, mais les rires et la musique provenaient de l'arrière. Des cris retentirent, accompagnés de bruits d'éclaboussures. Elle distingua bientôt une terrasse en pierres. L'angle d'une piscine. Le cornet d'un gramophone. Des serveurs portant des bouteilles de champagne.

– Je peux vous aider ? demanda quelqu'un derrière elle.

La voix était grave, féminine et teintée d'un chaleureux accent américain. Marion se figea, puis se retourna lentement.

Avec ses grosses lunettes de soleil rondes, ses cheveux de jais qui brillaient comme de la laque, son visage lisse et pâle, son chemisier blanc et sa jupe noire à grands motifs de chevrons, la femme qui s'était adressée à elle semblait tout droit sortie d'une photo en noir et blanc. La seule touche de couleur chez elle était son rouge à lèvres carmin.

– Vous êtes journaliste ?

– Journaliste ? répéta Marion sans comprendre.

Avait-elle l'air d'une journaliste dans sa robe jaune ? Les membres de cette profession se reconnaissaient à leurs imperméables et leurs calepins, non ? Sans compter leurs appareils photo.

Un nouvel éclat de rire s'éleva de la piscine. Peut-être que cette femme préférait juste rester prudente. Certains de ses invités pouvaient très bien être célèbres.

– Je loge dans les environs. J'étais sortie me promener quand j'ai vu… euh… ceci.

D'un geste gauche, Marion montra le château.

– Ce fort a piqué ma curiosité. Je suis désolée.

L'inconnue parut se détendre, et un sourire étonnamment amical étira ses lèvres rouges.

– Alors, comment vous le trouvez ? Il vous plaît ?

– Il est magnifique.

– Je n'arrête pas de dire à David qu'il a le syndrome de Tourette. Toutes ces petites tours…

Marion éclata de rire tout en s'interrogeant sur l'identité de ce David. Sans doute était-ce le propriétaire des lieux.

– Ah, c'est mieux comme ça. Vous êtes sacrément jolie quand vous souriez, ma belle.

Son interlocutrice avait des bras blancs très fins et portait de larges bracelets à chacun de ses poignets – ainsi que des bagues qui étincelèrent lorsqu'elle brandit le bouquet de menthe dans sa main.

– C'est pour faire des mint juleps, expliqua-t-elle. Je vais toujours cueillir moi-même la menthe dans le jardin. Notre majordome n'est pas fichu d'en trouver un brin digne de ce nom. Vous aimez les cocktails ?

– Je n'en ai jamais bu, avoua Marion – qui n'avait jamais non plus entendu parler de mint julep.

– Jamais ? Ma belle, mais *d'où* venez-vous ?

– D'Écosse.

La femme haussa un sourcil joliment dessiné.

– Non, je voulais dire, d'où par ici. Vous disiez que vous habitiez dans les environs ?

– Je travaille à la Loge Royale.

– Quoi, chez les York ?

– Oui. Je suis la gouvernante de la princesse Elizabeth.

Marion s'attendait à éveiller son intérêt. Qui n'était pas fasciné par les Petites Princesses ? Mais l'inconnue se contenta de la dévisager.

– Eh bien, ma belle, dit-elle d'une voix traînante, il semblerait que vous ayez atterri en territoire ennemi.

Et après un dernier sourire, elle disparut avec sa menthe, son rouge à lèvres et ses bijoux.

Marion repensa toute la semaine à cette rencontre, mais n'en parla à personne, pas même à Ivy. Elle avait beau avoir reçu un accueil charmant au fort, les mots « territoire ennemi » ne laissaient rien présager de bon. Pas question pour elle de prendre le moindre risque.

Le week-end suivant, pourtant, elle décida d'emmener Lilibet canoter sur le lac. Les raisons ne manquaient pas : c'était quelque chose que la fillette n'avait encore jamais fait, et si en plus elle savait qui occupait le petit fort et que sa vue l'incitait à le lui révéler, alors tant mieux.

Un beau ciel bleu se reflétait ce jour-là sur le plan d'eau qui respirait la tranquillité, niché au milieu des bois et bordé de joncs. Hormis le chant des oiseaux et le bourdonnement d'une abeille, on n'entendait que le clapotement des rames et les grognements occasionnels de l'enfant qui les manœuvrait.

Lilibet l'avait suppliée de la laisser mener leur embarcation dès l'instant où elle avait mis le pied dessus. Concentrée et appliquée, elle n'avait pas tardé à fendre la surface du lac avec des mouvements rapides et précis.

Une main dans l'eau, Marion garda les yeux rivés sur le sommet des arbres et les tours qui en émergeaient, mais Lilibet peinait à bien positionner les rames dans les dames de nage et ne se souciait guère que de leur barque. Le temps passa ainsi avec indolence, comme les feuilles flottant autour d'elles. Des insectes dansaient dans les rais de lumière qui se déversaient entre les arbres. Les ombres s'allongeaient. Bientôt, il faudrait songer à rentrer.

– Qu'est-ce que c'est que ça, Lilibet ? demanda Marion en lui montrant les petites tours.

Lilibet se tourna brièvement, puis reprit sa position initiale.

– Oh, juste le fort.

– Je vois bien que c'est un fort, dit doucement Marion. Mais à qui appartient-il ?

– À oncle David.

– Je ne savais pas que vous aviez un oncle David.

– Bien sûr que si. Tout le monde le sait.

Marion secoua la tête.

– Mais si ! insista Lilibet. Ce sera lui le prochain roi.

– N'est-ce pas Édouard ?

– Oui. Édouard Albert Christian George Andrew Patrick *David*, récita la fillette du ton de l'évidence. Mais on l'appelle tous David chez nous. Vous, par contre, je pense que vous l'appellerez juste Votre Altesse Royale, ajouta-t-elle obligeamment.

Marion ne répondit pas, tant son cerveau était en ébullition. « *Je n'arrête pas de dire à David qu'il a le syndrome de Tourette.* » Un accent américain. Une personnalité sophistiquée, spirituelle. Avait-elle… Se pouvait-il qu'elle ait parlé à Mme Simpson ?

– Baissez-vous, Crawfie !

Quelques secondes plus tard, elles étaient piégées dans l'enchevêtrement des branches d'un saule pleureur.

Marion se réjouit d'avoir le visage caché par les feuilles de l'arbre. Mille pensées se bousculaient dans sa tête. L'inconnue du fort n'avait pourtant rien de la vulgaire intrigante ni de la prédatrice bigame décrite par Ivy. Peut-être s'agissait-il de quelqu'un d'autre.

– Vous ne lui rendez jamais visite ? demanda-t-elle une fois qu'elles furent revenues en arrière sur le lac.

– À qui ?

– Votre oncle David.

– Non.

Une fêlure dans la voix de Lilibet fit hésiter Marion. Elle touchait un point sensible. Quelque chose en rapport avec la femme qu'elle avait rencontrée. Quelque chose qui ne la concernait pas. Malgré tout, elle ne put résister.

– Pourquoi ?

– À cause de la méchante dame, répondit Lilibet en tirant sur les rames.

– La méchante dame ?

– Mme Simpson.

Pendant que la fillette corrigeait la position d'une de ses rames, Marion assimila la nouvelle. C'était donc ça. À présent elle savait. Elle se sentait tout excitée, mais regrettait aussi d'avoir posé la question. Mme Simpson n'était pas un sujet de discussion pour une enfant de sept ans.

Une digue semblait cependant avoir sauté chez Lilibet. Après avoir examiné les rives désertées du lac, elle se rapprocha de Marion.

– C'est un secret, dit-elle en écarquillant les yeux. Je ne suis pas censée être au courant, mais je les ai entendus parler. La méchante dame est une sorcière. Il n'y a qu'oncle David qui pense le contraire.

Marion détourna la tête. Elle était d'accord avec l'oncle David, mais le moment était mal choisi pour exprimer son avis et elle chercha autour d'elle comment dévier la conversation.

– Oh, regardez ces poules d'eau !

La barque tangua dangereusement.

– Les rames, Lilibet !

Les voyant prêtes à tomber dans le lac, Marion se pencha et les rattrapa juste à temps.

23

L'été s'acheva sans que Lilibet mentionne de nouveau Mme Simpson. Marion resta aux aguets, mais il ne se passa rien. Peu à peu, elle oublia ses inquiétudes. Elle avait des cours à préparer – la princesse avait commencé à apprendre le français – et des sorties à organiser. Au zoo, Lilibet admira l'éléphant, s'enthousiasma devant les tigres et applaudit le spectacle offert par des chimpanzés habillés comme des humains qui prenaient le thé. Elle avait l'air tout à fait heureuse.

Mme Simpson s'amusait bien elle aussi, semblait-il. Ivy avait entendu dire qu'elle était de retour à fort Belvedere et qu'elle avait dansé toute une nuit avec le prince de Galles dans un club de Mayfair.

– Et les deux maîtresses du prince, alors ? demanda Marion.

– Lady Furness et Mme Dudley Ward ? Elles ne sont jamais loin.

– Sa relation avec cette femme n'est donc pas très sérieuse.

D'autres choses l'étaient, en revanche. L'Oxford Union Society, une organisation étudiante, avait fait sensation en votant une motion selon laquelle « ses membres refuseraient de se battre pour le roi et le pays ». Marion avait lu l'article en se mordant la lèvre. Si l'Oxford Union – une institution universitaire considérée comme l'incarnation même de l'establishment – pouvait adopter une position antimonarchique et antipatriotique, qu'en était-il du peuple dans son ensemble ? Qu'est-ce que cela impliquait pour la famille royale ? Pour Lilibet ?

L'automne venu, ils retournèrent à Balmoral. La présence du prince de Galles laissait supposer que la machine royale fonctionnait toujours. Le roi en tout cas se montra fidèle à lui-même, c'est-à-dire plus agacé que jamais par son fils.

– ARRÊTE CE BOUCAN INFERNAL ! cria-t-il un jour par une fenêtre donnant sur la terrasse où le prince jouait de la cornemuse sous la pluie.

À table, Marion l'entendit même s'adresser à Canon Dalton à demi-voix – chose inhabituelle pour lui :

– Je prie pour que David n'ait pas d'enfants et que rien ne s'interpose entre Bertie, Lilibet et le trône.

Choquée, elle baissa la cuillère de soupe qu'elle s'apprêtait à porter à ses lèvres. Lilibet et le trône ! Le souhait de George V était étonnant, effrayant, horrible. Mais heureusement, il ne faisait que traduire la jalousie d'un vieil homme devant le charisme de son fils. Plus tard, pourtant, alors qu'elle y repensait dans son lit, l'écho d'une ancienne conversation résonna en elle : « Vous savez quoi, avait dit le prince de Galles à sa belle-sœur, je viens d'avoir une idée géniale. C'est Bertie et vous qui devriez monter sur le trône. »

Elle se rappela aussi la réponse de la duchesse : « Même pas pour rire. »

Non, songea-t-elle. Même pas pour rire.

Elle passa Noël avec sa mère à Édimbourg. Cela faisait des mois qu'elle n'était pas rentrée chez elle, et leur maison – qui à défaut d'être très spacieuse leur avait toujours suffi à toutes les deux – lui parut incroyablement petite et sombre. Elle n'arrêtait pas de se cogner contre les murs. Elle s'était habituée à vivre dans des pièces immenses, hautes de plafond et baignées de soleil grâce à leurs grandes fenêtres, s'aperçut-elle. À trouver tous les matins un plateau devant sa porte, avec du beurre et du lait provenant des fermes royales, ainsi qu'un couteau et une assiette monogrammée parfaitement astiqués et positionnés.

Une ligne avait été franchie. Elle pensait jusqu'alors qu'elle pourrait retourner en Écosse, reprendre les choses là où elle les avait laissées, vivre comme avant. Désormais, c'était impossible.

Sa mère manifesta une joie touchante en la revoyant, mais elle la bombarda de questions auxquelles Marion n'osait plus répondre. La discrétion était primordiale dans son poste, elle avait bien retenu la leçon. Pour autant, elle avait du mal à esquiver cette curiosité bon enfant. Sa mère ne le comprenait pas, elle le sentait. Cela créa un fossé entre elles, invisible mais aussi présent qu'un mur de verre.

Elle tenta de changer de sujet en l'interrogeant à son tour.

– Comment va Annie ?

– Ses parents et elle sont partis, soupira Mme Crawford.

– *Partis ?* Mais où ça ?

– Quelque part. Je ne sais pas.

Le souffle coupé, Marion se laissa tomber sur une chaise. Les habitants de ces quartiers déménageaient souvent, c'était un fait. Être pauvre signifiait être constamment en déplacement. Elle avait eu l'intention de tant faire pour Annie ! La culpabilité la submergea comme une énorme vague – même si dans son sillage flottait quelque chose qui, sans qu'elle se l'avoue, ressemblait peut-être à du soulagement.

Ce n'était pas la seule nouvelle que sa mère avait à lui annoncer.

– Peter est rentré, dit-elle.

Cela ferait du bien à Marion de revoir quelqu'un du bon vieux temps – surtout quelqu'un d'aussi gentil, de fiable et d'intelligent que Peter.

Ils se donnèrent de nouveau rendez-vous chez *Jenner's*, et

leurs retrouvailles ne laissèrent rien deviner du malaise de leur dernière rencontre.

– Tu es magnifique, dit Peter avec admiration. Londres te réussit.

Elle se demanda si c'était vrai. Elle ressentait parfois comme un grand poids sur ses épaules, mais ne pouvait s'en ouvrir à personne – ni à Ivy, ni même à sa mère. Surtout pas à sa mère. Une envie folle la saisit de raconter à Peter ce qu'elle vivait au juste, son impression de devoir toujours concilier deux facettes opposées d'elle-même, d'être une maman sans l'être réellement, d'avoir intégré une famille et en même temps de ne pas en faire partie, et de ne pas pouvoir se détendre quand elle rentrait chez elle. Elle aurait voulu lui parler de sa culpabilité, de ses responsabilités. Et, par-dessus tout, de son sentiment de solitude. Mais elle lui décocha un grand sourire.

– Oui, dit-elle, c'est génial.

Elle l'interrogea sur son travail. Il avait changé d'école et dirigeait à présent un département de lettres classiques dans le Leicestershire. Il adorait ce qu'il faisait, c'était évident. Ses yeux clairs brillèrent lorsqu'il s'épancha sur ses élèves, tous de bons petits gars bien costauds. Elle répondit ensuite à ses questions sur la sienne, mais brièvement et à contrecœur, en livrant le moins d'informations possible.

– Tu peux me faire confiance, dit-il à un moment donné, visiblement blessé. Je sais garder un secret.

– Mais, Peter, répliqua-t-elle en le fixant bien en face par-delà le mur de verre qui les séparait eux aussi. Il n'y a pas de secrets à garder.

Il sourit en semblant accepter son explication et enchaîna sur un autre sujet.

– Tu es mariée ?

Elle éclata de rire.

– Quand on vit dans ce milieu-là, on n'a pas le droit de

se marier à moins d'être un membre de la famille royale. On doit quitter son poste sinon.

Même ce simple aveu lui fit craindre après coup d'avoir livré une information trop confidentielle, mais au moins cela disait-il clairement qu'elle n'était pas libre.

– Et toi ? dit-elle en découpant son gâteau avec sa fourchette.

Il secoua sa tête désormais presque chauve.

– Je suis marié à l'enseignement, je suppose.

À la fin, ils s'embrassèrent et repartirent chacun de leur côté. Elle lui enviait sa franchise et la nature peu compliquée de son travail. En comparaison, le sien lui paraissait l'être de plus en plus.

1933 fit place à 1934.

– J'ai une nouvelle à t'annoncer, dit Ivy.

– Ne me dis pas que tu t'en vas ! s'écria Marion, prise d'un mauvais pressentiment.

Ivy se mit à rire.

– Juste au palais de Buckingham.

Pour se rapprocher d'Alf, bien sûr. Elle rayonnait tant de bonheur que Marion en fut jalouse. Ivy avait de la chance d'avoir trouvé quelqu'un à aimer. Quelqu'un du sérail, en plus. Quelqu'un qui n'était pas séparé d'elle par un mur de verre. Il semblait peu probable qu'elle-même connaisse ça un jour.

– Ne fais pas cette tête-là, Marion. Je serai au courant de tous les derniers potins sur le prince de Galles. Le personnel du palais sait tout ce qu'il y a à savoir.

– Mais tu me manqueras, répondit Marion, pour qui les ragots ne compenseraient jamais la perte d'une amie. Avec qui pourrai-je m'en jeter un derrière la cravate, maintenant ?

Car il leur arrivait à toutes les deux d'aller boire un verre de gin au pub le soir quand Alf était de service.

– Ben dis donc, Marion, tu as fait des progrès en argot !

Sans plus personne avec qui rire, des choses qui lui paraissaient déjà graves devinrent tout simplement effrayantes, comme le boycott des magasins juifs en Allemagne ou l'assassinat commandité par Hitler de Röhm, son ancien meilleur ami, et de Schleicher, son prédécesseur, au motif qu'ils complotaient contre lui. Des centaines d'autres personnes avaient péri durant cette « purge ». Plus choquant encore, des nazis avaient fait irruption à la chancellerie autrichienne à Vienne et abattu Dollfuss, le chef du gouvernement. Et pendant ce temps, au Parlement britannique, le ministre des Finances Neville Chamberlain exhortait les députés à garder le moral. Les choses allaient s'arranger, disait-il. « Nous avons fini *Bleak House* et nous allons maintenant savourer le premier chapitre des *Grandes Espérances*. » Marion jeta son journal par terre, avant d'incliner la tête et de se masser le cou. La douleur pulsait à ses tempes. Combien de temps la paix allait-elle tenir ?

Elle fit de son mieux pour avoir l'air intéressée lorsque Ivy lui communiqua les toutes dernières nouvelles concernant le prince de Galles. Lady Furness, l'une de ses maîtresses, était partie en Amérique en demandant à Wallis Simpson de veiller sur son royal amant en son absence.

– Autant confier un poulailler à un renard !

Marion n'arrivait toujours pas à croire que la femme enjouée de fort Belvedere puisse être si perfide, mais la scène qu'Ivy lui rapporta après le retour de Thelma Furness tendait à prouver qu'il fallait bien se méfier d'elle.

– Ils dînaient tous ensemble, Wallis était à côté du prince et n'arrêtait pas de rire avec lui et de lui donner des tapes sur la main, et tout et tout…

– Des tapes sur la main ?

– À ce qu'il paraît, oui. Lady Furness lui a jeté un de ces regards, mais Wallis a fait tout pareil, et le lendemain matin, l'autre a mis les voiles. Et on ne l'a pas revue depuis.

– Il y a encore Mme Dudley Ward, fit remarquer Marion. Mme Simpson n'a pas le prince pour elle toute seule.

Quelques semaines plus tard, cependant, Ivy lui apprit qu'un appel de Mme Dudley Ward avait été bloqué au standard du palais.

– Après seize ans de dévouement, elle s'est fait éjecter par un standardiste ! s'exclama-t-elle, incrédule.

Ce soir-là, Marion resta éveillée dans son lit. Elle distinguait les ronflements de Mme Knight qui s'élevaient et retombaient au bout du couloir, comme de grandes vagues se fracassant sur un rivage. Mais il y avait autre chose. Elle se redressa, tendit l'oreille, puis se leva.

De la lumière filtrait sous la porte de Lilibet.

– Que faites-vous ? demanda Marion en entrant dans sa chambre.

La princesse était accroupie près de son lit dans sa chemise de nuit rose. Une lueur de panique brilla dans ses yeux derrière la masse ébouriffée de ses cheveux.

– Je range mes chaussures.

– Vos chaussures ? En pleine nuit ?

– Elles n'étaient pas bien alignées.

Le trouble obsessionnel compulsif de la fillette était revenu et empirait. Marion en avait le cœur serré. Elle se baissa à côté d'elle et l'attira dans ses bras en respirant son odeur de savon.

– Ne vous inquiétez pas, murmura-t-elle.

Lilibet se raidit, puis s'écarta brusquement en la fixant d'un air affolé. La flamme de sa bougie se refléta dans ses yeux.

– Mais je *suis* inquiète ! Il va l'épouser !

– Qui ça ? demanda Marion en posant les mains sur ses épaules tremblantes. Qui va épouser qui ?

– Oncle David et la méchante sorcière !

– *Quoi ?* C'est impossible.

Ivy n'en avait jamais parlé, alors même qu'elle lui disait tout.

– Si ! J'ai entendu maman et papa discuter entre eux !

Et où est maman maintenant ? ne put s'empêcher de ruminer Marion. Ce n'était pas elle qui s'occupait de réconforter sa fille, n'est-ce pas ?

– Votre oncle Édouard est le prince de Galles, dit-elle d'un ton apaisant. Il a le choix entre toutes les femmes de ce pays. Entre toutes les femmes du monde, même !

– Oui, mais il ne veut qu'elle ! La méchante sorcière ! Ça me fait peur. Qu'est-ce qui va se passer ?

Lilibet se mit à pleurer si fort qu'elle eut du mal à respirer. Marion l'avait déjà vue bouleversée, mais jamais à ce point. Elle la serra contre elle et lui frotta le dos. Elle ressentait le côté maternel de cette étreinte, et une bouffée d'amour protecteur monta en elle lorsque le petit corps raide se détendit dans ses bras.

– Ne vous inquiétez pas, répéta-t-elle contre ses cheveux chauds et soyeux. Il n'arrivera rien. Tout ira bien.

Lilibet ne répondit pas. Son souffle court se fit plus lent, plus profond. Elle va s'endormir, pensa Marion, qui elle-même commençait presque à s'assoupir.

– C'est quoi, une aventurière ?

– Hein ? sursauta-t-elle.

Les yeux bleus de Lilibet la dévisageaient avec leur curiosité habituelle, sans plus aucune trace de panique.

– Est-ce que c'est quelqu'un qui part à l'aventure ?

– Euh… on dirait bien, non ? Pourquoi cette question ?

– J'ai entendu grand-mère utiliser ce mot.

Marion chercha en vain quoi répondre, mais elle devinait facilement qui avait été visé par cette épithète peu flatteuse. Elle contempla les chaussures de la princesse, toutes brillantes dans la lumière des bougies et bien positionnées côte à côte, avec leurs lacets pile de la même longueur.

– Vos chaussures m'ont l'air parfaitement rangées, maintenant. Je crois que vous pouvez retourner vous coucher, Lilibet.

– Oui, c'est vrai.

Marion attendit que la fillette se soit glissée entre ses draps avant de regagner sa chambre, où le sommeil la déserta toute la nuit. Cela ne pouvait pas durer. Il fallait qu'elle fasse quelque chose.

24

– *À la piscine ?* dit la duchesse, dubitative.

– Oui, ma'am. Cela fera du bien aux filles de fréquenter des enfants de leur âge. Margaret peut venir, elle aussi.

– Les princesses ne sont pas censées apparaître dévêtues en public !

Marion s'efforça de garder son calme.

– Il n'est pas possible de nager habillé, ma'am.

Le lieu choisi pour cette expérience sociale et vestimentaire était un club nautique très sélect situé non loin de là, à Dover Street. Mais même Mlle Daly, la toute jeune professeure de natation, ne cacha pas son scepticisme.

– Faudra-t-il que je leur fasse la révérence à la fin de chaque longueur ?

– Ce ne sera pas nécessaire, non, dit Marion en souriant. Dans l'eau, nous sommes tous égaux.

Ces leçons de natation devinrent le nouveau temps fort de la semaine pour les filles. Marion les observait de loin, assise en hauteur sur une galerie protégée par une rambarde en fer forgé. Mais si Lilibet s'ébattait joyeusement dans le bassin, Margaret avait tendance à rester en dehors. Toute dodue dans son costume de bain bleu foncé, les orteils recroquevillés sur le rebord, elle rechignait en général à sauter.

– Allez, Margaret ! Ne fais pas ta poule mouillée ! dit un jour Lilibet en attrapant sa sœur par la cheville.

Margaret cria de terreur.

Splash ! La petite atterrit dans l'eau, où elle poussa des hurlements hystériques. Lilibet éclata de rire. Comme c'était bon à voir, songea Marion – et plus encore à entendre.

L'air chaud et les émanations de chlore accentuèrent soudain sa fatigue. Les semaines précédentes avaient été particulièrement stressantes pour elle, et elle se pencha en avant en appuyant le front contre la rambarde.

– Mademoiselle Crawford ?

Elle redressa la tête. Quelqu'un venait de s'asseoir à côté d'elle et la fixait de ses yeux vert clair comme l'eau de la piscine.

– Je peux vous dire un mot ? demanda Mlle Daly tout en lui désignant un point près du bassin.

Marion suivit son regard.

– Non, ça ne va pas recommencer !

L'entraîneuse lui décocha un sourire aussi blanc et rassurant que sa tenue de sport.

– J'ai tenté de lui dire de rester dans le vestiaire, mais il vaudrait peut-être mieux que cela vienne de vous.

– Oh, sûrement, ironisa Marion en descendant avec elle vers le bassin.

Une fois de plus, Mme Knight s'était installée sur le bord avec des serviettes, des brosses, du talc et même des boîtes de chocolats.

– De quoi équiper une expédition. Je ne comprends pas pourquoi elle n'a pas prévu un canot de sauvetage !

L'été arriva. Cette année-là, le prince de Galles partit en croisière dans les Caraïbes avec sa suite – dont Mme Simpson – et brilla par son absence à Balmoral. Ivy rapporta à

Marion une anecdote selon laquelle l'Américaine avait poussé son amant à la supplier en faisant le toutou.

– Tu inventes ça de toutes pièces, répondit Marion, agacée.

– Ah oui ? Et bientôt tu vas me dire aussi que le prince George n'aime pas s'habiller en femme, qu'il n'a jamais été accro à la drogue, qu'un de ses ex-petits amis à Paris ne lui fait pas du chantage…

Marion balaya ces affirmations d'un rire incrédule. Le plus jeune fils du roi était grand et beau comme un dieu. Ce portrait sordide défiait l'entendement.

– … et qu'on ne lui a pas trouvé une princesse grecque à épouser vite fait bien fait, conclut Ivy.

Marion secoua la tête.

– Ton problème, Ivy, c'est que tu ne sais pas t'arrêter.

Un jour ou deux plus tard, cependant, la duchesse fit irruption dans la salle à manger de Piccadilly.

– Grande nouvelle, Lilibet ! Oncle George va se marier avec une belle princesse grecque du nom de Marina.

Ainsi donc, Ivy avait raison.

– Tu seras demoiselle d'honneur au mariage et tu porteras une jolie robe pour l'occasion, continua la duchesse.

– Je n'aime pas les jolies robes, marmonna Lilibet dans un acte de rébellion qui ne lui ressemblait guère. On ne peut pas grimper aux arbres avec.

Puis elle baissa les yeux sur son kilt et son pull tricoté.

– Je préfère cette tenue-là.

Marion cacha son amusement. Sa protégée en avait fait du chemin, depuis l'époque où elle vivait étouffée sous les rubans et les fanfreluches.

La duchesse ne se départit pas de son grand sourire, mais son agacement était perceptible.

– Tu ne pourras pas aller comme ça à l'abbaye de Westminster, ma chérie. Crawfie t'emmènera faire des essayages demain matin.

Ce fut au tour de Marion d'être consternée. On ne la laisserait donc jamais faire cours tranquillement !

– Demain matin ?

– Chez M. Hartnell, sur Bruton Street, précisa la duchesse. J'ai commandé une voiture.

– Non, merci, répondit fermement Marion.

– Pardon ?

– Bruton Street est à deux pas d'ici, ma'am. Nous irons à pied.

Lorsqu'elle la rejoignit le lendemain, Lilibet portait un manteau blanc et une robe à fanfreluches, exactement comme avant.

– Ne touchez pas aux grilles toutes sales le long du chemin avec vos gants, Lilibet ! lui recommanda Mme Knight.

Agacée, Marion entraîna la princesse hors de la maison. Elle ne voyait pas du tout l'utilité de mettre des gants, *a fortiori* des gants blancs fermés par des boutons de nacre. Pas plus qu'elle ne voyait l'utilité de cette séance d'essayage durant ses heures de cours.

Malgré tout, une petite partie d'elle ne pouvait s'empêcher d'être intriguée. Norman Hartnell était un couturier en pleine ascension dont elle avait admiré les superbes modèles dans des magazines.

– M. Hartnell est un quoi, déjà ? demanda Lilibet en sautillant sur le trottoir.

– Un couturier. Un tailleur, si vous préférez.

– Un drôle de travail pour un homme, non ? C'est l'avis d'Alah, en tout cas.

– Le contraire m'aurait étonnée.

– Quoi ?

– J'ai dit, ça y est, on est arrivées, se reprit Marion en appuyant sur une sonnette en laiton à côté d'une porte imposante.

Elle ne savait pas vraiment à quoi s'attendre en pénétrant

dans un atelier de couture – sauf peut-être à une petite pièce avec des ciseaux et des bouts de tissu partout. Mais Hartnell occupait une vaste demeure de style georgien dont le vestibule la frappa par son incroyable hauteur sous plafond. Elle eut le temps de noter aussi le grand lustre, les énormes miroirs, les portes blanches, les fenêtres allongées qui laissaient entrer la lumière du jour et l'élégant escalier à la rampe en fer forgé avant qu'un homme s'approche d'elles d'un pas rapide en faisant claquer ses talons sur le sol en marbre noir et blanc.

– Bonjour, je suis Norman Hartnell.

Elle avait imaginé un esthète grand et mince, mais même s'il portait un costume croisé gris à la coupe irréprochable et des chaussures parfaitement cirées, le couturier se distinguait avant tout par sa carrure de marin et son large visage tout bronzé, encadré de cheveux châtain clair ondulés.

– Nous sommes venues choisir ma robe pour le mariage de mon oncle le prince George, annonça Lilibet d'un ton cérémonieux.

– Formidable, dit Norman Hartnell, une lueur amusée dans les yeux. Aimeriez-vous voir la robe de mariée de la princesse Marina ?

La bouche de Lilibet s'arrondit de surprise.

– Oh ! Oui, s'il vous plaît !

– Elle est ici, dit-il en lui montrant une double porte. Allez-y.

Lilibet ne se fit pas prier, et les battants claquèrent derrière elle. Marion jeta un regard contrit au couturier.

– Désolée.

– Ne vous en faites pas. Je suppose qu'elle n'a pas l'habitude de les ouvrir elle-même. Mais bon sang, ma chère, qu'a-t-elle sur le dos ? Les rideaux de sa mère ? Pourquoi les femmes de la famille royale sont-elles aussi mal habillées ? J'ai déjà vu des sacs à patates plus stylés que la duchesse d'York.

Marion en perdit presque l'usage de la parole. Elle n'avait

jamais entendu personne critiquer la duchesse, et cela lui apparut comme un acte sacrilège, hérétique – et fort agréable.

– C'est sa nourrice qui lui choisit ses vêtements.

– Oh. Vous n'êtes donc pas la nourrice.

– Je suis la gouvernante.

– La *gouvernante* ? Ma chère, quelle fonction *surannée*. Je ne pensais pas que cela existait encore !

Sa remarque la vexa. Ne percevait-il pas qu'elle était une jeune femme moderne ?

– Mmm, dit-il, les bras croisés, en l'examinant. Je le distingue mieux, maintenant.

– Quoi ?

– Ce côté gouvernante. Un peu fripé. Un peu terne.

Comment osait-il ?

– J'aimerais vous y voir, moi ! Essayez d'être présentable avec le salaire que me versent les York !

– Oh, croyez-moi, ma chère, je sais ce que c'est. Ils me paient très mal, moi aussi.

Mais Marion était blessée, et ce d'autant plus qu'elle avait toujours suivi la mode. Enfin, sauf peut-être depuis quelque temps. Qu'elle était loin, l'époque de ses cheveux courts et de ses robes roses évasées.

Profitant d'un miroir en pied accroché au mur, elle s'examina comme rarement elle avait l'occasion de le faire. Ce fut à peine si elle reconnut cette grande femme non maquillée qui avait opté pour une coupe au carré par commodité. Et ce tailleur réalisé dans un tissu résistant à la couleur passe-partout… il ne se démoderait sans doute jamais, mais il ne serait jamais à la mode non plus. La vue de ses grosses chaussures plates et bon marché, choisies là encore pour des raisons pratiques, acheva de la consterner. Était-elle devenue un sosie de Mme Knight sans s'en rendre compte ?

Debout derrière elle, Hartnell inspectait les coutures d'épaules usées de sa veste.

– Rien ne peut justifier *ça*. Et quelle est cette couleur, au juste ? Ce n'est pas un vert d'eau – plutôt un vert de boue. Vous l'avez faite vous-même, n'est-ce pas ?

– Non, c'est ma mère.

Elle observa Hartnell s'écarter dans le miroir.

– Je vous prie de me pardonner. C'était très impoli de ma part.

– En effet, répliqua-t-elle, peu disposée à manifester la moindre indulgence envers cet odieux personnage.

– Je peux peut-être vous aider. Ce tissu est de très bonne qualité, dit-il en tirant sur sa veste pour la resserrer autour d'elle. Il suffirait de reprendre la taille, de remodeler la jupe, de la raccourcir un peu…

Il passa devant elle et grimaça.

– Et il faudrait que je recoupe ces revers. La mode du moment exige qu'ils soient plus étroits et plus pointus. De nouveaux boutons changeraient tout aussi.

Non merci, se retint de répondre Marion. Mais son tailleur avait connu des jours meilleurs, et Hartnell était un célèbre couturier. S'il voulait faire amende honorable en le transformant entièrement, pourquoi s'y opposer ?

Il recula d'un pas en souriant.

– Vous avez une silhouette magnifique, vous savez, ma chère. Vous êtes très grande, et ce serait vraiment dommage de ne pas le souligner. Quand j'en aurai fini avec vous, vous aurez l'air d'un de mes mannequins maison !

Marion commençait à revoir son jugement sur le personnage quand Lilibet les interrompit.

– Crawfie ! cria-t-elle dans l'embrasure de la porte derrière eux. Venez voir la robe de tante Marina !

– Pensez-vous que la pauvre princesse ait la moindre idée de ce qui l'attend ? murmura Hartnell en passant dans la pièce adjacente.

Marion se figea. Comment était-il au courant ?

– Ce cher George traîne quelques casseroles, continua-t-il. Mais il paraît que ses mauvaises habitudes sont de l'histoire ancienne, maintenant. Kiki Preston, la Fille à la seringue d'argent, ne devrait donc pas figurer sur la liste des invités – contrairement à d'autres noms *très* surprenants.

Par chance, Lilibet s'amusait à faire des glissades en chaussettes sur le parquet ciré et ne les écoutait pas. La pièce dans laquelle ils venaient d'entrer était très haute de plafond, comme le vestibule, et baignée de lumière. Un mannequin se dressait en son centre, enveloppé d'une longue robe fourreau en brocart argenté.

– Quelle merveille !

– Quel cauchemar, oui ! Trois mètres cinquante de dentelle fragile doublée d'un tissu lamé argent qui se casse dès qu'on pose les yeux dessus. Et le tout réalisé par des réfugiés russes.

– Des réfugiés russes ?

– Oh, ne m'en parlez pas… Notre Marina est à moitié russe et elle souhaitait que sa robe soit faite par des compatriotes contraints à l'exil en 1917. C'est bien gentil, tout ça, mais devinez qui a dû trouver des réfugiés en un tournemain ? Et des réfugiés qui sachent coudre, en plus.

Hartnell ferma les yeux et secoua la tête en gémissant.

– Cela en valait la peine, dit Marion. C'est une robe de mariée parfaite pour une princesse royale.

– Ce qui ne veut pas dire grand-chose quand on voit de quoi on part ! La dernière a été réalisée pour la duchesse d'York, et c'était la plus laide de toute l'histoire. Mme Handley-Seymour aurait dû être pendue !

Marion riait encore quand Lilibet s'approcha d'eux.

– Pourquoi gardez-vous toujours une main sur la hanche ? demanda-t-elle à Hartnell.

– Pour que je sache où la trouver, répondit-il du tac au tac.

Lorsqu'elles repartirent une heure plus tard, Lilibet tenait des croquis d'une robe blanche qui lui arrivait aux genoux, avec des manches bouffantes et une ample jupe en tulle. Une couronne de roses complétait l'ensemble – un détail qui ne manqua pas d'amuser Marion. Cette tenue avait plus de points communs avec les rideaux de la duchesse qu'Hartnell ne le pensait.

25

Norman tint amplement parole, puisque Marion récupéra un ensemble en tout point parfait. Devenu un modèle d'élégance naturelle, il attirait l'attention sur son dos bien droit et sa taille fine et s'arrêtait pile au niveau du genou afin de mettre en valeur ses longues jambes. Le couturier avait également défait les revers pour les remplacer par de nouveaux en velours noir contrastants, puis échangé les boutons en cuir usés contre d'autres, noirs et plats.

– J'ai l'air d'une personne complètement différente ! dit Marion en se regardant dans le miroir de son atelier.

– Mieux que ça ! exulta Norman, enchanté par le résultat. Vous avez l'air de la personne que vous êtes censée être. Une femme glamour, tournée vers l'avenir et sophistiquée.

C'était vrai. Cerise sur le gâteau, il avait négocié pour elle une remise dans un salon de coiffure de Bond Street où un styliste à la personnalité flamboyante avait repris sa coupe afin de révéler ce qu'il appelait son cou de cygne et ses pommettes, jusqu'alors cachés derrière quelques mèches bouclées.

Dans le miroir, une fille audacieuse aux cheveux courts lui sourit. Marion la mal fagotée avait disparu.

– Vous êtes un magicien, dit-elle à Norman.

– Je sais, je sais. Maintenant, Cendrillon, filez au bal !

– Vous voulez dire au mariage. Le bal aura lieu la veille et je ne suis pas conviée.

Le roi et la reine devaient donner une fête qui promettait d'être somptueuse. Toutes les têtes couronnées d'Europe – du moins celles qui avaient survécu à la dernière guerre – seraient présentes. La duchesse avait passé la semaine à essayer des tiares.

– Vous peut-être pas, mais devinez qui l'est, en revanche ? dit Norman en jubilant. Le bruit court qu'une robe très tape-à-l'œil a été confectionnée pour une certaine dame qui ne l'est pas moins.

Il voulait parler de Mme Simpson, bien sûr.

– Elle n'est pas tape-à-l'œil, protesta Marion.

Contrairement à elle, Norman n'avait jamais rencontré Wallis, ce qui le frustrait beaucoup. Mais ce qui le frustrait encore plus, c'était de ne pas avoir été chargé de réaliser sa robe. Elle serait en Chanel, une marque qu'il détestait.

– Le style minimaliste est à la portée du premier venu ! Il faut du génie pour être maximaliste comme moi !

Ce n'étaient que des rumeurs, pensait Marion. Le prince de Galles n'oserait tout de même pas inviter une femme que la reine Mary avait traitée d'aventurière à une soirée officielle. Lady Furness et la dévouée Freda Dudley Ward n'avaient jamais fait de telles apparitions publiques. Norman exagérait, c'était certain.

Elle l'espérait, en tout cas. Elle appréciait Wallis, mais son ascendant sur le prince, s'il venait à s'accroître, ne pourrait rien présager de bon pour Lilibet – et par conséquent pour elle.

Le jour du mariage, elle prit place dans le transept de l'abbaye. L'édifice bruissait du brouhaha des convives, tous impatients de voir enfin la belle princesse grecque.

Une « marinamania » s'était emparée de la capitale. Les

gens aimaient tout chez elle, de son nom romantique à ses chapeaux. Deux d'entre eux rencontraient d'ailleurs un franc succès : un modèle au bord tombant dont la calotte haute s'ornait d'un pompon et une toque guillerette avec sa plume plantée debout sur le côté. Ils avaient été très présents dans la foule immense qui avait salué la princesse tout le long de son parcours en carrosse entre le palais et l'abbaye.

Norman préférait bien sûr croire que tous ces curieux n'attendaient que de découvrir sa robe.

– Ils ne veulent surtout pas rater ça ! avait-il affirmé à Marion un peu plus tôt à l'entrée de l'abbaye. Ce n'est pas mal pour le fils d'un tenancier de Streatham Hill !

– Vous m'aviez dit que votre père était dans le commerce de vins et spiritueux.

– C'est la même chose, répliqua l'incorrigible couturier.

À l'avant, de l'autre côté de l'allée centrale, Marion aperçut le prince de Galles. Témoin du marié, il était diablement séduisant dans son costume d'officier de marine, mais aussi – et comme toujours – diablement près de mourir d'ennui. Elle l'observa faire un signe à un membre du clergé qui passait là avec un cierge et approcher une cigarette de la flamme pour l'allumer.

Sur le banc derrière Marion, les commérages allaient bon train parmi une bande d'aristocrates d'un certain âge.

– Vous avez vu ça ? s'écria l'une d'elles. Et dire qu'il sera un jour le Défenseur de la Foi !

Peut-être conscient de susciter de telles remarques, voire désireux de continuer, le prince souffla un gros nuage de fumée vers les voûtes de l'abbaye.

– Il a emmené *cette femme* avec lui au bal du palais hier soir !

Marion se raidit dans son nouveau tailleur.

– Quelle affreuse créature ! Il paraît qu'elle a dansé le fox-trot avec l'air d'un chat qui a mangé tout le pot de crème.

– Et les domestiques de fort Belvedere ont vu le prince sortir de sa chambre ce matin. Il était couvert de rouge à lèvres.

– Non !

– Apparemment, elle a tout pouvoir sur lui. Et je ne vous parle pas de sa folie des grandeurs ! Elle se serait plainte à Biarritz de ne pas avoir été présentée à toute l'aristocratie locale.

– Elle se serait plainte encore plus si ç'avait été le cas.

Marion s'agita nerveusement. Elle avait toujours du mal à croire que la femme aimable dont elle gardait le souvenir puisse être la personne effrontée décrite par tant de gens. Mais tout ce qu'elle entendait à son sujet allait dans le même sens. Comment chacun aurait-il pu avoir tort, et pas elle ?

Elle tenta de se concentrer sur la splendeur de l'abbaye, ses sculptures, ses dorures et ses vitraux chatoyants. Puis sur la famille royale grecque assise dans la nef – une famille royale sans trône et en exil, mais qui compensait cette situation par le physique avantageux de ses membres. Tous s'étaient auparavant réunis au palais, dont un petit garçon blond à la beauté frappante – un certain Philip, cousin de Marina. Lilibet l'avait observé timidement à distance, mais il n'avait pas semblé la remarquer.

Les orgues tonitruantes de l'abbaye annoncèrent soudain l'arrivée de la mariée. Les gens tendirent le cou pour la regarder remonter l'allée centrale dans la lumière colorée des vieux vitraux qui faisaient étinceler ses diamants.

Marion tourna la tête vers la nef. Dans sa robe rose pâle, la duchesse d'York affichait une mine tout à fait sereine et impassible, mais elle ne fut pas dupe. Son employeuse détestait Marina. La princesse grecque, disait-on, se considérait d'un rang très supérieur à la fille d'un comte écossais, et ce mépris était largement payé de retour.

Elizabeth d'York ne devait pourtant pas faire la fière à cet instant, songea Marion à la vue de la mariée, dont la robe somptueuse scintillait en soulignant à la perfection sa beauté brune et délicate. Marina de Grèce avait un côté éthéré très au goût du jour qui faisait totalement défaut à la duchesse – et une popularité presque comparable à la sienne.

Puis Lilibet apparut derrière elle dans sa jupe en tulle, toute sérieuse et mignonne avec sa couronne de fleurs sur la tête. Mais elle aussi avait ses détracteurs. Accroupie sur un tabouret de velours aux pieds de la duchesse, Margaret était furieuse de ne pas être demoiselle d'honneur et n'avait pas le talent de sa mère pour masquer son humeur. Sous sa petite charlotte blanche, son visage cramoisi exprimait toute la colère dont était capable une enfant de quatre ans.

Derrière Marion, les vieilles aristocrates n'en finissaient pas de parler de Mme Simpson.

– On raconte qu'elle réclame sans arrêt de l'argent et de nouveaux bijoux.

– Et qu'elle casse exprès la mine de ses crayons pour donner plus de travail à ses domestiques.

– Elle a même fait pleurer son jardinier en exigeant qu'il lui apporte toutes ses fleurs de pêcher !

– Non !

Pendant ce temps, Marina avait rejoint son futur époux devant l'autel. Le prince George avait été fait duc de Kent ce matin-là. Avec sa grande taille et ses cheveux bruns gominés, il avait tout d'une star de cinéma – une comparaison peut-être d'autant plus appropriée que, d'après Norman, il avait un jour remporté un concours de danse à Cannes sous un faux nom.

Les galons du prince de Galles étincelèrent lorsqu'il se leva de son siège. Il tira encore longuement sur sa cigarette, puis la jeta par terre et balaya l'assemblée autour de lui de son regard perçant en semblant chercher quelqu'un.

– Oh, elle est là, c'est évident, dit une voix derrière Marion. Il lui a réservé les meilleures places.

– *Les* meilleures places ? Parce qu'elle est venue avec son mari ?

– Oui. Vous savez comment on le surnomme ? « De la futilité d'être Constant ».

– C'est très bien trouvé.

À cet instant, quelqu'un bougea dans le chœur, plusieurs rangs devant Marion, et elle eut un choc en reconnaissant Wallis Simpson.

Tête nue, l'Américaine portait une veste noire ajustée qui contrastait élégamment avec toutes les dorures autour d'eux. Ses cheveux bruns encadraient son visage au teint laiteux et aux lèvres toujours rouge sang. Avait-elle l'air d'une femme dure, manipulatrice et impitoyable ? Ou était-elle identique à celle qu'elle avait rencontrée ? Ses grands yeux noirs, bien qu'ils ne soient pas tournés vers elle, avaient en tout cas le même éclat amusé que dans son souvenir.

– *Là-bas !* persiflèrent les commères. *Regardez !* Regardez la tête du prince !

L'héritier du trône fixait Wallis comme si elle était la seule femme au monde. C'était un instant intime qui se jouait au vu de tous, et il aurait fallu être stupide pour douter de ce qu'il y avait entre eux.

Marion jeta un coup d'œil à Lilibet, toute sage et patiente derrière la mariée. Il y avait quelque chose de touchant et de vulnérable dans cette silhouette blanche et menue perdue au milieu de ce vaste édifice chargé d'histoire.

En la voyant ainsi, elle se sentit prise d'une farouche résolution. Quoi qu'il advienne, elle n'aurait jamais qu'une priorité : protéger sa petite princesse.

26

Le jubilé d'argent du roi approchait. De l'avis de Marion, il tombait plutôt mal, et elle trouvait tout à fait risqué de le fêter en grande pompe.

Le mariage du duc de Kent, bien que fastueux, avait tourné autour d'une jeune femme glamour et n'avait pas dépassé le cadre de Londres. Les célébrations du jubilé auraient lieu dans tout le royaume, elles, et tourneraient autour d'un vieil homme grincheux.

Marion était nerveuse. S'il devait y avoir une révolution, ce serait très certainement là. On ne pouvait guère attendre d'un pays rongé par la pauvreté et le chômage qu'il chante les louanges de quelqu'un d'aussi privilégié que George V. Et encore ses sujets ne savaient-ils pas tout. Ils n'avaient pas la moindre idée des tensions qui régnaient dans la famille royale et de la menace qu'une Américaine divorcée faisait peser sur elle. Mais s'ils venaient à l'apprendre ?

Chose étonnante, pourtant, la nation sembla voir dans cet anniversaire une distraction bienvenue. Une occasion d'oublier tout ce qui n'allait pas.

Les autorités, il fallait bien le reconnaître, avaient fait en sorte que les festivités se déroulent dans un décor somptueux : d'énormes poteaux coiffés de couronnes impériales bordaient le Mall, une statue de deux mètres cinquante représentant une allégorie féminine de la Grande-Bretagne flanquée de lions d'or se dressait au sommet du magasin *Selfridges*, sur Oxford Street, et des illuminations transformaient chaque soir les palais royaux, l'abbaye de Westminster, County Hall et les façades de la Tate et de la National Gallery en spectacles sensationnels – une première pour l'époque.

Les fils de George V avaient sillonné le royaume : le duc de Gloucester était allé en Irlande, le duc d'York en Écosse et l'héritier du trône au pays de Galles, bien sûr. Tous avaient reçu un accueil fabuleux. Le roi lui-même, accompagné de son épouse, avait effectué quatre parcours en carrosse à travers les quartiers nord, sud, est et ouest de Londres. Sa Majesté avait raconté à Lilibet – qui s'était empressée de le répéter à Marion – que l'East End avait été le plus décoré de tous. Des fanions, des fleurs en papier crépon, des drapeaux et des banderoles y avaient caché les tristes rangées de maisons en briques et le soleil s'était reflété sur les casques en laiton des brigades de sapeurs-pompiers locales. Il y avait même eu des pianos dans les rues, des fontaines à thé et des tables montées sur des tréteaux, le tout prêté par le voisinage, et des groupes qui avaient chanté en chœur au passage du cortège royal.

– Grand-père a dit que jamais il ne se serait douté que les gens l'aiment autant, déclara Lilibet. Et qu'après tout, il n'était qu'un type très ordinaire.

Le clou des célébrations en l'honneur du type « très ordinaire » serait une cérémonie d'action de grâce à la cathédrale Saint-Paul. Les princesses devaient s'y rendre en procession depuis le palais de Buckingham avec leurs parents et leurs grands-parents, et Marion avait promis à Lilibet d'être présente dans la foule et de lui faire signe.

– Je vous ferai signe moi aussi, Crawfie !

Le jour dit, il fit très chaud dès le matin. Les couronnes dorées au sommet des poteaux étincelaient dans le ciel bleu.

Marion avait prévu d'aller à pied à la cathédrale en empruntant le Mall, mais elle comprit vite que c'était peine perdue. Les trottoirs de l'avenue étaient bondés. Rien que pour faire quelques pas, il fallait se tortiller, se faufiler, se baisser en forçant un passage.

Elle observa les gens autour d'elle. Des chaussures usées, des coudes rapiécés, des traits pincés. Il y avait là des chômeurs, ceux privés d'allocations par la réforme des aides sociales, des citoyens en colère. Qu'arriverait-il s'ils mesuraient soudain l'injustice de la situation et s'ils s'élevaient contre leurs oppresseurs, comme Valentin le disait toujours ?

La peur l'étreignit. Cela faisait longtemps qu'elle n'avait pas marché au milieu d'une telle cohue. Même lorsqu'elle sortait avec Lilibet, Cameron n'était jamais loin. Mais cette fois, elle était seule.

Un grand cri retentit, suivi d'un silence. Elle cilla. Était-ce le moment où tout basculait ? Elle scruta avec appréhension les mines fermées autour d'elle en pensant à Lilibet et Margaret dans leur calèche. Contre une foule déchaînée, elles n'auraient aucune chance d'en réchapper. Elle se tourna vers la rangée rouge vif des grenadiers. Iraient-ils jusqu'à tirer sur le peuple ?

Le silence assourdissant fut bientôt rompu par des claquements de sabots et le tintement de harnais. Par-dessus les épaules et entre les chapeaux, elle distingua des éclairs rouges et or, un cheval qui rejetait la tête en arrière, le salut d'une main gantée. La toque de la reine Mary apparut, pareille à une meringue, avec sa plume secouée par les mouvements de la calèche. Suivirent un bout de la barbe du roi, une débauche de galons et de médailles, puis le profil méprisant et lassé de son fils et héritier. Les gens le verraient-ils tel qu'il était vraiment ?

– Dieu bénisse le prince de Galles ! cria la foule.

Lilibet surgit à son tour en souriant et en agitant sa main gantée de blanc. La ferveur populaire monta encore d'un cran.

– Dieu bénisse les petites princesses ! Dieu bénisse la princesse Elizabeth !

Marion eut l'impression que son cœur allait exploser de fierté. Cette fillette que tous acclamaient, c'était son œuvre à elle. Son naturel, son aisance devant une telle masse de personnes devaient bien s'expliquer en partie par toutes les sorties qu'elles avaient faites ensemble dans cette ville. L'Opération Vie normale était un succès. Rien que pour ça, elle ne regrettait pas ses sacrifices. Des larmes de joie brouillèrent sa vision et elle chercha son mouchoir dans sa poche.

Elle l'aperçut en redressant la tête. Il suivait la procession à quelques mètres d'elle. En trois ans, il n'avait pas changé du tout. Une mèche de cheveux bruns balayait toujours ses grands yeux noirs et un foulard rouge dansait comme une flamme à son cou.

Une vague de panique enfla en elle. Cet homme l'avait profondément blessée. Le mieux était de l'éviter, et il n'y avait rien de plus facile que de disparaître dans une telle cohue. D'un autre côté, c'était son comportement qui l'avait menée vers Lilibet – cette enfant qu'elle aimait et qui l'aimait elle aussi –, et vers ce poste important qu'elle occupait avec succès, comme le prouvait la scène devant elle. Peut-être étaient-ils quittes, au bout du compte. Mais tout en se frayant un chemin vers lui à travers la foule en délire, elle prit conscience qu'elle brûlait de curiosité. Que faisait un révolutionnaire déclaré au milieu de gens qui acclamaient la monarchie ? Avait-il abandonné ses idées communistes ?

– Valentin !

Il se retourna. Elle n'était pas tout à fait sûre qu'il se souviendrait d'elle, mais eut la satisfaction de voir son visage s'illuminer.

– Marion. Tu es *superbe.*

Norman ne s'était pas contenté de reprendre son tailleur. Elle portait ce jour-là une robe jaune qu'elle avait payée une misère et que le couturier avait transformée et accessoirisée avec de gros boutons rouges.

– Et toi, dit-elle, tu es resté le même. Qu'est-ce que tu fais ici ?

Comme elle, il avait accessoirisé sa tenue – mais avec une affiche qu'il agita à cet instant précis. « Personne n'a voté pour la monarchie », était-il écrit.

– Tu es fou ? s'écria-t-elle.

– Non, contrairement à tous ces dupes autour de nous, répliqua-t-il avec le même sourire éclatant. Au fait, je te présente Decca.

Une blonde aux sourcils fins et arqués émergea de derrière son épaule, toutes dents dehors. Elle aussi brandissait une affiche.

– Hellâââ ! lança-t-elle avec une désinvolture très aristocratique.

– Oh, ce n'est pas ce que tu crois, dit Valentin devant la perplexité de Marion. Decca est la compagne d'Esmond.

Pourquoi supposait-il d'emblée qu'elle se souciait de sa vie amoureuse ? s'agaça Marion. Puis elle se rappela le rédacteur en chef farceur et iconoclaste vénéré par Valentin durant ses études. Il était là, en chair et en os. Sa tête massive venait d'apparaître près de celle de Decca – et en même temps qu'elle, une nouvelle affiche.

– Hellâââ !

– Et moi, c'est Philip, dit un jeune homme à lunettes, aux traits creusés et au visage couvert d'acné, en surgissant de l'autre côté avec sa propre pancarte.

– Hellââ, répliqua Marion. Je veux dire, hello.

Elle se sentait perdue, comme si tout ce dont elle avait été certaine une minute plus tôt s'était évaporé. Tout autour d'elle, les habitants les plus pauvres de Londres acclamaient les plus riches. Et elle, elle discutait avec une poignée de jeunes aristocrates privilégiés déguisés en égalitaristes de gauche – dont l'un l'avait trahie par le passé. Cela faisait beaucoup.

– Je ferais mieux d'y aller, dit-elle en tournant les talons.

– Non, reste ! protesta Valentin. Ou laisse-moi t'emmener boire un thé.

– Non.

Elle se libéra de sa main, qu'il avait posée sur son épaule et dont son corps semblait avoir gardé un trop bon souvenir. Elle s'attendait à ce qu'il la retienne, mais il se mit à chanter à la place, en levant le poing.

– « Debout, les damnés de la terre ! Debout, les forçats de la faim… »

Il s'attira aussitôt des regards soupçonneux.

– Arrête ! dit-elle en reculant d'un pas.

– « C'est la lutte finale, continua-t-il en se moquant ouvertement d'elle. Groupons-nous et demain… »

Autour de lui, les visages se renfrognaient. Elle se représenta des poings serrés, des orteils repliés dans des bottes à bout renforcé, prêts à distribuer des coups. La ruelle étroite d'Édimbourg ressurgit dans sa mémoire, et avec elle l'image de Valentin écroulé par terre.

– Travailleurs du monde entier, unissez-vous ! clama-t-il en agitant sa pancarte. Venez faire la révolution avec nous !

– Arrête, le supplia Marion.

Deux types à la mine patibulaire se tournèrent vers lui, l'air mauvais. Terrifiée, elle l'attrapa par le poignet.

– Ils vont te…

– Mettre en pièces ?

– Quelque chose du genre.

– Et ça t'ennuierait ?

La flamme sombre qui brillait dans ses yeux suscita en elle un désir familier, mais elle le repoussa violemment.

– Non, bien sûr que non.

Malgré tout, elle ne put s'empêcher de lui reprendre le

poignet lorsqu'il brandit sa pancarte. Il secoua la tête. Une mèche de cheveux tomba devant l'un de ses yeux, comme autrefois, et comme autrefois aussi, cela la fit fondre.

– Si tu veux que j'arrête, il faut que tu acceptes d'aller boire un thé avec moi.

– Bon, d'accord, mais juste un.

Parce que tout le monde suivait la procession, le salon de thé le plus proche était pratiquement vide. Ils s'installèrent près de la fenêtre en saillie.

– Tu es mariée ? demanda Valentin avant toute chose.

Les hommes lui posaient toujours cette question, mais les raisons variaient de l'un à l'autre. Peter avait voulu savoir s'il avait encore une chance de l'épouser, alors que Valentin cherchait à coup sûr à déterminer s'il y avait un gêneur à contourner.

– Ça ne te regarde pas.

Il lui apprit qu'il avait quitté Édimbourg peu de temps après elle.

– Ce n'était plus drôle du tout sans toi, dit-il, faussement triste.

– Tu espères me faire avaler ça ?

– Bon, j'avoue, j'ai foiré mes examens et j'ai été renvoyé de l'université. Je suis donc revenu ici, où je prépare activement la révolution prolétaire internationale et la fin de l'impérialisme.

– Avec beaucoup de succès, pour ce que j'en vois, ironisa-t-elle en montrant la foule des badauds derrière la fenêtre qui agitaient des portraits du roi.

– Ils ont juste besoin d'être éclairés, répliqua Valentin, la bouche pleine de son gâteau Victoria. Le triomphe des travailleurs sur les classes dirigeantes est historiquement inévitable. Quand le grand jour arrivera, ce gâteau sera rebaptisé Staline.

Elle leva les yeux au ciel, mais, et c'était une surprise, elle n'éprouvait presque aucune rancune à son égard. À présent qu'elle s'était remise de sa trahison et qu'elle mesurait quel profit elle en avait tiré, elle pouvait de nouveau apprécier ses blagues stupides et sa rhétorique communiste ridicule.

– Et dans quel coin de Londres au juste mijotes-tu la défaite du capitalisme ?

– À Rotherhithe. Près du fleuve. Un endroit sensas. Notre maison appartient à un ami d'Esmond et de Decca.

– Eux aussi habitent là-bas ?

– Oui, répondit-il, la joue gonflée par un gros bout de gâteau. Decca s'est enfuie de chez ses parents. C'est la fille d'un comte, précisa-t-il fièrement.

– Bizarre.

Cette situation compliquée intriguait Marion, mais elle était déterminée à ne pas marquer un trop grand intérêt pour cette fille.

– Ça, tu peux le dire ! Ses sœurs sont toutes complètement différentes. D'un point de vue idéologique, hein. Diana est fasciste, Unity est fan d'Hitler et Debo ne rêve que d'être duchesse.

– Une fan d'Hitler ? Une fasciste ? s'étrangla Marion en oubliant sa précédente résolution.

– Et Decca est communiste, évidemment. Tu parles d'un mélange explosif, dit Valentin d'un air attendri.

– Je ne te crois pas. Personne ne peut avoir une famille aussi dérangée.

– Et qu'est-ce que tu fais de celle pour laquelle tu travailles ? dit-il en éclatant de rire.

Elle le foudroya du regard, mais il avala une gorgée de thé sans paraître éprouver le moindre remords et enchaîna :

– Pourquoi tu ne viendrais pas faire un tour chez nous ? On organise des fêtes géniales et il se trouve qu'il y en a une prévue demain. Tu devrais passer, conclut-il en fourrant le reste de son gâteau dans sa bouche.

27

Plus tard, un banquet fut donné dans la salle à manger d'État du palais. Sous un plafond blanc et or richement décoré, des têtes couronnées et d'éminentes personnalités prirent place à une très longue table recouverte d'une nappe ivoire qui disparaissait presque sous les pièces d'argenterie. Marion était assise tout au bout, si près de l'orchestre militaire qu'elle distinguait les partitions des musiciens. Pour l'heure, ils interprétaient *The Departure of the Troopship*, l'un des morceaux préférés du roi.

Son voisin était le nouveau secrétaire privé de George V, Alan Lascelles, qu'elle n'avait encore jamais rencontré. Grand, mince et droit comme un piquet, l'homme avait des traits fins et aristocratiques, des yeux perçants enfoncés sous un large front et d'épais cheveux bruns séparés par une raie au milieu. Seules ses manières presque ridiculement pompeuses nuisaient à ce tableau.

Ils évoquèrent les célébrations du jubilé. À l'inverse de Marion, qui tentait de masquer sa surprise, Lascelles jugeait leur succès tout à fait normal.

– Chaque société exige une incarnation tangible de la majesté de Dieu, déclara-t-il d'un ton sentencieux. En jetant un pont entre le passé et l'avenir, les rois et les reines s'inscrivent dans le monde de la poésie.

Marion faillit ricaner à ces mots. George V n'appartenait pas au monde de la poésie. Ni même à celui de l'art en général. Ne l'avait-elle pas entendu dire un jour qu'il pouvait « FAIRE DE LA MEILLEURE MUSIQUE QUE WAGNER EN CLAQUANT LA PORTE DE SA CHAMBRE » ?

– Les rois sont comme la flèche d'une église visible de part et d'autre d'une vallée, continua Lascelles. L'expression de croyances ancestrales.

Marion ne répondit pas. Assise en face d'elle, Margaret fixait froidement un valet de pied que cette surveillance rendait très nerveux. Son plateau tremblait, et lorsqu'une fourchette tomba sur la moquette, la fillette sauta sur sa chaise en poussant un cri de joie triomphant.

– *Margaret !* la sermonna Marion.

Deux yeux améthyste pleins de malice soutinrent son regard.

– Oui, Crawfie ?

– Vous l'avez fait exprès.

Margaret battit des cils d'un air innocent.

– Je ne comprends pas ce que vous voulez dire, Crawfie. Ce n'était pas moi, c'était le cousin Halifax.

Ce personnage fictif lui servait à justifier la plupart de ses bêtises. Marion soupira et se concentra sur son voisin, qui pontifiait toujours sur la monarchie – son thème préféré, apparemment.

– Le phénomène a aussi des explications séculaires. Un homme n'est roi que parce que d'autres hommes se considèrent comme ses sujets.

– Et eux se considèrent comme ses sujets parce qu'il est roi, rétorqua Marion. C'est de Karl Marx.

Pour la première fois, Lascelles la dévisagea avec une réelle attention.

– Vous connaissez l'œuvre de Karl Marx, mademoiselle Crawley ?

Sa question lui rappela le Dr Stone. Lui aussi avait écorché son nom, et cela ne fit qu'accroître son antipathie.

– *Crawford*. En effet, je m'intéresse à Marx. Toute personne douée d'intelligence devrait le faire. Le communisme est une force puissante dans le monde contemporain.

Il lui semblait assez osé de dire cela dans l'enceinte du palais, mais les yeux noirs du secrétaire brillèrent au fond de leurs orbites.

– En effet. Simplement, cette force ne séduira jamais les Britanniques. Nous sommes un peuple libre qui déteste la violence et l'hystérie. Seuls les esclaves optent pour des soulèvements sanglants.

Ce qui en soi était une bonne chose, pensa Marion, même si elle n'en montra rien.

– Et les Britanniques ne seront jamais, jamais, jamais esclaves de qui que ce soit.

Un sourire froid éclaira les traits émaciés de Lascelles.

– Jamais, jamais, jamais. Vous savez ce que disait le roi Farouk, j'imagine ?

– Hélas non.

– D'ici la fin du XXe siècle, il ne restera que cinq rois au monde. Les rois de cœur, de carreau, de trèfle, de pique… et d'Angleterre.

Le prince de Galles déboula alors dans la pièce. Il était en retard, mais pas gêné pour autant. Le silence se fit à table tandis que son père le toisait avec dégoût. Marion ne put résister à l'envie de provoquer Lascelles.

– Je me demande si Sa Majesté partage votre optimisme concernant l'avenir de la monarchie. Surtout telle qu'elle sera incarnée par son fils et héritier.

– Je répondrais oui à la première question, mais très certainement non à la seconde. Et je dois avouer que je suis du même avis que lui.

– Vous n'aimez pas le prince de Galles ?

– J'ai quitté son service il y a quelques années, lui confia le secrétaire avec une franchise inattendue. Et ce, dans des circonstances quelque peu difficiles.

– Comment ça ? s'enquit Marion, qui buvait toutes ses paroles.

– Pardonnez-moi si je ne rentre pas dans les détails. Disons juste que j'ai toujours eu l'impression de travailler non pas pour le fils du roi d'Angleterre, mais pour le fils d'un nouveau riche américain.

– Le prince est très populaire pourtant.

– Il a du charme, concéda Lascelles. C'est l'un des hommes les plus séduisants que j'aie jamais rencontrés. En termes de glamour, personne dans la famille ne lui arrive à la cheville. Mais est-ce vraiment ce que requiert le trône ?

– À vous de me le dire.

– Une certaine forme de banalité bourgeoise fait désormais partie des qualités essentielles que le peuple britannique exige de ses monarques.

Marion se fit la réflexion qu'elle n'avait jamais entendu personne d'aussi sentencieux et elle chercha comment lui faire perdre un peu de son aplomb.

– Ah oui ? Et comment Mme Simpson s'intègre-t-elle dans ce tableau ?

Son voisin se tapota les lèvres avec sa serviette sans paraître le moins du monde ébranlé.

– La nation attend de la famille royale qu'elle fasse certaines choses et qu'elle s'abstienne d'en faire d'autres. Se mésallier, par exemple. Les Britanniques ne toléreront pas que leur roi choisisse pour épouse – et pour reine – une Américaine plus toute fraîche qui traîne deux maris encore en vie et une voix qui a tout de la scie rouillée.

Marion s'adossa à sa chaise. C'était une description cruelle de la femme qu'elle avait vue à fort Belvedere, mais cela semblait régler la question une bonne fois pour toutes : Lilibet n'avait rien à craindre. Elle tenait désormais de la source la plus sûre et la plus officielle qui soit que le prince de Galles ne pourrait pas épouser Mme Simpson une fois devenu roi.

Toute la table but à la santé de George V.

– Pensez-vous que sa santé soit bonne, justement ? demanda Marion à Lascelles alors que le monarque haranguait le chef d'orchestre afin qu'il entonne de nouveau son morceau préféré.

Le secrétaire lui décocha un sourire dédaigneux.

– Quand j'ai pris ce poste, j'ai eu l'assurance que Sa Majesté était très bien portante et qu'elle avait encore de nombreuses années devant elle.

Marion avait refusé l'invitation de Valentin et n'entendait pas changer d'avis, mais était-ce le souvenir persistant du pompeux Alan Lascelles ? Toujours est-il qu'elle se rendit le lendemain à l'adresse indiquée par son ancien amant.

Et pourquoi pas ? Ce n'était pas qu'une forme de rébellion contre un courtisan hautain. La solitude lui pesait. Sans Ivy, les soirées au 145, Piccadilly étaient bien longues. Elle pouvait marcher dans les rues, regarder la devanture des galeries d'art locales, mais les couples rieurs qu'elle voyait se diriger bras dessus bras dessous vers les pubs, les clubs et les restaurants du West End ne faisaient qu'accentuer son sentiment d'isolement.

Une fête avec d'autres jeunes – car à vingt-six ans, elle était encore jeune ou presque –, voilà qui lui ferait du bien. Passé sa stupeur initiale, elle avait eu plaisir à retrouver Valentin. Tous deux avaient avancé dans la vie, au moins pouvaient-ils être amis à présent. Ils étaient devenus adultes. Enfin, elle en tout cas, pensa-t-elle avec un sourire en coin.

L'odeur humide du fleuve imprégnait les rues pavées noyées

dans la brume. Des silhouettes floues allaient et venaient dans l'obscurité. C'était un quartier manifestement pauvre, mais qui dégageait une certaine énergie, une certaine âme. Elle entendait des gens rire et crier aux alentours.

Alors qu'elle hésitait devant une porte abîmée à la peinture écaillée, un jeune homme maigre au teint cadavérique émergea du brouillard.

– Je peux vous aider ?

– Vous devez être Philip.

Il écarquilla les yeux derrière ses lunettes rondes.

– Eh bien, oui, et vous êtes… ?

– Marion.

– Vous venez à la soirée ?

– En effet.

– Vous avez apporté une bouteille ?

Elle en sortit une de sous son manteau. Elle l'avait prise parmi celles posées sur le buffet de la salle à manger en se disant que le duc ne remarquerait pas son absence. Après tout, il en avait plein d'autres. Philip laissa échapper un sifflement admiratif.

– Un Pol Roger 1927 ! Eh ben. Ça va relever le niveau.

Marion entra avec lui dans un vestibule encombré de bicyclettes rouillées. Des rires et de la musique résonnaient à l'étage et elle éprouva une pointe d'excitation. Il y avait si longtemps qu'elle n'avait pas côtoyé des gens de son âge.

Philip monta bruyamment les marches nues en agitant la bouteille.

– Hé, regardez ! Si on n'est pas des socialistes mondains avec ça !

Marion le suivit timidement. Le palier grouillait de jeunes hommes en pull à col roulé et de femmes aux cheveux courts qui fumaient des cigarettes. Tous riaient, et Decca plus fort encore que les autres.

– Tu es venue ! se réjouit Valentin en surgissant à côté d'elle. Quelle classe !

Elle avait choisi une robe noire ajustée, à première vue assez ordinaire, mais qui dans un tel lieu révélait ce quelque chose d'indéfinissable que Norman insufflait à toutes ses créations. Grâce à elle, elle se sentait sophistiquée, mais pas trop. Juste parfaite. Et brusquement, tout lui parut parfait. Son cœur se gonfla et envoya des ondes de bonheur jusqu'au bout de ses doigts.

– Prends un verre, dit Valentin en lui fourrant dans la main un pot à confiture rempli de vin rouge.

– Mais j'ai apporté du champagne !

– Oh ! Philip ! Rapplique par ici avec la bouteille !

Elle se laissa entraîner vers les invités, un pot à confiture cette fois à moitié rempli de Pol Roger à la main.

– Marion ! dit Decca en passant près d'elle, ravissante avec sa robe à imprimé jaune et ses lèvres peintes en rouge. Voici ma sœur Debo.

Debo était une version plus jeune et plus petite de Decca. Perchée sur le rebord d'une fenêtre ouverte, elle portait un pantalon jodhpurs et une veste en tweed.

– Tiens, dit Valentin en versant sans façon du champagne dans son pot à confiture.

Debo posa un regard maussade sur les bulles qui dansaient dans ce verre de fortune.

– Je déteste le champagne. Ça donne mauvaise haleine.

– Oh, la ferme, Debo, répliqua sa sœur. Personne ne t'a obligée à venir.

– Faux. Mère m'a forcée. À cause de cet article à ton sujet ce matin. Je rentrais à peine de ma leçon d'équitation, en plus, et je n'ai même pas eu le temps de me changer. Franchement, Decca, tu pourrais penser un peu à moi. J'essaie de me dégoter un duc, mais c'est compliqué quand tes sœurs figurent en permanence dans le journal. Mère dit que son cœur saigne dès qu'elle voit « La fille d'un pair d'Angleterre, bla-bla-bla » à la une d'un quotidien parce qu'elle sait d'avance qu'il s'agira de l'une d'entre nous. Parfois, je te jure, je *déteste* être une Mitford !

Sur ce, elle se leva et s'éloigna en jouant avec colère de ses petites épaules pour se frayer un passage parmi les gens. Marion resta contre le rebord d'une fenêtre à siroter son champagne et à savourer le pétillement des bulles sur sa langue. Très vite, l'alcool lui monta à la tête.

Le désordre qui régnait dans cette maison lui plaisait, avec les tableaux sans cadre peints à l'huile en couche épaisse, les sièges et les tables presque entièrement composés de piles d'exemplaires du *Daily Worker* et les bougies enfoncées dans des bouteilles en guise de lampes. L'effet produit était chaotique, mais romantique.

– Laisse-moi te présenter à quelques personnes, dit Valentin en réapparaissant près d'elle. Voici Eric, qui est écrivain. Attendez-moi deux secondes, tous les deux.

L'écrivain en question était un type maigrichon à la mine lugubre. Dans la faible lueur des bougies, il avait l'air accablé, comme s'il avait connu une vie difficile.

– De quels sujets traitez-vous ? s'enquit poliment Marion.

Il tira sur sa cigarette roulée avant de lui répondre.

– Mon dernier livre s'appelait *Le Quai de Wigan*.

– Ça parle d'un port ?

– Pas tout à fait, dit-il avec mépris.

Decca les rejoignit au même instant en souriant de toutes ses dents.

– En fait, expliqua-t-elle avec son phrasé si aristocratique, ça parle des problèmes des ouvriers du Nord soumis au Means Test. Une histoire déchirante, pas vrai, Eric ?

– Lâche-moi la grappe, Decca, râla-t-il, mais d'un ton affectueux.

– Tu es sur une suite ?

– Plus ou moins. Tiens, dis-moi ce que tu penses du début : « C'était une journée froide et claire. Les horloges sonnaient 13 heures[1]. »

– *Treize heures ?* Mais aucune horloge ne sonne 13 heures.

– Je le sais bien, dit-il, agacé. C'est voulu.

Marion appréciait les rires et la ferveur de ces gens qui discutaient si naturellement, et sur un tel pied d'égalité. Tout le monde adressait la parole à tout le monde – elle n'avait plus du tout l'habitude.

À l'autre bout de la pièce, Esmond parlait en faisant de grands gestes, avec une conviction qui illuminait ses traits. À en juger par la foule d'admirateurs autour de lui, Valentin n'était pas le seul à le vénérer. Tous ces jeunes avaient l'esprit de contradiction, mais ils l'exerçaient de façon enthousiasmante. Les avis fusaient de tous côtés, que ce soit sur le chômage, l'invasion de l'Abyssinie par Mussolini, la remilitarisation de l'Allemagne ou le nouveau Premier ministre, Stanley Baldwin, qui avait récemment succédé à Ramsay MacDonald. Tous semblaient avoir des opinions très tranchées sur tout.

Lentement d'abord, puis avec de plus en plus d'assurance, elle aussi prit part aux conversations et exprima son point de vue. Cette liberté lui parut enivrante, extraordinaire, et elle mesura combien elle se sentait seule et étouffée au quotidien, elle qui se contentait de lire les journaux dans sa chambre avec l'impression que personne d'autre ne se souciait de l'actualité.

Quelque part, quelqu'un chantait *The Red Flag*, accompagné par un ukulélé. Elle sourit. C'était sympa. Vraiment sympa.

À la fin de la chanson, un disque prit le relais. La musique de *Night and Day* la transporta et, ajoutée à l'alcool, lui donna

1. George Orwell, *1984*, traduction d'Amélie Audiberti, 1950, Paris. Le vrai nom de George Orwell était Eric Arthur Blair, et c'est bien sûr de lui dont il s'agit ici.

soudain envie de danser – cela faisait une éternité qu'elle ne s'était pas accordé ce plaisir. Du reste, cela faisait une éternité qu'elle n'avait pas mené la vie d'une fille normale de son âge. Bon sang, elle avait vingt-six ans. Comment le temps avait-il pu passer si vite ? La panique s'empara d'elle. Elle but une nouvelle gorgée de champagne, une grande gorgée, puis ferma les yeux et tangua doucement au son de la musique.

Elle sursauta en sentant quelqu'un lui prendre la main. C'était Valentin. Il l'attira dans ses bras pour l'embrasser, et tous deux commencèrent à danser. Les bougies jetaient des ombres vacillantes sur les murs, et même si elle avait déjà vu des salles de bal couvertes de dorures et remplies de couronnes scintillantes, elle trouvait plus de charme à ces murs décrépis et ce parquet poussiéreux.

– Tu veux ? murmura Valentin à son oreille.

Son lit se résumait à un matelas à même le sol. Valentin s'approcha d'elle par-derrière et posa les mains sur ses seins. Son cœur fit un bond. Cela faisait si longtemps, et elle avait tant envie de lui.

– Non, dit-elle lorsque la bouche de Valentin écrasa la sienne. Non !

Elle le repoussa et se redressa vivement. Où avait-elle la tête ? Elle ne pouvait pas traîner dans des maisons miteuses aux abords du fleuve et discuter librement de politique avec de jeunes gauchistes. Elle travaillait pour la famille royale. Valentin n'était pas seulement de l'autre côté du mur de verre, il était aussi communiste. Si cela venait à se savoir – et cela se saurait tôt ou tard, son histoire avec Tom l'avait bien prouvé –, c'en serait fini d'elle.

Elle se rappela avec horreur sa conversation sur Karl Marx avec Lascelles. Elle s'était crue si intelligente, mais elle avait été stupide en réalité de se rendre à cette soirée. L'expérience lui avait pourtant appris qu'elle ne pouvait pas jouer sur deux tableaux. Elle avait fait son choix et devait s'y tenir.

– Il faut que je parte, dit-elle d'une voix aiguë et paniquée.

– Bon Dieu, Marion, soupira Valentin, étendu sur le matelas. Tu parles d'une allumeuse.

Elle l'ignora et dévala l'escalier. En passant devant la cuisine, elle surprit la conversation de Decca avec un jeune homme barbu qui la fixait avec admiration.

– On m'a envoyée dans un pensionnat à Paris pour achever de m'inculquer les bonnes manières, mais c'est moi que ce séjour a failli achever, en fait.

– Tu n'as pas aimé Paris ?

– Qu'est-ce qu'il y a à aimer là-bas ? On a appris à jouer au bridge, on a visité une cathédrale par semaine et on est allés à l'opéra – et encore, on a dû partir avant le dernier acte de *Faust* parce que la fin était considérée comme immorale ! Ensuite je suis rentrée à Londres. La saison des bals se profilait et l'idée que j'étais censée me dénicher un mari parmi tous ces aristos dégénérés a été la goutte d'eau qui fait déborder le vase.

Marion continua à descendre. La porte d'entrée de la maison lui résista un bref instant, puis s'ouvrit en tremblant sur ses gonds. À l'extérieur, le brouillard avait envahi la rue pavée ; c'était à peine si l'on distinguait les toits à pignons des entrepôts. Tandis que sur le fleuve des bateaux faisaient retentir leur corne de brume, elle se dépêcha de rejoindre la station de métro la plus proche – un peu comme Cendrillon, à ceci près qu'elle devait vite regagner son palais au lieu de le quitter avant que l'horloge sonne minuit et que tout disparaisse.

Mais il lui en coûta de tourner le dos à de tels moments de plaisir, et elle passa plus d'une soirée par la suite, seule dans sa chambre silencieuse, à repenser aux discussions animées à la lueur des bougies et à la camaraderie rugueuse de la maison de Rotherhithe. Elle se représentait le matelas de Valentin et gémissait. Était-elle vraiment condamnée à cette existence monacale ? C'était comme si, à force de vouloir faire mener une vie normale à Lilibet, elle avait renoncé à la sienne.

Dans ces conditions, le long séjour annuel de la famille royale en Écosse cet automne-là fut presque un soulagement. La toute nouvelle duchesse de Kent, qui s'y rendit avec son mari, n'était cependant pas du même avis.

– COMMENT TROUVEZ-VOUS BALMORAL, MA CHÈRE MARINA ?

La voix du roi avait retenti comme un boulet de canon. Occupée à pousser sa panse de brebis farcie de-ci de-là dans son assiette, la princesse Marina fit un bond sur sa chaise.

– Il y a beaucoup d'insectes, dit-elle, chagrinée par les boutons rouges qui se détachaient sur la peau blanche de ses bras.

– VOUS DEVRIEZ FUMER DES NAVY CUT ! ÇA LES TIENT À L'ÉCART !

Marina ouvrit de grands yeux. La duchesse d'York, qui ne la portait toujours pas dans son cœur, ne put s'empêcher de glousser.

– Elle ne fume pas, dit le prince George.

La conversation marqua une pause le temps que le berger vêtu de son tapis marron serve une part de gibier au roi.

– MON CHER PARADIS DES HIGHLANDS ! reprit George V lorsque le majordome en chef s'éloigna. C'EST AINSI QUE LA REINE VICTORIA SURNOMMAIT BALMORAL.

– L'endroit est… historiquement très intéressant, dit Marina.

– ET CHARMANT, NON ? poursuivit le roi en faisant trembler les épées croisées sur les murs. TOUT EST RESTÉ COMME À L'ÉPOQUE. LES ENFANTS ADORENT LE FAIT QUE RIEN N'AIT JAMAIS BOUGÉ ICI.

Le prince George et ses frères échangèrent des regards incrédules. Marina s'essuya délicatement les lèvres et plissa les yeux pour tenter de mieux distinguer quelque chose dans la pénombre ambiante.

– Que représente-t-il ? dit-elle en montrant un grand tableau accroché en face d'elle.

– Le prince Albert en train d'éviscérer un cerf, Marina, expliqua son mari, qui guetta la réaction de son père avec appréhension.

– Quoi ?

– Il le vide de ses entrailles.

Sa réponse parut donner la nausée à son épouse – devant quoi la duchesse d'York s'empressa d'enfoncer le clou :

– Vous devriez aller à la chasse avec Sa Majesté, Marina. C'est un tireur *hors pair* ! Il ne rate *jamais* sa cible et les oiseaux *meurent* avant même de toucher le sol !

Après le dîner, on fit savoir à Marion qu'elle pouvait disposer. La reine Mary entraîna sa nouvelle bru vers le petit salon en balayant la moquette en tartan avec sa jupe assortie.

– Fous afez les ongles très rouches, ma chère. Mon Cheorge n'aime pas qu'on se mette du fernis à ongles.

– Mon George à moi, si, répliqua la princesse.

Marion montait l'escalier quand un cri lui parvint du petit salon.

– Marina, vous ne pouvez pas vous asseoir là ! C'était le fauteuil préféré de la reine Victoria !

La voix était celle de la duchesse d'York, et il ne faisait aucun doute qu'elle jubilait.

28

À Noël, Marion se rendit à Édimbourg, où elle trouva sa mère vieillie. Ses yeux vifs avaient perdu de leur éclat et sa vision déclinait de plus en plus – en témoignaient ses étagères poussiéreuses et ses placards sales. Et dire qu'elle était si fière autrefois de bien tenir sa maison. Ce fut un choc pour Marion, tout comme le spectacle de ses mains, toujours occupées à tricoter ou à coudre dès qu'elle s'asseyait dans son fauteuil, mais à présent agitées de tremblements.

Elle pensa à Londres et à son retour là-bas avec le recul que lui apportait invariablement la distance. Comment envisager de repartir et de laisser sa mère dans de telles conditions ? Elle avait materné Lilibet assez longtemps, au prix d'un sacrifice personnel considérable. Et elle avait presque vingt-sept ans. Même si elle avait raté sa chance avec Annie, elle pouvait encore devenir enseignante. Et pourquoi pas avoir des petites filles à elle.

Loin de protester, ainsi qu'elle s'y attendait, sa mère convint qu'elle avait fait son devoir. Le jubilé avait montré que la monarchie reposait sur des fondations solides. Lascelles, de son côté, lui avait assuré que le prince de Galles n'épouserait pas Mme Simpson. Sa mère n'avait manifestement jamais entendu parler de cette femme et les journaux, eux, continuaient à l'ignorer. Pour toutes ces raisons, Marion en vint à se dire qu'elle n'était peut-être pas si indispensable, au fond.

L'idée d'avoir enfin une vie à elle lui apparut d'autant plus séduisante lorsqu'elle reçut des nouvelles d'Ivy.

Depuis Sandringham, où elle avait suivi le roi en tant qu'employée du palais, son amie lui adressa une lettre rédigée d'une écriture étonnamment élégante dans laquelle elle expliquait qu'elle allait se marier au printemps. *Nous allons partir ! Le père d'Alf est marchand des quatre-saisons et Alf va travailler avec lui.*

Elle se rappela Sandringham. De toutes les résidences royales, cette grande maison victorienne en briques rouges semblable à un hôtel avec golf était celle qu'elle aimait le moins. Les petites manies du roi ne prenaient jamais autant d'ampleur que là-bas, en particulier son obsession pour la ponctualité. Il avait même créé son propre fuseau horaire : l'heure de Sandringham, où toutes les horloges avançaient de trente minutes. Ivy rapportait ainsi l'accueil paternel reçu par le prince Henry, arrivé deux minutes en retard à un dîner après une absence de six mois :

– C'EST TOUJOURS TOI QU'ON ATTEND, HENRY !

Ivy lui racontait aussi quelques moments marquants de cette période de Noël, comme le jour où le prince de Galles s'était fait mal voir en allant jouer au golf durant le discours de son père à la radio. Lassé de toutes ces festivités, il avait ensuite plié bagage pour aller skier en Suisse avec Mme Simpson.

Lilibet lui adressa un compte rendu plus joyeux dans une lettre écrite avec application. *Tout le monde a aimé les cadeaux de chez* Woolworths *! Grand-mère a été très contente de sa souris en porcelaine et oncle David a adoré son mouchoir.*

Marion sourit au souvenir de leur virée shopping. Aux anges, les deux princesses avaient acheté des calendriers et des crayons pour leurs proches, ainsi qu'un flacon de sels de bain rose vif pour Mme Knight – un choix très inspiré de l'avis de Marion, dont le Noël avait été égayé par des visions de son ennemie numéro un émergeant toute rose de sa toilette.

Pleine de tact, elle-même avait fait mine de ne pas les voir acheter le collier de perles qu'elle avait déballé le matin de Noël. Quant à sa mère, elle avait été enchantée par la petite broche en forme d'éléphant que les filles lui avaient envoyée.

– Dieu les bénisse. Mais elles ont laissé le prix sur la boîte.

Elles étaient dans le salon, bien à l'abri de la tempête qui faisait rage au-dehors, quand elles entendirent à la radio que le roi était alité suite à un rhume.

– Le pauvre, commenta Mme Crawford en tricotant.

Quelques jours plus tard, un bulletin d'information annonça que le cœur de Sa Majesté donnait des signes de faiblesse. Occupée à débarrasser la table, Marion se figea. Mais George V n'avait pas de problème de santé. Au contraire. Elle tenait de source sûre qu'il avait encore bien des années devant lui.

Alan Lascelles semblait pourtant s'être trompé. « La vie du roi, déclara quelque temps après un présentateur à la radio, approche paisiblement de sa fin. »

Marion se tourna vers les gros flocons de neige fouettés par le vent qui tourbillonnaient derrière les fenêtres comme ses pensées. Que devenaient les filles dans ces moments difficiles ?

29

« Le roi est mort paisiblement à 23 h 55 », annonça la radio le 21 janvier. Fidèle à son devoir jusqu'au bout, il avait tenu peu avant un conseil privé dans sa chambre de Sandringham et apposé sa signature tremblante sur un parchemin.

Marion examina les photos dans les journaux. Blottis dans leurs manteaux d'hiver, les gens se massaient devant la demeure royale pour lire et relire le bulletin encadré à l'entrée. Comme il était étrange d'observer de loin ce qu'elle voyait de si près d'habitude !

Les portails en fer forgé des Norwich Gates, qu'elle avait franchis tant de fois. L'homme à tout faire qui descendait le chemin enneigé depuis la grande maison avec une enveloppe cartonnée dans sa main gantée. Le connaissait-elle ? Elle entendait presque les questions impatientes des habitants du Norfolk, dont l'accent lui était devenu familier avec le temps.

Elle s'inquiétait pour Lilibet et Margaret. Comment allaient-elles ? Le duc et la duchesse étaient sûrement pris par les procédures et le protocole à respecter dans de telles circonstances. Qui tenait compagnie aux princesses, alors ? Alah, probablement. L'idée que ce vieux cœur de pierre aux traits durs soit leur seule source de réconfort lui était insupportable.

– Je devrais les rejoindre, dit-elle à sa mère.

– Non, rien ne t'y oblige. Tu es en vacances, fit remarquer Mme Crawford. Et tu viens de me dire que tu allais quitter leur service.

Mais un télégramme arriva ensuite. Marion le parcourut en revenant lentement vers le salon.

– La duchesse veut que je rentre.

Surprise, sa mère leva les yeux de son ouvrage.

– Quoi ? Réponds-lui que tu ne peux pas.

Sauf que les communications ne passaient plus, l'avait informée le porteur du télégramme. La faute à la neige. Elle n'avait aucun moyen de prévenir la duchesse.

– Considère ça comme une chance, Marion. C'est le bon moment pour couper les ponts. Un nouveau roi, un nouveau départ.

– Oui, mais je ne peux pas les contacter ! Ils vont croire que je les ignore.

– Ils comprendront. Attends que la neige fonde et tu leur expliqueras.

– Non, ils ne comprendront pas. Il faut que j'y aille et que je le leur dise en face.

Le trajet fut interminable et glacial. Comme la première fois, mais en pire. En arrivant à la Loge Royale, elle n'entendit d'abord que des sanglots. Des lamentations atroces qui résonnaient dans tout le vestibule et exprimaient une douleur sans pareille. Étaient-ce les filles ?

Alarmée, elle lâcha ses bagages et fonça à la nurserie. Dans la pénombre du couloir, à l'étage, deux petites silhouettes étaient visibles, mais aucune ne semblait pleurer.

– Crawfie ! s'exclama Lilibet en se précipitant vers elle. On vous attendait !

Margaret suivit sa sœur au pas de course. Toutes deux se jetèrent dans ses bras, si fort que Marion en eut le souffle coupé. Puis elle se mit à rire et les serra contre elle, le nez enfoui dans leurs cheveux soyeux, en respirant leur odeur de savon et en les embrassant tour à tour.

Les cris éplorés résonnèrent de plus belle.

– C'est Alah, dit Lilibet.

– Mais on ne comprend pas pourquoi elle pleure, ajouta Margaret avec mépris. Elle ne connaissait pas vraiment grand-père.

– Tout le monde pleure votre grand-père, fit remarquer Marion. Et pourtant, la plupart des gens ne le connaissaient pas.

– C'est vrai que je n'étais pas au courant de l'histoire du lapin, moi, concéda Margaret.

– Quel lapin ?

George V avait apparemment acheté un jour la moitié d'un lapin. L'animal était la propriété conjointe de sa petite sœur et de son frère, et en découvrant que ce dernier avait décidé de vendre sa part – au grand désespoir de leur sœur –, le roi s'en était porté acquéreur contre dix shillings et l'avait offert à la fillette.

– C'était gentil, non ? dit Lilibet.

– Il ne m'a jamais acheté de lapin, à moi, marmonna Margaret. Il ne m'aimait pas. Seulement Lilibet. Elle a pu lui dire au revoir, elle. Mais pas moi.

Lilibet raconta comment elles avaient appris la nouvelle dans les jardins de Sandringham – un récit simple, mais vivant, grâce auquel Marion se représenta très bien les sombres haies d'épines-vinettes, les rhododendrons recouverts d'un épais manteau blanc, les parterres de fleurs cachés dessous et les immenses pelouses vides où les deux petites filles s'amusaient à faire un bonhomme de neige. La carotte plantée sur sa tête se détachait comme un trait orange vif et courageux dans cette scène tristement monochrome.

Puis une forme inquiétante avait émergé de la grande maison de briques rouges au toit à pignons coiffé de cheminées et de tourelles et s'était dirigée vers elles dans ses longues jupes édouardiennes. C'était la reine Mary, venue avertir Lilibet qu'il était temps pour elle de dire au revoir à son grand-père.

– Mais juste Lilibet, répéta Margaret. Pas moi.

– Je suis sûre que grand-mère ne voulait pas..., commença à se défendre sa sœur, terriblement gênée.

– Si. Elle ne m'aime pas.

La benjamine des princesses se composa un air sévère avant de poursuivre en adoptant un fort accent allemand :

– « Tu es si *petite*, Margaret ! Quand fas-tu enfin *grandir* ? »

À présent qu'Alah avait cessé de geindre, la Loge Royale paraissait très silencieuse.

– Vos parents ne sont pas là ? demanda Marion.

– Ils sont partis à Londres. Mais maman vous a laissé un message.

De son écriture nonchalante et tout en boucles, la duchesse avait griffonné deux phrases sur une épaisse feuille de papier crème à en-tête : *Faites en sorte que tout ceci ne les attriste pas outre mesure, Crawfie. Elles sont si jeunes.*

Pas un mot de remerciement, songea Marion. Avait-elle bien fait de se démener autant pour rentrer plus tôt ?

Lilibet tenait à tout lui décrire en détail. Il y avait beaucoup de maximes encadrées sur les murs dans la chambre de son grand-père. L'une d'elles disait : « Il n'y a rien que la marine ne puisse accomplir », et une autre : « Apprenez-moi à suivre les règles du jeu. »

– De quelles règles voulait-il parler, Crawfie ?

– Celles du morpion, déclara Margaret d'un ton assuré. Raconte-lui aussi comment c'était devant son lit de mort, Lilibet. Le docteur avait un drôle de nom.

– Oh, oui ! Sir Farquhar Buzzard.

– Hi, hi, hi ! Et c'était quoi, cette phrase au sujet de la bête ?

– « Si je dois souffrir, faites que je me comporte comme une bête bien élevée qui s'éloigne pour souffrir en silence. »

– Mais grand-père n'a jamais souffert en silence, objecta Margaret. Il n'arrêtait pas de crier.

À cet instant, Mme Knight se remit à sangloter bruyamment.

– Que diriez-vous de jouer avec votre Maison Miniature ? suggéra Marion à Lilibet.

– Mais, Crawfie, est-ce qu'il est bien *convenable* de jouer en ce moment ?

– Bien sûr que oui. Votre grand-père ne voudrait pas vous voir triste.

Margaret ne l'était guère, en tout cas, et dansait même sur le palier.

– Oncle David va monter sur le trône ! Il sera Édouard VIII, et moi je serai la nièce du roi ! Hourra !

Marion dévisagea tour à tour l'aînée des princesses si sérieuse et sa benjamine emplie de fierté. Il ne lui était jamais venu à l'esprit qu'elle était responsable de l'éducation des nièces du futur roi d'Angleterre. Jusqu'alors cantonnée aux coulisses, elle se retrouvait désormais projetée en plein cœur d'un drame national. Malgré elle, cela l'emballait autant que Margaret. Peut-être allait-elle rester encore un peu. Jusqu'à ce que les choses se calment. Ensuite elle partirait.

30

Elles restèrent à la Loge Royale pendant que le duc et la duchesse ne cessaient d'aller et venir en coup de vent. D'étranges rumeurs circulaient au sujet du nouveau roi, comme celle selon laquelle il aurait sangloté une heure entière contre le sein de sa mère devant le lit de mort de George V. Marion avait du mal à le croire. La poitrine de la reine Mary était toujours couverte de diamants. Autant pleurer sur des gravillons.

Elle trouvait beaucoup plus plausible en revanche que son premier geste en tant que roi ait été de remettre toutes les horloges de Sandringham à l'heure. Elle l'imaginait sans peine donner cet ordre dans un large pantalon à revers, entouré de tous ses amis peu recommandables. Dont Mme Simpson, bien sûr. Le bruit courait parmi les domestiques qu'elle avait sauté de joie à fort Belvedere en pensant déjà à sa tenue pour le couronnement et en refusant de porter le deuil.

« Je n'ai pas mis de bas noirs depuis que j'ai arrêté de danser le french cancan », aurait-elle déclaré.

Était-ce vrai ? Cela semblait peu probable, mais Marion ne jurait plus de rien.

Le vieux roi fut beaucoup pleuré. Les journaux publièrent des photos des fleurs laissées par ses sujets attristés devant ses résidences de Windsor et Sandringham. Les pelouses autour de la chapelle St George disparaissaient complètement sous un tapis de bouquets.

Le teint pâle sous son béret de velours noir assorti à son manteau, Lilibet accompagna ses parents à Westminster Hall, où la dépouille du défunt roi était exposée. Des gens de tous milieux, de toutes confessions et de toutes couleurs de peau firent la queue sur cinq kilomètres jusque tard le soir dans le froid de janvier afin de passer devant le cercueil royal.

– Mais nous, on est entrés par une porte spéciale à l'arrière, expliqua la fillette à son retour.

Elle décrivit avec enthousiasme à Marion les foules silencieuses, le parfum des montagnes de fleurs, la lueur des énormes cierges. Mais ce qui l'avait le plus marquée, c'était la vue de son père et de ses oncles dans leur uniforme militaire, chacun montant la garde à un coin du catafalque drapé de pourpre.

– Oncle David n'a pas bougé du tout. *Jamais*. Il n'a même pas cligné des yeux. Et personne ne faisait de bruit. Comme si grand-père était endormi !

Les funérailles devaient s'accompagner de toute une série de cérémonies lugubres, dont une très longue procession à travers les rues de Londres. Le cercueil serait transporté à la gare de Paddington et, de là, partirait en train à Windsor pour y être inhumé. Il y aurait des fanfares, des tambours assourdis, des calèches en pagaille et tout ce que la dernière guerre avait laissé de têtes couronnées en Europe.

Inquiète pour les princesses, qui étaient tenues d'y prendre part, Marion alla voir la duchesse dans son bureau.

– Je pense que ce sera une épreuve très difficile pour elles, ma'am. Et tout ça devant tant de gens…

Elizabeth d'York leva le nez des cartes bordées de noir qu'elle s'employait à signer gaiement et tapota son stylo-plume contre ses dents.

– Bon, d'accord, Crawfie. Peut-être qu'elles pourraient se contenter de saluer le cercueil à la gare de Paddington.

Le jour venu, elles se rendirent sur place en traversant des rues étrangement silencieuses. Les commerces étaient fermés en signe de respect, les enseignes lumineuses éteintes, et la ville était aussi grise que le ciel. Dans les rues, une foule compacte patientait pour assister au dernier voyage du roi.

La grande gare terminus grouillait de monde elle aussi, et il y régnait une atmosphère électrique. Si quelqu'un les repérait, tout pouvait arriver. Il fallait qu'elles se réfugient quelque part, mais où ? Les toilettes ? Hors de question. Même si elles présentaient l'avantage de les séparer de Cameron, rester une heure et demie à l'intérieur était inenvisageable.

« La salle d'attente », suggéra très stupidement le royal inspecteur. Marion ne se donna pas la peine de lui répondre. Fendre la foule pour aller dans cette salle – où qu'elle se trouvât – leur vaudrait à coup sûr de finir piétinées.

– Le buffet, proposa Margaret, toujours affamée.

– Non, le bureau du chef de gare, décida Marion en poussant un soupir de soulagement à la vue du panneau indiquant son emplacement.

À leur arrivée, l'employé de la Great Western Railway ôta vivement sa casquette, dévoilant un crâne chauve tout rose. Il envoya sur-le-champ quelqu'un chercher du thé et leur céda sa chaise. Une heure et demie plus tard, tout son stock de papier avait été sacrifié à des jeux de morpion.

Assise à son bureau – une lourde table toute simple positionnée sous une horloge en bakélite –, Lilibet traça fermement une croix à côté des deux précédentes.

– Tu as *encore* gagné ! s'exclama Margaret, outrée.

Sa sœur afficha un grand sourire, mais qui s'évapora presque aussitôt. Des sons commençaient à se faire entendre par-dessus les bruits du dehors. Des tambours, de la musique, le claquement de sabots sur les pavés.

Lilibet se leva, le visage blême. Mais elle redressa ensuite le menton, rejeta les épaules en arrière et soutint calmement le regard de Marion.

– Nous devons y aller, Crawfie. Grand-père est là.

Posé sur un affût de canon tiré par des marins, le cercueil descendit lentement la rampe d'accès à la gare. Il était recouvert de l'étendard royal, qui retombait tout autour dans une débauche de plis et dont les teintes rouge et or tranchaient avec le gris et le noir de la foule. En son centre, la couronne impériale étincelait sous les lumières.

– Voilà oncle David ! Et papa !

– Vous avez vu leurs chapeaux ? s'amusa Margaret.

– Qui sont tous ces hommes derrière eux ?

– Des rois, peut-être.

– Celui habillé tout en blanc a l'air très beau, mais l'autre, là, avec toutes ses plumes, qu'est-ce qu'il est ridicule ! commenta Margaret. Et c'est qui, le gros type à la casquette toute brillante ?

Marion eut la chair de poule. Elle savait par les journaux que le général Göring, le bras droit d'Hitler, avait souhaité représenter l'Allemagne lors des funérailles. Il en avait été dissuadé, mais quelqu'un était quand même venu à sa place.

– Et c'est quoi, ce drôle de signe sur son bras ? ajouta Margaret.

Le son étouffé des tambours s'éleva jusqu'à elles. Au-dessus de la verrière de la gare, le jour déclinait. Les rayons du soleil illuminèrent la couronne royale, qui scintilla une dernière fois. Mais alors que le cortège passait de la rampe au quai, un cahot fit tressauter le char. Le canon bougea, et le cercueil avec lui, si bien que la croix en diamants de la couronne se détacha et tomba par terre avec fracas.

– *Merde*, s'exclama l'héritier du trône. Qu'est-ce qui nous pend *encore* au nez après ça ?

La cérémonie terminée, une chape de plomb sembla s'abattre sur la famille York.

La duchesse riait beaucoup moins depuis quelque temps, et un spasme musculaire secouait en permanence les joues creusées du duc, dont le bégaiement s'était considérablement aggravé. Il avait aussi de brusques accès de colère que Margaret – la seule à conserver son entrain – appelait « les rouspétances de papa ».

La cause de ces rouspétances n'était jamais évoquée, mais il s'agissait du nouveau roi, c'était évident. Il y avait une tension dans l'air, comme si chacun attendait que quelque chose se produise.

Il se produisait quelque chose en Espagne, en tout cas. L'ancien gouverneur des Canaries, un petit fanfaron du nom de Franco, avait pris la tête d'une rébellion visant à renverser le pouvoir en place. Dans les journaux que dévorait Marion, certains commentateurs considéraient le conflit ibérique comme la ligne de front d'une future guerre contre le fascisme. *¡No Pasarán!*, le slogan républicain – « Ils ne passeront pas ! » –, y était souvent mentionné.

Elle aurait tant aimé aller discuter de tout ça à Rotherhithe. Elle imaginait Valentin et ses amis débattre à la lueur des bougies, enflammés par le vin âpre qui attisait leurs conversations pendant que, au-dehors, les eaux saumâtres de la Tamise léchaient le mur de la maison.

Quel plaisir ce serait d'évoquer avec eux la situation en Espagne. Rien n'y faisait, pourtant, elle n'osait pas. Elle risquait gros si quelqu'un apprenait qu'elle assistait à des réunions politiques. À la place, elle prit l'habitude de fréquenter le Speakers' Corner à l'extrémité nord de Hyde Park – un endroit où n'importe qui pouvait haranguer la foule sur n'importe quel sujet. Elle faisait surtout ça le week-end et y passait des après-midi en enviant aux orateurs leur liberté d'expression. La sienne, en comparaison, lui paraissait assez compromise.

Au 145, Piccadilly, en attendant, tout le monde ne s'inquiétait que du roi. Sans raison aucune, sauf peut-être le sentiment qu'il se tramait quelque chose, le personnel s'était mis à écouter aux portes. Il arrivait de plus en plus souvent à Marion de voir un domestique sursauter et écarter l'oreille d'un trou de serrure lorsqu'elle traversait le vestibule. Elle-même n'avait pas l'intention de s'abaisser à ça – du moins jusqu'à ce que, en passant un jour devant le petit salon où la duchesse prenait le thé avec l'archevêque de Canterbury, elle distingue le chuchotement d'une voix aiguë derrière la porte.

– Vous êtes au courant pour les mallettes ministérielles ?

Elle s'arrêta et revint lentement sur ses pas. Les mallettes ministérielles étaient adressées au roi par le gouvernement. Recouvertes de cuir noir et estampées d'une couronne surmontant les initiales royales, elles renfermaient des documents confidentiels à lire et à signer.

– Certains papiers sont renvoyés avec des taches de thé.

– Seigneur ! s'exclama l'archevêque.

– Mais ceux-là au moins, on peut se dire qu'il les lit.

Une cuillère tinta dans une tasse.

– D'autres en revanche sont retournés avec des semaines de retard, et sans aucun paraphe. Il ne leur jette même pas un coup d'œil.

– C'est consternant.

– M. Baldwin ne lui envoie plus aucun document contenant des informations trop sensibles parce qu'il les laisse apparemment traîner dans le fort. Au vu et au su de *cette femme* et de ses fréquentations douteuses.

– C'est un danger pour la sécurité nationale, non ?

– En effet. Vous savez que le ministère des Affaires étrangères la fait surveiller ? Bertie est très préoccupé.

Marion n'avait jamais entendu la duchesse s'exprimer d'un

ton aussi grave et désemparé, comme si elle était au bord des larmes.

– David ne lui dit *rien*. Il ne se confie *pas du tout* à lui, si bien que mon mari ignore complètement ce qui se passe.

– Ma foi, heureusement que le peuple britannique l'ignore encore plus. Le black-out médiatique tient bon.

« Le black-out médiatique » ? Marion tiqua à ces mots. Était-ce pour cette raison que la presse ne mentionnait jamais Mme Simpson ?

– Oui. Lord Rothermere et lord Beaverbrook sont fidèles à leur parole. Pour le moment.

Marion s'adossa au mur. Censurer les journaux était un acte antidémocratique digne des gouvernements fascistes qui inquiétaient tant les amis de Valentin. Elle aurait dû être scandalisée, elle le savait, mais cela changeait la donne de se trouver de l'autre côté de la barrière, avec les gens bien informés. À ce moment-là, sous le lustre étincelant du vestibule, elle éprouva un plaisir dangereux. Voilà donc ce que cela faisait d'être aux premières loges de l'Histoire.

– Mais des photos de cette satanée croisière à bord du *Nahlin* ont fuité en Amérique ! Les journaux là-bas en parlent comme de l'événement le plus important depuis la Résurrection du Christ.

– Quelle honte !

– Je me disais aussi que ça vous plairait.

L'espace d'un instant, l'humour malicieux de la duchesse refit surface – l'espace d'un instant seulement.

– Elle va divorcer, vous savez, reprit-elle, de nouveau sérieuse. Et si elle obtient un jugement définitif, David aurait le champ libre pour l'épouser avant son couronnement en mai.

– Il ne va pas faire ça, quand même !

– Je vous sers un brandy ?

– Oui, s'il vous plaît.

Des verres s'entrechoquèrent.

– Bertie a été informé qu'on pourrait s'acheminer vers une abdication.

– *Une abdication ?* s'étrangla l'archevêque.

Une abdication ? Pour Marion, ce fut comme si le sol se dérobait sous ses pieds.

31

La situation s'aggravait en Espagne. Chaque soir, le bulletin d'information à la radio listait les noms mélodieux et exotiques des villes tombées devant les rebelles de droite. Beaucoup de jeunes Britanniques avaient rejoint les Brigades internationales, les forces communistes qui soutenaient la République, et il était facile d'imaginer Valentin parmi eux, surtout après la parution dans un journal d'un article signé Esmond Romilly et intitulé « De notre envoyé spécial sur le front ».

Marion le parcourut, les mains tremblantes. Le texte décrivait de violents affrontements à l'extérieur de Madrid. Valentin y avait-il participé ? Il ne connaissait probablement rien aux armes à feu, lui qui avait toujours été pacifiste, mais les Brigades semblaient composées d'idéalistes et d'amateurs comme lui – des commerçants, des professeurs d'université, des serveurs. Quelle chance avaient-elles de l'emporter face aux soldats professionnels de Franco ?

Pendant ce temps, à Piccadilly, Édouard VIII restait le principal sujet de conversation. Des hommes d'État, des législateurs et des experts venaient désormais tous les jours s'entretenir avec le duc d'York. Depuis la galerie circulaire du dernier étage, Marion observait ce flot continu de personnages solennels qui passaient en contrebas et disparaissaient dans le petit salon.

Il y eut le Premier ministre Stanley Baldwin, serrant sa pipe d'un air stressé – tout le contraire du ministre des Affaires étrangères, Anthony Eden, séduisant et nonchalant dans son costume à rayures. La toque distinctive de la reine Mary fit plusieurs apparitions elle aussi, et Marion vit même une ou deux fois Alan Lascelles traverser le vestibule sans s'apercevoir de sa présence.

Plus la tension montait, plus elle se félicitait de ne pas avoir quitté le service de la famille royale. Distraire les petites princesses devint sa priorité. Elle les emmena nager, faire des courses et visiter des musées – en se déplaçant toujours en bus. Et le week-end, elles nettoyaient la Maison Miniature de fond en comble, y compris Margaret, qui pourtant détestait les corvées ménagères.

Elles lavaient la vaisselle du buffet en chêne quand elles entendirent passer une grosse voiture au-dehors. Les bras plongés jusqu'aux coudes dans l'eau savonneuse, Lilibet se figea.

– Qu'est-ce que c'est ?

– C'est oncle David ! glapit Margaret, qui s'était approchée de la fenêtre, les mains encore dégoulinantes.

Marion et Lilibet accoururent auprès d'elle. Une décapotable franchit en trombe le portail de la Loge Royale et effectua un virage à trois cent soixante degrés devant le perron en faisant voler les gravillons.

– Il y a quelqu'un avec lui ! s'exclama Margaret. Une dame !

Marion jeta un regard d'avertissement à Lilibet. Grâce en grande partie à ses efforts, la benjamine des princesses ignorait l'existence de Mme Simpson. De son côté, elle n'avait pas l'esprit tranquille. Wallis allait-elle se rappeler leur rencontre à fort Belvedere ? Si oui, cela promettait d'être gênant.

Mais cela remontait à loin. Non, c'était impossible. Et de

toute façon, il devait bien y avoir une chance, même minime, pour que la passagère de la voiture ne soit pas Mme Simpson.

Elles se dépêchèrent de regagner la Loge et trouvèrent le duc et la duchesse en tenue de jardinage près de leurs visiteurs. Une femme aux lunettes de soleil cerclées de blanc était assise à côté du conducteur. Son foulard blanc vaporeux laissait deviner des cheveux noirs séparés par une raie au milieu, et son teint pâle tranchait avec son rouge à lèvres carmin – la seule touche de couleur de son visage.

Marion sentit l'angoisse lui tordre le ventre.

– Nous arrivons de fort Belvedere, dit Édouard VIII, resplendissant dans son costume en tweed à carreaux et ses lunettes de protection.

Ses mains gantées reposaient sur le volant lustré de la voiture et ses cheveux blonds brillaient au soleil. Une cigarette coincée entre les dents, il sourit à son frère.

– Je me suis dit que tu aimerais voir ma belle Américaine.

– La voiture, oui. Pas la femme, marmonna la duchesse contre le bleu de travail de son mari.

Elle semblait mal à l'aise et consciente du contraste entre la tenue immaculée de la nouvelle venue et la sienne – un manteau noué avec une ficelle et des bottes en caoutchouc toutes sales.

– Qui est-ce ? demanda Margaret en tirant sur sa main.

Sa mère l'ignora.

– Monte faire un tour avec moi, Bertie ! lança le roi avec une bonhomie canaille.

Le duc jeta un regard sceptique à sa femme, avant de contempler avec envie le long roadster décapotable couleur crème, ses marchepieds, ses jantes lustrées, ses gros phares, ses sièges en cuir côtelé et ses chromes rutilants. L'engin était tout simplement magnifique.

– Tût, tût ! cria Margaret en dansant tout autour. Tût, tût !

– Tu peux klaxonner si tu veux, dit son oncle.

Il lui montra comment faire, et la petite pressa la boule en caoutchouc noir en criant de plaisir. Mme Simpson éclata de rire, mais le duc et la duchesse gardèrent le silence, eux, tandis que Lilibet restait sagement à leurs côtés.

– Monte, Bertie ! répéta gaiement le roi.

La duchesse appuya une main potelée dans le dos de son mari.

– Vas-y, dit-elle avec rage. Qu'on en finisse. Moi, je vais faire visiter le jardin à cette femme.

Mme Simpson se leva gracieusement du siège passager. Son tailleur moulant en maille sombre bordée de blanc, typique de la maison Chanel, soulignait son ventre plat et ses hanches inexistantes. À son poignet, un gros bracelet serti de pierres étincela au soleil.

Le duc prit place dans la voiture, et le roi et lui partirent dans un crissement de pneus et une nouvelle gerbe de gravillons.

Malgré ses talons hauts qui s'enfonçaient dans le sol, Wallis s'avança avec assurance vers la duchesse et lui adressa un grand sourire amical.

– Si vous emmeniez les filles se promener dans le bois en attendant qu'on prenne le thé, Crawfie ? murmura la duchesse par-dessus son épaule.

– Mais qui est-ce ? demanda encore Margaret lorsque Marion l'attrapa par la main pour l'éloigner.

Elle se tourna vers sa sœur, dont les airs supérieurs ne trompaient pas.

– Lilibet *sait*, elle ! Pas vrai ? Pourquoi est-ce qu'elle sait et pas moi ? Ce n'est *pas juste* !

À leur retour, un peu plus tard, elles surprirent des domestiques pressés derrière la porte du salon. Tout penauds, ils s'éparpillèrent sur-le-champ.

La découverte de la propriété et la balade en voiture étaient manifestement terminées. Plantées sur le seuil de la pièce, Marion et les princesses découvrirent le duc, la duchesse et leurs visiteurs installés devant l'âtre, d'où leur conversation flotta jusqu'à elles. Très détendue sur son fauteuil capitonné, Mme Simpson expliquait joyeusement à son hôtesse ce qu'elle pensait du jardin.

– Il est joli, mais je me demande si on ne pourrait pas l'améliorer en déplaçant quelques arbres. Et en faisant disparaître une partie de cette colline peut-être.

La duchesse fourra un gâteau dans sa bouche pour se retenir de répondre, mais sa mine en disait long et elle agita furieusement un pied sous son siège. Bien qu'elle eût troqué ses bottes en caoutchouc contre une paire d'escarpins, il y avait encore un petit quelque chose de dépenaillé chez elle.

Assis à côté de l'Américaine, le roi couvait cette dernière d'un regard empli d'admiration.

– N'est-elle pas *merveilleuse* ? En matière d'esthétisme, on peut dire qu'elle a l'œil. Vous devriez voir son appartement.

– J'adorerais, dit sèchement la duchesse.

Wallis lui décocha un sourire carmin éblouissant.

– Passez quand vous voulez, nous dînerons ensemble à la bonne franquette ! On a l'habitude.

À ces mots, la duchesse se mit à tousser.

– Mais on se régale à chaque fois, dit le roi. Et Wallis fait ses courses elle-même !

Écarlate et à deux doigts de s'étouffer, Elizabeth d'York attrapa un verre d'eau.

– Chez le poissonnier, je demande des truites qui font toutes la même taille, expliqua Mme Simpson. Et si le boucher ne coupe pas ma viande comme je le souhaite, je sors mon livre de cuisine et je lui montre le schéma correspondant.

– N'est-elle pas merveilleuse ? répéta Édouard VIII.

– Étonnante, dit la duchesse – ce qui n'était bien sûr pas du tout pareil.

Le roi fixait toujours sa compagne. Comme dans l'abbaye de Westminster, Marion eut le sentiment que ce regard exprimait une dévotion totale envers l'Américaine.

– Wallis est la personne la plus extraordinaire que je connaisse. La seule femme qui se soit jamais intéressée à mon travail.

– Vraiment ?

La duchesse avait un sourire pincé, et son intonation trahissait son scepticisme à l'idée que seule une femme exceptionnelle puisse s'intéresser au souverain dirigeant de l'Empire britannique.

Son beau-frère ne parut pas saisir l'ironie.

– Oh, oui. Elle adore que je lui raconte mes visites aux associations qui gèrent les logements sociaux, aux chômeurs du pays de Galles, et j'en passe.

À ce moment-là, la duchesse remarqua enfin la présence de ses filles sur le pas de la porte.

– Margaret ! Lilibet ! dit-elle en tendant les mains vers elles comme vers une bouée de sauvetage.

Marion retint son souffle. Wallis allait-elle la reconnaître et le faire savoir ? Mais lorsqu'elle s'approcha avec les fillettes, les grands yeux noirs de l'Américaine ne restèrent pas plus d'une seconde posés sur elle.

Cette nuit-là, Marion se réveilla en sursaut. Elle avait perçu un bruit. Était-ce encore Lilibet qui rangeait ses chaussures ? Elle soupira. Elle avait espéré lui changer les idées et la détourner ainsi de ses petites manies dictées par l'angoisse, mais peut-être n'était-ce qu'un vœu pieux – surtout après la visite du roi.

Grimaçant au contact du sol glacial, elle se leva et ouvrit sa porte. Le bruit venait en fait de la chambre de Mme Knight, un peu plus loin sur le palier.

Elle s'en approcha et tendit l'oreille. On aurait dit… mais non, ce n'était pas possible. Elle écouta encore. Si, c'était bien ça. Il n'y avait aucun doute. L'indomptable, l'inflexible Mme Knight était – qui l'eût cru – en train de pleurer.

32

Marion frappa à la porte. Un grincement lui parvint. Puis un grognement. Puis le bruit de deux grands pieds nus se posant sur le lino.

Elle n'avait jamais vu Mme Knight au sortir du lit, et le spectacle se révélait pour le moins singulier. La nourrice avait enfilé son gros manteau noir sur une ample chemise de nuit en flanelle blanche. À en juger par son état tout fripé, elle s'était couchée avec.

– Tout va bien ?

Question stupide. Le visage carré de la vieille femme ruisselait de larmes.

Mme Knight s'écarta d'elle. Ses cheveux, toujours coiffés en chignon la journée, pendaient en une longue tresse grise toute fine jusqu'en bas de son large dos.

– Que se passe-t-il ? insista Marion.

– C'est *lui* ! répondit-elle d'une voix étranglée.

Se pouvait-il qu'elle fasse allusion à quelque romance étouffée dans l'œuf ou à un amant secret et perfide ? L'hypothèse était pour le moins extraordinaire.

– Lui ?

Mme Knight se retourna avec colère.

– Il n'en fera qu'à sa tête, quelles que soient les conséquences pour tout son entourage !

Elle parlait du roi, comprit alors Marion.

– Vous pensez qu'il va épouser Mme Simpson ?

La nourrice plaqua une grande main blanche sur sa bouche et acquiesça en silence, les yeux brillants de larmes.

– Vous imaginez ce que cela impliquera pour Lilibet ?

Marion s'était tellement habituée à ne voir qu'un obstacle en Mme Knight que l'idée qu'elle puisse aimer elle aussi la petite princesse ne l'avait jamais effleurée.

Elle contempla de nouveau son manteau, porté manifestement pour se protéger du froid, et sa fine natte grise. Mme Knight avait-elle eu d'épais cheveux bruns éclatants de santé ? Elle avait été jeune, et peut-être belle, mais cette jeunesse et cette beauté s'étaient flétries au service de la famille royale. Tout comme ses chances de se marier – le titre qui lui avait été accordé était purement honorifique – et d'avoir des enfants. Il était même probable qu'elle n'ait jamais eu d'amant, de secret ni rien d'autre. Elle avait tout sacrifié à son travail.

Marion posa une main sur la manche rêche de son manteau. Toute sa rancœur et toute son antipathie pour cette femme venaient de s'évaporer. Comprendre, c'était pardonner, et elle comprenait à présent. Elle voyait la menace qu'elle avait constituée à ses yeux, elle, une jeune fille suffisante chargée du jour au lendemain de l'éducation de sa chère Lilibet. La duchesse n'avait pas dû lui expliquer grand-chose de la situation – si ce n'est rien du tout.

– Vous pensez vraiment qu'il va l'épouser ? C'est une étrangère, quand même. Une femme divorcée…

Mais à peine eut-elle prononcé ces mots qu'elle les jugea hors de propos. Elle avait pu constater combien le roi était dévoué à cette femme, et la conversation qu'elle avait surprise entre la duchesse et l'archevêque était encore fraîche dans sa mémoire.

– Et s'il devait abdiquer ?

– Il fera exactement ce dont il a envie, mademoiselle Crawford, répondit Mme Knight d'un air las. Il en a toujours été ainsi. Et ce sont des gens comme vous et moi qui devrons tout nettoyer derrière lui.

Dans sa bouche, une possible crise nationale s'apparentait presque à une bêtise enfantine.

– Oh, madame Knight, dit Marion en lui prenant le bras.

– Appelez-moi Alah, bougonna la nourrice. Il serait temps que vous le fassiez d'ailleurs. Une tâche immense nous attend peut-être. Veiller sur l'héritière du trône.

Le lendemain, elle se rendit à Rotherhithe. Elle ne se souciait plus que quelqu'un l'apprenne. Si Mme Knight était capable de fendre l'armure et de dévoiler ses sentiments les plus secrets, alors elle-même pouvait bien chercher à savoir ce que devenait Valentin.

Elle mit le tailleur que Norman avait retouché pour le mariage du duc de Kent et se prépara avec soin en se félicitant d'être récemment allée chez le coiffeur. Ainsi apprêtée, elle longea d'un pas pressé la rue toujours plongée dans le brouillard en faisant claquer ses talons sur les pavés.

Ce fut Philip qui vint lui ouvrir.

– Valentin n'est pas là, l'informa-t-il.

Elle accusa le coup.

– Il est en Espagne, c'est ça ?

– Tu ferais mieux d'entrer, soupira-t-il.

Elle s'installa avec lui dans la cuisine. Par les fenêtres crasseuses, la lumière dorée du soir éclairait les amoncellements instables de casseroles sales. Elle repensa à la fête qui s'était tenue dans cette pièce, à toutes les personnes présentes, à leurs rires.

Philip lui expliqua le trajet suivi par Valentin. Comme elle le craignait, il était parti avec Esmond. Ils avaient fait halte à Marseille, étaient montés à bord d'un cargo à destination de Valence, puis avaient été envoyés dans un camp d'entraînement à Albacete.

– Mais je suis sûr qu'il va bien, dit Philip après avoir avoué qu'il était sans nouvelles d'eux depuis un moment.

En ressortant, Marion s'appuya brièvement contre le mur de la maison, comme pour dire au revoir à quelque chose. Elle avait pourtant fait une croix sur Valentin longtemps auparavant – à supposer qu'ils aient un jour formé un couple. Leur idylle était une illusion. Seules la trahison de Valentin et sa souffrance à elle avaient été bien réelles. Alors pourquoi se comportait-elle ainsi ?

Parce qu'il y avait en elle un trop-plein d'amour et qu'elle ne pouvait l'offrir à personne, voilà pourquoi. À une exception près. Une petite fille dont l'image surgit dans sa tête lorsqu'elle descendit les marches du métro. Elle avait Lilibet, après tout. Lilibet, dont elle se sentait désormais aussi proche qu'une mère.

Pour leurs vacances en Écosse, cette année-là, les York délaissèrent le château de Balmoral au profit de Birkhall, un manoir situé à proximité sur le même domaine. Officiellement, ils souhaitaient avoir un peu plus d'espace, mais le bruit courait que le roi avait invité Mme Simpson, si bien que la véritable raison n'était pas difficile à deviner.

Birkhall était très différent du château. Cette grande maison blanche et labyrinthique se composait de plusieurs bâtiments accolés les uns aux autres – dont certains très anciens. Très romantique, l'ensemble se fondait bien plus naturellement dans la vallée du Dee que son voisin au style quelque peu incongru.

À l'intérieur, tout était plus plaisant à regarder, à commencer par les lambris en pin et les caricatures d'hommes politiques défunts de l'époque victorienne, qui changeaient du motif tartan, des cerfs et des portraits du prince Albert. Cerise sur le gâteau pour Marion : elle disposait d'une chambre moins sinistre que dans les autres demeures royales, avec même un tapis et une coiffeuse.

Un matin, assise devant son miroir, elle appliquait sur ses cils un peu de mascara compact à l'aide d'une petite brosse. Là, c'était mieux. Elle cligna des yeux et les écarquilla. Était-ce une nouvelle ride sur son front ? Et un pli d'amertume au coin de sa bouche ? Elle se mit très vite du rouge à lèvres, leva le menton en souriant à son reflet et sortit.

Les jardins de Birkhall étaient ravissants avec leurs pelouses luxuriantes et le ruisseau qui s'écoulait gaiement entre des bordures de rhododendrons et de cytises. Une brise quasi constante agitait les nombreux arbres en créant des conditions idéales pour le jeu que Marion venait d'apprendre à Lilibet. Le but était d'attraper des feuilles avant qu'elles touchent le sol, chacune d'elles représentant alors une journée de bonheur à venir. Lilibet adorait ça, et elle riait et sautait pour saisir les feuilles tourbillonnantes portées par les vents écossais au parfum de tourbe.

C'était justement ce qu'elle faisait à cet instant. Les cheveux dans les yeux, la princesse renvoyait l'image d'une joyeuse insouciance. Marion fut même prise d'un élan d'affection pour Dookie lorsqu'il tenta lui aussi d'attraper au vol quelques journées de bonheur.

– J'aurai une très, très belle vie ! annonça Lilibet, qui s'était servie de sa jupe pour collecter son butin.

Elle lorgna ensuite celui de Marion et se mordit la lèvre.

– Oh, Crawfie ! On dirait que vous n'aurez pas autant de chance.

– Seulement parce que je vous ai laissée presque tout

prendre, répondit Marion en souriant. J'ai sacrifié mes jours heureux pour vous.

À quelques pas de là, les York lisaient sur la pelouse.

– Qu'est-ce que c'est drôle ! s'écria la duchesse, hilare devant un roman de P. G. Wodehouse.

Le duc ne semblait pas s'amuser, lui. La mine soucieuse, il parcourait le *Times*, qui annonçait une nouvelle hausse du chômage accompagnée de troubles sociaux et de manifestations.

– Oh, Bertie ! s'impatienta son épouse. Ces types sont exploités à des fins politiques. Tout le monde le dit. Marcher d'un bout à l'autre du pays n'est franchement pas la meilleure façon d'affronter ses problèmes.

– P-peut-être, mais c'est la seule qu'ils connaissent, répondit-il en reposant son journal. Ils sont d-d-désespérés, Elizabeth. J'aimerais p-p-pouvoir les aider.

– Bertie, nous les aidons déjà.

– Certes, mais qu'est-ce que cela change pour eux qu'on inaugure une k-k-kermesse ici ou là ?

Sa femme se redressa sur sa chaise longue.

– Il ne s'agit pas que de ça, loin de là. Nous leur faisons oublier la pauvreté et la tristesse de leur existence. Nous leur apportons quelque chose en quoi ils peuvent croire. Une forme d'allégeance à la nation. Un sentiment de continuité.

Elle s'interrompit le temps d'avaler une gorgée de champagne.

– Rappelez-vous, Bertie : en matière de royauté, la clé du succès, c'est la succession.

Marion enviait à la duchesse sa vision assurée et simple du monde. Elle avait toujours perçu un fort tempérament derrière ses yeux bleus brumeux, et ce trait de caractère semblait se manifester de plus en plus.

Ainslie apparut soudain sur la pelouse.

– Ah, l'homme providentiel ! dit la duchesse en agitant gaiement sa coupe de champagne vide.

Mais le majordome n'avait pas de bouteille à la main, et ce fut vers le duc qu'il se précipita afin de lui murmurer quelques mots à l'oreille. L'air horrifié, Albert d'York se leva aussitôt.

– Bertie, que se passe-t-il ?

– L'hôpital d'Aberdeen ! D-David ! Il faut qu'on y aille…

Le couple partit au pas de course.

– Qu'y a-t-il ? demanda Lilibet à Marion. Oncle David est malade ?

– D'un certain point de vue, c'est tout à fait possible, marmonna Ainslie.

Le journal du soir arriva à Birkhall en milieu d'après-midi, avant le retour du duc et de la duchesse. Rentrée dans la maison pour y chercher des raquettes de tennis, Marion l'aperçut sur la console du vestibule.

En première page s'étalaient deux photos prises quelques heures plus tôt. Sur la première, on voyait Albert et Elizabeth d'York inaugurer la nouvelle aile de l'hôpital d'Aberdeen à la place du roi, qui avait prétexté un malaise à la dernière minute.

La seconde montrait le roi lui-même à la gare d'Aberdeen. Tout sourire, il avait gardé ses lunettes de protection et paraissait en pleine forme.

– Le train de Mme Simpson était en retard, dit Ainslie en passant près de Marion. Sa Majesté a été obligée de l'attendre. Apparemment, elle pensait que ses lunettes empêcheraient les gens de la reconnaître, mais tout le monde a compris de qui il s'agissait, bien sûr. Sauf un policier qui lui a demandé de déplacer sa voiture.

– Mme Simpson est donc là, dit lentement Marion.

Qui plus est dans des circonstances qui tenaient de la farce la plus grotesque.

– J'ai peur qu'Aberdeen ne le lui pardonne jamais, déclara

Ainslie. Ni le reste de l'Écosse, maintenant que l'histoire a fuité dans les journaux.

Ce soir-là, Marion sortit marcher un peu dans l'espoir de chasser un de ses maux de tête devenus fréquents.

La duchesse était revenue d'Aberdeen en furie, les traits déformés par la colère. La vue des gros titres de la presse n'avait rien arrangé.

– C'était si *ridicule* de sa part d'aller chercher *cette femme* en personne ! avait-elle crié en jetant le journal par terre. Il nous a fait passer pour de parfaits imbéciles, Bertie !

« Cette femme » semblait planer sur eux tel un grand nuage noir habillé en Chanel. Marion se dirigea vers les cairns. Elle voulait respirer l'air frais et pur de la montagne, prendre de la hauteur.

Et de fait, à chacun de ses pas, elle se sentait un peu mieux. Le chant des courlis, le murmure de l'eau des ruisseaux et les lagopèdes dans la bruyère en fleur lui firent bientôt oublier Birkhall et ses problèmes. Au bout d'un moment, les énormes tas de pierres se profilèrent à travers les arbres.

Purchase Cairn, le tout premier, avait été érigé pour commémorer l'acquisition du domaine. Marion et Lilibet trouvaient toutes les deux qu'il ressemblait à la proue d'un bateau à rames qui se serait écrasé là et enfoncé à moitié dans le sol.

Venait ensuite la pyramide dédiée au « Grand et Bon Prince Consort par sa Veuve au Cœur Brisé ». Marion s'arrêta devant en se rappelant sa conversation avec Lilibet au sujet de l'amour. *« Les gens tombent-ils vraiment par terre ? »*

Sa gorge se noua. Lilibet grandissait. Encore quelques années et elle aussi connaîtrait les joies et les affres de la passion. Marion espéra qu'elle aurait plus de chance qu'elle. Incapable de retenir ses larmes, elle s'appuya contre le cairn.

– Qu'y a-t-il ? demanda une voix empreinte de curiosité.

Elle se retourna vivement.

Une femme se tenait derrière elle – une femme aux cheveux noir de jais vêtue d'un long manteau élégant en lainage pied-de-poule. Ses escarpins ne portaient aucune trace de sa marche depuis la vallée et son visage au teint pâle, presque iridescent, ne trahissait aucune fatigue. Seule la sollicitude se lisait dans ses grands yeux noirs et le sourire de sa bouche rouge carmin.

– Racontez-moi vos malheurs, ma belle, dit Wallis Simpson d'un ton las. Et à mon tour, je vous raconterai les miens.

33

Quel choc. Surgissant à l'improviste de la forêt entre chien et loup, la méchante sorcière des cauchemars de Lilibet s'avançait vers elle. La vile séductrice, l'effrontée qui osait troubler la paix de la famille royale. Elle en resta muette.

Mme Simpson, elle, semblait très à l'aise.

– Je vous connais, non ? dit-elle avec cet accent traînant et chaleureux de Baltimore dont Marion avait gardé le souvenir. Vous êtes la fille que j'ai vue au fort, il y a un moment.

– Oui. Mais j'ai cru que vous l'aviez oublié le jour où vous êtes passée à la Loge Royale.

Les lèvres rouge carmin de l'Américaine esquissèrent un sourire sarcastique.

– Je me suis dit que cela vaudrait mieux pour vous, ma belle.

Marion mit quelques secondes à comprendre. Wallis l'avait protégée.

– Merci.

– De rien, répondit Mme Simpson, amusée.

Le cerveau en ébullition, Marion songea que sa première impression avait été la bonne. La maîtresse du roi n'était pas le monstre égoïste et arriviste dépeint par la rumeur, mais une femme compatissante et attentive envers autrui. Même une simple gouvernante. Elle aurait très bien pu mentionner leur précédente rencontre, ne serait-ce que par mesquinerie, pour contrarier la duchesse d'York et marquer un point contre elle, et pourtant elle ne l'avait pas fait.

L'injustice de la situation la frappa. Wallis avait l'air de quelqu'un de bien, mais les York ne voyaient en elle que « cette femme », une créature si horrible qu'elle ne méritait pas d'être appelée par son nom. Une menace pour leur bonheur et leur style de vie.

Elle aurait aimé les réconcilier, effacer tous les malentendus. Quelle pensée ridicule. C'était hors de question. Ils étaient allés trop loin. Elle-même représentait le seul pont entre les deux camps, mais pour ce que ça changeait…

Pour ce que ça changeait. Son esprit pila net. Et si elle se trompait ? Elle s'était toujours crue sans pouvoir, mais Marion Crawford, la modeste gouvernante, n'était-elle pas capable en fait d'influencer les grands de ce monde ?

L'idée était séduisante. Et puis Mme Simpson se montrait si compatissante envers elle. Une telle réussite pouvait-elle être à sa portée ? Après tout, on avait déjà vu des choses bizarres se produire, et dans cette famille plus qu'ailleurs. Oui, il y avait de l'espoir.

Sa respiration s'accéléra. Ce qu'elle envisageait de faire lui donnait le tournis. L'éblouissait. Si cela marchait, elle aurait sauvé les York. Voire la monarchie par la même occasion. Quelle ne serait pas leur reconnaissance ! Qui sait, peut-être érigeraient-ils un cairn en son honneur.

Toute cette réflexion n'avait duré que quelques secondes. Pendant ce temps, Wallis avait étendu son beau manteau sous elle.

– Si on s'asseyait ?

La femme qui occupait tant de place dans l'imagination des gens était en réalité si petite. Et si mince. Le bruit courait qu'elle ne se nourrissait que de café noir et de pamplemousse, qu'elle se pesait tous les jours et n'hésitait pas à s'affamer dès que la balance dépassait ne serait-ce que d'un cheveu les quarante-sept kilos.

Le cœur battant, au bord de la nausée, Marion se percha sur le gros rocher à côté d'elle. Un somptueux coucher de soleil automnal répandait une lumière dorée sur l'herbe. Elle se baissa et arracha un brin de bruyère d'une teinte pourpre particulièrement soutenue.

Wallis effleura sa main. Elle portait de superbes gants rouge vif très ajustés.

– Allez, ma belle. Dites-moi ce qui vous tracasse.

Marion avait la réponse toute prête. Elle pensa à Margaret sur le plongeoir de la piscine et aux encouragements de Lilibet. *« Vas-y, Margaret, saute ! »*

Oserait-elle sauter ?

– Vous, lâcha-t-elle.

Wallis eut un haut-le-corps.

– Moi ?

– Ils ont tous tellement peur, expliqua Marion en la fixant d'un air suppliant. Les filles, surtout. Elles sont terrifiées à l'idée de ce qui se passera si vous épousez le roi.

L'Américaine plissa le front – lequel était moins lisse qu'on ne l'aurait dit de loin.

– Ils veulent que je le laisse tranquille, c'est ça ? demanda-t-elle d'une voix neutre.

Un silence s'ensuivit – un silence tel que c'était comme si les oiseaux avaient retenu leur souffle. Dans l'ombre, les cairns derrière elles semblaient tendre l'oreille et guetter le tout dernier rebondissement dans la vie de la famille royale – après ceux dont eux-mêmes témoignaient par leur présence.

Wallis fronça ses sourcils parfaitement épilés et serra les poings.

Marion attendit elle ne savait quoi. Une explosion de rage ? Un juron furieux ? Un frisson la parcourut. En tant que maîtresse du roi, cette femme était toute-puissante. Qu'est-ce qui lui était passé par la tête ?

Un cri retentit alors, aigu et choquant.

– Ils veulent que *moi*, je le laisse tranquille !

Wallis se pencha en avant, le corps secoué de spasmes – non sous l'effet de la colère, mais de l'hilarité. Un grand éclat de rire sidérant qui brisa le calme du soir.

Marion le ressentit comme une douche froide. Elle s'était totalement méprise sur la situation. Mme Simpson n'avait aucune intention d'abandonner son amant royal. Pourquoi l'aurait-elle fait, du reste ?

Au bout d'un moment, Wallis redressa la tête et tapota d'un doigt les larmes qui coulaient sur ses joues. À coup sûr, elle allait lui reprocher sa stupidité et son impertinence.

– Je le quitterais bien, croyez-moi ! Rien ne me ferait plus plaisir.

Marion se raidit. Avait-elle bien entendu ?

– Surtout si cela pouvait aider ces petites, continua l'Américaine, non sans une certaine tristesse. Elles sont gentilles. J'aurais aimé apprendre à mieux les connaître. Je n'ai jamais eu d'enfants, moi.

Un espoir fou envahit Marion à ces mots.

– Renoncez à lui, dans ce cas. Ce serait la solution idéale. La famille royale vous en serait si reconnaissante. Ils…

Elle s'enflammait en parlant, ivre de son futur triomphe.

– Ma chère, dit Wallis en souriant, je ne peux pas.

Le monde cessa de tourbillonner, ralentit, puis s'arrêta.

– Mais pourquoi ? geignit presque Marion.

– Parce que *lui* ne renoncera jamais à moi. Et je vous défie d'essayer de dire non à un roi-empereur à qui personne n'a jamais rien refusé de toute sa vie.

Marion se rappela les airs énamourés d'Édouard VIII à la Loge Royale. Son regard idolâtre à l'abbaye de Westminster. Tous croyaient que c'était Wallis qui le tenait sous sa coupe, mais tous n'avaient pas entendu la créature gâtée et autoritaire dans le vestibule du 145, Piccadilly. « Bon sang, ce que je déteste être prince de Galles. »

Elle se ressaisit peu à peu. Tout cela sonnait vrai. Elle le croyait sans problème.

– C'est pour ça que les gens perdent leur temps en se liguant contre nous, poursuivit Wallis avec lassitude. Ils ne font que renforcer sa détermination à agir à sa guise.

« Il fera exactement ce dont il a envie, mademoiselle Crawford. Il en a toujours été ainsi. »

Wallis plissa de nouveau le front.

– On ne recule devant rien pour nous séparer. On répand des mensonges à mon sujet, on m'espionne, on essaie d'empêcher mon divorce... Je suis surprise de ne pas encore avoir eu un accident de voiture !

Sonnée, Marion fit rouler dans sa paume la brindille qu'elle avait ramassée et dont elle avait arraché toutes les fleurs. Elle n'avait plus rien à faire ici. Elle ne pourrait pas sauver les York, au bout du compte.

Pas plus qu'elle ne pourrait sauver Wallis. Comme Lilibet, cette femme vivait dans une cage dorée, mais la différence, c'était que personne ne se souciait d'elle ni ne désirait l'aider.

– Oh, je sais ce qu'on raconte, dit Wallis d'un ton pensif, en semblant se parler à elle-même. On dit que je suis une sorcière, une dominatrice, une sadomasochiste, et même un homme. On dit que David cherche une mère ou une nourrice de substitution, qu'il est déséquilibré. Oh, et aussi que je suis une amie proche de von Ribbentrop. Vous êtes au courant, bien sûr. Il paraît qu'il m'envoie dix-sept œillets rouges par jour – un pour chacune des fois où on a fait l'amour.

Devant son regard pénétrant, Marion hocha la tête à contrecœur. Le bruit selon lequel Mme Simpson entretenait des liens étroits avec l'ambassadeur d'Hitler – « Ribbenbutor », disait la duchesse pour moquer ses manières rustiques – s'était répandu comme une traînée de poudre parmi les domestiques.

– C'est faux. Je n'ai rencontré Ribbentrop qu'à deux reprises, lors de déjeuners à l'*Emerald Cunard's*. On propage de tels mensonges…

Les yeux de Mme Simpson se perdirent dans le vague.

– Et pour info, je ne veux *pas* être reine d'Angleterre. Qui pourrait souhaiter ça ? Personnellement, je n'imagine rien de pire. Être obligée de venir tous les ans dans ce *trou à rats*. De supporter les insectes. La pluie. Les cornemuses à l'aube. Il n'y a pas de décor plus laid au monde. Et ces scènes de chasse tout partout…

Marion se mit à rire. Wallis Simpson était une femme comme elle les aimait.

– Sans parler de la nourriture, qui est absolument *infecte*, enchaîna Wallis en lui souriant. Je n'ai pas vu un seul légume vert depuis mon arrivée. Et les gens ici ne savent même pas ce qu'est un club-sandwich !

Les épaules de son manteau, qui se découpaient très nettement dans la lumière du couchant, se soulevèrent et retombèrent.

– Je n'avais pas envie de venir à Balmoral, croyez-moi. Et comment aurais-je pu deviner qu'il y avait une cérémonie prévue dans ce fichu hôpital ? David ne m'a jamais dit qu'il était censé inaugurer une nouvelle aile. Quant à moi, je n'ai jamais voulu qu'il passe me chercher – ça ne m'aurait pas du tout dérangée de prendre un taxi à la gare. Mais il a insisté, et maintenant on me met tout sur le dos. La méchante sorcière a encore frappé.

Elle parut soudain vieille et fatiguée, et Marion se demanda quel âge elle avait au juste. Vingt ans de plus qu'elle, au moins, comme le roi. L'un et l'autre n'étaient plus tout jeunes.

Wallis consulta sa montre, puis se leva et épousseta son manteau.

– Il faut que je file. Il y a un dîner au château ce soir. Dieu seul peut dire quel sera le menu. Et les York sont de la partie. Je suis censée jouer les parfaites hôtesses, alors je ferais mieux de rentrer et de réviser mes bonnes manières.

Marion se leva à son tour. Déjà, Wallis s'éloignait, les mains dans les poches et le regard rivé sur le sentier dans la pénombre grandissante.

– Je suis désolée, dit-elle en la rattrapant.

Cela résumait fidèlement son sentiment. La situation était chaotique, pire encore que ce qu'elle avait cru. Mais le plus grave était qu'aucune solution ne se dessinait. Ils fonçaient vers un dénouement dramatique dont personne ne sortirait indemne – pas même la monarchie. Car que dirait le peuple lorsqu'il découvrirait tout ça ?

– M. Baldwin estime que je devrais quitter la Grande-Bretagne, lança Wallis par-dessus son épaule, comme si elle l'avait entendue réfléchir. J'ai une amie qui a une villa à Cannes, mais à quoi bon ? David me suivrait forcément.

– Je n'en doute pas, répondit Marion en avançant avec précaution entre les racines des arbres. Ce doit être difficile à vivre. En fait, ce doit même être effrayant.

Elle n'osait imaginer ce que c'était que de se retrouver seule face au monde entier.

– Parfois, oui. Les gens me crient dessus. Ils écrivent des choses désobligeantes sur les murs de ma maison et jettent des briques contre mes fenêtres.

– Mais… je croyais que personne n'était au courant en dehors des propriétaires des journaux nationaux.

– En effet, dit Wallis sans paraître s'en émouvoir. Ce sont eux qui sont à l'origine de ces intimidations. Ils payent des sous-fifres pour ça. Le pauvre M. Loo est terrifié.

– Votre majordome ? s'enquit Marion en se représentant une sorte d'homme à tout faire d'origine asiatique.

Wallis éclata de rire tout en se baissant pour passer sous une branche.

– Non, mon chien. Un cadeau de David.

Comme elle était courageuse, songea Marion. Courageuse, diplomate, intelligente et spirituelle. Généreuse et élégante aussi. Ironie du sort, elle aurait fait une parfaite reine.

Wallis se retourna soudain.

– Ne vous inquiétez pas, ma belle, dit-elle en lui pressant la main. Je peux me débrouiller. Et puis, je suis une dure à cuire. Il en faut plus pour m'abattre.

Elles approchaient du château et de l'endroit où le sentier se scindait en deux en allant d'un côté vers Balmoral et de l'autre vers Birkhall. Le soleil s'était couché et le paysage disparaissait peu à peu dans l'obscurité, mais Marion vit que Mme Simpson l'observait attentivement.

– Vous avez intérêt à faire comme moi et à vous endurcir, ma belle.

– Sans doute, oui.

– Parce que vous aimez quelqu'un dans cette famille.

– Vous voulez parler de Lilibet ?

Ce fut tout juste si elle distingua le hochement de tête de l'Américaine.

– Restez au service des York et ça se terminera mal pour vous aussi, déclara Wallis avec une pointe d'urgence dans la voix. Écoutez, je ne peux pas avoir d'enfants – j'ai raté le coche. Mais vous, vous avez encore le temps. Partez avant qu'il soit trop tard. Vous me le promettez ?

34

Noël approchait, et le nom de Mme Simpson était sur toutes les lèvres. La virée des petites princesses chez *Woolworths* se fit cette année-là au son de chants traditionnels détournés de façon satirique. « Les anges dans nos campagnes / Ont entonné l'hymne des cieux / Et le roi de Grande-Bretagne / Avec Wallis est bien au pieu » comptait parmi les plus populaires. Des blagues telles que « Édouard, Huitième du nom et Wallis, Sept huitièmes d'Édouard » faisaient rire tout le pays.

Mais dans les faits, la position de Wallis semblait tout sauf amusante. Marion avait ainsi entendu plusieurs versions différentes d'une soirée désastreuse à Balmoral.

– Elle s'est avancée vers moi, toute souriante et triomphante, avait déclaré la duchesse sans masquer son dégoût. Mais je suis passée droit devant elle et j'ai dit : « Je suis venue dîner avec le roi ! »

La conversation de Marion avec l'Américaine s'apparentait désormais à un rêve. Malgré tout, elle se demandait si ses suppliques n'avaient pas produit leur effet. Depuis la levée du black-out médiatique – dont l'élément déclencheur improbable avait été les critiques de l'évêque de Bradford sur le manque d'assiduité du roi aux offices religieux –, les gros titres de la presse affirmaient tous que Wallis avait fini par renoncer à son royal amant et qu'elle était partie se réfugier chez une amie en France.

Les gens ricanaient, doutant que cela soit vrai. Mme Simpson ne voulait pas rompre, en réalité. Elle fuyait le roi pour qu'il ait envie de la rejoindre. Quelle raison aurait-elle pu avoir de mettre fin à leur relation ? À présent qu'elle l'avait bien ferré et qu'elle le menait par le bout du nez, elle prenait du bon temps sur la Riviera et le traitait comme un laquais en comptant ses bijoux, ses billets et les jours qui la séparaient de son couronnement.

Les ragots en provenance de fort Belvedere faisaient état d'appels téléphoniques éplorés à Cannes. Les communications étaient si mauvaises qu'on entendait Sa Majesté crier, pleurer et supplier dans tout le château.

– Peu importe où tu vas, je te suivrai jusqu'au bout du monde ! avait-il braillé.

Wallis avait vu juste. Sa situation n'était pas triomphale, mais désespérée.

Savoir la vérité procurait en secret une grande satisfaction à Marion. Au fond, c'était un peu comme si elle avait été le seul témoin fiable de l'Histoire au moment même où elle s'écrivait.

Mais Wallis ne l'avait-elle pas prise pour une idiote ? Un après-midi, les bras chargés de cadeaux de Noël, Marion montait vivement les larges marches grises du perron du 145, Piccadilly et frappait à la porte en battant des talons, soulagée de retrouver bientôt la chaleur de la maison, les feux allumés dans les cheminées de marbre et les gros radiateurs en fonte, lorsqu'elle entendit un cri fuser derrière elle.

– Hé, regardez, c'est elle ! Mme Simpson !

Marion ne comprenait pas. Le *Ritz Hotel* était à quelques centaines de mètres de là seulement, de l'autre côté de la rue. Peut-être que Wallis avait été repérée au moment d'y entrer ?

Mais un groupe de passants se massait derrière les grilles de la maison.

– C'est elle, hein ?

– Sale pute d'Américaine ! lança quelqu'un en agitant un poing maigrelet dans sa direction.

Marion n'en croyait pas ses oreilles. Son tailleur, bien que retouché avec talent par Norman, ne ressemblait en rien aux créations Chanel de Wallis, et sa pèlerine était en fausse fourrure. Mais surtout – détail encore plus important –, elle avait vingt ans de moins qu'elle.

– Ce n'est pas moi !

Une femme se détacha à l'avant de la foule. Ses yeux brillaient de colère au milieu de son visage crasseux.

– T'avise plus de poser tes sales pattes sur Sa Majesté !

– Retourne chez toi, salope ! Laisse notre roi tranquille !

Quelque chose siffla près de l'oreille de Marion et s'écrasa contre le linteau. Elle contempla le jaune d'œuf parsemé de bouts de coquille et le blanc transparent qui coulaient le long de la pierre grise. Une partie avait éclaboussé sa pèlerine.

Elle se mit à claquer des dents sous l'effet de la terreur et martela la porte. Peine perdue, le battant resta obstinément fermé. Elle pressa durement la sonnette.

– S'il vous plaît, Ainslie ! S'il vous plaît, ouvrez !

Quand, au bout de ce qui lui parut une éternité, Ainslie s'exécuta enfin, Marion se jeta à l'intérieur de la maison et s'affala par terre en s'agrippant au tapis. Il ne faisait plus aucun doute que Wallis avait dit la vérité.

Mais ce n'était pas ça le pire. Il y avait eu un photographe à l'arrière de la foule. Peut-être l'avait-il prise pour Wallis, lui aussi. Au moins au début. Lorsqu'elle s'était retournée pour répondre à ces gens, il s'était éclipsé. Mais elle était sûre et certaine qu'il s'agissait de Tom.

Il ne l'avait pas aidée ni défendue, comme on était en droit de l'espérer de la part de quelqu'un dont on avait été proche. La porte dans son cœur sur laquelle figurait le nom « Tom », et qui de toute façon n'avait été qu'entrouverte, se referma sèchement à jamais.

Les fêtes de fin d'année se profilaient. Les York auraient dû partir à Sandringham et Marion en Écosse, mais personne n'allait nulle part pour le moment. Tout le monde attendait. La tempête couvait.

Marion voyait peu le duc et la duchesse. Albert d'York était constamment en rendez-vous, et son épouse clouée au lit par une succession de migraines. Habituée à préserver un semblant de vie normale dans des circonstances anormales, elle occupa les filles en les chargeant de faire des décorations de Noël. Elles en fabriquèrent en quantité et les accrochèrent partout dans la Loge Royale – laquelle, égayée par leurs guirlandes en papier, finit par offrir un contraste étrange avec l'atmosphère lugubre de cette période. Des bas tricotés par des petites mains tremblantes et remplis de cadeaux patientaient sous le grand sapin de Noël. De même que les années précédentes, Alah aurait droit à des sels de bain de couleur vive de chez *Woolworths*.

Les batailles d'eau appartenaient au passé, mais pas les parties de cartes âprement disputées le soir. Ce qu'elle considérait comme une source d'excitation regrettable avant l'heure du coucher était devenu pour Marion un moyen utile de dissiper la tension ambiante. Dans l'air qui fleurait bon le feu de bois, des cris résonnaient – « Brute ! », « Méchante ! » – chaque fois que Lilibet et Margaret s'adonnaient à des parties de Racing Demon. Les flammes dans la cheminée faisaient luire les lambris gothiques verts et les cadres dorés des nombreux tableaux, les épais rideaux des fenêtres cintrées les coupaient agréablement de l'obscurité extérieure, et Marion voyait là des scènes de bonheur domestique telles qu'on pouvait souhaiter en connaître. Au vu de la situation, pensait-elle, elle faisait du bon travail. Du très bon travail.

Un soir que – chose rare – ses traits fatigués étaient éclairés par la lumière dansante du feu, le duc d'York distribua des cartes pour une partie de vingt et un. Une cigarette fumait entre ses doigts fins. La duchesse, comme d'habitude, était cloîtrée dans sa chambre.

– Tout le monde est prêt ? demanda-t-il s'efforçant d'afficher un sourire crédible.

– Oui, papa.

Il se tourna vers Lilibet.

– C-c-carte ou passe ?

– Passe.

– Crawfie ?

– Carte.

Marion fut déçue de sa pioche. Elle n'allait pas réussir à se constituer la main gagnante qu'elle espérait.

C'était au tour de Margaret. Toujours impatiente, la benjamine des princesses appela une carte, puis une autre, avant de jeter son jeu avec rage.

– Perdu, ronchonna-t-elle.

Le duc secoua la tête.

– Tu devrais réfléchir un p-p-peu plus, Meg.

– C'est la faute au cousin Halifax, répondit-elle sans surprise.

– Alors le cousin Halifax devrait réfléchir un peu plus.

Après que le duc eut perdu lui aussi, Lilibet retourna ses cartes.

– Regardez, dit-elle, enchantée. Un triple 7 !

À cet instant, le téléphone sonna dans le vestibule. L'expression du duc, jusqu'alors chaleureuse et débonnaire, se figea brusquement.

– Votre Altesse, dit Ainslie en entrant dans le petit salon. C'est le fort Belvedere. Sa Majesté souhaite vous parler.

La duchesse apparut sur le pas de la porte dans une longue chemise de nuit blanche. Sans maquillage, les cheveux nattés, elle semblait avoir seize ans. Les filles levèrent la tête, étonnées.

– Maman ! Ça a l'air d'aller mieux !

Mais la duchesse n'avait pas l'air d'aller mieux, non. Elle se précipita vers son mari et lui prit la main. Ils quittèrent la pièce ensemble.

Lilibet avait encore gagné et sa sœur perdu le temps qu'une voiture démarre à l'extérieur, mais aucune des deux ne l'entendit par-dessus leurs cris de joie et de colère. Le gravier crissa, puis le bruit de moteur s'estompa au loin. Les York n'étaient toujours pas rentrés lorsque Marion alla se coucher.

35

Le lendemain matin, elle se présenta devant la chambre de la duchesse. Celle-ci l'avait fait demander, mais parce que sa porte était fermée et que des voix basses et pressantes s'élevaient derrière, Marion décida d'attendre un peu.

Puis la reine Mary sortit sur le palier. Elle qui se tenait toujours droite comme un *i* était toute ratatinée et voûtée, et faisait deux fois son âge. Même sa poitrine semblait avoir perdu de son volume.

– Ma foi, mademoiselle Crawford, dit-elle d'un air lugubre après que Marion lui eut fait la révérence, nous sommes dans de beaux draps, *nein* ?

Et elle s'éloigna d'un pas lourd en s'appuyant sur son ombrelle.

Adossée aux oreillers du lit bleu et jaune, la duchesse d'York paraissait toute chétive. Ses cheveux tressés retombaient sur sa liseuse en dentelle.

– Entrez, Crawfie, dit-elle faiblement.

Marion s'avança sur la moquette bleu pâle et fut étonnée lorsque la duchesse tendit une main vers elle, comme pour l'inciter à la saisir, elle qui pourtant évitait les contacts physiques. Ses petits doigts blancs serrèrent légèrement les siens et ses grands yeux améthyste se tournèrent vers elle.

– J'ai peur que nos vies soient bientôt bouleversées, Crawfie.

Marion frissonna. Ainsi, ce qu'elle redoutait était arrivé. La couronne était passée d'un frère à un autre, et la femme allongée dans ce lit n'était plus duchesse d'York.

– Votre Majesté…

Pour la deuxième fois en presque autant de minutes, elle s'inclina devant une reine, partagée entre le soulagement, le regret, et la surprise de voir que, après toute cette attente et toutes ces interrogations, les choses étaient allées si vite.

– Le déménagement au palais de Buckingham sera forcément douloureux, soupira la nouvelle reine.

Le message était clair, et ce fut pour Marion un coup de couteau en plein cœur. Un coup si brutal qu'elle en suffoqua presque. Elle était congédiée, comme ça, tout simplement. C'était logique, bien sûr. Le personnel ne manquait pas au palais pour prendre soin des petites.

Tout de même, elle trouvait ça rude. Elle avait espéré plus de… Quel était le mot ? Gratitude ?

Elle se ressaisit cependant. Elle n'avait jamais voulu autre chose, non ? Venir, puis repartir. C'était probablement aussi bien. Il n'était pas trop tard pour démarrer une nouvelle vie de l'autre côté du mur de verre. Elle allait rentrer chez elle, veiller sur sa mère.

– Oui, ma'am, articula-t-elle avec peine. Permettez-moi de vous souhaiter bonne chance pour la suite.

La reine se redressa brusquement.

– Vous n'avez pas l'intention de nous quitter ? demanda-t-elle d'une voix suraiguë.

Marion faillit en pleurer. On voulait toujours d'elle ! Mais elle se rappela sa mère, sa vie au-dehors, et elle hésita.

– Vous devez bien avoir conscience que le moment serait très mal choisi, continua la reine, tout en douceur et en persuasion cette fois. Nous avons besoin de vous. Margaret et Lilibet ont besoin de vous.

Et cela suffit. Le roi et la reine avaient besoin d'elle. L'héritière du trône aussi. Cette pensée brilla dans son esprit comme une lumière aveuglante et follement flatteuse. Sa mère comprendrait. Et la vie au-dehors pouvait attendre.

– Oui, Votre Majesté, s'entendit-elle répondre.

– Oh, une dernière chose, Crawfie. Prévenez les filles, voulez-vous ?

– Les prévenir ? s'exclama Marion. Quoi, que votre mari va devenir roi ?

Elle avait l'habitude de jouer les mères de substitution, mais tout de même, ce n'était pas une nouvelle anodine. Était-ce vraiment à une gouvernante d'informer deux petites filles que leur père et leur mère dirigeaient désormais la dynastie royale la plus célèbre au monde ?

– Il y a un problème, Crawfie ?

– Bien sûr que non, ma'am. Euh, Votre Majesté.

Marion fit la révérence et ressortit. Sa surprise initiale se teintait à présent de sidération. Les autres personnes qui comptaient sur elle, les autres projets qu'elle avait pu nourrir… tout cela s'effaçait devant son sentiment glorieux d'entrer dans l'histoire. Jusque-là, elle était restée dans les coulisses, mais elle faisait dorénavant de la figuration dans le plus grand spectacle qui soit.

Plus tard, elle emmena les princesses dans le boudoir et ferma la porte, en proie à une exaltation qu'elle avait du mal à réprimer. On lui avait confié une mission de la plus haute importance. Les filles, surtout Lilibet, se souviendraient toujours de cet instant. Elle-même y serait à jamais associée et elle était résolue à bien tenir son rôle. Pour cette raison, elle avait beaucoup réfléchi à ce qu'elle allait dire.

Plantées devant elle dans leurs kilts et leurs pulls assortis, Lilibet et Margaret paraissaient légèrement indignées.

– On a déjà fait nos devoirs, fit remarquer la benjamine.

– Je ne souhaite pas vous parler de vos devoirs, mais d'un

changement à venir, répondit doucement Marion, qui avait décidé d'aborder le sujet sous cet angle.

– Un changement ? s'étonna Margaret. De quel genre ?

– Un changement de maison.

– Mais je ne veux pas quitter notre jolie maison, moi !

– Pas même pour une plus jolie encore ? Et une plus grande ?

Le visage de la petite s'illumina.

– Une plus grande ? Alors ça va, oui.

Marion jeta un coup d'œil à Lilibet. Elle n'avait rien dit jusque-là et affichait une mine indéchiffrable. Sa capacité à masquer ses sentiments s'accentuait depuis quelque temps – tout le contraire de sa sœur, en qui on lisait comme dans un livre ouvert.

– Vous allez aussi changer de nom. À partir de maintenant, vous ne serez plus la princesse Elizabeth et la princesse Margaret d'York.

– On ne sera plus princesses ? s'étrangla Margaret.

– Plus princesses *d'York*.

– Je viens tout juste d'apprendre à écrire « York », moi !

Marion prit une inspiration. Cette conversation ne se déroulait pas comme prévu. Elle avait eu l'intention de la mener avec délicatesse, mais Margaret était bouleversée et prête à pleurer. Elle allait devoir cracher le morceau et renoncer à toutes ses formules soigneusement choisies.

– Vous allez déménager au palais de Buckingham, annonça-t-elle d'une traite.

Cela fit enfin réagir Lilibet.

– Quoi ? Pour de bon ?

– Oui. Vous êtes les filles du roi et de la reine d'Angleterre maintenant.

Les yeux larmoyants de Margaret brillèrent aussitôt de joie.

– Papa est roi et je suis la fille du roi ! commença-t-elle à chantonner en gambadant dans la pièce. Hourra !

Lilibet resta tranquille et impassible. Elle assimilait la nouvelle à sa façon, supposa Marion. Et peut-être entrevoyait-elle déjà une partie des conséquences possibles.

Margaret cessa ses cabrioles et se tourna vers son aînée, tout à coup impressionnée.

– Ça veut dire que tu seras reine après ?

– Oui, répondit Lilibet d'un ton très terre à terre. En effet.

36

– Tu te trompes de nom, papa, remarqua Margaret. Tu t'appelles Albert, pas George.

En emmenant les filles souhaiter bonne nuit à leur père, Marion avait trouvé le roi – car c'était en ces termes qu'elle devait penser à lui à présent – assis solennellement à son bureau, où il s'entraînait à apposer sa nouvelle signature sur une feuille de papier.

– Je m'ap-p-ppelle toujours Albert en privé, mais George en public.

– Le roi George, dit Lilibet. Comme grand-père.

– Exactement.

Et comme si la monarchie fonctionnait de nouveau normalement après une parenthèse aberrante. Personne ne mentionnait l'ex-roi.

Du moins pas dans la famille. Parmi les domestiques, en revanche, les ragots allaient bon train, en particulier ceux sur la scène d'abdication de fort Belvedere.

– Il n'y a pas d'encre dans ce fichu pot ! s'était exclamé Édouard VIII en agitant la plume royale devant le document fatidique – tant et si bien que quelqu'un avait fini par lui tendre un stylo-plume.

Il quitterait bientôt le pays à bord d'un destroyer de la

marine qui partirait de Portsmouth pour le conduire jusqu'à sa maîtresse. La date de son retour était inconnue et aucun de ses servants attitrés n'avait accepté de l'accompagner. Lui qui avait abandonné le trône se retrouvait à son tour abandonné.

Une ultime formalité attendait toutefois Édouard VIII : il devait prononcer à la radio son discours d'adieu à la nation.

Cela avait provoqué la première crise du règne de George VI. Le directeur général de la BBC, John Reith, avait en effet prévu de présenter Édouard VIII sous le simple nom de M. Édouard Windsor, mais le nouveau roi s'en était mêlé et avait accordé à son frère les titres d'Altesse Royale et de duc de Windsor.

– Voulez-vous écouter le discours avec moi, mademoiselle Crawford ? avait proposé Alah à sa manière toujours un peu bourrue.

De telles manifestations d'amitié, si elles restaient rares, n'étaient plus impensables.

C'est ainsi que, une fois les filles au lit, Marion s'installa dans la partie salon de la nurserie avec Mme Knight. Elles dont la vie avait été influencée plus que d'autres par les décisions d'Édouard VIII allaient prêter l'oreille ensemble à sa dernière allocution.

Alah s'était assise près du gros poste de radio en bois afin d'effectuer les réglages. Malgré le feu qui crépitait dans la cheminée, la pièce avait un côté plus sombre que d'habitude. Le brouillard au-dehors se pressait contre les carreaux. Les livres semblaient se blottir les uns contre les autres sur les étagères. Même les ours en peluche étaient tout sérieux.

Un clic retentit lorsque Alah alluma le poste et que la nurserie du 145, Piccadilly se joignit au reste de l'Empire. Marion imagina le vaste monde derrière les murs du palais royal. De l'Inde jusqu'au quartier londonien d'Islington, des confins sauvages du Canada jusqu'aux villages des Cotswolds, des gens écoutaient la radio. Tous devaient s'interroger sur les événements qu'elle-même avait suivis de près. Pour eux, les protagonistes de l'histoire n'étaient que des visages sur des photos, mais pour elle, ils étaient des êtres humains bien réels. Elle-même occupait une place dans leur vie. Une place importante. *Nous avons besoin de vous. Lilibet et Margaret ont besoin de vous.*

Alah éprouvait-elle la même chose ? Rien chez la nourrice ne le laissait penser. Elle avait pris son tricot et ses aiguilles cliquetaient calmement.

– Bien, dit-elle avec son doux accent du Hertfordshire. Voyons ce qu'il a à dire.

Une voix s'échappa du poste en provenance du château de Windsor.

– Il y a quelques heures, je me suis acquitté de mon dernier devoir en tant que roi et empereur…

À sa grande surprise, Marion sentit des larmes lui picoter les yeux. Les quelques mois précédents n'avaient été qu'une illusion, bien sûr. Édouard VIII n'avait jamais voulu monter sur le trône et n'était pas du tout taillé pour le rôle. Mais à certains égards, son départ était aussi une tragédie et une perte. Personne dans sa famille n'avait autant que lui l'aura d'une star, et il comptait parmi les personnalités les plus populaires au monde. Voir son règne se terminer ainsi était à peine croyable.

– Il m'est apparu impossible de continuer à porter le poids de mes responsabilités sans l'aide et le soutien de la femme que j'aime…, poursuivit la voix lasse et mélancolique à la radio.

Marion songea à Wallis, qui devait l'écouter depuis sa villa cannoise. Ses pires craintes étaient devenues réalité.

Édouard VIII évoqua ensuite son frère.

– Le Ciel l'a gratifié d'une faveur incomparable, que nombre d'entre vous ont aussi la joie de connaître, mais qui m'a été refusée jusqu'ici : un mariage heureux et des enfants.

Les aiguilles d'Alah ne faisaient plus aucun bruit, et la nourrice chercha un mouchoir dans sa poche.

– Désormais nous avons tous un nouveau roi. À lui, ainsi qu'à vous, son peuple, je souhaite très sincèrement le bonheur et la prospérité. Longue vie au roi !

Marion imagina la silhouette solitaire quitter l'ancienne forteresse et fendre le brouillard en direction de Portsmouth et d'un avenir incertain. Le règne d'Édouard VIII avait duré moins d'un an – tout juste trois cent vingt-cinq jours.

Il y eut un grincement, un froissement et un grognement étouffé. Alah se levait. Elle avait les yeux humides, nota Marion en faisant de même.

– Longue vie au roi, dirent-elles en chœur.

Le lendemain, George VI sortit de sa chambre au milieu de la matinée dans un splendide uniforme d'officier de marine bleu, blanc et or qui contrebalançait son visage pâle et hagard.

– Je le connais, celui-là, dit fièrement Margaret. C'est celui de l'Amiral de la Glotte !

– De la Flotte, la corrigea Lilibet.

Un pauvre sourire éclaira brièvement les traits creusés du nouveau monarque. Puis il informa Marion qu'il devait se rendre au palais de St James afin de rencontrer le Conseil d'Accession. La reine, elle, était toujours alitée.

– Cela veut dire que lorsqu'il reviendra déjeuner, il sera officiellement roi d'Angleterre, expliqua Marion aux filles après que la porte se fut refermée sur lui. Vous devrez faire la révérence.

– La révérence ? Devant *papa* ? s'étonna Margaret.

– Et devant votre mère aussi. Je sais, ça paraît bizarre. Si on allait s'entraîner avant qu'il rentre ? Il ne faudrait pas que vous vous affaliez par terre le moment venu.

Elles passèrent le reste de la matinée à effectuer une série de révérences toutes plus improbables les unes que les autres.

Celles de Margaret en particulier, théâtrales et exagérées, les firent éclater de rire à plusieurs reprises.

Ce furent pourtant deux révérences parfaites qui accueillirent le roi à son retour – et qui le laissèrent pétrifié et livide.

– Qu'y a-t-il, papa ? demanda Lilibet après un silence gêné. On ne les fait pas comme il faut ?

George VI secoua la tête. Il avait bien plus de mal que d'ordinaire à s'exprimer.

Marion supposa qu'une prise de conscience venait de s'opérer en lui. Il avait la preuve que l'impossible s'était réellement produit. Il était bel et bien roi d'Angleterre.

Ses yeux bleu clair débordant de larmes, il tordit entre ses fines mains son chapeau d'amiral orné de tresses dorées. Puis il se baissa, attira ses filles dans ses bras et les serra fort contre lui.

TROISIÈME PARTIE

Palais de Buckingham

37

C'était une souris. Assise sur sa serviette dans la salle de bains, elle lui retourna effrontément son regard sans avoir l'air le moins du monde effrayée. Bien au contraire, elle donnait l'impression d'être la propriétaire des lieux.

Derrière les grands salons d'apparat couverts de dorures, le palais de Buckingham était infesté de rongeurs et en très mauvais état. Ce matin-là, les rideaux de sa chambre étaient tombés par terre. Tout l'ensemble – la cantonnière, les rideaux eux-mêmes et la lourde tringle en laiton – s'était effondré à quelques centimètres à peine d'elle.

Et il y faisait froid, si froid. Le feu dans sa petite cheminée était sans effet contre l'humidité glacée qui la pénétrait jusqu'aux os. Pour ne rien arranger, le vent gémissait dans le conduit comme une armée de fantômes tragiques. Il était difficile de ne pas voir dans un tel délabrement une métaphore de l'état désastreux de la monarchie.

Le scandale de l'abdication était peut-être derrière eux, mais l'étendue des dégâts commençait seulement à apparaître. Le nouvel occupant du trône n'était pas populaire. Le bégaiement et la timidité de George VI alimentaient les rumeurs selon lesquelles il était fragile et faible d'esprit, et les médisants racontaient qu'il ne survivrait pas à son couronnement au mois de mai, *a fortiori* au fardeau de la royauté.

Mais au moins avait-il le soutien de Debo. Marion l'avait croisée par hasard à proximité du palais, peu après y avoir emménagé. La jeune fille portait un manteau de fourrure qui la protégeait du froid de ce mois de février.

– Comment vas-tu ? lui avait-elle demandé.

– Aussi bien que possible si on considère tout ce que je dois endurer, avait répondu Debo en levant au ciel ses grands yeux verts.

Les combats en Espagne avaient fait la une des journaux ce matin-là. Défendue par le gouvernement, la ville de Madrid subissait les attaques intensives des forces de Franco. Des centaines de volontaires internationaux avaient été tués. Debo avait-elle la moindre nouvelle de leurs amis ?

– Esmond est rentré après avoir attrapé la dysenterie. Il travaille dans la publicité maintenant.

– Et Valentin ?

– Aucune idée, désolée, avait dit Debo, avant de hausser un sourcil. Je ne pensais pas que tu tenais encore à lui. Vous deux, ça remonte à des années, non ?

Marion baissa les yeux en comprenant quelle image elle devait renvoyer à cette belle et riche enfant : celle d'une vieille femme usée. D'une subalterne. De quelqu'un qui faisait pitié.

Debo avait changé de sujet.

– Tu es au courant pour ma sœur Unity ? Elle est en Allemagne, avec le Führer. Ils déjeunent ensemble tous les jours et sont liés comme les doigts de la main.

– C'est *horrible*.

– Et il y a pire encore. Ma sœur Diana est tombée amoureuse d'Oswald Mosley. Elle a quitté son mari, et lui sa femme. Franchement, mon seul espoir maintenant réside de ton côté.

– De mon côté ?

– Le roi et la reine. Ils vont réintroduire les bals des débutantes et je compte bien en profiter pour me faire repérer par le vieux duc de mes rêves et vivre à jamais heureuse dans une grande baraque à la campagne. Mince, s'était-elle exclamée aussitôt après en jetant un coup d'œil à sa montre. Je vais être en retard chez le coiffeur !

Debout dans sa salle de bains, Marion observa la souris. L'animal avait un regard noir et mauvais. Un rongeur communiste, à coup sûr.

Alors qu'elle sortait dans le couloir au sol inévitablement recouvert de lino, un mouvement à son extrémité attira son attention. Elle reconnut le facteur du palais. L'existence d'un tel individu l'avait stupéfiée au début. Elle avait mis du temps à s'habituer à l'idée que ce château était en fait un village, et ses couloirs de véritables rues. Ses précédentes visites ne lui avaient pas permis de prendre un tant soit peu la mesure de sa superficie – qui excédait tout ce qu'elle avait imaginé.

Le facteur s'avança vers elle en sifflotant tout bas, mais faux.

– Il y a une souris sur ma serviette de toilette, l'informa-t-elle.

L'homme était grassouillet, avec un visage rond et rose. Il porta un doigt à ses lèvres et se pencha vers elle d'un air complice.

– Pas si fort ! Tout le monde va en vouloir une, sinon.

– Ha, ha. Très drôle. Mais j'aimerais m'en débarrasser.

– Il va falloir appeler le dératiseur, dans ce cas. C'est lui qui s'occupe des rongeurs. Vous le trouverez dans le livre vert. *Ciao*, ma chère.

Et il s'éloigna en continuant à siffloter.

Marion retourna dans sa chambre. Les trous dans le mur au-dessus de la fenêtre ressemblaient à des blessures béantes. Enjambant le cadavre de ses rideaux, elle s'approcha de son bureau, sur lequel reposait le fameux livre vert – un annuaire épais, frappé de la couronne royale et intitulé « Fonctions et

Adresses des membres des Maisons Royales de Leurs Majestés, des Officiers d'État, ainsi que des autres Maisons Royales ».

Le premier soir, Marion l'avait parcouru avec incrédulité. Ce palais décrépit comptait plus de quatre cents domestiques, la plupart affublés de titres bizarres et obscurs. Il y avait un Gardien de l'Orfèvrerie, un autre chargé de l'Argenterie, et même un Gardien des Verres et de la Vaisselle en porcelaine. Un Grand Fauconnier héréditaire et un Maître des Corbeaux. Un Maître de Barge, un Gardien des Cygnes, un Historiographe Royal et un Adjoint du Bâton d'Argent. Des Aides de Camp – un premier et un second – et une flopée d'Écuyers, d'Écuyers Additionnels et d'Huissiers.

Elle avait secoué la tête en le feuilletant. Cette liste était-elle romantique ou ridicule ? Elle savait ce qu'elle aurait pensé autrefois, mais à présent qu'elle faisait partie de la Maison Royale, elle avait de plus en plus de mal à en juger.

Il y avait d'autres choses auxquelles elle allait devoir s'habituer, comme les distances à parcourir à l'intérieur du palais. Au 145, Piccadilly, elle mettait deux minutes à rejoindre le boudoir de la duchesse depuis sa chambre. Au palais de Buckingham, il lui en fallait dix pour se rendre dans la salle de classe.

Au moins disposait-elle cette fois d'une grande pièce lumineuse donnant sur le jardin. La première à avoir été retenue se trouvait au dernier étage, là où le roi lui-même avait été instruit dans son enfance, mais à peine eut-il redécouvert avec elle cet espace étriqué et sombre avec des barreaux aux fenêtres qu'il s'était empressé de refermer la porte.

– Non, ça ne convient pas du tout.

Ses déjeuners avec la famille étaient révolus. Désormais, elle prenait ses repas avec les membres de la Maison Royale. Cela supposait de suivre un itinéraire encore plus complexe que celui menant à la salle de classe, parce qu'elle devait longer des passages interminables et tourner à l'angle de couloirs qui se ressemblaient tous. Les premières fois, elle était arrivée en retard, un peu paniquée. La salle à manger des grands serviteurs du roi ne le cédait en rien à un salon d'apparat, et sa table accueillait une foule d'employés dont les couverts en argent se déployaient comme des ailes de chaque côté de leurs assiettes décorées de couronnes. Il y avait aussi des fleurs dans des vases en argent, des sets d'assaisonnement – toujours en argent –, d'énormes serviettes et plusieurs verres en cristal pour chaque personne. Sans oublier des valets de pied aux vestes ornées de galons rouge et or. Des domestiques pour servir les domestiques.

Les membres de la Maison Royale n'en avaient pourtant guère l'apparence. Les dames de compagnie avaient toutes d'épais cheveux soyeux et des silhouettes élancées. Les écuyers, eux, se distinguaient par leurs traits nobles – de ceux qu'on associait aux lignées anciennes et aux blasons de l'aristocratie. À côté d'eux, Marion s'était fait l'effet d'une nouvelle élève dans une école très sélecte qu'elle n'était pas du tout sûre d'apprécier.

Elle s'y était vite faite, cependant, et reconnaissait à présent la plupart des habitués. Sauf ce jour-là, où elle se découvrit un voisin de table inattendu en la personne d'un homme brun et très mince au visage taillé à la serpe.

– Monsieur Lascelles ! s'exclama-t-elle.

Le rouge lui monta aussitôt aux joues. Avait-elle paru trop ravie de le voir ?

Il haussa un sourcil et esquissa un sourire.

– Comment trouvez-vous le palais, mademoiselle Crawford ?

Elle se ressaisit.

– Puis-je être franche avec vous ? Ma chambre tombe en ruines et il y avait une souris dans ma salle de bains ce matin.

Un écuyer assis quelques places plus loin se pencha en avant.

– Juste une ? lança-t-il gaiement. J'en ai compté trois dans la mienne !

Des rires fusèrent tout autour de la table. Lascelles se tapota la bouche avec sa serviette.

– Le chantier de rénovation a un peu de retard, sans doute.

De nouveaux rires accueillirent sa réponse, avant que le léger brouhaha des conversations reprenne. Marion se prépara à attaquer son assiette de saumon fumé. Sa mauvaise humeur s'était envolée et elle se sentait même portée à l'espièglerie. Était-ce grâce à Lascelles ? Elle avait envie de capter son attention, en tout cas.

– En fait, murmura-t-elle en se rapprochant de lui, la souris n'est pas la seule chose dont j'aie à me plaindre. La dernière fois que nous nous sommes parlé, vous m'avez induite en erreur.

– Vraiment, mademoiselle Crawford ? Comment cela ?

– Vous m'aviez dit que le roi avait encore de nombreuses années devant lui et que le prince de Galles n'épouserait pas Mme Simpson, dit-elle avec un petit sourire en coin.

Lascelles la dévisagea. Elle soutint son regard jusqu'à ce qu'il baisse les yeux, l'air chagrin.

– Vous avez tout à fait raison, mademoiselle Crawford. J'ai répété les informations dont je disposais dans le premier cas, et j'ai exprimé mon avis dans le second. Mais je me suis trompé, en effet.

Ce personnage hautain n'avait pas souvent dû faire un tel aveu, pensa-t-elle en se laissant gagner par un sentiment de triomphe – teinté aussi, il fallait bien l'admettre, d'une pointe d'excitation.

– J'aimerais voir papa, se plaignait de plus en plus Margaret.

– Tu ne peux pas. Il fait son métier de roi, répondait sa sœur.

De fait, George VI n'avait presque plus une minute à lui. Il apprenait l'art d'être roi sur le tas, et en partant de zéro. Finis, les après-midi passés à jardiner et les soirées à jouer aux cartes. Détail touchant, il avait placé les chevaux à bascule de ses filles devant son bureau afin de pouvoir les entendre et les sentir près de lui quand elles s'amusaient avec.

– Il est plus souvent avec M. Lascelles qu'avec nous, râla un jour Margaret. Je ne l'aime pas, lui. Et vous ?

Elle fixa brusquement Marion, qui ne put s'empêcher de rougir.

– Ha ! Crawfie est amoureuse de M. Lascelles !

– Ne soyez pas ridicule !

Mais la vérité était qu'elle appréciait beaucoup le secrétaire privé du roi. Sous ses dehors parfois prétentieux, elle percevait un homme drôle et érudit qui avait de la conversation. Elle attendait même avec impatience l'heure du déjeuner désormais et était déçue lorsque ses obligations professionnelles le retenaient à l'extérieur.

En revanche, il ne venait jamais dans la salle de classe, aussi fut-elle surprise lorsque, un après-midi, sa silhouette sombre apparut sur le pas de la porte. Il semblait très contrarié.

– Monsieur Lascelles ? dit-elle en s'efforçant d'ignorer les papillons dans son ventre.

Ses yeux aux paupières tombantes balayèrent les lieux avec méfiance. Assises à leur bureau, les princesses levèrent la tête vers lui. Margaret affichait une mine particulièrement angélique.

– Je ne cesse d'être convoqué auprès de Sa Majesté, grommela-t-il sous sa moustache.

– Mais n'est-ce pas votre travail, monsieur Lascelles ? demanda la voix flûtée de la fillette.

– Pas nécessairement, dit-il d'un ton sec. Surtout quand je constate que Sa Majesté ne m'attend pas. Mademoiselle Crawford, d'après le standard du palais, ces convocations émanaient du téléphone de la salle de classe.

Celui-ci avait été installé peu de temps auparavant et Margaret adorait jouer avec. Marion haussa un sourcil dans sa direction, mais la benjamine des princesses se contenta de battre innocemment des cils.

Lascelles lui jeta un dernier regard suspicieux qui se voulait un avertissement, puis refit face à Marion. L'ironie amicale qu'il manifestait durant leurs pauses déjeuner avait disparu, et son visage n'exprimait plus qu'un mépris glacial – non seulement envers le piètre contrôle qu'elle exerçait sur ses deux élèves, mais aussi envers elle. Une vague de désespoir envahit Marion, en même temps qu'une colère sans nom contre Margaret, qui avait de toute évidence agi exprès pour la mettre dans l'embarras.

La porte ne s'était pas encore refermée que, déjà, la coupable éclatait d'un rire strident.

– Margaret ! tonna Marion.

La fillette battit de nouveau des cils.

– C'était le cousin Halifax !

– Oh, Crawfie, soupira Lilibet. Que va-t-on faire d'elle ?

Ça n'a pas d'importance, ça, songea Marion. Qu'allait-elle plutôt faire d'Alan Lascelles ? Il serait dangereux d'avoir un ennemi de cet acabit.

38

Au printemps 1936, alors que les arbres commençaient à fleurir, les troupes d'Hitler avaient occupé la Rhénanie, défilant au pas cadencé à travers Essen, Düsseldorf et Cologne, en violation du traité de Versailles. Furieuse, la France avait exigé une réaction internationale, mais à la Chambre des communes, le ministre des Affaires étrangères Anthony Eden n'avait promis de l'aider que si elle était attaquée. Dans le cas contraire, la Grande-Bretagne s'en tiendrait à sa politique de négociation. Marion avait suivi tous ces événements en se rappelant avec inquiétude les avis émis lors de la soirée à Rotherhithe Street : rien ne pouvait tempérer les ambitions d'Hitler.

Cette opinion n'était pas la plus répandue, cependant. Beaucoup au sein de la Maison Royale considéraient que tout valait mieux qu'une autre guerre, et une certaine sympathie s'exprimait même à table envers les positions germaniques.

– Je ne peux pas en vouloir aux Boches, avait déclaré l'un des écuyers. Après tout, ils se sont pris une bonne raclée la dernière fois.

À ce moment-là, le couronnement d'Édouard VIII était prévu un an plus tard. D'après ce que Marion avait pu comprendre, ce délai visait à donner à l'*Earl Marshal*, duc de

Norfolk, tout le temps nécessaire à sa préparation. George VI ayant dans l'intervalle succédé à son frère, elle apercevait le personnage à l'occasion lorsqu'il venait s'entretenir avec ses employeurs. Pour quelqu'un chargé d'une mission de coordination d'une telle ampleur, il paraissait curieusement désorganisé. Presque débraillé, en fait.

La cérémonie aurait lieu le 12 mai 1937, soit la date fixée au départ pour Édouard.

– Même date, autre roi, avait commenté le marquis de Cholmondeley – dont le beau nom, avait découvert Marion avec étonnement, se prononçait « Chumley ».

En tant que lord Chambellan, il secondait l'*Earl Marshal* dans ses fonctions, et elle savait pour avoir étudié la question avec les filles que son rôle autrefois consistait à apporter au monarque sa chemise le matin du couronnement et à lui présenter ensuite ses éperons. En récompense de ses services, il était autorisé à conserver la tenue dans laquelle le roi avait dormi.

– Mais sûrement plus maintenant, dit Lilibet. Papa met des pyjamas en flanelle. Qui pourrait avoir envie de les garder ?

Malgré ses efforts pour le cacher, le nouveau roi redoutait cette cérémonie au moins autant que la reine savourait les séances d'essayage de sa robe et de sa traîne. On la croisait souvent dans les couloirs avec un drap accroché à ses épaules et une couronne sur la tête.

– Je veux m'habituer à son poids, mes chéries, disait-elle à ses filles impressionnées.

À mesure que le temps s'améliorait, Marion reprit progressivement ses cours à l'extérieur. L'endroit préféré des princesses dans les jardins du palais n'était pas à côté des jolies bordures de fleurs, ni sur les terrasses immaculées, mais en haut d'un petit monticule, à proximité du mur d'enceinte donnant sur la rue.

– J'aimerais avoir un manteau comme celui-là ! s'exclama

un jour Margaret, qui adorait commenter les vêtements des autres enfants et dont l'intérêt pour la mode s'affirmait de plus en plus.

Au même instant, un profil familier se dessina derrière la vitre arrière d'une voiture noire qui passait devant elles.

– Regardez ! Regardez ! C'est maman ! dit Lilibet.

– On ne la voit presque plus, soupira Margaret.

La charge de travail de la reine avait quadruplé depuis leur arrivée au palais. Il y avait sans cesse des rubans à couper et des pierres inaugurales à poser.

Avant qu'un silence lugubre s'installe entre elles, Marion leur adressa un grand sourire.

– Que diriez-vous de jouer à « Si on pouvait… » ?

– Oh, oui !

Sa tristesse envolée, Margaret se mit à sautiller en chantant.

– Si je pouvais être tout ce que je voulais, savez-vous ce que ce serait ?

– Une petite fille sage ! plaisanta Marion – sa réponse habituelle.

– Non, je serais…

Margaret marqua une pause, réfléchit, puis débita une série de professions hors du commun :

– Une femme pirate ! Une star de cinéma ! Une danseuse ! Une aviatrice !

Elle avait été soufflée par les exploits des aviatrices Amy Johnson et Amelia Earhart, tels que les avait rapportés *The Children's Newspaper*.

Marion se tourna vers Lilibet.

– Et vous ?

L'aînée des princesses avait tendance à prendre ce jeu beaucoup plus au sérieux et s'efforçait en général de le relier au vrai monde, celui extérieur au palais.

– Je serais garçon boucher, dit-elle alors qu'un représentant de cette profession passait à vélo dans la rue avec un panier rempli de viande.

– *Garçon boucher !* répéta Margaret, horrifiée. Ça veut dire que tu serais *pauvre* !

– Peut-être, mais j'aurais un vélo, et ce serait bien utile. Je pourrais rouler dans les couloirs et apporter notre dîner plus vite dans la salle à manger. Comme ça, il ne serait pas froid le temps d'arriver.

Il n'y avait pas que les domestiques que la superficie du palais incommodait. La distance entre les cuisines et la table royale était considérable.

– Il est l'heure de nous remettre au travail, dit Marion en se levant.

Mais une silhouette massive vêtue de noir traversa alors la pelouse dans leur direction. Avançant d'un pas décidé, Alah s'approcha de Margaret et la prit par la main.

– M. Birley requiert votre présence.

Marion pesta intérieurement. M. Birley était l'un des artistes chargés de réaliser un portrait de la nouvelle famille royale. C'était un homme charmant, mais très importun.

Margaret, elle, sautilla de joie. Elle adorait être admirée et regardée, si bien que se pomponner et poser pour un peintre s'apparentaient à un jeu merveilleux à ses yeux.

Lilibet se montrait moins enthousiaste, même si elle se pliait aussi docilement à l'exercice qu'à tous ses autres devoirs.

– Plutôt toi que moi, murmura-t-elle en s'éloignant vers le lac.

Énorme miroir d'argent au milieu de toute la verdure environnante, le lac était bordé de gracieux saules pleureurs au large port. Au milieu se trouvait une île sur laquelle des canards avaient construit leur nid. Lilibet s'intéressait beaucoup à eux – comme à tous les animaux, du reste.

Pendant ce temps, Alah se plaignit à Marion de tous les

dérangements qu'elle devait subir dans sa journée – après l'avoir elle-même interrompue.

– Ils *prétendent* que ça se calmera après le couronnement !

Puis elle enchaîna sur Norman Hartnell, à qui avait été confié le soin de réaliser la tenue des filles pour la cérémonie.

– Un homme comme ça au palais !

– Un homme comment ? dit Marion, même si Norman était le premier à plaisanter de l'homophobie de la nourrice en exagérant ses gestes efféminés dès qu'elle était dans les parages.

Il se souciait peu de ce qu'elle pensait, de toute façon. Étoile montante de la couture, il devait aussi confectionner les robes des dames d'honneur de la reine.

– Ça m'a demandé pas mal de recherches, avait-il dit. J'ai dû dénicher de fines étoffes de soie et du menu-vair. Et apprendre à faire une tunicelle, figurez-vous.

– Une quoi ?

– Une sorte de tunique, très chère, avait-il répondu, le regard espiègle. Ce sera bientôt la grande mode. Nous en porterons tous une !

Seul point noir à ses yeux : la consécration ultime, à savoir la mission d'habiller Sa Majesté pour son couronnement, avait échu à la même Mme Handley-Seymour qui, selon lui, avait « commis » la robe de mariée de la reine en 1926.

Pendant qu'Alah rentrait au palais en maugréant, Marion se dirigea vers le lac. Il fallait qu'elle ramène Lilibet à ses études.

La rive avait l'air déserte, et elle ne vit aucune enfant en kilt et socquettes blanches dans les parages. Peut-être que, en gentille fille toujours sage, Lilibet avait regagné d'elle-même la salle de classe.

Mais il y avait quelque chose dans l'eau. Quelque chose qui faisait de grands gestes.

– Crawfie ! J'ai voulu voir les nids des canards et je suis tombée !

Marion soupira. Lilibet avait passé son brevet de sauvetage à la piscine et ne risquait rien, mais Alah ne l'entendrait pas de cette oreille. Elle s'élançait vers la fillette quand une ombre noire la doubla au pas de course. Un splash retentit. Quelqu'un l'avait devancée.

Alan Lascelles émergea peu après du lac avec Lilibet. Tout dégoulinant et couvert d'herbes aquatiques, il était méconnaissable.

– Mais je sais nager ! protesta Lilibet. J'ai mon brevet de sauvetage !

– En effet, confirma Marion, à la fois horrifiée et amusée.

Horrifiée car elle imaginait bien qu'après l'incident avec le téléphone, celui-là serait le bouquet. Et amusée parce que le secrétaire privé de Sa Majesté était maculé de vase et tout penaud.

– Je l'ai vue depuis ma chambre, dit-il, essoufflé. Je croyais qu'elle était seule.

Marion nota soudain combien ses épaules paraissaient larges sous sa chemise mouillée, et combien aussi, quand il l'enleva pour l'essorer et s'essuyer le visage, son torse mince était musclé. La peau luisante sous le soleil, il se sécha jusqu'à la taille. Marion s'obligea à se concentrer sur le problème le plus urgent. Lilibet était trempée et Alah ne manquerait pas d'aller prévenir la reine si elle l'apprenait.

– Il faut que je la ramène à l'intérieur avant…

Elle s'interrompit, peu encline à dévoiler à Lascelles la nature de ses rapports avec Mme Knight. Il n'y avait guère de chances pour qu'il compatisse – surtout s'il gardait un souvenir cuisant du tour que lui avait joué Margaret.

– Avant que le vieux dragon qui lui fait office de nourrice le découvre ? ironisa-t-il.

Conséquence de son plongeon dans le lac, sa raie si parfaitement droite avait disparu et ses cheveux trempés pointaient dans tous les sens en lui donnant l'air d'avoir quinze ans.

– Si on veut, oui.

– On peut l'envelopper là-dedans, proposa-t-il en montrant la veste qu'il avait ôtée dans sa course. Et on la fera entrer par mes appartements. J'ai un accès direct au jardin. Elle n'aura qu'à se servir de ma salle de bains pendant que vous irez lui chercher des vêtements secs. Le dragon n'en saura rien.

Elle le dévisagea, stupéfaite. Pourquoi essayait-il de l'aider ? Il n'avait aucune raison de le faire – c'était même tout l'inverse. Mais peut-être avait-il oublié l'histoire du téléphone. Elle remontait à plusieurs semaines après tout.

– Merci, dit-elle, très reconnaissante.

Et aussi charmée.

Le logement de Lascelles était bien plus luxueux que le sien. Pendant que Lilibet prenait un bain chaud, Marion observa les lieux. Il y avait des tapis, des canapés, des étuis à cigarettes en argent, du bois poli, des miroirs. Par une porte ouverte, elle aperçut le bout d'un lit double drapé de bleu. Ce qui ne la laissa pas indifférente.

– Vous avez un bel appartement, monsieur Lascelles.

– Tommy. C'est comme ça que tout le monde m'appelle, répondit-il en se séchant les cheveux avec une serviette.

– Et moi c'est Marion.

Sur le manteau en marbre de la cheminée se trouvait le portrait d'une blonde à la mine impérieuse.

– Ma femme. Son père est le vice-roi des Indes.

Ces mots provoquèrent en elle une bouffée de jalousie qui la prit au dépourvu. Elle eut soudain conscience de sa jupe couverte de taches d'herbe et songea avec dépit que son rouge à lèvres n'avait sans doute pas tenu depuis ce matin-là.

Constatant que Lascelles l'observait, elle s'efforça de masquer son trouble et eut l'audace de demander :

– Comment s'appelle-t-elle ?

– Joan, répondit-il, tout près d'elle.

Sa robe de chambre en soie à motif cachemire était lâchement ceinturée et le parfum de sa peau chatouilla les narines de Marion. Il était nu sous ce peignoir, pensa-t-elle.

– Elle vit à la campagne, précisa Lascelles.

Son souffle était chaud. Elle croisa son regard avec nervosité et crut voir une invitation dans ses yeux noirs enfoncés dans leur orbite. Le désir fusa en elle sans prévenir, mais elle s'écarta et tenta de se maîtriser en observant les pelouses derrière la fenêtre.

Qu'est-ce qui lui prenait ? Elle avait perdu la tête ! Une liaison, en particulier avec un homme marié – et *celui-là* plus encore que les autres –, était hors de question. Comment pouvait-elle même l'envisager ?

– Vous avez une très jolie vue, dit-elle.

Il parut se ressaisir à son tour et adopta de nouveau un ton léger et distant.

– Elle n'est pas mal, oui. Mais ça se dégrade dès qu'il y a une garden-party. Les fêtes dans les jardins du palais me font penser au Jour de la Résurrection. On y aperçoit tant de personnes qu'on croyait mortes.

Elle éclata de rire. Avait-elle imaginé le regard appuyé et ténébreux qu'elle avait senti posé sur elle ? Rien ne prouvait l'existence du moindre sous-entendu de la part de Lascelles.

39

Pendant ce temps, la situation ne s'arrangeait pas dans le pays. En octobre 1936, Oswald Mosley et ses soutiens fascistes avaient tenté de défiler à travers l'East End, provoquant de graves affrontements avec la police. Et le matin suivant la bataille de Cable Street, comme on la surnommait, un groupe de chômeurs des chantiers navals de Jarrow avaient entamé une marche sur Londres. Contrairement aux nombreuses autres marches qu'avait déjà connues la Grande-Bretagne, celle-là avait frappé les esprits en raison de sa meneuse, la députée Ellen Wilkinson, une petite femme rousse animée d'une farouche détermination qui représentait la circonscription de Jarrow au Parlement. La BBC avait évoqué tous les soirs son avancée – également commentée au quotidien dans les journaux.

Rentrée à Édimbourg pour Noël, Marion avait de son côté été choquée de voir combien sa mère avait changé. Ses tremblements s'étaient accentués et elle avait perdu beaucoup de poids.

– Je reviendrai, avait-elle promis en lui faisant son ménage et son repassage – des tâches que la vieille dame semblait avoir renoncé à accomplir. Je reviendrai tout de suite après le couronnement.

– Mais bien sûr, avait répondu calmement Mme Crawford depuis son fauteuil, à côté duquel ne se trouvait plus sa boîte à couture.

– Je suis sérieuse.

– Je n'en doute pas. Au fait, Peter a encore déménagé. Il est parti travailler dans une nouvelle école plus au sud, près de Londres, mais j'ai oublié où.

Les mois défilèrent. Le printemps approcha. Les leçons tournaient à présent autour du couronnement, auquel les deux princesses prendraient part. À onze et sept ans, on les considérait assez grandes pour ça.

Passionnée d'histoire, Marion voyait dans cet événement un sujet d'étude fascinant. Son déroulement obéissait à des règles datant en grande partie de l'époque médiévale. Les précédentes cérémonies avaient ainsi inclus un Herboriste Royal, qui devait parsemer de fleurs le sol devant Sa Majesté. Récemment encore, il y avait eu aussi un Champion du Roi, un cavalier en armure dont la mission était d'entrer à Westminster Hall pendant le banquet et de jeter son gant par terre en défiant quiconque de nier au souverain le droit de monter sur le trône. Au moins ces deux personnages avaient-ils été écartés. Le processus de modernisation de la royauté était peut-être lent, mais pas totalement inexistant.

Margaret semblait résolue à ne rien prendre au sérieux, et elle riait aux éclats devant d'anciennes fonctions héraldiques, comme celles du Suivant au Manteau bleu, un officier du College of Arms de Londres reconnaissable à la cape figurant sur son blason et chargé de conduire les membres de la famille royale dans l'abbaye de Westminster le jour du couronnement. S'ajoutait à cela le nouveau titre d'héritière « présomptive » de sa sœur, qui la mettait en joie lui aussi.

– J'ai cherché dans le dictionnaire, déclara-t-elle triomphalement. Ça veut dire impertinente et culottée.

– Non, ça, c'est la définition de l'adjectif présomptueux,

la corrigea Marion en souriant devant la mine consternée de Lilibet. Vous n'avez pas regardé le bon mot.

Margaret était jalouse, elle le savait.

– Ce n'est pas juste, râlait la petite. Lilibet est maintenant la troisième dame du royaume, après grand-mère et maman.

En réaction peut-être à tout ça, Marion suivit plus attentivement l'actualité à mesure que le mois de mai se profilait. Tout le monde au palais ne se préoccupait que de questions remontant au XIIe siècle, et il lui paraissait indispensable que quelqu'un au moins garde un œil sur ce qui se passait autour d'eux.

Comme toujours, la lecture quotidienne du journal était loin de l'apaiser. Le soutien populaire à la marche de Jarrow n'avait pas persuadé le gouvernement d'aider les chômeurs. Bien au contraire, ces derniers avaient été privés de leurs allocations au motif qu'ils n'avaient pas été disponibles pour accepter un nouveau travail pendant leur absence. Puis vint le 27 avril. Deux semaines avant le couronnement, la petite ville basque de Guernica, en Espagne, fut presque rayée de la carte par l'aviation allemande et italienne. Le drame eut un tel retentissement qu'il éclipsa au moins temporairement toute autre préoccupation.

Choquée et écœurée, Marion lut le compte rendu de George Steer dans *The Times*. Quatre mille bombes avaient été larguées dans un ciel bleu sans nuages. Des civils innocents, parmi lesquels des femmes et des enfants, étaient morts chez eux par centaines. Peut-être même par milliers. Était-ce ce qui les attendait ? Tout le monde savait qu'Hitler avait mené – et menait toujours – un programme de réarmement massif. Quelles étaient ses intentions ? Celles-ci englobaient-elles la Grande-Bretagne ?

Entre deux cours et deux repas, Marion arpentait le palais en se rongeant les sangs. Et le fait que personne d'autre ne semblât discuter de ces événements, ou au moins y penser, la préoccupait plus encore.

– Oh, Crawfie !

Elle sursauta à l'angle d'un couloir. Un drap épinglé aux épaules, une couronne sur la tête, la reine s'avançait dans sa direction en tenant un livre ouvert devant elle – sans doute pour mieux garder son équilibre.

Marion fit aussitôt la révérence, comme il se devait, mais elle était exaspérée. Cette femme n'avait-elle pas entendu parler de Guernica ? Les manœuvres d'Hitler ne l'inquiétaient-elles vraiment pas ?

– Avez-vous feuilleté ceci, Crawfie ?

Elle se redressa. La souveraine agitait son livre, dont le titre figurait en lettres gothiques noires sur la couverture : *Mein Kampf*.

– Même une simple lecture en diagonale donne une bonne idée de la mentalité et de l'ignorance du personnage, continua la reine d'une voix claire et haut perchée. Et pire encore, de son évidente sincérité. Savez-vous que cet ouvrage est offert à tous les nouveaux couples mariés en Allemagne ? Non mais, quel cadeau !

Et elle s'éloigna avec son drap qui ondulait sur le tapis rouge derrière elle. Marion la regarda, muette de surprise. À défaut de lui avoir remonté le moral, ces paroles l'avaient quelque peu soulagée.

Enfin, le grand jour arriva. Entre les haut-parleurs à tester, la foule en liesse dans les rues et les répétitions de l'orchestre militaire, dont les tambours et les cuivres avaient résonné dès 5 heures du matin, personne n'avait beaucoup dormi.

Les petites princesses se tenaient devant Marion dans leurs premières robes longues – des modèles en dentelle blanche ornés de nœuds argentés et complétés par des couronnes réalisées spécialement pour elles.

– Vous aimez mes souliers ? demanda Lilibet.

Elle souleva l'ourlet scintillant de sa jupe pour dévoiler ses chaussures grises toutes brillantes. Au-dessus de ses chaussettes blanches immaculées, ses genoux étaient couverts d'égratignures qu'elle s'était faites en grimpant aux arbres. Les voir fit sourire Marion.

– Et ma traîne, vous l'aimez elle aussi ? lança Margaret en se pavanant sur le lino de la chambre afin de lui faire admirer sa cape en velours pourpre bordée d'hermine.

Il y avait eu des tensions quand elle avait appris que sa sœur aurait une traîne et pas elle. Une seconde avait donc été réalisée sur le modèle de la première dans un velours d'une exquise douceur.

Trépignant d'impatience, Margaret vérifia que sa couronne argentée était bien en place.

Lilibet en revanche, toujours soucieuse du bon ordonnancement des choses, redoutait cette cérémonie interminable et incontrôlable. Un événement d'envergure, retransmis à la radio dans le monde entier. Des tribunes avaient été érigées sur tout le parcours de la procession et des galeries construites dans l'abbaye jusqu'au niveau du toit pour permettre aux gens de mieux voir. Il n'était pas étonnant qu'elle soit angoissée.

Bien décidée à ne pas laisser le champ libre à ses anciens troubles obsessionnels, Marion lui suggéra d'écrire un journal – une idée qui plut d'emblée à Lilibet. Un cahier d'exercices soigneusement décoré de rubans roses attendait à présent qu'elle y couche son compte rendu de la journée. Elle avait déjà noté le titre au crayon rouge sur la couverture : *Le couronnement. 12 mai 1937. À maman et à papa, en souvenir de cette journée, de la part de Lilibet.*

– C'est quoi, ce maquillage, Crawfie ? se moqua soudain Margaret. Tu ne trouves pas qu'elle en a mis beaucoup, Lilibet ? Je me demande si elle espère impressionner quelqu'un.

– Il s'agit d'une occasion très particulière, se défendit

Marion en s'efforçant de ne pas laisser transparaître son agacement.

Mais comme toujours, Margaret avait appuyé là où cela faisait mal.

Elle avait en effet opté pour un maquillage plus audacieux que d'habitude en suivant les conseils de la vendeuse du stand Elizabeth Arden chez *Harrods*. Un peu plus d'ombre à paupières, une couche supplémentaire de poudre compacte, un rouge à lèvres un poil plus sombre – le rouge Carmencita, qui comptait parmi la nouvelle « Collection de rouges à lèvres » de Mlle Arden.

Très persuasive, la vendeuse avait même aussi réussi à lui faire acheter le nouveau parfum de la marque, Blue Grass.

Contente de son coup, Margaret s'approcha de la fenêtre.

– Oh là là, cette foule ! Dire qu'elle est venue pour nous !

Marion les emmena dans la salle de réception. La pièce était remplie de gens qui buvaient du café en prenant garde de ne pas tacher leur tenue. Dans l'air flottait un parfum léger mais très distinctif de boules antimites.

Elle accepta avec gratitude le café que lui proposait un valet de pied. Elle en aurait bien besoin – le cortège devait quitter le palais à 11 heures, et aucun d'eux ne serait de retour avant 17 heures.

Du haut de ses onze ans, Lilibet scrutait l'assemblée avec une expression que Marion lui avait déjà vue une fois, mais le prince Philip – le beau garçon qu'elle avait rencontré au mariage du duc de Kent – n'était pas là. Sa cousine Marina en revanche avait fait le déplacement. Exquise dans sa robe en dentelle grise assortie d'un diadème, la duchesse de Kent souriait gaiement. Mais qui pouvait dire à quoi elle pensait ? Sa belle-sœur, qu'elle prenait autrefois de haut, avait accédé à un rang qu'elle n'aurait jamais cru possible.

Puis une grande silhouette familière entra dans la pièce, et Marion se raidit. Dans son uniforme de l'armée, avec sa croix militaire épinglée à son torse et sa blonde et impérieuse épouse à son bras, Tommy était splendide. Quant à Joan Lascelles, elle était bien plus belle en vrai qu'en photo, et très consciente de son importance à en juger par sa façon de saluer les pairs réunis dans ce salon comme s'il s'agissait de vieux amis – ce qui était manifestement le cas.

Marion leva le menton et refusa de croiser le regard entendu d'une certaine fillette à l'autre bout de la pièce.

– Marion, dit Tommy, un brin sarcastique. Vous êtes superbe.

– Merci, Tommy. Vous aussi.

Le parfum de Mlle Arden faisait-il son petit effet ? Le secrétaire privé du roi semblait vouloir s'attarder, mais peut-être était-ce prendre ses désirs pour des réalités.

– Tommy ! l'appela son épouse.

– Vous feriez mieux d'y aller.

– Certes.

Il la fixa un instant, puis s'éloigna. Les yeux rivés sur le dos de sa veste ornée de galons, elle repensa à sa peau mouillée le jour de son plongeon dans le lac.

– Je ne cracherais pas dessus, moi ! murmura quelqu'un à son oreille.

C'était Hartnell, qui lui souriait avec malice. Malgré ses cheveux ondulés parfaitement peignés et son impeccable veste croisée grise, son petit physique trapu le faisait toujours ressembler davantage à un docker qu'à un couturier.

– Norman !

– Votre preux chevalier de la jaquette, pour vous servir, ma chère. J'adore votre maquillage. C'est ravissant, dit-il en lui effleurant la joue.

– Je suis si contente que vous soyez là, avoua-t-elle en toute sincérité.

– Je me tiens prêt à intervenir au cas où quelqu'un ferait

sauter ses sequins. Je ne citerai personne, mais certains ici m'ont l'air un peu trop saucissonnés.

Elle éclata de rire, jusqu'à ce que son attention soit attirée par un homme de grande taille qui se dirigeait vers la porte.

– Il vous fait tourner la tête ! s'écria Norman.

– Ridicule. C'est hors de question. Il est marié.

– Et ?

La pièce se vidait. Les pairs du royaume et leurs épouses étaient appelés vers les carrosses qui s'alignaient dans la cour du palais. Celui des princesses les attendait devant l'entrée principale.

Norman lui donna une petite bourrade.

– Filez, Cendrillon. Et profitez bien du bal.

40

– « Les voûtes et les poutres tout en haut de l'abbaye étaient enveloppées d'une sorte de halo émerveillé lorsque Papa fut couronné », lut Marion.

Elle leva les yeux du petit cahier d'exercices de Lilibet.

– Quelle jolie description !

Elles étaient assises à l'ombre d'un chêne du jardin. Ayant tout juste terminé son journal, Lilibet s'employait à faire une guirlande de pâquerettes.

– Vous pensez que maman et papa vont aimer ? demanda-t-elle timidement.

– Ils vont adorer ! Je ne vois pas quel historien pourrait livrer un meilleur témoignage que le vôtre.

Pas même l'Historiographe officiel de Sa Majesté. Ce personnage qu'elle supposait très auguste ne s'était toujours pas montré à la table de la Maison Royale et demeurait un mystère.

Lilibet s'allongea dans l'herbe.

– Oh, Crawfie ! Quel moment *merveilleux* ç'a été, vous ne trouvez pas ?

– Oh que oui.

Plusieurs jours s'étaient écoulés depuis, mais Marion avait encore l'impression d'évoluer dans un rêve enchanteur. Les chevaux et les carrosses avaient tous regagné leurs écuries, les gros bonnets et les têtes couronnées étaient repartis chez eux. Mais leur souvenir restait gravé dans les mémoires, et on ne parlait que de ça.

– Si on jouait à « Vous avez vu » ? proposa Lilibet.

C'était son jeu préféré, et un de ceux qui lui assuraient une supériorité sur les autres. Non seulement elle avait pris part à la procession qui avait remonté l'allée principale de l'abbaye, mais sa place depuis la tribune royale, juste derrière le trône de sa mère, avait été bien plus avantageuse que celle de Marion, tout en haut dans les galeries. Heureusement, ce privilège n'avait pas été vain, et elle n'avait rien raté de la cérémonie. À chaque partie de « Vous avez vu », elle se rappelait de nouveaux détails.

– Vous avez vu Mme Ronnie ? commença Lilibet. Elle portait des diamants énormes. Plus gros encore que ceux de grand-mère.

Les diamants de Mme Ronnie Greville étaient énormes, visibles même tout en haut de l'abbaye, mais le contraire aurait été étonnant.

– Elle m'a dit qu'elle se considérait plus comme une brasseuse de bière que comme l'épouse d'un pair, continua Lilibet en gloussant.

Fille d'un riche brasseur écossais, Mme Ronnie était une femme du monde qui collectionnait les célébrités à sa table. Elle était devenue une amie proche de la reine Mary grâce à une promesse toute simple, mais fort intelligente : celle de léguer à la Couronne son magnifique manoir dans le Surrey. Elle jouissait ainsi d'une place attitrée au sein du cercle royal.

– Et vous avez vu le maharaja et les princes avec leurs turbans couverts de diamants ?

Lilibet adorait plus que tout les évoquer.

– Les chevaux qui tiraient leurs calèches avaient des harnais magnifiques !

Marion se rappela la longue file de potentats parés de

bijoux, coiffés de turbans ornés de plumes, et leurs chevaux qui avançaient au pas d'école. On les aurait crus sortis d'un conte de fées dans un chatoiement de couleurs, d'or et de soie, saluant la foule de leurs mains lourdement baguées et chargées de bracelets.

– Nos soldats étaient si beaux, soupira Lilibet, qui avait un faible pour les uniformes.

– Et ils marchaient si droit, renchérit Marion au souvenir des formations en carré qui avaient défilé dans les rues.

On aurait pu vérifier avec une règle l'égale distance entre tous les pieds du régiment devant le palais.

Les carrosses se succédaient le long d'un Mall décoré de grandes bannières aux armes de la famille royale et bordé de tribunes spécialement construites pour l'occasion. L'un d'eux avait transporté la reine Mary, toute d'or vêtue, ainsi que sa belle-sœur, la reine de Norvège. Derrière elles, Margaret et Lilibet scrutaient la masse des spectateurs avec enthousiasme aux côtés de leur tante.

– Margaret a tellement agité la main que sa couronne est tombée, dit Lilibet en secouant la tête avec indulgence. Et, Crawfie, le bruit était *assourdissant*. Les gens criaient plus qu'ils n'applaudissaient, en fait.

La foule occupait le moindre centimètre carré de parc et de trottoir, et avait même escaladé le Victoria Memorial, plus nombreuse encore que lors du Jubilé du roi George V.

– Il y avait des gens dans les arbres – et tout endimanchés, en plus !

Puis le carrosse d'or d'État avait surgi, et, l'espace d'un instant, le silence s'était fait – un silence ébahi peut-être devant ce formidable attelage surmonté d'une couronne et orné de panaches et de tritons sculptés et dorés à la feuille. Pas moins de huit chevaux blancs étaient nécessaires pour le tirer, chacun accompagné de son propre valet d'écurie en veste à galons d'or. Suivaient juste derrière les gardiens de la tour de Londres dans leur tenue rouge de l'époque Tudor, des cavaliers aux casques étincelants, et divers autres régiments aux uniformes tout aussi splendides. Le tintement des harnais, le claquement des sabots et le grondement des roues sur les pavés avaient empli l'air de leur douce musique.

Un bruit avait alors enflé, pareil au roulement du tonnerre, et les acclamations assourdissantes de la foule se succédèrent par vagues au milieu des fanfares et des tambours. Le cortège n'en finissait pas. Après les joueurs de cornemuse des Highlands, il y avait eu la police montée canadienne, des sikhs à pied, des représentants officiels de tous les territoires de l'Empire. Chaque nouvelle apparition faisait sensation.

De son côté, Marion s'était rendue à l'abbaye dans une voiture du personnel, en suivant des ruelles à l'écart de la procession. Certes, elle avait croisé des carrosses, mais seulement des carrosses égarés. Des attelages venus de nobles demeures provinciales et menés par des domestiques qui connaissaient mal Londres. Furieux, leurs propriétaires passaient parfois la tête au-dehors. « Tournez à droite à Piccadilly Circus ! » criaient-ils à leur cocher. Owen avait dû s'arrêter à plusieurs reprises pour proposer son aide.

– Qu'avez-vous vu dans l'abbaye ? demanda Lilibet. Vous arriviez à nous distinguer ?

– Oui, et vous étiez toutes les deux magnifiques.

Les deux petites filles l'avaient impressionnée au moment de remonter l'allée principale dans leur cape en fourrure, mais ce qui l'avait le plus émue, c'était le regard d'avertissement que Lilibet avait adressé à sa sœur lorsqu'elles s'étaient installées dans la tribune royale. Prête à s'agiter et à balancer ses jambes, comme elle le faisait en cours, Margaret s'était tout de suite ressaisie.

– Est-ce que Margaret a été sage ?

– Elle a été épatante, répondit loyalement Lilibet. Je n'ai eu à lui donner qu'un coup de coude ou deux quand elle a fait trop de bruit en jouant avec son livre de prières. Mais dites-moi encore de quoi vous vous souvenez.

– Laissez-moi réfléchir…

Marion ferma les yeux. Des images défilaient dans sa tête. L'éclat des objets en or sur l'autel recouvert de soie brodée. Les galeries de l'abbaye, d'où pendaient des tentures de brocart rouge et jaune. Le trône du couronnement, si solitaire sur la moquette dorée, si quelconque aussi au milieu de tant de splendeurs, mais qui n'en paraissait que plus solennel. Les pairesses du royaume, qui toutes avaient fait la révérence en même temps devant la reine Mary, tel un champ de gracieux roseaux. Les genoux pliés, les serments d'allégeance, les épées, les globes et les sceptres. Le scintillement des diadèmes et des colliers dans la lumière éblouissante. Les cloches de l'abbaye mêlées au bruit des trompettes et aux fracas des coups de canon. Il était difficile de choisir un souvenir parmi tant d'impressions visuelles et sonores.

– Vous avez vu les pairs ? demanda Lilibet en continuant à jouer avec des pâquerettes. Ils gardaient leurs sandwichs sous leurs petites couronnes !

– J'ai beaucoup aimé la *Marche de la Couronne impériale*, dit Marion.

Cette partition entraînante, œuvre d'un jeune compositeur en pleine ascension, William Walton, avait été écrite spécialement pour le grand jour. Assise juste au-dessus des orgues de l'abbaye, Marion avait senti les notes vibrer dans ses pieds.

Elle repensa aussi aux enfants de chœur sur une galerie voisine. Tout proprets dans leurs aubes blanches comme neige, ils s'étaient pincés pendant les parties les plus longues de l'office.

– Quelle procession avez-vous préférée ? Celle de maman ou de papa ?

Marion prit le temps de la réflexion. La procession du roi, bien qu'imposante, avait été constituée de deux rangées de vieux religieux plutôt gâteux et d'un seul page magnifiquement vêtu qui portait l'épaisse extrémité en fourrure de sa traîne. Celle de la reine, en revanche, avait réuni autour d'une traîne encore plus somptueuse six beautés aristocratiques habillées par Norman. Le couturier avait particulièrement apprécié lady Ursula Manners, un petit bout de femme « espiègle » selon lui, dont les cheveux dessinaient un V sur le front, mais beaucoup moins « l'horrible vieille chouette » autrement connue sous le nom de duchesse de Norfolk, maîtresse de la garde-robe, qui dans sa tenue bordée de fourrure incarnait le dédain dans toute sa splendeur.

Les fourreaux de satin blanc qu'il avait créés étaient renversants avec leurs manches bouffantes et leurs gerbes de blé brodées sur le devant.

– Elles ne sont pas brodées, ma chère. C'est bon pour le linge de table, ça, l'avait entendu dire Marion. Ce sont des *paillettes*.

Ses réminiscences furent interrompues par Margaret, qui revint en courant de sa séance de pose et se laissa tomber à côté d'elles.

– Je crois que j'ai préféré la procession de la reine, dit Marion.

– Oh, vous jouez à « Vous avez vu » ? la coupa Margaret. Je peux, moi aussi ? Vous avez vu quand le Dr Lang a perdu le fil ?

L'incident avait suscité un certain émoi. Inquiet à l'idée de mettre la couronne à l'envers sur la tête du roi, l'archevêque avait attaché un fil coloré sur la partie avant, mais au moment le plus crucial, le bout de coton écarlate avait disparu, et le religieux avait manipulé fiévreusement le précieux objet sous les yeux de tous pour tenter de le repérer.

– Tu sais que papa n'aime pas qu'on parle de ça, la réprimanda Lilibet. L'instant de son couronnement était très sérieux.

– Et magnifique aussi, approuva Marion en coulant un regard menaçant à Margaret, qui dépensait son trop-plein d'énergie en tapant l'herbe avec le talon de ses sandales.

– C'est vrai, dit Lilibet. Papa avait l'air d'un chevalier médiéval dans son manteau doré.

– On aurait dit une robe de chambre ! plaisanta sa sœur.

– Non, il était très beau, affirma Marion.

Elle ne mentait pas. Au moment du couronnement, plus rien d'autre n'avait compté que l'homme mince et pâle assis sur le trône.

Lilibet reprit son cahier d'exercices et se mit à lire :

– « Et quand maman a reçu sa couronne, toutes les pairesses du royaume ont coiffé la leur en même temps, et c'était merveilleux de voir toutes ces couronnes et tous ces gants blancs levés en l'air, avant de disparaître comme par enchantement. »

Margaret avait renoncé à faire une guirlande de pâquerettes. L'herbe autour de sa robe était jonchée de fleurs qui se flétrissaient.

– Lilibet et moi, on a été plus acclamées que les autres quand on est rentrées de l'abbaye dans le carrosse de grand-mère ! dit-elle. Il y avait une machine à un endroit, un truc spécial qui mesurait le bruit. Eh bien, il y en a eu plus sur notre passage que sur celui de maman et papa.

Les toits étaient noirs de monde, Marion le savait, et les fenêtres permettant de voir le défilé avaient été louées à des tarifs inimaginables.

– Et ensuite, on a dû sortir et ressortir encore et encore sur le balcon du palais avec nos couronnes sur la tête. Des centaines de fois, au moins. Et tous les gens nous regardaient et criaient comme des fous !

Les yeux violets de Margaret brillèrent à ce souvenir.

– Et ils ont chanté l'hymne national de nuit, sous la pluie, ajouta doucement Lilibet.

– Donne-moi ta guirlande, dit sa sœur en se redressant. Je vais te couronner. Parce que la prochaine fois, ce sera ton tour, et à ce moment-là je deviendrai la deuxième dame la plus importante du pays !

41

– Vous êtes au courant, je suppose ? dit Tommy en se penchant vers Marion durant le déjeuner.

Sa question la mit sur le qui-vive. Un mois s'était écoulé depuis le couronnement, et avec le recul cette journée lui faisait l'effet d'une grande fête après laquelle tout le monde se serait réveillé avec la gueule de bois.

– Au courant de quoi ?

– Du mariage.

Le duc et la duchesse de Windsor, lui apprit-il, avaient convolé au château de Candé, dans la vallée de la Loire.

– Le jour de l'anniversaire de George V, précisa Tommy. Un choix discutable, si vous voulez mon avis. Aucun membre de la famille n'était présent, seulement sept de leurs amis anglais. Même Louis Mountbatten ne s'y est pas rendu, alors que l'ex-roi et lui étaient inséparables à une époque. Mais bon, ça n'a rien d'étonnant, Louis est avant tout loyal envers ses intérêts.

Marion songea à Wallis. Que ressentait-elle ? Elle qui avait connu le feu des projecteurs avait épousé son prince dans la plus grande discrétion et allait probablement devoir vivre avec lui en exil. Peut-être préférait-elle qu'il en soit ainsi, au fond, mais tout de même. Quelle triste fin pour une histoire aussi incroyable.

– Ils lui ont refusé un titre royal, murmura Tommy sous sa moustache.

– Elle ne pourra pas se faire appeler Son Altesse Royale ? Pourquoi ?

Le roi avait renoncé au trône et quitté le pays. Quel mal y aurait-il eu à accorder cet honneur à sa femme ?

Tommy haussa un sourcil.

– Quelqu'un en haut lieu ne l'apprécie pas beaucoup, dirons-nous.

Il voulait parler de la reine, bien sûr. L'ennemie implacable de Wallis. Marion se souvint de la scène dont elle avait été témoin dans le vestibule du 145, Piccadilly. La duchesse avait embrassé son beau-frère avec tant d'affection, ce jour-là. Comme il devait la détester maintenant.

– Il est furieux, dit Tommy en semblant lire dans ses pensées. Elle tenait beaucoup à ce titre, apparemment. Enfin, il trouvera bien un moyen ou un autre de lui faire oublier ça.

Marion doutait que Wallis ait souhaité ce titre, mais peut-être Tommy avait-il raison concernant le reste. Un mois plus tard, une nouvelle choquante leur parvint : le duc et la duchesse s'étaient rendus en Allemagne pour y rencontrer Hitler, et à en juger par les photos publiées dans les journaux, tous deux étaient enchantés de leur visite. « On ne risque rien à déjeuner avec les loups, même dans leur antre, du moment qu'on est en bons termes avec eux », aurait dit le duc.

Marion étudia les clichés montrant une Wallis radieuse. Elle l'entendait encore nier être l'amie de Ribbentrop – des protestations tout à coup moins crédibles. Ce sourire éblouissant adressé à Hitler n'était-il pas la copie de celui auquel elle avait eu droit ? Cela la dégoûtait en tout cas de voir l'ex-roi frayer avec un dictateur en position d'attaquer l'Europe de l'Ouest.

Hitler irait-il jusque-là ? En dehors d'un certain Winston

Churchill, un député conservateur plus tout jeune qui faisait figure de franc-tireur dans son propre camp, personne n'avait l'air de prendre cette hypothèse au sérieux. L'Allemagne avait pourtant signé des traités avec l'Italie et le Japon et soutenait activement les fascistes dans la guerre civile de plus en plus sanglante qui déchirait l'Espagne.

Marion confia ses inquiétudes à sa mère dans une lettre – qui ne reçut aucune réponse et ne fut même jamais ouverte. Mme Crawford était morte avant qu'elle ait eu le temps de lui parvenir.

En état de choc, Marion partit précipitamment en Écosse.

La culpabilité et la douleur menaçaient de la submerger mais elle tenta de se raisonner. Ce n'était pas qu'elle ne voulait pas retourner auprès de sa mère, c'est qu'elle n'avait pas pu. Elle avait dû guider les princesses durant toute la période précédant le couronnement et il aurait été inconcevable de demander à rentrer chez elle à un tel moment. Et maintenant, elle n'avait plus de chez-elle où rentrer. Cette pensée la brisait, mais c'était aussi une libération, il fallait bien l'avouer. Sa mère ne souffrait plus et elle-même n'avait d'obligations envers personne d'autre. Elle pouvait se consacrer tout entière aux filles, et à Lilibet en particulier.

De retour à Londres, elle se jeta à corps perdu dans son travail. Malgré son délabrement et ses couloirs labyrinthiques, le palais de Buckingham recelait des ressources pédagogiques extraordinaires, à commencer par ses œuvres d'art. Et Kenneth Clark, le Surveillant de la Collection royale, était la personne à qui s'adresser pour y avoir accès.

Loin du vieux schnock bougon auquel elle s'attendait, Clark se révéla un jeune homme dynamique, débordant d'enthousiasme et aussi spirituel qu'élégant. Grâce à lui, deux manutentionnaires en salopette marron et gants blancs vinrent chaque semaine dans la salle de classe en titubant sous le poids d'un Rembrandt ou d'un Canaletto. Marion ne put toutefois se résoudre à avouer à Clark, qui détestait Landseer, que le tableau préféré des filles était un portrait de deux chiens intitulé *Dignity and Impudence.*

– Moi je suis Dignité, et Lilibet Impudence, affirmait Margaret dans une inversion éhontée de la réalité.

Mais à vrai dire, l'une et l'autre auraient pu s'appeler Impudence depuis quelque temps. Ayant découvert que les gardes du palais étaient tenus de la saluer, Margaret s'arrangeait pour passer devant eux à la moindre occasion et revenait souvent sur ses pas pour recommencer. Chaque fois qu'on la cherchait, on était sûr de la trouver dans la cour, en train de torturer le malheureux garde de service.

Même Lilibet, qui n'avait jamais eu un comportement d'enfant gâtée, se montrait de plus en plus arrogante. Elle se dissipait en classe et avait récemment renversé un encrier sur sa tête pour exprimer sa frustration lors d'un cours de français. Le liquide bleu sombre avait coulé le long de ses boucles dorées, goutté sur ses vêtements et formé une petite mare sur le plancher. La colère de Marion avait été sans précédent – au point qu'elle l'obligea à tout nettoyer elle-même avec un seau et un balai à franges.

Mais cela ne suffit pas. En témoigna un autre incident survenu quelques jours plus tard, lorsque la princesse rentra au palais après une sortie en carrosse avec la reine Mary.

– Vous êtes arrivée, jeune demoiselle, dit un valet en lui tendant le bras pour l'aider à descendre.

Depuis la porte ouverte du carrosse, Lilibet le fusilla du regard.

– Je ne suis pas une demoiselle, répliqua-t-elle avec dédain. Je suis une princesse.

– Espérons que tu finiras par être aussi une vraie demoiselle, lança sa grand-mère, indignée par sa réponse.

Seuls le roi et la reine ignoraient ou refusaient de voir que leurs filles se conduisaient de plus en plus mal.

– Lilibet est ma fierté, disait le roi avec insouciance. Et Margaret, mon rayon de soleil.

Et il ne parut pas en démordre, même le jour où sa fierté, qui s'ennuyait en prenant le thé avec sa mère et une amie, sonna un valet pour lui demander de bien vouloir appeler un taxi.

– Notre invitée s'en va, déclara-t-elle.

Il fallait faire quelque chose. L'abdication était derrière eux, le couronnement aussi. Le nouveau roi prenait ses marques. Il était temps pour Marion de revenir à ses principes éducatifs : confronter les princesses au monde normal.

Le problème était qu'elle ne pouvait plus les emmener hors du palais et faire avec elles des activités ordinaires à présent qu'elles étaient les filles du roi. Jamais elles n'arriveraient à se déplacer incognito. Pour leur sécurité, ces activités ordinaires devaient venir à elles. Mais lesquelles ?

Cet été-là, Londres suffoqua sous une chaleur écrasante. L'herbe dans les parcs virait au jaune. Les trottoirs brûlaient les pieds de Marion à travers la semelle de ses chaussures et le reflet du soleil sur la devanture des magasins l'aveuglait. Plus d'une fois, elle craignit de s'évanouir en attendant à un passage piéton.

Durant l'un de ces moments, elle remarqua de l'autre côté de la rue une fille vêtue d'un uniforme bleu qui tenait le bras d'une vieille dame – manifestement dans l'intention de l'aider à traverser. Une scoute. Plus précisément une guide, sur le point de faire sa bonne action de la journée.

Ce fut un déclic. Elle était là, la solution. Porté par sa devise – « toujours prêtes » – et une ambition internationale, le mouvement des Guides cherchait à rendre les jeunes femmes plus autonomes et prônait la mixité sociale sur le terrain, considérant que cela allait dans le sens d'une compréhension et d'un bénéfice mutuels. Sur un plan pratique, ses activités pouvaient être menées n'importe où, même entre les murs d'un palais. Et cerise sur le gâteau, ce serait amusant.

Mlle Violet Synge, la commissaire générale des Guides d'Angleterre, n'était pas de cet avis, elle. Barricadée derrière son bureau, cette femme en uniforme solidement charpentée et affublée d'austères lunettes à monture métallique toisa Marion sans aménité.

– Les princesses ne pourront pas être des nôtres, déclara-t-elle avec un fort accent de Manchester. C'est impossible. Nous devons toutes nous traiter comme des sœurs.

– Mais elles sont sœurs, justement.

Mlle Synge se pencha en avant et croisa ses gros doigts.

– Certes, mademoiselle Crawford, mais ce sont aussi des princesses, cracha-t-elle, presque avec dégoût.

– Elles veulent être traitées comme les autres enfants de leur âge, insista Marion en essayant de ne pas penser au comportement de Lilibet avec le valet, ni à celui de Margaret avec les gardes du palais.

Mais le visage en face d'elle exprimait toujours l'incrédulité.

– Mademoiselle Crawford, nous entendons offrir une chance de s'en sortir à des filles plutôt en bas de l'échelle sociale. De nombreuses guides sont issues de la classe ouvrière. Question chance, les princesses sont déjà bien loties, à mon avis.

– Pas forcément, répondit Marion, avant de s'interrompre.

À quoi bon lui dévoiler combien la vie des membres de la famille royale pouvait être étriquée ? L'absence de compassion de Mlle Synge s'apparentait presque à du snobisme inversé.

Puis quelque chose attira son attention et lui redonna espoir – assez pour qu'elle soutienne sans ciller le regard sceptique de la commissaire.

– Dois-je comprendre que pour vous, la royauté n'a pas sa place chez les Guides ?

L'air soupçonneuse, Mlle Synge croisa ses gros bras.

Marion pointa une photo encadrée au mur derrière son bureau. Elle montrait la princesse Mary, sœur du roi, mais aussi patronnesse et bienfaitrice des Guides d'Angleterre. Mlle Synge se retourna sur sa chaise en faisant craquer le corset sous son uniforme.

– Il me semble que lorsque la Princesse Royale s'est mariée, continua Marion en se hâtant de pousser son avantage, toutes les Mary de l'Empire ont alimenté un fonds qu'elle vous a en totalité reversé.

Mlle Synge lui refit face. Cette fois, la lueur farouche dans ses yeux avait en partie disparu.

– Acceptez au moins de les rencontrer.

C'était un pari. Peu de gens étaient capables de refuser une invitation au palais, mais cette femme pouvait bien compter parmi eux.

Il se trouva que non. Résolue à devenir guide, Lilibet supervisa elle-même tous les détails de l'entrevue. À son arrivée, Mlle Synge découvrit des sandwichs au jambon et aux œufs, ainsi qu'un gâteau et les petits pennies fourrés à la confiture sans lesquels aucun thé royal n'était complet.

Elle remplit généreusement son assiette et ne cessa de mâchonner pendant que Lilibet et Margaret lui expliquaient combien elles mouraient d'envie de rejoindre son organisation – le tout presque sans souffler. Marion ne voyait pas comment quiconque aurait pu douter de leur sincérité ou rester insensible à leur charme.

Enfin, sauf Mlle Synge. Une fois repue, elle s'essuya la bouche – et la moustache – avec une serviette monogrammée. L'audition était terminée, le verdict n'allait pas tarder. Après qu'on lui eut témoigné une telle hospitalité, un refus était sûrement inenvisageable ? Mlle Synge prit une inspiration. Sous sa veste bleu marine, sa poitrine se gonfla de façon alarmante.

– Je crains que ce soit impossible, dit-elle.

– Quoi ? s'exclama Lilibet.

Déjà, les yeux de Margaret s'emplissaient de larmes et sa lèvre inférieure tremblotait.

Marion fut prise d'une furieuse envie d'étrangler cette femme. Tout avait été fait pour la recevoir au mieux. Les filles et elle avaient même nettoyé le vieux pavillon d'été de George V afin qu'il puisse abriter leurs futures activités. Elle se força à rester calme.

– Vous voulez bien m'expliquer pourquoi ?

Mlle Synge l'examina de son regard perçant.

– Parce que la princesse Margaret est trop jeune.

Pour une représentante d'une organisation visant à émanciper les femmes, elle n'était pas à une contradiction près. Visiblement, seules les ouvrières méritaient d'accéder à une plus grande autonomie, et de préférence celles originaires du nord du pays. Peut-être valait-il mieux laisser tomber.

Mais Lilibet n'était pas prête à baisser les bras.

– Il n'y a pas un moyen de la faire admettre ? supplia-t-elle.

– C'est hors de question. Elle est trop petite.

Devant le désespoir de ses protégées, Marion tenta encore de défendre leur cause.

– Pardonnez-moi, mademoiselle Synge, mais les filles qui n'ont pas l'âge requis pour devenir guides ne peuvent-elles pas intégrer une unité de brownies à la place ?

– Margaret pourrait être une brownie ! s'écria Lilibet.

Mlle Synge reposa durement sa tasse sur sa soucoupe.

– Je suis venue ici discuter de la création d'une unité de guides.

Mais à présent qu'elle avait repéré une faille dans son argumentation, Lilibet ne voulait pas lâcher le morceau.

– Margaret ferait une merveilleuse brownie. Elle est très forte, vous savez, enchaîna-t-elle avec autant de bagou qu'un bonimenteur professionnel. Remonte ta jupe, Margaret. Montre un peu à Mlle Synge.

Sa benjamine s'exécuta, dévoilant ses genoux potelés.

– Vous ne pouvez pas dire qu'elle n'a pas de bonnes jambes de randonneuse, mademoiselle Synge. En plus, elle n'a pas peur de se salir, n'est-ce pas, Margaret ? Et elle adorerait faire cuire des saucisses au-dessus du feu.

Marion réprima un sourire. Personne ne pouvait résister à Lilibet quand elle déployait tout son charme. Même Mlle Synge commençait à se laisser amadouer.

– Et si on créait un groupe de brownies pour les plus jeunes…, dit Lilibet.

– Une unité, la corrigea Mlle Synge, mais d'un ton qui avait perdu de sa rudesse. Pas un groupe.

– … et qu'on le rattachait à celui des guides ?

Mlle Synge haussa un sourcil en reprenant un penny. Elle mordit dedans, le fit passer avec une gorgée de thé et, pour finir, reposa sa serviette.

– Après mûre réflexion…, dit-elle gravement.

Marion et les filles retinrent leur souffle.

– … je ne vois pas ce qui nous en empêche.

Toutes trois échangèrent un regard, puis laissèrent éclater leur joie.

42

Le début de l'année 1938 fut marqué par la démission d'Anthony Eden. Le très élégant ministre des Affaires étrangères, un ancien d'Eton, avait tenté de chercher un terrain d'entente avec Hitler concernant la remilitarisation de la Rhénanie, ce qui s'était retourné contre lui lorsque le Premier ministre, Neville Chamberlain, avait adopté sans succès la même approche avec Mussolini après son invasion de l'Abyssinie. Vouloir apaiser Hitler était de toute façon inutile. Une fois de plus, le Führer profita de l'arrivée du printemps pour envoyer ses troupes dans un nouveau pays – en l'occurrence, l'Autriche. Un mois plus tard, son intérêt pour la région industriellement sinistrée des Sudètes, à la frontière de la Tchécoslovaquie, devint manifeste.

À la table du personnel, l'écuyer resta cette fois silencieux sur le sujet.

La saison des débutantes commença, offrant un contrepoint surréaliste à tous ces événements. Penchées sur la balustrade d'une galerie qui dominait la salle de bal, les princesses observaient les gracieuses jeunes filles vêtues de blanc qui s'apprêtaient à faire leur entrée dans le monde.

– On a une vue parfaite ici ! dit Lilibet.

Un orchestre militaire jouait des morceaux populaires. Sous

les énormes lustres, les débutantes avaient l'air d'une nuée d'oiseaux exotiques avec leurs plumes d'autruche qui dodelinaient sur leur tête et leurs traînes en dentelle drapées par-dessus leurs longs gants blancs. Tout de même, il y avait là quelque chose de très anachronique, jugeait Marion. Crier ainsi sur les toits que vous cherchiez un homme riche… comme c'était dégradant. Elle n'avait pourtant rien dit aux filles afin de ne pas discréditer leurs parents qui, à travers cette cérémonie désuète, espéraient apporter une assise tout aussi désuète à leur règne très chahuté.

– *Tea for two*, chantonna Margaret en dansant en robe de chambre.

Lilibet se pencha dangereusement en avant.

– Voilà grand-mère. Et la brasseuse de bière.

La reine Mary et Mme Ronnie se tenaient juste en dessous d'elles. Fidèle à sa croyance selon laquelle se parer de bijoux relevait d'un sport de compétition, la seconde portait tant de diamants qu'elle ressemblait à un lustre. Quant à la reine Mary, soucieuse de ne pas être en reste, elle arborait des perles aussi grosses que des pommes de terre.

– Et tante Marina ! dit Margaret, impressionnée.

Il fallait dire que la duchesse de Kent était éblouissante dans sa robe en brocart blanc rehaussée de fleurs roses et argentées.

La procession des jeunes filles s'avança lentement vers les trônes. Sur la poitrine du roi brillait une constellation d'étoiles qui éclipsaient à peine la tenue scintillante de la reine. À tour de rôle, les débutantes s'arrêtaient devant Leurs Majestés, attendaient que leur nom soit annoncé, puis reculaient d'un pas et effectuaient une profonde révérence. Dès qu'elles avaient terminé, des huissiers munis de longs bâtons soulevaient leur traîne interminable et la repassaient habilement sur les bras de leur propriétaire – le tout sous le regard des proches, des soupirants et des parrains et marraines agglutinés tout autour pour ne pas rater ce grand moment de leur existence.

– C'est tout ? demanda soudain Lilibet.

– Comment ça ?

– Elles se sont bien habillées et elles ont patienté en rang juste pour faire la révérence devant papa et maman ?

– Oui.

– C'est ridicule. Quand je serai reine, je n'accepterai pas ça.

Marion réprima un sourire triomphant. Elle était en bonne voie pour faire de Lilibet une vraie féministe.

Elle regagna sa chambre un peu plus tard, après avoir confié les filles à Alah. En chemin, elle traversa la galerie d'art. Elle aimait cet endroit, toujours baigné de lumière naturelle la journée grâce à son plafond en verre incurvé, et s'arrêta comme souvent pour admirer les tableaux de maître qui luisaient tels des bijoux sur les murs tendus de brocart rose.

– Marion !

Cette voix légère et dédaigneuse lui était familière. En se retournant vers les canapés alignés le long de la pièce, elle découvrit une blonde dont la robe de satin blanc était assortie aux plumes plantées dans ses boucles dorées.

– Debo !

Elle était renversante, avec ce teint parfait propre à toutes les aristocrates – à croire que ces filles étaient élevées dans le seul but de mettre en valeur les pierres précieuses de leur famille. Des diamants brillaient à son cou et sur le diadème qui encadrait les parfaites ondulations de ses cheveux.

– On étouffe un peu là-bas, dit-elle en agitant indolemment une main gantée en direction de la salle de bal. Je suis venue ici faire une pause. Mais j'ai rencontré quelques ducs charmants. Surtout un.

– Tant mieux, répondit Marion en commençant à s'éloigner.

– Je suis désolée, au fait, ajouta Debo avec une compassion inhabituelle.

– Merci.

C'était une surprise. Comment avait-elle appris le décès de sa mère ?

– Il était si jeune. Quel gâchis.

Marion eut soudain l'impression de sortir d'elle-même. Elle se vit étouffer un cri, trébucher et agripper le bras d'un fauteuil. Une question franchit ses lèvres, comme surgie de très loin :

– De quoi parles-tu ?

– Tu n'es pas au courant pour Valentin ?

Sous les plumes frémissantes du diadème, deux grands yeux verts la fixèrent avec effroi.

La musique dans la salle de bal devint assourdissante.

– Au courant de quoi ?

Mais déjà, elle avait deviné.

Cette nuit-là, Marion passa son temps à se tourner et se retourner dans son lit en écoutant le vent se lamenter dans la cheminée. La mort de Valentin n'était pourtant pas l'unique cause de sa tristesse, elle le savait. Elle pleurait aussi sur sa solitude et sur toutes les choses qu'elle avait conscience de s'être refusées. Ce n'était pas la brièveté de son premier amour – et seul amour, à vrai dire – qui était tragique mais plutôt le fait qu'il ne s'était jamais répété et n'avait aucune chance de le faire tant qu'elle travaillerait pour le roi et la reine.

43

– Neuf enfants, vous vous rendez compte ? s'exclama Alah en boutonnant la robe à fanfreluches de Lilibet.

– Comme la vieille dame de la chanson qui vit dans une chaussure ! commenta Margaret, occupée à s'admirer devant le miroir.

– Sauf que celle-là vit à l'ambassade américaine. Mme Kennedy est la femme de l'ambassadeur des États-Unis.

– Peut-être qu'elle a acheté ses bébés dans une boutique. C'est de là qu'ils viennent, n'est-ce pas ? lança Margaret avec un regard polisson.

Sa robe enfin boutonnée, Lilibet leva les yeux des chaussettes qu'elle remontait sur ses mollets.

– Bien sûr que non. Les gens sont comme les chevaux, leurs bébés sortent d'entre leurs jambes, répliqua-t-elle – confirmant ainsi qu'elle fréquentait beaucoup les écuries de Windsor depuis quelque temps.

– Je ne te crois pas ! s'écria Margaret, dégoûtée.

– Ça suffit, dit Marion en leur prenant la main. On nous attend à l'église.

Arrivés à Londres l'année précédente, les Kennedy devaient passer le week-end au château de Windsor. Un dîner avait déjà été organisé la veille au soir, et il était prévu ce jour-là que les princesses fassent la connaissance du couple et de ses enfants.

Une atmosphère inhabituellement solennelle entourait cette rencontre. Le roi et la reine avaient commencé à user de leur influence pour appuyer les efforts diplomatiques du gouvernement. Les accords de Munich signés en fanfare par Chamberlain en septembre 1938 demeuraient valides, mais bien qu'Hitler eût obtenu la cession des territoires sudètes – qu'il avait de toute façon envahis six mois plus tôt –, ses intentions concernant le reste de la Tchécoslovaquie n'inspiraient pas confiance.

Si cette politique d'apaisement venait à échouer, ce dont Churchill était persuadé, et qu'une guerre éclatait, les États-Unis représenteraient un allié puissant. La question était d'évaluer leurs chances de convaincre le président Roosevelt de sortir de sa neutralité pour les soutenir.

En faisant entrer les filles dans la pénombre fraîche et colorée de la chapelle St George, Marion vit que l'ambassadeur et sa famille étaient déjà là.

M. Kennedy avait un air étrange avec son front haut, ses épaisses lunettes rondes et son sourire dément – un sourire partagé par sa femme, aussi jeune en apparence et mince qu'on le disait. Quant à leurs enfants, qui occupaient un banc entier, ils avaient tous des cheveux touffus, un teint bronzé et les mêmes dents blanches que leur père – de parfaits Américains éclatants de santé, en somme. Le benjamin devait avoir à peu près l'âge de Margaret et l'aîné, la vingtaine. Tous dévisagèrent ouvertement les princesses lorsqu'elles s'avancèrent derrière leurs parents. Lilibet garda la tête baissée timidement, mais Margaret fixa leurs visiteurs bien en face. L'un des plus grands, un beau garçon aux cheveux châtains, lui décocha un clin d'œil.

Durant le café qui suivit le service religieux, elle s'empressa de le rejoindre. Malgré leurs années d'écart – il devait avoir au moins vingt ans –, ils entamèrent une conversation animée et semblèrent rire beaucoup tous les deux. De quoi au juste, Marion n'aurait su le dire. Tout juste espérait-elle que ce n'était pas de la réplique de Lilibet sur les chevaux ce matin-là.

Pendant ce temps, assise près d'une fenêtre donnant sur les jardins du château et les dahlias adorés de lord Wigram, le gardien des lieux, Lilibet s'occupait ostensiblement des filles Kennedy.

La reine était dans une forme éblouissante. Elle avait pris place près du roi – lui-même plutôt silencieux – et en face des Kennedy sur un canapé de soie vert au cadre orné de Neptune sculptés et dorés. En robe bleue et talons hauts, les chevilles croisées et les cheveux bien mis en plis, elle pépiait joyeusement devant son public américain fasciné.

– L'équipage de notre bateau a fait des hakas maoris et la danse du cochon des îles Marquises, dit-elle en relatant leur voyage en Australie dix ans auparavant.

– La quoi ? demanda Mme Kennedy.

La reine feignit d'être surprise.

– Vous n'avez jamais assisté à la danse du cochon des îles Marquises ? Ma chère, c'est un spectacle tellement charmant !

M. Kennedy se donna une tape sur la cuisse en éclatant de rire.

– Votre Majesté, comme on dit chez nous, vous êtes une sacrée femme !

La reine lui décocha son plus beau sourire.

– Merci, monsieur l'ambassadeur. Vous êtes un sacré personnage, vous aussi. Nous aurons besoin d'hommes de votre trempe à nos côtés si la situation devait dégénérer avec M. Hitler.

Au fond de la pièce, Marion se figea. La reine avait porté son attaque à la vitesse de la lumière. Tout en parlant de choses et d'autres, elle guettait le moment opportun et ne l'avait pas laissé passer.

Kennedy le comprit et s'empressa de se retrancher derrière la ligne officielle de son gouvernement :

– Le peuple américain ne veut pas d'un nouveau conflit, dit-il en prenant sa tasse de café.

– Pas même pour défendre la démocratie ? répliqua la reine d'une voix si légère et taquine qu'on n'aurait su dire si elle était sérieuse.

Le sourire de l'ambassadeur se crispa.

– Nous avons pris part à la dernière guerre en pensant assurer ainsi la sécurité des démocraties dans le monde, et regardez à quoi ça a mené : on a toute une bande de dictateurs au pouvoir maintenant.

– Mais si les États-Unis nous soutenaient et collaboraient avec nous, imaginez combien cela renforcerait notre position face à eux ! objecta la reine, toujours rayonnante.

Marion retint son souffle. Sa Majesté ne lâchait rien, et sa volonté d'acier transparaissait sous le bleu vaporeux de ses yeux. À mesure que de sombres nuages s'amoncelaient sur son pays, elle se montrait à la hauteur des enjeux, mettant de côté ses caprices et ses petits plaisirs pour dévoiler ses talents de négociatrice. Mais cela fonctionnerait-il ?

Il y eut un silence. Mme Kennedy se racla la gorge et lissa sa jupe. Le roi fixa le plafond. Puis Kennedy reposa sa tasse de café et inclina la tête pour masquer son visage. Lorsqu'il la releva, lui aussi affichait une mine rayonnante.

– Votre Majesté, vous savez quoi ? Vous devriez visiter les États-Unis.

– Une tournée royale ! s'exclama-t-elle en tapant dans ses mains. *J'adorerais* ça. Je ne connais que trois Américains : Fred Astaire, J. P. Morgan et *vous* !

Tout le monde se mit à rire. L'instant de gêne était passé. Et la reine avait réussi un coup diplomatique. Marion éprouva pour elle une profonde admiration – comme son mari, qui la regardait d'un air émerveillé.

Mais déjà, elle revenait à la charge au sujet d'Hitler.

– Ma belle-mère, la reine Mary, ne le supporte pas, plaisanta-t-elle. Elle dit qu'il parle un allemand *exécrable* !

Plus tard, Margaret se confia sur sa conversation avec l'un des garçons Kennedy.

– Son prénom, c'est John, mais on l'appelle Jack. Un jour, il a fait sauter la lunette des toilettes avec un pétard.

– Quoi ? s'offusqua Lilibet.

– À l'école, pour s'amuser, continua Margaret, très admirative. Ça lui a valu un paquet d'ennuis. Le directeur a emporté la lunette dans la chapelle de l'établissement et il l'a brandie *devant tout le monde.*

– Je plains les parents de ce garçon, dit Alah avec mépris. Il ne fera jamais rien de bon dans la vie, celui-là.

1939 arriva. En mars, comme beaucoup l'avaient craint, les troupes d'Hitler envahirent Prague. La Tchécoslovaquie n'était plus. Les accords de Munich étant devenus caducs, l'ambassadeur d'Allemagne à Londres fut expulsé et l'Angleterre promit à la Pologne un soutien inconditionnel en cas d'invasion. Dans un tel contexte, une relation forte avec l'Amérique ne serait pas seulement utile si une guerre éclatait en Europe – elle serait vitale.

Une tournée au Canada et aux États-Unis fut prévue pour le mois de mai. Son importance ne faisait plus aucun doute, même si la reine prétendait toujours y voir une délicieuse aventure. La scène mondiale sur laquelle elle était montée avec tant d'assurance semblait faite pour elle, de même que son nouveau rôle d'égérie nationale apte à rasséréner la population.

Son génie particulier résidait dans sa légèreté et son éternel sens de l'humour.

– Bye-bye, vieille branche ! disait-elle à ses amis au téléphone. Et à bas les nazis !

Après quelques années tourmentées, la monarchie avait trouvé sa raison d'être.

La reine avait besoin pour son voyage d'une garde-robe conséquente. À son grand plaisir, Norman fut rappelé au palais. Marion tomba sur lui par hasard un matin qu'il déboulait dans un couloir, aussi pressé que le Lièvre de mars d'*Alice au pays des merveilles*.

– Je ne peux pas m'arrêter ! On m'a demandé des fanfreluches bonnes à rendre le Führer vert de rage ! Des robes capables d'envoyer Göring au tapis ! Des ourlets anti-Himmler ! Des toilettes qui sauveront le monde libre !

– Mais bien sûr, Norman, dit-elle en riant.

Il fit signe à une femme derrière lui qui croulait sous les rouleaux de soie, de tulle et de dentelle aux teintes pastel.

– Voici Gladys. Elle est là pour prendre les mensurations. Il serait inconvenant que je voie ma cliente en petite tenue et que je passe un mètre autour de sa royale poitrine. N'est-ce pas, Glad ?

– Oui, monsieur 'Artnell, répondit-elle d'une voix curieusement basse et bourrue.

– J'adore ces couleurs, dit Marion. Et ces matières. Elles sont si romantiques.

– Plus que romantiques ! Nous allons miser à fond sur le style Winterhalter !

Le palais abritait nombre de portraits du peintre allemand. Ses princesses et ses impératrices aux grands yeux et à la taille fine vêtues d'énormes robes à crinoline incarnaient un idéal mièvre et victorien de la femme, mais cela n'en restait pas moins une excellente idée, tant ces toilettes flatteraient la silhouette un peu ronde de la reine et son côté délicieusement démodé.

– C'est très bien vu de votre part.

– Je ne fais qu'obéir au roi, figurez-vous. Il m'a traîné de force d'un tableau à un autre en me disant : « Je veux qu'elle ressemble à ça ! »

Marion se fit alors la réflexion – et ce n'était pas la première fois – que le roi pouvait se révéler un homme surprenant.

Les princesses suivaient de près le planning de leurs parents en lisant les journaux, mais si épuisant fût-il au premier abord, la reine paraissait toujours aussi en forme qu'au saut du lit lorsqu'elle les appelait le soir.

– Maman a mangé un hot-dog ! rapporta Margaret après l'une de leurs conversations.

– Ne l'écoute pas, Susan, dit Lilibet en se penchant pour boucher les oreilles du Corgi le plus proche d'elle.

Le retour du couple royal à la fin du mois de juin était très attendu, non seulement par les filles, mais par tout le pays. Le soutien de la nation à la monarchie ne pouvait plus être mis en doute. À leur arrivée à Southampton, Alah, Marion et les princesses découvrirent une foule en liesse sur les quais.

– Faudra-t-il qu'on prenne un bateau pour aller à leur rencontre ? demanda Lilibet, consternée à cette idée.

Elle n'aimait pas la mer, trop imprévisible à ses yeux. Prodigieusement sérieuse, comme presque toujours depuis un moment, elle conservait certains traits de l'enfant anxieuse d'autrefois.

Le vent balayait le pont du navire sur lequel elles montèrent, et les vibrations du moteur résonnaient dans l'air. Alah disparut aussitôt à l'intérieur. Margaret, elle, partit inspecter la cabine du capitaine et revint leur annoncer qu'elle était étonnamment dépouillée et sinistre.

– Son miroir n'est pas plus grand qu'une carte postale !

– Tu ne pourrais jamais t'en contenter, se moqua Lilibet.

Toutes deux reçurent des cerises en cadeau de bienvenue – un plaisir rare à ce moment-là.

– Mais que va-t-on faire des noyaux ? s'enquit Lilibet, fidèle à elle-même.

– Tu n'as qu'à les balancer là, dit Margaret en jetant les siens dans une conduite à proximité.

À l'approche du paquebot de leurs parents, *Empress of Britain*, les filles manifestèrent leur enthousiasme de façons très différentes. Margaret sautilla et agita la main avec frénésie, tandis que Lilibet restait sagement près de la rambarde en contenant sa joie.

Les retrouvailles furent euphoriques.

– Maman ! Maman ! Regarde comme je suis devenue mince ! dit Margaret.

La reine, qui avait beaucoup maigri elle aussi, serra ses filles contre elle.

– Vous ne devinerez jamais ce que je vous ai rapporté. Un totem !

Une fête endiablée s'ensuivit, accompagnée de cocktails très forts à base de champagne. Celui de Marion lui arracha des larmes qu'elle tenta de masquer – en vain. Rien n'échappait à la reine.

– Oh, Crawfie ! J'aurais dû vous prévenir. Les boissons servies à bord sont vraiment très corsées !

Tout le monde devait en ressentir les effets parce que le roi en personne commença à sortir des ballons par les hublots pendant que l'un de ses écuyers essayait de les faire éclater avec des cigarettes. Sur le pont, les gens dansaient n'importe comment. Cela dura un moment, jusqu'à ce que George VI aille se poster un peu à l'écart pour observer sa fille aînée.

Marion s'approcha de lui près du bastingage.

– Tout va bien, monsieur ? demanda-t-elle, enhardie par l'alcool.

– Quelque chose a changé chez Lilibet, répondit-il, l'air perplexe, mais je n'arrive pas à mettre le doigt dessus.

La princesse riait et dansait toujours, les yeux brillants et les cheveux volant en tous sens. Elle portait la même tenue que sa sœur, comme à son habitude, mais sous sa robe enfantine, une silhouette féminine se devinait, avec des hanches et une poitrine généreuse. Son cœur se serra lorsqu'elle prit conscience de ce que le roi ne pouvait pas voir. Lilibet grandissait.

44

Quelques semaines plus tard, Lilibet fut consternée d'apprendre qu'un nouveau voyage en mer se profilait. Sa famille et elle devaient cette fois embarquer à bord du yacht royal, le *Victoria and Albert*, et se rendre au Collège de Dartmouth, dans le Devon, l'école navale que le roi avait fréquentée dans sa jeunesse.

– Et ton grand-père avant moi, lui expliqua George VI pour tenter de lui remonter le moral. Les autres élèves le surnommaient le s-sprat.

– Et quel était ton surnom à toi ?

Le roi soupira.

– La chauve-souris.

– À cause de tes oreilles ? s'amusa Margaret.

– Je sup-p-pose.

On accédait à l'école – un grand bâtiment en briques rouges sur une colline dominant le fleuve – par une volée de larges marches très raides. Vêtue du même manteau rose que sa sœur, Lilibet entreprit le jour venu de les gravir patiemment.

– Qu'est-ce que c'est barbant ! pesta Margaret en soufflant fort à côté d'elle. Pourquoi papa ne va pas inspecter ce fichu collège tout seul ? Pourquoi faut-il qu'on l'accompagne ? S'il vous plaît, mon Dieu, faites qu'un événement se produise et nous libère de cette corvée.

– Tu ne peux pas demander ça à Dieu ! protesta Lilibet, choquée.

– Ah bon ?

– Tu es censée t'adresser à lui uniquement pour des choses importantes.

– C'est peut-être le cas, répliqua Margaret.

Dieu entendit ses prières. Parvenues en haut des marches, elles découvrirent que deux cadets de l'école avaient les oreillons. Elles furent aussitôt éloignées et mises à l'abri dans la maison du capitaine. Deux frères du nom de Dalrymple-Hamilton vivaient là – ce dont Margaret se réjouit, elle qui adorait les garçons mais n'avait pas souvent l'occasion d'en côtoyer.

– Merci, mon Dieu !

Mais elle déchanta vite en constatant qu'ils pensaient moins à flirter qu'à faire admirer leur petit train électrique. Pendant qu'elle boudait, Lilibet examina les jolies locomotives et les éléments miniatures du décor – les arbres et les ponts, les voitures qui attendaient près des passages à niveau, les animaux dans les champs.

– Regardez cet homme sur le quai. On distingue même son journal ! dit-elle en plissant les yeux et en se penchant plus près. Je crois que c'est le *Times*.

– Tu es obsédée par le *Times*, grogna Margaret.

Le roi avait récemment commencé à le lire à Lilibet en lui signalant les articles susceptibles de l'intéresser. Encore cantonnée au *Children's Newspaper*, Margaret était jalouse, comme toujours.

Lilibet l'ignora.

– Il y a une dame avec un foulard et des chiens, observa-t-elle calmement. Je me demande si les chevaux dans le champ qu'elle est en train de longer lui appartiennent.

Elle s'assit sur ses talons, soudain rêveuse.

– Quand je serai mariée, j'aimerais vivre à la campagne et avoir beaucoup de chevaux et de chiens.

Agacée, Margaret ne rata pas cette occasion de la moucher.

– Tu ne pourras pas. Tu seras reine. Il faut que tu épouses un roi.

– J'épouserai qui je veux, affirma Lilibet avec une moue rebelle qui ne lui ressemblait guère.

– Impossible. Oncle David a essayé et tu vois ce que ça a donné !

Soudain, la porte de la salle de jeux s'ouvrit. Concentrée sur le petit train, Lilibet ne leva pas tout de suite la tête – contrairement à Margaret, qui écarquilla les yeux. Intriguée, Marion se retourna.

Un grand garçon à la beauté frappante se tenait nonchalamment sur le seuil. Âgé de dix-huit ans peut-être, il avait des traits nordiques bien marqués et des cheveux si blonds qu'ils paraissaient presque blancs. Elle lui trouva un air vaguement familier, mais n'arriva pas à le resituer.

L'atmosphère tranquille de la pièce se chargea en électricité. Sentant qu'il se passait quelque chose, Lilibet redressa enfin la tête. Son regard croisa celui du nouveau venu, et le petit train dans ses mains tomba par terre.

– On vous attend pour le déjeuner, dit-il sans ambages.

Les Dalrymple-Hamilton étaient déjà debout, eux.

– Philip !

Marion se souvint alors. Ce beau jeune homme était Philip de Grèce, le cousin de la princesse Marina.

Le repas fut servi sur le *Victoria and Albert*, dans un décor où dominaient les rideaux en cretonne et les armoiries peintes. Lilibet, qui s'était plainte du roulis durant tout le trajet depuis Londres, n'avait curieusement plus rien à dire sur le sujet.

Incapable de détacher ses yeux de Philip de Grèce, elle ne

mangea presque rien. Lui, à l'inverse, l'ignora complètement et engloutit une énorme quantité de crevettes que ses longs doigts décortiquaient avec aisance. Un tas de carapaces roses s'éleva bientôt à côté de son assiette.

Toujours aussi habile, Mme Ronnie avait réussi à s'assurer une place au sein de cette expédition royale. Ses bajoues poudrées tremblotèrent lorsqu'elle se pencha vers Marion.

– J'aime tant la jeunesse, murmura-t-elle en lorgnant d'un air entendu le prince grec et la princesse anglaise.

Inévitablement, la conversation dévia vers Hitler.

– Je serais curieux de savoir quel genre d'homme il est en privé, dit quelqu'un.

Le roi, qui pouvait être un peu moqueur à l'occasion, jeta un regard finaud à la voisine de Marion.

– Demandez à Mme R-Ronnie. Elle l'a déjà rencontré.

– C'était il y a bien des années de ça. Avant qu'il devienne ce qu'il est aujourd'hui, bafouilla la collectionneuse de célébrités, rougissante et gênée devant ce trophée particulier, soudain très encombrant.

Après le déjeuner, Marion et les princesses remontèrent les larges marches qui allaient du port à l'école navale. Le prince Philip les accompagnait, et lorsqu'ils atteignirent les courts de tennis de l'établissement, il s'amusa à sauter par-dessus les filets dans le but évident de les impressionner. Lilibet fut subjuguée.

– Vous avez vu, Crawfie ! Quelle souplesse ! Qu'est-ce qu'il est fort !

Marion s'interrogeait, elle. Il y avait quelque chose d'étudié dans la nonchalance de ce garçon, comme s'il sentait que le meilleur moyen de séduire Lilibet était de la traiter avec désinvolture et de s'intéresser davantage à sa sœur.

Plus tard, quand vint l'heure de partir, des cadets de Dartmouth escortèrent le *Victoria and Albert* à bord de toutes les embarcations sur lesquelles ils purent mettre la main. Ravies, Lilibet et Margaret saluèrent frénétiquement ces jeunes gens qui marquaient ainsi leur volonté de leur faire des adieux grandioses et patriotiques, sans se laisser intimider par le mauvais temps et la forte houle.

Le gros yacht fendait sans effort les eaux tumultueuses du fleuve. Il était toujours suivi d'une flotte de bateaux à rames et à moteur lorsqu'il approcha de l'embouchure. Le vent se leva sur le pont, ébouriffant les cheveux, agitant les foulards et portant les conversations d'un bout à l'autre du navire. Le roi, dont l'humeur joyeuse s'était évaporée à l'idée de retrouver Londres et ses devoirs officiels, invectiva le capitaine :

– Cela devient dangereux et ridicule ! Dites-leur de regagner le port !

Un marin se hâta de préparer des fanions aux couleurs appropriées. Il ne mit que quelques minutes à hisser en haut du mât un message codé dans un mystérieux langage naval. Agrippée au bastingage, et comme perdue dans un monde à part, Lilibet n'avait cessé durant tout ce temps de fixer la mer. Tandis que les garçons rebroussaient chemin vers Dartmouth, elle garda les yeux rivés sur le seul bateau qui s'obstinait à avancer – une petite barque menée à la force de ses bras par un dieu viking.

– Quel imbécile ! explosa le roi. Il f-f-aut qu'il rentre ! Sinon on va d-d-devoir s'arrêter et le renvoyer !

Sans un mot, Lilibet se retourna et lui prit ses jumelles, avec lesquelles elle scruta Philip encore un long moment. Des cris résonnèrent dans un mégaphone jusqu'à ce que le prince audacieux comprenne le message et reparte vers le port.

Il ne fut bientôt plus qu'un petit point au loin. Alors seulement, Lilibet détacha son attention de lui en poussant un soupir.

– Lilibet est amoureuse de Philip ! se moqua Margaret.

La reine se tourna vers sa fille aînée.

– Tu ne peux pas tomber amoureuse du premier garçon venu, ma chérie. Le coup de foudre n'est qu'un mythe.

Lilibet ne répondit pas.

45

– Vous croyez vraiment qu'il va y avoir une guerre, Crawfie ? demanda Lilibet, qui était assise avec Marion et Margaret sur le petit tertre dans les jardins du palais.

Le soleil de septembre réchauffait leurs visages, tandis que dans le ciel bleu, des oiseaux voletaient et tournoyaient en tous sens.

C'était presque certain, pensa Marion. On sentait dans l'air une tension sinistre. On la voyait même. Des tranchées avaient été creusées à Hyde Park, de l'autre côté de la rue, et des sacs de sable s'empilaient devant les bureaux de Whitehall, là où s'organisait l'évacuation des enfants de Londres vers la campagne.

Grâce à sa lecture des journaux, Lilibet était bien informée. Elle ne goberait pas n'importe quoi. Le mieux était d'être franche avec elle.

– Cela dépendra de la Russie, dit-elle. Staline n'a pas encore rejoint l'Axe.

– Mais s'il se range du côté d'Hitler, les nazis s'empareront de la Pologne. Et vous savez ce qui se passera alors.

– Quel sale bonhomme, cet Hitler ! lança Margaret, occupée à arracher des marguerites. Il va gâcher nos vacances à Balmoral !

– Au moins, on n'ira pas au Canada, fit remarquer sa sœur.

On avait suggéré à la famille royale de quitter le pays, mais la reine avait refusé tout net.

– Les filles ne partiront pas sans moi. Je ne partirai pas sans le roi. Et le roi ne partira pas, avait-elle décrété – une réponse maintes fois citée.

La mondaine en elle poursuivait sa mue rapide en figure de proue de la nation. Elle avait été enchantée d'apprendre qu'Hitler l'avait surnommée « la femme la plus dangereuse d'Europe ».

« Que peut faire pour vous la femme la plus dangereuse d'Europe, Crawfie ? » disait-elle dès que Marion venait la consulter. Et quand elle téléphonait à ses amies, elle ne pouvait résister au plaisir de s'annoncer en ces termes : « Allô, ici la femme la plus dangereuse d'Europe ! »

Mais elle prenait soin de ne jamais le faire quand ses filles pouvaient l'entendre afin de les maintenir – croyait-elle – dans l'ignorance de la guerre en préparation et de l'homme derrière tout ça. Elle se trompait, bien sûr, surtout au sujet de Lilibet, qui essayait justement à cet instant d'éclairer sa sœur.

– Hitler est le chef de l'État allemand. On l'appelle le chancelier.

– On en a un, nous aussi, répliqua Margaret avec assurance. Le Chancelier de l'Échiquier. C'est lui qui gère l'argent du royaume.

– Je ne parle pas de ce genre de chancelier. Hitler est comme un Premier ministre et un président réunis en une seule personne. Il a tous les pouvoirs et aucune opposition légale en face de lui.

– Comme un roi qui régnerait sur tout, tout, tout ? dit Margaret, impressionnée.

– C'est la définition d'un dictateur.

– J'ai vu des photos de lui. Il n'enlève jamais son manteau, même quand il fait très chaud. Je parie qu'il sent mauvais.

La fillette noua ses bras autour de ses genoux, avant de caresser le Corgi le plus proche d'elle.

– Je me demande s'il a des animaux domestiques…

– Il a un chat qui s'appelle Schnitzel, il me semble.

Marion en fut estomaquée. Lilibet avait une mémoire des détails étonnante. Où avait-elle pioché cette information ?

– Comment est-il devenu si puissant ?

Cette question-là était bien plus épineuse. Ne sachant pas quoi répondre, Lilibet se tourna vers Marion.

– Il est très doué pour les discours. Les gens croient ce qu'il dit.

– Mais que dit-il ?

– Eh bien… il raconte aux Allemands qu'ils sont nés pour diriger les autres peuples.

– Comme papa ! Il est né pour diriger les autres peuples ! s'exclama Margaret.

– Oui, mais pas de la même manière.

Quatre yeux bleus interrogateurs se posèrent sur elle.

– Pourquoi ?

– Parce que nous sommes une démocratie. Notre monarchie est constitutionnelle et doit son pouvoir au Parlement et aux citoyens britanniques. Elle ne peut pas agir seule.

Les princesses restèrent perplexes.

– Hitler promet aussi aux Allemands de leur donner à tous du travail. Or beaucoup ont perdu leur emploi et ne sont pas contents.

– Chez nous, les gens n'ont pas de travail et ne sont pas contents non plus, s'alarma Lilibet.

– En effet, mais ce n'est pas tout à fait pareil.

– Pourquoi ? demanda l'adolescente, dont l'esprit logique commençait visiblement à relier les informations à sa disposition en brûlant les étapes. Que se passerait-il si on avait un dictateur ? Que deviendrait-on, maman, papa, Margaret et moi ? Et Dookie et Susan ? ajouta-t-elle en contemplant ses chiens qui se couraient après dans la bruyère.

Margaret agita son poing en l'air.

– Ne t'inquiète pas, Lilibet, on va leur en faire voir de toutes les couleurs, à ces Allemands !

– Nos derniers cours en temps de paix, chantonna la même Margaret le matin du 3 septembre.

Comme il fallait s'y attendre, Hitler avait envahi la Pologne et ignoré la demande britannique d'un retrait de ses troupes. S'il ne s'était toujours pas exécuté à 11 heures, la Grande-Bretagne déclarerait la guerre à l'Allemagne.

– Tais-toi ! dit Lilibet en lui jetant un cahier d'exercices à la tête.

– Méchante !

– Brute !

– Je n'ai pas l'impression qu'on soit en paix, moi, ironisa Marion.

Les deux filles ne cessaient de regarder l'horloge murale.

– 10 h 30 ! s'écria Margaret.

Puis, un quart d'heure plus tard :

– 10 h 45 !

Marion s'efforçait de rester impassible, mais ses genoux tremblaient sous son bureau.

– 11 heures ! cria Margaret en se mettant à danser dans la salle de classe.

– Arrête ! Arrête ! protesta Lilibet. Dites-lui d'arrêter, Crawfie !

Marion alluma le poste de radio. La voix triste et posée du Premier ministre s'invita dans la pièce.

– J'ai peur d'avoir à vous annoncer qu'aucun retrait des troupes n'a été amorcé et que, en conséquence, notre pays est désormais en guerre avec l'Allemagne, déclara l'ancien défenseur d'une politique d'apaisement.

Margaret cessa de s'agiter et se tourna vers Marion, soudain terrifiée.

– Crawfie ! Que va-t-il se passer maintenant ?

46

La voiture franchit en douceur la porte Henri-VIII du château de Windsor, semblable à une gueule béante en vieilles pierres. Une fois à l'intérieur, ses occupantes eurent l'impression d'être entrées dans une prison.

– Il fait si sombre ici, geignit Margaret à la vue de la cour où aucune lumière ne brillait. Cet endroit ne me plaît pas.

– Ne vous plaignez pas, la sermonna Alah. Vous avez beaucoup de chance. Pensez à tous les petits enfants qui ont dû quitter leur famille pour être évacués Dieu sait où. Ils ne retrouveront peut-être jamais leur maman et leur papa, eux.

C'était inévitable : la princesse éclata en sanglots.

– Combien de temps allons-nous rester à Windsor ? demanda Lilibet, assise sagement à côté de Marion.

– Jusqu'à la fin de la semaine, répondit Alah.

Telles avaient été les instructions de la reine lorsqu'elle avait appelé la Loge Royale plus tôt ce jour-là, mais quelque chose dans sa voix avait éveillé les soupçons de Marion, qui avait aussitôt empaqueté toutes ses affaires.

Ce que les gens surnommaient la Drôle de Guerre durait maintenant depuis des mois. Récemment pourtant, la situation avait commencé à évoluer. Entre la capitulation de la Norvège et des Pays-Bas face aux nazis et le reflux des Alliés vers les côtes normandes, les nouvelles en provenance de l'Europe étaient toutes déprimantes. La France allait-elle tomber à son tour ? La reine des Pays-Bas, Wilhelmine, était arrivée au palais de Buckingham quelques jours auparavant sans rien d'autre que les vêtements qu'elle avait sur le dos. Marion tenait cette anecdote de Norman, qui avait été convoqué sur place pour habiller cette royale réfugiée.

– Nous lui avons présenté je ne sais combien de chapeaux, avait-il raconté, mais Sa Majesté n'en aimait aucun, oh non. Et puis elle a vu celui de Gladys – vous vous rappelez mon assistante ?

Marion n'avait pas oublié la petite femme croulant sous les rouleaux de soie et de tulle.

– Eh bien, elle l'a montré du doigt et elle a dit : « Je veux celui-là ! »

Chamberlain avait été contraint de démissionner de son poste de Premier ministre et de faire place à Churchill, le franc-tireur si longtemps isolé qui s'était toujours méfié d'Hitler. Marion avait admiré son discours au Parlement : « Je n'ai rien à offrir que du sang, du labeur, des larmes et de la sueur », avait-il dit, avant d'expliquer que son but était « la victoire à tout prix » et que sa politique consisterait à « livrer bataille contre une monstrueuse tyrannie jamais égalée dans les sombres et désolantes annales du crime humain ». Elle appréciait son langage galvanisant, sa détermination *a priori* sans faille et surtout sa façon méprisante de prononcer le mot « nazis », avec un « a » long, à l'anglaise, et sans le « t » allemand.

– Pourquoi est-ce que papa et maman doivent rester à Londres ? demanda Margaret. Vous pensez que les Allemands vont venir les arrêter ?

– Jamais de la vie ! s'empressa de répondre Marion pour empêcher Alah de leur assener encore une de ses funestes prédictions.

– J'espère qu'Hitler n'arrivera pas jusqu'ici, dit nerveusement Lilibet.

– S'il le fait, il aura la réception qu'il mérite, répliqua Alah, comme si elle avait été prête à le renverser sur ses genoux pour lui administrer une bonne fessée.

Les grandes portes médiévales du château se refermèrent derrière elles.

Le Maître de la Maisonnée les attendait. Après les avoir accueillies, il les guida le long de couloirs dont les lambris avaient l'air tout noirs dans la pénombre.

– Une tenue habillée est requise pour le dîner, annonça-t-il d'un ton snob.

Cette recommandation était aussi improbable que son nom, Sir Hill Child – M. Enfant –, ne serait-ce que parce qu'il n'y avait presque pas de lumières, tous les lustres ayant été démontés et les ampoules remplacées par d'autres moins puissantes.

– Nous resterons dans la nurserie avec Leurs Altesses Royales, décréta Alah en employant un nous de majesté pour parler d'elle-même.

– Mais pas *nous*, intervint Marion.

Quelles que soient les circonstances, un repas avec des adultes était toujours bon à prendre.

– 20 heures dans la Salle Octogonale, précisa Sir Hill avant de disparaître dans l'obscurité.

Marion se félicita d'avoir fourré à la hâte sa robe du soir dans sa valise, mais se demanda s'il fallait trouver courageux ou fou que, dans un château médiéval en temps de guerre, les gens donnent l'impression de participer à une fête champêtre. En un sens, bien sûr, c'était le cas. Un communiqué n'avait-il pas été adressé à tous les journaux britanniques et américains pour les informer que les princesses avaient été évacuées « dans une maison à la campagne » ?

Comme souvent lorsqu'elles séjournaient au château, Lilibet, Margaret et Alah avaient été installées dans la nurserie de la tour Lancaster – une suite confortable aux teintes roses et fauves que réchauffait un bon feu de cheminée. Mais pour une raison inconnue, Marion avait été cette fois reléguée dans un coin éloigné de la forteresse et se retrouvait seule au sommet d'une tour desservie par un escalier en colimaçon. Des siècles d'allées et venues et de frottements avaient usé les marches de pierre en leur centre et rendu les murs rêches aussi lisses que du marbre au niveau du coude.

Sa chambre rouge sombre et imposante, presque sépulcrale, sentait le moisi comme si personne ne l'avait occupée depuis une éternité. Un grand salon la jouxtait – une pièce lugubre avec ses tons vert foncé et ses petits tableaux à l'huile ternis – et bien qu'un feu eût été allumé dans chacune, la chaleur qu'ils dégageaient était à peine perceptible. Le peu de lumière qu'aurait pu laisser passer la fenêtre à lancette était repoussé par un rideau occultant. Quant à sa salle de bains, si on pouvait l'appeler ainsi, ce n'était rien de plus qu'une cabane sur le toit.

– Mais vous ne la partagerez avec personne d'autre, madame, dit le valet qui l'avait conduite jusque-là.

Marion se força à sourire. L'endroit était glacial et moins bien équipé que sa salle de bains au palais de Buckingham. Même les souris ne s'y montraient pas. Il n'y avait qu'un morceau de savon, des bandes de papier journal accrochées à un clou près des commodités et une ligne noire peinte à l'intérieur de la baignoire pour indiquer le niveau au-dessus duquel il ne fallait pas la remplir. Environ sept centimètres, semblait-il. Le roi, soucieux de ne rien gaspiller, était à l'origine de cette initiative. Un petit animal parviendrait peut-être à faire sa toilette dans si peu d'eau, mais pas une personne adulte, surtout aussi grande qu'elle.

La tour, son escalier en colimaçon, ce château plongé dans le noir… elle aurait tout aussi bien pu évoluer dans un conte de fées horrifique. *Raiponce*, peut-être, sauf qu'elle n'avait pas les cheveux assez longs. *Jack et le Haricot magique* ? Non, les jeunes hommes valeureux étaient tous loin pour le moment. Mais il y avait un ogre, et tout le monde le connaissait.

Plus tard, son cœur tambourina dans sa poitrine lorsqu'elle traversa vivement des pièces aux meubles recouverts de draps. Signe inquiétant, des vitrines avaient été retournées face aux murs. Le château comportait tant de fenêtres, lui avait-on dit, que le temps de toutes les obscurcir pour la nuit, le soleil se levait déjà.

Le long des couloirs non éclairés, les mille ans d'histoire de Windsor avaient quelque chose d'oppressant. Plus elle avançait et plus il lui semblait s'éloigner de la Salle Octogonale. Elle tendit soudain l'oreille. Étaient-ce des pas qu'elle distinguait ? Un gémissement distant qui aurait traversé les âges ?

Le bruissement irréel d'une étoffe sur la pierre la suivait en tout cas, c'était certain. Elle se retourna à une ou deux reprises en se préparant à affronter un fantôme terrifiant, mais ne découvrit à chaque fois qu'une obscurité insondable. Et finit par comprendre que c'était sa propre robe qu'elle entendait – un modèle que sa mère lui avait cousu à partir d'un velours bleu destiné au départ à être transformé en rideaux, et dont elle n'approuvait pas le décolleté profond. Toutes deux s'étaient même disputées à ce sujet, se rappela Marion avec regret.

À l'angle d'un couloir se profila enfin le panneau indiquant qu'elle était arrivée. Une porte entrouverte lui dévoila une pièce sombre et caverneuse, un plafond sculpté au style gothique et une cheminée de marbre noir dans laquelle crépitait un feu. La salle était bien octogonale, constata-t-elle en marquant un temps d'arrêt sur le seuil.

Sous la lumière d'une simple ampoule, trois hommes en costume-cravate avaient pris place autour d'une table dressée avec des couverts en argent et des verres en cristal. On aurait dit un dîner aux enfers.

Ce tableau surréaliste s'anima lorsque Sir Hill se leva.

– Mademoiselle Crawford, permettez-moi de vous présenter Sir Dudley Colles. Et voici M. Gerald Kelly, que vous avez déjà rencontré, je crois.

Marion salua le petit Irlandais exubérant. Kerald Jelly, comme le surnommaient les princesses, était un habitué du palais. Cela faisait quelques années qu'il travaillait sur les portraits du roi et de la reine au moment de leur couronnement et il ne paraissait toujours pas près de les finir. Il appréciait tant la vie au sein du cercle royal, disait-on, qu'il effaçait une partie de ce qu'il peignait chaque jour pour faire durer le plaisir.

Des pas résonnèrent dans le couloir. Marion remarqua alors que la table avait été mise pour cinq personnes et que le siège à côté du sien était vide. Elle sentit un courant d'air et se raidit en frissonnant.

– Tommy ! Content de te voir, mon vieux !

Sir Hill se releva en raclant sa chaise sur le sol pour saluer le nouveau venu.

Et soudain il fut là, tout fringant dans son smoking. Un désir familier ressurgit en elle. Elle réussit à lui serrer la main sans perdre contenance, mais sa peau s'enflamma au contact de la sienne et son sang bouillonna dans ses veines lorsque les yeux sombres de Lascelles effleurèrent sa poitrine comme une cravache.

Il s'installa à table et, tout en lui jetant un bref regard inexpressif, pressa durement sa jambe contre la sienne. Une décharge électrique la traversa tout entière. Ce n'était pas un accident. Ce fut comme si un interrupteur en elle avait été actionné pour la première fois depuis une éternité. Elle se sentit soudain follement vivante – même si elle se garda de faire un geste. Lascelles appuya encore sa cuisse contre la sienne, puis s'écarta.

L'arrivée des deux valets de pied venus apporter leur repas

fut un soulagement pour elle, tant son estomac faisait des sauts périlleux. Elle examina ce qui ressemblait à de la viande hachée sous des pommes de terre brunies.

Tommy se pencha vers elle.

– C'est un Parmentier de mouton, dit-il à voix basse. Probablement cuisiné avec le berger plutôt qu'avec l'animal.

Il aurait été vain d'espérer que le rationnement en vigueur partout ailleurs épargne Windsor. Qu'importe cependant. Marion peinait à contenir son excitation. Ce monde confiné et sombre était tout à coup devenu riche de mille possibilités enivrantes.

Tommy amusa la tablée avec une aisance et un laconisme qui l'émerveillèrent au vu des circonstances. Il décrivit notamment comment le roi l'avait fait chevalier sans pouvoir s'arrêter de rire à bord d'un train durant leur tournée en Amérique du Nord.

– Et comment va lady Lascelles ? demanda Dudley. Elle est à Windsor, elle aussi ?

Marion retint son souffle. Elle se faisait l'effet d'un vase en verre sur le point de tomber d'une étagère.

– Non, à la campagne, répondit tranquillement Tommy, et Marion sentit tout son corps se détendre.

La conversation dévia ensuite vers la reine.

– Rien que de la voir, cela remonte le moral aux gens, déclara Sir Dudley en évoquant ses visites dans tout Londres aux associations de femmes bénévoles, aux unités de protection de la population contre les raids aériens et à celles de la Croix-Rouge.

– Mais elle ne porte jamais d'uniforme, fit remarquer Sir Hill. C'est là qu'elle est brillante. Sa Majesté est toujours en civil, et le roi toujours en tenue militaire. Lui, il représente l'ensemble des combattants. Elle, leurs épouses.

– La femme la plus dangereuse d'Europe, cita Sir Dudley, qui sourit en se débattant avec sa côtelette.

Chacun convint que la guerre pesait plus lourdement sur les épaules du roi et qu'il n'aurait pas pu tenir le coup sans la reine.

– Elle trompe bien son monde avec ses grands yeux bleus, observa Kelly d'un air un peu rêveur en remplissant généreusement son verre de porto. Mais c'est une vraie dure à cuire, en fait.

Marion se remémora les paroles de la duchesse. « *De grands yeux bleus et une volonté de fer, c'est tout ce dont une dame a besoin !* »

Le pudding fut ensuite apporté – une sorte de gelée grise, en réalité.

– Ça me fait penser à celui qu'on nous servait à l'école, dit Sir Hill. On appelait ça une jambe de macchabée.

– Et nous des orteils d'infirmière, renchérit Sir Gerald.

Quand – enfin ! – le dernier verre fut vidé et que tous se levèrent, Tommy se tourna vers Marion.

– En raison du black-out, peut-être m'autoriseriez-vous à vous escorter jusqu'à votre chambre, mademoiselle Crawford ?

Son ton si faussement formel et distant fit courir un délicieux frisson dans son dos. Un désir puissant l'envahit. Le grand moment était arrivé !

Ils sortirent en file indienne. Des bonsoirs polis furent échangés et des talons claquèrent dans les couloirs dallés. Ils restèrent seuls.

Marion attendit. Elle ne distinguait presque rien de Tommy dans le noir, hormis le bout de sa cigarette, qui lui permettait de localiser sa bouche.

Elle sursauta lorsqu'il effleura son coude.

– Par ici, mademoiselle Crawford.

– Marion, je vous en prie, dit-elle en gloussant.

Peut-être le vin lui était-il un peu monté à la tête.

Il l'entraîna à sa suite sans cesser de parler de jardinage.

– Le week-end dernier, Joan et moi avons transporté des

charrettes de pommes de terre. Nous avons eu une belle récolte, cette année. Et pendant tout ce temps, j'ai été frappé par la ressemblance entre le général de Gaulle et ces patates – encore qu'elles soient plus malléables que lui.

– Pardon ?

Il évoquait un sujet parfaitement anodin et mentionnait sa femme par-dessus le marché. Il avait pourtant lorgné sa poitrine et collé sa jambe contre la sienne. Elle en était certaine… ou pas ? Avait-elle une fois de plus mal interprété la situation ?

Il la laissa devant la porte donnant accès à sa tour, puis disparut dans l'obscurité.

– Bonne nuit, mademoiselle Crawford.

47

Chose étonnante, les filles s'étaient très bien pliées aux contraintes de la guerre. Elles avaient apparemment rompu avec leur vie choyée d'avant sans un regard en arrière et allaient jusqu'à apprécier certains aspects de la nouvelle. Les recommandations officielles, par exemple, satisfaisaient le besoin d'ordre de Lilibet. Penchée sur des cartes, elle localisait très vite les postes de secours, les casernes de pompiers, les cabines téléphoniques et les postes de police des environs.

– Quand on sait où ils se trouvent, on peut faire gagner de précieuses minutes aux gens lors d'une attaque aérienne, disait-elle d'un ton très solennel.

Devant quoi Marion hochait la tête avec le plus grand sérieux, même s'il était fort peu probable que la princesse soit un jour amenée à diriger qui que ce soit lors d'un raid aérien.

Ce qui était dommage, en un sens. Lilibet aurait fait une formidable coordinatrice d'urgence pour les unités de protection des civils.

L'adolescente avait aussi à cœur de respecter les consignes visant à économiser l'énergie. Non contente de surveiller Alah pour s'assurer que l'eau de son bain ne dépassait pas la marque des douze centimètres, elle réalisait des anneaux en carton sur lesquels elle dessinait des yeux et une bouche et les insérait sous les caches des interrupteurs, dont le bouton faisait alors office de nez. « Éteignez-moi, s'il vous plaît », copiait-elle tout autour de son écriture distinctive.

– Ça rentre dans les groupes d'aliments 1 à 4 ? demandait-elle pendant les repas.

Et elle consultait son livret de rationnement pour voir dans quelle catégorie s'inscrivait le beurre frappé du monogramme royal fourni par les fermes de Windsor.

– Rappelez-vous, tout est bon dans le cochon – sauf son caractère ! ajoutait-elle dignement en citant le slogan figurant sur les affiches.

Margaret était davantage séduite par l'existence possible d'une cinquième colonne, d'infâmes agents ennemis déguisés en religieuses ou en mères avec leurs bébés.

– Je vous parie tout ce que vous voulez qu'il y a une mitrailleuse là-dessous ! crachait-elle chaque fois qu'elles passaient près d'une femme poussant un landau dans le grand parc de Windsor.

De temps à autre, Marion et les filles croisaient de petits groupes de volontaires de la garde civile qui s'entraînaient avec des armes de fortune – des couteaux de cuisine attachés à des manches à balai, des fourches, des bêches. Un vieux sergent-major allait et venait devant eux en criant avec un fort accent londonien :

– Ce qu'on veut, c'est pas flinguer les Boches, mais les embrocher ! Les Allemands n'aiment pas ça, l'acier froid. Ils n'aiment pas le sentir dans leur bidoche ! Il faut leur planter ça dans la gorge, dans les poumons ou dans le ventre, et après tourner la lame en la retirant.

Tous bombaient le torse et faisaient le salut militaire en apercevant les princesses.

– Punaise, disait Margaret en regardant défiler ce groupe hétéroclite de vieillards et de très jeunes garçons. Si Hitler débarque ici un jour, il n'aura pas grand-chose à craindre, non ?

– Margaret ! Ne sois pas si méchante !

Les journées caniculaires se succédaient sans répit. Elles réalisèrent un potager de la Victoire[1] dans les jardins du château en mettant à profit ce qu'elles avaient appris à la Loge Royale. Le soir, après les informations, Lilibet déplaçait des drapeaux sur une grande carte afin de visualiser les mouvements des différentes armées. Les nouvelles n'étaient pas encourageantes. Hitler avait envahi les Pays-Bas et la Belgique, et ses troupes gagnaient du terrain en France.

Un jour, un défilé incessant d'avions de chasse accompagné d'un bruit d'explosions et de mitraille interrompit la partie de cache-cache des princesses.

– Crawfie, que se passe-t-il ?

La réponse tomba plus tard, alors qu'elles écoutaient l'émission *Children's Hour* à la radio. Une voix inconnue s'échappa du poste – celle d'un homme qui s'exprimait d'un ton ferme, calme, mais pressant.

– Qu'y a-t-il ? demanda Margaret, indignée, depuis le coin de la nurserie où elle jouait avec son pilote de Spitfire. Qu'est-il arrivé à Larry l'Agneau ?

– Chhh ! la coupa Lilibet.

– Si vous avez un bateau capable de traverser la Manche, partez tout de suite en direction des côtes françaises et ramenez des soldats britanniques à la maison…, déclara le présentateur.

– Des bateaux ? répéta Margaret. Mais pourquoi ?

Lilibet mit moins de temps qu'elle à comprendre.

---

1. Des potagers de la Victoire, dits aussi « Jardins de la Victoire », ont été cultivés en Angleterre, aux États-Unis et au Canada pendant la Seconde Guerre mondiale, à la fois dans des résidences privées et des parcs publics, afin d'aider à nourrir la population et, ainsi, de contribuer à l'effort de guerre.

– Parce que les nazis ont repoussé nos troupes.

La gorge nouée, Marion tenta de refouler ses larmes et lui adressa un sourire qu'elle voulut rassurant – en vain. La princesse avait le teint livide.

– Ça signifie qu'Hitler occupe maintenant toutes les côtes de l'Islande à l'Espagne, dit lentement Lilibet. Oh, Crawfie ! C'est horrible ! Qu'allons-nous devenir ?

Derrière elle, Margaret s'était levée, la mine butée et les yeux étincelants.

– On luttera le dos au mur ! La mort ou la gloire !

Leur lecture du moment était *Hirondelles et Amazones*, et Margaret avait tout de suite reconnu son âme sœur littéraire dans le personnage de l'intrépide Nancy Blackett.

– Tous les envahisseurs qui poseront le pied sur le sol britannique le regretteront ! Pas de pitié ! On dégommera les parachutistes et on jettera des grenades !

Lilibet, qui avait retrouvé des couleurs, l'approuva avec enthousiasme.

– Ce qu'on veut, c'est pas flinguer les Boches, mais les embrocher ! dit-elle avec un bel accent londonien. Les Allemands n'aiment pas ça, l'acier froid. Ils n'aiment pas le sentir dans leur bidoche ! Moi aussi, je sais où les viser !

Toutes deux conclurent joyeusement en chœur :

– Dans la gorge, dans les poumons ou dans le ventre ! Et après il faut tourner la lame en la retirant !

Leur esprit combatif reflétait celui de tout le pays, et en particulier du Premier ministre Churchill, dont le discours au Parlement dans le sillage de l'évacuation de Dunkerque fut cité au même instant à la radio : « Nous irons jusqu'au bout… nous défendrons notre île quel qu'en soit le prix. Nous nous battrons sur les plages, nous nous battrons sur les pistes d'atterrissage, nous nous battrons dans les champs et dans les rues, nous nous battrons dans les collines. Jamais nous ne nous rendrons. »

– Jamais ! répéta Margaret en agitant un crayon.

Elle dessinait un morpion aux traits diaboliques et au ventre couvert de croix gammées, à l'image du Squander Bug, le personnage utilisé par le gouvernement sur ses affiches de propagande pour inciter les gens à soutenir l'effort de guerre au lieu d'acheter des biens de consommation futiles.

Il apparaissait pourtant de plus en plus probable que la Grande-Bretagne allait poursuivre seule la lutte contre les nazis. La capitulation de la France face aux Allemands avait été un choc, et malgré les manœuvres de la reine et les robes de Norman, les Américains ne dérogeaient pas à leur politique de non-engagement. Beaucoup se posaient la même question que Churchill dans la suite de son discours : quand le Nouveau Monde, avec toute sa puissance et sa force de frappe, viendrait-il en aide à l'Ancien ?

48

Les princesses fixèrent la boîte ronde en métal d'un air ébahi.

– Une boîte à biscuits ! dit Lilibet. Papa veut que vous enterriez les bijoux de la Couronne dans *une boîte à biscuits* ?

Marion s'amusa de cette réaction digne du personnage guindé de lady Bracknell dans *L'Importance d'être Constant.* Un sourire dansa aussi sur les lèvres de Sir Owen Morshead, le bibliothécaire du château de Windsor chargé d'appliquer les derniers ordres du roi.

– Ses dimensions sont parfaites, Votre Altesse Royale, expliqua-t-il pendant que le valet portant le précieux trésor descendait dans la cave spécialement creusée dans les fondations du château et fermée par deux doubles portes blindées.

– Je trouve que c'est une bonne idée, moi, dit Margaret. Hitler n'ira jamais chercher le rubis du Prince noir dans une boîte à biscuits.

Elle se tut un instant, soudain pensive.

– Sauf s'il aime les biscuits.

Elle-même en raffolait, mais le rationnement avait sévèrement réduit sa consommation. Marion la laissa s'interroger à voix haute sur les gâteaux préférés du Führer. Cela valait mieux que de la voir prendre conscience d'une tout autre réalité : enterrer les bijoux revenait à admettre la possibilité d'une invasion imminente. Des photos d'Hitler portant la couronne de St Édouard n'étaient tout simplement pas envisageables.

Le chancelier allemand ne s'attendait pas à une telle résistance de leur part, bien sûr. Croire que la Grande-Bretagne se soumettrait et capitulerait après la France avait été une grave erreur. Churchill avait une fois de plus déployé tout son art oratoire en évoquant l'heure de gloire de la Grande-Bretagne, mais son optimisme forcené exaspérait tous ceux qui considéraient que la guerre était terminée. Même le roi et la reine se montraient sceptiques.

– Il m'a juste dit que le succès consistait à aller d'échec en échec sans jamais se laisser abattre, dit le roi à sa femme après une entrevue avec lui.

– Et il m'a dit à moi que quand on traversait l'enfer, il ne fallait surtout pas s'arrêter à mi-chemin, répliqua-t-elle. Mais il a raison, Bertie. On ne doit rien lâcher. Que peut-on faire d'autre, de toute façon ?

Pendant ce temps, dans le Sud, la bataille d'Angleterre avait commencé. Les combats acharnés entre la Luftwaffe et la Royal Air Force faisaient désormais partie du quotidien.

– Hitler veut détruire la RAF afin de pouvoir nous envahir, dit Lilibet. Mais il n'a pas choisi le bon pays !

Son avion préféré était le bombardier Lancaster. Margaret, elle, avait développé une obsession pour les Spitfire – les « cracheurs de feu ».

– C'est vrai qu'ils doivent leur nom à une petite fille qui avait un sale caractère ? demanda-t-elle, manifestement jalouse.

Elle se mit bientôt en tête de participer à la collecte initiée par lord Beaverbrook, le ministre de la Production aéronautique, afin de favoriser la construction de ces appareils. L'idée était que les femmes au foyer donnent des casseroles, des bouilloires, des baignoires en zinc – tout ce qui pouvait être fondu pour fabriquer ensuite un avion de chasse.

– Qu'est-ce que tu caches sous ta robe, Margaret ? lança la reine durant un déjeuner, alors que sa cadette quittait la table et s'éloignait d'une démarche bizarrement précautionneuse en faisant un drôle de petit bruit.

Après bien des protestations, Margaret souleva sa jupe et dévoila des couverts en argent coincés dans sa culotte.

– Q-quoi ? s'exclama le roi.

– C'est pour le fonds des Spitfire ! glapit Lilibet, ravie.

Ce qui contraria Margaret. Elle n'aimait pas qu'on lui vole la vedette.

– Margaret ?

La reine s'était exprimée doucement, mais un tic nerveux agitait sa bouche.

La princesse défia ses parents du regard.

– Un Spitfire coûte cinq mille livres, annonça-t-elle.

– Je dirais plutôt douze mille cinq cents, la corrigea le roi, amusé.

– Mais deux mille cinq cents livres permettraient de payer le fuselage, et mille huit cents livres, les ailes. En comparaison, ça… – elle brandit une poignée de couteaux et de fourchettes – … ça ne représente que deux ou trois vis et rivets, et peut-être aussi un volet roulant pour les vols de nuit. Il faut compter sept livres et six shillings pour en avoir un, ajouta-t-elle avec emphase.

L'été se poursuivit. Après avoir mené ses attaques au-dessus de la Manche, la Luftwaffe s'avança plus à l'intérieur des terres. La vue de traînées de vapeur et le staccato de la mitraille devinrent monnaie courante tandis que les bombardiers allemands et les chasseurs qui les accompagnaient s'efforçaient de percer la défense des Spitfire et des Hurricanes anglais.

Les deux filles surent vite identifier les avions qui déchiraient le ciel au-dessus d'elles rien qu'à leur forme. Parfois, ils volaient si bas qu'elles distinguaient les indications sur leur fuselage. « C'est un des nôtres ! » s'enflammaient-elles à chaque passage d'un appareil au flanc orné d'une cible rouge, bleu et blanc. Et « c'est un des leurs », grognaient-elles à la vue d'une croix gammée.

Par un après-midi ensoleillé du mois de septembre, un bourdonnement vague, mais menaçant, s'éleva dans l'air. Un moteur d'avion. Un pied contre le tronc d'un arbre, Lilibet se figea.

– Écoute.

– C'est un des nôtres, affirma Margaret, plus haut dans les branches. Il part bombarder les Allemands.

Des explosions assourdies retentirent au loin. Lilibet poussa un cri.

– Non, ce sont les leurs ! Ils sont à Londres.

Dookie, qui avait compris la situation avant tout le monde, fonça sur la pelouse pour se réfugier à l'intérieur du château. Les filles descendirent de leur arbre et s'élancèrent à sa suite. Elles le retrouvèrent dans la salle de bains de la nurserie, tapi derrière les toilettes, d'où il refusa de sortir même quand l'alarme signalant une attaque aérienne se déclencha.

– Viens, dit Marion en attrapant l'animal grassouillet. Filons.

Des travaux de consolidation partiels avaient été réalisés à la hâte dans les cachots de Windsor pour les transformer en abri antiaérien. Le confort y était rudimentaire, avec tout juste deux petits lits récemment ajoutés pour Margaret et Lilibet. Autour d'eux, des anneaux de fer pendaient aux murs de pierre et le fond des salles voûtées disparaissait dans une obscurité insondable. Il régnait en ce lieu une atmosphère pesante – à cause de l'humidité, bien sûr, mais aussi de la terreur de ceux qui, au fil des siècles, avaient été emprisonnés là.

Plus déterminée que jamais à distraire les filles, Marion leur tendit des exemplaires du *Songe d'une nuit d'été*, et elles se répartirent les rôles. Les nazis furent vite oubliés grâce au comique de la scène dans laquelle des artisans peu doués pour jouer la comédie s'efforçaient de monter une pièce de théâtre.

Le ciel rougeoyait au-dessus de Londres lorsqu'elles sortirent à l'air libre.

– Ne t'inquiète pas, Dookie, dit crânement Margaret, qui tenait le chien dans ses bras. On va leur flanquer une bonne raclée, à ces fichus Allemands.

Ce fut le début du Blitz. Le son funèbre des « chouineuses », comme on surnommait les sirènes, et le tacatacatac de l'artillerie antiaérienne s'imposèrent bientôt dans leur quotidien.

Un soir, Marion fut réveillée par le tintement retentissant d'une cloche. Les gardes sur le toit du château sonnaient l'alarme. Elle ôta sa chemise de nuit, attrapa son masque à gaz et sa combinaison en épais velours vert, conçue pour être enfilée rapidement en cas d'alerte, puis s'élança hors de sa chambre.

Le chemin jusqu'aux cachots passait par une trappe derrière les grandes cuisines. De là, un escalier raide, très prisé des araignées et des cafards, menait aux entrailles du bâtiment. Elle fermait toujours les yeux en l'empruntant.

Encore en costume-cravate, une lampe torche à la main et un masque à gaz mal accroché autour du cou, Sir Hill Child était déjà sur place. Son ombre distendue, semblable à un fantôme, tressaillit sur les murs de pierre à son arrivée.

– Où sont Leurs Altesses Royales ?

– Avec Alah, répondit Marion.

En cas d'attaque aérienne nocturne, c'était elle qui devait emmener Margaret et Lilibet à l'abri.

– Où est-elle ? grommela Sir Hill. Elle n'a donc pas entendu la cloche ?

– C'est inacceptable, intervint lord Wigram, le Gouverneur du Château, lui aussi en costume-cravate. Il s'agit d'une alerte rouge, mademoiselle Crawford. Nous risquons d'être bombardés. Les princesses doivent venir *tout de suite* !

Marion fit demi-tour et remonta l'escalier en s'attendant à tomber à tout instant sur deux petites silhouettes accompagnées d'une plus grande qui leur recommanderait de bien faire attention et de ne pas trébucher. Mais personne n'émergea de l'obscurité.

Elle continua à gravir les marches rendues glissantes par l'humidité et grouillantes d'insectes. Les filles allaient arriver, n'est-ce pas ? Le cœur cognant douloureusement dans sa poitrine, les jambes alourdies par le tissu pesant de sa combinaison, elle traversa des salles sombres et poussa des portes souvent épaisses garnies de pointes métalliques. Dehors, l'alarme n'en finissait pas de résonner.

Enfin, elle atteignit la tour Lancaster. Elle fonça vers la nurserie et distingua à l'intérieur des voix enfantines haut perchées, ainsi que le timbre plus grave d'Alah. Elles étaient encore là !

– Alah ! cria-t-elle. C'est Crawfie ! Lord Wigram, Sir Hill et tous les autres vous attendent en bas. Vous devez vite descendre ! Qu'est-ce que vous *fabriquez* ?

La porte s'ouvrit sur Alah. Si son uniforme était impeccable, sa charlotte était un peu de travers – sans doute cette interruption l'avait-elle empêchée de l'épingler correctement. Il n'y avait aucune trace de son masque à gaz dans les parages, et sans surprise, elle était outrée d'être ainsi dérangée.

– On s'habille, Crawfie ! lança Lilibet. Alah dit qu'il le faut.

Derrière la silhouette massive de la nourrice, Marion découvrit avec incrédulité l'extrémité d'une robe à volants et une paire de chaussettes blanches posée bien à plat sur le lit. C'en fut trop pour elle.

– Venez avec moi ! Tout de suite !

Une minute plus tard, les filles avaient passé un manteau sur leurs chemises de nuit et couraient dans les couloirs en tenant leurs masques à gaz à l'effigie de Mickey. Alah suivait à distance en grommelant.

Dans l'abri antiaérien, où d'autres résidents du château s'étaient entre-temps réfugiés, lord Wigram faisait les cent pas et Sir Hill n'était plus qu'une boule de nerfs. Leur soulagement en les voyant fut palpable.

Margaret s'endormit rapidement sur les genoux de Marion. Pendant que Lilibet s'installait sur l'un des lits pour lire, Sir Hill se plongea dans les mots croisés du *Times*. Assis à proximité, lord Wigram avait le nez dans un catalogue sur les variétés de dahlias.

De son côté, Gerald Kelly discutait tout bas dans la pénombre au fond de la pièce. Un léger tintement s'échappait parfois de son recoin, pareil à celui d'une bouteille de porto heurtant un verre en cristal. Et comme toujours, Alah tricotait. Elle faisait des chaussettes hautes pour les marins et semblait décidée à équiper toute la Royal Navy.

Cette scène de guerre dégageait une étrange impression de paix, songea Marion. L'ambiance était conviviale. Douillette, même. De temps à autre lui parvenait le bruit des pages que tournait Lilibet. Elle décala le corps chaud de Margaret endormie contre elle, enfouit le nez dans ses doux cheveux et respira son odeur de savon. En silence, elle pria pour que tout le monde sorte sain et sauf de cette attaque.

La sirène signalant la fin de l'alerte ne retentit pas avant 2 heures du matin. Si laide fût-elle, elle sonna comme une musique divine à leurs oreilles.

– Vous pouvez regagner votre chambre maintenant, ma'am, dit Sir Hill en s'inclinant devant Lilibet.

Le lendemain, Lilibet donna libre cours à une colère rebelle.

– Je veux m'engager dans l'armée !

– Tu en fais déjà partie, rétorqua Margaret. Tu es colonel en chef des grenadiers.

Marion réprima un sourire. Lilibet avait été récemment élevée à ce rang et prenait bien sûr très au sérieux ses devoirs d'inspection des troupes – à la fin d'une parade, elle avait même réprimandé plusieurs soldats au sujet de leurs bottes, et le commandant avait pris Marion à part.

– Mademoiselle Crawford, peut-être pourriez-vous signaler à Son Altesse Royale que la première qualité d'un bon officier est sa capacité à concilier la justice et la clémence.

Lilibet était encore trop jeune pour intégrer l'armée, mais Marion conserva cette idée en tête. De son côté, sa résidence forcée à Windsor l'oppressait de plus en plus. Personne ne semblait savoir combien de temps la guerre durerait – ou si quelqu'un le savait, il se gardait de le dire.

Son malaise fut accentué par l'arrivée soudaine au château d'Antoinette de Bellaigue, une élégante aristocrate belge installée depuis quelques années en Angleterre. Comme d'habitude, elle n'eut droit à aucune explication, mais après avoir glané des informations ici et là, elle comprit ce qui se passait : il avait été décidé que sa propre maîtrise du français n'était plus suffisante et que les princesses avaient besoin des leçons d'une francophone.

Secrètement soulagée de pouvoir se décharger de cette matière, elle trouvait blessant de ne pas avoir été consultée – même si, se rappela-t-elle, le roi et la reine avaient pour priorité la défense de la nation.

Il ne s'écoula pas longtemps avant que les princesses n'aient plus que le prénom « Toni » à la bouche. Margaret en particulier était en extase devant les tenues impeccables et les beaux cheveux bruns de Mme de Bellaigue. Contrairement à d'autres, la Belge n'avait pas oublié sa garde-robe au moment de quitter son pays, constata Marion avec dépit. Et Toni sembla quant à elle se sentir tout de suite à l'aise avec les filles.

– Lilibet est *très naturelle** ! dit-elle à Marion avec son accent charmant. Quel sens du devoir ! Et malgré ça, *quelle joie de vivre* !

Une autre nouveauté fit bientôt son apparition : des cours de dessin en compagnie d'Alathea Fitzalan Howard, une enfant de la noblesse, un peu plus âgée que les princesses, qui s'était réfugiée à Windsor le temps de la guerre. Puis Lilibet apprit à monter à cheval en amazone. Marion commençait à avoir l'impression que tous ses efforts visant à faire garder les pieds sur terre aux deux sœurs ne comptaient plus pour rien.

Même les unités de guides et de brownies créées à Buckingham, autrefois si importantes à leurs yeux, ne les passionnaient plus. Le succès semblait acquis après leur confrontation avec l'imposante Commissaire en chef, mais tout ne s'était pas déroulé comme prévu, loin de là. Le lieu choisi pour les réunions était un petit pavillon d'été dans les jardins du palais où George V travaillait autrefois quand il faisait beau. Le bureau était dans l'état où il l'avait laissé, avec ses stylos et ses papiers toujours en place, et les filles avaient tout nettoyé avec Marion. Le jour de la rencontre inaugurale, elles piaffaient d'impatience dans leurs nouveaux uniformes – pour lesquels le roi lui-même avait manifesté un vif intérêt.

– Pas de chaussettes noires, avait-il dit. Ça me rappelle mon enfance. Qu'elles mettent plutôt des beiges.

Quand la princesse Mary était venue présider la séance, il était resté derrière elle et lui avait murmuré des blagues pour essayer de la faire rire. C'était un aspect de sa personnalité que Marion n'avait pas vu depuis leurs années à Piccadilly.

Le problème qu'elle n'avait pas anticipé était les autres recrues, les filles des dignitaires de la cour et des amis de la famille. Ce premier jour, Lilibet avait été horrifiée.

– Qu'est-ce que leurs nourrices font là ?

Telle une rangée de corbeaux dans le lumineux petit pavillon d'été, des femmes en manteaux et chapeaux noirs s'étaient postées derrière leurs protégées et n'avaient cessé d'en faire grand cas.

– Certaines filles ne sont même pas en uniforme, avait râlé Margaret. Elles sont tout endimanchées !

– Allons-y, les avait coupées Marion.

Elle n'avait pas affronté Mlle Violet Synge pour laisser son beau projet échouer comme ça sous ses yeux.

Le premier jeu se voulait un moyen de briser la glace. Les participantes devaient ôter leurs chaussures, les déposer en tas au centre de la pièce, puis, à un signal, courir les récupérer, les enfiler et retourner à leur place de départ. La gagnante serait la première à y parvenir.

– *Go !*

Une ruée s'était ensuivie, mais la joie que Marion se faisait de voir ces filles s'amuser s'était envolée quand elle avait compris à leur mine déroutée, à leurs recherches perplexes et même, dans certains cas, à leurs larmes, que la plupart ne savaient pas quelles chaussures étaient les leurs. Ou, si elles le savaient, comment les mettre seules. Certaines, vêtues de superbes robes, avaient ainsi rejoint à cloche-pied leur nourrice, un soulier à moitié enfilé sur un pied et l'autre à la main.

La frustration qu'elle avait éprouvée ce jour-là ne faisait depuis que s'accentuer. La part d'enfants privilégiés parmi les recrues lui semblait avoir augmenté après le début de la guerre et leur déménagement à Windsor en raison de l'arrivée de filles de haut gradés de l'armée. Résultat, son objectif initial – faire en sorte que les princesses côtoient des jeunes issus de milieux différents du leur – se révélait de plus en plus difficile à atteindre. Peut-être était-il même irréalisable à présent. Peut-être livrait-elle une bataille perdue d'avance.

Pourquoi alors ne pas en mener une autre ? Celle dans laquelle tout le monde était engagé, par exemple. Les femmes comme elle étaient nombreuses à avoir grossi les rangs de l'armée et elle souscrivait totalement au message des affiches placardées dans la rue principale de Windsor : « Rejoignez les Wrens[1] ! Mieux vaut faire face aux balles qu'être tué chez soi par une bombe ! »

La famille royale n'avait visiblement plus besoin de ses services. La lutte pour la liberté et la démocratie était sûrement plus essentielle que l'« Opération Vie normale ». Qu'est-ce qui l'empêchait de s'enrôler et de faire elle aussi son devoir en se battant pour son roi et son pays ? Alors, bien sûr, il faudrait qu'elle quitte le premier pour défendre le second, mais elle doutait que cela soit un problème. Personne ou presque ne remarquerait son départ.

Seulement, comme toujours lorsqu'une question grave se posait, la reine n'était jamais là. Sa Majesté passait la semaine à Buckingham, et le château de Windsor était trop vaste pour s'amuser à l'y chercher durant ses visites. Profitant de la présence de Toni, Marion fila donc à la gare de Windsor & Eton et prit un train pour Londres en milieu de matinée. Les wagons étaient remplis de conscrits qui racontaient des blagues et se chambraient. Envers et contre tout, le moral des troupes semblait tenir bon. Elle éprouva une bouffée de fierté à leur vue. Leurs Majestés n'étaient pas étrangères à cet état d'esprit.

À Piccadilly Circus, la statue d'Éros avait disparu, mais l'endroit était apparemment resté un lieu de rencontre très apprécié des soldats et de leurs petites amies. Marion longea Piccadilly en notant les vitrines vides dans la rue. *Fortnum and Mason's* tentait de donner le change, mais n'était plus que l'ombre du grand magasin luxueux d'autrefois. Et comment

1. Les Wrens (Women's Royal Naval Service) désignaient la branche féminine de la Royal Navy.

s'en étonner quand des affiches gouvernementales clamaient un peu partout que les dépenses extravagantes en temps de guerre étaient « de mauvais goût et antipatriotiques » ?

Elle traversa Green Park. Des tranchées avaient remplacé les transats et des légumes poussaient sur une bonne partie des espaces verts. Même ici, les gens cultivaient un Jardin de la Victoire.

La façade grise du palais se dressa bientôt devant elle, toute luisante sous le ciel radieux de septembre. Alors qu'elle s'en approchait, un bruit enfla à ses oreilles. Le vrombissement lancinant d'un gros moteur.

Elle leva les yeux. L'avion arrivait de l'est. À peine eut-elle pris conscience de sa présence que déjà il remontait le Mall et passait au-dessus d'elle, lui cachant le soleil. Les inscriptions bien visibles sur son fuselage indiquaient son appartenance au camp ennemi. L'appareil descendit en piqué dans un vrombissement croissant, et Marion se jeta à terre au moment où retentissait le sifflement strident et si familier d'une bombe tout juste larguée. Il y eut une explosion assourdissante, puis le silence, insoutenable.

Elle resta quelques secondes le visage collé au sol sans pouvoir respirer. Tout s'était enchaîné si vite. Elle redressa la tête. Les Londoniens autour d'elle se rassemblaient, échangeaient quelques mots d'un air choqué. Elle se remit debout et courut.

La façade du palais était presque intacte, à l'exception des fenêtres, qui avaient toutes volé en éclats. Elle contempla la scène, glacée jusqu'à l'os, malgré la chaleur de ce jour-là. Malgré tout ce qu'elle avait déjà pu voir de la guerre, il lui sembla tout à coup qu'avant cet instant, elle n'y avait pas vraiment cru.

Elle fendit la foule des gens angoissés qui se pressaient devant les grilles du palais.

– Est-ce que Sa Majesté va bien ? Et la reine ?

Des policiers faisaient de leur mieux pour répondre aux questions, mais elle comprit à leur mine qu'ils ne savaient rien.

– Désolé, mademoiselle, vous ne pouvez pas… Oh, mademoiselle Crawford, c'est vous. Allez-y, passez.

Ce fut avec un sentiment d'irréalité qu'elle poursuivit son chemin au milieu des éclats de verre. Des employés émergeaient du palais, livides, en état de choc. Certains prenaient appui sur d'autres, mais aucun ne paraissait grièvement blessé.

Par-delà l'arche centrale, elle aperçut des gravats et une fumée noire épaisse qui s'élevait en tourbillonnant de la cour intérieure. Des monceaux de cailloux entouraient un énorme trou béant d'où un monstre semblait être récemment sorti. C'était tout l'inverse, bien sûr. Le monstre était entré là, et c'était là aussi qu'il avait causé le plus de dégâts.

Elle avança avec précaution en faisant crisser le verre sous ses pieds. Il était difficile de distinguer quoi que ce soit avec cette fumée, mais une partie de l'aile gauche du palais avait disparu, si bien que le bâtiment évoquait désormais une maison de poupée entièrement ouverte. De la splendeur passée des lieux ne subsistaient que des vestiges : des morceaux de bois doré, des bouts de tissus calcinés, des vases brisés, des statues réduites en miettes. Une petite main de marbre gisait par terre – sans doute les restes d'un chérubin. La vision de Marion se brouilla. Dieu merci, les filles étaient à Windsor.

– Mademoiselle Crawford.

Même dans ces circonstances tragiques, sa voix conservait une pointe d'ironie. À travers les panaches de fumée, elle constata qu'il était aussi élégant que d'habitude. Ses manchettes étaient d'un blanc immaculé, sa moustache impeccable, et son nœud papillon toujours parfaitement en place. Elle pensa en comparaison à son tailleur noir de terre.

– Monsieur Lascelles ! Comment… comment allez-vous ?

– Ma foi, la bombe a détruit ma salle de bains, dit-il sèchement. Mais le bon côté des choses, c'est qu'elle m'a débarrassé de cette verrue visible sur la gauche par ma fenêtre.

Gênée, elle se rappela la fenêtre en question et tenta de visualiser ce qu'il y avait eu à gauche.

– Vous voulez parler du bâtiment qui abritait la piscine ?

Il hocha la tête. Pas une seule mèche de ses cheveux n'avait bougé.

– Exactement.

Elle sentit remonter son estime pour lui. Il faisait preuve d'un sang-froid extraordinaire. Un Britannique unique en son genre, à l'image de ses euphémismes. Une personnalité emblématique de l'esprit combatif du pays. Un exemple à suivre.

– Comment va le roi ? Et la reine ?

– Ah, dit-il en haussant les sourcils.

Il était difficile de garder un esprit combatif lorsque, comme elle, on était assailli de visions du couple royal gisant parmi les décombres et des célèbres yeux bleus vaporeux de la reine injectés de sang.

– Ah ?

– Ils vont parfaitement bien.

Les jambes flageolantes sous l'effet du soulagement, elle tenta de rester factuelle.

– Il faut que je voie la reine. Savez-vous où elle se trouve ?

– Dans le jardin, avec le roi. Au fait, mademoiselle Crawford, ajouta-t-il d'un ton léger alors qu'elle s'éloignait.

Elle se retourna.

– Oui, monsieur Lascelles ?

– Il serait préférable d'éviter l'entrée habituelle. Elle n'existe plus. Je vous conseillerais plutôt de passer par le côté.

– Merci, monsieur Lascelles.

Elle parvint à une porte dont la partie vitrée avait été soufflée, tout comme la poignée, et dut nouer son mouchoir autour de sa main pour l'ouvrir à tâtons de l'intérieur. Au milieu du couloir noir de fumée, le tapis rouge était couvert de terre et de poussière – ce même tapis rouge autrefois réservé aux membres de la famille royale. On pouvait dire qu'il avait été bien piétiné.

Elle entendit des quintes de toux à distance, ainsi que les cris des coordinateurs de la protection antiaérienne du palais. Il fallait qu'elle trouve la reine avant que ces employés notoirement efficaces ne l'arrêtent et ne la renvoient à Windsor.

Une ombre surgit devant elle, vêtue d'un habit clair et coiffée d'une sorte de grand chapeau blanc. Son cœur manqua un battement. L'espace d'un instant, elle se demanda s'il s'agissait d'un fantôme fraîchement sorti de terre, avant de se rendre compte que son chapeau était une toque tordue et qu'elle avait en face d'elle le chef cuisinier du palais.

– *Monsieur*, dit-elle avec son plus bel accent français – un accent tout à fait correct, comme Mme de Bellaigue elle-même le reconnaissait. *Comment allez-vous** ?

Sa question était ridicule, mais le chef, dont la tenue blanche était maculée de traces noires, parvint à acquiescer. Il serrait encore une cuillère en bois dans sa main.

– *Ça va, mademoiselle. La bombe m'a cassé les oreilles plus qu'autre chose**.

Elle sentit les larmes lui monter aux yeux. Quel courage. Elle s'était trompée sur le compte de Lascelles. Son flegme n'était pas l'apanage des Britanniques, pas plus que les euphémismes. Les Français aussi avaient cette bravoure. Et les Belges. Elle songea à Toni, non pas avec rancœur cette fois, mais compassion. Ses manières un peu bêtes cachaient-elles sa tristesse devant l'humiliation subie par son pays ?

Elle sourit au chef et posa une main sur son cœur.

– *Vive la France** !

Il redressa aussitôt la tête et rejeta les épaules en arrière. Même sa toque parut se raidir.

– *Vive la France** !

Lascelles avait raison, la porte qui ouvrait sur le jardin

était enfouie sous un tas de débris. Un trou dans le mur permettait toutefois de sortir et elle n'eut pas à chercher un autre passage. Retenant sa respiration afin de ne pas inhaler la poussière en suspension, elle s'avança prudemment, attentive en permanence aux éventuels pans de mur, poutres ou panneaux vitrés qui auraient pu lui tomber dessus.

Dans le jardin, rien n'indiquait qu'une bombe venait de toucher le palais. La pelouse s'étendait à perte de vue et les parterres de fleurs se paraient des couleurs resplendissantes de l'automne : hortensias bleus et blancs, dahlias fuchsia tirant parfois vers le rouille, et çà et là une rose tardive de teinte abricot. Dans les grands arbres, l'or, le cuivre et le rouge le disputaient au vert des feuilles. Une abeille indolente passa près d'elle.

L'air ici était frais et pur, et elle respira enfin librement. Mais où étaient le roi et la reine ? Elle trouvait curieux qu'ils soient dehors dans de telles circonstances. Ils n'étaient pas en train de jardiner, quand même ? Cela aurait été pousser un peu loin l'esprit combatif.

Ses pas la menèrent vers le lac, où elle chercha à repérer une silhouette bleu pâle familière. Peine perdue. Parce que ses employeurs pouvaient être n'importe où dans ce parc immense, elle tenta de les appeler.

– Ma'am ? Monsieur ?

Pas de réponse.

Surgi de nulle part, un coup de feu claqua soudain. Le bruit se réverbéra tout autour d'elle, et un oiseau s'envola en croassant. Puis le silence se fit. Deux feuilles dorées se détachèrent d'un arbre à proximité et tombèrent au sol en tourbillonnant doucement.

Marion s'aperçut qu'elle avait plaqué ses mains sur sa bouche. Elle avait dû le faire d'instinct pour réprimer un cri terrifié. Tremblante, le cœur tambourinant dans sa poitrine, elle se tourna vers le palais en ruines. Devait-elle s'y réfugier ? Aller chercher de l'aide ? Mais pour quoi ?

Elle continua à marcher. Son imagination lui donnait à voir des scènes horribles qu'elle essaya en vain de chasser de son esprit. Le roi et la reine d'Angleterre étendus dans l'herbe, morts tous les deux, et debout à leurs pieds, un officier nazi en uniforme. Dans un moment pareil, tout semblait possible.

En approchant d'un grand massif de rhododendrons, elle songea que l'endroit où quelqu'un avait fait feu ne devait plus être loin. Elle s'obligea à avancer encore en gémissant presque de peur.

La voix du roi lui parvint alors.

– Ça suffit, ma chère.

Euphorique, elle se mit à courir, contourna le massif... et tomba nez à nez avec une arme pointée droit sur elle par la reine.

– Crawfie !

Le coup partit. Marion s'écroula par terre.

– Bon sang, Crawfie. J'ai failli vous tuer !

– F-f-fichtre, dit le roi, dont le bégaiement revenait avec force depuis le début de la guerre. Il s'en est fallu de p-p-peu.

Assise entre eux sur un banc, Marion tentait de se remettre du choc que lui avaient causé sa confrontation avec sa propre mortalité et la nouvelle que la reine prenait des leçons de tir.

– Juste au cas où je croiserais un jour M. Hitler ou l'un de ses amis, expliqua cette dernière en manipulant son revolver à la crosse en nacre.

– Je n'aimerais p-p-pas être à sa p-p-place ce jour-là, dit le roi. Vous êtes une pro de la g-g-gâchette, Elizabeth.

La reine parut flattée.

– Je suis désolée pour ce qui est arrivé au palais, dit Marion.

– Eh bien, moi, je suis contente. Comme ça au moins, on pourra regarder en face les habitants de l'East End.

Son insouciance était digne du flegme de Lascelles et de la bravoure du chef cuisinier. Le front intérieur comptait tout autant que le front des combats, comprit soudain Marion, et les civils n'avaient rien à envier aux soldats en termes de courage. Tous ne faisaient qu'un et devaient affronter les mêmes balles et les mêmes bombes. Peut-être n'avait-elle pas besoin de rejoindre les Wrens finalement. Elle se félicita de n'en avoir parlé à personne. Peut-être en avait-elle touché un mot à Toni, mais l'aristocrate semblait si peu s'intéresser à elle qu'elle ne risquait guère de l'ébruiter.

Le chant puissant d'un merle s'éleva quelque part dans les buissons.

– Écoutez ça, dit la reine en souriant. Nous gagnerons cette guerre. Tout ira bien, vous verrez. Les merles ne se trompent jamais.

Marion déglutit avec peine et se retint de pleurer. L'après-midi avait été si éprouvant…

– Oh, Crawfie. On ne s'attendait pas à tout ça, n'est-ce pas ?

La gorge trop nouée pour répondre, elle secoua la tête.

– Le roi et moi avons tellement de chance avec nos employés, reprit la reine en lui tapotant la main. Vous surtout. Nous ne pourrions pas continuer si vous n'étiez pas là.

Des larmes coulaient à présent sur les joues de Marion. Comment avait-elle pu envisager de partir ? C'était aussi servir son pays que de prendre soin des enfants. Et pas n'importe quels enfants. Les filles de leurs dirigeants. Des dirigeants incapables de s'en sortir sans elle. Ils avaient besoin d'elle au bout du compte, et cela l'emplit de fierté.

– De toute façon, Crawfie, ajouta la reine, un brin espiègle, même si vous décidiez de rejoindre les Wrens, vous ne feriez sûrement que préparer les petits déjeuners d'un vieil amiral.

49

– Des cours d'*histoire constitutionnelle* ? répéta Lilibet, horrifiée. Mais j'ai envie d'apprendre à me servir d'une arme, moi !

L'idée venait du roi, et elle n'avait pas emballé Marion non plus, surtout après le recrutement de Toni. Son français laissait peut-être à désirer, mais l'histoire n'était-elle pas sa matière préférée, celle qu'elle maîtrisait le mieux ? Et une fois de plus, la décision avait été prise sans qu'elle soit consultée. Comme si son échange avec la reine dans les jardins du palais n'avait jamais eu lieu. Comme si elle était de retour à la case départ.

C'était Sir Henry Marten, le vice-doyen du collège d'Eton, qui avait été chargé d'instruire Lilibet sur les arcanes du gouvernement et de la monarchie. L'établissement était tout proche du château, et Marion suivit la rue qui y menait le premier jour en s'efforçant de surmonter sa rancœur pour rassurer son élève, pleine d'appréhension à ses côtés.

Arrivées devant la loge du gardien, elles virent défiler des groupes de garçons en queue-de-pie noire et haut-de-forme. Ainsi vêtus, ils faisaient penser à une convention de croque-morts adolescents.

– Certains de ces chapeaux sont poussiéreux, murmura Lilibet. Alors que d'autres ont été bien astiqués.

Un homme au visage allongé et coiffé pour sa part d'un chapeau melon se présenta à elles.

– Voici Son Altesse Royale la princesse Elizabeth, dit Marion.

Le gardien parut tout sauf impressionné.

– Douglas-'Ome, dit-il en arrêtant un garçon qui passait près d'eux. Des visiteuses pour Sir 'Enry.

– Des visiteuses ! s'amusa Lilibet.

Marion lui jeta un coup d'œil surpris. Lilibet était beaucoup moins effrayée qu'elle ne le pensait, en fait.

Douglas-Home les salua en soulevant poliment son chapeau – qui faisait partie des bien astiqués. La vue de ses cheveux gominés séparés par une raie sur le côté rappela à Marion sa propre coupe Eton. Comme cela datait désormais !

Le garçon s'éloigna rapidement sur ses longues jambes. Elles se dépêchèrent de le suivre et traversèrent une grande cour pavée entourée de petits bâtiments aux teintes chaudes, aux fenêtres à meneaux et aux toits en terrasse crénelés. Au centre, une tour à l'horloge flanquée de deux tourelles dominait l'ensemble, à gauche de la célèbre chapelle du collège. Marion admira la hauteur de ses vitraux, la délicatesse de ses flèches et de ses sculptures, sa grâce, son ambition architecturale, son ancienneté étonnante.

– Quelle belle chapelle.

Peu communicatif, Douglas-Home haussa les épaules.

– On n'y fait plus attention au bout d'un moment.

– Sir Henry est-il un gentil professeur ?

Sa question lui valut un regard méprisant.

– À Eton, les profs sont surnommés les becs.

– Les becs ? dit Lilibet. Comme c'est drôle.

Dans cette enclave médiévale, parmi tous ces garçons avec leurs hauts-de-forme et leur jargon, il était facile d'oublier qu'une guerre faisait rage. Un vrombissement ne tarda pourtant pas à s'élever au-dessus d'eux. Les élèves levèrent la tête.

– Des Junkers 87 ! cria quelqu'un avec animation.

– 88, le corrigea Lilibet de sa voix claire. Ils ont deux moteurs.

Le bureau de Sir Henry était vide – vide de tout occupant, pour être plus précis, car il s'avérait à part ça très encombré et croulait en particulier sous les livres. Présents partout, ils débordaient des étagères, s'entassaient sur les tables et même par terre, où ils formaient des piles pareilles à des stalagmites.

– Vous pensez qu'il les a tous lus ? demanda Lilibet en contemplant l'amas de volumes à côté d'elle.

Il y avait là *The Law and Custom of the Constitution*, de William Anson, *English Social History*, de G. M. Trevelyan, et *Imperial Commonwealth*, de lord Elton.

Marion tapota la tranche épaisse de *The Groundwork of British History*, signé de Sir Henry Marten lui-même.

– Celui-là, oui, en tout cas.

Douglas-Home s'inclina bien bas devant Lilibet et adressa un bref signe de tête à Marion avant de dévaler l'escalier de pierre qu'ils venaient d'emprunter. Il savait très bien qui elles étaient, finalement.

Une autre porte dans le bureau s'ouvrit sur un homme de petite taille au visage rond portant quelque chose de sombre et de luisant sur son épaule. Il fallut quelques secondes à Marion pour comprendre ce que c'était.

– Un corbeau ! s'exclama Lilibet, plus rapide qu'elle. C'est pour ça qu'on vous surnomme les becs ?

– Peut-être, répondit Sir Henry, surpris. À vrai dire, personne ne m'avait encore jamais posé la question.

– La princesse Elizabeth a une tournure d'esprit très singulière, l'informa Marion en souriant. C'est un plaisir de lui faire cours.

Sir Henry ne sembla pas l'entendre. Peut-être était-il un

peu sourd. Elle fourragea dans son sac à main pour en sortir ses notes sur les connaissances acquises par Lilibet et s'avança vers le vice-doyen.

Le corbeau, qui avait sauté sur une lampe à abat-jour, inclina la tête vers elle en la regardant fixement.

– Bien, si on commençait, messieurs ? lança Sir Henry en incluant Marion dans sa question alors même qu'elle lui tendait ses papiers.

– Messieurs ? gloussa Lilibet. Je suis une fille, Sir Henry.

– Mais une fille très spéciale, ne put s'empêcher de préciser Marion.

Ses paroles flottèrent dans le silence. Elle rougit en se rendant compte qu'elle s'était exprimée comme Alah le jour de son arrivée à la Loge Royale.

Mais qu'importe, puisque Sir Henry ne l'avait manifestement toujours pas entendue.

– Savez-vous ce qu'est un palimpseste ? demanda-t-il à Lilibet.

– Une sorte de peste ?

– C'est un parchemin sur lequel on a écrit un texte qu'on a ensuite effacé pour en écrire un autre, puis un autre, etc. Voilà en bref ce qu'est la Constitution britannique.

Le cours avait débuté, s'aperçut Marion. Et ce, sans qu'elle ait été mise à contribution ou consultée. C'était comme si elle n'existait pas. Consternée et incrédule, elle se racla la gorge d'un air qu'elle espéra plein d'assurance.

Deux yeux doux se posèrent sur elle en paraissant la voir pour la première fois.

– Oh. Mademoiselle… euh ?

– Crawford. Marion Crawford. Je suis la gouvernante de la princesse. Je lui fais cours depuis des années et…

– Aimeriez-vous un peu de lecture ?

Sir Henry alla prendre un livre sur son bureau, dévoilant

au passage un serre-pantalon qu'il avait oublié d'enlever, et revint le lui donner.

– C'est son dernier, je crois.

Marion contempla la couverture de *Bravo, oncle Fred !*, de P. G. Wodehouse. Maîtrisant sa colère, elle abandonna le roman là et quitta la pièce sans que le vice-doyen ni Lilibet ne se soucient d'elle. Seul le corbeau émit un croassement moqueur.

Elle retourna dans la cour, près de la magnifique chapelle médiévale à laquelle on ne faisait plus attention au bout d'un moment, et arpenta rageusement les pavés. Elle se sentait insultée et traitée avec condescendance.

– Marion ?

– Peter !

C'était bien lui, en toge noire et mortier à gland. Il avait vieilli, mais s'il était resté frêle, il dégageait quelque chose de plus imposant. Une forme d'autorité, presque.

Eton était donc l'école du sud où il était parti enseigner. Celle où il avait toujours eu l'ambition de travailler.

– Tu y es arrivé ! s'extasia-t-elle, avant de lui raconter son entrevue avec Sir Henry.

– Je n'y attacherais pas trop d'importance à ta place, dit-il. Ce n'est pas un sale type, je t'assure.

Il l'emmena dans son bureau – une pièce petite, mais d'une propreté irréprochable, qui sentait fort la cire d'abeille. Des livres s'alignaient sur des étagères le long des murs et deux vieux fauteuils en cuir faisaient face à une modeste cheminée. Les fenêtres à croisillons, étincelantes, donnaient sur la grande cour pavée et des groupes de garçons avachis, les mains dans les poches.

– Ce sont de bons gamins, dit Peter en remarquant sa mine contrariée. Et des élèves modèles pour certains d'entre eux.

– Sir Henry m'a traitée comme une domestique, se plaignit-elle. Une simple d'esprit, en plus.

– Il appartient à une génération pour qui les femmes ne peuvent être que des épouses ou des servantes. Il n'a probablement jamais rencontré d'enseignante, jeune de surcroît.

– Ni d'élève du sexe féminin. Il a appelé Lilibet « monsieur ».

Peter secoua la tête avec indulgence.

– Il n'est pas très ancré dans le XXe siècle.

– Y a-t-il des choses qui le soient dans cette école ? répliqua Marion en mordant dans la petite viennoiserie qu'il lui avait proposée – et dont le sucre commençait à avoir un effet apaisant sur elle.

– Peut-être pas. Mais vu comment ce siècle est en train de tourner, je ne suis pas sûr que ce soit un mal.

Il lui avait déjà expliqué qu'il avait été déclaré inapte à servir sous les drapeaux.

– C'est horrible de se dire que des hommes plus âgés que moi sont partis au combat. Qui sait s'ils reviendront.

La conversation se prolongea. Peter fut triste d'apprendre le décès de sa mère.

– C'était une femme bien. Et si fière de toi.

Marion hocha la tête, mais essaya de ne pas trop penser à ce que sa rencontre humiliante avec Sir Henry aurait inspiré à sa mère.

– Tu comptes rester auprès de la famille royale ? Sans vouloir te vexer, ça me semble un peu frustrant comme situation.

– C'est un poste important, Peter ! s'indigna-t-elle. Lilibet est la fille du chef de l'État et nous sommes en guerre !

Il remua sa cuillère dans sa tasse, et elle devina qu'il hésitait à ajouter quelque chose.

– C'est juste que je ne t'imaginais pas faire ça, avoua-t-il enfin, très perplexe. Tu voulais tellement t'engager auprès des pauvres, instruire les défavorisés…

Je le veux toujours. La réponse avait jailli dans son esprit, mais elle se découvrit incapable de la dire à voix haute.

Peter continua à remuer son thé en souriant légèrement.

– Je me sentais si minable, moi, avec mon ambition d'enseigner dans une grande école privée. Quand je pense à tous tes beaux discours sur l'égalité des chances…

Des discours qui paraissaient si lointains à Marion. Et qui l'écrasaient maintenant au lieu de la tirer vers le haut.

– Tu n'es pas mariée ?

Cela l'exaspéra. Il avait l'air de s'être creusé les méninges pour trouver comment lui poser la question la plus embarrassante qui soit.

– Je le suis à mon travail, répondit-elle d'un ton enjoué. Comme toi.

– Oh, moi, je m'interroge à ce sujet. Le temps passe et j'aimerais beaucoup avoir des enfants.

Elle détourna la tête en sentant ses yeux clairs s'attarder sur elle.

– Il doit bien y avoir quelques veuves riches et élégantes dans ton école, non ?

C'était une plaisanterie – certes pas très bonne –, mais elle eut le don d'agacer Peter.

– Ce n'est pas *Grandeur et Décadence*, ici, Marion.

Il faisait référence à un roman d'Evelyn Waugh qu'elle avait lu récemment sur un professeur désespéré dans une école privée désespérante. Honteuse, elle piqua un fard.

– Bien sûr que non. Je ne voulais pas…

– Je ne cours pas après une lady Tangent. Tu as raison, je croise beaucoup ce genre de femmes, mais l'idée que je me fais d'une épouse, c'est quelqu'un de normal, avec les pieds sur terre.

Elle partit peu de temps après. Leurs adieux furent maladroits.

– C'était super de te revoir, Marion, dit-il sans grande conviction. N'hésite pas à repasser.

La voix distinctive du vice-doyen lui parvint alors qu'elle

remontait vivement vers son bureau, et elle se réjouit de constater que le cours d'histoire de Lilibet n'était toujours pas terminé.

– Le souverain doit signer toutes les lois votées par le Parlement.

– Et s'il ne le veut pas ? demanda Lilibet.

– Le concept d'un veto est impensable, mais cela reste une possibilité.

– Sir Henry, j'ai l'impression qu'un roi se définit plus par ce qu'il ne fait pas que par ce qu'il fait.

– Si vous me permettez cette expression, ma'am, je crois bien que vous avez tapé dans le mille.

50

Cela faisait cinquante-sept nuits consécutives que les Heinkel pilonnaient Londres. Des milliers de personnes avaient péri, l'East End était en ruines et la Luftwaffe attaquait désormais d'autres villes et d'autres ports. Le ciel résonnait d'un fracas assourdissant et des explosions secouèrent même la colline crayeuse sur laquelle se dressait le château. Un soir qu'elle sortait en frissonnant de sa salle de bains, Marion aperçut la silhouette d'un couple aisément reconnaissable sur un toit adjacent. L'homme avait enroulé un bras autour de sa compagne, et tous deux étaient tournés vers une lueur rouge à l'est – celle de la capitale en feu. La femme porta une main à son visage, comme pour essuyer des larmes. Il était rare de voir cette reine indomptable céder ainsi au désespoir.

L'enthousiasme initial de Margaret vis-à-vis de la guerre avait disparu, et elle s'ennuyait ferme désormais.

– Vous savez, dit-elle un matin au petit déjeuner, je ne me souviens presque plus comment c'était avant.

Marion la comprenait. Il était dur de se rappeler le temps où la nourriture ne manquait pas, où la nuit ne tombait pas telle une couverture noire et épaisse et où ils ne redoutaient pas en permanence le vrombissement des bombardiers. Pour autant, beaucoup de gens souffraient bien plus qu'eux à Windsor.

Ce n'était pas l'avis de Margaret, cependant. À dix ans, elle ne tenait pas en place, et son confinement commençait à lui peser autant que sa vie sociale très monotone.

– Lilibet va dans une école de garçons, elle. Pourquoi moi, je ne peux pas ?

– Parce que je suis plus grande que toi, expliqua sa sœur. J'ai quatorze ans.

Margaret fit la moue.

– Ce n'est pas *juste*. Et *moi*, alors ? Qu'est-ce que j'ai pour m'amuser ?

– Je ne m'amuse guère, tu sais, lui fit gravement remarquer Lilibet. Je suis des cours d'histoire constitutionnelle.

– Parce que tu seras reine un jour, je suppose, pesta Margaret. Mais moi ? Qu'est-ce que je ferai ?

Dans l'immédiat, elle entreprit de se rendre insupportable. Des cônes de pin furent glissés dans des bottes en caoutchouc et des bonbons collants dans des poches de manteau. Le jardinier découvrit après avoir eu le dos tourné cinq minutes que son balai avait disparu. La situation atteignit un point de non-retour lorsqu'une personne – jamais formellement identifiée – déclencha l'alarme du château, obligeant tous ses habitants à l'évacuer. Par chance, le roi et la reine étaient à Londres, mais il fallait faire quelque chose au sujet de Margaret, c'était évident.

Marion réfléchissait au problème lorsqu'elle sortit un jour faire une course en ville. En chemin, elle passa devant la chapelle St George. Une grande partie de ses statues avaient été mises à l'abri et ses vitraux étaient recouverts de ruban adhésif et de planches, mais rien ne pouvait masquer la profusion de ses contreforts, la beauté de ses sculptures et la hardiesse de ses pinacles tendus vers le ciel. Le chant d'un merle au sommet de l'un d'eux fit ressurgir dans sa mémoire les paroles de la reine. *« Tout ira bien, vous verrez. Les merles ne se trompent jamais. »*

Elle poursuivit sa route, franchit la porte Henri-VIII et descendit l'allée pavée au milieu de laquelle se dressait la statue de la reine Victoria. La souveraine avait connu des guerres, mais jamais rien de comparable à celle-là. Marion s'arrêta pour l'examiner. Toute dodue et fière avec son sceptre et son orbe, elle dégageait la même assurance inébranlable que la chapelle.

Dans la rue principale de la ville, les anciennes fortifications du château transparaissaient entre les arbres aux teintes chatoyantes et la lumière rasante de l'automne faisait ressortir les détails décoratifs des vieux bâtiments biscornus. Des pubs bas de plafond fleurant le cuir, la bière et le tabac cherchaient à se faire une place entre des boutiques pittoresques avec leur devanture en saillie et leur verre soufflé en couronne. Des sabots claquaient sur les pavés, comme toujours depuis des siècles. Seul le gros scotch collé sur certaines fenêtres et la présence de quelques sacs de sable laissaient deviner qu'une guerre mondiale était en cours.

Marion marqua une pause devant le magasin de jouets. Margaret prétendait que ce n'était plus de son âge, et les articles dans la vitrine avaient de toute façon une dimension résolument militaire. Le mortier miniature à triple portée qui tirait des obus en plomb intéresserait peut-être sa sœur, mais pas elle. En revanche, elle restait fan des Spitfire et pourrait apprécier la maquette d'un Hawker Hurricane. Même le jeu de société Serpents et Échelles avait été relooké pour tenir compte du contexte et des conseils de la Protection antiaérienne – une façon comme une autre sans doute de revisiter un vieux classique très populaire en s'inspirant du Blitz, pensa Marion. Son regard fut ensuite attiré par un jeu de cartes centré sur les évacués, dans lequel des enfants devaient être associés à leur bonne famille d'accueil.

Une corde sensible vibra en elle. La région de Windsor avait accueilli beaucoup de jeunes Londoniens contraints par la Luftwaffe de quitter leurs parents pour aller chercher une relative sécurité à la campagne. Un grand nombre venaient des quartiers pauvres de la capitale, ce qui en faisait les cousins éloignés des enfants de Grassmarket qu'elle avait eu l'intention d'aider autrefois. Elle sentit se ranimer son ancien zèle et repensa à ce que lui avait dit Peter dans son bureau d'Eton. *« Tu voulais tellement t'engager auprès des pauvres, instruire les défavorisés... »*

Mais c'était il y a longtemps, se dit-elle. Comme elle le lui avait expliqué, elle occupait désormais un poste essentiel. Elle veillait sur les filles du roi et de la reine pendant qu'ils s'efforçaient de mobiliser la nation dans ses heures les plus sombres. Que pouvait-il y avoir de plus important ?

Les yeux toujours rivés sur la devanture de la boutique, elle remarqua le reflet d'une femme qui allait et venait dans son dos en lui jetant des regards curieux. L'inconnue s'arrêta soudain et s'adressa à elle avec un accent de l'Est londonien teinté d'incrédulité.

– Marion ? C'est bien toi ?

Elle se retourna. Sous le soleil d'automne, le petit visage aux traits anguleux devant elle paraissait bien plus âgé et ses cheveux bruns étaient striés de gris, mais elle le reconnut sans peine.

– Ivy !

Des bras fins et vigoureux l'attrapèrent par les épaules.

– Tu n'as plus que la peau sur les os, ma vieille !

– Et toi donc !

Sous sa robe noire, son amie était maigre à faire peur.

– Qu'est-ce que tu fabriques à Windsor ? demanda Ivy, dont la joie s'estompa en même temps qu'elle lorgnait le château derrière elles. Ne me dis pas que tu travailles encore pour eux ?

– Eh bien... si. Si, répondit Marion en souriant. Et toi, qu'est-ce que tu fais ici ?

– Je suis en vacances. Tout ça grâce à un certain M. Göring.

– Tu as été évacuée ?

Comme c'était étrange. Marion repensa à ce qu'elle avait éprouvé quelques instants plus tôt devant la vitrine de la boutique. Le jeu de cartes avait été prémonitoire.

– Avec toute ma classe. Et j'peux te dire qu'on s'en paie une bonne tranche par rapport à Londres, où on se protégeait du Blitz dans le métro. Y avait même des gens qui dormaient sur ces foutus escalators.

Mais un seul mot retint l'attention de Marion.

– Ta *classe* ?

– Je suis enseignante ! Tu le crois, ça ? Eh oui, ajouta Ivy devant sa mine stupéfaite. J'ai suivi ton exemple. Je me suis inscrite dans un institut de formation après mon départ. Je suis la première de ma famille à décrocher un certif !

– Un quoi ? fit Marion, qui peinait encore à se remettre de la nouvelle.

– Un diplôme !

– C'est formidable, Ivy ! Félicitations ! Tu as le temps de prendre un thé ?

– J'ai toujours le temps pour ça.

Dans le café le plus proche, Ivy mordit à pleines dents dans un petit pain sucré, rappelant ainsi à Marion que tout le monde n'avait pas la chance comme elle de profiter des fermes et des laiteries royales. Guerre ou pas, les habitants du château ne manquaient pas de lait, de crème et de beurre, ce qui rendait le rationnement beaucoup plus supportable.

– C'est drôle, hein ? dit Ivy. J'ai échappé à la famille royale et je me suis formée pour devenir enseignante, et toi tu as fait tout le contraire.

Marion reposa sa tasse. Son amie venait de lui gâcher un peu le plaisir de ces retrouvailles, mais il est vrai que le tact n'avait jamais été son fort.

– Pas du tout, affirma-t-elle avec une feinte gaieté.

Une main sous son menton, Ivy l'observait avec acuité.

– T'as pas besoin de faire semblant avec moi. Je suis passée par là, je sais ce que c'est. Ils sont restés bloqués au Moyen Âge. À croire que le XXe siècle n'existe pas.

Le sous-entendu derrière cette remarque – elle avait troqué une institution désuète contre une carrière moderne, elle, et non pas l'inverse – piqua Marion au vif. Comme dans le bureau de Peter, elle se braqua.

– Figure-toi que je me suis démenée pour que les filles découvrent le monde extérieur et sachent comment vivent les gens.

– Punaise, Marion, calme-toi ! Je te charriais, c'est tout. Tu trouvais ça marrant avant. Tu te souviens de la fois où je t'ai parlé de Balmoral ?

Marion se força à sourire. Elle s'était tellement habituée à Balmoral que plus rien ne lui paraissait bizarre là-bas. Elle appréciait presque l'endroit.

– Comment va Alf ? demanda-t-elle pour changer de sujet. Il vendait des fruits, c'est ça ?

Consternée, elle vit les yeux d'Ivy se remplir de larmes.

– Plus maintenant.

– Il n'est pas…

Ivy hocha la tête.

– Dans un bombardier Lancaster.

L'avion préféré de Lilibet.

– Il voulait devenir pilote, mais l'armée manquait de mitrailleurs de queue. J'aurais dû deviner pourquoi : les types ne survivent pas à plus de six missions, et quand ils sont touchés, ils ont une espérance de vie de vingt-deux secondes. Au moins, ç'a été rapide.

Sous le coup d'une impulsion, Marion lui prit la main par-dessus la nappe à carreaux.

– Je sais ce que c'est, dit-elle doucement. J'ai connu ça aussi.

Elle avait conscience de son hypocrisie, mais pour ce qui

était de faire diversion, son stratagème fut efficace. Jusque-là accusateur, le visage d'Ivy n'exprima plus qu'une compassion horrifiée.

– Oh, Marion, je n'étais pas du tout au courant ! Et moi qui pensais que tu avais renoncé aux hommes pour ces gens-là, que tu avais tout sacrifié…

Marion baissa les yeux. Qu'est-ce qui lui avait pris de raconter ça ? Elle avait honte, mais il était trop tard pour revenir en arrière. Elle espéra qu'Ivy ne se montrerait pas trop curieuse. La douleur d'avoir rompu avec Valentin des années avant sa mort et d'avoir été trompée ne pouvait se comparer à ce qu'avait souffert son amie.

Pour une fois pleine de tact, celle-ci n'insista pas.

– Maintenant je n'ai plus que mes élèves.

– Moi aussi, ne put s'empêcher de souffler Marion.

– Alf et moi, on n'a pas eu d'enfants. On n'a pas eu le temps.

Une larme brilla dans les yeux d'Ivy, mais elle la refoula.

– Je suppose que toi non plus, ajouta-t-elle.

Marion fit signe que non.

– Enfin bref, ça ne sert à rien de se lamenter.

– En effet. Comment est ton école ?

– Un foutu cauchemar, si tu veux bien me passer l'expression. On fait cours dans une église, mais le pasteur nous traite avec mépris, et il fait si sombre là-dedans qu'on n'y voit presque rien. Il n'y a pas d'eau courante ni de toilettes, juste des seaux. Les enfants doivent s'agenouiller par terre et utiliser les bancs comme bureaux. Et il n'y a pas assez de crayons et de papier. Du coup, quand ils doivent écrire quelque chose, c'est chacun à leur tour. Et j'ai tous les niveaux réunis en une seule classe, expliqua Ivy, l'air désabusée devant tant d'obstacles.

Marion se demanda vaguement s'il n'y avait pas des bâtiments vides parmi tous ceux présents sur le domaine de

Windsor. Peut-être pouvait-elle poser la question. Ce serait sa pénitence, en quelque sorte, pour avoir presque menti.

– Tout de même, je préfère ça qu'être enfermée à Windsor, poursuivit son amie. Ça doit être l'horreur, là-bas. Et j'imagine que les filles s'ennuient à en crever.

– Un peu, oui, répondit Marion en pensant à Margaret.

Il était judicieux de reconnaître au moins ça. Ivy en savait déjà trop sur la famille royale, après tout.

– On devrait tous les réunir, plaisanta Ivy. Les princesses et les évacués. Ça leur ouvrirait les yeux à tous.

Prête à éclater de rire, Marion se figea brusquement. N'était-ce pas une excellente idée ?

La voix de Peter résonna dans son esprit. « *Tu voulais tellement t'engager auprès des pauvres, instruire les défavorisés…* »

Elle tenait une occasion de prouver sa fibre sociale et d'amener les princesses à côtoyer de tout nouveaux compagnons. Des enfants du peuple, comme elle l'avait toujours souhaité.

– On devrait vraiment, dit-elle.

51

Le lieu retenu fut une petite maison blanche près du lac de Frogmore, mais le jour venu, les princesses traînèrent les pieds.

– Allons, dit Marion en les pressant d'avancer. Ils ne vont pas vous manger, vous savez. Ce sont des enfants comme vous.

– Pas tout à fait comme nous, répliqua Margaret de son ton le plus hautain.

Et en effet, avec leurs manteaux bleus assortis, leurs bérets et leurs chaussettes blanches immaculées, les filles du roi ne présentaient guère de points communs avec les enfants d'une partie de leurs sujets les plus pauvres.

– Alah dit qu'ils dorment sur des chaises.

– Oui, mais pas par choix.

D'après Ivy, certains petits issus de foyers particulièrement modestes où il n'y avait pas de lit pour tout le monde avaient dû apprendre à dormir allongés en arrivant à Windsor.

Son amie avait été enchantée par la généreuse proposition du roi d'accueillir sa classe dans cette maison près du lac. Faire rencontrer des évacués à Margaret et Lilibet avait paru une bonne idée à George VI. La guerre engendrait un nouvel égalitarisme qui s'étendait jusqu'au cercle royal, et lorsqu'il rendait visite aux troupes britanniques sur le terrain, lui-même mettait un point d'honneur à saluer aussi les soldats les moins gradés. Autre évolution notable : ses écuyers n'appartenaient plus exclusivement à l'aristocratie – ce qui horrifiait Tommy.

La maison n'avait pas eu vocation à servir d'école, mais au moins était-elle assez spacieuse et lumineuse. Cerise sur le gâteau, il y avait là des toilettes et l'eau courante – et aucun pasteur réprobateur à l'horizon. En revanche, si des chaises et des bureaux avaient été trouvés en nombre suffisant, les stylos et le papier constituaient toujours un problème, la Maison Royale étant aussi rationnée que les autres – voire plus que les autres étant donné la volonté du roi de respecter rigoureusement les règles.

– C'est à vous de les mettre à l'aise, dit Marion aux princesses. Ils sont tous loin de leur famille et beaucoup d'entre eux ont perdu leur logement dans les bombardements.

Ivy les accueillit avec un grand sourire.

– Entrez, entrez !

Margaret et Lilibet passèrent devant elle en la snobant.

– Quoi, je ne me suis pas inclinée assez bas ? s'inquiéta Ivy. J'avoue que je manque de pratique. Je n'avais guère d'occasions de faire la révérence à Bermondsey.

– Elles sont juste nerveuses, murmura Marion, plus contrariée qu'elle ne voulait le laisser paraître.

Son amie haussa les sourcils.

– Bonjour, Vos Altesses Royales ! lança en chœur la vingtaine d'élèves lorsque les filles entrèrent dans la classe.

Leur salut était peut-être empreint de respect, mais tous les observaient avec une certaine insolence. Lilibet jeta à Marion un regard désespéré.

Ivy, en qui les deux filles n'avaient pas reconnu leur ancienne domestique, se hâta de faire les présentations :

– Voici Reg, dit-elle en leur montrant un garçon d'environ treize ans qui avait tout l'air d'un malicieux lutin avec ses grands yeux verts, son menton pointu, ses taches de rousseur et ses cheveux hirsutes malgré des efforts manifestes pour les plaquer sur son crâne.

Il se leva et tendit la main à Lilibet.

– Comment qu'ça va, ma'am-avec-un-a-court-et-pas-un-a-long ?

– Pardon ? dit Lilibet.

Margaret se mit à rire. Indigné, Reg se tourna vers Ivy.

– C'est comme ça que vous m'avez dit de l'appeler, m'dame. Ma'am-avec-un-a-court-et-pas-un-a-long.

– Oui, mais il ne fallait pas tout répéter, Reg, expliqua Ivy pendant que les autres élèves riaient sous cape et se poussaient du coude. Seulement le premier mot, ma'am.

Les rires s'amplifièrent. Cette fois, Reg ne bouda pas son plaisir. Il avait officiellement brisé la glace et s'était imposé comme le héros du jour. Margaret alla s'asseoir à côté de lui.

– Qu'est-ce que ça fait d'être bombardé ?

Marion fut soufflée par tant d'indélicatesse, mais le jeune garçon ne demandait pas mieux que de répondre.

– Eh bien, ce n'est pas sympa d'avoir des briques qui te tombent dessus, mais c'est quand même un sacré truc. D'abord, tu vois débarquer des tas de Heinkel. On dirait des gros cafards noirs, et ils sont tous protégés par des avions de chasse. Et puis il y a nos avions qui essaient de passer entre eux et de les abattre. *Ratatatatatat. Ratatatatatat !*

– Comment tu fais ça ? dit Margaret, impressionnée par cette imitation étonnamment réaliste du bruit des mitrailleuses.

– Facile. Appuie ta langue contre des dents. Comme ça. *Ratatatatatat !*

Pendant ce temps, Lilibet se dirigea vers le fond de la classe.

– Je vous présente Susan, dit Ivy en lui désignant une adolescente rousse à peu près du même âge qu'elle.

Les deux filles se dévisagèrent. Aucune ne semblait très à l'aise.

– Vous vous plaisez à la campagne ? s'enquit Lilibet, très guindée.

– C'est calme, ici, hein ? dit Susan.

– Sans doute, oui.

Susan sourit soudain.

– Mais ce n'est pas bien grave, hein ? Au moins on est juste à côté de Slough, et c'est là que les barres chocolatées Mars sont fabriquées. Chez nous, elles sont rationnées.

Le garçon assis au rang précédent se retourna.

– Ouais, tout est rationné, soupira-t-il, avant de sourire à son tour. Même le savon !

De son côté, Reg tenait toujours Margaret en haleine avec ses récits de bombardements, et notamment celui du jour où sa maison avait été touchée par un obus.

– J'étais au pieu avec mes chaussures et mes chaussettes, raconta-t-il comme si c'était là le clou de l'histoire. L'explosion m'a fait valdinguer jusque sur le lit de mon frère à l'autre bout de la pièce. Après ça, j'ai couru à l'abri antiaérien avec ma mère qui me protégeait sous un couvercle de poubelle.

– Un couvercle de poubelle ? s'étonna Margaret. Qu'est-ce que c'est ?

Marion et Ivy échangèrent un coup d'œil.

Lilibet et Susan s'étaient entre-temps découvert une passion commune pour les animaux.

– J'avais un chaton, expliqua tristement la fille. Un petit chat de gouttière tout noir. Qu'est-ce qu'il était mignon ! Je l'appelais Winston, en hommage au Premier ministre. Mais je ne sais pas où il est maintenant. Sans doute qu'il a été tué par une bombe.

Lilibet en eut les larmes aux yeux. Elle ne supportait pas qu'il arrive malheur à un animal.

– C'est horrible. Il faudra venir voir mes chiens. Ils sont adorables.

– Ce n'est pas tout à fait le terme que j'emploierais, moi,

marmonna Ivy en contemplant ses chevilles. J'ai encore des cicatrices.

– Dookie s'est beaucoup assagi, s'entendit répondre Marion.

Ivy la regarda fixement, comme sur le point de faire un commentaire, mais elle garda son avis pour elle et reporta son attention sur la salle de classe.

– Il ne nous manque plus que des manuels et de quoi écrire. Tu es certaine que Sa Majesté n'a pas quelques crayons en trop ?

– J'ai posé la question, je t'assure, mais la Maison Royale ne peut pas faire l'économie de ceux qu'elle a.

– Il doit bien y avoir un endroit où on pourrait s'en procurer. Tu ne vois personne à qui demander ?

Marion s'apprêtait à secouer la tête quand elle pensa à Peter. Eton semblait tout avoir en abondance. L'école la plus privilégiée du pays pouvait sûrement fournir un peu de matériel à l'une des plus défavorisées, non ? Et elle avait toujours l'impression de devoir se racheter de son mensonge à Ivy.

– Mais cela risque d'être gênant, dit-elle après lui avoir soumis son idée.

Elle ignorait totalement comment Peter réagirait à une telle requête, ou même comment elle allait lui présenter les choses.

– Ce ne sera pas plus gênant que de casser des crayons en deux et de déchirer des bouts de papier pour les distribuer !

En arrivant au niveau des grilles d'Eton, Marion se hâta de passer devant Ivy.

– Tu ne peux pas entrer comme ça. Laisse-moi faire.

Mais Ivy ne tint aucun compte de sa mise en garde et s'avança dans la cour.

– La vache, dit-elle à la vue de la magnifique chapelle et des jolis bâtiments dans lesquels étaient formés les futurs dirigeants du pays. Heureusement que je me suis un peu arrangée.

Le mot était faible, en réalité. Elle portait son plus beau tailleur, celui qui moulait sa silhouette en la faisant paraître à la fois tout en courbes et délicate. Ses cheveux bruns retombaient en boucles sur ses fines épaules et son mascara, qu'elle avait appliqué généreusement, s'alliait à son rouge à lèvres pour donner à son visage pâle et anguleux l'air farouche d'une *señorita* espagnole.

– Marion ! Qu'est-ce que tu fais ici ? Ce n'est pas ton jour de repos, si ?

Peter venait d'émerger fort à propos de la loge du gardien. Avec son costume bien coupé, qui le changeait de sa toge noire habituelle, il renvoyait l'image d'un fringant jeune homme dans le doux soleil de cette fin d'après-midi.

– Nous passions juste par là…

– On aimerait que vous nous aidiez, les interrompit Ivy de sa voix rauque.

– Si on allait prendre un thé ? ajouta Marion.

Mais Peter ne l'écoutait pas. Il regardait Ivy, comme illuminé par une grande et glorieuse vérité.

– D'accord, répondit-il, presque hypnotisé. Tout à fait. Bien sûr. Vous voulez bien me suivre ?

Ivy obtint ce qu'elle désirait, et notamment du papier bordé d'un liseré pourpre et frappé du blason distinctif du collège – des lis sur un bouclier arborant la devise « Floreat Etona ».

– Je me demande bien ce que leurs parents en penseront, dit-elle en le distribuant aux enfants afin qu'ils puissent écrire à leurs familles.

Devenues des visiteuses enthousiastes de l'école près du lac, Lilibet et Margaret aidèrent les petits Londoniens en leur suggérant des phrases pour dépeindre les choses étranges qu'ils découvraient à la campagne.

Les pommes poussent dans les arbres, maman, raconta

Susan. *Pas dans des boîtes au milieu des magasins. Tu te rends compte ?!*

PS : je n'ai pas encore été touché par une bombe ! nota Reg. *PPS : je n'ai pas encore été gazé ! PPPS : je n'ai pas encore été visé par un pistolet !*

Margaret griffonna des adresses sur les enveloppes avec plus d'ardeur que de tact. *À la maman de Reg*, inscrivit-elle sur l'une d'elles. *Les quartiers pauvres, Londres.* Marion la subtilisa avant que Reg l'aperçoive.

Ivy avait également gagné un collègue. Peter proposa de passer ses pauses déjeuner à enseigner les lettres classiques à ses élèves. D'abord méfiants, les enfants apprirent vite à l'apprécier.

– « Je chante les armes et le héros », déclamait Reg lorsque son crâne à la forme familière et ses fines mèches blondes apparaissaient derrière la fenêtre de la classe.

Peter, lui, considérait que le garçon avait assez de potentiel pour décrocher un jour une bourse.

– Il a l'esprit très vif, dit-il à Ivy, ravie.

Et elle avait souvent l'air ravie ces derniers temps, tout comme Peter. Marion en éprouvait un peu de jalousie. L'amour avait disparu de sa vie, mais en laissant son empreinte derrière lui. Par chance, elle avait deux petites filles, dont une en particulier, pour combler ce vide. Elles étaient tout pour elle désormais.

52

Un après-midi, Marion et les princesses accompagnèrent le couple royal dans l'East End. Des habitants en liesse agitaient des drapeaux britanniques sur les trottoirs défoncés et jonchés d'éclats de verre. Derrière eux, les maisons n'étaient plus que des tas de briques. D'énormes trous béants se succédaient dans le sol entre les carcasses hideuses et calcinées des bâtiments, et des enfants en quête de trésors passaient au peigne fin les gravats sur lesquels s'empilaient des meubles réduits en pièces et des enseignes de pub cassées.

Les filles avaient pâli devant ce spectacle, mais la reine avait été très stricte : en aucun cas elles ne devaient cesser de sourire. C'était essentiel pour le moral de la population, selon elle. Margaret et Lilibet obéirent donc sagement et réussirent à arborer de grands sourires tremblants derrière la vitre de la voiture.

Ce fut de là qu'elles observèrent leurs parents se frayer un chemin au milieu des décombres, entourés de gens impatients de voir un rayon de soleil royal, si bref fût-il, illuminer leurs vies et leurs cœurs brisés.

– Merci mon Dieu de nous avoir donné un bon roi ! cria un homme.

Le roi le salua en portant une main à sa casquette ornée de galons dorés.

– Merci mon Dieu de m'avoir donné un bon peuple !

Marion avait les yeux si débordants de larmes qu'elle ne distinguait presque plus rien. À côté d'elle, Margaret éclata de rire.

– Vous avez entendu ce que cette dame a dit ? lança-t-elle en montrant une vieille femme au dos voûté dont la maison était en ruines derrière elle et qui s'adressait à la reine par-dessus les vestiges de son portail.

– Non, quoi ? demanda Lilibet.

Margaret prit son plus bel accent cockney :

– On ne va pas se laisser battre par cet 'itler de malheur !

Une telle issue était un peu moins à craindre, de toute façon. Dix-sept mois après la capitulation française, la Grande-Bretagne avait cessé d'affronter l'ennemi seule dans son coin. L'aide tant espérée du Nouveau Monde était enfin arrivée.

1942 avait jusque-là été catastrophique. Entre la destruction de convois dans l'Arctique par des sous-marins allemands, le siège de Stalingrad et les premières informations glaçantes qui commençaient à filtrer sur les camps de concentration en Pologne, comme du sang s'échappant sous une porte, certaines périodes n'avaient apporté que des mauvaises nouvelles. Plus près d'eux, la mort du duc de Kent dans un accident d'avion avait été un coup rude pour la famille royale. Le roi et la reine avaient été dévastés, et la princesse Marina, désormais veuve avec trois enfants à élever, en était devenue presque folle de chagrin. Qu'elle était loin, songea Marion, la fille triomphante qui avait remonté l'allée centrale de l'abbaye de Westminster dans la belle robe de Norman Hartnell.

Mais après l'attaque de la flotte américaine à Pearl Harbor par les Japonais, les États-Unis étaient entrés en guerre

« jusqu'au cou et jusqu'à la mort » – une expression que Margaret répétait avec une jubilation sanguinaire.

– T'as un chewing-gum, vieux ? ne cessait-elle de demander à Lilibet.

– Quoi ?

– T'as un chewing-gum, vieux. C'est comme ça qu'on est censé saluer un Américain, affirmait-elle crânement.

Les GI débarqués en Angleterre dans le cadre de la stratégie de Roosevelt, « l'Europe d'abord », enflammaient les princesses autant que les évacués. Reg, c'était inévitable, hantait le camp voisin et s'était lié d'amitié avec les Flocons de Neige, ainsi qu'on surnommait les officiers de police militaire à casque blanc. Ils l'envoyaient faire des courses pour lesquelles il était payé dans la seule monnaie qui comptât alors. Chaque fois que Margaret et Lilibet allaient à l'école près du lac, il leur montrait fièrement son butin de barres de chocolat Hershey's et BabyRuth, de bonbons Life Savers et de BD américaines mettant en scène Superman, Captain Marvel, les Looney Tunes et Bugs Bunny. Ces dernières plaisaient particulièrement à Margaret, qui s'en emparait toujours d'autorité.

– Donne-les-moi !

– Hé ! protestait-il en les lui reprenant.

De temps à autre, tous les deux disparaissaient, puis revenaient en dégageant une drôle d'odeur.

Ivy toisait alors le jeune incorrigible.

– Tu n'aurais pas des cigarettes sur toi, Reg ?

– Pourquoi cette question, m'dame ? Vous en voulez une ?

L'intérêt de Susan pour les Américains était très différent.

– Ils sont bien payés, bien branchés sexe et bien chez nous.

– Hein ?

Dans sa famille d'accueil, une évacuée plus âgée avait trouvé le moyen de monter dans le « camion de la passion » qui emmenait les filles du centre de la ville jusqu'à la base américaine les soirs de bal. En transe, Susan rapporta à ses camarades sa description de la salle de danse.

– Il y avait des drapeaux américains et anglais, et la musique était géniale ! s'extasia-t-elle avant de fredonner *Moonlight Serenade*. Et ils maîtrisent toutes les nouvelles danses !

Dans la foulée, elle apprit à Lilibet le jitterbug et lui coiffa les cheveux en chignon.

Marion observait tout cela en se demandant pourquoi elle ne s'en réjouissait pas davantage. Voir les princesses s'amuser avec des enfants de l'East End aurait dû marquer l'accomplissement de toutes ses ambitions. À la place, elle se surprenait à regretter de les leur avoir présentés.

Elle n'avait pas anticipé combien il lui serait difficile de devoir partager les filles avec autrui. Elle s'était habituée à vivre constamment avec elles, à être tout pour elles. Le reste de leur entourage ne faisait qu'aller et venir – y compris le roi et la reine, souvent appelés à Londres depuis quelque temps. Même Alah se contentait au fond de veiller sur leurs heures de sommeil. Alors qu'elle, Marion, présidait à leurs journées.

Leurs conditions de vie quasi carcérales et les dangers omniprésents qui les guettaient avaient renforcé leur relation. Elle avait savouré la dépendance de Margaret et de Lilibet vis-à-vis d'elle, et par extension celle de leurs parents. Sentir que, d'une certaine façon, le sort de la nation reposait sur elle l'avait enivrée. Mais ce n'était rien comparé à l'idée que les princesses étaient dans les faits ses filles, et elle, leur mère.

Et voilà que cette place privilégiée lui échappait.

Des mois s'étaient écoulés depuis sa dernière rencontre avec Tommy Lascelles. En tant que secrétaire privé du roi, il logeait au palais de Buckingham, et leurs chemins se croisaient rarement. Elle fut donc surprise de le voir marcher vers elle un jour qu'elle traversait la cour pavée du château de Windsor sous un soleil automnal.

– Mademoiselle Crawford ! la salua-t-il gaiement. Ou Marion, si vous me permettez.

– Je vous le permets, répondit-elle.

Son cœur continuait à faire des bonds en sa présence, mais elle savait qu'il n'en sortirait jamais rien. Elle était décidée à ne pas perdre son temps avec lui.

Il était toujours aussi séduisant. La guerre n'avait pour ainsi dire rien changé à son physique – certes déjà sec. Ses cheveux étaient restés bruns et épais, et sa silhouette grande, mince et élégante. Une lueur ironique brillait dans ses yeux. Sentant monter en elle une vague de désir familière, elle détourna le regard.

– Comment trouvez-vous Windsor ? demanda-t-il. Vous vous abritez encore dans les cachots ?

Son hochement de tête sarcastique ne révéla pas combien même les alertes aériennes lui étaient devenues précieuses. C'était fou, elle s'en rendait compte, d'y prendre presque plaisir, mais elle en arrivait à savourer l'obscurité de ces vieux cachots, sa proximité avec les filles et cette certitude triomphante que c'était elle, et non pas leurs parents, qui les protégeait dans ces moments de danger mortel.

– Il est difficile d'imaginer une autre vie maintenant, répondit-elle.

– Oh, mais il le faudra. La question n'est plus de savoir si ou quand nous battrons les Allemands, mais de déterminer ce que nous ferons d'eux ensuite. L'Amérique est avec nous aujourd'hui, ne l'oubliez pas. La situation est radicalement différente.

Il évoqua la venue programmée d'Eleanor Roosevelt en Angleterre.

– Le maire de Londres se montre assez tatillon et insiste pour la rencontrer sur les marches de la cathédrale Saint-Paul.

– Où est le problème ?

– Notre objectif premier est qu'elle rentre chez elle avec

l'impression que nous mettons toute notre énergie à vaincre Hitler, répliqua-t-il avec une pointe d'agacement. Il serait malencontreux de commencer par lui faire visiter un monument médiéval.

Lascelles n'avait pas tort.

– Vous pensez à tout.

– C'est mon travail.

Son regard sur elle se fit plus pesant, mais elle l'évita une nouvelle fois. Elle s'était déjà ridiculisée à deux reprises et n'avait aucune envie de subir une troisième humiliation.

– C'est le vôtre aussi, dit-il. Personne d'autre ne comprend ça.

– Ne comprend quoi ?

Elle aurait voulu résister, mais la flamme noire dans ses yeux la fascinait.

– Ce que nous faisons. Vous et moi.

– Vous et moi ?

– Le roi et la reine ont besoin de nous. Aucune personne extérieure à ce milieu ne peut imaginer ce que cela suppose au quotidien. Notre mission ne s'arrête jamais et exige un dévouement absolu, mais ça, nous sommes les seuls à le savoir.

Marion baissa la tête, bouleversée par cette vérité qu'il venait d'énoncer et à laquelle elle souscrivait de toute son âme. Il avait raison. Personne ne pouvait le comprendre. Ivy n'y arrivait pas du tout, c'était certain. Peter non plus. Le roi et la reine peut-être pas davantage. Et si les princesses ne le soupçonnaient pas – comment auraient-elles pu à leur âge ? –, elle pouvait bien le leur pardonner. Tommy et elle faisaient cela pour elles, de toute façon.

– Si on s'asseyait ? proposa-t-il.

Ils trouvèrent un banc dans le jardin adossé à un mur réchauffé par le soleil. Le doux parfum des dernières roses flotta vers eux tandis qu'ils contemplaient le paysage vallonné et verdoyant du Berkshire.

– C'est magnifique, n'est-ce pas ? murmura Tommy.

Le monde autour d'eux ralentit et devint silencieux. *Aucune personne extérieure à ce milieu. Nous deux.* Il se pencha vers elle, le souffle court. Son eau de Cologne poivrée assaillit ses narines. Il allait l'embrasser, pensa-t-elle. Enfin.

Elle ferma les yeux. Mais rien. Il s'agita sur le banc et se racla la gorge. Il s'était écarté d'elle.

– Je suis en train de lire un livre passionnant, dit-il d'un ton léger. La correspondance d'un certain Ponsonby, un ancien secrétaire particulier de la reine Victoria.

Les joues en feu, Marion ne l'écoutait qu'à moitié. S'était-elle encore bercée d'illusions ?

– La reine Mary s'est fortement opposée à sa publication, mais si les travailleurs de l'ombre ne devaient jamais prendre la plume, l'histoire perdrait une partie de ses documents les plus instructifs. Je ne vois pas comment les gens pourraient avoir accès à la vérité si leurs contemporains n'étaient pas autorisés à l'écrire.

53

Confortablement installée sur un fauteuil tapissé de brocart vert dans le salon du château de Windsor, la First Lady américaine semblait tout émue. Mme Roosevelt tenait dans ses mains l'un des plus éminents symboles de l'Angleterre, une tasse de thé, ainsi qu'une part d'une des plus éminentes pâtisseries de l'Amérique, une tarte à la citrouille.

– Je ne puis vous dire combien cela me touche ! s'exclama-t-elle, les yeux pleins de larmes. Quelle merveilleuse idée !

– Ce sont les filles qui l'ont eue, dit la reine, aux anges. Elles espéraient bien que cela vous ferait plaisir.

Assise en face de son invitée sur un canapé de soie vert, elle renvoyait l'image d'une hôtesse détendue. Personne n'aurait pu croire qu'elle était la reine d'un pays menacé et qu'elle s'efforçait en réalité de distraire la représentante de son plus puissant allié.

Reléguée au fond de la pièce, près de la fenêtre, Marion se sentit mesquine d'aspirer à un peu de reconnaissance pour ce qui avait été son idée à elle. Mais ainsi que le roi ne cessait de le clamer à la radio, ils étaient tous dans le même bateau.

Lilibet lui jeta un regard gêné.

– Crawfie nous a parlé de l'Amérique et des Pères pèlerins, expliqua-t-elle, comme toujours diplomate.

– Vraiment ? dit Mme Roosevelt en fixant Marion avec bienveillance et intérêt. Bravo, Crawfie.

– Nous avons donc pensé que nous pourrions célébrer Thanksgiving pendant votre séjour, reprit la reine. Un peu en avance, je sais.

Mme Roosevelt leva sa fourchette en argent, mordit dans son dessert et parut enchantée.

– La meilleure tarte appartient à ceux qui mangent tôt !

Des rires polis saluèrent sa plaisanterie. Les autres personnes présentes étaient la secrétaire de Mme Roosevelt, une dame de compagnie et, assis à côté de Marion, un homme aux cheveux bruns qu'elle s'efforçait d'ignorer.

La reine applaudit gaiement.

– Bravo, Margaret et Lilibet !

Docile, le groupe l'imita, et le voisin de Marion en profita pour se pencher vers elle. Il dégageait un parfum familier d'eau de Cologne, mais elle garda la tête tournée vers l'avant de la pièce. Elle ne lui prêterait aucune attention. Absolument aucune.

– Je suppose qu'il serait plus juste de dire « Bravo, mademoiselle Crawford », commenta-t-il tout bas.

– Les filles m'ont aidée, répliqua-t-elle. Elles ont collecté des rations de sucre auprès de tout le monde.

– Ha ! Et j'imagine que leur demande a été très bien accueillie.

– Mais d'après ce qu'on m'a raconté, c'est vous qu'il faudrait féliciter, monsieur Lascelles. La visite de Mme Roosevelt a été un franc succès.

Tommy avait fait un excellent travail. Au bout du compte, le maire de Londres et son entourage étaient restés à l'écart. Dès son arrivée, Mme Roosevelt n'avait vu de la Grande-Bretagne qu'un pays assiégé par ses ennemis, mais résolu à tenir bon. Elle avait été emmenée directement de la gare de

Paddington au palais de Buckingham, où elle avait découvert les fenêtres condamnées et les lignes noires peintes autour de chaque baignoire. De là, elle était partie dans l'East End contempler ses rues jonchées de débris de verre et de tas de briques fumantes, ainsi que la cathédrale Saint-Paul, avec sa nef à ciel ouvert.

– Je ne peux pas m'en attribuer tout le mérite, dit Lascelles. C'est Sa Majesté qui a eu l'idée des placards.

Cecil Beaton, un photographe prometteur, avait été convoqué au palais afin de prendre des clichés de Mme Roosevelt devant des enfilades entières de placards de cuisine vides. Le roi répugnait à montrer son pays sous un jour aussi misérable, mais sa femme, dont le don pour les relations publiques s'affirmait de jour en jour, avait su trouver les arguments pour le convaincre.

Elle ne s'était pas arrêtée là, cependant, et avait veillé à ce que Mme Roosevelt dorme dans sa propre chambre, une pièce aux fenêtres protégées par des planches et chauffée par un seul radiateur électrique. Et si la First Lady avait mangé dans une assiette bordée d'un liseré d'or, le menu, rédigé à la main sur des cartes monogrammées, avait été très simple. Elle avait ainsi dégusté – à supposer que tel fût le mot – une « fausse dinde », à savoir des pommes de terre et des pommes cuites au four avec du fromage et des petits oignons au vinaigre. Un pudding à la betterave avait ensuite fait office de dessert. Pas étonnant dans ces conditions qu'elle eût été si contente de se faire servir une part de tarte à la citrouille.

Ce thé pris à Windsor était son dernier engagement officiel avant son départ. Et peut-être était-ce le plus beau coup orchestré par la reine, car le plafond au-dessus du fauteuil de Mme Roosevelt était percé de trous aux endroits où étincelaient autrefois des lustres – désormais remisés à l'abri. Des fils électriques pendaient encore comme des racines noires, tandis que les vitrines et les tables anciennes, toutes sculptées et dorées, avaient été recouvertes de draps et tournées face aux murs tapissés.

– J'ai eu vent d'une information très intéressante, murmura Tommy.

Cela intrigua Marion malgré elle. Tous les jours, cet homme voyait passer sur son bureau les rapports d'espions en mission dans le monde entier. Allait-elle entendre quelque incroyable secret ? Il se tramait des choses en Égypte, elle le savait. Le roi était sur des charbons aussi ardents que le désert occidental égyptien, là où se trouvaient Montgomery et la 8e Armée. Cette fois, elle pivota vers Lascelles, dont les yeux noirs brillaient de malice.

– Je me suis laissé dire que vous étiez en train de monter une pièce de théâtre.

– C'est ça votre information intéressante ?

– Je me trompe ?

– Eh bien, non. Nous jouons *Cendrillon*.

Cela n'avait été au départ qu'une suggestion anodine, lancée dans l'abri antiaérien du château de Windsor suite à leurs séances de jeu autour du *Songe d'une nuit d'été*, mais Margaret et Lilibet avaient été si enthousiastes que Marion avait soumis son idée à Ivy et Peter. Tous deux y avaient vu une distraction idéale pour leurs élèves.

Étant donné sa connaissance du théâtre classique, Peter avait même proposé d'écrire la pièce.

– N'en fais pas quelque chose de trop misérabiliste, l'avait prévenu Ivy.

– Les anciens ont inventé la comédie en plus de la tragédie, tu sais.

– Si tu le dis, avait-elle répliqué tendrement.

Tommy continuait :

– Il paraît que la princesse Margaret tient le rôle principal.

– Qui d'autre voulez-vous que ce soit ?

– Ce conte a toujours été un de mes préférés. La fille modeste qui s'élève vers de nobles cimes…

Il fut interrompu par un fracas. Les portes du salon venaient de s'ouvrir à la volée sur une femme brune vêtue d'une veste bleu marine très cintrée et d'une jupe ample. Juchée sur des talons vertigineux, les lèvres peintes en rouge vif, elle embrassa la pièce d'un regard pétillant d'intelligence qui, trouva Marion, ne collait pas avec son attitude penaude presque caricaturale.

– Excusez-moi, ma'am, mesdames…, balbutia-t-elle en agitant les mains et en multipliant les révérences.

Un valet de pied essoufflé qui portait la tenue de combat fournie au personnel pour la durée de la guerre la rattrapa alors, manifestement paniqué.

– Votre Majesté, je vous prie de m'excuser, cette personne affirmait que vous l'attendiez.

La reine demeura parfaitement stoïque et n'exprima rien d'autre qu'une légère surprise. À côté d'elle, Margaret et Lilibet ouvraient de grands yeux ébahis. Marion observa Tommy. Son aisance aristocratique l'avait déserté et il avait l'air franchement horrifié. Quant à lady Delia Peel, la dame de compagnie de la reine, elle était écarlate. Durant tout ce temps, la confusion la plus totale se lut sur le visage aux joues flasques de Mme Roosevelt.

Nullement intimidée, l'inconnue fonça droit vers la reine et se fendit d'une profonde révérence très étudiée.

– Votre Majesté, s'exclama-t-elle en battant des cils, nous nous sommes rencontrées chez lady Astor. Rappelez-vous, j'étais avec Mme Roosevelt.

Elle adressa un grand sourire tout en dents à cette dernière et enchaîna :

– Elle m'a dit que vous deviez prendre le thé ensemble aujourd'hui et m'a suggéré de venir.

La perplexité s'ajouta à l'embarras de la First Lady. Il était évident qu'elle n'avait aucun souvenir de cet échange, mais elle pouvait difficilement contredire une de ses compatriotes en présence de la reine.

Comme tout le monde, Marion suivait la scène dans un silence stupéfait. Cette femme était-elle inconsciente, ou juste simple d'esprit ? Ce n'était pas la première à s'immiscer ainsi au sein de la famille royale – chaque année, des gens tentaient d'entrer dans les garden-parties du palais. Mais il s'agissait là d'une entrevue privée entre la reine d'Angleterre et l'épouse du président des États-Unis, qui plus est en temps de guerre. Elle n'avait jamais vu personne oser un coup pareil, *a fortiori* réussir.

– Je serais arrivée plus tôt si je n'avais pas eu quelques soucis avec des gardes, des soldats et j'en passe, poursuivit sans vergogne leur visiteuse.

En clair, elle venait de déjouer toute la sécurité du château de Windsor avec son baratin. Mais qui était-elle ?

La reine se posait manifestement la même question.

– Ma'am, commença la First Lady, très gênée devant son regard interrogateur. Permettez-moi de vous présenter Mme…

Elle hésita en cherchant désespérément un nom dans sa mémoire.

– Mme Gould, Beatrice Gould, dit la femme. Nous nous sommes parlé chez lady Astor, ma'am. Vous avez très gentiment accepté d'écrire quelques articles pour mon magazine.

– Votre… magazine ? répéta la reine d'une voix à peine audible.

– Oui, ma'am. Celui dont je suis la rédactrice en chef. *The Ladies' Home Journal* !

Marion n'en revenait pas. Quel culot ! Ils n'avaient pas affaire à une idiote, elle en était certaine à présent. Elle jouait délibérément les étourdies. Elle avait croisé son regard au moment où il passait de l'épouse du président à celle du roi, et quelque chose dans ses yeux noirs l'avait frappée. Ils brillaient d'une détermination totale et sans pitié.

54

– La princesse Margaret Rose est pâle comme un linge, annonça Alah.

– Vous plaisantez ? s'écria Marion, tout en songeant que ce n'était pas le genre de la nourrice. Vous voulez dire qu'elle est trop malade pour jouer ?

– Elle a le teint terreux, mademoiselle Crawford.

Marion soupira. La princesse Margaret Rose avait été en pleine forme un peu plus tôt. Et tout le monde était prêt. Les élèves d'Ivy. Ceux de Peter à Eton. Toni, dont l'élégance s'était révélée utile pour le choix des costumes et du maquillage. Une partie des gardes du château de Windsor. Des centaines de spectateurs étaient attendus. Des billets avaient été vendus à des tarifs allant d'un shilling à sept livres et six shillings. Près de neuf cents livres avaient ainsi été levées – une somme stupéfiante – pour le Queen Wool Fund, un fonds qui finançait l'achat de laine destinée à être transformée en uniformes militaires. Lilibet en avait été sidérée.

– Personne ne déboursera une telle somme rien que pour nous regarder jouer !

– N'importe quoi ! avait répliqué Margaret. Il y en a qui paieraient une fortune pour nous voir.

Sauf qu'ils ne verraient peut-être pas Margaret finalement.

Marion dut se retenir d'aller la secouer. Pourquoi gâchait-elle les efforts de tant de braves gens ? Parce qu'elle le pouvait, bien sûr.

Exaspérée, elle regagna la salle de Waterloo, que la reine Victoria avait transformée en théâtre. Le décor joliment peint, œuvre de deux bénévoles, représentait les cuisines d'un château jusque dans leurs moindres détails, y compris la broche à rôtir. Le balai de Cendrillon patientait dans un coin.

Elle traversa la scène et s'enfonça dans les coulisses où s'alignaient des portants chargés de robes élaborées, de perruques enrubannées et de chaussures à boucles d'argent, toutes louées spécialement pour l'occasion à un costumier de théâtre, et toutes étiquetées et assignées aux différents personnages de la pièce. Juste à côté se trouvait la chaise à porteurs de la reine Anne, contrainte de reprendre du service d'une façon tout à fait inattendue dans le rôle du carrosse-citrouille de Cendrillon. Et aussi, chose encore plus surprenante, George VI lui-même, s'aperçut Marion. Debout les mains dans les poches, le roi examinait les lieux d'un air critique.

– Monsieur, le salua-t-elle en s'inclinant.

Le roi n'avait d'abord porté que peu d'intérêt à ce spectacle, mais une semaine plus tôt, son Cecil B. DeMille intérieur s'était soudain réveillé, et il avait insisté pour passer en revue tous les préparatifs avec autant d'attention qu'il passait en revue des plans de bataille avec Churchill.

– Tout va bien, Crawfie ?

– À vrai dire, monsieur, nous avons un problème.

Il eut un petit rire.

– Allez-y, racontez-moi. Au point où on en est… Même si je dois avouer que la situation prête un peu plus à l'optimisme, dit-il en faisant référence à la récente victoire des Alliés à El-Alamein, qui avait signé le premier revers majeur des forces allemandes.

Il cessa de sourire en l'écoutant et s'assit sur le tabouret de Cendrillon.

– J'ai la solution, Crawfie ! dit-il après avoir réfléchi un moment.

– Oui, monsieur ?

– Vous allez remplacer Margaret. Vous connaissez son texte, après tout.

Sa proposition la laissa sceptique. Les costumes ne lui iraient pas. Elle était deux fois plus grande que tous les autres acteurs, à l'exception de quelques élèves d'Eton comptant parmi les plus âgés et des gardes de Windsor, qui domineraient la scène du haut de leur mètre quatre-vingts à la fin de la pièce.

– Si on prenait plutôt un des enfants de la troupe, monsieur ? Je ne suis pas très bonne actrice.

Le roi la regarda fixement.

– Vous et moi sommes tous les deux acteurs, Crawfie. Nous nous produisons tous les jours devant un public. Et nous avons dû apprendre à être convaincants.

Et c'était peu de dire que lui-même avait appris à l'être, songea-t-elle. Il avait gagné en assurance à mesure que son bégaiement s'atténuait – aidé en cela par la reine, qui lui avait offert un parfait exemple à suivre.

Un grand sourire éclaira le visage de George VI.

– Mais si vous faisiez savoir à Son Altesse Royale que c'est vous qui allez la remplacer, il se pourrait que vous ne puissiez pas connaître votre heure de gloire.

Il avait raison, bien sûr. Lorsqu'elle se rendit auprès de la princesse, Margaret bondit hors de son lit, miraculeusement rétablie et le teint éclatant de santé.

Le spectacle eut un succès prodigieux. Le public de citadins et d'employés du domaine de Windsor parvint à remplir l'immense salle. Kerald Jelly était là, évidemment, après une dure journée passée à apporter quelques « touches finales » aux portraits du couple royal. Celui-ci avait pris place au premier rang, et la reine arborait quelques-uns des énormes diamants que lui avait légués Mme Ronnie, récemment décédée. Le manoir dans le Surrey était peut-être allé au National Trust, mais au moins avait-elle eu ce lot de consolation.

La dernière scène, telle que le roi l'avait retravaillée, fut la plus réussie. Les gardes du château défilèrent dans un sens et dans l'autre sur les planches, magnifiques dans leurs costumes rouges et leurs bottes noires cirées, pendant que les enfants déroulaient de grands drapeaux britanniques et les agitaient sous un tonnerre d'applaudissements.

Les acteurs saluèrent le public à plusieurs reprises en savourant ce triomphe – Margaret en tête. Son petit visage aux traits animés, adorable sous les feux des projecteurs, paraissait n'avoir jamais nourri une seule pensée mauvaise de toute sa vie.

Lilibet aussi avait l'air aux anges, mais ses joues roses avaient moins à voir avec les acclamations de la salle qu'avec une certaine personne au premier rang. Et il ne s'agissait ni de son père, ni de sa mère. C'était Philip Mountbatten.

Marion l'avait remarqué dès qu'il était entré dans la salle – comme toutes les autres femmes, d'ailleurs. Sa très grande taille, l'énergie qu'il dégageait et sa beauté spectaculaire attiraient tous les regards. Il s'était dirigé droit vers sa place et s'était assis en riant avec son compagnon, lui aussi en uniforme de la Navy. Brillant du même éclat que ses cheveux blonds, le galon doré sur ses manches rappelait qu'il s'était distingué pendant la guerre et qu'il avait reçu une citation militaire après une bataille nocturne au large des côtes grecques, durant laquelle il avait été chargé de repérer les navires italiens en braquant sur eux un faisceau lumineux.

Et à cet instant précis, il aurait tout aussi bien pu en braquer un sur Lilibet, tant elle rayonnait. Elle avait peut-être été un fringant prince charmant sur scène, mais celui qu'elle considérait manifestement comme le sien dans la vraie vie se tenait à quelques mètres d'elle et lorgnait ses jambes avec admiration.

Le roi et la reine ne voyaient rien de ce qui aurait pourtant dû leur sauter aux yeux. Tout juste semblaient-ils un peu amusés par le comportement de Philip. Pour eux, Lilibet était encore une enfant sage. Qu'elle soit devenue une jeune fille de seize ans avec une volonté propre, et amoureuse avec ça, ne leur avait pas traversé l'esprit. Mais Marion l'avait bien perçu, elle. Le regard effronté de Philip sur celle qu'elle avait élevée pendant dix ans la fit frissonner. Ce qu'elle ressentait, c'était plus que de la désapprobation, ou même de l'antipathie. C'était de la peur.

– Mademoiselle Crawford ! Mes félicitations pour cette excellente production, lança la voix légèrement sardonique de Tommy derrière elle.

Marion prit une inspiration, puis se retourna.

Joan était à côté de lui. Les lèvres bien maquillées, les cheveux ondulant en parfaites vagues dorées, elle portait une robe en soie à la mode qui flattait sa silhouette. Elle n'accorda qu'un bref coup d'œil blasé à Marion avant de chercher ostensiblement autour d'elle quelqu'un de plus intéressant et de plus important.

– Vous avez vu, très cher ? dit-elle à son mari. Là-bas. Ne serait-ce pas les… ?

– Si vous alliez les saluer ? Je dois m'entretenir avec Mlle Crawford.

Lascelles prit Marion par le bras et tenta de l'entraîner à l'écart, mais elle se dégagea et resta où elle était.

– Je voulais juste vous tenir informée, dit-il, désarçonné par sa réaction.

– À quel sujet ?

– La dernière fois que nous nous sommes parlé, la situation était pour le moins embarrassante.

Elle comprit qu'il faisait allusion à ce fameux après-midi avec Mme Roosevelt durant lequel une inconnue s'était jointe à eux sans y être invitée.

– Delia Peel et moi avons passé un très mauvais quart d'heure avec Leurs Majestés, ajouta-t-il. Et nos ennuis ne sont pas terminés.

– Comment ça ? dit Marion, d'autant plus curieuse que la First Lady était repartie depuis plusieurs semaines. Est-ce que Mme… comment s'appelait-elle, déjà ?

Elle fouilla dans sa mémoire, mais elle n'avait gardé de cette femme que le souvenir de sa détermination – une détermination qui lui évoquait celle de quelqu'un d'autre dont le nom lui échappait aussi.

– Gould. Oui, cette casse-pieds nous cause du souci. J'ai dû aller la voir au Ritz à la demande de la reine.

– *Vous*, vous avez dû aller la voir ? Mais pourquoi ?

Après ce qui s'était passé, elle s'attendait à ce que Mme Gould soit traitée comme une paria. Pas à ce que le secrétaire particulier du roi lui rende visite dans un hôtel de luxe.

– Pour évoquer avec elle les articles qu'elle a mentionnés.

– La reine ne compte pas les écrire, si ?

Tommy secoua la tête.

– Je lui ai parlé pendant une heure.

– *Une heure ?*

– Je lui ai expliqué que la reine ne se mêlait pas de politique. Et que même si elle soutenait ses initiatives visant à favoriser une meilleure compréhension entre les femmes des deux côtés de l'Atlantique, elle ne pouvait pas lui écrire le moindre texte.

Marion resta muette. Elle ne voyait pas pourquoi la reine s'était donné la peine de se justifier auprès de cette journaliste aux dents longues. *Via* Tommy, en plus. Et *via* un entretien d'une heure. Quelle perte de temps.

– Ma foi, elle est repartie dans son pays maintenant. Si tout va bien, nous n'entendrons plus parler d'elle, conclut Tommy en s'éloignant. Au revoir, Marion. Je vous souhaite un joyeux Noël.

55

Une photo de Philip était apparue sur le manteau de la cheminée dans la chambre de Lilibet. Ses parents, peut-être au prix d'un gros effort de volonté, ne parurent rien remarquer. Eux qui s'opposaient courageusement à Hitler étaient terrifiés à l'idée d'admettre que leur fille était amoureuse. Marion le comprenait très bien. Après tout, elle éprouvait la même chose.

Comme toujours, Margaret ne prit pas de gants avec sa sœur.

– Tu vas te marier, Lilibet ? la taquinait-elle. Tous les autres le font. Regarde Ivy et Peter.

Ils s'étaient fiancés et devaient se marier dans la foulée. Organisée dans le joli cadre georgien du bureau d'état civil de Windsor, la cérémonie fut simple, mais charmante. Ivy était toute joyeuse dans un tailleur en tweed couleur lavande et facilement réutilisable qu'elle avait orné d'une fleur de courgette jaune vif. Quant à Peter, très élégant dans un costume trois-pièces rehaussé d'un lis d'Eton, il semblait ne pas en revenir de sa chance.

– Tu as toujours été trop bien pour moi, dit Marion en le serrant dans ses bras.

Elle le pensait vraiment. Il avait rencontré la femme dont

il rêvait et qu'il méritait. « *Quelqu'un de normal, avec les pieds sur terre.* »

– Tu as raison, s'interposa Ivy, qui l'avait entendue. De toute façon, tu es mariée à ces fichus Windsor.

Après ce commentaire, Marion trouva un goût amer au gâteau confectionné par le cuisinier du château avec les rations de sucre mises de côté par Margaret, Lilibet et les enfants de l'école.

La passion de Lilibet pour un officier en service attisait sa détermination à rejoindre les rangs de l'armée. À seize ans, elle était enfin assez âgée, mais cette idée n'emballait pas le roi et la reine qui, toujours très adroits pour éviter les sujets qui fâchent, faisaient dévier la conversation chaque fois qu'elle tentait de leur en parler.

Sauf que la princesse n'était plus du genre à s'en laisser conter. Pourtant peu encline à bouder, elle s'emporta un jour devant Marion.

– Vous ne pouvez pas en toucher un mot à papa, Crawfie ? Il vous écoute, vous.

Marion en doutait, mais la suggestion était flatteuse, de même que le visage implorant de la jeune fille. Le problème était que cette requête la consternait. Elle n'avait pas plus envie de voir Lilibet s'enrôler que de la voir épouser Philip. L'armée l'emmènerait loin d'elle, peut-être pour toujours. Il ne faudrait pas espérer qu'elle retourne en classe après avoir été en service actif.

Mais elle n'avait pas le choix. Quand quelque chose lui tenait à cœur, la princesse ne lâchait rien. Ce fut donc d'un pas lourd qu'elle se dirigea vers le bureau du roi.

– Pourrais-je parler à Sa Majesté ? demanda-t-elle à Peter Townsend.

Le nouvel écuyer était un homme mince aux pommettes hautes et aux cheveux bruns. Comme d'autres récemment nommés à ce poste, il n'appartenait pas à l'aristocratie. Cet officier de la Royal Air Force bardé de décorations ne devait pas avoir loin de trente ans, mais malgré ses traits d'une délicatesse presque féminine, il paraissait plus âgé et avait ce côté usé par la guerre que l'on retrouvait chez tant de soldats.

– Sa réunion devrait bientôt se terminer, l'informa-t-il en consultant sa montre. Si vous voulez bien attendre quelques minutes…

Marion acquiesça. Elle appréciait le capitaine Townsend pour sa discrétion, sa modestie et son courage évident. En tant que pilote de Spitfire, il avait été plusieurs fois touché par les tirs ennemis et avait reçu la Distinguished Flying Cross, une croix militaire décernée pour des actes de bravoure accomplis en vol.

– Il a fini par se dégonfler, avait déclaré Tommy avec mépris. C'est pour ça qu'il a obtenu cette planque.

Malgré des tentatives pleines de tact, Marion n'avait jamais réussi à lui faire évoquer son expérience des combats. Il se crispait, et son regard se voilait à chacune de ses questions. Elle se demandait s'il s'épanchait davantage auprès de sa femme. Elle ne l'avait jamais rencontrée, mais on la disait jolie et enjouée.

Townsend patienta à côté d'elle dans son uniforme gris-bleu de la RAF. Un muscle tressautait sur sa mâchoire, et il fixait la porte du roi comme s'il avait pu l'ouvrir par sa seule volonté.

Mais elle resta close. Juste devant se trouvaient les vieux chevaux à bascule des princesses, dont la peinture s'était écaillée et les crinières dégarnies à force de chevauchées trop enthousiastes. Cela faisait des années que les filles n'étaient pas montées dessus, mais ils avaient été laissés là en souvenir d'une enfance dont Lilibet entendait à présent se libérer.

La porte s'ouvrit soudain. Townsend se mit aussitôt au garde-à-vous et fit un salut militaire à l'homme qui émergea du bureau entre les petits chevaux – et qui n'était rien moins que Churchill en personne.

Marion le regarda bouche bée. Les joues flasques, la peau ridée, le Premier ministre portait un costume à rayures usé et tenait à la main son célèbre chapeau melon. Ses yeux vifs croisèrent les siens. Il hocha la tête, puis s'éloigna de sa démarche oscillante.

L'atmosphère parut se vider de quelque chose avec son départ. Debout sur le seuil, le roi avait le teint gris et l'air tassé. Comme toujours, ses doigts fins serraient une cigarette.

– Entrez, Crawfie. J'ai juste un mot à dire à Townsend.

Dans son bureau flottait une fumée si épaisse qu'elle se mit à tousser. Les murs étaient recouverts de cartes hérissées de punaises et des papiers jonchaient la table de travail royale, tous avec la mention « Overlord » tamponnée dessus à l'encre rouge du secret.

Marion s'assit. De là où elle était, elle pouvait lire le document le plus au-dessus des autres :

Grand Quartier Général
Forces Expéditionnaires Alliées

Soldats, marins et aviateurs des Forces expéditionnaires alliées ! Vous êtes sur le point de lancer la Grande Croisade, celle pour laquelle vous consentez tant d'efforts depuis de nombreux mois. Le monde a les yeux sur vous…

Le roi revint à cet instant.

– Bien, Crawfie. Que p-puis-je faire pour vous ?

Elle lui expliqua rapidement et sans transition ce qui l'amenait. Avec un peu de chance, il lui opposerait un « non » franc et direct. La princesse serait déçue, mais au moins resterait-elle auprès d'elle.

– Lilibet veut s'engager dans l'armée, monsieur.

De retour à son bureau, le roi laissa échapper un grognement.

– Elle ne renonce jamais, n'est-ce pas ?

Il tira sur sa cigarette, avant d'être pris d'une violente quinte de toux rocailleuse qui dura un long moment et l'obligea à boire une gorgée d'eau dans un verre en cristal. Juste à côté, d'autres contenaient encore un fond de whisky.

– Très bien, Crawfie, dit-il, les yeux rouges. Nous allons voir ce qu'il est possible de faire.

– Cela veut dire que vous acceptez, Votre Majesté ?

Il acquiesça tout en ramenant vers lui l'un des documents estampillés Overlord.

Elle partit sans un bruit. La poignée dorée de la porte tourna en silence, tout comme les gonds huilés lorsqu'elle referma le battant derrière elle.

À quelques pas de là, à l'angle du couloir, deux personnes discutaient tout bas. Elles ne semblaient pas l'avoir entendue sortir.

– Vingt mois de combats, jour et nuit, disait un homme. Je manquais tellement de sommeil que je n'étais plus qu'une épave, et j'avais affronté la mort si souvent que la vie devenait absurde à mes yeux.

Marion reconnut avec surprise la voix de Peter Townsend. Il avait toujours été très taciturne quand elle l'avait interrogé sur son expérience de la guerre. À qui se confiait-il si volontiers ?

– Oh, Peter ! répondit la voix admirative de Margaret. Ce devait être horrible !

– Chaque fois que je décollais, j'étais sûr que c'était la dernière.

– Une chance que ça n'ait pas été le cas !

Apparemment, Lilibet n'était pas la seule à grandir.

L'uniforme ne tarda pas à arriver. Dans sa chambre, Lilibet souleva avec précaution le couvercle de la boîte en carton et ôta le papier de soie. Son cri de joie désespéra Marion.

Assise sur le rebord intérieur de la fenêtre, Margaret se leva et s'approcha pour examiner la tenue.

– Cette couleur est hideuse, commenta-t-elle en palpant le tissu rêche et épais. Tu seras moche là-dedans.

– Je ne vais pas participer à un défilé de mode, dit Lilibet en ignorant sa pique.

Elle prit la casquette à visière noire et la posa sur ses boucles brunes devant le petit miroir ovale accroché au-dessus de la coiffeuse.

– Ceci est l'uniforme des Services Territoriaux Auxiliaires. Et moi, ajouta-t-elle avec ce grand sourire qui n'appartenait qu'à elle, je suis le sous-lieutenant Elizabeth Windsor.

Margaret croisa les bras en faisant la moue. Elle avait renoncé à feindre l'indifférence.

– Ce n'est pas juste. Pourquoi faut-il que je passe mes journées en classe pendant que tout le monde s'amuse ?

Lilibet enfila ensuite la veste. Les poches supérieures soulignaient sa poitrine généreuse et la ceinture, une fois bien serrée autour de sa petite taille, mettait ses hanches en valeur. La possibilité de porter une tenue différente de celle de sa sœur n'était peut-être pas étrangère à son attrait pour l'armée.

– Ce n'est *pas* juste ! répéta Margaret. Pourquoi est-ce que papa te laisse partir et pas moi !

– Tu auras bientôt l'âge de le faire, toi aussi.

– Oui, mais d'ici là, la guerre sera *terminée* !

Seule Margaret pouvait regretter que la fortune sourie enfin aux Alliés depuis leur victoire à El-Alamein. Ils avaient gagné du terrain en Italie, en Europe de l'Est et dans le Pacifique. Et quelque chose de capital semblait se tramer. Peu de temps auparavant, Lilibet avait vu passer pas loin de trois cents bombardiers Flying Fortress au-dessus du château.

– J'ai arrêté de compter à 284 !

Marion se demandait si leur présence n'était pas liée aux documents qu'elle avait aperçus sur le bureau du roi.

Lilibet s'élança hors de sa chambre, impatiente de montrer son uniforme à ses parents. Plusieurs chiens surexcités la suivirent, eux-mêmes talonnés par Margaret. Marion fut la dernière à sortir, le cœur lourd devant tous les changements qui se profilaient.

C'était une belle journée chaude et ensoleillée. Le roi et la reine prenaient le thé sur la terrasse. En contrebas, les roses du jardin étaient en fleur, et de douces fragrances s'élevaient des massifs colorés. Une grande nappe blanche recouvrait la table en effleurant le sol. Rien dans cette scène ne rappelait la guerre – du moins jusqu'à ce que Lilibet surgisse dans son uniforme et se précipite vers son père.

– Monsieur ! dit-elle en faisant le salut militaire.

La théière à la main, la reine se figea et contempla son enfant qui n'en était plus une.

– Oh, ma chérie ! s'étrangla-t-elle, bien obligée cette fois d'affronter la réalité.

Le roi paraissait tout aussi désemparé, mais il n'eut pas le temps de réagir. D'autres voix avaient troublé le silence. Des voix fortes, retentissantes, avec un accent nasal reconnaissable entre tous. Sa mine attristée fit place à la stupeur.

– C-c-crénom ! C'est Eisenhower !

– Qu'est-ce qu'il fait ici ? demanda Lilibet.

– Il est venu chercher ses ordres auprès de *toi*, se moqua Margaret. Le sous-lieutenant Elizabeth Windsor.

– Nous avons une réunion programmée un peu plus tard, expliqua le roi. Mais il est censé faire la visite du château en attendant. S'il entre dans la roseraie, il nous verra.

– Et ce serait grave ? dit Margaret, très curieuse quant à elle de rencontrer le célèbre personnage, dont la stature imposante, la bonhomie et le sourire rayonnant s'affichaient souvent à la une des journaux.

– Oui, parce qu'il sera en contrebas par rapport à nous, répliqua sa mère. Il faudra qu'on crie et ce sera vraiment très embarrassant.

Lilibet avait saisi le problème. Comme si son uniforme lui conférait une nouvelle autorité, elle prit les choses en main.

– Il n'y a qu'une seule solution, dit-elle alors que les voix des Américains devenaient de plus en plus proches et audibles. Tout le monde sous la table !

Et c'est ainsi que, en arrivant dans la roseraie, le Commandant Suprême des forces alliées n'aperçut aucun de ses hôtes.

– Regardez cette rose, général, dit lord Wigram. On l'appelle la Maiden Blush.

– Arrête ! murmura Lilibet à sa sœur, qui peinait à réprimer un fou rire. Tu vas faire bouger la table !

– Mme Hardy et Mme Finch se portent bien aussi cette année, continua Wigram.

– Je suis heureux de l'apprendre.

– Et la Queen Elizabeth est magnifique.

– La rose la plus dangereuse d'Europe, approuva Eisenhower.

Sous la table, celle à qui cette fleur rendait hommage étouffa un petit ricanement.

56

– Les Américains ont levé le camp ! se lamentait la petite Susan, pour qui ce départ était un nouveau coup dur après celui de Lilibet. Et on ne sait même pas où !

Elle ne tarda pas à l'apprendre. Ce soir-là, le roi s'adressa au pays tout entier lors d'un discours galvanisant. « Il y a quatre ans, notre nation et notre empire se dressaient seuls face à un ennemi redoutable. Nous étions dos au mur, confrontés à l'adversité comme jamais encore dans notre histoire. Par la grâce de Dieu, nous avons surmonté cette épreuve. Aujourd'hui, une fois de plus, un test suprême nous attend. »

Assise avec les filles dans son bureau, Marion le regarda s'écarter du micro, les yeux embués. Chose rare, la reine paraissait aussi abattue que lui. Un nombre incalculable de vies étaient en jeu, et cette responsabilité pesait lourdement sur les épaules des dirigeants.

– C'est le jour J ! cria Reg le lendemain. Nos troupes sont en France ! Le débarquement est en cours ! La guerre est presque finie, on va pouvoir rentrer à la maison !

Mais la guerre n'était pas finie, non, et les évacués ne pouvaient pas encore rentrer chez eux. L'Allemagne dégaina sa dernière botte secrète, de terrifiantes bombes aéroportées qui se mirent à pleuvoir sur le pays à longueur de journée, déchirant le ciel jusqu'au moment où leur moteur s'arrêtait, puis tombant en piqué vers le sol. Un mois après le débarquement, pas loin de trois mille personnes avaient été tuées par ce que les Anglais surnommaient les *doodlebugs*, et huit mille autres hospitalisées.

– En vrai, qu'est-ce que c'est un *doodlebug* ? demanda Margaret.

– La larve d'un fourmilion, expliqua Susan, chez qui la campagne avait fait naître une passion pour l'histoire naturelle et qui espérait l'étudier plus tard à l'université.

– Mais les Allemands l'appellent le *Vergeltungswuffe Ein*, renchérit Reg. Ça veut dire « l'arme de représailles n° 1 ». Ces bombes font sept mètres cinquante de long et peuvent voler sur une distance préprogrammée de deux cent vingt kilomètres !

Le travail d'ingénierie derrière ces missiles le fascinait malgré leur funeste raison d'être. Selon Peter, Reg était doué pour les maths et les lettres classiques, et dans le nouveau monde d'après-guerre qui commençait à se profiler, des jeunes comme Susan et lui auraient de grandes chances à saisir. Une loi sur l'éducation venait d'accorder des aides aux enfants issus de milieux modestes, de l'école primaire jusqu'à l'université. Ainsi, indépendamment de ses atrocités, le conflit avait accéléré le progrès et ouvert des portes auparavant fermées aux pauvres – mais aussi aux princesses.

Lilibet prenait ses devoirs au sein de l'ATS très au sérieux. Elle passait toutes ses journées au dépôt de l'armée à Camberley et rentrait le soir au château raconter à tous ce qu'elle avait fait.

– On a eu un exposé sur la mécanique cet après-midi.

– C'est *barbant*, l'interrompit Margaret.

Sans se laisser démonter, Lilibet coupa bien proprement un morceau de pain grillé recouvert de fromage fondu.

– Et après ça, un exposé sur l'essence.

– *L'essence ?*

Mais un beau matin, Margaret changea d'attitude.

– S'il vous plaît, Crawfie, est-ce qu'on pourra aller voir Lilibet à Camberley ?

Marion haussa un sourcil.

– Ne craignez-vous pas que ce soit… barbant ?

– Si, répliqua la princesse avec dédain. Mais je pense qu'elle apprécierait d'être encouragée, la pauvre.

Ce devait être une sortie informelle, jusqu'à ce que le roi et la reine décident de se joindre à elles. Les jours suivants, Lilibet s'étonna des préparatifs requis par une telle visite.

– Les gens ne font qu'astiquer et paniquer, dit-elle. Tout doit être nickel. J'ignorais que c'était comme ça chaque fois que maman et papa allaient quelque part.

– Papa, maman *et moi*, la reprit farouchement Margaret. Ne m'oublie pas.

Ils se rendirent au dépôt par une magnifique journée printanière. Margaret emboîta le pas à ses parents lors de leur inspection des troupes et ricana quand sa sœur lui fit un salut militaire. Un peu plus tard, Marion vit une lueur briller dans ses yeux pendant que Lilibet se démenait pour prouver à sa famille sa maîtrise de l'entretien des moteurs.

– Lilibet ! La compression !

– Eh bien quoi ? Qu'est-ce qu'il y a ?

– Elle est trop basse, affirma Margaret, très sûre d'elle.

Lilibet jeta un coup d'œil à ses parents et aux officiers qui les accompagnaient avant de défier sa sœur.

– Qu'est-ce que tu y connais, toi ?

– Et pourquoi ne pourrais-je pas m'y connaître ? répliqua Margaret en tirant effrontément sur l'un des boutons de sa veste.

De retour à Windsor, Marion fit un détour par les anciennes écuries, là où étaient garés les véhicules de la famille.

– Oh, oui, lui confirma le chauffeur. Son Altesse Royale n'a pas arrêté de nous harceler ces derniers temps. Elle avait toujours plein de questions à nous poser.

En septembre, l'Allemagne dévoila sa seconde arme secrète, les missiles V2, dont l'impact fut encore plus dévastateur.

– Ils creusent des cratères de quinze mètres de large et de trois mètres de profondeur. Un seul d'entre eux suffit à démolir toute une rangée de maisons, expliqua Reg.

Margaret écuma de rage lorsqu'un V2 détruisit le *Woolworths* de New Cross, au sud-est de Londres.

Mais le cours de la guerre s'inversait bel et bien. Le black-out avait été allégé. Les Russes encerclaient Berlin. Les atrocités commises dans les camps de Belsen et de Buchenwald se répandaient dans les journaux – que Marion s'efforçait autant que possible de cacher à Margaret, et Ivy à ses élèves.

Et un jour, enfin, les évacués purent rentrer chez eux. Parce que Lilibet était à Camberley, seule Margaret alla leur dire au revoir avec Marion.

Le petit groupe attendait sur le quai de la gare. À côté d'eux, le train à destination de Londres crachait et fumait comme un cheval impatient. Les portes des wagons claquaient, des gens couraient dans tous les sens et les plus jeunes enfants bavardaient et criaient de joie à l'idée de retrouver leur maison et leurs parents.

À l'opposé, Reg, Susan et Margaret observaient un silence gêné. Il en allait de même pour Marion, et aussi Ivy, qui allait emménager à Eton avec Peter et dont les élèves s'apprêtaient à repartir sans elle. Marion aurait dû s'en réjouir, elle le savait. Cela leur permettrait de se voir plus souvent.

Depuis un moment, pourtant, elle se sentait tendue chaque fois qu'elle discutait avec son amie. Ivy ratait rarement une occasion de l'inciter à quitter le service de la famille royale, surtout à présent que la guerre touchait à sa fin.

– Tu devrais partir, Marion ! Il est temps que tu rencontres quelqu'un, que tu vives ta vie et que tu aies des enfants !

Ivy n'entendait rien à sa situation, songeait Marion. Elle avait déjà une vie et des enfants, même si ce n'étaient pas les siens. Quant aux hommes, elle avait fait une croix sur eux.

Margaret fut la première à briser le silence.

– Au revoir, dit-elle poliment en tendant la main à Reg.

Lui qui avait eu l'habitude jusque-là de l'embrasser la regarda d'un air étonné. Puis il comprit. La guerre était presque terminée. L'ancien ordre social serait bientôt restauré, et Margaret était une princesse. Sa mine s'allongea, comme s'il se considérait plus ou moins trahi.

Un coup de sifflet retentit. Les enfants montèrent dans le train.

– Tara ! lança Ivy. Salue Bermondsey pour moi !

Planté sur le marchepied avec sa valise en carton, Reg retardait le moment d'entrer dans le wagon.

– On s'est bien amusés, dit-il.

Les joues ruisselantes de larmes, Margaret laissa échapper un son étranglé. Reg redescendit alors sur le quai et la serra fort dans ses bras, jusqu'à ce que tous deux soient séparés par un nouveau coup de sifflet. Quelques secondes plus tard, les portes se refermaient. Le train s'ébranla et les passagers agitèrent la main par les fenêtres.

La nouvelle de la mort subite du président Roosevelt en avril 1945 précéda celle de l'assassinat de Mussolini et du suicide d'Hitler.

– Hitler et Mussolini à quarante-huit heures d'intervalle, commenta Tommy. C'est une victoire par K-O.

Puis vint ce beau dimanche matin au début du mois de mai. Après une nuit d'orage, le téléphone sonna dans les appartements privés du château de Windsor, où le roi et la reine se préparaient à aller à la messe. Ils devaient se rendre sur-le-champ à Londres avec les princesses. Tout était fini. Comme après le passage d'une tempête, l'atmosphère s'allégea et le soleil réapparut. Les années noires étaient derrière eux.

57

Le vacarme extérieur s'invitait dans la pièce par les portes-fenêtres ouvertes. Marion contempla la rangée de silhouettes familières qui s'étaient regroupées sur le balcon. Il y avait là le roi, l'air frêle mais soulagé dans son uniforme d'amiral aux manches alourdies de galons. Lilibet, débordante de fierté dans son habit kaki de l'ATS. La reine, occupée à saluer la foule sous son grand chapeau au rebord incurvé triomphalement vers le ciel. Et Margaret, semblable à une sage écolière avec son col Claudine – ce qu'elle était loin d'être.

Au milieu d'eux se tenait un personnage rondouillard portant un nœud papillon de travers et une chaîne de montre. Lorsqu'il se tourna sur le côté pour mieux entendre ce que lui disait le roi, Marion vit que Churchill n'avait pas honte de laisser couler ses larmes.

Elle aussi pleurait. Personne n'avait évoqué le sujet avec elle, mais il était peu probable que Lilibet raccroche cet uniforme dont elle était si fière pour regagner docilement sa salle de classe. Et Margaret se montrait ingérable et inattentive depuis des mois. Elle dominait à présent la foule joyeuse massée autour du palais et tout le long du Mall. Une marée humaine euphorique qui criait, chantait et agitait des drapeaux. Comment attendre de l'adolescente qu'elle se remette à étudier l'algèbre après ça ?

Les superbes miroirs de la pièce réfléchissaient une scène de désolation raffinée. Pas sous l'effet des bombes, cette fois, mais des coupes de champagne. Il y en avait sur les tables, les manteaux de cheminée et partout où les personnes récemment réunies là avaient pu les poser. Dans un coin gisait aussi le sac à main de Margaret. Juste au moment où Marion allait le ramasser, quelqu'un la devança. Un homme mince aux traits délicats portant un uniforme de la RAF.

– Laissez, dit-il. Je vais le lui donner.

Il se dirigea vers le balcon et s'approcha de Margaret. Elle dut sentir sa présence parce qu'elle se retourna aussitôt et lui adressa un sourire éblouissant. Il lui tendit son sac. Leurs mains se touchèrent et s'attardèrent un instant au contact l'une de l'autre.

C'était arrivé si vite que Marion se demanda si elle avait rêvé. Mais le visage rayonnant de Margaret face à Townsend était éloquent. Il y avait quelque chose entre eux.

Les festivités au sein du palais se poursuivirent bien après le salut au balcon de la famille royale. À un moment, le roi, la reine et les princesses firent la chenille dans les appartements d'État. Des cris de joie distingués s'élevèrent vers les moulures dorées tandis que le martèlement des pieds sur le sol faisait tressauter les lustres. Présent lui aussi, Tommy semblait gêné de tenir la reine par les épaules, alors que Peter Townsend serrait allègrement celles de Margaret, lui. Le tout se déroulait sous le regard des valets en habit militaire qui à l'évidence mouraient d'envie de prendre part à la danse, sans toutefois oser le faire même en cet instant d'unité nationale.

Sans prévenir, deux grands yeux violets bordés de cils incroyablement longs se braquèrent sur Marion et des doigts délicats la tirèrent par la manche.

– Crawfie ! glapit Margaret. Qu'est-ce que vous dites de ça ?

– Pardon ?

– Papa nous laisse sortir ce soir.

– Nous ?

– Lilibet et moi.

– Il vous laisse sortir ? Quoi… à l'extérieur du palais ?

– Oui. Dehors pour de vrai, au milieu de la foule. Pour fêter la victoire avec tout le monde.

– C'est formidable ! dit Marion, emballée à cette perspective. À quelle heure voulez-vous partir ?

Le sourire de Margaret disparut.

– Pas *vous*, Crawfie. Juste nous. Oh, et quelques écuyers aussi, ajouta-t-elle avant de se mêler de nouveau à la chenille.

Marion devina tout de suite de quels écuyers il s'agissait, et elle resta plantée là, à la fois blessée et sincèrement effrayée. Comment Margaret pouvait-elle lui parler ainsi ? Et serait-elle en sécurité avec sa sœur au milieu de la foule – qui plus est en compagnie d'un homme très marié qui avait des vues sur elle ?

Puis l'idée la traversa que Margaret avait menti et que le roi ne lui avait jamais accordé cette permission. Elle était bien capable d'inventer ça, de profiter de la situation et de rejeter ensuite la responsabilité sur les autres. Il fallait s'en assurer. Marion chercha donc le roi et finit par le repérer au milieu de la chenille, où sa présence détonnait un peu. Elle courut le rejoindre.

– Votre Majesté, Margaret me dit que Lilibet et elle comptent sortir ce soir…

Essoufflé par la danse, qui sollicitait durement ses poumons, George VI se mit à tousser. Les yeux larmoyants, il acquiesça en s'efforçant de reprendre sa respiration.

– Les pauvres, dit-il. Elles n'ont jamais eu l'occasion de s'amuser jusqu'ici.

Et il repartit.

Marion repensa à tout ce qu'elle avait fait avec les filles

au fil des ans. Ne s'étaient-elles vraiment jamais amusées ? Sonnée, elle s'assit sur une chaise dans le couloir pendant que les danseurs passaient devant elle, emportés par l'allégresse.

Plus tard ce soir-là, elle sortit aussi se mêler à la foule. Le monde entier semblait exulter. Comme à travers une vitre épaisse, elle regarda des civils reconnaissants serrer dans leurs bras des soldats, des marins, des ATS et des Wrens – quiconque était en uniforme, en fait.

– *« Roll out the barrel ! »* criaient-ils en reprenant une chanson très populaire pendant la guerre.

Le bruit était assourdissant. C'était à croire que tout Londres hurlait sa joie. Les gens riaient et pleuraient. Embrassaient et étreignaient de parfaits inconnus. Des années de ténèbres, de privation, de terreur et de tristesse avaient fait place à un soulagement presque hystérique. Seule à ne pas participer à la fête, Marion se sentait vide, éteinte, en décalage avec l'état d'esprit ambiant.

Elle évita plusieurs rondes endiablées et un bon nombre de Lambeth Walks[1] jusqu'à ce qu'un homme poussé par un mouvement de foule entre en collision avec elle près des lions de Trafalgar Square.

– Je suis désolé ! cria-t-il par-dessus le bruit.

Elle haussa les épaules. Il n'avait pas à s'excuser.

– Ça vous dit d'aller boire un verre ?

Elle hésita, puis acquiesça. Un verre lui ferait peut-être du bien. Cela la dériderait un peu, même si le cœur n'y était pas. À être aussi malheureuse au milieu de toute cette joie, elle se faisait l'effet d'une extraterrestre.

---

1. Danse à la mode en Angleterre dans les années 1930. Elle est devenue un symbole de la résistance à l'Allemagne pendant la Seconde Guerre mondiale après qu'un film de propagande nazie eut été découpé et remonté pour donner l'impression qu'Hitler et ses soldats dansaient le Lambeth Walk.

L'inconnu la prit par le bras, et elle se laissa entraîner.

– Je ne connais même pas votre nom !

– George ! Commandant George Buthlay, pour vous servir !

Ils allèrent dans un pub bondé où il faisait presque trop chaud pour respirer. Le bruit des clients ivres couvrait les faux accords du piano et le groupe le plus proche d'eux chantait si fort qu'il était impossible de s'entendre. *Run rabbit run rabbit run run run…*

Un commandant ! Marion était impressionnée.

– Qu'avez-vous fait de votre uniforme ? cria-t-elle.

Mais elle eut du mal à entendre la réponse. Il avait, semblait-il, combattu au Moyen-Orient, dans une unité qui avait été dissoute très tôt.

– Où habitez-vous ?

– Dans la ville d'argent aux sables d'or.

Elle l'interrogea du regard.

– Aberdeen.

Il était écossais, lui aussi ! Avec tout ce vacarme, elle n'avait pas perçu son accent.

– Je n'avais jamais entendu donner ce surnom à Aberdeen.

– Le contraire m'aurait étonné. Vous êtes anglaise, vous.

– Je suis écossaise ! s'insurgea-t-elle.

– Vraiment ? dit-il, moqueur. On ne le croirait pas. C'est quoi votre nom ?

Son insolence aurait dû l'agacer, mais il n'en fut rien. Pas un soir comme celui-là, où il n'y avait plus de comportement normal qui tienne.

Elle ignora sa question. Où travaillait-il ? s'enquit-elle.

– Dans une banque. Et vous ?

– Je suis enseignante.

Il la dévisagea ouvertement.

– Je vais vous enseigner quelque chose, moi, dit-il.

Et il l'attira vers lui pour l'embrasser.

58

Alah mourut à Noël cette année-là et fut enterrée dans le village du Hertfordshire où elle était née. Présente aux funérailles de son ancienne adversaire, Marion fut frappée par le faible nombre de personnes venues lui rendre hommage. Seules les voix flûtées de quelques vieilles dames résonnèrent dans l'église du XVIe siècle. Aucun des membres de la famille qu'elle avait servie si loyalement ne s'était déplacé. Une carte de la reine et une couronne de violettes ne représentaient pas grand-chose au regard du dévouement qu'elle leur avait témoigné toute sa vie. Marion frissonna. Était-ce ce qui l'attendait, elle aussi ? Devait-elle quitter son poste ? Après tout, elle avait George, à présent.

Ils n'étaient pas repartis chacun de leur côté le soir de la victoire, comme elle s'y attendait. Bien d'autres sorties similaires avaient fait suite à leur rencontre. Et George l'avait souvent emmenée à des concerts aussi. Elle s'était d'ailleurs étonnée que quelqu'un de si hardi et brusque en apparence ait des goûts musicaux si raffinés.

C'est ainsi que, émerveillée, elle découvrit un jour la salle de l'Albert Hall, ses dimensions impressionnantes, ses balcons en gradins, ses arcades, ses sièges inclinés et sa vaste scène incurvée. Lorsque le concert débuta, elle s'absorba totalement dans la musique – des compositions d'Elgar – dont les notes douces et tristes touchèrent en elle une corde sensible et l'emplirent d'un désir ardent. La seconde partie fut consacrée à Rachmaninov. Cette fois, son cœur chavira devant ses grandes envolées et ses contrepoints dissonants. Tout cela contribua à la convaincre qu'elle était follement, éperdument amoureuse.

– J'ai envie de m'en aller, dit-elle à George.

Elle avait beaucoup tardé à lui avouer qui étaient ses employeurs, mais il avait accueilli la nouvelle sans sourciller – ce qui n'avait fait que renforcer ses sentiments pour lui.

– La seconde partie vient juste de commencer !

– Je ne parlais pas de m'en aller d'ici, dit-elle en riant, mais de quitter la famille royale !

Il sourit et lui caressa tendrement la joue.

– Rien ne presse. Prends ton temps.

Sauf que du temps, elle n'en avait plus. Elle avait trente-six ans, et si elle tardait trop, elle ne pourrait plus espérer avoir des enfants et retourner dans l'enseignement.

– Épouse-moi, murmura-t-elle peu après dans l'ombre de Green Park, en face du palais de Buckingham.

George, qui l'avait raccompagnée jusque-là, faisait alors courir sa langue dans son cou, et savoir que ses employeurs étaient si proches procurait à Marion un plaisir rebelle.

Il se figea.

– Quoi ?

Elle répéta.

– Je croyais que c'était à l'homme de faire la demande en mariage, dit-il, à la fois amusé et perplexe.

– Bienvenue dans le monde moderne. Pourquoi une femme ne pourrait-elle pas le faire elle aussi ?

Il la dévisagea, puis sourit.

– Tu as raison. Pourquoi pas ?

Lilibet, elle, ne pouvait bien sûr pas demander à Philip de l'épouser, même s'il ne faisait aucun doute qu'elle l'aurait aimé. C'était à lui d'obtenir le consentement de son père – lequel semblait peu susceptible de l'accorder. Ni maintenant, ni jamais.

La première visite du jeune homme à Balmoral n'avait pas été un succès. Il avait détesté l'eau marronnasse qui remplissait les brocs apportés dans les chambres et s'était moqué des kilts, trop « efféminés » selon lui. Il s'était également présenté à table avec une veste mal coupée et était parti à la chasse vêtu d'un costume en flanelle, non en tweed. Cela n'avait pas plu au roi – à la grande satisfaction de Marion, pour qui ce garçon désagréable et arrogant ne faisait que récolter ce qu'il avait semé.

– On m'interdit d'être amoureuse, s'énerva Lilibet, comme si les manières de Philip n'avaient rien à voir dans l'histoire.

– Arrête de te plaindre, dit Margaret. On va bientôt aller en Afrique du Sud, je te rappelle.

Elles étaient dans les appartements récemment attribués à Lilibet au sein du palais – une chambre et un petit salon attenant. Encore une preuve, si tant est qu'elle fût nécessaire, que la princesse était devenue adulte. L'ensemble manquait de charme, cependant, Lilibet n'ayant ni le sens du style de sa sœur, ni le talent de sa mère pour rendre un lieu accueillant. Elle s'était contentée d'accepter tout ce que les responsables des réserves du palais avaient choisi de lui envoyer et les avait laissés disposer les meubles à leur guise.

– Je n'ai pas envie d'aller en Afrique du Sud ! Maman et papa prétendent que c'est pour remercier le pays de son aide pendant la guerre, alors qu'ils veulent juste me faire oublier Philip. Mais je ne l'oublierai pas.

– Crawfie ne se plaint pas, elle, dit Margaret en jetant un regard moqueur à Marion. Et pourtant, elle va devoir quitter son petit ami. N'est-ce pas, Crawfie ?

Marion se surprit à rougir et pesta intérieurement. Le don de la jeune fille pour trouver le talon d'Achille des gens n'avait fait que se renforcer avec l'âge.

– Ne soyez pas ridicule, dit-elle sèchement lorsqu'elle eut retrouvé la voix.

– C'est vrai, renchérit Lilibet. Crawfie est notre gouvernante. Comment pourrait-elle être amoureuse ?

Blessée par cette remarque, Marion s'efforça néanmoins de ne pas s'appesantir dessus. Lilibet ne voulait pas être méchante. Elle était contrariée de ne pas voir Philip pendant un certain temps, voilà tout. Et un tel dédain ne lui ressemblait pas, signe qu'elle était bien influencée par les manières rustres et impolies de ce garçon. Plus vite elle serait débarrassée de lui, mieux cela vaudrait.

Leur voyage les emmènerait de ville en ville. Cape Town, Port Elizabeth, Grahamstown, Ladysmith, Pietermaritzburg, Durban, Prétoria, Johannesburg. Et tous les trajets s'effectueraient à bord du Train Blanc. Ce mode de transport étonnant, version moderne du train qu'ils prenaient chaque année pour aller en Écosse, comportait quatorze wagons, dont des suites somptueuses, une salle à manger et un salon doté d'énormes et confortables fauteuils. Mais le plus incroyable était qu'il y avait le téléphone. « Un miracle de la science au service du luxe », comme avait dit George, qui considérait que cette tournée sud-africaine était une chance pour elle et qui ne voulait pas qu'elle reste à Londres avec lui. Peu à peu, elle s'était faite à l'idée qu'il avait peut-être raison.

Chargé de constituer la garde-robe royale, Hartnell hantait de nouveau le palais, un mètre de couturier jeté sur ses robustes épaules. Il était plus corpulent qu'avant la guerre et le châtain foncé de ses cheveux ondulés était parsemé de gris, mais il aimait toujours autant se plaindre.

– J'ai trois fois plus de travail que d'habitude, dit-il à Marion. Surtout à cause de Maggie, qui n'arrête pas de mettre son grain de sel et qui me réclame des robes d'adolescente. Sûrement pour impressionner son beau pilote !

Marion secoua la tête. Rien n'échappait à Norman. Jusque-là, elle seule avait deviné pourquoi la plus jeune des princesses et l'ancien pilote de la RAF sortaient faire de si longues balades à cheval dans le parc de Windsor. Encore que. Rosemary Townsend l'avait compris, elle aussi. Des rumeurs faisaient état de tensions dans son couple, et il était difficile de prévoir à quoi cela allait mener. Avec un peu de chance, le flirt de Margaret s'achèverait comme celui de sa sœur avec leur futur voyage en Afrique du Sud.

– Des robes pour toutes les occasions et pour tous les temps possibles, continua Norman. Les tribunes venteuses où ces dames assisteront à des défilés constituent un danger particulier, m'a-t-on dit.

– Des tribunes venteuses. Ça alors.

Norman ignora son ton sarcastique.

– La solution, si vous voulez tout savoir, consiste à insérer un fil de plomb dans les ourlets. Et il n'y a pas que le vent à prendre en compte, je vous assure. Il ne faut pas non plus de tissus qui attirent les mites. Ni d'épingles qui risqueraient de rouiller à cause de l'humidité.

– Tous ces détails auxquels vous devez penser…

– Venons-en alors à ceux qui vous intéressent. À quand les fiançailles ?

– Nous avons décidé de les repousser jusqu'à mon retour.

« Cela paraîtrait un peu précipité, autrement », avait dit George. Elle ne saisissait pas bien pourquoi, elle – après tout, il ne s'agissait que d'acheter une bague et d'annoncer la nouvelle –, mais elle avait acquiescé.

– Pas les vôtres, ma chère ! répliqua Norman. Je parlais de ma couturière Betty et de son marin hyper sexy. J'ai l'intention de dessiner sa robe de mariée.

Les mois défilèrent. L'automne arriva et les jours raccourcirent. Quand elle s'approchait de la fenêtre de sa salle de classe en fin d'après-midi, Marion voyait désormais les phares jaunes des voitures le long du Mall. Le spectacle de ces lumières restées éteintes pendant des années dans toute l'Europe était toujours une source d'émerveillement pour elle – tout comme le bonheur d'aimer de nouveau et d'être aimée en retour.

– Ah, Crawfie, vous voilà ! lança la voix ravie de la reine. Je vous ai cherchée partout !

Dans l'embrasure de la porte derrière elle, le mollet blanc d'un valet de pied se retira promptement. Quelqu'un l'avait bien cherchée partout, en effet.

Toute gracieuse dans sa robe en mousseline d'un éternel bleu pâle, la reine entra et s'assit dans la salle.

– À un moment, commença-t-elle avec un grand sourire, nous avons pensé à vous emmener avec nous en Afrique du Sud, mais le nombre de places est très limité pour le personnel et nous avons décidé finalement de prendre un écuyer supplémentaire.

Marion soutint son regard. Comme cette situation lui était familière. Elle avait prévu de faire une chose, et la reine l'informait de la façon la plus charmante possible qu'elle allait devoir faire tout l'inverse. Cela s'était produit si souvent au fil des ans. En général, elle en ressortait blessée et pleine de rancœur, mais ce fut le soulagement qui l'emporta cette fois-là. Tant mieux. Elle pourrait rester à Londres. Et peut-être plus que ça même. Peut-être était-il temps de couper les ponts.

– Margaret tient beaucoup à ce que Peter vienne. Il y a apparemment de très belles plages sur lesquelles on peut se promener à cheval, et Peter est si bon cavalier. L'équitation ne vous a jamais beaucoup passionnée, je crois, n'est-ce pas ?

Les fines lèvres rouges de la reine dessinaient un sourire gentiment interrogateur. Stupéfaite, Marion garda les yeux rivés sur le linoléum. Il était évident que Margaret s'était servie de cet argument pour l'écarter. Toujours très clairvoyante, la princesse savait qu'elle avait deviné la nature de ses sentiments pour Peter, et elle n'entendait pas laisser les remontrances d'une gouvernante lui gâcher son plaisir.

Mais n'était-ce pas l'occasion qu'elle guettait depuis des années ? Lilibet ne voulait plus d'elle, et Margaret non plus. À quoi bon rester ?

Elle leva la tête et se força à sourire.

– Ne pensez-vous pas, ma'am, que le moment est venu de nous séparer ? Margaret grandit. Je doute qu'elle soit très motivée pour reprendre les cours en rentrant d'Afrique du Sud.

À présent que les mots étaient sortis, elle se sentait plus libre, plus légère. Cela avait été facile, au bout du compte.

Mais la reine parut horrifiée.

– Crawfie ! Vous n'êtes pas sérieuse ! Bien sûr que vos cours reprendront, voyons ! Vous ne devez surtout pas nous quitter. Nous ne pourrions jamais y arriver sans vous.

– Mais je partirai, dit Marion à George ce soir-là.

Il jouait avec ses cheveux, et la caresse de ses mains sur son cou la fit frissonner.

– C'est la reine, observa-t-il avec humour. Tu ne voudrais pas finir enfermée à la tour de Londres, quand même.

Elle se retourna vers lui.

– George ! Ma parole, tu tiens à ce que je reste à leur service ! Tu n'as pas envie qu'on s'installe ensemble ?

Il posa un doigt sur ses lèvres avant de les embrasser.

– Ne t'inquiète pas, murmura-t-il en glissant une main sous son chemisier. On a tout le temps.

59

L'hiver 1947 promettait d'être le pire qu'on eût connu de mémoire d'homme. Tout était gelé. La neige et le verglas rendaient les routes impraticables. Les magasins se vidaient, faute de pouvoir être approvisionnés. À son réveil, un matin, Marion constata qu'elle saignait du visage après s'être coupée sur un petit glaçon que la condensation de son souffle avait formé sur le drap.

Dans les journaux, des photos montraient des moutons morts de froid au milieu des champs, y compris près du domaine de Balmoral. Marion en envoya des exemplaires en Afrique du Sud en réponse aux lettres régulières des filles. Celles de Lilibet exprimèrent tout son désarroi devant la souffrance des Britanniques.

La princesse ne fit en revanche aucune allusion à sa propre souffrance. Le portrait de Philip avait disparu de sa chambre, sans doute pour être glissé dans ses valises. Lilibet avait été toute pâle et triste le jour de son départ. Toute la presse avait publié une image d'elle, l'air si mélancolique à bord de son bateau. Les commentateurs croyaient alors que c'était l'Angleterre qu'elle regrettait déjà.

Les lettres de Margaret, à l'inverse, exsudaient la joie de vivre. L'Afrique du Sud était époustouflante de beauté. Le

Train Blanc, magnifique. Mais elle ne mentionnait pas la vraie raison de son enthousiasme. Il n'était jamais question de Peter Townsend dans ses courriers.

– Je pourrais partir maintenant, pendant qu'ils sont à l'étranger, dit Marion à George un dimanche matin.

Elle l'avait rejoint dans la chambre qu'il louait dans une pension d'Earl's Court. La situation leur imposait de ruser : pour pouvoir rendre visite à son amant en échappant à l'œil de lynx de Mme Batstone, sa logeuse, Marion lui avait emprunté l'un de ses costumes et se faisait passer pour un collègue.

– Ça risquerait de paraître sournois, répondit-il. Ce serait dommage de laisser un mauvais souvenir. Surtout après tant d'années.

– Ah oui ?

Mais les semaines filaient, et avec elles cette occasion en or de quitter la famille royale. Démissionner pendant que ses employeurs étaient hors du pays semblait pourtant un choix logique. Nerveuse, elle se sentait gagnée par son vieux désir de saisir les chances qui se présentaient à elle. Un jour, il y avait longtemps de cela, elle avait été une jeune fille moderne dans une société encore très archaïque. Désormais elle n'était plus que le vestige d'un passé féodal dans une Grande-Bretagne nouvelle, forte et courageuse.

Après la guerre, le vent du changement avait soufflé sur la nation, balayant la déférence d'antan et emportant même Winston Churchill, dont les partisans n'avaient pas su convaincre les électeurs de « le laisser finir le boulot ». Devenu Premier ministre, Clement Attlee et son gouvernement travailliste s'employaient à poser les bases d'un service de santé gratuit, à détruire les logements insalubres pour en rebâtir de plus décents et à créer un État providence destiné à aider les pauvres. Il n'y avait pas de place pour les gouvernantes dans un monde comme celui-là. Et peut-être pas davantage pour la royauté.

– Non, dit George fermement. Il faut que tu partes la tête haute, avec plein de médailles et une jolie pension.

– Des médailles ? Une pension ?

Elle n'avait pas du tout songé à prendre sa retraite. Elle avait encore des années devant elle et comptait continuer à enseigner.

– Tu vois ce que je veux dire. Une distinction honorifique, un titre quelconque. Et il doit bien y avoir une maison qu'ils pourraient te laisser occuper gracieusement.

Elle éclata de rire.

– Tu plaisantes !

– Pas du tout. Je pense juste à toi.

La famille rentra enfin. La belle voiture de sport de Philip ne tarda pas à réapparaître tous les soirs devant la petite porte latérale du palais. Même depuis sa chambre, Marion entendait le boucan qui émanait du salon de Lilibet, où Philip, Margaret et elle dînaient avant de se courir après dans les couloirs.

Elle-même n'était jamais invitée à leur table. Le problème n'était pas que Philip ne l'appréciait pas. C'était pire que ça : il ne la voyait pas. Pour lui, elle n'était qu'une servante, une personne totalement dépourvue d'intérêt ou d'importance. Marion se moquait bien de son opinion, mais l'idée que Lilibet puisse se laisser influencer et en arriver à ne plus avoir de considération pour elle lui faisait trop mal.

Elle n'appréciait guère le prince de Grèce. Philip avait un sens de l'humour assez grossier, et elle s'étonnait de voir Lilibet le trouver manifestement très drôle, elle qui était si sensible et raisonnable. La princesse se joignait volontiers à lui pour shooter dans des ampoules avec un ballon – des ampoules qui représentaient un luxe rare et que quelqu'un devait ensuite remplacer. Elle s'en serait préoccupée autrefois.

Un soir, fatiguée d'écouter le bruit des plateaux métalliques sur lesquels Philip et les filles s'amusaient à glisser dans les escaliers, Marion prit sa décision. Il fallait qu'elle parte avant d'y être forcée. Dès qu'elle eut remis son message au valet de la reine, elle fonça hors du palais et appela George.

– J'ai demandé à la voir pour une affaire personnelle très urgente et importante, lui annonça-t-elle.

Il y eut un silence à l'autre bout du fil.

– Ah.

– Tu ne veux plus qu'on se marie ? dit Marion, soudain mal à l'aise.

– Si, si. Bien sûr que si. C'est juste que ça tombe mal. Ulick vient de m'obtenir un poste de directeur de banque.

– Ulick ? Sir Ulick *Alexander* ?

Le très froid et très distingué Gardien de la Cassette privée ? Elle ignorait jusqu'alors que George le connaissait.

– C'est lui qui a proposé de m'aider. Entre commandants, tu comprends…

Il était rare qu'il fasse allusion à ses états de service pendant la guerre. Perdue et méfiante, Marion raccrocha. Était-ce une manœuvre de la reine pour attirer George dans les filets de la famille royale et contrecarrer encore plus ses projets à elle ? Le temps pressait vraiment maintenant.

À l'heure dite, elle se présenta à son rendez-vous en essayant de rester calme.

– Crawfie ! Entrez donc !

La reine était à son bureau, en partie cachée par un ensemble d'abat-jour à franges et de photos encadrées. Comme toujours, la pièce était surchauffée et un puissant parfum de rose y flottait.

Tandis que le valet refermait discrètement les portes derrière elle, Marion s'avança de quelques pas. Pour se donner de l'assurance, elle avait mis sa tenue la plus récente, une robe en soie rouge que George l'avait encouragée à acheter, très à la mode avec sa jupe moulante et ses larges épaulettes. En revanche, les talons aiguilles qu'il lui avait également recommandé de porter s'enfonçaient dans la moquette, si bien qu'elle eut du mal à conserver son équilibre – et ce d'autant plus qu'elle était venue avec un grand portrait de lui encadré. Cela lui avait paru une bonne idée, mais elle n'en était plus aussi certaine.

La reine, qui aurait dû tout de suite remarquer la photo, ne la vit même pas. Toute son attention était rivée sur une abeille qui butinait l'une des roses.

– Il s'est passé quelque chose de très drôle dans l'État libre d'Orange, dit-elle, toute joyeuse. Quand l'un des notables locaux a ôté son chapeau, il grouillait d'abeilles. La faute à sa brillantine, semble-t-il. C'était à mourir de rire !

Marion avait presque atteint son bureau. Faire la révérence avec un portrait coincé sous le bras s'annonçait comme un défi encore plus dur à relever que marcher sur des talons hauts. Lentement, les jambes flageolantes, elle commença à s'incliner.

– Et sur l'île de Sainte-Hélène, nous avons vu une tortue âgée de deux cents ans, poursuivit la reine, toujours aussi désinvolte. Elle a dû bien connaître Napoléon.

Les doigts de Marion s'approchèrent du portrait de George. Elle ne pouvait plus reculer. Elle se redressa et tendit le cadre en bois tout simple à la reine.

– Ceci, ma'am, est l'affaire très pressante dont je suis venue vous parler.

La reine se leva de son siège et prit la photo, qu'elle contempla un instant sans un mot. Ce silence bourdonna aux oreilles de Marion – à moins que ce ne fût l'abeille ?

– Comment s'appelle-t-il ?

– C'est le commandant George Buthlay. Il est originaire d'Aberdeen, répondit fièrement Marion, qui espérait que cette référence à l'Écosse et en particulier cette proximité avec Balmoral contribueraient à faire approuver son choix.

La reine lui rendit la photo et se rassit derrière son écran de cadres argentés et de lampes à abat-jour.

– Vous ne pouvez pas nous abandonner, dit-elle. Un changement à ce stade n'est pas du tout souhaitable pour Margaret.

La panique envahit Marion.

– Mais Votre Majesté, je…

Le téléphone sonna au même moment. La reine décrocha et sourit jusqu'aux oreilles.

– Bonjour, Fatty !

Plus tard, alors qu'elle peinait encore à se remettre de son échec, Marion entendit frapper à la porte de sa chambre. L'espoir ressurgit en elle – l'espoir fou, mais puissant, que la reine venait finalement donner sa bénédiction à son départ et la libérer sur-le-champ de ses obligations. Pieds nus, elle courut ouvrir.

Lilibet se tenait sur le palier, superbe et rayonnante de bonheur dans une robe d'un jaune plein d'optimisme.

– Crawfie !

Elle entra et referma la porte derrière elle avant de lui montrer sa main gauche. À son doigt brillait un gros diamant entouré d'autres, plus petits.

– Elle est magnifique, n'est-ce pas ?

Et elle lui expliqua comment la mère de Philip avait envoyé sa tiare à Athènes et l'avait fait démonter afin de récupérer les pierres.

– Philip est trop pauvre pour m'acheter une bague, vous comprenez. Il n'a pas un sou ! C'est si gentil de sa part, vous ne trouvez pas ?

La gorge nouée, Marion ne put articuler un mot, ce qui fut interprété comme un signe de joie.

– Mon rêve va enfin se réaliser ! exulta Lilibet. Philip et moi allons nous marier !

60

– Le verre, c'est ce qu'il y a de plus facile, ironisa la fille d'un comte. Il suffit de donner un coup de pied dedans. Il est beaucoup plus compliqué de se débarrasser des pièces d'argenterie. Walter et moi, on a eu de la chance. Toutes celles qu'on nous a offertes ont été volées pendant notre lune de miel.

Le groupe autour d'elle éclata de rire, ce qui écœura Marion. La plupart de ces gens étaient des amis de Philip, des mondains dont il aimait partager le style de vie échevelé – surtout le soir, disait-on, une fois qu'il avait ramené Lilibet au palais.

La princesse avait toujours évité ce genre de personnes, mais elle avait l'air très contente de leur montrer l'exposition réalisée à partir de ses cadeaux de mariage. Ce jour-là était la veille de l'ouverture au public. Le lendemain, tous les sujets de Sa Majesté pourraient la voir à leur tour, moyennant un shilling l'entrée. Au vu de la folie qui s'était emparée du pays à l'annonce de ces noces, nul doute qu'ils feraient la queue sur des kilomètres.

Une table immense protégée par des nappes blanches s'étirait sur toute la longueur de la salle de bal du palais St James. Pas moins de 2 667 présents y avaient été disposés, devant un mur recouvert de gigantesques portraits aux volumineux cadres dorés. Provenant des recoins les plus reculés de l'Empire, mais aussi du monde entier, ils donnaient à cette salle à la décoration chargée l'aspect d'une caverne d'Ali Baba. La porcelaine et le verre brillaient. L'argent et l'or reluisaient. Le cuir, le laiton et le bois chatoyaient. Les tableaux et les miroirs flamboyaient. Il y avait là de quoi équiper non seulement la maison d'un couple de jeunes mariés, mais une foule de palais.

La princesse portait ce jour-là la robe jaune dont elle ne se séparait plus depuis quelque temps. Philip devait bien l'aimer, mais il avait bon goût, il fallait le reconnaître. Cette couleur mettait en valeur les cheveux bruns de Lilibet, ses lèvres pleines et son teint laiteux légèrement rosi. Elle se maquillait toujours très peu et avait conservé une part d'innocence – ce qui n'était pas le cas des aristocrates qui se pavanaient là sur leurs jambes maigrelettes en rejetant des étoles de fourrure sur leurs épaules.

Une main gantée de blanc effleura une pile d'ouvrages superbement reliés en cuir.

– C'est un cadeau de M. Churchill, expliqua Lilibet.

– *La crise mondiale* ? Vous parlez d'une lecture pour se détendre ! Je préfère ça, moi !

La propriétaire de la main gantée s'arrêta devant un ensemble de rubis magnifiques.

– Ils viennent de Birmanie, dit Lilibet.

– Mon Dieu, visez-moi ces diamants ! la coupa l'héritière d'un duc. Quelles merveilles !

– Ils m'ont été offerts par le nizam d'Hyderabad.

Des rires aigus accueillirent cette information.

– Le quoi d'où ça ?

– Un nizam ? Mais qu'est-ce que c'est que ce truc ?

– Quelle importance, au fond ? murmura la fille aux gants blancs, incapable de détacher les yeux des diamants.

Ce qui fit rire les autres de plus belle. La visite se poursuivit ainsi lentement, les cris d'admiration alternant avec les réactions perplexes.

– Ma chère, de quoi peut-il bien s'agir ?

Le groupe était parvenu devant une pierre rosâtre.

– Un diamant non taillé, répondit Lilibet avec un grand sourire.

– Et ça aussi ? s'enquit une jeune aristocrate qui s'était avancée plus loin en montrant un bloc rocheux.

– Non, ça c'est un morceau du mont Snowdon. Il m'a été envoyé par un vieux Gallois. Dans sa lettre, il disait que c'était un porte-bonheur.

Un porte-bonheur, songea amèrement Marion. Rien de tout ça n'avait porté bonheur à qui que ce soit. Certainement pas à elle, en tout cas. Comme elle le craignait, elle avait été mise à l'écart et ignorée. Son rôle se résumait à tenir le sac à main de la princesse, elle qui avait pourtant été tout pour elle. Son amie, son fidèle professeur, sa compagne de jeux, son réconfort durant la guerre. Elle ne comptait plus depuis que Philip avait fait son apparition.

À côté du bloc rocheux se trouvait une pépite d'or.

– Un don du pays de Galles. Pour mon alliance, déclara la voix haut perchée de Lilibet.

Encore un point pour les Gallois, pensa Marion, qui se remémora sa première visite dans la Maison Miniature. Des larmes lui montèrent soudain aux yeux, l'obligeant à se détourner pour les cacher.

Le groupe continua à longer la table sans s'attarder devant la combinaison en dentelle magnifiquement brodée à la main qui avait été portée par les femmes de la famille d'une vieille dame pendant des générations le soir de leurs noces. Elle ne servirait plus à personne désormais – ce n'était pas Lilibet qui allait perpétuer cette tradition.

– Qu'est-ce que c'est ? demanda la fille aux gants blancs à la vue d'un simple morceau de tissu.

– Un pagne. C'est un présent du Mahatma Gandhi. Il a filé le coton lui-même avec un rouet.

– Mais pourquoi diable a-t-il fait ça ?

– Il a renoncé à toute possession matérielle, alors vous comprenez…, dit Lilibet avant de passer à un cendrier en argent. Ça, ça vient des Eisenhower. Mais j'aurais préféré qu'ils s'abstiennent, étant donné que Philip m'a promis d'arrêter de fumer.

Deux masses noires et informes disposées sur une assiette arrachèrent des cris dégoûtés à l'assemblée. Marion avait été chargée de déballer ce paquet-là aussi – des toasts carbonisés envoyés par deux jeunes femmes pleines de verve qui les faisaient griller au moment où la radio avait annoncé les fiançailles de la princesse et qui avaient été tellement excitées qu'elles avaient laissé brûler leur dîner.

– Comment peut-on faire cadeau de deux toasts ? Non mais, quelle idée !

– Pire encore. Comment peut-on *faire* des toasts ? se moqua la fille aux gants blancs.

Tandis que la princesse éclatait d'un rire cristallin, Marion se remémora les tranches de pain qu'elles avaient fait griller à Balmoral. Lilibet avait adoré ça, alors.

– C'est un cauchemar, se lamenta Norman. Ils essaient de soudoyer tout mon personnel. Mon empaqueteur s'est même vu offrir un yacht !

Marion resserra sur elle les pans de sa veste. Le mois d'octobre touchait à sa fin et il faisait très froid, mais Norman avait insisté pour la rejoindre dans les jardins du palais de peur que les pièces où il travaillait soient sur écoute. Il avait maigri, fumait cigarette sur cigarette et veillait depuis peu à examiner les plafonds de son atelier en quête de caméras. Ce comportement rappelait douloureusement à Marion celui de Cameron, l'inspecteur qui les avait accompagnées à l'Association des jeunes chrétiennes, Lilibet et elle, il y avait de cela bien des années. Au temps des jours heureux.

Elle tenta de se ressaisir.

– Un *yacht* ? Vraiment ?

– C'est l'enfer, je vous le dis ! s'écria-t-il d'une voix où l'hystérie le disputait au ravissement. Le monde entier veut des photos de ma robe. J'ai dû faire recouvrir toutes mes fenêtres. Et mon directeur commercial dort littéralement dans mon salon de couture.

Il alluma une nouvelle cigarette et tira nerveusement dessus.

La conception du modèle lui avait pris des mois, mais la robe serait parfaite – une vision de rêve tout en satin et en perles sur laquelle se déploieraient les broderies exquises ayant fait la célébrité d'Hartnell. Marion comptait parmi les très rares personnes à avoir vu les croquis. Malgré tout, la reine, qui détenait un droit de veto ultime, avait tardé à les approuver.

C'était une tactique manifeste pour repousser le mariage. Le couple royal s'efforçait vaillamment de masquer ses craintes et son désespoir face à la séparation qui s'annonçait. Abreuvé de félicitations dont il se moquait bien, George VI luttait pour faire bonne figure. Quant à la reine, son sourire serein exigeait sans doute d'elle autant de courage que celui qu'elle affichait avec panache devant son peuple durant la guerre.

Marion admira les arbres parés des flamboyantes couleurs de l'automne. Il y avait quelque chose d'élégiaque en eux. Alors que son regard se posait sur le lac, un autre souvenir ressurgit en elle. Celui du jour où Lilibet était tombée à l'eau. Elle revit aussi le torse musclé de Tommy, mais chassa cette image en s'obligeant à la remplacer par George.

– Et bien sûr, continua Norman, je viens seulement de régler mon problème de vers.

– J'ignorais que vous aviez été malade.

– De *vers à soie*, précisa-t-il en soupirant. Les gens s'imaginaient qu'ils arrivaient d'Italie, voire du Japon, et j'ai été accusé de pactiser avec l'ennemi.

– La guerre est terminée, non ?

– Pas dans le domaine des robes de mariée, ma chère.

Marion éclata de rire. C'était agréable de plaisanter de nouveau avec Norman.

– Que pensez-vous de Philip ? demanda-t-elle.

– Il est beau comme un dieu.

– Je voulais dire, quel genre de personne est-il à votre avis ?

– Quelle importance ?

Norman balaya une feuille morte tombée sur sa veste. Un silence s'ensuivit, ponctué par le pépiement des oiseaux. Ces derniers allaient bientôt s'envoler vers d'autres cieux. Comme tout le monde, sauf elle.

– Je trouve le gâteau un peu bizarre, déclara enfin Norman. La partie supérieure illustrera une scène de bataille. Celle à laquelle Philip a participé en manipulant une sorte de faisceau lumineux.

– Matapan ?

– De la frangipane, je ne sais pas, mais il y aura un glaçage royal, d'après ce que j'ai entendu dire. Avec une peinture comestible.

– Je ne parlais pas de frangipane, mais de Matapan. Le nom de la bataille.

– Si vous le dites, répliqua-t-il, vexé, en ajustant la manche de sa veste. Mais quel homme peut faire représenter une scène de guerre sur son gâteau de mariage ? C'est assez macho de sa part, non ?

61

C'était le matin du mariage. Marion avait peu dormi. Toute la nuit, des souvenirs l'avaient assaillie : Lilibet attrapant des feuilles synonymes de jours heureux à Birkhall. Lilibet s'appliquant à écrire dans la salle de classe. Lilibet agitant ses rênes lorsqu'elles jouaient à livrer du pain dans les jardins d'Hamilton, à l'arrière du 145, Piccadilly.

Parce qu'elle pressentait que la princesse n'avait pas beaucoup dormi elle non plus, elle s'était rendue dans sa suite dès l'aube, encore en robe de chambre. Elle n'aurait pas d'autres occasions après ça de la voir seule. Dans la soirée, Lilibet quitterait le palais avec Philip. Le moment était venu de lui faire ses adieux. Après quinze ans, tout était terminé.

La lumière ténue du jour naissant peinait à traverser les voilages du salon. Dehors, les gens se pressaient déjà le long du Mall – dont beaucoup devaient être là depuis la veille. Des policiers à cheval, superbes et imposants, passaient devant des petits groupes qui faisaient griller du bacon sur des réchauds à gaz. Une légère odeur de café s'infiltra dans la pièce par la fenêtre entrouverte.

Lilibet contemplait la foule d'un air émerveillé. Toute menue dans sa robe de chambre, les cheveux encore ébouriffés, la future mariée semblait redevenue la fillette aux boucles dorées qui guidait un équipage imaginaire autour du parc avec une ceinture attachée aux montants de son lit. Une bouffée d'amour menaça de faire vaciller Marion.

Elle observa une dernière fois Lilibet. L'inclinaison de sa tête, son profil délicat, son teint pâle et parfait. Le doux éclat de ses cheveux bruns. Quand avait-elle cessé d'être blonde ? Elle avait été trop proche d'elle pour le remarquer. Des moments intimes et précieux comme celui-là, il y en avait eu des tonnes au fil des ans, et tous étaient passés presque inaperçus. Il y en aurait toujours un autre, avait-elle dû se dire. Mais plus maintenant.

Lorsque Lilibet revint vers sa coiffeuse, quelque chose en elle disait clairement qu'elle souhaitait commencer à se préparer. Il était temps de partir.

Marion avait eu en tête un au revoir souriant et enjoué, mais ce fut avec des jambes de plomb et des yeux emplis de larmes qu'elle s'approcha de la princesse.

– Au revoir, dit-elle, la gorge si serrée que ses mots furent à peine audibles.

Lilibet ne se retourna pas. Dans le miroir, ses yeux bleus restèrent secs, et même dédaigneux.

– Au revoir, Crawfie, dit-elle sèchement. On se retrouvera à l'abbaye.

Elle prit place dans le coin des poètes avec George, qui avait pu être ajouté à la liste des invités à présent qu'ils étaient fiancés. Elle avait mis pour l'occasion une robe en velours rouge – la couleur qu'il préférait – et un grand chapeau noir sur lequel elle avait attaché des plumes d'autruche assorties à l'aide de clips ornés de rubis. Plus large que ceux qu'elle portait d'habitude, il présentait l'avantage de maintenir son visage dans l'ombre – un choix prudent au vu de son état.

À l'aube blême avait succédé une matinée grise, mais les vitraux transformaient les pâles rayons du soleil en une lumière colorée qui égayait les vieilles pierres de l'édifice et jouait avec les diamants, les perles, les étoffes soyeuses, les plumes, les médailles et les galons des invités. Marion était si souvent venue là. Elle avait été témoin de tant de mariages, de funérailles et de baptêmes. Elle se rappelait chacun d'eux en détail.

Tout comme Tommy, supposa-t-elle en le découvrant assis non loin d'elle. Impeccable dans sa veste à queue-de-pie, il était accompagné de l'inévitable Joan, elle-même en tiare et longs gants blancs. Marion les salua d'un signe de tête que Tommy lui retourna avant que son regard impassible s'attarde quelques secondes sur George.

– C'est qui, ce péteux ? marmonna George.

Cinq rois, huit reines et huit princes et princesses avaient fait le déplacement depuis l'Irak, la Roumanie, le Danemark, la Norvège ou encore les Pays-Bas pour assister au mariage de l'héritière du trône d'Angleterre. Fraîchement naturalisé britannique, Philip avait dû renoncer à être prince de Grèce – en compensation de quoi il avait été aussitôt couvert de nouveaux titres et fait duc, comte et baron de lieux judicieusement répartis dans tout le pays. Sa mère, l'étrange princesse Alice, que l'on voyait hanter les couloirs du palais tel un sinistre fantôme dans ses robes monacales, avait pris place dans la nef. Les sœurs de Philip n'étaient en revanche pas présentes, toutes ayant épousé d'anciens hauts dignitaires nazis.

Mais les brebis galeuses ne se trouvaient pas exclusivement du côté du marié. Le duc de Windsor, désormais installé à Paris, brillait lui aussi par son absence. Pour la première fois depuis longtemps, Marion se demanda comment allait Wallis. Plus personne ne parlait d'elle – sans doute à dessein. Leur exil était total et délibéré. Quand la reine décidait de se débarrasser de quelqu'un, c'était à jamais.

La reine. Marion l'apercevait de là où elle était. La simplicité et la couleur abricot de sa robe tranchaient avec ses goûts habituels, mais elle affichait comme toujours une mine douce et avenante – même si Marion devinait les pensées qui devaient agiter cet esprit royal des plus impénétrables par une journée pareille.

– C'est qui, la grande bringue ? dit George en montrant une femme brune au premier rang de la nef.

– Edwina Mountbatten.

L'épouse très svelte, très belle et incroyablement riche de lord Louis. Lui-même était assis à côté d'elle, le profil tout aussi aquilin et l'air tout aussi hautain, mais les yeux un peu cernés peut-être.

La veille, Philip avait enterré sa vie de garçon avec un groupe d'officiers de marine. Tous avaient été pourchassés par des photographes jusqu'au Dorchester, où Mountbatten avait alors prié ces derniers de les laisser prendre d'abord des clichés d'eux, le tout dans un souci d'équité. Les reporters avaient accepté de leur confier leurs appareils, que Philip et ses amis s'étaient empressés de fracasser sur le sol en marbre de la réception. L'incident avait été présenté comme une preuve de l'ingéniosité de Mountbatten, mais Marion jugeait son comportement froid et cruel. Et elle se demandait si Tom avait fait partie des photographes.

L'orgue se mit à jouer doucement. De temps à autre, les portes laissaient passer des retardataires – et avec eux les cris de la foule au-dehors.

– On veut Elizabeth ! On veut Philip !

– Et nous donc, dit George. Ça fait des plombes qu'on est là. Où sont-ils ?

Des murmures impatients s'élevèrent lorsque les grandes portes s'ouvrirent de nouveau. Sur le seuil de l'entrée voûtée qui avait accueilli tant de monarques au fil des siècles se tenait une silhouette vaillante, tout de suite reconnaissable, mais néanmoins impardonnable pour son retard. Sa fidèle Clementine à son bras, Churchill se dirigea lentement vers sa place au premier rang.

– Ce type n'a donc pas de montre ? Il ne vit pas franchement son heure de gloire, si tu vois ce que je veux dire, lâcha George en riant de sa plaisanterie.

Mais enfin, le moment tant attendu arriva. Tous les yeux se tournèrent vers la porte ouest. Marion retint son souffle. Lilibet était là.

Elle remonta l'allée centrale en serrant le bras orné de galons du roi. Marion se sentit à la fois portée par un élan de fierté et écrasée par la tristesse. Lilibet lui évoquait un magnifique bateau étincelant. Le dos droit comme un mât au-dessus de son ample jupe, sa traîne vaporeuse dessinant une longue voile derrière elle, elle avançait sur la mer rouge du tapis qui la menait vers son officier de marine.

Les vers à soie avaient fait du bon travail. Le satin ivoire de la robe luisait dans la lumière des cierges, et Marion n'en revint pas de voir toutes ces broderies spectaculaires rehaussées de petites perles et de cristaux qui formaient des guirlandes de roses, de lilas et de jasmins. Norman prétendait s'être inspiré du *Printemps* de Botticelli, mais elle n'avait jamais perçu de ressemblance entre Lilibet et la païenne aux longs cheveux détachés du tableau. De toute façon, la princesse était plus belle encore.

– Respire ! dit George en la poussant du coude.

Elle expira et eut l'impression de redescendre d'une grande hauteur.

– Voilà Maggie, ajouta-t-il.

Le cœur de Marion se serra. L'adolescente resplendissait dans sa jupe en tulle. Très digne, elle marchait entre la mariée et les demoiselles d'honneur, mais cette séparation qui visait à souligner son rang la faisait en fait paraître très seule, et même vulnérable. Elle n'avait que dix-sept ans. Comment allait-elle s'en sortir sans Lilibet ? *Et moi, comment vais-je m'en sortir avec elle ?* se demanda Marion, soudain morose. Cette perspective ne l'enchantait pas du tout.

La cérémonie passa comme un éclair. À la fin, l'archevêque d'York enjoignit aux jeunes époux de faire preuve tout au long de leur vie « de patience, de compassion et de force morale ».

George ricana.

– Qu'est-ce qu'ils pourraient bien avoir à affronter qui nécessite de la force morale ?

Oh, plein de choses, songea Marion en observant le beau visage arrogant de Philip.

Ce fut une Lilibet radieuse qui émergea de la sacristie et qui redescendit l'allée centrale avec Philip. Lorsqu'elle s'arrêta au niveau de ses parents pour exécuter une magnifique révérence, le souvenir de la première qu'elle avait faite devant le roi le jour de son accession au trône s'imposa brutalement à Marion, qui dut chercher son mouchoir dans son sac à main.

À l'extérieur de l'abbaye, le carillon des cloches se mêlait aux acclamations de la foule en délire. Margaret sortit à son tour aux côtés de Peter Townsend, tout fringant dans son uniforme de la RAF. Son regard sur lui était de ceux qui se passent d'interprétation.

La reine apparut ensuite. Elle marqua une pause près de Marion et sourit.

– Je crois qu'elle est heureuse, Crawfie, dit-elle avec mélancolie.

– Je comprends ce que vous éprouvez, ma'am, s'écria Marion sous le coup de l'émotion. J'ai l'impression d'avoir perdu une fille, moi aussi.

La reine eut un mouvement de recul, et un court instant s'écoula avant qu'elle recouvre son sourire serein.

– Je n'en doute pas, Crawfie. Mais les enfants grandissent et finissent par s'en aller. Il faut qu'on s'y fasse.

Puis elle la laissa là et se dirigea vers son carrosse. Salués par les vivats de la foule, Lilibet et Philip étaient déjà partis vers un avenir glorieux.

QUATRIÈME PARTIE

Nottingham Cottage, 1949

62

Ce jour-là, Marion arrachait les mauvaises herbes entre les pieds de lavande de son jardin. Il faisait chaud, les oiseaux chantaient.

Des rosiers entouraient l'entrée de la vieille maison en briques rouges derrière elle. On aurait dit une maison de conte de fées, surtout quand le champ voisin était rempli de moutons et que les pigeons roucoulaient le soir dans les arbres. Vraiment, elle avait tout pour être heureuse.

Une petite barrière blanche délimitait le jardin et sur le portail s'affichaient les mots « Nottingham Cottage » en lettres noires majuscules. Les bâtiments rouges du palais de Kensington complétaient le décor en toile de fond, mais la circulation de la rue qui les jouxtait était presque inaudible ici. Jamais on n'aurait pu imaginer que l'on était au centre de l'une des plus grandes villes du monde.

C'était un cadre de vie parfait pour un couple tout juste marié. Et pourtant, le bonheur semblait les avoir fuis.

Des notes de piano s'échappaient par la fenêtre peinte en blanc que George avait ouverte en raison de la chaleur, et les accords discordants et pleins de colère qu'il plaquait sur les touches consternaient Marion.

Leur mariage avait connu des débuts difficiles. Elle s'était d'abord épuisée pendant un an à tenter de se faire obéir de Margaret, jusqu'à ce qu'elle ne sache plus quoi faire.

– Il faut profiter de sa jeunesse, Crawfie, avait commenté la reine avec sérénité. Nous voulons qu'elle ait du bon temps. Elle se sent seule maintenant que Lilibet est partie.

Ça, Marion en doutait. En plus de passer ses soirées avec des officiers – ses « gardes du corps », comme disait le roi –, Margaret avait pris des leçons de conduite avec le toujours très attentionné Townsend. Sa beauté, déjà remarquable, avait atteint sa plénitude. Avec sa taille fine, sa poitrine généreuse, ses lèvres pulpeuses et ses grands yeux, elle éblouissait tous les hommes autour d'elle.

Les couples n'étant pas autorisés au palais, George avait dû retourner en Écosse, et cette situation avait été d'autant plus difficile à vivre que les lettres de Lilibet exprimaient un bonheur conjugal sans nuages. L'arrivée d'un petit prince avait encore plus remué le couteau dans la plaie. En l'absence de son mari, Marion voyait s'éloigner encore plus son rêve de fonder une famille.

« Il faut profiter de sa jeunesse. » La sienne s'était étiolée au service de la royauté. À bientôt quarante ans, elle n'était toujours pas maîtresse de sa vie.

Jusqu'au jour où tout s'était arrêté.

Marion avait été convoquée et informée qu'elle devait prendre sa retraite. À titre de faveur, le roi lui accordait gracieusement l'usage à vie de l'une de ses propriétés. Elle avait eu du mal à y croire. Leurs Majestés avaient enfin accepté l'inévitable ! Et George pouvait cette fois la rejoindre.

Sans s'en rendre compte, elle avait terminé de désherber sa bordure de lavande. Elle s'assit sur ses talons, leva les yeux vers le ciel et sourit. Derrière elle, dans la maison, le piano continuait à faire entendre une musique rageuse.

L'emménagement de George à Londres aurait dû être le

début d'une vie heureuse, mais bizarrement, il semblait plutôt en avoir signé la fin. Le sourire de Marion s'évanouit.

Les rires avaient fait place aux disputes. George ne se satisfaisait de rien, à commencer par les dimensions du cottage, trop modestes à son goût.

– Mais je l'aime beaucoup, moi, avait protesté Marion. Et on l'occupe gratuitement. On devrait être reconnaissants et…

– À maison donnée, on ne regarde pas les mètres carrés ? l'avait-il coupée. Mais tu leur as sacrifié tes meilleures années. Et qu'est-ce que tu fais de ces vieilles biques qui vivent dans des appartements immenses juste à côté de chez nous, tout ça parce qu'elles sont membres de leur famille ?

Il était vrai que plusieurs princesses âgées avaient été somptueusement logées dans le « dortoir des tantes », comme Lilibet et Margaret surnommaient le palais de Kensington. Mais Marion était ravie de ce qu'on lui avait accordé, elle.

George n'avait pas non plus de mots assez durs pour qualifier sa pension, trop chiche à ses yeux, et le titre de Commandeur de l'Ordre de Victoria qui lui avait été décerné. Selon lui, elle méritait celui de Dame Commandeur.

– C'est une véritable insulte ! Si tu avais été une de ces courtisanes prout-prout, tu aurais été élevée au rang de Dame.

Des enfants auraient sans doute changé la donne, mais ils tardaient à pointer le bout de leur nez. L'idée qu'ils puissent ne jamais en avoir était trop douloureuse et soumettait leurs rapports sexuels à une trop grande pression. Eux qui au début de leur relation étaient incapables de se détacher l'un de l'autre la nuit restaient à présent chacun de leur côté du lit. Pour ne rien arranger, elle n'avait absolument rien à faire. Elle en arrivait à se dire qu'elle aurait préféré continuer à harceler Margaret pour qu'elle étudie plutôt que d'attendre George ou de jardiner à longueur de journée.

Comment les choses avaient-elles pu si mal tourner ? Pourquoi tous ses espoirs avaient-ils été réduits à néant ? Était-ce de sa faute ? Lorsqu'elle se penchait sur le passé et la succession d'événements qui l'avaient conduite à prendre telle ou telle décision, une personne lui semblait avoir toujours eu le dernier mot : la reine.

– Mme Booth ?

Une voix sèche interrompit sa rêverie. Quelqu'un se dressait entre elle et le soleil. Quelqu'un de grand et de mince qui se tenait bien droit.

– Buthlay. Mme Buthlay, dit-elle.

Elle se redressa et fit tomber les brins d'herbe accrochés à sa robe avant de s'intéresser à l'homme qui levait son chapeau pour la saluer.

– Tommy !

– Excusez-moi, j'ai tellement l'habitude de penser à vous comme à Mlle Crawford.

« J'ai tellement l'habitude de penser à vous. » Et dire qu'après tout ce temps, elle ne pouvait s'empêcher de rougir en entendant cette phrase !

Derrière elle, dans la maison, le piano s'était tu. George surgit à la fenêtre en bretelles, les manches roulées jusqu'aux coudes. Sa mine hostile ne parut pas émouvoir Tommy, qui tourna son visage émacié vers lui en ôtant de nouveau son chapeau.

– Bonjour, monsieur Buthlay. Vous n'êtes pas au travail aujourd'hui ?

Marion baissa les yeux. C'était de notoriété publique, George n'était pas au travail, non – ni ce jour-là, ni les autres. Le poste qu'on lui avait fait miroiter dans une banque ne s'était jamais concrétisé.

Lascelles examina le jardin et la maison. Elle sentit qu'aucun détail n'échappait à son regard acéré.

– C'est un très joli petit cottage que vous avez là, madame Buthlay. Et très différent de tous les bâtiments dessinés par Christopher Wren, je dois dire.

– Puis-je vous offrir une tasse de thé, Tommy ?

Elle espérait que cette invitation le pousserait à passer son chemin, mais le secrétaire privé du roi s'attarda près de la barrière, dont les palis blancs encadraient son beau costume à rayures.

– Volontiers. Pour tout vous dire, il y a quelque chose dont je souhaite discuter avec vous.

Ils s'installèrent dans la petite cuisine, faute de pouvoir aller dans le salon où George s'était remis à marteler le piano.

– Quelle pièce charmante, commenta Tommy.

– Mon mari est un grand fan de musique, s'excusa Marion en fermant la porte.

L'instant d'après, le piano s'arrêtait et une sorte de barrissement infernal retentit.

– Je vois ça. Il joue de la trompette aussi ?

– Non, ça c'est le chauffe-eau.

Marion fit de son mieux pour ignorer George lorsqu'il rouvrit la porte. Avait-il l'intention de l'espionner ?

– Il est assez capricieux, poursuivit-elle. Il ne produit de l'eau chaude que par moments, ce qui fait qu'on doit toujours se dépêcher d'en profiter. On prend des bains à n'importe quelle heure ici, plaisanta-t-elle comme s'il s'agissait d'une délicieuse spécificité des lieux, et non pas d'un véritable désagrément. J'étais justement dans le mien l'autre jour quand Lilibet et Philip sont arrivés…

Elle s'interrompit, soudain gênée. Mais pourquoi avait-elle commencé à raconter cette anecdote ?

Il fallait pourtant croire que son visiteur n'en attendait pas moins d'elle parce qu'il saisit la balle au bond.

– À ce sujet, madame Buthlay…

– S'il vous plaît, appelez-moi Marion.

Elle mourait d'envie de pouvoir se persuader que le passé n'était pas totalement révolu.

– Marion. Je voulais vous parler de la princesse. Vous vous souvenez de l'étonnante Mme Gould ?

– Plus ou moins. Elle souhaitait que la reine rédige des articles pour son magazine et vous avez été obligé d'aller la voir au Ritz.

– Votre mémoire est impressionnante, dit-il en avalant une gorgée de thé. Et c'est justement ce qui m'amène. Ce thé est excellent, au fait.

– C'est ma mémoire qui vous amène ici ?

– Mme Gould aimerait cette fois que ce soit la princesse Elizabeth qui écrive ces articles.

– Je ne vous suis pas du tout, avoua Marion, déroutée.

Dans la pièce voisine, la musique s'était arrêtée. Même le chauffe-eau était devenu muet.

– Lilibet ne peut pas faire ça. Et quel rapport cela a-t-il avec ma mémoire ?

Tommy observa un bref silence.

– Ce projet de publier des articles de nature à promouvoir, euh, des liens internationaux entre les femmes suscite un certain intérêt.

Marion le fixa d'un air interdit.

– Je cite les arguments de Mme Gould, ajouta-t-il, très mal à l'aise, en passant une main dans ses cheveux. Comme vous le savez, elle est du genre déterminé et elle ne lâchera pas le morceau, si je puis me permettre cette expression. Elle veut ces articles et elle a des soutiens très haut placés. Lady Astor, par exemple. Ou encore l'ambassadeur américain. Et le ministre des Affaires étrangères.

– Le ministre des Affaires étrangères ? Il encourage son initiative ?

– En effet. Des contacts ont été pris avec le palais. On appelle ça du lobbying. C'est une tentative de persuasion. Une forme de pression.

Marion fit tourner sa tasse entre ses mains.

– Je ne saisis toujours pas ce que cela a à voir avec moi.

Tommy se pencha vers elle, les yeux brillants.

– Beaucoup, à vrai dire. J'ai un plan. La princesse Elizabeth ne peut pas écrire ces articles elle-même, vous avez raison sur ce point. La solution qui a été trouvée est de confier cette tâche à quelqu'un d'autre.

– Quoi, moi ? Vous voulez que ce soit moi qui m'en charge ?

Prise d'un vertige, Marion songea à toutes les lettres qu'elle avait écrites à sa mère. Et à ses longues journées d'inactivité. Cela lui donnerait quelque chose à faire. Un but dans la vie. Pour la première fois depuis des mois, elle se sentit gagnée par l'enthousiasme.

– J'adorerais !

Mais Tommy doucha tout de suite ses espoirs.

– Pas vous. Bien sûr que non, dit-il, comme s'il s'étonnait qu'elle puisse avoir envisagé une telle hypothèse. L'auteur a déjà été engagé par Mme Gould – et contre une somme considérable, je crois.

Marion accusa le coup. Elle n'avait même pas pensé à l'aspect financier.

– Qui est-ce ?

– Un de mes très bons amis. Morrah. Dermot Morrah. Un type très bien. On a joué aux échecs ensemble durant toute la traversée jusqu'en Afrique du Sud. Et au retour aussi.

L'Afrique du Sud. Il avait donc participé à ce voyage dont elle avait été écartée. Dermot Morrah. Ce nom ne lui disait rien, mais si Tommy avait joué aux échecs avec lui, c'est qu'il s'agissait d'un personnage d'un certain rang. Pour autant, qu'est-ce que cet homme savait de Lilibet ?

– Et la reine veut que ce soit lui qui écrive les articles ? J'ai passé quinze ans avec la princesse Elizabeth. Je la connais mieux que quiconque.

Elle s'attendait à une réaction agacée de sa part, mais il parut très satisfait.

– Exactement. Vous pourrez donc discuter avec lui et lui raconter tous vos souvenirs. Il n'aura plus ensuite qu'à les retranscrire.

63

Le chemin n'était pas long entre les palais de Kensington et de Buckingham. En temps normal, Marion s'y serait rendue à pied, mais elle décida ce jour-là de se faire conduire. Pas par paresse ni par désir de profiter de ses privilèges – lesquels, en plus d'une maison gratuite, incluaient les services d'un chauffeur. George faisait appel à ce dernier bien plus souvent qu'elle, et la seule raison qui la poussait à déroger à ses habitudes était qu'elle avait quelque chose à porter.

Ce quelque chose, c'était un petit coffre. Celui que sa mère lui avait offert et dont le bois provenait d'un navire abandonné. Il avait toujours été joli à ses yeux, mais les années l'avaient encore embelli : il avait pris une teinte plus soutenue et plus douce qui faisait ressortir l'initiale sur le couvercle.

Tout le long de Kensington Gore, elle le garda bien calé sur ses genoux et ne le lâcha pas de peur qu'un cahot le fasse basculer et renverse tout son contenu. À l'intérieur, séparées en deux paquets distincts, se trouvaient les lettres que Lilibet et Margaret lui avaient envoyées pendant seize ans. Une partie avait été écrite durant ses brefs séjours en Écosse chez sa mère. Elles lui donnaient quelques nouvelles, mais lui disaient surtout combien elle leur manquait et la pressaient de revenir vite.

À leur façon, elles témoignaient de l'évolution des deux filles. Il y avait d'abord eu les mots tracés d'une main enfantine malhabile et accompagnés d'une foule de dessins. Puis les messages à l'écriture plus arrondie de l'adolescence. Et plus récemment, des lettres dont la calligraphie élégante laissait deviner cette fois de vraies jeunes femmes. Tous ces courriers avaient été rédigés sur le papier gaufré des diverses résidences royales, et tous aussi se terminaient par de grandes déclarations affectueuses : « De la part de votre Lilibet qui vous aime ». Ou encore : « Je vous embrasse bien fort, Margaret ».

Marion les relisait souvent. De plus en plus souvent même. Durant le temps qu'elle avait passé avec les filles, ce coffret avait été avant tout un réceptacle, un objet utile où ranger des affaires. Mais il représentait à présent son bien le plus précieux, parce qu'il renfermait des souvenirs inestimables et des marques de tendresse émanant des deux personnes qu'elle avait aimées le plus au monde. Et qu'elle aimait toujours, puisqu'elle n'avait eu aucun enfant sur lequel reporter cet amour.

George pouvait bien se moquer d'elle et la critiquer, ce coffret lui rappelait que quelqu'un avait un jour eu besoin d'elle. Lilibet et Margaret l'avaient respectée, adorée même. Elles avaient dépendu d'elle et recherché sa compagnie. Soulever les petits paquets, dénouer avec soin les rubans décolorés et lisser chaque feuille afin de pouvoir s'imprégner des mots aimants qui figuraient dessus l'apaisaient et l'emplissaient à la fois de joie et de tristesse.

George ignorait l'existence de cette boîte. Il n'était pas facile de la lui cacher, tant il se montrait suspicieux et sournois – elle constatait souvent que de l'argent avait disparu sans prévenir de son sac à main, alors même qu'il n'avait qu'à demander pour qu'elle lui en donne. Au fond d'elle-même, elle avait toujours peur qu'il tombe sur ces lettres, qu'il se rende compte de leur valeur et qu'il les mette en vente. Voilà pourquoi elle rangeait son trésor au sommet de son armoire, derrière une pile de cartons à chapeau.

Mais elle l'avait pris ce jour-là pour prouver à la reine, si besoin était, que personne ne pouvait mieux qu'elle raconter l'enfance de Lilibet.

– Bonjour, mademoiselle Crawford, dit le garde à l'entrée du palais de Buckingham. Ça fait un moment qu'on ne vous a pas vue.

Tenant avec précaution son coffre sous le bras, Marion se redressa fièrement.

– Je suis Mme Buthlay, maintenant, agent Jenkins. J'ai quitté le palais.

Il lui jeta un regard entendu.

– Pour moi, vous serez toujours mademoiselle Crawford. Et personne ne quitte jamais vraiment le palais. Vous le savez bien.

– Oh que oui !

Qu'il était étrange de retrouver les couloirs avec leur moquette rouge et leurs dorures. Elle avait oublié les longues distances à parcourir, mais aucune des personnes qui travaillaient là. Et à l'image de l'agent de police Jenkins, personne non plus ne semblait l'avoir oubliée.

Les femmes de chambre la saluèrent d'un hochement de tête. Les valets de pied lui décochèrent de grands sourires. Elle vit parfois surgir au loin des silhouettes familières, comme M. Linnet, chargé de remettre chaque jour de l'eau dans les vases, ou cet homme dont elle n'avait jamais su le nom et qui avait pour mission quotidienne de remonter les centaines d'horloges du palais. Et elle ne doutait pas que, quelque part au sein de cet immense bâtiment, le dératiseur s'affairait lui aussi.

La nostalgie l'étreignit avec force tandis qu'elle suivait le valet de la reine. Elle avait vécu douze ans ici. Chaque recoin était associé à un souvenir. Elle entendait encore les filles crier de joie dans les couloirs et les revoyait passer gaiement en courant près des Premiers ministres et des princes en visite, souvent avec elle sur les talons.

C'était vrai, on ne quittait jamais le palais.

– Mme Marion Buthlay, Votre Majesté, annonça le valet.

La reine portait ce jour-là une robe mauve pâle et plusieurs rangées de perles. Elle n'était pas assise à son bureau, comme Marion s'y attendait, mais sur un canapé tapissé de chintz devant un grand feu de cheminée. Une boîte de chocolats presque vide reposait sur une petite table cirée à côté d'elle.

– Les nouvelles sont affreuses, Crawfie ! soupira-t-elle en repoussant son exemplaire du *Times*. Cripps a dévalué la livre sterling. Le rationnement sera d'autant plus dur pour les gens. Et cet horrible Mao Tsé-toung. Vous saviez qu'il avait fait de la Chine une république communiste ?

– Oui, ma'am.

Marion continuait à lire la presse. C'était l'une des rares activités qui occupaient un peu ses journées.

La reine tapota les coussins du canapé en souriant.

– Eh bien, Crawfie, venez vous asseoir près de moi. Nous pourrons oublier quelques minutes ce pauvre monde et ses problèmes !

Cet accueil chaleureux démoralisa Marion. Il comptait parmi les tactiques les plus redoutables de la reine, et lui rappelait d'autres entrevues similaires. Le cœur battant, elle regretta de ne pas avoir envoyé son mari à sa place.

Dès l'instant où Tommy Lascelles avait quitté Nottingham Cottage, George n'avait plus eu qu'un seul objectif en tête.

Son désœuvrement, son agitation et son insatisfaction avaient disparu en un clin d'œil.

Il avait écouté leur conversation, bien sûr, et ne l'avait pas digérée. Selon lui, il était scandaleux qu'une autre personne qu'elle soit chargée d'écrire sur la princesse Elizabeth. Il fallait qu'elle parle à la reine et qu'elle obtienne la permission de faire le travail initialement confié à Dermot Morrah. Ce type n'avait pas été choisi parce qu'il était compétent, mais parce qu'il savait lécher les bottes. Une conclusion s'imposait : Marion, qui pourtant maîtrisait le sujet sur le bout des doigts, était considérée comme une domestique indigne de cette tâche. Après tant d'années de bons et loyaux services, cela dépassait l'entendement.

Marion en convenait. Les arguments de George avaient attisé en elle une fureur indignée qu'elle tenta de convoquer au moment de s'asseoir sur le bord du canapé. Son pied heurta alors quelque chose. La patte d'un animal. Un jappement affolé résonna dans la pièce.

– Dingo, comme d'habitude, dit la reine en souriant.

– Je suis désolée, ma'am, s'excusa Marion en songeant qu'elle devait avoir l'air encore plus fébrile qu'elle ne le pensait.

D'abord surprise, la reine éclata ensuite de rire.

– Non, Dingo, c'est son nom !

Marion se demanda si elle s'était ridiculisée toute seule ou si cette femme s'amusait à ses dépens. Avec elle, on n'était jamais sûr. Mais cela n'augurait rien de bon.

– Bien, de quoi vouliez-vous me parler, Crawfie ?

Elle s'efforça de contenir sa nervosité et expliqua rapidement la raison de sa visite. La reine l'écouta en silence, puis détourna la tête. Les secondes s'égrenèrent comme autant de coups de marteau, jusqu'à ce que son regard revienne se poser sur le coffret.

– Vous êtes restée si longtemps avec nous, Crawfie,

commença-t-elle d'une voix douce qui donna aussitôt espoir à Marion.

– En effet, ma'am. Pendant seize ans.

– Vous êtes quelqu'un de sensé et vous avez toujours été affectueuse et loyale envers nous.

– Merci, ma'am !

Le soulagement de Marion fut tel qu'elle en eut presque le vertige. Mais cela ne dura pas. La reine relevait déjà le menton, et ses yeux bleus sondèrent les siens comme une lampe torche, alors même qu'elle conservait un ton charmant et léger.

– Je vous conseille donc très fortement de résister à l'appât du gain et aux demandes répétées des éditeurs américains. Vous ne devez en aucun cas accepter d'être payée pour des articles portant sur un sujet aussi privé et précieux que notre famille.

– Mais M. Morrah…

Il n'avait résisté à rien, lui. Ni à l'appât du gain, ni aux éditeurs, ni à cette intrusion dans la vie privée de la famille royale. Tout ce qu'il avait fait avait été approuvé. Comme George ne cessait de le rabâcher, pourquoi était-ce différent pour lui ?

– Je ne vois aucun mal à ce que vos souvenirs soient intégrés dans ses articles, poursuivit la reine, mais ne signez aucun texte de votre nom. Cela pourrait s'avérer… une source d'embarras, conclut-elle en tordant la bouche.

– Je ne raconterais jamais rien qui puisse contrarier la famille royale, ma'am ! s'écria Marion, consternée. Il ne me viendrait pas à l'idée de faire une chose pareille. J'aime vos filles comme si c'étaient les miennes, ajouta-t-elle en luttant contre les larmes qu'elle sentait monter en elle. Et elles m'aimaient beaucoup, elles aussi.

Elle brandit son coffret pour le prouver, mais la reine s'en écarta avec dégoût.

– Vous avez observé une discrétion remarquable durant toutes ces années, dit-elle en semblant s'adresser à la cheminée, mais je vous demande formellement de ne pas écrire et signer des articles sur nos enfants. Nous ne pourrions plus jamais faire confiance à qui que ce soit sinon.

Elle faisait pourtant confiance à Morrah. Avait-il travaillé pour elle pendant seize ans, lui ? Avait-il sacrifié sa jeunesse et ses chances de fonder une famille ?

– Crawfie, comprenez que les gens qui occupent un poste à responsabilités auprès de nous doivent rester muets comme des carpes.

C'était manifestement son dernier mot. Voyant le page revenir dans la pièce et attendre près de la porte ouverte, Marion se leva et fit la révérence.

– Peut-être…

Elle se retourna sur-le-champ.

– Oui, ma'am ?

– Peut-être serait-il préférable que vous me laissiez ce coffret. Pour que je le garde en lieu sûr, précisa la reine en lui adressant un sourire éblouissant.

– Il ne craint rien avec moi, ma'am, réagit Marion en le serrant fermement.

Elle fixa son ancienne employeuse droit dans les yeux avec un mélange de défi et de désespoir. *Ne me le confisquez pas. S'il vous plaît. C'est tout ce qu'il me reste d'elles.*

La reine parut agacée, mais elle n'insista pas. Dingo en revanche fit entendre un grondement lorsque Marion se retira.

George rentra presque aussitôt après elle, lui laissant à peine le temps de ranger son coffret.

– Tu devrais quand même écrire ton histoire, s'emporta-t-il lorsqu'elle lui répéta les paroles de la reine.

Elle ne pouvait que lui donner raison – il était honteux et injuste qu'un courtisan soit autorisé à faire ce qu'on lui refusait à elle. Mais la reine avait dit non, un point c'est tout.

Ruminer ne servait à rien. Il fallait qu'elle tourne la page et qu'elle voie peut-être là une incitation à quitter Londres et à démarrer une nouvelle vie ailleurs.

– Que puis-je faire d'autre ? dit-elle à George. Même si j'écrivais ma propre version de l'histoire, à qui veux-tu que je la soumette ?

64

Le champagne coula en un flot doré dans la flûte en cristal. Marion l'observa tourbillonner autour du carré de sucre et noyer le zeste de citron. Une cerise rouge vif flottait au milieu des bulles.

Tout autour d'elle, les lumières étaient éblouissantes, en particulier le grand lustre central qui faisait flamboyer les dorures de la pièce. Il y avait des chérubins, des moulures et des frises, comme au palais de Buckingham, et une petite femme brune se tenait en majesté au milieu de ce décor, sur un tapis regorgeant de rubans et de guirlandes de fleurs. La scène ne se déroulait pas au palais, pourtant, mais dans une suite du *Ritz*. Et la femme était Beatrice Gould, pas la reine.

L'Américaine avait réservé à Marion un accueil aussi chaleureux que si elles s'étaient vues la semaine précédente, et non pas sept longues années plus tôt. Le temps avait été clément envers elle. Sa silhouette était restée svelte, son visage animé et ses yeux noirs vifs et perçants. La créature sans gêne qui s'était invitée à un goûter royal apparaissait juste un peu plus sophistiquée.

Peut-être trop d'ailleurs. Elle avait eu la main lourde sur le maquillage, pensa Marion en notant son brillant à lèvres rouge écarlate assorti à son vernis à ongles. Quant à son tailleur blanc bordé d'un galon noir et recouvert de rangées de perles, il était presque ridiculement tape-à-l'œil.

– À votre santé, Marion ! dit Bruce Gould d'une voix sonore marquée par un fort accent de l'Ohio.

Cet homme était une caricature d'Américain – bien charpenté, avenant et démesurément grand. Son cocktail tangua dans son verre lorsqu'il le leva.

– Ça fait plaisir de vous voir et d'être de retour en Angleterre. On a tant de vieilles connaissances ici. Lady Astor, la marquise de Reading et la baronne Elliot, pour n'en citer que quelques-unes.

– Sans compter tous nos bons amis du gouvernement, s'empressa d'ajouter Beatrice. Et du ministère des Affaires étrangères. Et de la Maison Royale, bien sûr.

– Et donc, comment allez-vous, Marion ? reprit Bruce. Si vous me permettez de vous appeler ainsi.

Dans un coin de la pièce, George hocha vigoureusement la tête.

– Marion va bien, dit-il. Et vous, madame Gould ?

– Beatrice, je vous en prie ! Et je vais très bien aussi, merci. Plus que bien, même. Les ventes du *Ladies' Home Journal* ne cessent de grimper.

– Beatrice et moi, nous avons vraiment donné un nouveau souffle à ce magazine, renchérit Bruce. C'est maintenant le plus diffusé au monde.

– Sur ce créneau, du moins, nuança sa femme.

– On a *un million et demi* de fidèles « Dames d'Amérique » ! C'est comme ça qu'on surnomme nos lectrices.

– Vous voulez connaître notre secret ?

Beatrice se pencha en avant et appuya ses doigts aux ongles écarlates sur le genou de Marion, qui portait le même tailleur en velours rouge que pour le mariage de Lilibet.

– Nous leur offrons les articles dont elles ont envie. Nous en commandons beaucoup à de grands écrivains.

– Et vous pourriez compter parmi eux, dit Bruce. Vous pourriez raconter comment vous avez élevé les petites princesses et être lue par un million et demi de personnes !

Le champagne pétilla dans le verre de Marion lorsqu'il le remplit de nouveau.

– Mais Sa Majesté ne veut pas, protesta Marion. Elle préfère que ce soit Dermot Morrah qui s'en charge.

– Et ça, je trouve ça aberrant ! s'exclama Beatrice. Complètement aberrant ! Dermot ne sait *pas* écrire. Et il ne connaît pas les princesses aussi bien que vous. Il serait beaucoup plus logique de vous confier ce travail.

– Et ce serait beaucoup, beaucoup plus intéressant pour vous financièrement parlant, renchérit Bruce en faisant un clin d'œil à George.

Beatrice pressa la main de Marion.

– Ma belle, ça doit être dur de se faire traiter comme ça. Vous vous êtes occupée des princesses pendant seize ans, n'est-ce pas ?

– En effet, répondit George.

Beatrice l'ignora.

– Vous avez tout fait pour ces filles. Vous avez été auprès d'elles quand leurs parents ne l'étaient pas. Durant la guerre, durant chaque instant de leur vie. Je me trompe ?

– Pas du tout, intervint encore George.

– C'est vous leur mère, pas la reine Elizabeth. C'est vous qui les avez élevées. Et c'est ce que nos Dames d'Amérique veulent savoir. La princesse Elizabeth sera une reine du tonnerre, capable de faire bouger les choses dans le monde. Tout ça grâce à vous.

La gorge nouée, Marion n'osa pas répondre. Tout cela était vrai – ô combien vrai. Elle but un peu de son cocktail pour se donner une contenance.

– Les relations internationales occupent une place importante dans notre ligne éditoriale, intervint Bruce. Établir des liens transatlantiques forts nous apparaît nécessaire et c'est pour ça que nous cherchons à rapprocher l'Amérique et la Grande-Bretagne. Rappelez-vous que Beatrice est venue ici avec Mme Roosevelt pendant la guerre.

– Nous avons la conviction profonde que l'écrit a le pouvoir d'unir les nations, enchaîna sa femme avec habileté. Et nous croyons fermement, et même passionnément, que votre histoire permettra comme aucune autre à nos deux pays de développer une amitié et une compréhension mutuelles.

Marion contempla les motifs du tapis, qui tanguaient devant elle.

– Mais je ne peux pas ! C'est tout le problème. Quand j'ai demandé à la reine la permission d'écrire des articles, elle me l'a refusée. Puis elle m'a envoyé une lettre pour me répéter ce qu'elle m'avait dit. Une lettre assez sévère, il faut bien l'avouer.

– Elle l'a fait deux mois après vous avoir vue, observa Beatrice. Ce n'était donc pas vraiment sa priorité.

Marion jeta un coup d'œil à George. Il n'était pas difficile de deviner qui avait transmis l'information à Beatrice. Pour toute réponse, il leva joyeusement les pouces en l'air.

– Ma belle, dit l'Américaine de son ton le plus persuasif, la reine veut que ces articles soient publiés, croyez-moi. Le ministère des Affaires étrangères et la Maison Royale aussi. Tout le monde soutient l'initiative. Lady Astor également. Et votre ami Tommy est venu vous en parler, il me semble.

– Je vous le répète, je ne…

Peine perdue. Beatrice était comme un train lancé à pleine vitesse : rien ne pouvait l'arrêter.

– Nos lectrices meurent d'envie de découvrir comment vous avez pris une enfant sous votre aile et comment vous l'avez éduquée en vue de faire d'elle la plus grande reine d'Angleterre depuis Elizabeth Ire. Elle sera Elizabeth III, c'est ça ?

– Elizabeth II.

– Mais sa mère s'appelle Elizabeth elle aussi, et c'est la reine aujourd'hui, s'étonna Bruce.

Marion lui expliqua le système des souverains consorts.

– Sans blague ? Il y a deux types de reines ? C'est dingue. Mais c'est précisément le genre de chose qui fascinerait nos Dames d'Amérique !

Marion se sentit faiblir. Le cocktail, sa colère, l'idée d'écrire sur un sujet qu'elle maîtrisait mieux que quiconque… tout ça était très séduisant.

– Mais Sa Majesté me l'a interdit.

Il y eut un silence. Elle semblait enfin avoir réussi à se faire entendre.

– Ma chère, vous n'avez pas besoin de sa permission.

– Elle ne peut pas vous en empêcher, dit Bruce. Et elle changera d'avis, vous verrez. Ces articles contribueront tellement à renforcer l'amitié entre nos deux peuples. Le ministère des Affaires étrangères sera enchanté – et toute la clique de la Maison Royale encore plus ! Croyez-moi, la reine vous en sera reconnaissante.

– C'est un acte patriotique. Vous toucherez une fortune tout en faisant votre devoir envers votre roi et votre pays.

– Même si eux-mêmes n'ont pas franchement fait leur devoir envers vous, conclut Beatrice en jetant un regard entendu à George.

Pour Marion, ce fut comme un déclic. Personne ne pouvait nier qu'on s'était mal comporté envers elle, en particulier ces derniers temps. La manière dont la reine la manipulait, l'arrogance de Margaret, la froideur de Lilibet – si influencée fût-elle par Philip. Elle avait été déconsidérée, ignorée, méprisée. Elle n'avait vu Lilibet qu'une seule fois depuis la naissance du petit Charles, et pourtant elle avait sacrifié sa vie pour cette fille et sa sœur. Elle leur avait tout donné. En essayant de les libérer de leur prison, elle avait signé son propre emprisonnement. Elle repensa au cercueil solitaire d'Alah et se sentit prise de nausée. Elle méritait mieux que ça, c'était évident.

Beatrice pressa encore sa main.

– Nous voulons que, *vous*, vous nous racontiez comment les princesses ont été éduquées. Et nous voulons que vous le fassiez sous votre propre nom, avec le plein accord de la reine. Nos Dames d'Amérique n'attendent rien d'autre. Pour tout vous dire, nous espérons même que Sa Majesté nous rédigera une préface.

– Nous sommes *certains* qu'elle le fera, la corrigea Bruce. C'est d'ailleurs pour cette raison que nous nous sommes donné la peine de préparer ceci…

Il posa quelque chose de blanc sur la pile de journaux devant elle.

– Qu'est-ce que c'est ?

– Un contrat ! annonça gaiement Beatrice.

Bruce lui présenta très rapidement les clauses. Elles étaient nombreuses et semblaient parer à toute éventualité.

– Cela vous convient ? demanda-t-il en lui tendant un gros stylo noir.

Marion les dévisagea tous les trois. Puis elle examina la pièce aux faux airs de palais, et le doute la rongea de plus belle.

– Vous vous le devez à vous-même, insista Beatrice. Il faut que le public puisse lire le récit incroyable que vous portez en vous.

– Réfléchissez, ajouta Bruce. Si tous ceux qui œuvrent en coulisse ne devaient jamais témoigner de leur expérience, l'histoire perdrait une partie de ses documents les plus précieux.

Au milieu du tourbillon de ses pensées, un souvenir jaillit soudain, clair et net. Tommy ne lui avait-il pas dit la même chose à Windsor pendant la guerre ? *Si les travailleurs de l'ombre ne devaient jamais prendre la plume, l'histoire perdrait une partie de ses documents les plus instructifs. Je ne vois pas comment les gens pourraient avoir accès à la vérité si leurs contemporains n'étaient pas autorisés à l'écrire.*

Et c'était Tommy bien sûr qui avait initié tout ça en lui rendant visite à Nottingham Cottage.

Souriante, elle accepta le stylo que lui tendait Bruce. La pointe dorée flotta au-dessus de la feuille blanche.

Le doré et le blanc. Les couleurs des moulures du palais de Buckingham. Celles d'une perle sertie dans une couronne. Celles aussi de Lilibet à six ans.

Elle signa.

Beatrice poussa un cri de joie et bondit de sa chaise pour la serrer dans ses bras. Son étreinte étonnamment puissante donna à Marion l'impression d'être prise dans un étau. Puis George se leva à son tour et échangea une vigoureuse poignée de main avec Bruce, avant de la rejoindre et de l'embrasser si fort qu'elle en eut le souffle coupé. Le bonheur monta en elle, léger et pétillant comme une bulle de champagne.

ÉPILOGUE

Aberdeen, Écosse
Juillet 1987

Les limousines continuèrent à avancer tout droit sur la grand-rue. L'instant d'après, elles avaient disparu. La femme cessa d'agiter la main et la laissa retomber lentement.

Elle parut alors se rabougrir. Son dos se voûta, ses rides se creusèrent. Elle accusa son âge, et même plus encore. Ses yeux aux paupières lourdes avaient l'air fatigués et éteints, sans plus aucune lueur d'espoir en eux.

Malgré tout, elle resta à sa fenêtre. Les heures passèrent. La lumière du soleil se déplaça le long des murs. Les portraits sur la cheminée devinrent de plus en plus flous et le crépuscule enveloppa peu à peu le coffret posé à l'écart.

L'argenterie capta les derniers rayons roses du couchant. Les fleurs du salon s'étaient refermées, tandis que dans la pénombre de la cuisine, le bord des sandwichs avait séché et commencé à se racornir.

Au bout d'un moment, enfin, la vieille dame bougea. Elle avait les doigts gourds et les jambes si lourdes que c'en était douloureux. Elle quitta la pièce sans tirer les rideaux, foulant le tapis de ses chaussures achetées exprès pour l'occasion. Depuis le manteau de la cheminée, la reine la fixait impassiblement par-dessus les têtes couronnées de ses filles.

La rue cossue était silencieuse. Dans le ciel de velours noir, une lune froide répandait sa lumière sur la ville endormie. Elle faisait scintiller le mica du granite comme au plus fort de la journée, baignait les jardins proprets, caressait les arbres aux larges branches, révélait l'envers des rideaux aux fenêtres des grandes maisons individuelles.

Seuls ceux de la vieille femme n'avaient pas été tirés. Le clair de lune se déversait dans sa chambre jusque sur son lit. Allongée au milieu, dans sa robe rose, elle semblait immobile. Mais sous la broche en forme de croix blanche épinglée au niveau de son cœur, un léger mouvement se devinait. Elle respirait encore. Elle rêvait encore.

Une image affleura dans sa mémoire. Le couronnement de Lilibet. Cela faisait deux ans à l'époque qu'elle s'était installée à Aberdeen, mais aucune invitation à se rendre à l'abbaye n'avait été glissée dans la fente de sa porte d'entrée. Il était rare qu'on l'invite, de toute façon. Elle ne recherchait pas la compagnie d'autrui. Personne ne devait savoir qui elle avait été, ni où elle avait travaillé. Dans cette rue dont les habitants avaient le luxe de vivre à distance les uns des autres, tout le monde avait vite cessé de s'interroger à son sujet.

Encore une image. Margaret et Peter Townsend. Elle seule n'avait pas été surprise. Dans son rêve, elle éprouva une vive douleur en comprenant ce que la jeune fille avait traversé. Mais on ne voulait pas de sa compassion. Toutes ses lettres au palais lui étaient revenues sans avoir jamais été ouvertes suite à la publication des *Petites Princesses.*

Tous l'avaient rejetée – tous ceux pour qui elle avait sacrifié sa jeunesse. Elle n'avait pas eu d'enfants et son mariage avec George s'était soldé par une union malheureuse. Après sa mort, elle avait mené une vie solitaire. Désormais la fin approchait, et d'aucuns auraient pu la considérer tragique.

Mais la vieille femme sur le lit souriait. Elle sentait une lumière briller en elle. Une lumière vive, éclatante, qui chassait les ombres récentes pour revenir à un passé éblouissant.

Et quel passé ! Excitant, extraordinaire, épique. Elle avait vécu, réellement vécu – bien plus que le commun des mortels. Elle avait vu l'Histoire se dérouler sous ses yeux. Connu des rois et formé une reine.

On avait eu besoin d'elle. Elle avait été heureuse et comblée. Elle avait aimé, passionnément. Que cet amour ait été payé de retour ou mérité n'avait plus aucune importance. Seul comptait le fait d'avoir aimé comme peu de gens aiment. Elle avait eu de la chance. Une chance fabuleuse.

Ce n'était pas une tragédie, mais un triomphe. Elle avait choisi sa voie, suivi son étoile et mené une carrière sans conteste étonnante. Et quand tout s'était terminé, elle avait emporté ses souvenirs avec elle. Des souvenirs merveilleux, qui lui survivraient grâce à son livre. Même lui, au bout du compte, ne lui laissait aucun regret.

Dehors, dans le ciel noir, la lune poursuivait son ascension. La lumière que la vieille dame sentait briller en elle lui semblait à présent émaner aussi de l'extérieur. Elle faisait pression sur ses paupières, comme le soleil à la fin de l'été – mais un été d'autrefois, avant que tout dégénère. Il faisait bon, et une dernière image se forma dans son esprit. Elle se trouvait dans un jardin écossais par une matinée du mois d'août. La fumée d'un feu de bois répandait une odeur piquante qui se mêlait à celle des ajoncs réchauffés par le soleil. Derrière elle, la lande couleur lie-de-vin s'étendait jusqu'aux montagnes pourpres à l'horizon.

Et sur la pelouse devant elle, trois silhouettes vêtues de bleu s'avançaient dans sa direction – la duchesse et ses filles, toutes aussi souriantes que lorsqu'elle les avait connues, il y avait de cela si longtemps.

NOTE DE L'AUTEUR

Je souhaitais écrire un roman sur les Windsor depuis des années quand l'histoire de Marion Crawford est littéralement tombée à mes pieds. *Les Petites Princesses* – le livre qui lui a attiré tant d'ennuis parce qu'elle y faisait le compte rendu de ses seize années au sein de la famille royale – a chuté d'une étagère dans une librairie d'occasion au nord de l'Angleterre où j'étais entrée par une journée pluvieuse pendant les vacances scolaires. Je l'ai ramassé, puis feuilleté, et j'ai bientôt compris que je tenais un angle d'approche parfait pour parler d'un milieu qui me fascinait depuis l'enfance.

Petite, je m'étais plongée avidement dans les livres souvenirs sur la famille royale collectionnés par ma grand-mère, et en particulier un grand volume doré sur le couronnement de 1937. Les photographies sépia montraient des personnalités plus vraies que nature : la reine Mary et ses airs de dragon redoutable ; le roi George V, avec ses yeux exorbités et fatigués ; le prince de Galles, si blond et séduisant, et l'énigmatique Mme Simpson, qui serrait un petit chien dans ses bras et exhibait une émeraude grosse comme le poing (ou du moins en avais-je l'impression). Sans oublier bien sûr la famille d'York : le fragile prince Albert (qui deviendra George VI), la douce mais implacable duchesse d'York (la future reine Elizabeth), ainsi que leurs filles, la princesse Elizabeth et la princesse Margaret, dont l'enfance constitue le sujet central de ce roman.

Aucun des albums de ma grand-mère ne renfermait de photos ni ne faisait allusion à Marion Crawford. La jeune Écossaise enjouée aux idées de gauche, dont le rôle dans l'éducation des princesses fut aussi crucial que durable, a été en grande partie rayée des livres d'histoire. Même les biographies érudites traitant de cette période mentionnent peu son nom – et quand elles le font, c'est toujours de façon succincte. La plupart souscrivent à la thèse selon laquelle elle a commis une erreur stupide en écrivant un livre ridicule et qu'elle ne pouvait s'en prendre qu'à elle-même si elle avait été rejetée par ceux à qui elle avait donné ses plus belles années. Hugo Vickers, dans son brillant ouvrage *Elizabeth, The Queen Mother* (Arrow), se démarque en essayant de décrypter ce qui s'est réellement passé et en suggérant que Marion a peut-être été traitée avec mépris. Plus récemment, Robert Lacey, dans son excellent *The Crown : The Inside History* (qui complète la série télévisée), avance beaucoup d'arguments similaires. Peut-être Marion est-elle enfin jugée comme elle le mérite.

Ce qui m'a d'abord attirée chez elle apparaît à la toute première page des *Petites Princesses*, quand elle expose son envie initiale d'instruire les enfants des quartiers pauvres d'Édimbourg. Comment, me suis-je demandé, une personne dont la vocation était d'aider les plus démunis a-t-elle pu enseigner à des gens comptant parmi les plus riches du monde ? J'ai poursuivi ma lecture. Elle était très jeune – seulement vingt-deux ans –, mais aussi moderne. Elle appartenait à la première génération de femmes qui revendiquaient le droit d'aller à l'école et d'exercer un métier. Pourquoi cette pionnière insolente aux idées progressistes avait-elle fini par se mettre au service de l'institution la plus patriarcale qui soit ?

Tout cela était déjà intéressant en soi, mais il fallait y ajouter l'époque incroyablement dramatique où tous les faits se sont déroulés – l'une des plus agitées et des plus riches que la Grande-Bretagne ait jamais connues. Il y eut le scandale de l'abdication, le glamour du couronnement, le traumatisme de la Seconde Guerre mondiale. Pendant tous ces événements, Marion était au cœur de la famille royale, aussi proche des petites princesses qu'une mère peut l'être, et peut-être plus proche encore. Malgré cela, une simple erreur lui a valu d'être reléguée à jamais dans les sombres oubliettes de l'Histoire. Peut-être a-t-elle connu une fin tragique, mais durant ses années de gloire, elle a vécu, réellement vécu. J'ai du mal à croire que son destin n'ait jamais été raconté auparavant. C'est désormais chose faite.

Wendy Holden, Londres, 2020

REMERCIEMENTS

Pour écrire l'histoire de Marion Crawford, j'ai rassemblé toutes les informations auxquelles j'ai pu accéder et j'ai comblé les trous dans mon récit en faisant appel à mon imagination. Mes sources, nombreuses et variées, vont du *Complete Book of Etiquette*, un manuel de savoir-vivre aussi drôle que désuet publié par Foulsham & Co dans les années 1950 et signé de Mary et John Bolton (dont on ne sait s'ils ont vraiment existé), au magistral *Queen Mary* (Phoenix Press), de James Pope-Hennessy – dont l'existence est bien avérée, elle.

Parmi les autres ouvrages que j'ai consultés figurent *Marcus Adams : Royal Photographer*, de Lisa Heighway (Royal Collection Enterprises) ; *Britain between the World Wars 1918-1939*, de Marion Yass (Wayland) ; *The Children's War*, de Juliet Gardiner (Portrait/IWM), et le magnifique *The Thirties : An Intimate History*, du même auteur ; *Queen Elizabeth : The Queen Mother – The Official Biography*, de William Shawcross (Macmillan) ; *World War II Day by Day*, d'Anthony Shaw (Spellmount) ; *The Heart Has Its Reasons*, par la duchesse de Windsor (Michael Joseph), et *A King's Story : The Memoirs of the Duke of Windsor* (Prion). J'ai déjà mentionné *Coronation Souvenir Book 1937*, de Gordon Beckles (Daily Express Publications), mais j'ai également puisé de l'inspiration et des renseignements dans *Hons and Rebels*, de Jessica Mitford (W&N) ; *King's Counsellor : Abdication and War – The Diaries of Sir Alan Lascelles*, sous la direction de Duff Hart-Davis (W&N), et *These Tremendous Years* (Daily Express Publications).

Ce dernier, un album photo vintage consacré aux grands événements des années 1920 et 1930, illustre parfaitement la mine d'informations que j'ai pu trouver sur l'étal d'un bouquiniste dans l'excellent marché aux puces hebdomadaire de Chesterfield, dans le Derbyshire. Durant plusieurs années, son propriétaire, Richard, m'a mis de côté tous les livres sur la royauté qu'il parvenait à glaner dans des vide-greniers locaux, et c'est grâce à lui – et à ce qui m'apparaît comme un nombre disproportionné de royalistes récemment décédés dans cette région – que j'ai aujourd'hui une pièce entière remplie d'ouvrages hagiographiques portant des titres comme *Queen Mary, A Picture Pageant of Her Wonderful Years* et *Britain's Glorious Navy*. J'ai pourtant constaté que même les récits les plus obséquieux sur la vie royale comportaient toujours un petit quelque chose d'intéressant et de révélateur à utiliser.

Mais ma principale source a bien sûr été la propre autobiographie maudite de Marion Crawford, *The Little Princesses*, ainsi que ses autres livres, *Queen Elizabeth II* et *The Queen Mother* (George Newnes).

J'aimerais maintenant remercier toutes les personnes sans qui *La Gouvernante royale* n'aurait jamais pu voir le jour. Merci à mes agents, Jonathan Lloyd, chez Curtis Brown, et Deborah Schneider, chez Gelfman Schneider (aux États-Unis). Tous deux ont cru en ce livre dès le début. Merci également à Lucy Morris, chez Curtis Brown, qui a pris le train en marche un peu plus tard et qui a elle aussi été une source d'inspiration. Et je n'oublie pas non plus Jon Elek, mon éditeur chez Welbeck. Je suis enchantée de travailler avec ces nouveaux talents du monde de l'édition britannique.

Pour finir, je souhaite remercier ma famille, mon mari Jon McLeod et mes enfants Andrew et Isabella. Pendant des années, tous ont supporté patiemment mon obsession pour la famille royale, mais dans la mesure où j'écris aujourd'hui un roman sur Wallis Simpson, j'ai bien peur que cela ne soit pas terminé !

Composition : Nord Compo
Impression : Firmin-Didot en avril 2022
Éditions Albin Michel
22, rue Huyghens, 75014 Paris
www.albin-michel.fr
ISBN : 978-2-226-45445-4
N° d'édition : 24154/01 – N° d'impression : 168601
Dépôt légal : juin 2022